周及徐／著

戎夏探源与语言历史文化研究

商务印书馆
The Commercial Press
2015年·北京

图书在版编目(CIP)数据

戎夏探源与语言历史文化研究/周及徐著.—北京:商务印书馆,2015
ISBN 978 - 7 - 100 - 10878 - 2

Ⅰ.①戎… Ⅱ.①周… Ⅲ.①语言学史—研究 Ⅳ.①H0 - 09

中国版本图书馆 CIP 数据核字(2014)第 275908 号

所有权利保留。
未经许可,不得以任何方式使用。

戎夏探源与语言历史文化研究
周及徐 著

商务印书馆出版
(北京王府井大街36号 邮政编码100710)
商务印书馆发行
北京市松源印刷有限公司印刷
ISBN 978 - 7 - 100 - 10878 - 2

2015年5月第1版　　开本 787×960　1/16
2015年5月北京第1次印刷　印张 22 1/4
定价:49.00元

自 序

周及徐

这本书以我从 2004 年到现在撰写的学术论文编辑而成。其内容可分为四部分：一、远古时期黄河流域的语言文化与外来语言文化的交流；二、四川方言研究；三、古代文化与语言；四、英文论文 3 篇。这些文章大部分在国内外学术刊物上发表过。

第一部分是我的《汉语印欧语词汇比较》（2002）一书研究的继续。12 年前，当我发表这部专著之时，信心满满，以为可以掀起一个大讨论，把汉语与印欧语、华夏民族与印欧民族的历史渊源穷追到底，有辉煌的发现。可不仅没有"振臂一呼天下云集"，被沉默冷落之外，更有朋友转告背后的讥议以至恶评。这才体会了学术的艰难不只在十年寒窗的勤苦，还要禁得住十年冷落的孤独。然而，我不后悔，真诚的学术追求值得付出。一些往事至今难忘：北京师范大学王宁先生为首的诸位先生有力地支持了我的博士论文答辩；此前素昧平生的伍铁平先生把我叫到他家，把珍藏多年的资料借给我，鼓励我坚持这个大有可为的语言研究方向；美国宾夕法尼亚大学的梅维恒教授邀我去宾大讲学，支持我继续研究。长辈、同行以至学生给我的鼓励增添了我的信心。我陆续写出黄河文明探源的 6 篇系列文章（其中 3 篇英文），主要讨论华夏民族的起源问题，以语言学证据为基础，认为西方及中亚地区的印欧民族对华夏民族的初期形成有重要影响。

其中第一篇，《华夏古"帝"考》一文，讨论上古文献中华夏之"帝"及祭祀与印欧古代文明对天帝信仰的诸多相似之处，历史语言学的证据又

证明上古汉语的 *tees（帝）与原始印欧语的 *Deus（天帝）同源。这从一个侧面揭示出黄河流域史前文明和印欧史前文明的联系。这是在美国宾夕法尼亚大学东亚研究中心（Center of East Asian Studies, UPenn）访学时写成的，原文发表在梅维恒教授主编的 Sino-Platonic Papers 上，回国后改写成中文，这里将英文原文收录在本书的第四部分。

第二篇《戎夏同源说》原也是英文，发表在 SPP 上，原标题为《农业文明在中国的兴起：考古发现与历史记载的差异及其解释》，后来改写为中文。从上古文献和词源的证据看，上古"戎"与"夏"的生活方式不同：戎为游牧，夏为农耕；戎与夏商周人是共同的祖先的后裔。自夏商至西周，中原人完成了从游牧生活向农耕生活的转变，进入到农业文明时期，由戎成为夏。此文最后的语言学证据提出，"戎"一词是西来的。此文改写为中文发表时进行了删改和补充，故文题也改了。此文的英文原文同样收在本书的第四部分。

第三篇文章是《老子和孔子：不同的社会基础及其文化》。此文的中心论点是：孔子和老子思想之间的分歧和对立，并非凭空产生，而是各自有其不同的社会基础的。这种不同的社会文化背景被人们忽略了。观察儒道对立的若干现象，我们可以发现两种不同的世界观背后的不同的社会基础或不同的生活方式。这种生活方式的差异还可与当代人类学关于人类早期社会的研究相印证。这与文化接触和交流的关系何在？孔子思想的社会基础（即等级制社会）与外来文明相联系，老子思想的社会基础（即无等级制的土著社会）与本土文化相联系。这里没有用语言学证据，而是从古代文献记载反映的思想和文化的角度来看，主题与前两篇文章相通。本文已由重庆工商大学融智学院的周岷老师译为英文，发表在美国宾大的 SPP 上。英文译文亦收在本书第四部分。

这一部分的另外 3 篇是关于语言历史的比较文章。以上古汉语音韵的研究成果为基础，对古汉语与原始印欧语的共同词汇进行了比较和讨论，认为两大语系语言存在的共同词汇不是偶然的现象，而是两大民族在史前时期交流的结果。这些研究是我的"汉语印欧语词汇比较"的继续。

第四篇《汉藏缅语与印欧语的对应关系词及其意义》一文，列出11组汉语、藏语、缅语和印欧语互相对应的词汇。这些对应词不仅是汉藏语与印欧语历史关系的证据，同时还提示：汉藏语和印欧语密切关系的时间应在汉、藏、缅语分裂形成独立的语言之前。

第五篇《上古汉语中的印欧语词汇》，列出上古汉语与印欧语的对应词汇的部分基本词、代词和同音词。这些词汇是在我的《汉语印欧语词汇比较》中选出的。这里以每组含有相同声符的词说明同音词在汉语和印欧语之间的对应关系，以及为同声符的同音词构拟不同词形的根据，这是利用汉语内部材料和外部材料构拟上古汉语词族的一个方法。

第六篇《韩语与上古汉语对应词举例》，提出"熊、马、虎、蛇"四个词，以说明两种语言在上古时期的联系。韩语汉字词与中古汉语的对应关系是普遍的，韩语词与上古汉语对应的词常被看作是韩语固有词，对应关系不是那样明显，要经过仔细的考察才能发现。中国与朝鲜交往的历史早于公元前11世纪，汉语和韩语存在上古时期的共有词是与历史相符合的。

关于汉语和印欧语的关系的研究还只是开端，还有很多事要做。我自己也计划要把"汉语印欧语词汇比较"重新修改或重写，但一直没有实现。这事只有等待将来了。

第二部分，关于四川方言研究的8篇文章，是我近7年来研究四川方言的成果。研究汉语和印欧语关系同意的人少，支持的人更少，研究现代汉语方言也不失为语言学研究的选择。在学习和研究中越来越深刻体会到，方言研究是语言学基本功（包括理论和技能）的必要的修炼。方言研究看起来与语言历史学相差很远，实则有着深层的联系，特别是对汉语这样有着纷繁的方言分歧，"就像一个语系的语言"。汉语方言是历史语言学研究的好材料，高本汉（Bernhard Karlgren）就是以汉语方言为基础写成了《中国音韵学研究》（1926）——现代语言学意义上的汉语史开山之作。研究汉语史应该从研究汉语方言做起，方言的大量材料是语言真实的血肉，指引我们去分析语言的历史变化。有了方言研究的学术积累，语言历史比较能做得更扎实、更有底气。我是成都人，当然从自己熟悉的家乡方言做起。从 2006 年起，我开始关注于四川方言的研究，后来又申请到了四川省社会科学基金重点课题和国家社会科学基金课题。在这些课题的支持下，在大量方言调查的基础上，有了新的发现，我们提出了四川方言分布和历史形成的新的观点和论证。在这里要特别提到我从 2004 年到现在的语言学研究生们，他们与我合作做了大量的方言调查，10 年中积累了四川方言研究的丰富资料，我们也收获了方言研究实践的经验。我的《四川西南地区方言研究》正在整理中，下面的文章是与之相关的一些研究。

第一篇文章《从移民史和方言分布看四川方言的历史》提出了四川方言中两大不同历史层次的板块"湖广话"和"南路话"。以前的研究认为，现代四川方言都是元明清以来的湖广移民带来的。根据对移民史材料、四川方言分布状况的分析，我们认为现代四川方言大致以岷江为界，以东以北地区是明清移民带来的"湖广话"方言，以西以南地区的"南路话"则是当地宋元方言的存留。以前的研究中，对"南路话"的忽视，将其混同于四川官话"湖广话"，导致了四川方言历史形成结论上的偏误。这篇文章主要是从移民史和方言地理分布上来论证的。

第二篇文章《南路话和湖广话的语音特点》是上一篇文章的姊妹篇。文章列举南路话与湖广话的语音特点，说明南路话与湖广话的语音差别是以汉语中古音系为条件的，两种方言音系之间并不互相包容。我们还选取了南路话与湖广话的语音特点作了音系相似度的比较，二者存在明显的差异。分析南路话的语音特征与湖广话对应关系，更证明南路话不是湖广话演变的结果。结论是：南路话应是元末以前四川本地汉语方言在当地的后裔。与上一篇文章得出的结论相同，但论证的方法和材料不同，是以方言音系特点互相比较来论证。这个结果也证明了历史语言学的基本原理：语言或方言在空间上的差异，反映的是它们的历史距离。

第三篇文章《从语音特征看四川重庆"湖广话"的来源》是从语音特征来考察现代四川重庆地区通用语"湖广话"（即成渝话）的来源。根据移民史资料，明清四川移民的主要来源地是湖北"麻城"，我们用现代方言的语音特征来检证，麻城话与成渝话的语音相似度很小。现代方言语音特征的证据否定了"湖广填四川"的移民主要来源于"麻城孝感"地区的说法。方言语音特征的证据显示，今成渝地区的操"湖广话"的人群主要来自三峡东部地区和相邻的江汉平原地区，是明清湖广移民的后裔。这是清理湖广话发展的线索。

第四篇文章《四川青衣江下游地区方言及其历史形成》讨论四川省南部青衣江下游地区彭山、眉山、丹棱、洪雅、夹江等地区方言。这些方言在语音上与广泛分布于川西南的四川南路话不同。考察二者的语音特征，它们在音韵结构上是一致的。该文以方言音系特征为证据，说明青衣江下游地区方言与南路话之间的语音差异是近代音变形成的。青衣江下游方言是南路话在川南地区的地域分支。这是清理南路话在四川发展的线索。

第五篇文章《四川雅安地区方言的历史形成及其与地理和移民的关系》讨论雅安方言的来源。四川雅安地区方言因具有"入归阴平"的语音特征，在四川方言的分区上是被划为一个独立的"雅棉小片"。从表面看来它与四川地区的湖广话（入归阳平）和南路话（入声独立）都不同。与周围方言语音特点比较，分析其语言历史演变过程，雅安地区方言应是四川宋元以来的土著方言南路话的分支。雅安地区的历史地理通道和明清移民史可以解释其不同的历史层次。

第六篇文章《四川自贡、西昌话的平翘舌声母分布》讨论自贡、西昌话卷舌声母特征的来源。四川的官话方言里，自贡地区和西昌地区有平、翘舌声母之分，但分布的规律与其他方言有不同。研究平翘舌声母在某种方言音系中的特殊分布，有助于了解该方言在语音历史发展中的演变关系。结论是：四川自贡、西昌等地的平翘舌声母在音系中的分布有很强的一致性，且在汉语方言中自成一类，与"南京型"接近而又有不同。从古音的发展看属于知章合一、庄组独立的一派。

第七篇《〈广韵〉等韵书中的成都话本字》（之一），列举了22例成都话口语词，并分析了它们与《广韵》等韵书中的相应字词的音义关联，以证明它们的源流关系。这是传统的"方言考本字"的做法，只不过考的是我自己的方言成都话的本字。

第八篇《〈广韵〉等韵书中的成都话本字》（之二），收集了成都话中46个与"声符读音"相关的汉字，以《广韵》音、普通话音和成都话音相比较，分析它们的语音演变现象和规律。这说明依声符音来认读汉字的现象，在方言中存在，在普通话中也存在；在今天存在，在古代也存在。

第三部分，关于古代文化和其他内容的六篇文章，大部分是揭示古代文化现象中的被掩盖的事实，提出我的新见。

第一篇《"炎帝神农"说辨伪》是关于炎帝不是神农的考证。"炎帝神农"说以炎帝神农为一人，从2000多年前流传至今，仔细地考察却没有确实的根据。司马迁《史记》无此说，查检先秦汉初的20余部文献，言神农或言炎帝50余处，神农与炎帝皆不相混，二者的时代特征、重大的行为和事件皆判然有别。于是得出结论，神农和炎帝为先后不同时代之人。把炎帝和神农嫁接在一起的是汉代刘歆，其《世经》以上古帝王世次附会五行说，捏造了"炎帝神农氏"。

第二篇《上古时期的"龙"》讨论"龙"的来源，时间限定在上古时期。从上古文献考察，上古至春秋时期"龙"是黄河流域的一种真实动物。龙在生活中常见且能驯养，古人因其习性将其与求雨相联系。春秋时期自然环境变迁，"龙"在中原日渐稀少以至绝迹，秦汉以后神圣化，成为最高统治者的象征。春秋以后800年，中原人于长江流域再见到这种野生动物时，不知其为上古之"龙"，而以当地土著人之语称之为"鳄"。

第三篇《弃稷解》是对《诗经·大雅·生民》的新的解读。《诗经·大雅·生民》中后稷出生的神话，实际是上古华夏族弃婴习俗的曲折反映。该文从古文献、汉字学、人类学和语源探索的角度进行论证。

第四篇《〈红楼梦〉"护官符"新解》是试解《红楼梦》中的一个谜语。《红楼梦》留下许多未解之谜，"护官符"是其一。解开这些谜是真正领悟《红楼梦》原著的重要关节。该文结合小说原文、脂批和相关史料试而解之。一共四句，自认为第一句解得不错，第三句解得勉强，第二、四句解得对不对，请读者判断。

第五篇《〈汉书·扬雄传〉及颜注"京师谚语"校误》是一篇小文，指出传世本《汉书·扬雄传》京师谚语"惟寂寞，自投阁；爱清静，作符命"，其文意与前后文不符，以《文选》注、《太平御览》等文献相校，见其错误。

第六篇是我为老师杜道生先生的著作《论语新注新译》一书所写的前言。杜先生在四川师范大学执教50多年，2013年以百岁高龄去世。杜先生是我读硕士研究生时的老师。我后来在四川师范大学中文系从教，亦时时向杜老请益。杜先生是影响我最久最深的老师，所以将此篇文章收在这里。

第四部分是附录，包括英文文章3篇，是第一部分"黄河文明探源"系列文章的英文，原发表在美国宾夕法尼亚大学学术刊物 *Sino-Platonic Papers*。

以上各篇文章涉及语言、历史和文化，论题各不相同。如果要归纳出一个共同之处，那就是"新"，都是建立在实实在在的第一手资料的基础上，得出新的结论，与前人不同。当然，我相信它们是接近真实的。"只因为它是真实的，就要人们相信它，这是不够的。假如它们与其他信仰和观点不一致，也就是说，假如它们与其他大量集体表现不协调，它们就要受到人们的否定；心灵会将它们拒之门外，就像它们根本没有存在过一样。"① 连科学也得依赖舆论，更何况这些絮絮叨叨的讨论。所以如果这些东西被当作"没有存在过一样"，也是合于世情的；它们的被接受和赞同，倒是意外和奢望了。

我是教师，以教书谋生，学术研究是教学之外的兴趣。虽说是自幼便受教要勤勉努力，光阴还是虚度了。十年是不短的时间，其间专注用功、激情迸发的时候，积淀成了这本小书。如果有读者赏光，欢迎批评赐教。

---

① ［法］爱弥尔·涂尔干，《宗教生活的基本形式》，603页，商务印书馆，2013年。

目　录

华夏古"帝"考
　　——黄河文明探源之一 1
戎夏同源说
　　——黄河文明探源之二 21
孔子和老子：不同的社会基础及其文化
　　——黄河文明探源之三 37
汉藏缅语与印欧语的对应关系词及其意义 48
上古汉语中的印欧语词汇
　　——史前时期语言混合的证据 57
韩语与上古汉语对应词举例 67

从移民史和方言分布看四川方言的历史
　　——兼论南路话与湖广话的区别 73
南路话和湖广话的语音特点
　　——兼论四川两大方言的历史关系 89
从语音特征看四川重庆湖广话的来源
　　——成渝方言与湖北官话代表点音系特点比较 112
四川青衣江下游地区方言语音特征及其历史形成 132
四川雅安地区方言的历史形成及其与地理和移民的关系 152
四川自贡、西昌话的平翘舌声母分布 166
《广韵》等韵书中的成都话本字（一） 176

《广韵》等韵书中的成都话本字（二）
　　——受声符影响而读音发生变化的字 ················ 182

"炎帝神农"说辨伪 ·· 190
上古时期的"龙" ·· 204
弃稷解
　　——探寻《大雅·生民》中的史前民俗 ················ 213
《红楼梦》"护官符"新解 ·· 220
《汉书·扬雄传》及颜注"京师谚语"校误 ············ 228
杜道生先生《论语新注新译》前言 ························· 231

附录

Old Chinese "帝 *tees" and Proto-Indo-European "*deus":
　　Similarity in Religious Ideas and a Common Source in Linguisitics ········· 238
The Rise of Agricultural Civilization in China: The Disparity
　　between Archeological Discovery and the Documentary Record
　　and Its Explanation ··· 264
Confucius and Lao Zi: Their Differing Social Foundations and Cultures ····· 320

参考文献 ·· 336

CONTENTS

Part I Looking for National Sources of Rong and Huaxia
Old Chinese "帝 *tees" and Proto-Indo-European "*deus"
　　——The Origins of the Civilization of the Yellow River, Volume I ⋯⋯⋯⋯⋯⋯⋯ 1
The Common National Source Shared by the Rong and the Huaxia
　　——The Origins of the Civilization of the Yellow River, Volume II ⋯⋯⋯⋯⋯⋯ 21
Confucius and Lao Zi: Their Differing Social Foundations and Cultures
　　——The Origins of the Civilization of the Yellow River, Volume III ⋯⋯⋯⋯⋯⋯ 37
The Correspondent Words between Chinese, Tibetan, Myanmese and
Indo-European Languages and their Position in Chinese Language
　　History ⋯⋯⋯⋯⋯⋯⋯⋯⋯⋯⋯⋯⋯⋯⋯⋯⋯⋯⋯⋯⋯⋯⋯⋯⋯⋯⋯⋯⋯⋯⋯⋯⋯⋯ 48
The Proto-Indo-European Words in Old Chinese: the Evidence of Linguistic
　　Creolization in Prehistoric Period ⋯⋯⋯⋯⋯⋯⋯⋯⋯⋯⋯⋯⋯⋯⋯⋯⋯⋯⋯⋯⋯ 57
Examples of Correspondent Words Between Korean and Old Chinese ⋯⋯⋯⋯⋯ 67

Part II Modern Chinese Dialects in Sichuan
New Thesis on Immigrating in the Ming Dynasty and Evolving of the
　　Sichuan Dialects ⋯⋯⋯⋯⋯⋯⋯⋯⋯⋯⋯⋯⋯⋯⋯⋯⋯⋯⋯⋯⋯⋯⋯⋯⋯⋯⋯⋯⋯ 73
Phonetic Features and Historical Relationship between NANLU
　　（南路）Speech and HUGUANG（湖广）Speech in Sichuan
　　Province ⋯⋯⋯⋯⋯⋯⋯⋯⋯⋯⋯⋯⋯⋯⋯⋯⋯⋯⋯⋯⋯⋯⋯⋯⋯⋯⋯⋯⋯⋯⋯⋯ 89
Looking for the Origin of the HUGUANG Speech in Sichuan and
　　Chongqing from the Phonologic Features ⋯⋯⋯⋯⋯⋯⋯⋯⋯⋯⋯⋯⋯⋯⋯⋯⋯ 112
Phonetic Characteristics of Dialects in Lower Reaches of Qingyi River
　　in Sichuan Province and Their Historical Development ⋯⋯⋯⋯⋯⋯⋯⋯⋯⋯ 132
Formation History of Dialects in Ya'an District and its Relationship
　　with Geography and Immigration ⋯⋯⋯⋯⋯⋯⋯⋯⋯⋯⋯⋯⋯⋯⋯⋯⋯⋯⋯⋯⋯ 152

Distribution of Alveolar and Retroflex in Affricate-initials in Sichuan
　　Dialects ·· 166
Chengdu Dialect Words Recorded in *Guangyun*（广韵）, Part I ············· 176
Chengdu Dialect Words Recorded in *Guangyun*（广韵）, Part II ············ 182

Part III Ancient Culture Study

Distinguishing Fake Statement "Yandi-Shennong" ································· 190
"Long" in the Chinese Classical Texts before 500 BC ···························· 204
Original Meaning of Chinese Character Qi（弃）: An Exploration of
　　the Prehistoric Folk Custom in a Remote Ode ···································· 213
A New Answer to a Riddle in *Dream of Red Mansions* ··························· 220
A Faulty Revision and its Annotation in Biography of Yangxiong of
　　Hanshu（*Book of Han*）·· 228
Last Confucian—In Memory of My Teacher Du Daosheng ······················ 231

Part IV Looking for Source of Yellow River Civilization (in English)

Old Chinese "帝 *tees" and Proto-Indo-European "*deus" ······················· 238
The Rise of Agricultural Civilization in China: the Disparity
　　Between Archeological Discovery and the Documentary Record
　　and Its Explanation ··· 264
Confucius and Lao Zi: Their Differing Social Foundations and
　　Cultures ··· 320

References ·· 336

华夏古"帝"考[▲]

——黄河文明探源之一

阅读提要:"帝"是华夏先民的最高天神,夏商周秦人皆崇祀之。上古文献反映古华夏的"帝"以及对其的祭祀与印欧古代文明对天帝的信仰和崇拜有诸多惊人的相似之处,历史语言学的证据又证明上古汉语的"帝*tees"与原始印欧语的"*Deus(天帝)"同源。这从一个侧面揭示出黄河流域史前文明和印欧史前文明的联系。

一

"帝"是夏商周及后来中原诸侯国共祀的天神,是天地间的最高主宰,古称其为"帝"或"上帝",又称"天"。《说文解字》:"帝,谛也。王天下之号。"东汉的大古文家许慎怕是为世俗之说所扰,已不明"帝"的本义。清代的后生朱骏声有见地,一针见血地指出:"帝本训上天也。"(《说文通训定声》)上古文献中,"帝"、"上帝"、"天"、"天帝"常常互用而同义,指主宰自然和人类的最高神。上古"帝"指天神而非人君,这在上古文献中很明确,学者大多无异议。然而由于上古先民把自己崇拜的先祖也冠以帝号,例如黄帝、炎帝、帝颛顼、帝喾、帝尧、帝舜之类,使得后来的人们常常把上帝与人君相混。人与神,这是一个大的分界,必须要辨明。傅斯年研究了甲骨文中"帝"出现的情况,发现其分为两类:单用之

[▲] 此文原发表于《中国文化研究》2007年第3期。

"帝"和著名号之"帝"。后者如"帝甲"、"帝甲丁"、"文武帝"等，皆殷商晚世之名（人）王。他说：①

> 先王不皆号帝，号帝者不皆为先王，知禘礼独尊，帝号特异，专所以祠威显，报功烈者矣。其第一类不著名号之帝，出现最多，知此'不冠字将军'，乃是帝之一观念之主要对象。既祈雨求年于此帝，此帝更能降馑，降若，授祐，此帝之必为上天主宰甚明，其他以帝为号者，无论其为神怪或先王，要皆为次等之帝，所谓'在帝左右''配天''郊祀'者也。意者最初仅有此不冠字之帝，后来得配天而受禘祭者，乃冠帝字，冠帝字者既有，然后加'上'字于不冠字之主宰帝上，而有'上帝'一名。

即在甲骨文中，单用之"帝"字乃为上帝、天帝之名，著名号之帝皆为人王，是后起的。这真是一个清晰、明快的结论。只可惜傅氏在后文的论述中竟把"帝喾"这个名附于帝字之后，且不见于卜辞的"帝"认作商人的上帝，错把人当作了神，违背了上述规律。这皆因对"商人禘喾"的误解。

先秦文献也大致是如此。"帝、上帝"为最高天神，名、号与"帝"合称者为人世之君。而且称"×帝"者为号在前，如黄帝、炎帝、虞帝；称"帝×"者为名在后，如帝喾、帝尧、帝舜、帝甲、帝乙、帝辛。按之《诗经》、《左传》、《国语》乃至《易》的经文，都大致不差。《尚书·尧典》、《舜典》、《皋陶谟》称尧、舜为帝，但于天神则称"上帝"以区别，例如"肆类于上帝"（《舜典》）、"徯志以昭受上帝"（《皋陶谟》）。顾颉刚先生认为，"《尧典》等以'帝'为活人的阶位之称，是一个最明显的漏洞"（《古史辨》自序），可以说明这些文章为战国时作品。但是即使是在这些文献中，人神的区别仍然是清清楚楚的。

上古"帝"的祭祀为禘。帝之礼曰帝（禘），帝（禘）时所享之神为帝。② 甲骨文、金文中"帝"、"禘"同字。西周王室《庚姬尊》："佳五月

---

① 傅斯年："性命古训辨证"，《傅斯年选集》，天津：天津人民出版社，1996年版，第81页。
② 同上书，第78页。

辰在丁亥，帝（禘）司（祠）。"康王《小盂鼎》："隹八月既望，用牲啻（禘）周王［武］王成王。"①"禘"本是祭帝之礼，怎么又会跟祭祀祖先联在一起呢？古之先民认为他们的祖宗都是上帝的子孙（类似于希腊神话中宙斯与人间女子生下半神半人的英雄），因此在祭祀中总是以其人王之先祖配祀于天神之上帝。《诗经·长发》郑笺："大禘，郊祭天也。礼记曰：王者禘其祖之所自出，以其祖配之，是谓也。"祭天即是祭帝，上古天、帝一也。上古之君主于冬至日于南郊祭上帝，称为郊祭、郊天，郊天即是祭帝，亦曰大禘，《说文》："禘，谛祭也。周礼曰：五岁一禘。"

《国语·鲁语上》："商人禘舜而祖契，郊冥而宗汤。周人禘喾而郊稷，祖文王而宗武王。"傅斯年主张"夷夏东西说"，以商、周不同种族。②在这里却遇到一个坚实的反例：商周同禘帝喾。于是他解释说，这是周人"借了"商人的帝。③其说误。其误有二：其一，帝喾并非帝；其二，周人自来有"帝"，不需向商人去"借"。夏商周秦人实同一民族，而且自尧舜以降，夏商周秦皆同祀一个共同的帝，世代相传。共同的民族而有共同的宗教和文化，在上古时期尤其如此。前一"民族"问题拟另文讨论。④今论后一问题。以先祖配天（帝），这是上古禘礼、郊礼之制。在较早的时候，只有天子才能举行这种大礼，禘祭、郊祭之主是帝，是唯一的，而配天之先祖则可不同。"周公郊祀后稷以配天"（《史记·封禅书》）、"杞之郊也禹，宋之郊也契"（《孔子家语·礼运》）是其证。春秋时期，诸侯们为了抬高自己的地位，自行禘礼，以自己的先祖配天，孔子对此很不满。⑤商周人同祖于高辛氏帝喾。据《史记》中《殷本纪》、《周本纪》记载，帝喾元妃姜原履迹生弃（后稷），帝喾次妃简狄吞卵生契。除去其中人为地

---

① 王文耀：《金文简明词典》，上海：上海辞书出版社，1998年版，第398—399页。
② 有的学者进一步提出商人是东夷族。笔者不同意这种意见，而认为夏商周同族。
③ 傅斯年："性命古训辨证"，《傅斯年选集》，天津：天津人民出版社，1996年版，第77页。
④ 周及徐：《戎夏同源说》，上海东亚语言比较国际学术研讨会会议论文（2006年10月），待刊发。
⑤ 《论语·八佾》："或问禘之说。子曰：'不知也。知其说者之于天下也，其如示诸斯乎！'指其掌。"

将人之先祖与天神相联系的神话成分，其反映的是商周源出于同一氏族的史实。《国语·鲁语》中，商周人同禘喾，是因为喾为商周之祖。禘礼中，商周人以喾陪祀帝，这就是"商人禘喾"、"周人禘喾"。喾是人君而非天神，不是帝。《史记·五帝本纪》载其为黄帝曾孙。对《国语》所记上古事，太史公考之而深信不疑，所谓《春秋》、《国语》"顾弟弗深考，其所表见皆不虚"（《史记·五帝本纪》），是也。

二

上古自尧以降，历代中原统治者尊奉、祭祀帝，见于很多文献，略举见于今文《尚书》和《诗经》的记载如下。上古"帝"又称"天"或"上帝"段，故凡此三者皆引，以证明自尧舜夏商周秦以来，华夏先民共祀同一个帝。商代甲骨文、金文中（尤其是前者），对"帝"的记载很多，略而不述。

（一）舜：

（舜即位时）"……肆类于上帝，禋于六宗，望于山川，遍于群神。"（《尚书·舜典》）

以后又多次祭祀帝：

《尚书·舜典》："岁二月，东巡狩，至于岱宗，柴。……五月，南巡狩，至于南岳，如岱礼。八月，西巡狩，至于西岳，如初。十有一月，朔巡狩，至于北岳，如西礼。"

柴，烧柴祭天，升烟以享上帝。《史记·封禅书》："郊祀后稷以配天，宗祀文王于明堂以配上帝。"《史记集解》引郑玄曰："上帝者，天之别名也。"上古君王登高山之巅，筑坛祭天，以其近于天庭之帝，称之为封。《史记·封禅书》首记舜于岱宗祭天，次及历代。其实，像筑坛祭天这种仪式，应远远早于舜的时代。虽然顾颉刚先生认为今文《尚书》中《尧典》等前几篇是战国时代之作（《古史辨自序》），但即便如此，其内容（包括追记的上古故事，特别是对宗教仪式的叙述）与其他文献的记载相似，不会没有根据。

(二)夏：

《尚书·甘誓》:"予誓告汝：有扈氏威侮五行，怠弃三正，天用剿绝其命，今予惟恭行天之罚。"

(三)商：

《汤誓》:"有夏多罪，天命殛之。……夏氏有罪，予畏上帝，不敢不正（征）。……尔尚辅予一人，致天之罚。"

《盘庚》:"天其永我命于兹新邑。……肆上帝将复我高祖之德，乱（治）越我家，朕及笃敬。"

《高宗肜日》:"惟天监下民，典厥义。……天既孚命正厥德，乃曰：'其如台？'"

《西伯戡黎》:"天子！天既讫我殷命。……故天弃我。"

《微子》:"天毒降灾荒殷邦。"

《商颂·玄鸟》:"天命玄鸟，降而生商，宅殷土芒芒。古帝命武汤，正域彼四方。方命厥后，奄有九有。商之先后，受命不殆，在武丁孙子。"朱传:"此亦祭祀宗庙之乐，而追叙商人之所由生，以及其有天下之初也。"（按：古帝即天帝。）

《商颂·长发》:"濬哲维商，长发其祥。洪水茫茫，禹敷下土方。外大国是将，幅陨既长。有娀方将，帝立子生商。"朱传:"故帝立其女之子而造商室也。盖契于是时，始为舜司徒，掌布五教于四方。而商之受命，实基于此。"

"帝命不违，至于汤齐。汤降不迟，圣敬日跻。昭假迟迟，上帝是祇。帝命式于九围。"

"昔在中叶，有震有业。允也天子（指汤），降于卿士。"朱传:"序以此诗为大禘之诗。盖祭其祖之所出，而以其祖配也。"郑笺:"大禘，郊祭天也。礼记曰：王者禘其祖之所自出，以其祖配之，是谓也。"

按：祭天即是祭帝。《说文》"禘"字下段注:"大禘者，《大传》、《小记》皆曰：王者禘其祖之所自出，以其祖配之。谓王者之先祖皆感大微五帝之精以生，皆用正岁之正月郊祭之。"要纠正的一点是，不是后来的人君演化的"大微五帝"，而应是天神上帝。对于上古的"帝"，许慎已不甚清楚，精明的段氏也难免从俗。

（四）周：

《牧誓》："今予发，惟恭行天之罚。"

《太诰》："予惟小子，不敢替上帝命。天休于宁（文）王，兴我小邦周，宁王惟卜用，克绥受兹命。今天其相民，矧亦惟卜用？呜呼！天明畏，弼我丕丕基！……亦惟十人迪知上帝命……天命不僭，卜陈惟若兹！"

此文生动地记录了周公卜于上帝，以帝命东征的情形。

《康诰》："惟时怙冒，闻于上帝，帝休，天乃大命文王，殪戎殷，诞受厥命越厥邦厥民。"

《梓材》："皇天既付中国民越厥疆土于先王，肆王惟德用。"

《召诰》："呜呼！皇天上帝改厥元子，兹大国殷之命。惟王受命，无疆惟休，亦无疆惟恤。"

《多士》："我闻曰：'上帝引逸。'有夏不适逸，则惟帝降格，向于时夏，弗克庸帝，大淫泆有辞。惟时天罔念闻，厥惟废元命，降致罚，乃命尔先祖成汤革夏，俊民甸四方。"

《君奭》："亦惟纯佑秉德，迪知天威，乃惟时昭文王见冒，闻于上帝，惟时受有殷命哉！"

《多方》："洪惟图天之命，弗永寅念于祀，惟帝降格于夏。有夏诞厥逸，不肯戚言于民，乃大淫昏，不克终日劝于帝之迪，乃尔攸闻。厥图帝之命，不克开于民之丽，乃大降罚，崇乱有夏。"

《立政》："古之人迪惟有夏，乃有室大竞，吁俊尊上帝迪，知忱恂于九德之行。……亦越成汤陟，丕釐上帝之耿命。……亦越文王、武王，克知三有宅心，灼见三有俊心，以敬事上帝。"

《顾命》："敢敬告天子，皇天改大邦殷之命，惟周文武诞受羑若，克恤西土。……则亦有熊罴之士，不二心之臣，保乂王家，用端命于上帝。"

《吕刑》："上帝监民，罔有馨香德，刑发闻惟腥。……上帝不蠲，降咎于苗。"

《文侯之命》："王若曰：'父义和！丕显文、武，克慎明德，昭升于上，敷闻在下，惟时上帝集厥命于文王。'"

《诗·大雅·生民》："卬盛于豆，于豆于登。其香始升，上帝居歆，胡臭亶时。后稷肇祀，庶无罪悔，以迄于今。"

据此，周人祭天始于后稷，至《大雅》之西周初年已逾千年！

（五）秦：

秦继三代，承夏商周之信仰和礼仪，崇祀帝。秦始皇封禅是其大者，此外载于《史记·秦本纪》尚有：

（襄公元年）襄公于是始国，与诸侯通聘享之礼，乃用駵驹、黄牛、羝羊各三，祠上帝西畤。

（穆公十四年）穆公虏晋君以归，令于国，"斋宿，吾将以晋君祠上帝"。

另外，据笔者统计，在先秦文献中，提及天神上帝的典籍很多，例如《诗经》言"帝"43例，《左传》言"帝/上帝"23例，《周易》经文言"帝"1例，《国语》言"帝/上帝"15例，皆是指最高天神。《尚书》言"帝/上帝"更是多达131例，除去伪古文的篇章，也还有很多。

顾颉刚先生言："从（《尚书》的）这些话里可以知道那时所谓'革命'的意义是这样：前代的君不尽其对于上帝的责任，所以上帝便斩绝他的国命，教别一个敬事上帝的人出来做天子。那时的革命者与被革命者都站在上帝的面前，对上帝负责任。那时的革命，是上帝意志的表现。但到了战国，神道之说衰而圣道之说兴，于是这班革命家也受了时代的洗礼而一齐改换了面目。"[①] 对于顾氏"古史是层累地造成的，发生的次序和排列的系统恰是一个反背"的观点，我们不能同意。但是他观察到"西周人的

---

① 顾颉刚：《古史辨》（第三册上编），上海：上海古籍出版社，1982年版，第32页。

古史观念实在只是神道观念,这种神道观念和后出的《尧典》等篇的人治观念是迥不相同的",并据此认为上古史中有一个"从神权到人治的进步",却是言之中的。

自秦以后至近代的两千余年中,从泰山顶上的祭坛升烟到北京城南的天坛祈年,中国历代的统治者都相承崇祀帝,乞求上天保佑国泰民安、风调雨顺。只是年代越久远,帝的形象就越模糊,以致到后来,人们的观念中只剩下一个隐隐约约的"上天"。很多人便以为中国人自古以来不信宗教。殊不知秦汉以前,黄河流域宗教氛围极浓,华夏之民笃信"帝"。后来变得绰绰约约的"上帝"或"天",在我们老祖宗那里原本是什么样的?这个问题很少有人探讨。然而对于华夏文明来源的探索,这个问题不仅十分有趣,而且非常重要。

三

上古华夏之"帝"并非人类宗教中原始的自然神。在尧、舜、禹、夏、商、周时代,中国早已进入文明时代,相当于父系氏族社会以至有等级的阶级社会,文化已相当地发达。先民们崇拜的对象已不是原始的自然力、图腾(自然力的象征),而已经是对神祇系统特别是对最高神的崇拜。这个主宰天地万物的神就是"帝"或"上帝",这已是宗教信仰的高级阶段。各部落的祖先崇祀的对象,都被归并为"帝"属下的群神,处于陪祀的地位。而且,上古的"帝"绝非一个任意的、模糊的、面目不清的抽象观念,而正相反。根据古文献,"帝"是一个清晰的、生动的、有血有肉的具体形象。下面是见之于《诗经》和《尚书》中的帝。

1. 在上古之人的观念中,帝居于天庭,掌管着天下人间的万事。他选择中意的土地作为眷顾的国家,选择身边的贤人作下方的君主。人间的君主都是帝的臣子,受帝之命统治下土。

《诗·大雅·文王》:"文王在上,於昭于天!周虽旧邦,其命维新。有周不显,帝命不时。文王陟降,在帝左右。"

大意是：崇高的文王啊，神明通天！周纵是千年古国，国运有新的开端。周朝真是显赫，帝之命真是及时。文王他往来上下，都跟在上帝身边。

《尚书·金滕》："乃命于帝庭，敷佑四方，用能定尔子孙于下地。"

《诗·大雅·皇矣》："皇矣上帝，临下有赫！监观四方，求民之瘼。维此二国，其政不获。维彼四国，爰究爰度。上帝耆之，憎其式廓。乃眷西顾，此维与宅。"

大意是：伟大的上帝，光照下土！莅临四方，遍察人民的疾苦：看夏、殷二国，政治败落；又观四方之国，审视思索。看中了一个地方，又增加它的规模。这就是他顾眷的西土，赐予大（tài）王的居所。

"……帝迁明德，串夷载路。天立厥德，受命既固。

"……帝作邦作对，自大伯王季。

大意是：上帝建立了国家，又为它选配君主，从大伯看到王季。

"维此王季，帝度其心，貊其德音，其德克明。……比于文王，其德靡悔，既受帝祉，施于孙子。

"帝谓文王，无然畔援，无然歆羡，诞先登于岸。……

"帝谓文王，予怀明德，不大声以色，不长夏以革。不识不知，顺帝之则。

"帝谓文王，询尔仇方，同尔兄弟，以尔钩援，与尔临冲，以伐崇墉。"

2. 帝甚至亲临战场督战，保佑他庇护下的人们获胜。《诗》记武王伐纣，大战于牧野，帝站在伐商联军一边：

《诗·大雅·大明》："……矢于牧野，维予侯兴。上帝临汝，无贰尔心。"

《诗·鲁颂·閟宫》："……后稷之孙，实维大王。居岐之阳，实始翦商。至于文武，缵大王之绪。致天之届，于牧之野。无贰无虞，上帝临女。"

3. 上帝为人作媒，作成人间的婚姻，佑其生子，继承大业。能有这样的荣幸的当然是人间的君王和贵族。

《诗·大雅·大明》："维此文王，小心翼翼，昭事上帝。聿怀多福，厥德不回，以受方国。

"天监在下，有命既集。文王初载，天作之合。在洽之阳，在渭之涘，文王嘉止，大邦有子。

"大邦有子，俔天之妹。文定厥祥，亲迎于渭。造舟为梁，丕显其光。

"有命自天，命此文王，于周于京，缵女维莘，长子维行，笃生武王。保右命尔，燮伐大商。"

有趣的是，文王的配偶明明是莘国公主太姒，诗却把她比作帝的妹妹。可见与帝拉上亲戚，对当时的贵族们是何等荣耀。

这一段诗歌，有学者把它和《周易》的"帝乙归妹"联系在一起[①]，说文王之妻即是商王帝乙的女儿、纣王的妹妹。我们认为此说可疑。理由有三：首先，"天之妹"应是帝之子，不是人君的女儿。"天"或"帝"称上帝，在《诗经》中无一例外。帝之女直接下嫁人间，只是人们的想象，故诗人前加一"俔"字，意为譬如；其二，下文直言文王之妻、武王之母是莘国国君之长女，怎么会是帝乙的女儿呢？前一章迎亲成婚，后一章生子绍业，文意连贯，不像说两件事；其三，前一章称"大邦"，后一章言"大商"，应是两个地方。如果"大邦"就是"大商"，爹风光地娶了别人的女儿，儿子就打上门去，要了亲舅舅的命，好意思编在歌里唱？故我们不用此说。

4. 更有甚者，帝直接或间接地与凡间女子结合而生子，帝的儿子们自然是半神半人的英雄，具有非凡的才能，立下显赫的功业，成了后世伟大民族的祖先。如果不是《诗经》古老的叙述，我们真要以为这是古希腊神话了。

---

① 顾颉刚：《古史辨》（第一册），上海：上海古籍出版社，1982年版，第11—15页。"帝乙归妹"见于《易》泰六五爻辞和归妹六五爻辞。

上帝生周始祖后稷的故事见于《诗经》和《史记》：

《诗·大雅·生民》："厥初生民，时维姜嫄。生民如何，克禋克祀，以弗无子。履帝武敏歆，攸介攸止。载震载夙，载生载育，时维后稷。"

《史记·周本纪》："周后稷，名弃，其母有邰氏女，曰姜原。姜原为帝喾元妃。姜原出野，见巨人迹，心忻然说，欲践之，践之而身动如孕者。居期而生子，以为不祥，弃之隘巷，马牛过者皆避不践；徙置之林中，会山林多人，迁之；而弃渠中冰上，飞鸟以其翼覆荐之。姜原以为神，遂收养长之。初欲弃之，因名曰弃。"《史记》只言姜原践巨人的足迹，而周人自己的祭祖颂歌却明言"履帝武敏"，即姜原踏入了帝的脚拇指印而受孕生稷。

帝生商始祖契的故事亦见于《诗经》和《史记》：

《史记·殷本纪》："殷契，母曰简狄，有娀氏之女，为帝喾次妃。三人行浴，见玄鸟堕其卵，简狄吞之，因孕，生契。契长而佐禹治水有功。"

《商颂·玄鸟》："天命玄鸟，降而生商。"

《商颂·长发》："浚哲维商，长发其祥。洪水茫茫，禹敷下土方。外大国是将，幅陨既长。有娀方将，帝立子生商。"

《史记》只言玄鸟堕卵，简狄吞之。而商人自己的祭祖颂歌却明言"天命玄鸟"、"帝立子生商"，可见这个玄鸟不是一般的凡鸟，而是帝的化身，简狄是间接地与帝结合而受孕的。值得注意的是，姜原和简狄都是有夫之妇，是高辛氏帝喾的元妃和次妃，高辛氏是上古部落联盟的首领（《史记·五帝本纪》）。在上古人的观念中，帝是至高无上的神明，自己的妻女能得到帝的儿子，与和上帝攀亲戚一样，是极风光的事，是其家族应当永保基业的凭照，故不以为丑事，反而要广为张扬，不厌其烦地世世代代地在祖庙中、祭坛上唠叨，生怕天下不知，后世不晓。

5. 帝又是性情暴戾、喜怒无常的，常常用无边的法力惩罚对他不敬的人类。不仅一般的人们，就是大权在握的君主，也对其十分畏惧。

《诗·大雅·荡》:"荡荡上帝,下民之辟。疾威上帝,其命多辟。天生烝民,其命匪谌。靡不有初,鲜克有终。"

译成今天的话,大意是:神力无边的上帝啊,您主宰万民万邦!暴烈威严的上帝啊,您的意志变化乖张!您操着天下众生的命运,众生却命运无常:人人都降生世上,却少有得到好的收场。

《诗·大雅·板》:"上帝板板,下民卒瘅。……天之方难,无然宪宪。天之方蹶,无然泄泄。……天之方虐,无然谑谑。……天之方懠,无为夸毗。……敬天之怒,无敢戏豫。敬天之渝,无敢驰驱。昊天曰明,及尔出王(往);昊天曰明,及尔游衍。"

朱熹注言板板、难、蹶、虐、懠,都是天怒而变,违反其常道,降祸于民。故诗的末章说要敬天之怒、敬天之变,因为上帝明察一切,即使是你出行、出游的时候,他也知道你做的每一件事。

帝除了施善于人类,也降灾于人间。周宣王年间,天下大旱。古人以为帝怒而降灾于周,使旱魃为虐。一切虔敬的禋祀、丰厚的祭献,都不能平息上帝的愤怒。周之山川,热浪滚滚,草木旱死,民不聊生。在国事不堪、大命将至的危亡之际,周王不停地乞求"昊天上帝"赐雨,给国家以安宁:

《诗·大雅·云汉》:"倬彼云汉,昭回于天。王曰:於乎!何辜今之人?天降丧乱,饥馑荐臻。靡神不举,靡爱斯牲。圭璧既卒,宁莫我听。

"旱既大甚,蕴隆虫虫。不殄禋祀,自郊徂宫。上下奠瘗,靡神不宗。后稷不克,上帝不临。耗斁下土,宁丁我躬!

"旱既大甚,则不可推。兢兢业业,如霆如雷。周余黎民,靡有孑遗。昊天上帝,则不我遗。胡不相畏,先祖于摧!

"旱既大甚,涤涤山川。旱魃为虐,如惔如焚。我心惮暑,忧心如熏!群公先正,则不我闻。昊天上帝,宁俾我遁?

"旱既大甚,黾勉畏去。胡宁瘨我以旱?憯不知其故。祈年孔夙,方社不莫。昊天上帝,则不我虞。敬恭明神,宜无悔怒?

"瞻卬昊天，有嘒其星。大夫君子，昭假无嬴。大命近止，无弃尔成。何求为我，以戾庶正。瞻卬昊天，曷惠其宁？"

综上所述，我们看到，虽然上古文献关于帝的记载是零碎、不完整的，但透过这些残存的描述，我们仍能窥见上古华夏帝的形象。帝有他的喜怒好恶、七情六欲。甚至在一些时候，帝肆威于人类，没有一点仁慈的样子。除去拥有至高无上的地位和无边的神力之外，帝与普通人没有什么不同。

四

在古代社会的原始时期，人类最初奉行泛神崇拜，崇拜的对象是自然力、图腾（自然力或物的象征）以及自己的祖先。上古华夏人的崇拜在一定程度上带有这种特征。但是，上古华夏的帝却是居于自然、人类和众神之上的最高神，已是宗教信仰的高级阶段。有的学者认为，在经过了一定的历史时期之后，在社会进化诸因素的作用下，泛神崇拜就必然会演变为对神祇系统中最高神的崇拜，类似于阶级社会中臣民之于君主的等级关系。需要指出的是，这种演变并不是必然的。因为即使是在今天，许多保持传统文化的民族仍保存着图腾崇拜、祖先崇拜等人类早期宗教的遗俗，并不随历史的前进而改变。而且，人类各集团的信仰和宗教总是千差万别的，并不因为社会的政治组织形式和经济形态相似就表现出一致性。人类各集团的信仰往往跟其文化传统有密切关系。为什么在夏商周秦会形成这样一种崇祀"上帝"的局面呢？是独立演变的结果吗？有没有其他的可能呢？

从上古文献资料对华夏古"帝"的残存的记述中，我们可以明显地感觉到，在上古人类各大文明所崇奉的神祇中[①]，与华夏古帝最为相似的是古

[①] 印度婆罗门教在时间上相对晚起，与印欧民族的早期宗教有一定的联系。古埃及的"九神团"诸神、阿蒙神（太阳神）等虽古老，但在形象、性格和行为等方面，没有与华夏古帝明显相似的地方。

希腊的众神之父宙斯。下面是对二者的比较。

在地位上，希腊神话中的宙斯是宇宙的最高主宰、众神之父，居奥林匹斯山上。奥林匹斯山实际上是天庭的象征。华夏古帝居于天庭，有群神侍从，也是天地万物的最高主宰。这是相似之一。

在神力方面，宙斯神力广大，洞察下界人类的行为，常巡视四方，奖善惩恶。他又是雷电云雨之神。华夏古帝也有同样的行为，见前引《诗经·皇矣》。关于华夏古帝掌雨的说法，见于甲骨文很多，兹引三条：

"帝令雨足年；帝令雨弗其足年。"(《前》一·五〇·一)

"今二月帝不令雨。"(《藏》一二三·一)

"贞：今三日，帝令多雨。"(《前》三·十八·五)

在家庭方面，宙斯子女众多，有的是神，如阿波罗、雅典娜、狄俄尼索斯、阿芙洛狄忒、阿瑞斯等，有半神的英雄，如大力士赫拉克勒斯。华夏古帝的人间儿子有弃和契，后来成为商周之祖；其神系的子女们可能失于记载，没有流传于今。但有一条文献为我们提供了一点这方面的情况，就是华夏古帝有两个大力士的儿子。这是我们熟悉的一则故事：

操蛇之神闻之，告之于帝。帝感其诚，命夸、娥氏二子负二山，一厝朔东，一厝雍南。(《列子·汤问》)

在性格方面，宙斯生性暴戾，经常泄怒于人。华夏古帝的喜怒好恶也是往往使人"僭不知其故"。

在行为方面，宙斯有时扶助正义、奖善惩恶，不失为一个堂堂的君王；有时却泄私愤、恶作剧，像一个凡间小人。更兼生性风流，常常背着天后勾引凡间女子，生下日后人间不凡的英雄来。华夏古帝也有这方面的"不良记录"：弃和契，可能还有。

在祭祀仪式方面，两者可以说是极为相似。众所周知，今天的奥运会，原是古希腊奥林匹克竞技大赛，本是奉献给天神宙斯的。在大赛开始前，由祭司主持祭礼，宰杀牺牲，点燃堆满木柴的祭坛，焚烧祭品，香烟升腾，上达于天。这几乎与上古华夏的祭天仪式"祡（柴）"、"禋（烟）"、

"郊天"没有二致。

尽管人类的宗教崇拜最初有把自然力人格化、把氏族的英雄祖先理想化的倾向，因而可能在某种程度上带有一定的共性，但是要达到上述情形的相似，特别是在一些细节上也出现令人吃惊的相似，这种概率是极小的。在后来相同的阶级社会中，人类却产生出种种不同的宗教。只要将人类信仰千差万别的情形与上述情形相比较，就会明白这是一个例外。尽管人类自诩有逻辑的思维是自己别于其他生灵的特长，但是实际上，人的思维受制于传统的轨道极深。囿于旧有的观念而对明显的事实视而不见的情形，人类常有之。因此，古希腊天神宙斯与华夏古帝如此之多的相似之处，并没有促使笔者想到二者会有什么历史的联系。西方文明和华夏文明的分别，从源到流几千年，早就被清清楚楚地分割开了，谁要去插嘴说它们在历史的早期就有关系，恐怕会被当作梦呓。然而，促使笔者把二者联系起来进行比较而发现上述事实的，只是始于一个意外的发现，这就是历史语言学的证据。

五

三年前，笔者写了一本书《汉语印欧语词汇比较》，以语言学的证据说明汉语和印欧语在史前时期有过密切的关系。在该书中，笔者在指出上古汉语的许多词与古印欧语有对应关系的同时，也发现了上古汉语的"帝"与古印欧语的"上帝"一词极为相似，兹引原文如下：[1][文长有删节。星号 * 后是汉语上古音，参照郑张尚芳音系。[2]]

A 帝[3]　*tees

《易·益》："王用享于帝吉。"孔颖达疏："帝，天也。"天神，天帝。

---

[1] 周及徐：《汉语印欧语词汇比较》，成都：四川民族出版社，2002年版，第533—535页。
[2] 郑张尚芳：《上古音系》，上海：上海教育出版社，2004年版，第303、479页。
[3] "帝"，端母齐韵去声，上古支部。郑张尚芳先生拟 *teegs，今拟 *tees。以"帝"为声符的字浊声母的很常见，如禘、蹄、缔、啼等等皆为 *d-。笔者在《汉语印欧语词汇比较》中漏掉了"禘（*dees）"字。

拉丁语 deus，神，（晚期拉丁语）上帝。同源词：希腊语 dios，神似的，上帝般的；拉丁语 diēs，白昼；梵语 dyaús，白昼，天空。（［ORI］deify）

拉丁语 deus 来源于原始印欧语 *deiwo（神，上帝），并由此与拉丁语 diēs（白天，昼）密切关联，拉丁语 Iuppiter（天父，天帝）来源于原始印欧语 *dieu- 或 *dei-。比较梵语 devas，神，同义词有：古波斯语 deywis，前凯尔特语 *dewos 或 *divos。拉丁语 deus 的派生词形容词 dīus 有三个不同但密切相关的意义：神的，天空的，光辉的。"辉煌的白昼和天空与天帝混同了"。（［ORI］Diana 2.）

D. 天[①] **thiim > *thiin

《鹖冠子·度万》："天者，神也。"《尚书·泰誓中》："天视自我民视，天听自我民听。"孔传："言天因民以视听，民所恶者，天诛之。"天神，上帝。

按：添 thiem 以"忝"为声符，忝从"天"声，也反映出"天"原是带 -m 尾的。

拉丁语 diēs，日光，白昼，白天，是 diem（diēs 的宾格形式）的变形，diem 是吠陀经 dyām，变体 diyām 的模仿（比较荷马希腊语 Zēn）。一方面，"日光"、"白昼"和"天空"互相联系；另一方面，它们又和"神"相联系。（［ORI］Diana 6.）

按：希腊语 Zēn 读为 *Dēn，与"天"*thiin 音近。拉丁语 diem、梵语 dyām 反映"天"的更早的形式也是带 -m 尾的。

按：根据新的印欧语研究成果，拉丁语和希腊语中的 d- 相当于原始印欧语 * t'-，是一个喉塞化的清辅音。[②] 这样，上古汉语的"帝"*t- 与原始印欧语的 *t'-（帝）对应更为整齐。（2006 年 10 月补记）

上古汉语的"帝"、"天"同源；印欧语"帝"、"天"也是同源的。且

---

① "天"，透母先韵，上古真 1 部。郑张尚芳音系 * qhl'iin，本文拟 **thiim > *thiin。
② T. V Gamkrelidze and V. V Ivanov. *Indo-European and Indo-Europeans*, English Version by Johanna Nichols, Mouton de Gruyter, Berlin. pp.52-65, 1995.

汉语与印欧语互相对应。

上古时期这两个人类集团在语言上的相似，与在宗教上的相似是一致的。这种相似不是偶然的。

古希腊人的天帝宙斯，并不始于荷马史诗（约公元前900年）。在迈锡尼线型文字中，就有向宙斯、波塞冬、赫拉、狄俄尼索斯等神灵奉献祭品的记载。[1] 这是约公元前1300年的事，尚在特洛伊战争之前。这说明在印欧人中，宙斯及诸神崇拜的历史可以上溯到很早。

古波斯人是印欧人的一支。希罗多德记述了约公元前5世纪波斯人的宗教："波斯人所遵守的风俗习惯，我所知道的是这样。他们不供养神像，不修建神殿，不设立祭坛，他们认为搞这些名堂的人是愚蠢的。……然而他们的习惯是到最高的山峰上去，在那里向宙斯奉献牺牲，因为他们是把整个苍穹称为宙斯的。"[2] 在山顶上祭献天帝，与上古华夏民族的封泰山及诸山相似。"把苍穹称为宙斯"，古梵语中Dyaús既是天空，也是天帝，古波斯语也如此。故希罗多德如是说。"天"和"帝"在原始印欧语中是同源词。上古华夏人口语中，"帝"可称"天"，"天"可称"帝"，"天"和"帝"最初可能也是同源的。希罗多德又说："奉献牺牲的人不允许只给自己乞求福祉，他人为国王、为全体波斯人的幸福祷告，因为他们自己必然就在全体波斯人当中了。随后他们把牺牲切成碎块，而在把它们煮熟之后，便把它们全部放到他能够找到的最新鲜柔嫩的草上面，特别是车轴草。这一切办理停妥之后，便有一个玛哥斯僧前来歌唱一首赞美诗。据波斯人说，这首赞美诗是详述诸神源流的。除非有一个玛哥斯僧在场，（否则）任何奉献牺牲的行为都是不合法的。过了一会儿之后，奉献者就可以把牺牲的肉带走，随他怎样处理都可以了。"[3] 祭祀是为君主和整个集体求福，这一点与华夏先民相似。在这则引文末尾，西方历史

---

[1] ［美］保罗·麦克金德里克：《会说话的希腊石头》，杭州：浙江人民出版社，2003年版，第81页。
[2] ［希腊］希罗多德著，王以铸译：《历史》（上册），北京：商务印书馆，1997年版，第68页。
[3] 同上书，第68、69页。

之父对古波斯人不无讥讽。然而，祭祀之后把牺牲分给人们享用，周礼也是如此。

这段话中还有一个历史语言学的证据——"玛哥斯僧"，当是希腊语 Magos 的翻译，拉丁语 Magus，古波斯语 Magu，巫师，对应于上古汉语"巫 *ma"[①]。

公元前 1500 年前后，草原民族的雅利安人（Aryan，印欧人东支）侵入了印度河、恒河流域，带来了他们的文明。早期婆罗门教与印欧人的原始宗教有历史的联系。婆罗门教不设庙宇，不设偶像，其最重要的仪式之一是天启祭，又称火祭。祭坛临时设立，"祭祀时祭品用火烧，喻作升上天堂。按印度人的理解，这样祭品才会被诸神悉数收到"[②]。这与上古时期黄河流域的先民祭祀"帝"的仪式是多么相似。婆罗门教经典《梨俱吠陀》记载，天界诸神中，第一位就是光天，名帝奥斯。帝奥斯就是梵语中的 dyaús，同希腊语的宙斯 Zeus（*Deus）应是同一来源，与黄河文明的"帝（*tees）"对应。《梨俱吠陀》至晚成书于公元前 1200 年，早于荷马史诗约 400 年。希腊语 Zeus（*Deus）与梵语 dyaús 的对应，可以把这个词的存在追溯到尚未分裂的原始印欧语时期，即公元前 2000 年以前。

我国藏族源于上古的西羌，与周人同祖，约在夏商之际（约公元前 2000 年—前 1500 年）分出。藏族的民俗中，流传至今祭神消灾的仪式叫"煨桑"，俗称"烧烟烟"。有祷于神之事，则采来柏枝香草，堆积于山野中，献上牛头（骨），虔敬地点燃，让香烟达于上苍，供神歆享。这不禁使人有犹在上古之世的感觉。藏文 the-se，太岁，地祇名，与印欧语和上古汉语"帝"对应，可能是上帝之名的演变。

[①] Mair, Victor H. 1990. "Old Sinitic *Myag, Old Persian Magǔs, and English 'Magician'". Early China, 15：27—47. 周及徐：《汉语印欧语词汇比较》，成都：四川民族出版社，2002 年版，第 255 页。

[②] 酉代锡、陈晓红：《失落的文明：古印度》，上海：华东师范大学出版社，2003 年版，第 80 页。

将上述史实联系起来，历史的轮廓就渐渐清晰了。早在公元前2000年以前的某个时期，黑海岸边的草原民族——原始印欧人，就崇奉天帝宙斯了。在后来各个方向上无往不胜的扩张中，他们捧着自己的天帝，驱驰骏马战车，挥舞青铜利剑，向南征服了巴尔干半岛，向西南冲入了小亚细亚、伊朗高原，又席卷印度河流域，直至恒河岸边。当然，也正是本文要给印欧人扩张史补充的一点：他们也向东跨过中亚大草原，踏破天山，征服了黄河流域，把他们自己连同他们的语言、习俗、杂物家什一股脑儿带到了这里。

或问曰："如此说，在史前时期，印欧民族曾西来黄河？"

答："是的。而且给这个地区的文明带来重大影响。"

问："这是一个重大的历史关节。这样重大的历史问题仅用'帝'的同源来支撑，是否太单薄？"

答："否。'帝'的同源代表着宗教的同源。宗教是上古文明的重要成分。不仅如此，在此之前，我们已经指出了两种语言中大量同源词的证据[1]。语言学的证据是基础。而且，在这里我们只是就上古文献和语言学的证据来论述这个问题。在其他的学科中，也能串联起相当的证据来支持这个结论。"

问："关于这个问题还有更多的论述吗？比如说这种影响发生的时间，它对黄河流域的生活、文化，甚至民族构成的影响等等？"

答："是的。在后续的文章中，我们将摆出更多的证据来论述这些问题。"

补记：此文写成于2004年夏，未能发表。后在美国宾夕法尼亚大学（University of Pennsylvania）东亚系讲学期间，将其译成英文发表于宾大 Sino-Platonic Papers 杂志上，题为 Old Chinese "帝 *tees" and Proto-Indo-European "*deus": Similarity in Religious Ideas and a Common Source in Linguistics, Sino-Platonic Papers 167（December, 2005）。这与梅维恒（V.H

---

[1] 周及徐：《汉语印欧语词汇比较》，成都：四川民族出版社，2002年版。

Mair）教授的帮助分不开。西方学界鼓励争鸣、尊重新见的学术风气，令人印象深刻。英文译文有删节。此次发表中文稿前，见顾颉刚先生编著的《古史辨》中有胡适和刘半农的文章[1]，讨论"帝"和"天"与印欧语对应词的联系，方知前人在半个世纪前已作此类比较，并无"禁区"之忌，可为今人壮胆。胡氏文简略，刘氏文有论证，读者可参看。

---

[1] 胡适"论帝天及九鼎书"，见顾颉刚《古史辨》(第1册)，上海：上海古籍出版社，1982年版，第199页。刘半农"帝与天"，见顾颉刚《古史辨》(第2册)，第20页。

戎夏同源说*

——黄河文明探源之二

阅读提要：从上古文献和词源的证据看，上古"戎"与"夏"①的根本区别不是民族的不同，而是生活方式的不同：戎为游牧，夏为农耕。戎与夏商周人皆是共同的祖先黄帝族的后裔。自夏商至西周，中原人完成了从游牧生活方式向先进的农耕生活方式的长达千年的转变，进入到农业文明时期，由戎成为华夏。

一、华夏与戎狄：血缘和语言

戎和狄是上古时期活动于黄河流域的游牧人。他们活动的区域从西到东，分布很广。在一些地方，他们与周人相邻，甚至活动在周人（夏人）活动的中心地区——黄河中游地区，例如今山西南部和河南东部地区。传统的观点是：夏商周人是华夏族的祖先黄帝的后裔，而戎狄则是与他们不同的民族。征之于古文献，发现许多记载不支持这种观点。

华夏与戎的关系可从晋人与戎狄的关系来看。晋国的始祖是周成王的弟弟唐叔虞，姬姓的晋国是周人的直系血亲。晋人与戎狄的关系可以代表周人与戎狄的关系。

事见《左传·僖公二十三年、二十四年》：晋公子重耳因国内政治斗争，奔狄避难。晋国的公子为何会选择这一今人认为是异族的地方避难？

▲ 此文原发表于《中国文化研究》，2008年第3期，第123—132页。
① 本文中，戎、夏对举时，"夏"指上古华夏（人）；夏与商周对举时，"夏"指夏代。

生死危急关头所选择的去处应是最安全的地方。"狄，其母国也"（《史记·晋世家》），太史公一语道破，消除了后人的疑惑。狄是重耳母亲的娘家，是他外公的领地，凭着狄国的保护，谁敢再来追杀狄君的亲骨肉？接下来的事情也就不意外了：重耳娶了赤狄女（公主，尽管是掳来的，也当配晋国王子）季隗为妻，居狄十二年，生二子。重耳与季隗说话也应不用翻译。送别重耳时，季隗深明大义，鼓励丈夫去追寻自己的政治理想，使人怀疑他们之间会有很大的文化隔阂。这段夫妻的知心话，如果重耳听不懂，需要翻译，那该是多煞风景！

　　与重耳同行的赵衰娶季隗的姐姐叔隗为妻，生赵盾。重耳一行继续流亡，妻儿留居狄国（当然是狄君给养着）。十九年之后，重耳返回晋国重主国政，君臣从狄人那里迎妻儿回到晋国。赵盾返回晋国时已经成年了，他在母亲那里学来的第一语言定是狄语。母子俩回到晋国，晋国贵族不歧视在狄国长成的赵盾，反而十分器重他。赵衰的正妻、晋文公的女儿赵姬"以盾为才，固请于公，以为嫡子，而使其（自己的）三子下之。以叔隗为内子，而己下之"（《左传·僖公二十四年》）。赵盾是后来大名鼎鼎的晋卿。狄母所生和狄国的生活经历并不妨碍他成为中原大国显赫的重臣。

　　《左传·庄公二十八年》："晋献公……又娶二女于戎，大戎狐姬生重耳，小戎子生夷吾。晋伐骊戎，骊戎男女以骊姬，归生奚齐。"一看之下真让人奇怪，晋献公的三个配偶竟然都是戎人之女。仔细读来，这段文字透露了三个信息：

　　其一，狐姬，狐为氏，姬为姓。姬是周部落的姓。狐姬与周人有血缘关系。出自骊戎的骊姬也是如此，皆戎而姓"姬"，与晋同一血缘，是周人——或者更远的祖先黄帝——的子孙。这至少说明一部分戎人与周同姓。《左传》中的另一条资料也说明了这个问题。《左传·僖公二十三年》："男女同姓，其生不蕃。晋公子（重耳），姬出也，而至于今。"狐姬与晋国君是同姓。"同姓不婚"是上古时期黄河流域地区的婚俗。重耳的父母都是姬姓，与当时奉行的婚姻禁忌相违背。这更说明姬姓之戎与周人同宗。

　　其二，狐姬、小戎子和骊姬的儿子们都不是与本族人不同种、与晋人语言不通的混血儿。骊姬之子奚齐为太子，狐姬之子重耳和小戎子之子夷吾后来都成为晋国国君。如果是另一民族的后代，怎能做华夏大国的太子、国君？无论是晋献公本人指定的太子，还是晋国人拥立的国君，晋侯继承人奚齐、卓子、夷吾、重耳，都是戎狄母亲们的儿子。晋惠公夷吾被秦国俘虏，他的异母姐姐、"正宗"华夏血统的秦穆姬奋力相救，一点没有夏尊戎卑的味道（《左传·僖公十五年》）。可见在当时的观念中，人们对于戎夏的分别是不在意的。在重耳的血缘问题上，《左传》不言"戎夏异族，其生不蕃"，而说"男女同姓，其生不蕃"，可见"同出姬姓"远远重于"戎夏之别"。

其三，戎和狄是一个民族的不同称呼。《左传》的"大戎狐姬"，《史记·晋世家》称之为"翟（狄）之狐氏女也"，又说"重耳遂奔狄。狄，其母国也"，即是证据。合理的解释是，狄即是戎，狄是戎之一支。这与羌和戎的关系相似。

狄人与晋为婚姻之国①，应是同一种族。看不透这一点，就会迷惑不解。难怪傅斯年先生当年说：②

  应该是中国了，而偏偏和狄认亲（指有娀氏女简狄生商之始祖契——作者注）。这团乱糟糟的样子，究竟谁是诸夏，谁是戎狄？

就像晋人和戎狄为婚姻一样，商人也与戎为婚姻。有娀氏女而名"简狄"，证明戎狄为一，也证明商与戎的族源关系。"娀"（上古音 *snum）即"戎"（上古音 *num），以姓氏而加"女"。有娀是戎族部落。《诗经·商颂·长发》："有娀方将，帝立子生商。"你看，商人的始祖身上也流着戎的血液。傅氏还没算上晋国的一宗，要不，更乱。谁说华夏与戎狄能截然分开呢？

戎狄语与晋语应是很接近的语言。这同羌语与周语的情况相似。俞敏

---

① 《左传·成公十三年》："晋侯使吕相绝秦曰：'……白狄及君，同州之仇雠，而我之昏姻也。'"杜预注："季隗，廧咎如，赤狄之女也，白狄伐而获之，纳诸文公。"
② 傅斯年："与顾颉刚论史书"，《傅斯年选集》，天津：天津人民出版社，1996年版，第168页。

先生说:"姜(羌)跟姬两个部落说的是一种语言的两个方言。请想想,弃学话不是跟姜原学么?姜原跟弃的父亲说话,古公跟太姜说话还用翻译么?"(俞敏,1999:204)戎狄语与晋语有同样的情况。重耳的话是跟狐姬学的,他在晋国做公子,又能跟狄人在一起融洽地生活,娶狄女——他母亲的同族人为妻,说明戎狄语和晋语可以互通。

说到春秋战国时期各地语言的差别,是有文献可征的。例如人们常举的《孟子·滕文公下》言齐人语与楚人语的差别。[①] 然而,以语言学的观点来看,齐语和楚语的区别并不是很大。从《诗经》与《楚辞》的押韵系统并没有大的区别,可推知中原雅言(即夏言)与各地区语言之间至多是音值的区别,不是音系的不同。换言之,这些语言(或方言)之间是有严密的语音对应关系的。上古以来至春秋战国,语言分化未久,经过短时间的适应,这些语言即可互通,类似于今天说北方话的人学南方话,或操南方话的人学普通话。[②] 由此可推测戎语与雅(夏)语的关系也是如此。据《左传·襄公十四年》载,戎子驹支对晋人曰:"我诸戎,饮食衣服不与华同,贽币不通,言语不达,何恶之能为?"虽自谦言语不达,戎子驹支却晓畅雅语,引史诵《诗》,在晋人的威逼之下应对如流。"饮食衣服不同",是游牧与农耕之生活方式差异所致;贽币语言不通,是地理与文化阻隔使然。岂能尽归之于血缘与种族之不同?华夏语言与戎狄语言的差别,应该就像今天青海藏语中农区藏话和牧区藏话的差别。

二、周与羌:周人来自于游牧

羌是上古的游牧民族,这是无疑的。周人与羌关系密切。《诗经·大雅·生民》:"维初生民,时维姜原。"后稷的母亲姜原,就应是一个羌人。

[①] 孟子曰:"……有楚大夫于此,欲其子之齐语也,则使齐人傅诸?使楚人傅诸?曰:使齐人傅之。曰:一齐人傅之,众楚人咻之,虽日挞而求其齐也,不可得矣。引而置之庄岳之间数年,虽日挞而求其楚,亦不可得矣。"(《孟子·滕文公下》)

[②] 今天南北汉语方言的差别,分化时间大约二千年(秦至今);上古雅言的分化,时间亦约二千年(黄帝至春秋时期)。

姜，OC *klaŋ ＞ MC kiaŋ ＞ M tɕiaŋ⁵⁵①
羌，OC *khlaŋ ＞ MC khiaŋ ＞ M tɕhiaŋ⁵⁵
羊，OC *laŋ ＞ MC jiaŋ ＞ M jiaŋ³⁵

三个词是同源词。如上文所述，上古时期，姜姓的羌人是牧羊为生的游牧民族。而姬姓的周人与姜姓世世为婚姻，周贵族以娶姜姓女子为妻为常，直至春秋时期尚是如此。原来黄帝集团中的两大支系是黄帝族和炎帝族，黄帝姬姓，炎帝姜姓。

"司空季子曰：'昔少典娶于有蟜氏，生黄帝、炎帝。黄帝与姬水成，炎帝以姜水成。成而异德，故黄帝为姬，炎帝为姜。二帝以师以相济（挤）也，异德之故也。'"（《国语·晋语》）

黄帝族、炎帝族本为兄弟，同族而异姓，曾经发生过内战，后来炎帝战败，黄炎联合征服、统治华夏。②众所周知，周武王伐商纣王的首要辅佐是大臣姜尚。《说文》的作者许慎就是姜姓的后裔，他在《说文叙》中述说了自己祖先的历史。《说文叙》："曾曾小子，祖自炎神。缙云相黄，共承高辛。大岳佐夏，吕叔作藩，俾侯于许。"其中炎帝、缙云氏、共工氏、太岳氏、吕叔至许国国君，全是姜姓后裔。这个"家谱"说的就是黄帝以来，姜姓辅佐姬姓，黄、炎子孙合作统治华夏的事情。

从上述可见，周人和羌人是同源的，而且在上古时期，他们是中国统治集团中密切的合作者。羌人初为游牧民族，周人最初也应是游牧民族。

从《诗经》描写的一些细节中，我们也可以看到周人为游牧民族的一些痕迹。《诗·大雅·生民》"诞弥厥月，先生如达"，意思是姜嫄怀孕足月，头胎生产十分顺利。先生，指头胎生产。"达"通"羍"，小羊。把妇女顺利生产比喻为母羊生产小羊，这显然是游牧民族的习俗，然而却出现在周人的诗歌里。同在这首诗中还有"诞置之隘巷，牛羊腓字之"一句，

---

① OC上古汉语，MC中古汉语，M现代汉语普通话。本文上古音采用郑张尚芳系统。参见郑张尚芳：《上古音系》，上海：上海教育出版社，2004年版。
② 炎帝与神农本不相干，将二者混淆为一是汉代以后人们所为。见周及徐：《炎帝神农说辨伪》，四川师范大学学报，2006年第6期。

意思是牛羊用身体保护婴儿时的后稷。可见周部落多牛羊,畜牧在周人远古时期的生活中占了很重要的地位。《说文》中有大量关于牛马羊的不同名称的词,多是上古时期保存下来的词汇。这是游牧民族的语言特征,反映了在历史上,黄帝集团的人民曾经历了游牧生活的阶段。

三、周与戎:游牧与农耕的交替

上古时代,对于从游牧生活改变为定居农耕生活的部落,农耕生活方式有时是不稳固的,由于种种原因,例如旧有的生活习惯、邻近游牧民族的影响甚至侵扰等等,开始了农耕生活的人群有时会回复到旧有的游牧生活。如此则不难理解《左传·庄公二十八年》"大戎狐姬生重耳"之意。杜预注:"大戎,唐叔之子孙别在戎狄者。"唐叔虞为周武王弟,封于唐,晋之始祖。周人已进入农耕生活,而唐叔子孙的一部分仍保持游牧生活方式,故称"戎"。小戎和骊戎也是姬姓[1],也应是另一支周人而"别在戎狄者"。

这样的事情不止此一宗。《诗·豳风》序:"及夏之衰,弃稷不务,弃子不窋失其官守,而自窜于戎狄之间。"《史记·周本纪》:"不窋末年,夏后氏政衰,去稷不务。不窋以失其官,而奔戎狄之间"。《国语·周语》:"及夏之衰也,弃稷不务,我先王不窋用失其官,而自窜于戎狄之间。"你看,周人农耕的老祖宗后稷的子孙们也曾一度退回到游牧,多亏了伟大的公刘"能复修后稷之业",重振农业,才拯救了再度陷于落后生产方式的周人,使他们重返"夏"人的农耕生活。这是周人文明史中走向兴盛的重要转折点。《豳风·七月》则讴歌已经巩固下来的农耕生活。传说此诗为周公诫成王而作,可见周统治者深知本民族的历史教训。

《史记·周本纪》记载古公亶父为避开戎狄的侵扰,率人民由豳迁于岐下。文中有这样一段记载:

---

[1] 《左传·庄公二十八年》:"晋(献公)伐骊戎,骊戎男女以骊姬。"杜预注:"骊戎,在京兆新丰县,其君姬姓,其爵男也。"《史记·晋世家》:"重耳母,翟之狐氏女也。夷吾母,重耳母女弟也。"则小戎子为大戎狐姬之妹。与杜注"允姓之戎"不同。

>古公亶父复修后稷、公刘之业，积德行义，国人皆戴之。薰育戎狄攻之，欲得财物，予之。已复攻，欲得地与民。民皆怒，欲战。古公曰："有民立君，将以利之。今戎狄所为攻战，以吾地与民。民之在我，与其在彼，何异？民欲以我故战，杀人父子而君之，予不忍为。"乃与私属遂去豳，度漆、沮，豳人举国扶老携弱，尽复归古公于岐下。及他旁国闻古公仁，亦多归之。于是古公乃贬戎狄之俗，而营筑城郭室屋，而邑别居之。

古公亶父迁于岐下后，第一个举措就是在周人中革除旧有的"戎狄之俗"。这个事实说明周人正在完成从原来的游牧生活方式向农业生活方式的最后转变。其中一项就是营建房舍，形成多个有城郭保护的村落，定居下来。这是适应农业生活和生产需要的重要措施。定居生活是农业文明的重要标志。可见在这之前，周人尚不是完全定居生活的，仍有戎狄流动居住的旧习。《诗·大雅·绵》："古公亶父，陶复陶穴，未有家室。"根据毛传和郑笺的解释，这是说在古公亶父豳地之初，周人仍居住在地面或地下的人工挖成的洞穴中。这应是一种可以很快筑成的简易住所。对于仍有游牧旧习的周人来说，这样的居所是便于迁移的。

据《诗经·大雅·绵》毛传所载，古公亶父乃属其耆老而告之曰："狄人之所欲，吾土地。吾闻之：君子不以其所养人而害人。二三子何患无君？"为了避免战争，可以让狄人来做君主，可见周人与戎狄没有太大的不同。同样的话在《史记·周本纪》作"民之在我，与其在彼，何异？"如果是不同的民族，让狄人做君主，周人就会沦为戎狄的奴隶。可是古公却说："人民由我来统率，与由狄君来统率，没有不同。"亦可见戎狄周人相近，否则怎么可以这样说呢？戎与周的战争是同一民族同室操戈的战争，同时也是游牧与农耕两种不同的生活方式之间的冲突。

四、夏商周人皆可称为"戎"

与春秋时期夏尊戎卑的思想不同，上古时期华夏是可称为"戎"的。

保存这个事实的文献不多,但我们仍可找出一些例子来。

称商人为戎的例子。古文《尚书·武成》:"一戎衣,天下大定。"伪孔传不知"戎衣"之义,误注为"戎服"。郑玄在《礼记》注中纠正了对"戎衣"的误解。《礼记·中庸》:"武王缵大王、王季、文王之绪,壹戎衣而有天下。"郑玄注:"衣读如殷,声之误也,齐人言殷,声如衣。"郑注在今文《尚书》中得到印证。《尚书·康诰》"天乃大命文王殪戎殷","戎"在此处有"野蛮"之义,为农耕生产方式较为发达的周人对落后的半游牧殷人的蔑称。"戎殷"为指斥殷人之词。

商人又被称为"戎商"。周武王伐纣时的誓词云:"朕梦协朕卜,袭于休祥。戎商必克!"(《尚书·泰誓》)此虽为《伪古文尚书》之文,然《国语》曾引用此句。《国语·周语》载:"吾闻之《大誓》:故曰'朕梦协于朕卜,袭于休祥。戎商必克!'"则此当为原《尚书》之文。孔传和郑注在这两处"戎殷""戎商"后都注"戎"为"兵",是汉以后人因袭春秋以来戎卑夏尊的观念,不能理解为何殷商可称为戎。然而《尚书》却提供了在此一千多年前称商人为戎的例子。

称夏人为戎的例子,最有名的莫过于禹称为"戎禹"。《潜夫论·五德志》:"后嗣修纪,见流星,意感生白帝文命戎禹。"虽是后汉人文字,亦当有来源。《史记·六国年表》:"禹兴于西羌。"今天四川地区的羌族,仍然称大禹是他们的祖先,可以为古文献的印证。

称周人为戎,亦有例可辨。《诗·大雅·绵》:"……乃立冢土,戎丑攸行。"意思是:建立大社——土地之神的祭坛,让周人大众敬奉而行事。在这里,将周人称为"戎丑"。毛传、郑笺、朱熹集传三家都将"戎丑"解释作"大众"。①释戎为大,就像释戎为兵一样,是汉代以后因袭春秋以来的陈说。上古汉语中,"丑"意为"类","戎丑"即戎类或戎众,可见在当时周人亦可以称为"戎"。《诗·大雅·韩奕》"缵戎祖考……以佐戎辟",

---

① 《诗·大雅·绵》毛传:"戎,大;丑,众也。冢土,大社也。"笺云:"大社者,出大众将所告而行也。"诗集传:"冢土,大社也,亦大王所立。而后因以为天子之制也。戎丑,大众也。"

《崧高》"周邦咸喜：戎有良翰"，《民劳》"戎虽小子，而式弘大"等诗中的"戎"，过去都解作第二人称代词"汝"，现在看来应是周人自称，后来由尊称发展为第二人称代词。《世说新语·语言第二》："文王生于西羌。"文王是西戎人，他的人民为何不可称戎？

五、戎与华夏皆源于黄帝

黄帝为华夏族先祖。据古文献，尧舜禹和夏商周三代的王族，都是黄帝的后裔。关于黄帝的谱系，《国语》、《大戴礼记》、《孔子家语》和《史记》的记载相符。[①]《大戴礼记》云：

> 黄帝居轩辕之丘，娶于西陵氏之子，谓之嫘祖氏。产青阳及昌意。青阳降居泜（江）水，昌意降居若水。昌意娶于蜀山氏，蜀山氏之子谓之昌濮氏，产颛顼。颛顼娶于滕氏，滕氏奔之子谓之女禄氏，产老童。老童娶于竭水氏，竭水氏之子谓之高緺氏，产重黎及吴回。（《大戴礼记·帝系》）

《山海经》也记载了黄帝世系，与其基本相同：

> 黄帝妻雷祖生昌意。昌意降处若水，生韩流。韩流擢首、谨耳、人面、豕喙、麟身、渠股、豚止，取淖子曰阿女，生帝颛顼。（《山海经·海内经》）

> 颛顼生老童，老童生重及黎。（《大荒西经》）

《山海经》虽杂有神话成分，然记载上古先民谱系与《大戴礼记》等书有同等的史料价值，可以作为我们考察上古史的重要资料。根据《山海经》，戎族的犬戎和北狄原是黄帝后裔。原文如下：

> 黄帝生苗龙，苗龙生融吾，融吾生弄明，弄明生白犬，白犬有牝牡，是为犬戎，肉食。（《山海经·大荒北经》）

> 西北海之外，赤水之西……有北狄之国，黄帝之孙曰始均，始均

[①] 见于《国语》、《鲁语》、《晋语》，《大戴礼记·帝系》，《孔子家语·宰予问》和《史记》、《五帝本纪》、《夏本纪》、《殷本纪》、《周本纪》。摘引《大戴礼记》，其余因文繁省。

生北狄。(《山海经·大荒西经》)

另外的记载，如《潜夫论·志氏姓》："季孟短即大戎氏，其先本出黄帝。"

再看黄帝族具有游牧民族性质的一些记载。

《史记·五帝本纪》："轩辕乃……教熊罴貔貅貙虎，以与炎帝战于阪泉之野。三战，然后得其志。……与蚩尤战于涿鹿之野，遂禽杀蚩尤。"训练野兽作战，频繁地征战于原野。黄帝征战时，"天下有不顺者，黄帝从而征之，平者去之，披山通道，未尝宁居"。虽然"邑于涿鹿之阿"，但是仍然"迁徙往来无常处，以师兵为营卫"。这些记载，颇似在描述一支游牧民族的征战史。

黄帝出生于西北游牧地区。《水经注·渭水》："横水西北出泾谷峡。又西北，轩辕谷水注之。水出南山轩辕溪。南安姚瞻以为黄帝生于天水，在上邽城东七十里轩辕谷。"今甘肃天水市东北清水县（汉上邽）有轩辕谷，即此地。《水经注·渭水》又云："渭水东过陈仓县西。"注："黄帝都陈在此。"陈仓，秦设，今属陕西省宝鸡市。皇甫谧《帝王世纪》云黄帝生寿丘，在鲁东门之北。《史记正义》从之。人又误黄帝都陈之"陈"为《诗经·陈风》之宛丘。考之《水经注》，知皆附会之说。要之，黄帝初期活动地域大约在黄河上游的陇西地区，这正是上古文献中西戎活动的地区。

六、"商政周索"和"夏政戎索"

公元前11世纪，武王克商。分封鲁、卫、唐三个诸侯国时，鲁在少昊之墟（今山东南部），卫在殷墟（今河南北部），唐在夏墟（今山西汾水流域），分别用不同的政治措施和土地划分办法来治理国家。《左传·定公四年》：

昔武王克商，成王定之，选建明德，以藩屏周。故周公相王室以尹天下，于周为睦。分鲁公以大路、大旗、夏后氏之璜、封父之繁弱，殷民六族：条氏、徐氏、萧氏、索氏、长勺氏、尾勺氏、使帅其宗氏，辑其分族，将其类丑，以法则周公，用即命于周。是使之职事于鲁，以昭周公之明德。分之土田陪敦，祝宗卜史，备物典策，官司彝器，因商奄之民。命以伯禽，而封于少皞之虚。分康叔以大路、少帛、綪茷、旃旌大吕，殷氏七族：陶氏、施氏、繁氏、锜氏、樊氏、饥氏、终葵氏，封畛土略，自武父以南及圃田之北竟。取于有阎之土以共王职。取于相土之东都，以会王之东蒐。聃季授土，陶叔授民，命以康诰而封于殷虚。皆启以商政，疆以周索。……分唐叔以大路、密须之鼓、阙巩、沽洗，怀姓九宗，职官五正。命以唐诰而封于夏虚。启以夏政，疆以戎索。

在"疆以周索"句后，杜预注："皆，鲁、卫也。启，开也。居殷故地，因其风俗开用其政，疆理土地以周法。索，法也。"对鲁、卫两国"皆启以商政，疆以周索"，即用周法来划定土地；对唐却是"启以夏政，疆以戎索"，即用戎法来划定土地。为什么要有如此的不同呢？"周索"和"戎索"的实质区别是什么？

杜预注："大原近戎而寒，不与中国同。故自以戎法。"原来鲁、卫两国地处黄河中下游地区（中原），土地肥沃，人民以农耕为主，故以周法——农耕之法来疆理土地；而晋地寒冷干旱，草原①平阔，适于游牧②，民以游牧为主，故以戎法——游牧之法来疆理土地。这可真是当时的"一国两制"："商政周索"管理农耕地区人民，"夏政戎索"管理牧区人民。商政周法与农耕生活方式相适应，夏政戎法与游牧生活方式相适应。这是可以理解的：商周社会已经发展到农业为主要生活方式的社会了，夏代尚没有达到这种局面，还处在游牧生活方式向农耕生活的转变中。这就是为何《左传》以"夏政戎索"代表游牧生活方式。

从生产方式进步的角度，我们对于夏商周三代更替的认识，也可超越古文献"桀纣暴虐"而亡国的旧套。农耕生产方式逐步扩大，农业文明的

---

① 此大原之意，即大草原，杜注为"大卤"。
② 《左传·昭公四年》："晋侯曰：'晋有三不殆，其何敌之有？国险而多马……。'（司马侯）对曰：'恃险与马，不可以为固也。'"说明当时晋国是适于游牧的地区，故多马。

成果使商人强于夏人，周人强于商人。商人的生活中仍有非常明显的游牧习俗，甲骨文中常见的大规模狩猎的记载就是明证。周人则总是以从后稷到武王的农业文明发展史而自豪，见于《诗经》关于周人历史的《生民》、《公刘》等诗篇。

经过漫长的道路，与夏商两代相比，周代的农耕生产及由此产生的文明已充分地发展了，是三代之中最进步、最完善的。故孔子说："周监于二代，郁郁乎文哉！吾从周。"（《论语·八佾》）但是周民仍然有以旧有游牧方式生活的，例如西周始封时的晋。周人在后稷之前为游牧民族；西周初年仍有一部分保持游牧，周之子孙在春秋时期仍有游牧者。游牧——半农耕半游牧——农耕，这是周人发展的三部曲。

周与戎是生活方式的不同，不是种族的不同。理解了这一点，对《左传·庄公二十八年》"大戎狐姬生重耳"杜预注为"唐叔之子孙别在戎狄者"，就不会感到意外了。大戎之类不过是保持了游牧生活方式的周人而已。对重耳、赵盾之类做华夏人的国君或大臣也不会意外了，他们既是戎狄之子，同时也是血统纯正的周人。

解开这个问题的关键，是改变传统的"夏与戎不同民族"的观念。华夏与戎狄不是种族的不同，而是生活方式的不同：夏农耕定居，戎则保持游牧。近于农耕，戎则为夏；弃农耕而退入游牧，夏则为戎狄。上古时期尤其如此。

七、"夏"的本义应是"农耕之人"

上古文献中商人和周人称颂禹。例如：

丰水东注，维禹之绩。（《诗经·大雅·文王有声》）

濬哲维商，长发其祥。洪水茫茫，禹敷下土方。（《诗经·商颂·长发》）

禹是夏人的祖先，为何商人和周人称颂禹？如果说夏商周是不同的民族，这种现象就难以理解了。根据《史记·五帝本纪》和其他文献，夏商周人都是黄帝的子孙，禹治理了洪水，在黄河中游开垦了最初的农耕地区，商人和周人都相继生活、繁衍在这片土地上。他们因此感恩于禹，称颂他们同一民族而不同分支的先祖。

上古文献中周人时常自称"夏"，例如：

我求懿德，肆于时夏，允王保之。(《诗经·周颂·时迈》)

思文后稷，克配彼天。立我烝民，莫匪尔极。贻我来牟，帝命率育。无此疆尔界，陈常于时夏。(《诗经·周颂·思文》)

惟乃丕显考文王，克明德慎罚，不敢侮鳏寡，庸庸，祗祗，威威，显民。有肇造我区夏。(《尚书·康诰》)

惟文王尚克修和我有夏。(《尚书·君奭》)

夏商周三代不同朝，夏周之间相隔五六百年，周人为何自称夏？对这一现象有过许许多多的讨论。周与商关系更近，与夏为远[①]，为何周人反而自称夏？多数人的看法是：这是周人和夏人有密切关系、尊夏、自许夏人等等。这些说法与确诂尚差一间。

在上述诗句中，将"夏"以农耕之地区解之，则怡然理顺。周人崇尚农耕，沿袭了这片农耕之地在大禹时代的旧名，称其为"夏"。农耕地区的文明程度高于畜牧区，"夏人"就是"农耕之人"。所以上古中原人自称"夏人"，表现出一种相对于游牧、狩猎等其他生活方式的优越感。

上古将农耕之人居住的地区称作夏。下述事实是一个新的证据：

上海博物馆整理的战国楚简《孔子诗论》"大雅"、"小雅"作"大夏"、"少（小）夏"，证明旧说"雅"通"夏"的解说是正确的。十五国风、二雅和三颂皆为地名，《诗经》是以地名来分别命名风、雅、颂的。"夏"（雅）即"来自夏地的歌谣"。"夏"就是地处中央的中原的农耕地区。

《说文解字·夂部》："夏，中国之人也。"中国，即中土，相对于周围地区而言，当指今黄河中游晋南、豫西一带，是很早的农耕地区。禹治水就在这一带活动。"中国"的主要生活方式是农耕，与周围地区相区别，人以"夏"自称，国以"夏"为号。《说文》列字以义相从，"夏"后列"夓

[①] 商周同为黄帝族的"玄嚣——帝喾"一支的后裔。夏为黄帝族的另一支"昌意——颛顼"的后裔。

（cè）"字，说解为"治稼晏晏进"。此亦说明"夏"与农耕有关。"夏"在上古汉语中又有"大"义，这是更早的词义。但造字时"夏"的词义已为"农耕之人"，因为字形已是像人。从意义为"大"的"夏"而演变为"农耕之人"意义的"夏"，当是由于上古夏人农耕生活方式所创造的文明高于其他文明，以此自诩。

四川西部汉藏杂居区有嘉戎（亦作嘉绒）人，是上古汉藏语先民的一支。其自称 kəru 或 kərə，藏语称之为 rgia rong。① 据研究，"嘉"意为"汉"、"大"，"绒"意为"低湿温暖的农区"，"嘉绒"意为"农区汉人"。② "嘉"对应藏文的"rgja"（汉），对应于上古汉语"夏"，上古音 *graaʔ。这个对应与《说文》相印证，说明"夏"在上古为中原人之称，且夏人与农耕相连。

八、"戎"的本义应是"游牧之人"

俞敏先生认为：③

（戎字）在周朝人嘴里多半用来指一种生活方式——游牧。神农氏时代农业已经有种子萌芽了。谁重新过游牧生活，就可以叫他"戎"。

《说文》："戎，兵也。从戈从甲。如融切。"这并不是许君不知道"戎"有"游牧之人"的常用义，而实在是因为他著《说文》的规矩是要以字形说义，字形是戈、甲会意，故只好说"兵也"，不得已把上古文献中"戎"字的明明白白的常用词义放在了一边。④ 正所谓"以解字为书，不得不有涉于皮傅者"⑤。造字时的字义并非这个词的本义，许多词的本义难以追溯。对于"戎"这个词，我们正好有充分的证据说明它更早的意义

---

① 马学良主编：《汉藏语概论》，北京：民族出版社，2003年版，第177页。
② 邓廷良：《嘉绒族源初探》，西南民族学院学报，1986年第1期，第17页。
③ 俞敏："汉藏两族人和话同源探索"，《俞敏语言学论文集》，北京：商务印书馆，1999年版，第210页。
④ 《说文》："羌，西戎牧羊人也。"说明许慎完全了解"戎"的"游牧之人"的意义。
⑤ 《说文》："亳"字条下段玉裁注。

是"游牧之人"。段玉裁注:"引申为戎狄之戎。"这才是本末颠倒,犯了大师不该犯的错误。

《说文》:"羌,西戎牧羊人也。"如果把羌和戎当作两个民族的名称,就会奇怪"羌"为何又是"戎",这不是两个民族吗?现在我们知道,"戎"是上位概念,"羌"是下位概念,《说文》这句话准确的翻译是:羌人,西部地区的游牧民族中以牧羊为生的那些人(由此,"羌戎"、"山戎"之类皆可解,前者是牧羊的游牧民族,后者是山区的游牧人)。

汉语上古音"戎 *num>*nung"(冬部日母平声三等)。根据"戎"在上古时期的"游牧"这个意义,我们发现了揣摩已久的"戎"在印欧语中的对应词:

> nomad 来自于法语 nomade,拉丁语 Nomad-,Nomas,复数 Nomades 随牛羊迁徙的游牧民族。来自于希腊语 nomad-,nomás 追随牧场而迁徙,复数 Nomádes 游牧民族,构词词根 *nom-,*nem-(畜牧草场)……(《牛津英语词源词典》,第 613 页)

这个对应印证了"戎"的"游牧之人"的意义。而且很明显,上古汉语的"戎 *num"来自于原始印欧语。[①]

从上可见,华夏与戎狄、羌关系密切,原都是远古的游牧民族。"戎"是上古时期对游牧民族的泛称。从上古到春秋时期,戎夏的分别从无到有,由小到大,越来越明显。在后稷时期(约公元前 2100 年),中原地区的戎人先祖[②]学习引进了农耕技术,是为戎进于夏的重要起点,戎人的社会中发生了农业革命,游牧的戎人从此向农耕的华夏人发展。夏代与商代则是半游牧半农耕阶段,渐次被替代。经过漫长的时期,周人逐渐发展为以稳定的农耕生活方式为主,成为华夏人中生产方式最先进、经济实力最强大、农业文明最成熟的民族,最终成为黄河流域的统治者。与此并行,农耕的华夏人渐渐地与仍然保持游牧生活方式的兄弟分了家,把

[①] 关于原始印欧语与上古汉语词汇的对应,参见周及徐《汉语印欧语词汇比较》(四川民族出版社,2002 年版)及有关文章。

[②] 在这个时期以前,戎、夏无分别,故亦可称之为"戎——华夏人"。

"戎"的称号让给他们专有，自己则称"夏"（戎这个词也生出新的意义，词形略变成为"农"*nuung。"农"就是新的生活方式下的"戎"）。在长达一千五百多年的历史中，因生活方式和生活地域的分化，语言也分化开来。到了春秋时期，夏尊戎卑的观念逐渐形成。诸种因素最终形成了后世人看来不可逾越的民族界限。

顾颉刚先生于1937年撰《九州之戎与戎禹》一文，认为"戎与华（夏）本出一家"。按之古文献，知其言之有据。但顾氏仅以"（戎夏）与其握有中原政权与否乃析分为二"[①]，未指出戎夏区别的实质。本文根据文献和语言学证据，指出戎夏的区别实为从游牧向农耕生活方式的分化，戎之一部由戎变夏。并且夏商周皆源于戎，源于黄帝族。

---

① 顾颉刚："九州之戎与戎禹"，《古史辨·七（下）》，上海：上海古籍出版社，1982年版。

孔子和老子：不同的社会基础及其文化

——黄河文明探源之三

阅读提要：孔子和老子是影响中国文化两千多年的两大思想源头。他们之间的分歧和对立，并非凭空产生，而是各自有其不同的社会基础以及根植于这种基础的文化。这种不同的文化背景，在以往的研究中被忽略了。观察其对立的若干现象，我们可以寻觅到隐藏于两种不同的世界观背后的不同的社会基础，从而可以补缀传统文献中片断的、不完整的历史。这种历史不仅可以从文献的重新解读中得到印证，而且可以征之于当代人类学关于人类史前史的研究和发现。

一、儒与道不相依[①]

两汉之交的刘歆，试图将儒道的对立和分歧调和起来，班固《汉书·艺文志》（源于刘歆《七略》）从之。其言曰：

> 道家者流，盖出于史官，历记成败存亡祸福古今之道，然后知秉要执本，清虚以自守，卑弱以自持，此君人南面之术也。合于尧之克攘，《易》之嗛嗛，一谦而四益，此其所长也。及放者为之，则欲绝去礼学，兼弃仁义，曰独任清虚可以为治。

[①] 本文之儒与道，皆指早期的孔子及稍晚的孟子、老子及稍晚的庄子，无涉战国晚期及以后的儒道流派。

这段话颇多牵强之处。道家"出于史官",盖以司马迁父子为例而言。然左丘明氏不是道家,而有《左传》、《国语》(《史记·五帝本纪》);《春秋》编订者孔子,也是儒家;《尚书》可以说是准史书,亦是儒家著作。道家"出于史官",反证太多。"此君人南面之术也,合于尧之克攘(让),《易》之嗛(谦)嗛",则是因西汉初治国崇尚"黄老",而《老子》不言尧舜,不述五经。刘歆、班固之说,将道家牵合于儒家,以辅弼人君治国为用,于事实不成立。"及放者为之"以后,在刘歆、班固为贬语,于道家却是真髓,非但"放者"如庄子,即老子自己亦言"绝圣去智,民利百倍;绝仁弃义,民复孝慈;绝巧弃利,盗贼无有"①等等。可见不是"放者为之",而是老子的本来面目。直至西汉中,儒道对立,不相依附,异于刘歆班固所言。司马迁扬道抑儒,可见于《史记·老子韩非列传》:

> 孔子適周,将问礼于老子。老子曰:"子所言者,其人与骨皆已朽矣,独其言在耳。
>
> 且君子得其时则驾,不得其时则蓬累而行。吾闻之,良贾深藏若虚,君子盛德容貌若愚。去子之骄气与多欲,态色与淫志,是皆无益于子之身。吾所以告子,若是而已。

远道问礼,故事满腹的"守藏室之史"于礼不言一字,却批评谦恭下问的孔子张扬、多欲、野心勃勃,应该收敛,迎头一盆凉水。老子言"不得其时则蓬累而行"②,是暗示孔子放弃对恢复礼制的一腔热忱的梦想。

> 世之学老子者则绌儒学,儒学亦绌老子。道不同不相为谋,岂谓是邪?③

太史公明载儒、道之分歧,不似刘歆、班固之流,看汉朝统治者眼色,徒为牵合掩饰。

---

① 《老子道德经校释》(第十九章),北京:中华书局,2008年版。
② 《史记正义》:"蓬,沙碛上转蓬也。累,转行貌也。言君子得明主则驾车而事,不遭时则若蓬转流移而行,可止则止也。"
③ 司马迁:《史记·老子韩非列传》。

二、儒与道对立诸现象

我们可以从老子、孔子对于夏商周历史事件、人物和文化的不同态度，看二者在根本立场上的对立。以下是笔者就观察所及列举（尚未概括所有方面），并附例证。

（一）儒道对立现象之一："帝"

这可说是在宗教崇拜上的态度：夏商周崇拜"帝"[1]，儒家因之。华夏社会对帝的崇拜，在当时是一种普遍的宗教现象，见于商周时期包括甲骨文和金文在内的各种文献中。

老子没有表现出像儒家一样的对"帝"的热情和崇敬。《老子》仅一次言"帝"：

> 道冲而用之或不盈。渊兮似万物之宗。挫其锐，解其纷，和其光，同其尘。湛兮似或存。吾不知谁之子，象帝之先。[2]

在夏商周传统文化中，帝是最高神，是天地主宰。老子对此似乎不以为然，却说"（道）象帝之先"（博大深沉的道像"帝"的祖先），这是对夏商周最高神的礼赞，还是轻蔑？

（二）儒道对立现象之二：五经

对古代经典如《易》、《书》、《诗》、《礼》、《春秋》：孔子无比崇尚，编纂补缀，宣扬教授，四处推行。《论语》、《孟子》诸多引用。

老子却漠然置之，于五经皆不述。偶然提到"礼"，也是批判：

> 故失道而后德，失德而后仁，失仁而后义，失义而后礼。夫礼者，忠信之薄而乱之首。[3]

（三）儒道对立现象之三：圣王

对儒家尊崇的圣王（尧舜禹汤文武）：《论语》颂尧舜，《孟子》赞尧舜

---

[1] 周及徐：《华夏古"帝"考》，中国文化研究，2007年第3期。
[2] 《老子道德经校释》（第四章），北京：中华书局，2008年版。
[3] 同上书，第三十八章。

禹汤文武,《孔子家语》述五帝（黄帝、颛顼、尧、舜、禹）。

《老子》于诸"圣王"，皆不置一词。《庄子》则对黄帝以来的文化传统持强烈的批判态度，屡屡指斥。其例如（括号内为笔者批注）：

> 城之大者，莫大于天下矣。尧舜有天下，子孙无置锥之地。汤武立为天子，而后世绝灭；非以其利大故邪？
>
> 且吾闻之，古者禽兽多而人少，于是民皆巢居以避之，昼拾橡栗，暮栖木上，故命之曰有巢氏之民。古者民不知衣服，夏多积薪，冬则炀之，故命之曰知生之民（此是采集狩猎社会）。神农之世，卧则居居，起则于于，民知其母而不知其父，与麋鹿共处，耕而食，织而衣，无有相害之心。此至德之隆也（此是原始农业社会）。
>
> 然而黄帝不能致德，与蚩尤战于涿鹿之野，流血百里。尧舜作，立群臣（此已进入等级制文明社会）。汤放其主。武王杀纣。自是之后，以强陵弱，以众暴寡，汤武以来，皆乱人之徒也。今子修文武之道，掌天下之辩，以教后世。缝衣浅带，矫言伪行，以迷惑天下之主，而欲求富贵焉。盗莫大于子，天下何故不谓子为盗丘，而乃谓我为盗跖（盗跖是等级制社会的反抗者，代庄子宣言）？①

直斥黄帝尧舜汤武的所谓圣王道统，是建立在强权和掠夺之上的。赞美神农氏时代"耕而食，织而衣"，自给自足，与世无争，和平安详。有意见认为，《庄子》外篇诸文（《盗跖》属之）非庄子本人所作。由此文看，它所反映的观点与庄子思想完全一致，直追老子。

（四）儒道对立现象之四："神农"

需要说明，孟子和庄子所说的"神农"，不是后世刘歆编造出来的那个"炎帝神农"（儒家圣王之一，流行于东汉以后），而是上古原始农业社会的首领②。

孟子对于神农及其社会生活方式的指斥，见于著名的《孟子·滕文公上》"许行"篇中。孟子所云许行等人倡行的"神农之言"及生活方式，如

---

① 《二十二子·庄子·盗跖》，上海：上海古籍出版社，1986年版。
② 周及徐：《炎黄神农说辨伪》，四川师范大学学报，2006年第6期。

"捆屦织席以为食"（知识分子从事生产劳动），"贤者与民并耕而饔飧而治"（平等无特权），"市价不贰，国中无伪，虽使五尺之童适市，莫之或欺"（生产技术和产品交换不发达、和谐诚信）等，符合原始农业社会的生活方式和道德原则。孟子对其的批判，源于封建等级制文明与原始部落制文化的冲突。许行来自楚国，为南方平民，与老、庄为同地区人，故认同共同的文化。赵岐注《孟子》，指出了许行"神农说"与儒家传统的对立：

> 许行乃南楚蛮夷……许子托于大古，非先圣王尧舜之道，不务仁义，而欲使君臣并耕，伤害道德。(《孟子·滕文公上》"下乔木而入于幽谷"赵岐注）①

> 孟子谓五帝以来有礼义上下之事，不得复若三皇之道也。言许子不知礼也。("然则治天下独可耕且为与"赵岐注）②

赵岐分上古为"三皇（太古）"时代与"五帝以来"时代，太古无上下，五帝兴礼义。赵注辨明后人不甚了了的两个重要的时代及社会文化区别，堪称卓识。

庄子对于"神农之世"的赞颂见前文。许行之"神农之言"与《庄子·盗跖》所言"神农之世"所指相同，故先秦文献中关于等级制社会之前的原始农业社会的记述不是偶然的孤证，更多的证据见本文第三部分。

（五）儒道对立现象之五：文化认同

夏商周三代，其主体华夏民族的文化传承一贯，夏商周民族同源③。孔子以夏商周文化的传承者自任，老子反之。以上的诸种现象，都可以归纳到这个主题之下。

《汉书·艺文志·诸子略》言：

> 儒家者流，盖出于司徒之官，助人君顺阴阳明教化者也。游文于六经之中，留意于仁义之际，祖述尧舜，宪章文武，宗师仲尼，以重其言，于道为最高。孔子曰："如有所誉，其有所试。"唐虞之隆，殷

---

① 《十三经注疏·孟子》，北京：中华书局，1980年版，第2706页。
② 同上书，第2705页。
③ 周及徐：《戎夏同源说》，中国文化研究，2008年第3期。

周之盛，仲尼之业，已试之效者也。①

恳切之情，溢于言表。虽是刘歆、班固代言，而确是儒家的由衷之言。数典六经，倡导仁义，称颂尧舜（禹汤）文武，以夏商周史为荣耀。类似的表述，于《论语》、《孟子》不鲜见。何以儒家对于夏商周历史人物和相当于"周之史籍"的六经②如此亲切？答曰：本民族之历史文化也。"本民族"就是夏商周民族，是儒家以夏商周文化的传承者自任。

而道家无此情感：

（老子）居周久之，见周之衰，乃遂去。③

虽久任"守藏室之史"，却于危难之时，拂袖弃周王朝而去。"国家昏乱有忠臣"（《老子》十八章），但是老子不以周王朝的忠臣自任，只是这个"主流文化"的冷眼旁观者而已。

三、儒与道对立的原因

孔子（与稍晚的孟子）和老子（与稍晚的庄子）两家的思想之间的分歧和对立，并非凭空产生，而是有其现实的社会基础的。观察它们对立的若干现象，我们可以看见隐藏于两种不同的世界观背后的不同生活方式，辨明传统文献中模模糊糊的历史。而这种历史，又可证之于当代人类学的发现。

当代人类学根据田野调查资料，证实史前人类曾经历了这样一个社会阶段：当初获农业技术之时（新石器时代早期），人类的生活形式是部落制农业社会。在劳动生产率十分低下的情况下，人们以血亲关系结成家庭式的部落，不分等级，共有资源，共同劳动，相互协作，均分收获。这时已掌握了制陶、纺织技术，筑室而居，无文字。在这种社会中，人们和谐平静，满足而幸福。这种文明前的社会形式，后来被农业文明社会所替

---

① 班固：《汉书》（卷三十），北京：中华书局，1962年版，第1728页。
② 章太炎：《国故论衡》，上海：上海古籍出版社，2000年版，第110页。
③ 司马迁：《史记》（卷六十三），北京：中华书局，1982年版，第2193页。

代。农业文明社会以青铜、车轮、犁耕和文字等新技术为动力，以等级制度为社会秩序。两种社会兴替的时间在世界各地不同，并在一定的时期中并存①。

在上古的一段时期内，黄河流域及附近地区存在着两种不同的社会形式：一是较为原始的部落制农业社会（无等级社会），一是崇尚礼仪的文明农业社会（等级制社会）。这两种社会的存在，有新石器时代考古发现和历史时期的文献为证。这两种社会的不同生活方式是产生老子思想和孔子思想的现实社会基础，是道、儒分歧之源。等级制农业社会及其文化，是周以后发展成为黄河流域文明的主流，登经史之堂，传承不断。部落制农业社会及文化，在黄河流域有着更为久远的历史，然则商周以后，在主流文明的洪水中漂决湮没，经史不齿，在古文献中仅存片断线索。老子思想正是这种社会文化的遗迹。

关于老子思想的社会基础，老子自己有论述，这就是著名的"小国寡民"章：

    小国寡民。使有什伯之器而不用。使民重死而不远徙。虽有舟舆，无所乘之；虽有甲兵，无所陈之；使民复结绳而用之。甘其食，美其服，安其居，乐其俗。邻国相望，鸡犬之声相闻，民至老死不相往来。②

老子所言，是对史前社会事实的描述，是对原始农业社会生活的精练概括。短短的75个字，揭示了老子思想产生的全部社会基础。从这里，我们可以理解诸如"无为"、"不争"、"无欲"、"好静"、"贵母"（女性崇拜）、"知足"、"知止"、"无私"、"不贵货"、"多藏必亡"等观念的来源，它们无一不与原始部落社会文化相符。而至大至博的"道"，涵盖了自然万物的生生不息，也涵盖了周而复始的这种生活模式。切不可将"小国寡民"当作是老子的"乌托邦"理想。这种长期流行的误读，遮蔽了人们观

---

① ［美］斯塔夫·阿里诺斯：《全球通史》(1999年版)，董书慧等译，北京：北京大学出版社，2005年版。
② 《老子道德经校释》（第八十章），北京：中华书局，2008年版。

察历史的视线。老子所述之生活方式与常人的观念大相径庭，其细节生动而准确，岂能想象得出？从约公元前 2500 年始，黄河流域相继进入等级制农业社会，农业文明逐渐兴起①。而另一部分地区，特别是在地域偏南的黄淮、长江流域，仍在很长的时期内保留着这种"太古"的生活方式。当地生长的知识分子（老子、庄子、许行、长沮、桀溺、接舆、渔父之类），留恋旧时的"好日子"，推崇这种"高尚的野蛮人"的生活方式，而且践于行、形于言、书于竹。《庄子》亦有类似的记叙：

> 子独不知至德之世乎？昔者容成氏，大庭氏，伯皇氏，中央氏，栗陆氏，骊畜氏，轩辕氏，赫胥氏，尊卢氏，祝融氏，伏戏氏，神农氏。当是时也，民结绳而用之，甘其食，美其服，乐其俗，安其居，邻国相望，鸡狗之音相闻，民至老死而不相往来。②

《庄子》所言与《老子》略同，而列举了上古之时以这种方式生活的十二氏（十二个部落），可与《盗跖》篇之"神农之世"相参证，亦可解许行的"神农之言"。

如果说老、庄之言尚不足信，另一段我们耳熟能详的文字亦可为证：

> 孔子曰："大道之行也，与三代之英，丘未之逮也，而有志焉。
>
> "大道之行也，天下为公。选贤与（举）能，讲信修睦。故人不独亲其亲，不独子其子。使老有所终，壮有所用，幼有所长，矜寡孤独废疾者皆有所养，男有分，女有归。货恶其弃于地也，不必藏于己；力恶其不出于身也，不必为己。是故谋闭而不兴，盗窃乱贼而不作，故外户而不闭。是谓大同。"③

所言是与"小国寡民"同样的社会，同样是史实的记载。针对流行的"大同理想说"，笔者曾有小文讨论之④，并强调指出"而有志焉"的"志"

---

① 周及徐：《戎夏同源说》，中国文化研究，2008 年第 3 期。这是笔者的观点，与斯塔夫里阿诺斯等西方学者的观点不同。笔者认为，黄河流域进入文明的时间，比后者提出的公元前 1500 年要早 1000 年左右。
② 《二十二子·庄子·胠箧》，上海：上海古籍出版社，1986 年版。
③ 《十三经注疏·礼记正义》，北京：中华书局，1980 年版，第 1413—1414 页。
④ 周及徐："大同"新探》，西南民族学院学报，2002 年第 10 期。

是记载之义，即"我孔丘没赶上那个时代，但有记载在那里"。"大同"与"小国寡民"都客观地描述了部落制农业社会的形态，但立场相反。老子认同，孔子舍弃。原始村社安宁和谐的生活令人感动，孔子出于"仁"的立场为之赞叹，称为"大道"[①]。而潜台词却是，那是一种无可挽回的过去，历史车轮已经归向"小康"（有种种弊端的文明社会），这是孔子的历史选择。然而，主流文化斥为蒙昧落后的，在老子看来却是和谐完美、通透智慧。老子与孔子，道与儒的鼻祖，是根植于不同社会土壤的两株大树。

与之类似的记载，尚可见于《淮南子·主术训》：

> 昔者神农之治天下也，神不驰于胸中，智不出于四域，怀其仁成之心。甘雨时降，五谷蕃植，春生夏长，秋收冬藏，月省时考。岁终献功，以时尝谷，祀于明堂。明堂之制，有盖而无四方，风雨不能袭，寒暑不能伤。迁延而入之，养民以公。其民朴重端悫，不忿争而财足，不劳形而功成，因天地之资而与之和同。是故威厉而不杀，刑错（措）而不用，法省而不烦，故其化如神。其地南至交址，北至幽都，东至汤谷，西至三危，莫不听从。当此之时，法宽刑缓，囹圄空虚，而天下一俗，莫怀奸心。

可见，不仅"六经皆史"（章学诚语），诸子也是史。

《易》、《书》、《诗》、《礼》、《春秋》，此所谓"经书"，乃夏商周人之史。儒家是这一文化的维护者，故崇奉六经、圣王。神农、葛天、无怀之类，是另一族群，为主流文明所轻蔑，故"高雅的"经史无由书之。老、庄之作，代表着被排斥、被压抑的这一族群及其文化。

四、余　论

老子是原始社会末期无等级制的农业社会文化的产物。循此以解，《道德经》之深奥迷茫变得简明清晰。老子依托着另一种古老的生活方式，执着

[①] 《老子》亦云："大道废，有仁义。"亦称之为"大道"。

地讲述它的哲理，对它的遭遇文明而毁灭，报以无尽的惋惜。"大道废，有仁义；智慧出，有大伪；六亲不和，有孝慈；国家昏乱，有忠臣。"①这不是抽象的推理，而是痛苦的经验。老子是楚人，对长期保存于南方的"小国寡民"的村落社会应该十分熟悉，甚至有生活体验。又由于在周王朝长任官吏，老子有机会将两种社会生活方式和文化对比。他由衷地赞同平等的部落文化，强烈地批判封建等级制文明（新技术和种种弊端），并且有很高的哲学修养。这些都写在他永世不朽的《道德经》中。

在世界历史中，由于年代久远，且尚处于蒙昧时期，新石器时代的部落文化都没有能够留下足够的文字记录。人类社会的这个历史阶段，是用现代人类学方法考察论证的。幸而有《老子》，为人类保存了这种古老的社会文化，从古文献的角度印证了这段历史。更为宝贵的是，这种古老社会中人们的精神世界（这是现代科学无力追溯的）也因之存世。试问，世界哪一个民族的历史文献中记载了如此古老的人类生活状态和内心世界？以此言之，中华文化真可称得是源远流长。

老子思想中，来自等级制文明社会之外的精辟见解，被等级制社会的政治家们用于缓解社会矛盾，治理国家（例如西汉初年）。老子洞察力极强的哲学思想，为文明社会提供了一种与儒家相对并立的世界观，两千多年来被中国知识分子广为认同。这就难以避免地产生了一种误会：老子与孔子是春秋时期同一社会文化的产物。这种始为有意、后为无意的错误，从刘歆、班固开始，一直延续到今天。

《汉书·艺文志》："诸子十家，其可观者九家而已。"这九家，依其所述，几乎各家都与儒家相依辅，是封建等级制文明兴起过程中的思想流派。其言曰：

> 是以九家之术蜂出并作，各引一端，崇其所善，以此驰说，取合诸侯。……今异家者各推所长，穷知（智）究虑，以明其指，虽有蔽短，合其要归，亦《六经》之支与流裔。②

---

① 《老子道德经校释》（第十八章），北京：中华书局，2008 年版。
② 班固：《汉书》（卷三十），北京：中华书局，1962 年版。

道家即在九家之外。道家不是"六经之支与流裔",亦不为"取合诸侯",而是六经文化传统之外的另一种社会生活方式及其文化的孑遗。这就是道家同儒家的根本区别。明确老子与孔子的这种区别,对于探索中华民族及其文化在远古时期的历史形成,具有重要意义。

附记:这篇文章在四年前写成,笔者记不得有多少次修改这篇文章了,总想写得更清楚些。有朋友告诉笔者:你的观点有些证据不足。笔者想实际上他说的是直接的文献材料。这是可能的,因为:一、关于老子生平的材料非常少;二、记写这些文献的古人不会有现代人类学的头脑,不能区分两种不同性质的社会。但是透过这些有限的文献,你会发现这篇文章的结论是完全可能的。而一旦这是事实,我们对整个事情的认识就要改变了。这篇文章副题为"黄河文明探源之三","之一"和"之二"分别发表在《中国文化研究》2007年第3期和2008年第3期,三篇文章有着内在的联系。

又:此文的英文译文"Confucius and Lao Zi: Their Differing Social Foundations and Cultures"全文发表在美国宾夕法尼亚大学东亚语言文化系(Department of East Asian Languages and Civilizations, University of Pennsylvania)Sino-Platonic Papers, 211(May 2011),网址:www.sino-platonic papers.org.

2011年5月补记

汉藏缅语与印欧语的对应关系词及其意义*

阅读提要： 基于汉藏语之间的对应词，许多学者肯定汉藏语之间有同源关系。同样，基于汉语和印欧语之间的对应词，汉语与印欧语之间也应有过密切的关系。这里列出11组汉、藏、缅、印欧语之间的对应词，它们既是汉藏语与印欧语历史关系的证据，同时还引导我们去推求汉藏语和印欧语密切关系的时间。

在汉藏语历史比较研究中，根据所比较语言的实际情况，用以词汇比较为主而略于语法的比较方法，得出许多对应词[①]。以此为证据，许多学者倾向于肯定汉语和藏语之间有历史同源关系。用同样的方法，笔者对汉语和印欧语进行了比较，发现汉语与印欧语也有许多对应关系词，因此认为汉语同印欧语在史前时期也有密切的关系（是同源或接触有待进一步研究）。[②] 值得注意的是：一些汉藏语对应的词，在印欧语也是对应的，形成汉语、藏缅语和印欧语对应的情况。本文列出这种对应的一部分例子，并讨论这种对应关系在语言历史关系中的意义。

下面是我们初步整理提出的汉、藏、缅语和印欧语对应的几组词。其中汉语与藏缅语的对应关系是其他学者分别提出的。我们根据音义关系把它们关联并分组，并加入相应的印欧语对应词，共有11组词。我们可以

▲ 此文原发表于《语言研究》2010年第4期。
① 这种方法与印欧语系语言历史比较中注重形态的比较法有所不同，但与历史比较语言学的基本原理和方法是相符的。
② 周及徐：《汉语印欧语词汇比较》，成都：四川民族出版社，2002年版。

看出这些由汉藏缅语和印欧语组成的每一组词内部，有着明显的同源关系（或音义对应关系）。

（上古汉语用郑张尚芳音系[①]；藏文转写系统按郑张尚芳；缅文对应参见黄树先《汉缅语比较研究》[②]；印欧语对应参见周及徐《汉语印欧语词汇比较》[③]。）

1. 上古汉语 苞 *pruu，花苞，嫩芽；《诗·大雅·生民》："实方实苞。"朱熹注："苞，甲而未拆也。"《尔雅·释诂》："苞，丰也。"

上古汉语 胞，*pruu/phruu，胞胎。

藏文 phru-ma，胞衣，子宫；vbu（苗芽）生出，发生。vbru，颗，粒，小块。

缅文 phuu³，蓓蕾。[④]

印欧语 英语 bud < 中古英语 budden，同源于中古荷兰语 bote，botte，荷兰语 bot，芽，蓓蕾；同源于中古高德语 butzen（sbut-），膨胀，增大；原始印欧语词根 *bhu-，膨胀，增大。

按：汉语的"苞"与"胞"从音义来看，应是同源关系。藏文保留了"胞"，缅文保留"苞"。印欧语 bud（蓓蕾）原始义为"膨胀""增大"，可比较上古汉语"种子膨大"义（《生民》）。

2. 上古汉语 炮炰，*bruu，《说文》"炮，毛炙肉也。字亦作炰。以铁匕贯肉，加于火炙之"。商纣有"炮烙"之刑。

上古汉语 庖 *bruu，《说文》："厨也。"厨房是烧烤煮熟食物的地方，"炮、庖"同源。

藏文 bsro-khang，暖室，厨房（郑张尚芳先生对"灶 *tsuus"）。

缅文 puu²，热，烫；phuu²，厨房。[⑤]

印欧语 英语 broil，烤（肉）< 源自古法语 brusler，bruler，源自 bruir

[①] 郑张尚芳：《上古音系》，上海：上海教育出版社，2003 年版。
[②] 黄树先《汉缅语比较研究》，武汉：华中科技大学出版社，2003 年版，第 582 页。
[③] 周及徐：《汉语印欧语词汇比较》，成都：四川人民出版社，2002 年版。
[④] 黄树先：《汉缅语比较研究》，武汉：华中科技大学出版社，2003 年版，第 190 页。
[⑤] 同上。

烧，烧焦，源自古日耳曼语 bruëjen（德语 bruhen，煮热，变暖）。

3. 上古汉语 菢 *buus，鸡伏卵。扬雄《方言》作"抱"*buuʔ，应与下述词同源。

藏文 byivu-bkab，孵①（施向东先生对"孚 *pho"，生也）。

印欧语 英语 breed，孵，繁殖，来自古英语 brōd，中古高德语 bruot，用加温孵出，基本义"加温"。

按：古汉语"炮庖"与"菢"的联系是由印欧语 broil 与 breed 的同源得到启发的。藏文 bsro-khang，暖室，厨房；藏文 byivu-bkab，孵。这两个词按词源义应归入此组词，但是音对应有不规则的地方，其他学者也有不同的对应，需进一步研究。这一组词的词根接近于 *bru-，与下面一组以"保"为代表的词有区别。

4. 上古汉语 孚 *phu，《说文》"卵孚也"，误。甲骨文像为抚养孩子，与保同源。

上古汉语 保 *puuʔ，《说文》："保，养也。从人，从孚省。"甲骨文背负子形，养育孩子的人，即保傅、保姆。

藏文 bu，儿子。

缅文 puɯ³，背。

印欧语 英语 foster，抚养，来自于古英语 fōr-，食物，有营养的（笔者按：根据日耳曼语辅音转移第一规律，f- < *p-，下英语 fort、flow 同）；英语 boy，可能来自于古法语 embuie，仆人。

5. 上古汉语 堡 *puuʔ，堡垒，小城。《庄子·盗跖》："大国守城，小国入保（堡）。"

上古汉语 郛 *phuw；《说文》："郛，郭也。"

藏文 phru，要塞，军营，堡垒。

印欧语 英语 fort，要塞，堡垒，来自于拉丁语 bhergh-。

6. 上古汉语 浮 *bu，漂浮。桴 *bu /phu，小木筏。按："浮"也可构

---

① 施向东：《汉语和藏语同源体系的比较研究》，北京：华语教学出版社，2000年版，第61页。

拟为 *blu。

藏文 brub，涨起，泛滥；bphyo 游水。

印欧语 英语 flow，流动，淹没；float，木筏。来自于拉丁语 flu-，流动；原始印欧语词根 *bhleu-，（大水）流。

7. 上古汉语 来（小麦）*m-rɯɯ（亦可为 *rɯɯ），麦 *mrɯɯk。

上古汉语 秠 *ph(l)u，《诗·大雅·生民》释文："粗穅也。"

藏文 phru，麦衣，糠。

缅文 mjɯ³，种子；《白狼歌》对音：沐 *mook。①

印欧语 希腊语 pūrós，立陶宛语 pūrai，拉脱维亚语 pūr'i，小麦。教堂斯拉夫语 pyro，斯佩尔特小麦。②

按：比较印欧语，上古汉语"来"*rɯɯ 失去了前一个音节 pu-。"秠 *phlu"和藏文 phru 比较完整，只是前一个音节的元音失落。印欧语词形 pūrós（小麦）等与"来"更近，与"麦"远一些，与训诂"行来之'来'当是麦"说相合。

小麦是人类最早种植的农作物之一，源于中东地区，在新时石器时代从西亚向东传入黄河流域，有农业史为依据。

8. 上古汉语 车：*kla/ka，*khlja/khja，见鱼/尺遮二切。郑张尚芳先生认为"车""舆"*la 同族，故带介音 -l-；如果"车""舆"没有同源关系，"车"的构拟就应是 *ka / *khja。

缅文 ka¹，（牛车、马车上的）座位。khjaa³，能旋转的东西，纺车，风车。③

印欧语 拉丁语 carrus，原始凯尔特语 carsos，中古英语 carre，英语 chariot，马车，战车。

按：汉语的"车、马"与印欧语对应，海外学者已经注意到，并从技

---

① 黄树先：《汉缅语比较研究》，武汉：华中科技大学出版社，2003 年版，第 44—45 页。
② Zhou Jixu. The Rise of Agricultural Civilization in China, Sino-platonic Papers, December 2006, p. 282.
③ 黄树先：《汉缅语比较研究》，武汉：华中科技大学出版社，2003 年版，第 190 页。

术传播的角度有过论证。这里指出汉、藏、缅语"车、马"都是与印欧语对应的。

藏文 vkhor-lo 轮子。藏语同源词：vkhor，圆，周围，转；skor，圆，重复，围绕；sgor，圆形的；skyor，重复，围栏，围墙；有的学者对"轮 *run"[1]；有的学者对"回 *ɢuul"[2]，笔者认为对"车"。主元音差异的解释是：上古汉语中的鱼部字的藏文对应词有两种主元音对应，"a"和"o"。有一些藏文对应词主元音是 o，例如：

上古汉语 *glaaʔ 户，藏文 sgo 门。

上古汉语 *gaa 胡，藏文 lkog 黄牛项下的垂肉。

上古汉语 *gaa 糊，藏文 skyo 粥，稀饭。

上古汉语 *kaaʔ 罟，藏文 kog 网罗。

上古汉语 *paa 逋，藏文 phros 逃。

上古汉语 *baas 餔，藏文 bro 干粮、口粮。

其原因可能是古藏语中的这些词原来的主元音 a 后高化为"o"了。

韵尾带 -r 的解释是：上古汉语鱼部有一部分字在与其他语言的对应中带词尾 -r，例如：

上古汉语 *kraaʔ 假，藏文 gjar 借。

上古汉语 *ɢwaʔ 雨，藏文 char 雨。[3]

又例如汉语、印欧语对应也带 r 的例子：

上古汉语 *mraa 马，印欧语词根 *marko- 马。

上古汉语 *maʔ 武，通俗拉丁语 *marcāre 踏步，行军。

上古汉语 *mraas 祃（军队的神），拉丁语 Mars 战神。

上古汉语圃 *paaʔ，中期拉丁语 parcus，古法语 parc，中古英语 parc，

---

[1] 施向东：《汉语和藏语同源体系的比较研究》，北京：华语教学出版社，2000 年版，第 73 页。

[2] Gong Hwang-cheng, 1980, A Comparative Study of the Chinese, Tibetan, and Burmese Vowel Systems, BIHP 51, 455–490.《史语所集刊》（第 51 卷），又载《音韵学研究通讯》，1989 年第 13 期。

[3] 俞敏：《汉藏韵轨》，燕京学报，1949 年第 37 期。

英语 park，(乡村的)园林。①

以上例子都显示一部分上古汉语鱼部字与其他语言对应中词根尾带 -r。

9. 上古汉语 马 *mraaʔ。

藏文 rmaŋ，马。

缅文 mraŋ，马。

原始印欧语词根 *marko-，马。

按：汉、藏、缅文和原始印欧语的 -r- 表现出换位关系。上古汉语词尾带喉塞音，藏缅词尾带舌根鼻音，印欧语带舌根塞音，发音部位相近。《华阳国志》卷四载："存䭾县，雍闾反，结垒于县山，系马柳柱生成林。今夷言雍无梁林。无梁，夷言马也。"② 按：无梁，上古音 *ma-raŋ。第一音节轻读，或失落元音，正是 *m-rang。③ 存䭾县，今云南宣威市。

此例说明，东汉三国时（220—280），操缅语的民族尚生活于云南东北部与四川、贵州交界的地区，这个地区西汉时为牂柯郡，此前为夜郎国。

10. 上古汉语 武，*maʔ。"武"字甲骨文字形是下足上戈，表示荷戈行军。

上古汉语 祃 *mraas（军队祭祀其神，《说文·示部》"师行所止，恐有慢其神，下而祀之曰祃"）。

藏文 dmag，军队。甲骨文有"多马羌"，善战。羌为藏族先民，"多马羌"当为善战之羌人。多马，上古音 **ʔlaal **mraag>*taal *mraaʔ，与藏文 dmag 应有联系。

缅文 mak，战争。

印欧语 拉丁语 marcāre，踏步；法语 marche，行军；拉丁语 Mars，战神。

按：上古时期，马和战车一起，是重要的武备，所以马和军事联系在一起，如司马即司武，是《周礼》中最高军事长官。马、武在上古汉语中

---

① 周及徐：《汉语印欧语词汇比较》，成都：四川民族出版社，2002 年版，第 241—252 页。
② 刘琳：《校注〈华阳国志〉》，成都：巴蜀书社，1984 年版，第 408 页。
③ 闻宥：《语源丛考·雍无梁林解》，《缅甸馆杂字》"马"对音为"麦琅"，中古音 mvæk-lang。则第一音节与中古汉语（马 mva，上声）极为接近，与印欧语词根（*marko-）也很接近。

是同源词,《说文》:"马……武也。"在藏缅语中,马与军队、战争等词同源。由此引申出战争之神,故汉语祸 *mraas,印欧语 Mars(战神)。英语 marshal(元帅)一词,同源于古高德语 marahscalc,是复合词 marah(马)+scalc(仆人),马夫。最高统治者的马夫成为军事高官,所以词义变化同于古汉语的"司马",古法语 mareschal,中古高德语 marschale,武装侍从的监督,进入英语。

11. 上古汉语 黑 *hmluɯg /*hmuɯg,《说文》:"黑,火所熏之色也。"

墨 *muɯk,火烧的黑色裂纹。《周礼·春官·卜师》:"凡卜事,视高,扬火以作龟,致其墨。"郑玄注:"致其墨者,孰灼之,明其兆。"又,烧火田猎。《文选·枚乘〈七发〉》:"徼墨广博,观望之圻。"李善注:"墨,烧田也。言逐兽于烧田广博之所。"

藏文 smag-rum,黑暗,阴暗;nag-po,黑色。

缅文 hmuk⁴,烧烤,烧焦。①

原始印欧语词根 *smeugh-,或 *smeukh-,带 s- 头的加强式:*meugh-,或 *meukh-,冒烟,熏烧。

按:黑 **smuɯk > *hmuɯk,墨 **muɯk,藏文词根 smag 的主元音变成了 a,意义引申为黑暗,汉语也有同样的引申。缅文则从形式到意义都更近于上古。原始印欧语词根 *smeukh-、*meukh- 与上古汉语对应非常整齐(有/无 s- 头形式,上古汉语 *s- < *h-)。黑、墨引申为黑色,而印欧语则保存了"烟(火)"的意义。正是印欧语的对应词,证实了许慎"黑,火所熏之色"的词源解说。黑与 smoke 词族词源义相同,而常用义不同(黑在先秦已完全用作"黑色"义)的现象,说明它们的对应不是来自后起的借用,而是早期的词源关系。②

这些汉、藏、缅语和印欧语对应词所反映的语言之间的历史关系,可以这样解释:

在汉藏语与印欧语关系密切的时期,汉语与藏缅语还没有分离。后来

---

① 黄树先:《汉缅语比较研究》,武汉:华中科技大学出版社,2003 年版,第 169 页。
② 周及徐:《汉语印欧语词汇比较》,成都:四川民族出版社,2002 年版,第 146—147 页。

它们分离了，原来共有的词汇在分离后的各语言中都留下了痕迹。这样可以解释汉语、藏语、缅语和印欧语共有同源词的现象。比起认为"在后来的时间中，印欧语分别影响了它们"的观点，这种解释要简洁得多。

讨论语言的历史分化，不免要涉及各语言分离和形成的时间。像语言史研究的普遍情况一样，得出汉藏语各语言分化和形成的确切时间尚存在很大的困难，但是大致的时间范围是可以探讨的。根据上古史的资料，俞敏先生认为炎帝集团向东迁移之时，一部分留在西边（约相当于今青海、甘肃一带），这些羌人是吐蕃之祖，即应是原始藏语之祖。[1]他没有说明具体的时间。我们根据《史记·五帝本纪》的记载，并且以炎、黄为同时代[2]，推测黄帝炎帝之时约相当于公元前2300年。[3]以此，汉藏语的分离，大约是在距今4300年前后。而形成有独立特征的语言，需要分离以后的一定时间，目前还不能确定在何时原始藏缅语已成为独立的语言，至迟在商代中期（前1300）已形成，因为在甲骨文中，羌人、商人和周人已经明显地不同。藏缅语的分离至古彝缅语形成，以氐人的出现为标志，至迟则在秦汉之始（前220）。[4]以上关系简示如后图。

汉语和印欧语有密切关系的时间，我们初以为至少是在甲骨文时期（前1300）以前，理由是：一、今存的上古文献未见有商周以后人类集团从西北方大规模移入的记载。二、汉语、印欧语对应词有许多在甲骨文中已经存在。三、对应词中的基本词汇和其他词汇所反映的人类文化的古老程度，足以达到史前的时间深度。现在从汉、藏、缅和印欧语比较所得到的对应词的证据，说明汉语和印欧语有密切关系的时间应进一步提前，应当在原始汉语和原始藏缅语分离之前。如果以公元前2300年作为汉藏语分离的下限，那么汉藏共同语和原始印欧语（图中称"史前共同语"）关

---

[1] 俞敏：《俞敏语言学论文集·汉藏两族人和话探索》，北京：商务印书馆，1999年版，第204—218页。

[2] 周及徐：《炎帝神农说辨伪》，四川师范大学学报，2006年第6期。

[3] Zhou Jixu. The Rise of Agricultural Civilization in China, *Sino-platonic Papers*, December 2006. 史学和考古学界的一些学者认为，黄帝的时间约是公元前3000年。

[4] 黄树先：《汉缅语比较研究》，武汉：华中科技大学出版社，2003年版，第4—9页。

系密切的时间,即是炎黄民族活动的时间,约在公元前 3000 年和公元前 2300 年之间,距今约 5000 年—4300 年。当然,这里有一个前提:黄炎至夏、商、周代的语言是相承的。① 至于"史前共同语",它也并不是最早的原始语。它的形成涉及更早的时期,笔者准备另文探讨。

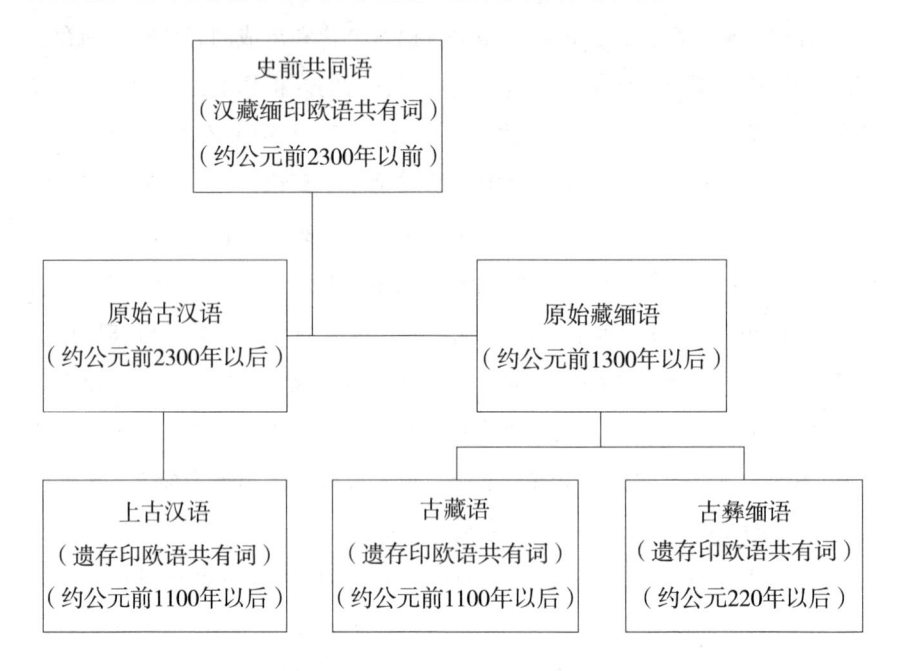

```
                  ┌─────────────────────┐
                  │     史前共同语        │
                  │ (汉藏缅印欧语共有词) │
                  │ (约公元前2300年以前)  │
                  └──────────┬──────────┘
                             │
              ┌──────────────┴──────────────┐
              │                             │
     ┌────────┴────────┐          ┌────────┴────────┐
     │    原始古汉语    │          │    原始藏缅语    │
     │(约公元前2300年以后)│          │(约公元前1300年以后)│
     └────────┬────────┘          └────────┬────────┘
              │                             │
              │                   ┌─────────┴─────────┐
     ┌────────┴────────┐  ┌──────┴───────┐  ┌────────┴────────┐
     │     上古汉语     │  │    古藏语     │  │    古彝缅语      │
     │ (遗存印欧语共有词)│  │(遗存印欧语共有词)│  │ (遗存印欧语共有词)│
     │(约公元前1100年以后)│  │(约公元前1100年以后)│  │ (约公元220年以后)│
     └─────────────────┘  └──────────────┘  └─────────────────┘
```

2007 年 9 月 20 日
2009 年 1 月 16 日修订

---

① 周及徐:《戎夏同源说》,中国文化研究,2008 年第 3 期。

上古汉语中的印欧语词汇[*]
——史前时期语言混合的证据

阅读提要：上古汉语中存在着不少印欧语的对应词汇。这些词汇不只是一般词汇，也有基本词汇；不只是实词，还有不易借用的代词。它们也不只是词的音义的偶然对应还有对应关系很特殊的同音词的对应。这些词汇以历史比较语言学的证据说明，上古汉语可能是一种原始土著语与外来的印欧语在史前时期混合的结果。

上古汉语中存在着不少的与印欧语对应的词汇，这些词汇见于拙著《汉语印欧语词汇比较》。原书找出了 713 个汉语印欧语对应词，其中许多是难以用偶然的对应来解释的。本文分为三部分：先列出基本词汇中对应的实词，后列出基本词汇中对应的代词，最后列举一组同音词对应的例子，以说明这些对应不是偶然的音义巧合。

这里列举基本词汇的对应，是因为在确定语言的亲属关系时，基本词汇是重要的标志。汉语印欧语对应的基本词汇根据斯瓦迪士（M. Swadesh）的 100 个基本词汇确定，原书中对应词有 47 条，现选 37 条。前上古音构拟和部分词项的对应有修正。

以下的汉语词在先秦文献中都有记载，可以追溯距今 3000 年左右。

▲ 此文原发表于《多视角下的中国语言与文化探讨》，严翼相等主编，首尔：韩国文化社，2010 年版。

这些词既有名词、动词、形容词等实词，也有人称代词、指示代词等不易借用的词。为简明起见，笔者没有列出这两类词的文献例证，读者可以依词末的索引查看原书的词条。印欧语的对应词常常一个词族有很多词形，为了简明，这里列出的原则是选取一个出现时间比较早的，读者同样可以按索引查看原书中同族词的众多词形。

按：下列词项后所注国际音标，**号后是汉语前上古音，笔者构拟，见《汉语印欧语词汇比较》。*号后是汉语上古音，无*为汉语中古音。汉语上古音和中古音均采用郑张尚芳构拟，见所著《上古音系》（2003）。前上古音与上古音一致时，前上古音不列出。中古音必要时列出。词条末尾括号内的字（例如：真部 5A）相当于索引，是原书中该词的韵部分类和序号位置。

一、实词对应

1. 人：

蛮 *mroon, mran（人）：梵语 mánǔs，原始印欧语词根 ghmon-（人）（真部 5A）

人 *njin（人类，人）：梵语 nr / nar（人类，男人），印欧语词根 *ner-。[此条新增]

2. 女人：

女 *naʔ（女人）：印欧语词根 *ner-，古印度语nárí（女人，妻子）。[此条新增，采自 Julie.L. Wei 2005b, Book Reviews XII, *Sino-Platonic Papers*, 166, University of Pennsylvania.]

3. 犬：

狗 *kooʔ（犬）：古爱尔兰语 cū（犬）（侯部 3A）

犬 *kweenʔ：希腊语 kuōn（犬）（侯部 3B）

4. 叶：叶 *leb（草木之叶）：立陶宛语 lapas（叶）（叶部 11A）

5. 树皮：策 *leb（书写的竹片）：拉丁语 liber（书写用的树皮）（叶部 11B）

6. 皮：皮 *bral（兽皮）：拉丁语 pelage（兽）（歌部 19）

7. 脂肪：胈 *biit（肥肉）：原始印欧语词根 *pit-（脂肪，多脂）（质部 1A）

8. 腹：仜 **ɡoom，*ɡooŋ（大腹）：古弗里斯兰语 womme（大肚子）（< *ghom-）（冬部 2B）

9. 乳房：乳 **no-，*njoʔ（喂奶，乳房）：原始印欧语词根 *(s)nu-（喂奶）（侯部 12A）

10. 卵：卵 *ɡ·rroonʔ（鱼、鸟的卵）：古北欧语 hrogn（鱼卵）<*k-（元部 25）

11. 鼻：自 *sbids[①]，dzi-（鼻子）：拉丁语 spīrāculum（呼吸孔）（脂部 12A）

12. 口：吻 **mɯnd，*mɯnʔ（嘴唇）：哥特语 munths（口）（文部 1）

13. 死：殁/歿 *mɯɯt，muot（死）：拉丁语 mort-（死）（物部 1A）

14. 杀：刺 *sthek（杀）：原始印欧语词根 *steig-（刺，扎）（支部 10B）

15. 看：督 *l'ɯɯuk，*ʔl'ɯɯg，dok（察看）：古英语 lōcian（看）（觉部 3）

16. 脚：跗 **bods，*bos（脚）：希腊语 pous（脚）（侯部 19B）

17. 走：

　　跋 *bood（步行）：原始印欧语词根 *pod（脚）（侯部 19C）

　　之 **kjɯ，*tjɯ（到……去）：原始印欧语词根 *ghē-（到……去）（之部 7）

　　步 *baas（行走，步子）：拉丁语 passus（一步，步尺）（鱼部 2A）

18. 来：降 *ɡruum，ɡruuŋ（走下来）：原始印欧语词根 *gwem（来）（冬部 3）

19. 说：

　　讽 **pums，*plums（诵读）：希腊语 phēmi（我说）（侵部 3A）

　　读 **l'ook，*l'oog，duk（说出）：希腊语 logia（言语，话）（幽

[①] 这个"自"的构拟来自李方桂。见李方桂《上古音研究》，北京：商务印书馆，2003 年版。

部 3C）

20. 日：日 **nit, *njig, nʑit（太阳）：拉丁语 nitēre（光辉照耀的）（质部 3）

21. 月：朢 *maŋs（月满）：吐火罗语 A mañ（月亮）（阳部 15A）

22. 水：河 **gwaa, *gaa（黄河，河）：拉丁语 aqua（水）（歌 2）

23. 雨：零 *reeŋ（下雨）：歌特语 rign（下雨）（耕部 1.B）

24. 燃：焚 **burn, *bun（烧）：古弗里斯兰语 burna（燃烧）（文部 2）

25. 土：土 **thaa-, *lhaaʔ, thu（土地）：拉丁语 terra（土地）（鱼部 31.A）

26. 烟：黑 **smɯɯk, *hmlɯɯg, xek（烟熏色）：原始印欧语词根 *smeukh-（烟熏）（职部 2A）

27. 火：票/熛 **phleg, *phew, phieu（火焰）：拉丁语 flagra（火焰）*<bhlag-（宵部 1.A）

28. 绿：纶 *kruun（绿色丝带）：古英语 grēne（绿的）（文部 4）

29. 白：白 *braak（白色，明亮）：原始印欧语词根 *bhrek-（变白，使明亮）（铎部 14A）

30. 黑：

涅 **niik, *niig（黑色）：原始印欧语词根 *neigh-（黑色的）（质部 4）

昧 **mɯɯgs, *mɯɯds（黑暗）：古弗里斯兰语 morgen（黎明）（物部 5A）

31. 夜：夜 **laak, *laaqs（夜）：立陶宛语 darga（阴暗的）（铎部 10A）

32. 小：微 *（s）muul（小）：古弗里斯兰语 smel（小的）（微部 3A）

33. 长：长 *laŋ（形容词）：拉丁语 longus（长的）（阳部 1A）

二、人称代词、指示代词、疑问词的对应

34. 我：

吾 **gaa, *ŋaa（主格）：原始印欧语源词 *ego（我，单数主格）（鱼部 32A）

35. 这：

之 **kɯ, *tjɯ（指示代词，只作宾语和定语）：拉丁语 haec＜原始印欧语 *gh-（指示代词 hic 中性复数宾格，这，他）（之部 8B）

是 ** gjeʔ, *djeʔ（指示代词，作主语定语）：拉丁语 hic / hi ＜原始印欧语 *gh-（指示代词 hic 的阳性主格单／复数，这，他）（之部 9B）

36. 那：其 *gɯ（指示代词，作定语）：拉丁语 huius＜*gh-（指示代词 hic 的单数属格，这个的，他的）（支部 9A）

37. 谁：谁 **gjul, *djul（疑问代词，谁，什么）：拉丁语 quis（疑问代词，谁，什么）（歌部 15E）

38. 什么：何 **gwaal, * gaal（疑问代词，什么）：原始印欧语 *kwa-（谁，什么）（歌部 15A）

39. 全：

完 * goon, guan（完全）：原始印欧语词根 *kuān-（每个，全部）（元部 9A）

徧 *peens（周遍）：希腊语 pan（每个，全部）（元部 8A）

值得注意的现象是，"之"、"是"、"其"分别对应于同一个拉丁语指示代词 hic 的不同的性、数、格形式，并且语法功能也有对应："是"在上古汉语中常作主语，对应主格 hic / hi；"之"常作宾语，对应复数宾格 haec；"其"常作定语，对应于属格 huius。上古汉语的三个字，对应的是一个词。

三、同音词的对应

这是指同音不同义的词的对应。如果没有密切的关系，不同的语言不会用同样的语音来称谓不同的几件事物。就是说，互为同音词的现象在没有密切关系的语言之间是很少的。这种同音词的对应关系是语言亲属关系的重要证据（邢公畹，1999），它说明所形成的对应词不只是偶然的音义相似。《汉语印欧语词汇比较》列有 62 组同音词。这里引其中一组，并分析说明它们的声符、词形和词根的区别。

下面一组词，见于《汉语印欧语词汇比较》第 217—219 页，其中"不"、"跛"二字是新增的。前上古音构拟有修正，增加了该字最早出现的古文字和时间。

19. A 柎 **pod, *po, pio, fu[55]

《说文·木部》："柎，阑足也。"段玉裁注："柎、跗正俗字。凡器之足皆曰柎。"朱骏声云："谓钟鼓虡之足。按：凡器物之足皆得曰柎。"《急就篇》第三章："锻铸铅锡镫锭鐎。"颜师古注："有柎者曰镫，无柎者曰锭。柎，谓下施足也。"古文字：见于《说文》和汉印文字。甲、金文无。《韵会》虞韵作解说"鄂足"，小徐同。

不 **puɯt, *puɯd, piut, pu[51]

《说文解字》："不，鸟飞上翔不下来也。"释为一只鸟向天上飞的形状，许慎说解字形有误。甲骨文"不"字像花萼之形，《诗经·小雅·常棣》："常棣之华，鄂不韡韡。"郑玄笺："承花者曰鄂，'不'当作柎，柎，鄂足也。"说"不"是"柎"的另一写法。这是这个古老的意义的文献证据。"不"字的这个意义在先秦时期已造了"柎"字来代替它，因而很少用了。古文字：此字是甲骨文常见字。

B 跗 **pod, *po, pio, fu[55]
　　**bods, *bos, bio-, pu[51]

《玉篇·足部》："跗，足上也。"脚背。《仪礼·士丧礼》："乃屦綦结于跗。"郑玄注："跗，足上也。"《庄子·秋水》："赴水则接腋持颐，蹶泥则没足灭跗。"又，足。《论衡·宣汉》："古之露首，今冠章甫；古之跣跗，今履商舄。"又，同"柎"，器物的足。《后汉书·祭祀志上》："距石下皆有石跗，入地四尺。"古文字：《说文解字》无此字。甲、金文无，见于先秦文献，又与柎（器物足）通。

C 跋 **boot, *bood, buat, pa[35]

《尔雅·释言》："跋，躐也。"踩，踏。《诗经·豳风·狼跋》："狼跋其胡。"毛传："跋，躐。"又，步行，跋涉。《诗经·鄘风·载驰》：

"大夫跋涉，我心则忧。"毛传："草行曰跋。"如同今言步行越野。古文字:《说文解字》："跋，蹎跋也。"又作蹳。古文字：甲、金文无，见于先秦文献。

軷 **boot, *bood, buat, pa³⁵ 并末合一入 / 月 3 部

《诗经·大雅·生民》："取羝以軷。"毛传："軷，祭道神。"陆德明《经典释文》："軷，蒲末反。《说文》云：出，必告道神，为坛而祭，为軷。"《末韵》："将行祭名。"古文字:《说文解字》："軷，出将有事于道，必先告其神。立坛四通，树茅以依神为軷。既祭，軷轹于牲而行，为范軷。诗曰：取羝以軷。"古文字：甲、金文无，见于先秦文献。

按：行走为跋，祭祀行路之神为軷，行走之词皆音 *bood，与表示"足"的词 **pod > *po 音近义通，为同源词。"跗"为人足，"柎 / 不"则为凡器物之足。

以下印欧语对应词选自《简明英语词源词典》[①] "foot"条。

Origin. foot

5. 拉丁语 pēs（所有格 pedis），一只脚，间接词干 ped，同源于希腊语 pous，间接词干 pod-。

6. 拉丁语 pedātus，带足的，有足的，由此成为动、植物学专有词 pedate（有脚的）。

21. 希腊语 pous 的同源词 podion，基座或基柱脚。

28. 日耳曼语词根 fōt，拉丁语词根 *ped，希腊语词根 *pod，原始印欧语词根 *pod 或 pōd，变体 ped 或 pēd，或 pād。梵语 pāt，所有格 pādas，脚，padám，足印，pattis（比较古波斯语 pastiš），步兵。吐火罗语 A pe，吐火罗语 B pai，脚。立陶宛语 péda，脚，peščias，步行。

按：印欧语保存了 *pod（足）的意义，并且发展有众多的同族词；汉

---

① Eric Partridge, Origins: a Short Etymological Dictionary of Modern English, 1966.

语则逐渐废弃了这个词。这是基本词的对应。

下面这两个词，与上面的词在古代汉语中有相同的声符，但却只是同/近音词的关系，没有意义上的联系。

弣（柎）** phog, *pho?, phio: , fu[214]

这个字比较少用，在上古时期就是指弓把。《周礼·考工记·弓人》："凡为弓，方其峻而高其柎。"贾公彦疏："柎，把中。"孙诒让《周礼正义》："柎为弓骨干之通名。""柎"即是弓除去弦以外的部分，实际上是弓又叫做"柎"。又写作"弣"。《仪礼·大射》："见（现）镞于弣。"郑玄注："弣，弓把也。"古文字：不见于《说文》。甲、金文无。

Origin. bow①

"弓"英语是 bow，来源于古英语 būgan（词根 bū-），古高德语 boge，古北欧语 bogi，"弓"在日耳曼语里的共同形式为 bog-，词源义为弯曲；同源于 bow（鞠躬），古英语 būgan，古北欧语 boginn，梵语 bhujáti（他弯曲），原始印欧语词根 *bheug（h）-（弯曲）。（周及徐，2003a）

18.A 坿/附 **blos, *bos, bio-, fu[51]

《说文·土部》："坿，益也。"增益。《吕氏春秋·孟冬纪》："坿城郭，戒门闾。"高诱注："坿，益也。今高固也。"《广雅·释诂一》："附，益也。"增益。《论语·先进》："季氏富于周公，求也为之聚敛而附益之。"古文字：甲、金文无。

Origin. plural; plus

拉丁语 plūs，更多（地），副词，名词，plūr-，间接词干。

英语 plus，介词，加上；名词，附加物，增益。

在古汉语古音重建时，"柎"（器物的足），"弣"（弓），"附"（增加），有同样的声符"付"，词尾构拟为柎**-od，弣**-og，附**-os，这合理吗？这首先是根据汉语内部的证据：与"柎跗"同源的"不跋㪇"带有

---

① 见《简明英语词源词典》（Origins）bow 词条。

*-d 尾，柎这个词的塞尾丢失比较早；"跗"带 **-g 尾则是因为，与侯部相配的阳声韵部和阴声韵部常是带舌根尾的，并且它是一个上声字，一般认为上古汉语上声的演变是词尾变化：*-ʔ >:，笔者认为前上古汉语的变化是：**-b / **-d / **-g > *-ʔ，而这里应选**-g 为这个塞尾的早期形式。"附"带 *-s 尾是由于它的中古音声调是去声，一般认为上古汉语去声的演变是词尾变化：*-s > *-h > -。(周及徐，2003)

甲骨文、金文无"柎、跗"字，它们最早见于先秦文献，是比较晚的形声字，这时词尾的塞音已经弱化或已失去，所以都不是入声字，都用"付"为声符。而它们的同源词"不"字见于甲骨文，借为否定词字，口语常用字的语音强势使得词尾塞音得以保留，为入声。"跋"字的塞尾也当是口语词而保留下来的，"軷"只是"跋"的同词异写。"跗"字则属于另一个词根 **phog>*phoʔ，由于词尾弱化，与"柎"音近，所以也用"付"作了声符。"附"是同样的情况。所以这些字在先秦时，都用"付"作声符。

这种同声符字的不同词尾分布也告诉我们，古汉语早在谐声字的时代起，词尾的塞音就开始弱化乃至丢失了，如同汉语的许多亲属语言（如彝语支语言）一样。同一谐声字的韵尾在更早的时候可能是不同的，就更不用说同一个上古韵部的诸多声符的韵尾了。在重建每一个词的古音形式的时候，必须参考同源词和有确切对应关系的词的形式。如果只依声符和《广韵》中该字的音韵地位，我们只好将阴声韵部一律构拟为零韵尾，或者一律带与入声韵相应浊塞尾（高本汉，B. Karlgren 等）。而我们观察到同一韵部的阴声韵不是全有塞尾，也不只有一种塞尾。上古汉语的词尾要更加的复杂多样，汉语内部同源词、亲属语言同源词和有确切对应关系的借词，是观察古音的很好的镜子。

所以，考虑每一个词的具体形式，考查每一个声符的语音形式，甚至同一个声符的不同形式，是非常必要的。依二十多声母、三十个韵部，去类推上万个上古汉语词汇，会过于整齐，像是按模型成批制造出来的。实际的语言应更复杂，有更多的差别，需要我们利用汉语内部和外部的资料，一个词族一个词族地去考查和重建。

上述基本词汇和同音词对应的例子，说明上古汉语中有许多印欧语词汇，它们在很早的时候（约距今3000年以前）就成批地进入了汉语。这些证据从历史语言学方面说明，汉语可能是一种原始土著语与外来的印欧语在史前时期混合的结果。

韩语与上古汉语对应词举例

阅读提要： 韩语汉字词与中古汉语字词的对应关系是普遍的。韩语词与上古汉语词汇的对应不是那样多，但经过仔细的考察也能发现。中韩在地理上邻近，交往的历史可上溯至公元前11世纪，汉语和韩语在上古时期共有词与两国的历史关系是符合的。本文以"熊、马、虎、蛇"四个词来讨论，以说明两种语言在上古时期的联系。

韩语汉字音和中古汉语音有很齐整的对应关系，是人所共知的。韩语固有词中，也有一部分与上古汉语对应。严翼相曾提出下列上古汉语词和韩语的对应：(严翼相，2008：21—23)

词目	韩语固有词	上古汉语[①]
我	나 na	我 ŋaalʔ
你	너 nə	尔 nielʔ
日（日子）	날 nal	日 njig >njit

此外，笔者认为韩语代词"그 kɯ（他，那）"也是对应于上古汉语代词"其"的。"其"上古音 *gɯ，中古音 gɨ。中古汉语之韵见组字在韩国语汉字音中多为元音-i，不为-ɯ。例如：纪기，基기，起기，期기，棋기。所以韩语词"kɯ（他，那）"在音、义上都是对应上古汉语的。

有一些动物，自远古以来生活在中国北方和朝鲜半岛等广大地域，它们的名称应该是很古老的。这些动物名称可能反映出上古时期韩汉语言词汇的联系。下面以"熊、马、虎、蛇"四个词来讨论，附带提到"云、

▲ 此文原发表于《东亚人文学》第17期，东亚人文学会，韩国大邱，2010年。
① 本文中，汉语上古音和中古音均采用郑张尚芳构拟系统（郑张尚芳，2003）。

风"二词。

汉语 熊 [1]*ɢʷlɯm, ɦiuŋ, xiong^{35}

现代韩语 곰 kom（熊）

熊是生活在寒冷地区的野生动物，在古代的中国北方和朝鲜半岛是常见的，称呼这种动物的词无需向其他语言去借，所以"熊"在汉语和韩语中都应是固有词。以汉语的几种历史形式相比较，上古汉语形式 *ɢʷlɯm → *ɢʷɯm 与韩语相似。很明显的，这是一个汉韩语同源词。比较韩语"원숭이 uən suŋ i（猴子）"，对应于也是云母字的"猿 *ɢʷan, ɦʷiɐn > jiuɐn, yan^{35}"，韩语第一音节 uən 显然对应的是第二个音——中古晚期形式。可与下面的一组词比较：

汉语 雲 *ɢʷɯn, ɦiun, yun^{35}

现代韩语 구름 ku lɯm（雲）

从词的意义来看，汉语和韩语的这个词都属基本词汇，应是固有词。汉语"云"的谐声系列中没有与 l- 相谐声的，所以构拟形式不是 *ɢʷlun。但与韩语相比较，这可能是演化以后的缺失。汉语词尾 -n 可能来自早期的 -m。词尾 -m > -n 在汉语中既然普遍发生于上古汉语到中古汉语的转变中，也可能发生在上古时期。这样，这个例子很类似于有名的例子"风"[2]：汉语 *plum 对韩语 pa lam。是汉语缩减为一个音节，还是韩语分裂为两个音节，不能确定。上古汉语雲 *ɢʷlɯm > *ɢʷɯn，可能与韩语 구름 ku lɯm（云）同源。

汉语 马 *mraaʔ, mɣaː,（*maaʔ, maː）[3], ma^{214}。

现代韩语 말 mal（马）

马是人类在很早就驯化了的动物。至迟在商代，中国北方民族就使用马作为战争和交通工具。安阳殷墟有全套殉葬马拉战车。朝鲜半岛使用

---

[1] 本文汉字词标音，带星号者为汉语上古音，无星号的为汉语中古音（《切韵》音），有声调标注者为现代汉语音。

[2] 上古汉语"风"又有双音节的"焚轮"等。《诗·小雅·谷风》"维风及颓"。毛传："颓，风之焚轮者也。"

[3] 圆括号内的音是本文作者构拟的音，下同。

马的历史也很早。新罗王族始祖朴赫居世居西干，相传为天马所生。庆州市新罗时期的王陵"天马冢"出土大量精美的马具，马鞍障泥绘有天马图案，表现出强烈的马崇拜。这些都反映了上古时期（公元前1世纪）以来新罗民族与马的密切关系。

"马"是麻韵二等上声字。按郑张尚芳的上古音体系，二等字上古音带有 -r- 介音，所以上古音有 -r-，中古音有 -ɣ-。藏文 rmaŋ、缅文 mraŋ 都倾向于支持这种构拟。笔者认为，在上古汉语中不是全部二等字都带 -r- 介音的，特别是那些不与来母字谐声的系列，就不一定带 -r- 介音。例如"爸"虽是一个《集韵》才收入的字，但这个词应是自古就有的。按音韵地位（帮母麻韵二等去声）推，上古音应是 * praa（-s）。显然音节中 -r- 不应当有，因为大多数语言中没有这样的父亲称谓词。"爸"字进入麻韵二等，是因为亲属称谓的强势发音，使它保持了元音 -a- 没有变化。而其他的原来同类的词，依元音高化规则变化进入虞韵，例如：父斧釜 *b/paa- > b/pio- > fu[51]。"马"也是一个常用的名词，也应在口语中保持强势的发音，有着与"爸"同样的发展。所以"马"的上古音也不应有 -r- 介音。关于"马"的词尾，郑张尚芳音系上声字上古带词尾 -ʔ。笔者认为上古音上声尾 -ʔ 应是从更早的词尾分化而来，其中有 -b、-d、- g 、-rd、-ld 等等①。所以笔者认为"马"的上古音是 *maaʔ/*maarg，对应于印欧语语根 *marko-。

在以上所举的语言关于"马"的词中，基于马文化的历史发源和传播，印欧语的"马"应是最早的，因此 *marko- 是"马"最早的词形。"马"的藏文词 rmaŋ 词首的 r-，和缅文词 mraŋ 元音前的 -r-，是后来的换位形式。韩语词"말 mal（马）"，以它的 -l 词尾，标示出它的远古来源②，即来自上古音汉语原始形式，或者直接来自印欧语。郑张尚芳先生认为韩语马 mal < mala : 汉语 *mraaʔ，韩语丢失了后一音节的 -a。这种解释支持汉语"马"有二等介音 -r-。（郑张尚芳，2008）无论哪一种解释，都认

---

① 周及徐：《汉语印欧语词汇比较》，成都：四川民族出版社，2002年版，第83—85页。
② 词尾 -l 在韩语汉字词中一般对应中古汉语的 -t 入声字，因此显然不对应于中古汉语上声字"马 *mɣa:"。

为韩语말 mal（马）与上古汉语对应。

我们从藏缅语族语言选了近于景颇语支的僜语①的相应词，也在这里比较，可以扩大语言对比的视野。结果，"熊、云、风、马"的词形（《藏缅语的语音和词汇》1991）都相似。这几个词在上古汉语、韩语的对比如下表②。

对应词	熊	云	风	马
上古汉语	$*_{G}{}^{w}lum$ → $(*_{G}{}^{w}um)$	$(*_{G}{}^{w}lum)$ → $*_{G}{}^{w}un$	$*plum$	$*mraaʔ$ $(*maarʔ)$
韩语	kom	ku lɯm	pa lam	mal
格曼僜语（藏缅语）	kum^{55}	kɑ^{55} mɑi^{35}	bauŋ^{35}	mɑ^{31} ɹoŋ^{55}（达曼僜）

汉语 虎 $*qhlaaʔ$, ho：, xu^{214}

现代韩语 호랑-이 ho laŋ -i（虎）

"虎"，晓母一等模韵上声字。为"虎"的上古音构拟复辅音 -l-，有充分根据。虍、盧、虑等以"虍"为声符的字都是来母字。"虎"上古又称"於菟"③，音 $*qaa\ laa > ʔo\ do$。韩语词"호랑-이 ho laŋ -i（虎）"，有的韩汉/汉韩字典将前两个音节对应于汉字的"虎狼"，将虎叫做"虎狼"于意义不顺。韩语固有词"狼"是"이리"不是"랑"。而且，"호랑-"在很多情况下是一个词素（虎），例如："호랑이 老虎"，"호랑나비 金凤蝶（虎斑蝶）"，"호랑연 虎字风筝"。如果"호랑"本身只是一个词素"虎"，则情况可能是，"호랑 -ho laŋ"对应于上古汉语"$*qhlaaʔ$ 虎"，上古汉语词两个音节融合，失去了第一音节的元音和第二音节的鼻音韵尾。也对应于上古汉语（楚语）"$*qaa\ laa$ 於菟"④。楚语大概比中原汉语要原始一些，前两个音节没有融合，第二音节的鼻音尾同样失去了。关于上古汉语词末的鼻音尾丢失的例子下面还要举到。本来，这个例子与上古汉语 云 $**_{G}{}^{w}lum > *_{G}{}^{w}un$ 对韩语子름 ku lɯm（雲）一样，我们不知是汉语缩合了，还是韩语分裂了。但

---

① 西藏自治区察隅县的一部分原住民僜人使用的语言，有格曼僜和达曼僜两种，与景颇语支语言共有许多同源词。
② 表中括号内的音与郑张尚芳拟的音有不同的形式。下表同。
③ 《左传·宣公四年》："楚人……谓虎'於菟'。"
④ 周及徐：《於菟之'菟'及其同源词》，民族语文，2001 年第 1 期。

是楚语证据提示是前者：汉语的前一音节丢失了元音，缩减为一个音节。

汉语 巴 *praa, pɣa,（*paa, pa），pa⁵⁵（蛇）

现代韩语 뱀 paim/pɛm（蛇）

古代传说"巴蛇吞象"，原出自战国时期的古籍《山海经·海内南经》："巴蛇食象，三岁而出其骨。君子服之，无心腹之疾。"郭璞注："说者云，长千寻。"《说文解字·巴部》："巴，蟲也。或曰食象蛇。象形。"像蛇张大嘴巴吞食东西。"巴蛇"应为定语中心语结构，意为"叫做'巴'的蛇"。从古文献可见古代汉语中将蛇称作"巴 *paa"是很早的。韩语 뱀 paim（蛇），有词尾-m。这可能是汉韩两语早期的共有词，南方汉语也失去了鼻音词尾。

汉语 巴 *praa, pɣa,（*paa, pa），pa⁵⁵（虎？）

汉语 伯 *praag，pɣak > pai, po³⁵（虎？）

现代韩语 범 pəm（虎）

这个字义与古巴蜀的"巴"字有关。四川、重庆地区古代巴人的历史有很多尚不清楚的问题，尚在探索中。对巴人为何名"巴"，有过一些讨论，没有确定的解答。现在提供一点意见供参考。川东、重庆巫山等地区的上古巴人（12-2c.BC）有虎崇拜的习俗，秦时曾称其为"白虎夷"，汉时称"巴夷"。巴人在战国时期有首领廪君。《后汉书·廪君传》记载："廪君死，巴氏以虎饮人血，遂以人祠焉。"是说廪君死后虎性依旧，魂魄要吃人肉喝人血，所以当地有以活人祭祠先祖，以至食人肉的习俗。晋干宝《搜神记》："江汉之域，有貙人，其先廪君之苗裔也，能化为虎。"传说反映的就是虎崇拜。关于巴人之"巴"为何意义，有不同的探讨。笔者推测"巴"是土著语词，其意义为虎，"巴夷"是用土著语称①，"白虎夷"是汉语意译。汉语古代文献中无直接释"巴"为"虎"义的，可能"巴（虎）"不是汉语词。《说文解字》通常记汉语词，所以有"虎"无"巴"。以崇拜的动物称本民族，还见于中国西南地区的其他民族，例如彝族称自己为"倮倮"，倮音lɔ，彝语"虎"。

民间可能还保存此词语。《西游记》故事在中国出现，迄今所知，早在

---

① 有人认为巴人是百越民族，则语言应属侗台语。然泰语"虎 khla"，对上古汉语。其余语言待查。

宋代已经有《大唐三藏取经记》话本。古代朝鲜汉、韩语对照读本《朴通事谚解》中保存了其中的"车迟国斗圣"故事，是后来明代《西游记》第四十五、第四十六回故事的原型。在《西游记》第四十六回"外道弄强欺正法 心猿显圣灭诸邪"中，有道士虎力大仙、鹿力大仙，分别是老虎精和鹿精。这在《朴通事谚解》中，虎力作"伯眼"，鹿力作"鹿皮"。以"鹿皮"相类推，"伯眼"就是"虎眼"，即长着老虎眼睛的妖怪。把"虎眼"叫"伯眼"是作者的巧妙障眼法，用暗语称虎，以便最后虎头现出原形时才捅破窗户纸。可惜后来的《西游记》把这个语言细节上的精心伏笔给抹掉了，一开始就叫"虎力"，袒露无遗。可见宋元时，民间把"虎"又叫"伯"。(《方言》八："虎，陈魏宋楚之间或谓之'李父'，江淮南楚之间谓之'李耳'，或谓之'於䓵'，自关东西或谓之'伯都'。"汉语上古音"伯都 *praak taa")近代汉语音入声尾脱落元音高化，后来"伯"已经音 po。像上古汉语的"虎 *qhlaaʔ"和"巴 *praa（蛇）"一样，汉语的"虎 *paa"失去了鼻音尾，韩语的这些词都保留了鼻音尾（韩语词的鼻音尾可能是上古音的存留）。在东亚各地区不同阶段的演变可能是：虎 *pəm（韩语）> *paaŋ（？）> *paak（伯）> *paa（巴）。这个词可能原本也是汉韩两语共有，上古"巴人"即"虎人"，"巴国"即"虎国"。它在韩语中保存到现在，在汉语中却渐渐淡出。宋元时还有人知晓，今天已是湮灭无闻。幸而古汉语文献中尚有一点踪迹，韩语词更是提供了很有价值的线索。

藏缅语景颇语支的同义词"虎"有鼻音尾的，也有词首唇音的，"蛇"是首音、尾音都相同。这几个词在汉、韩、藏缅语的对比如下：

对应词	虎	巴（蛇）	巴（虎）→伯
上古汉语	*qhlaaʔ	*praa（*paa）	? *praa（*paa）→ pai
韩语	ho laŋ –i	paim	pəm
达曼僜语（藏缅语）	kaŋ^{53}（独龙语）	ta^{31} bɯ^{55} ta^{31} pum^{55} 虫	bo^{55} dɑ^{55}

从移民史和方言分布看四川方言的历史
——兼论南路话与湖广话的区别

阅读提要： 以前的研究认为，现代四川方言是元明清以来的湖广移民带来的。根据移民史的材料、四川方言分布情况和其语音特点，我们认为现代四川方言大致以岷江为界，以东以北地区是明清移民带来的方言，以西以南地区则是当地宋元方言的存留。以前的研究中，对"南路话"的忽视，将其混同于四川官话"湖广话"，导致了四川方言历史形成结论上的偏误。

一、问题的提出

四川方言的形成，与四川地区的历史密切相关。这个话题，往往令人思逸万里，上挂巴蜀古国的历史、战国秦人入蜀，下联扬雄《方言》词例，征引《说文解字》解说，考证若干古语犹存于今，等等。然而，要系统地说明现代四川方言，特别是其语音系统和古代蜀语的关系，我们恐怕不能这样做。因为：其一，中国古代一贯的书面语（国家标准语）传统，忽视以至排斥地方语言的记录，而零星的方言的记录又不成系统，难以成为重建方言史的依据。古代流传下来的如实记录当地方言的资料确实是太

▲ 此文原发表于《语言研究》2013 年第 1 期；人民大学报刊复印资料《语言文字学》2013 年第 5 期转载。此次出版有修改。

少了。唐代以降，系统记录四川方言语音的资料几乎完全空白。屈指可数的几部专著（例如《蜀语》）和古代县志中的方言资料，往往在时间和空间两个方面都很模糊，而且还是举例性质的，在语音、词汇和语法上，不具备任何一方面的系统性。其二，汉字写成的文献不能准确反映汉语方言语音的差别。即使是用方言记录当地风土人情的文献，也难看出完整系统的方言特征。而对于现代语言学意义上的方言研究来说，研究对象的系统性和对象所在的地区、时间的确定性，是对语言资料的基本要求。

因此，按照现代语言学的方法，研究四川方言的历史形成，可靠的办法是从现代四川方言的调查研究做起，全面掌握方言特点和地区分布，再利用汉语古音系统和各方言点音系，从历史比较的角度进行纵向和横向的分析，由此去观察方言形成的历史过程，同时参考近古以来的四川移民史。而且还应注意：一、我们不能奢望凭着这个方法，在追溯方言历史的道路上能走得够远。因为现存四川的方言之间的差别，没有超出汉语北方方言的范围[①]，以它们为重建方言历史的材料，上溯时间不会超过历史上的《切韵》时代；二、古代四川移民，特别是元明以来的大移民，曾经改变了四川的人口成分，语言纵向发展的主流曾经被横向的巨大潮流冲乱，形成四川方言的特殊分布格局。因四川特殊的历史，四川现代汉语方言形成，既不同于原住民学习移民语言中介语石化型的"海口模式"，也不同于外来移民接受当地强势方言型的"上海模式"[②]；三、方言的历史形成最终要能够从方言本身的性质来证明，可以借鉴史学界关于移民史研究的成果，但只是作为辅助材料。

过去较大的四川方言调查研究有两次：一是台北"中央研究院"历史语言研究所在1941年前后的调查研究，形成专著《四川方言调查报告》（上、下册）（杨时逢，1984）；二是四川三所高校[③]在1956年—1960年联

[①] 清代早期移民在四川境内形成的湘方言、客家方言等外来移入方言来源明确，不在本文讨论之内。

[②] 潘悟云："吴语形成的历史背景"，《方言》2009年第3期。

[③] 指当时的四川大学、西南师范大学（今西南大学）和四川师范学院（今四川师范大学）。

合进行的调查研究，形成"四川方言音系"①。前者更为详尽，后者比较简略。然而，两者都只是方言音系的现状描写，没有对四川方言的历史形成进行分析。四川大学崔荣昌教授曾关注于此，有多篇文章和专著研究四川方言及其历史形成。他的观点被许多行内外的学者所接受。他认为："元末明初的大移民把以湖北话为代表的官话方言传播到四川，从而形成了以湖北话为基础的四川话，清朝前期的大移民则进一步加强了四川话在全省的主导地位，布下了四川话的汪洋大海。"②他在后期专著《四川境内的湘方言》"四川方言的形成"一节中说："我们认为，四川方言，包括四川官话都是外省移民带来的。"③他的看法是：四川的汉语方言在元明清以后被外来移入的方言替代了，四川汉语方言的历史发展被截断了。笔者不同意这种观点。根据四川方言调查得到的资料和四川地区移民史的资料，笔者认为，四川（以及重庆）地区的方言有多层的历史沉积，特别是仍然成片地保存着元明清大移民以前延续下来的方言。下面从移民史和方言分布的材料进行讨论。

二、四川、重庆明清时期的移民

历史上，四川的人口和语言的发展发生重大改变的时期有多次，宋元以后是其一。元以后的比较大的外来移民高潮在四川历史上有两个时期：明初移民和清前期移民。广泛流传于四川民间的"湖广填四川"，宽泛而模糊，不是一个准确的史学概念，容易产生误解，需要厘清。

（一）元末明玉珍的移民——湖广填四川之序曲

北宋和南宋时期，由于远离战乱，四川的经济繁荣，人口增长。南宋嘉定十六年（1223），四川人口数达到约600万④。造成四川人口锐减的战

---

① 四川方言调查工作组："四川方言音系"，四川大学学报，1960年第1期。
② 崔荣昌：《四川方言的形成》，方言，1985年第1期。
③ 崔荣昌：《四川境内的湘方言》，台北："中央研究院"历史语言研究所，1996年版。
④ 以下所引资料，来自于葛剑雄主编，曹树基著《中国移民史》第五、六卷，福州：福建人民出版社，1997年版。

乱,第一次是在(南)宋元时期。1230年前后,元蒙军队攻入四川,南宋军队坚守境内的城池,双方激战,往往一地多次易手。如"宋元争蜀,资(阳)、内(江)三得三失,残民几尽"(光绪《内江县志》)。又,宋元军在长江上游大战,宋军守泸州神臂城34年,军民消耗殆尽。50年后,元军才完全平定四川。迄至1280年前后的近半个世纪中,四川饱受战火蹂躏,人口损失严重。据统计,元军平定四川后的至元十九年(1282),"四川民仅十二万户"(《元史·世祖本纪》),按每户5人计算,也才60万人,以至不得不裁撤官府,减少行政区设置。在此后的80余年中,四川人口缓慢恢复。但又值元末战争损失,"四川的土著就只有30—40万人了"[①]。

宋末元初四川人口90%的损失,为此后的移民填入四川留下了巨大的空间。

明玉珍的军事移民是明初四川移民的序曲。明玉珍是元末红巾军将领,1357年从湖北经三峡统兵入蜀,先后据重庆、泸州、宜宾,后建立大夏朝,统治全蜀及汉中、遵义。1366年,明玉珍病卒。1371年,朱元璋派汤和率明军征蜀,明玉珍之子明升在重庆出降。明氏在蜀15年,领有四川而无大战,不苦民,有政声,民心归。明玉珍是湖北随州人,其士卒及家属多湖北(西部地区)人,随军入蜀。明玉珍自称"区区二十万人马"(《明太祖实录》卷六十八),合家属计,应不少于40万人,夏亡降明,都留在了四川,以重庆(夏之都城)周围地区为多,其来源多是湖北西北及明玉珍驻扎过的江汉平原地区的人。40万人虽不算多,却是与元末四川土著人口相当的数字。这是湖广移民四川之始,可称作"湖广填四川"之序曲。

(二)明初洪武移民——湖广填四川之主曲

明代的湖广承宣布政使司,又称"湖广布政使司",简称"湖广"、"湖广行省"或"湖广省",明朝时期直属中央政府管辖,治所武昌,为明朝15个"承宣布政使司"之一。辖今湖北、湖南全境。

据移民族谱和有关文献记载,洪武移民的时间从洪武二年(1369)

[①] 曹树基:《中国移民史》(第五卷),福州:福建人民出版社,1997年版,第152页。

始，直到洪武二十四年（1391），官府组织的大规模移民前后持续了23年。其中又以洪武五年至洪武十四年10年间为最高峰，四川总人口增长155.83%，达到146.45万。（黄友良，1995：75）来源地有称楚、秦楚、湖广麻城、黄（州）麻（城）、武昌，其中称"麻城孝感乡入川"者尤多。值得注意的是，麻城县孝感乡在明成化八年（1472）并入了仙居乡而不复存在，故今称其祖籍为"麻城孝感乡者"都应是明洪武时期来四川的移民，而不是清代的移民。① 总之，洪武时期所谓的"湖广"移民，主要来源是湖北地区，包括今湖北省西南官话区的大部（武昌、黄陂、随州）和一部分江淮官话区（麻城）。

这一时期移民的落籍地，主要是在川东、川中地区。据李懋军根据《明一统志》中各县里甲数对四川人口密集区做出的分析，移民集中在重庆周围地区，有奉节、南充、三台等，以及泸州大部、宜宾东南。（曹树基，1997：158）另外，洪武年间升、复的州县也应是移民密集区。洪武十三年，升、复、新置的州县有40个之多。关于洪武大移民的结果，据估计，洪武二十六年，四川人口数的修正值约为160万，加上十卫三所的军人及家属19.5万人，总人口合计约为180万人。洪武年间移民的数量达到80万人，加上明氏移民40万，元末明初四川接受移民高达120万人②，是元末四川人口40万人的3倍。考虑到路程就近和投亲靠友等因素，移民分布并不平均，在局部地区（如重庆和川东、中部地区）构成的移民人口优势，大大超过原宋元以来原住居民的数量。

总之，洪武时期湖北籍的移民，在短时间内大量移居重庆和四川的东中部地区，填补了宋元以后四川人口的空虚。这奠定了以后500年间四川移民和土著分布的基本格局，可称为"湖广填四川"之主曲。

（三）清前期移民——湖广填四川之重奏

清代康熙初沿袭明行省，改十五行省为十八行省。其中，原明代的湖广行省划分为湖北、湖南，遂与今大致相当。故"湖广"之称，实是以明

---

① 黄友良：《四川移民史论》，四川大学学报，1995年第3期。
② 曹树基：《中国移民史》（第五卷），福州：福建人民出版社，1997年版，第159页。

代的行政划分，而不是清代的。

移民的时间。清前期移民指清代顺治、康熙、雍正和乾隆100年间向四川的移民运动。从1393年（洪武二十六年）至1600年（万历二十八年），人口按平均0.5%的增长率增长，四川人口总数应达到500万左右。此后天灾人祸接踵而至。顺治三年至五年（1646—1648），四川大饥，人口减少。更严重的是战乱给四川带来的破坏，主要有张献忠三次入川（1634、1639和1644）的劫掠和屠杀、川东北"摇黄"盗匪的残害（1630—1648）和南明军队在川抗清对当地的危害，其中尤其以张献忠在成都三年残害最甚。顺治二年（1645）11月，张献忠屠戮成都平民，以至闾巷空虚，千里无烟。张的"大西军"采粮，至数百里外无所得，粮绝而食人。顺治三年，因无粮难支，张献忠焚城而去。清兵入成都，荒芜破败，竟不可居，弃城而还龙安（今平武县）。其后又是平吴三桂反叛之战（1674—1681）。从崇祯初到康熙二十年，前后约半个世纪，四川饱受战乱蹂躏。清初人口残存约10%，约50万人。[1]

从康熙十年（1671）政府颁布政策鼓励向四川大规模移民起，至乾隆四十年（1775）后政府逐渐限制移民止，形成了近代历史上第二次向四川移民的高潮，前后长达100余年。中曾因"三藩之乱"而有7年的中断，因而形成了康熙十年至康熙十三年（1671—1674）、康熙二十年至乾隆四十年（1681—1775）前后两个阶段。显然，后一段的95年是清代四川移民的主要时期。

移民来源地。相对洪武移民多集中于今湖北西部一带来说，清代移民的来源地更为广阔。据官方文献记载，除湖广以外，还有广东、江西、福建等省。湖北仍然是四川移民的主要来源地，"湖广麻城"仍是主要原籍地，特别是在重庆和川中、东部地区。在四川西部地区，如成都及其附近，虽稍少于川东及重庆，但仍以湖北移民为多，金堂县"楚省籍约占百分之三十七"（据民国《金堂县续志》卷3"户口"），便是一例。除道途近

---

[1] 曹树基：《中国移民史》（第六卷），福州：福建人民出版社，1997年版，第69页。

便的湖北外,还有湖南的衡(州)、永(州)、宝(庆)府、零陵(县)等地。"总而言之,清代的'湖广填四川'是一场以湖广移民为主,广东、江西、陕西等省移民为辅的规模浩大的人口迁移。湖广移民沿长江由东向西分布,愈往西、往南、往北,分布愈稀"①,这种说法是大致正确的。不过,湖广移民往西的分布也并不"稀",在西部地区也超过总人口的30%,在各省籍人数中是最多的。不过,移民史研究者没有注意到岷江两岸的不同。更准确地说,"沿长江"是指"沿长江及岷江以北、以东的广大地区",应明确岷江的分界的地位。在岷江以西、以南便不是这样的了。由于没有注意到这方面的情况,在有关的移民史资料中,湖广(楚)籍移民比例的统计资料不够详尽。这是可惜的。根据下面所引的资料可知,这里的湖广籍移民比其他地区要少得多。

移民的结果和分布。乾隆四十一年(1776),四川总人口约1000万。其中土著人口和移民人口的比例,据估计移民为60%—70%,土著为30%—40%。又根据乾隆十八年至乾隆二十年四川移民分省籍户数统计,其中湖广移民占各省籍移民的总数约60%—70%。再根据清代云阳等5县移民氏族原籍分布统计,迁入的湖广籍氏族约占60%,与前述分省籍户数的抽样统计大致相符。所以湖广移民占移民总数近60%。②这样,湖广移民占当时四川总人口的比例,应在36%—42%之间,即与土著人口数大致相当。然而,四川盆地各地区接受移民的数量不是平均的。下面的统计值得注意。据乾隆四十一年四川各区分原籍人口统计表和据此做出的清代前期(1776)四川移民迁入与分布图反映,邛州、眉州、雅州府、嘉定府、叙州府、泸州和叙永厅等地的移民数量远远少于其他地区,每个州/府在5万户以内。③这些都是我们所讨论的岷江以西以南的地区。而邻近的成都府则是移民迁入的最密集地区,达到90万户。这虽然只是用1776年的资料作的抽样调查,却能代表清代四川移民的分布特点。这种分布的原因,下文会论及。

---

① 曹树基:《中国移民史》(第六卷),福州:福建人民出版社,1997年版,第91页。
② 同上书,第90—101页。
③ 同上书,第102页。

乾隆四十年以后，四川的移民高潮渐近尾声，四川移民和土著分布的区域和比例也稳定下来，一直发展到现代。1953年，四川人口统计为6568.5万人。

总之，在清代前期的约100年中，来自湖北、湖南、江西、广东和福建的移民（其中以两湖最多），再次陆续移入重庆和四川东中部地区，少量移入四川西南部地区，填补了明末清初四川人口的不足。这可以看作是"湖广填四川"之重奏。

综上所述，"湖广填四川"是一个包括元末明初和明末清初的向四川境内移民运动的总称，有明玉珍移民、洪武移民、清前期移民三个阶段。洪武移民尤其重要，因为其处在宋代以后向四川移民的第一个重要阶段，又是中央政府组织的大规模集中移民，它奠定了今重庆和四川东、中部地区人口来源和分布的基础，不应把它和清代移民混而同之，忽视它的作用。清代移民则是洪武移民的重复和加强。除了增加来自湖南的湘方言移民和来自赣粤的客家方言移民成分外，对明代形成的移民成分和移民分布格局，没有重大的改变。

三、近现代四川方言的形成和明清移民的关系

（一）重庆和四川中东部地区方言"湖广话"的形成

1. 方言历史形成与移民的关系

在移民方言的形成中，由中央政府组织的时间短、来源地集中、在迁入地集中居住的移民，是最能保持其原有方言特征的人群。这是因为他们能够在短时间内形成一定规模的方言社会群体。而且一旦形成这样的方言社会，尽管规模较小，甚至仅一村半里，但他们的方言会保持下来，世代相传，并随子孙的繁衍扩大。我们认为，洪武移民即具有这一特点。明初以后的50年时间内，中央政府组织的湖北江汉平原及相邻地区的大规模移民，迅速填补了宋元战乱和萧条在四川留下的巨大人口空间，在重庆和四川中东部的人口中第一次形成了"湖广话"方言社会，对重庆和四川中

东部的方言形成起到了决定的作用,成为明代成渝片方言的主流。

反之,自发的、时间上先后不一、来源地分散、在迁入地与当地人杂居的移民,由于不能形成自己的一定规模的方言社会,只能与讲当地话的人群交流,会很快融入移居地的方言社会,其原有方言往往在第二代即为移居地的方言所同化,不能保持。清代前期移民即具有这一特点。其一,移民持续时间长。从清初顺治至乾隆前期,鄂、湘、赣、闽、粤等南方五省的移民相继来到四川,迁入时间绵延长达一个世纪,像一次缓慢持久的输血过程,留下了迁入地土著方言消化外来方言的时间。其二,来源地分布广阔。以不同地区分别而论,来自赣、闽、粤的客家方言,由于与北方方言的差别很大,与移入地原有的方言不能交流,隔阂的压力使之保持内部的紧密联系,形成方言社会。至今四川中东部在"湖广话"的汪洋包围之中,还顽强地保存着许多客家方言岛。来自湖南的湘方言与之相似,但由于湘方言与北方方言的交流度更大,许多移民后裔的湘方言今已经模糊难辨,甚至同化为当地方言"湖广话"。(杨荣华,2005;饶冬梅,2006)其三,来自湖北的移民仍然是清代四川移民的主要来源,"湖广麻城"仍然是这时期移民常见的原籍。湖北地区移民在洪武移民基础上的第二次填充,使得四川湖广移民成分得到补充。在有些地方则是重新填补,例如在明末遭受人口重创的成都府地区。清初湖北移民与洪武时期相距350多年,来源于同一地区的方言又一次加强了"湖广话"。

总之,洪武入川的湖广(北)移民,经过300多年的发展,在川东中部地区形成了比较稳固的方言基础。清前期移民在这样的基础上进行。这一时期移民的时间长、来源地分散,形成方言能力相对较弱;客家和湘方言等南方方言则由于方言差别太大,只在本方言群体内部交流中使用,不能影响当地原有方言;移民主力仍集中于湖北移民。由于这三个特点,形成了四川东中部[①]明代以来、四川西部清代以来,以"湖广话"为主要方言的分布特点。

[①] 四川东中部指现重庆直辖市和四川东部地区,四川西部指成都周围岷江以东地区。

2."湖广人"和"湖广话"

"湖广人"和"湖广话"是存在于四川(和重庆)人中的普遍概念。"湖广人"在四川话中指明清时期从湖北、湖南迁来的移民的后代,现在遍布于重庆和四川中、东、西部地区,在问及祖先原籍时,绝大多数都会说"湖广麻城人"或"湖广人"。而"湖广话"一般指以成都、重庆两地的方言为代表、通行于成渝地区的方言,具有西南官话的共同特征,例如古入声字归阳平;也有自己的一些特征,例如不分平翘舌声母、不分鼻边音声母、调值相似等等。由于两地方言之间差别很小,所以"湖广话"覆盖了东起万州市、西到成都岷江以东的地区。[①]从地理上说,除去岷江西南以及沱江西南的部分,整个四川盆地都是湖广话地区。从当地人的意识上说,通常说的四川话就是以成渝两地话为代表的湖广话。从历史上看,重庆在湖广话的中心,成都则处于湖广话与川西南方言(南路话)的结合部。在东部的重庆及周围地区,早就是湖广话一统天下。而在成都附近地区,近年来才由于经济迅速发展的影响,湖广话作为地域通用方言迅速同化周围的其他方言,拥有越来越大的使用范围。

(二)四川西南地区方言"南路话"的形成

以上的讨论,是除开岷江以西和以南,以及四川境内的长江以南的L型地区,即我们所说的四川西南地区。这一地区的人口来源和方言的形成,与成渝地区有不同的历史。这一点,在以往的研究中被忽视了。

1.四川西南地区方言的分布特点

我们先作一个假设。如果岷江西南地区的方言和岷江东北(成渝地区)的方言都是同一时期"湖广填四川"移民带来的,其结果应是同一性质的方言在岷江两岸广泛分布;或者是因移民来源地不同,不同特征的方言在岷江两岸交错分布。而今天的四川方言分布却很齐整,大致以岷江和沱江为界,分东北、中部和西南三块地区,其方言有各自明显的特征。仅从调类特征上说,北边的成渝地区是入声归阳平;中间沱江和岷江之间是

---

① 相当于《中国方言地图集》(1987)中的"西南官话成渝片"。

入声归去声①；岷江西南地区是入声独立。很显然，这种界线明确、截然分立的格局，提示岷江两岸的方言来源不同。不同来源的方言的发展，形成了如今成片、整齐的方言地理分布②。四川中、东部及西部的一块（即成渝地区方言），是明洪武及清前期移民的结果，前文已论证。我们把岷江与沱江之间的中间的一块（自贡、仁寿等地区）留作以后讨论，现在只讨论岷江以南和以西的情况。

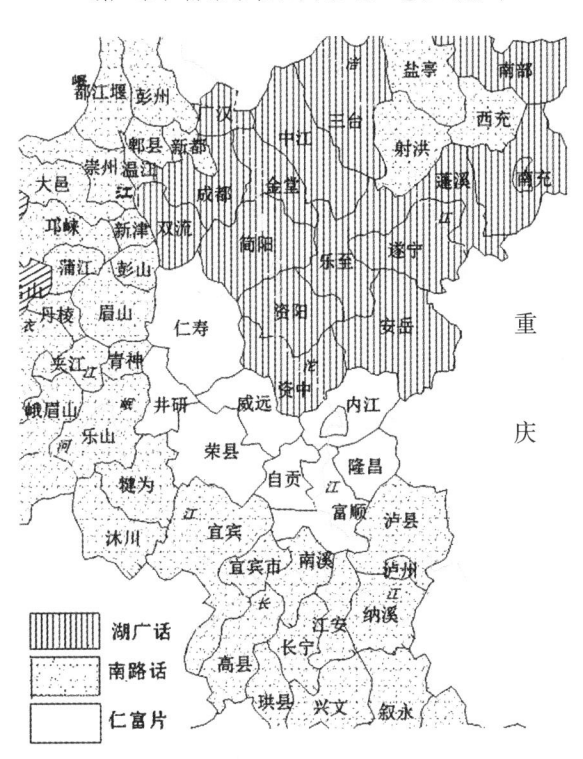

湖广话和南路话在四川沿岷江地区的分布

2."南路人"和"南路话"

与"湖广话"相对，"南路人"和"南路话"是川西地区社会中普遍的

---

① 即《中国方言地图集》（1987）中的"西南官话灌赤片"中的"仁富小片"。
② 如果是原来的同一种方言的渐变分化形成数种方言，其音系差别必能由语音的历史演变来解释，而成渝片方言和川西南地区方言之间不具有先后分化形成差别的音系特点。参见周及徐《四川西南地区方言调查研究报告》。

概念。"南路话"指岷江以西及以南，特别是成都西南的都江堰、温江、崇州、大邑、邛崃、蒲江和新津一带的方言。它在语音、词汇上都有自己的特征，最明显的不同于湖广话的语音特征是入声独立。在更大的范围上，有这种语音特征的话沿岷江以西一直向南分布，经乐山、宜宾直至泸州地区，再折向东北进入今重庆市境内[①]。由于水路便利，南东而去的岷江是古代成都、乐山、宜宾等城市经长江进出四川盆地的主要通道，商旅必经，这条通路称为"南路"。成都的"湖广人"便称讲这种话的、口音有别于自己的人为"南路人"。在当地人的观念中，"南路话"与以成都城市话为代表的"湖广话"是两种完全不同的方言，有明显的区别[②]。又由于讲"南路话"的人多是川西南县城或农村人，"南路话"因此成了川西农村土话的代表。成都人常模仿南路话，嘲笑乡下人语音不正。例如（后一种书写形式是成都人对南路话的听觉，标音采自崇州话）："肉骨头"说成"肉锅[ko^{33}]头"，"卖不卖"说成"卖波[po^{33}]卖"，"读书"说成"多[to^{33}]书"，"爷爷"说成"姨[i^{11}]姨"，"婆婆"说成"扑[phu^{11}]扑"，"月亮"说成"哟[io^{33}]亮"，"肚子"说成"舵[to^{11}]皮"，等等，有如现在说普通话的相声小品演员学舌其他方言土语。总之，他们认为南路话是与"官话"完全不搭界的土话。四川师范大学校园内的主流方言是成都话。在四川师大的课堂上，讲南路话的同学发言被哄笑，而讲话人自己也觉得很惭愧。讲成都话（湖广话）的同学则很坦然。约2000年以前的情况是，成都的大学生在大学二年级以后多改说成都话，大学毕业时已是一口成都话，在生活中通用。成都北、西、南三面各县城原是南路话通行的地区。20世纪80年代以后，由于经济繁荣，成都与周围地区道路交通状况大大改善，交流频繁，强势方言成都话（"湖广话"）影响日益强烈，成都附近各县城中青年纷纷放弃南路话，说成都话的越来越多，说纯正的南路话

---

① 相当于《中国方言地图集》（1987）中的"西南官话灌赤片"中的"岷江小片"，但不包括西昌地区。
② 笔者的母亲（1927— ）是成都人，讲"湖广话"；父亲（1923— ）是崇庆（今崇州市）籍的南路人，早年来成都后乡音不改，一生操"南路话"。笔者生长于成都，讲湖广话。由于童年在崇庆县老家生活多年，也能讲南路话。

的人越来越少。从这时开始,南路话才开始了"上海模式"的演变(潘悟云,2009)。

在过去的四川方言研究中,没有注意到南路话在四川方言中的重要地位。崔荣昌在对四川方言的划分中,认为四川话即湖广话,把大片属于南路话的方言点也归于"湖广话"之下,忽略了南路话与湖广话的区别。如《四川境内的湘方言》"四川方言的形成"一节"四川的官话——湖广话"小节下,四川(和重庆)的160个市县219个点,除湘方言、客方言和北方河南话三个点之外,都被归于四川官话(即湖广话),没有南路话的地位。这导致在四川方言形成研究上的偏差。

"南路话"与成都周围的"湖广话"有一个很明显的地域分界。如果从东面的万州经重庆向成都,在长江和岷江以北的地区作一次横越四川盆地的旅行,并且不断地与沿途的当地人交谈,会发现直至成都以前的沿途上千里,方言只有渐变,没有明显的不同。但是,从成都继续向西,出成都市区约10公里,特别是越过岷江后,口音大变,当地人讲的是南路话,说快了(实际上是正常语速)听不懂。灌县(今都江堰市)地跨岷江东西,以岷江(外江,自然河道)为界,有两种不同的方言,当地人称"河东话"和"河西话",前者近于湖广话,后者是典型的南路话①。需要指出的是,在岷江中下游以及相延的长江中游地区,这种分界在沿江地区有跨越,南路话扩大分布到了岷江东岸和长江北岸,如在成都、乐山、宜宾和泸州。这种现象对解释方言分布格局很有意义,从整体来看,四川话中入声独立的南路话以岷江为界的分布特征是明显的。在20世纪50年代,岷江以东、成都以西10公里左右(温江)便进入南路话区域。现在成都话的区域扩展了,湖广话和南路话的交界线向西退后,郫县、温江、双流等县区讲成都话的人越来越多,几乎到以岷江为界了。

3."南路话"与移民的关系

根据前文引移民史资料的统计,在清代时期移民数量的抽样调查

---

① 经笔者调查,都江堰河东话是"南路话"和"湖广话"的混合型方言。参见周及徐:《四川西南地区方言调查研究》,2011年。

(1776)中,四川岷江以西以南地区(下游是长江以南)明显少于其他地区。我们由此可以推知,这个地区在整个明清时期的移民相对较少,南路话几乎不受外来移民的影响。南路话保存的主要原因有:

第一,从事农业的土著人口相对集中。自战国都江堰水利工程建成后,岷江中游地区农业发展很早。后经千年的发展,至宋末,这里已成为农业发达地区,人口密度大。20世纪60年代,川西平原人均占地不到一亩。这里的人民世代务农,精耕细作,自给自足,讲当地话,行本乡俗。除去少数经商之人外出到过其他地方,绝大多数人附着故土,"民至老死不相往来",甚至一生也没到过今天看来近在咫尺的"成都省"[1]。近乎封闭的环境很平静,既少有外来方言的扰动,也没有学习外来方言的需要,原有方言得到保持和传承。在岷江中下游地区,如乐山、宜宾和泸州等地,也都分布在岷江沿岸,有平旷的冲积平原,灌溉充足,农业条件良好。虽经宋元战争,但自然环境和农业条件没有受到破坏,恢复相对要快,外逃回归的土著人多,剩余耕地少。由于没有川东中部那样广阔的空间,移民若来到这些地方,只能插占土地,难以成批聚集。

第二,天然的地理阻隔。比起重庆和川东地区,岷江以西地区距离湖北江汉平原,要远约300公里—500公里。在靠徒步迁移的岁月里,这是一个不短的距离。已经数千里跋涉到达四川东部的移民,若想到达四川西部要花费更多的精力、时间和路资。又有长江和岷江的阻隔,需要有渡口和渡船。在笔者的记忆中,童年时(1958—1965)从成都到崇庆(今崇州市)老家去,需从成都西去10余公里过岷江渡口"三渡水",此处因水域宽阔河道纵横、人和车要摆渡三次才能通过而得名。仅50公里的路程,公交车在坑坑洼洼的路上颠簸行驶,往往清早出发,傍晚时分才磨蹭到县城。夏天洪水季节,由于岷江水量陡增,渡江过程中时有船倾人亡的事故。因不能行船而交通阻绝,有时竟月。这说的还是岷江中游,时间还是现代[2]。

---

[1] 川西农村人对成都市的旧称。
[2] 直到"文革"中的1970年前后,岷江上才建起了从成都西去崇庆、邛崃的第一座公路桥"岷江大桥",此桥30多年后坍塌江中(2008),成为颇有意义的历史遗迹。

若是在中下游,岷江收纳众水,江面宽阔,古代移民远道而来,要越过滔滔江水,更非易事。

第三,战争的破坏程度小。无论是在宋元战争还是在明末战乱中,岷江西南岸地区受到的破坏都要比岷江以东和以北地区遭受的破坏小,这是由于地理位置相对偏远,又有岷江的天然阻隔。岷江与金沙江在宜宾汇流后,形成长江的天然阻隔,保护了这些地区。虽不能完全免于兵燹,却大大地减少了破坏。

第四,移民时间相对较晚。由于道路遥远和地理阻隔,经长江三峡和四川北部通道入川的外省移民,在早期多会选择比较近便的重庆地区和川东中部地区,待这些地方移入渐满后,才会选择更远的地区。这就为本地土著人口的恢复和发展留下了时间。而一旦土著人口恢复到一定的数量,就会形成讲本地方言的强势方言社会。以后迁入的移民如果不是成批的并且集中居住,就很难在后代中保持住自己的方言。而晚期移民要形成"从同一移出地成批移来"和"在同一移入地集中居住"这两个条件,几乎不可能。

第五,方言孤岛现象。在成渝片方言湖广话的海洋中,散布着一些南路话方言,形成孤立的方言岛,如四川中部的射洪、盐亭、西充。我们在调查中还发现,在《中国方言地图集》(1986)标为成渝片方言区的地区,一些地方至今还保持着入声调独立等与南路话相似的特点,如成都东北的新都、广汉[1]和双流等地。这些分布在湖广话区域中的异质方言岛,应该是明清移民的潮流没有完全覆盖的当地方言的存留。

在以往的研究中,由于过于偏重明清移民对于四川方言形成的影响,忽视岷江西南地区方言(南路话)与成渝地区方言(湖广话)的差别,也忽视了岷江两岸不同的方言分布格局,把岷江左右的全部四川方言都视为明清"湖广填四川"移民的结果,这就错过了进一步揭示四川方言历史层次的关键线索。根据移民史和现代四川方言分布特点以及语音特点,我们

---

[1] 吴红英:《川西广汉等五县市方言音系研究》,四川师范大学硕士论文,2010年。

提出：四川盆地岷江以西以南地区，以及与其相延续的长江以南地区有独立入声调类的方言（即"南路话"），应是更早的宋元时期古代四川方言的遗留；岷江以东以北四川中东部地区以成都、重庆话为代表的成渝片方言（即"湖广话"），才是明清"湖广填四川"的结果[①]。现代四川方言的形成，有两种情况，即明清以后外来方言在四川中东部地区直接填入，以及明以前当地方言在西南部边缘地区的存留。这是官话方言在四川（和重庆）地区两大不同的历史分支。

上述关于四川方言形成的结论，不仅是根据移民历史和四川地区的方言地理分布，更主要的是在调查了这些地区的方言后，分析比较得出的。四川西南地区方言音系和语音特征、语音字表等详细的语音资料，是归纳得出上述观点的重要的语言学基础。这些材料见笔者的国家社会科学基金课题《四川西南地区方言调查研究》。

---

① 关于四川西南地区方言语音特点的论述，见另文。在岷江北岸和沱江之间的地区，形成自贡、仁寿、荣县等地的"仁富片"方言，有别于前述两种方言的特征，另有来源。四川安宁河流域西昌等地的汉语方言，也有别于前述两种方言，另有来源。

南路话和湖广话的语音特点
——兼论四川两大方言的历史关系

阅读提要： 南路话与湖广话的 21 条语音特点比较说明：南路话与湖广话的语音差别，是以中古音类为条件的，两种方言音系内部结构不互相包容。比较南路话与湖广话的语音相似度，二者存在明显的差异。分析南路话的 9 条语音特征与湖广话的对应关系，更证明南路话不是湖广话在川西南地区演变的结果。南路话应是元末以前四川本地汉语方言在当地的后裔。

本文分四个方面讨论：一、湖广话和南路话；二、南路话与湖广话的语音特点比较；三、南路话与湖广话的相似度；四、从语音特征看南路话与湖广话的历史关系。

一、南路话和湖广话

"湖广话"是四川人对成都和重庆等地方言的俗称，一般指以成都和重庆两地方言为代表的通行于成渝地区的方言。它具有西南官话的共同特征，例如有四个声调、古入声字归阳平；也有自己的一些特征，例如不分平翘舌声母、不分鼻边音声母、高元音后的后鼻音韵尾变为前鼻尾、调值相似等等。成渝两地方言之间差别很小，"湖广话"覆盖了东起万州西至成都岷江以东的地区[①]。从地理位置上看，整个四川盆地，除去岷江西南以及沱江和岷江

▲ 此文原发表于《语言研究》2012 年第 3 期。
① 相当于《中国方言地图集》(1987) 中的"西南官话成渝片"。

之间的部分，都是"湖广话"地区。从当地人对方言的感觉上说，通常说的"四川话"就是成渝两地话为代表的"湖广话"，操这种方言的人被称为"湖广人"。① 湖广话即成渝地区方言，是明洪武及清前期移民的结果。前贤崔荣昌教授（1985）根据移民史资料已有论证②，笔者对此也有新的论证③。

"南路话"是四川人对当地另一种方言的俗称。"南路话"指岷江以西及以南，特别是成都西南的都江堰、温江、崇州、大邑、邛崃、蒲江和新津一带的方言。它在语音、词汇上都有自己的特征，最明显的不同于"湖广话"的语音特征是入声独立。在更大的范围上，有这种语音特征的方言沿岷江以西一直向南分布，经乐山、宜宾直至泸州地区，再折向东北进入今重庆市境内。④ 由于水路便利，东南而去的岷江是古代成都、乐山、宜宾等城市经长江进出四川盆地的主要通道，商旅必经，这条通路称为"南路"。成都的"湖广人"称讲这种当地话的人为"南路人"。在当地人对方言的认识中，"南路话"与以成都市区话为代表的"湖广话"是两种完全不同的方言。

在过去的四川方言研究中，较少人注意到南路话在四川方言中的重要地位。四川大学崔荣昌教授曾有专著和多篇文章研究四川方言及其历史形成。他的观点被许多行内外的学者所接受。崔荣昌（1985）认为："元末明初的大移民把以湖北话为代表的官话方言传播到四川，从而形成了以湖北话为基础的四川话，清朝前期的大移民则进一步加强了四川话在全省的主导地位，布下了四川话的汪洋大海。"⑤。在他的后期专著《四川境内的湘方言》（1996）"四川方言的形成"一节中，崔教授认为："四川方言，包括四川官话都是外省移民带来的。"⑥ 在崔教授对四川方言的划分中，认为四川话即湖广话，把大片属于南路话的方言点也归于"湖广话"之下，忽略了

---

① 随着近年来重庆升为直辖市，行政上与四川省分割开来，一些人开始强调重庆话与"四川话"的区别。从汉语方言分区上说，重庆话属西南官话成渝片，与成都话同是"四川话"的一部分。
② 崔荣昌：《四川方言的形成》，方言，1985年第1期，第6—14页。
③ 周及徐："从移民史和方言分布看四川方言的历史层次"，《语言历史论丛（第五辑）》，成都：巴蜀书社，2011年版。
④ 整个区域约相当于《中国方言地图集》（1987）中的"西南官话灌赤片"中的"岷江小片"。
⑤ 崔荣昌：《四川方言的形成》，方言，1985年第1期，第6—14页。
⑥ 崔荣昌：《四川境内的湘方言》，台北："中央研究院"历史语言研究所，1996年版，第7页。

南路话与湖广话的区别。他的看法是，四川原有的汉语方言在元明清以后被外来移入的方言替代了，四川当代方言的历史只能上溯到明初。

笔者不认同这种观点。根据四川方言调查的资料，笔者认为四川和重庆地区仍然成片地存在元明清大移民以前延续下来的方言，这就是以前忽略了的南路话。我们已经从移民史和方言地理分布的角度讨论了这一问题（周及徐，2011）。如果我们还能从南路话与湖广话的语音系统来说明它们内部的不同特点和互不包容的音系结构，就能更有力地支持"它们不是从14世纪下半叶的同一个原方言延续而来"的看法了。下面就是我们对这个问题的分析和讨论。

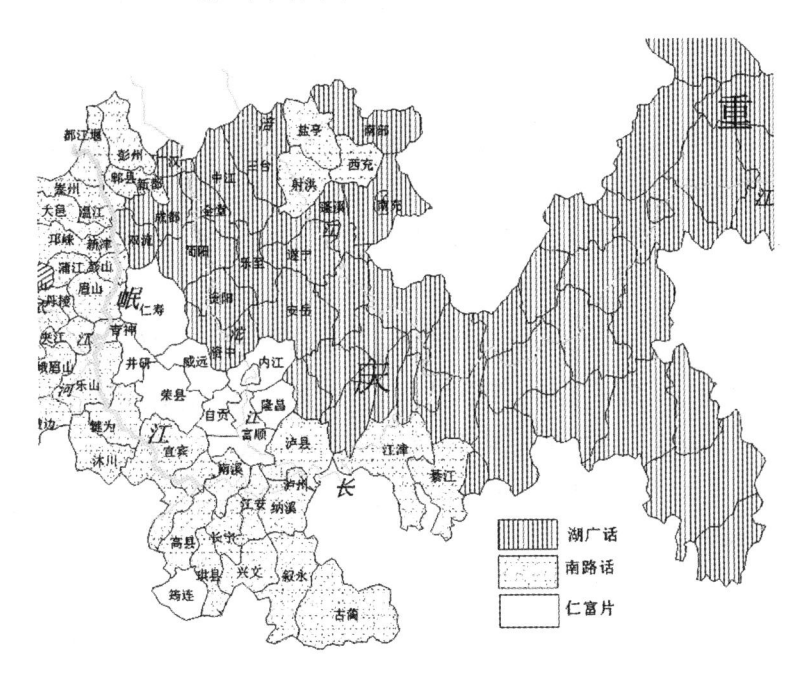

湖广话和南路话沿岷江、长江地区分布图

注：图中标市县名的地区属四川（只有江津、綦江属重庆），不标市县名的属重庆。空白的是仁富小片。为了突出标示其地理位置，岷江作了加粗处理。[1]

---

[1] 仁富小片话的特点与湖广话和南路话皆不同，初步认为是另有来源，留待以后讨论。又据我们的调查，井研也是南路话区。本图由四川师范大学文学院2009级语言学研究生张驰绘制。

二、南路话和湖广话语音特点比较

都江堰、崇州、蒲江、温江、大邑、邛崃、新津等市县，今属成都市，从西北到西南三面包围着成都，大部在岷江以西地区，这是南路话最典型的区域，我们称它们为川西南路话。乐山地区在岷江中游，泸州宜宾地区在岷江下游。这些地区连起来，加上今在川、渝结合处长江以南的江津和綦江[①]，相邻的黔北沿赤水河的赤水市、习水县和桐梓，即是大约沿岷江以西以南的"L"型南路话地区。[②]

我们从南路话与成渝话音系的比较中，选择能反映两者音系特点的21个语音特征，这些也是四川方言中常见的声、韵、调特点，列举每个语音特点代表性的例字，比较这些特征在川西南路话、乐山话、泸州话、成都话和重庆话中的异同，同时列出北京话语音作为参照。这些语音特点选择的依据除少数共同点外，主要是南路话与湖广话音系分歧的地方。

方言语音，川西南路话以都江堰河西话、崇州话、蒲江话、邛崃话、大邑话等5点，乐山地区以乐山沙湾话，泸州宜宾地区以泸州话，成都市以成都市区（老派）话，重庆市以重庆市区（老派）话，北京以标准普通话。前7个地区资料来源于本课题的田野调查[③]，重庆市区（老派）话以巴县音系（杨时逢，1945）[④]，北京话以《汉语方音字汇》（北大中文系1989）。[⑤]

各点调类及调值如下[⑥]：

[①] 重庆地区除了与川南相连的江津区和綦江县这一小块地方外，都是湖广话地区。
[②] 大概地说，岷江以下还有相连的川渝黔长江南岸一部分和黔北沿乌江的一小块地区。
[③] 周及徐：《四川西南地区方言调查研究》，国家社会科学基金项目08BYY015，2011年。由于篇幅所限，没有列出根据田野调查资料建立的方言点字音表。
[④] 杨时逢：《四川方言调查报告》，台北："中央研究院"历史语言研究所，1984年版。
[⑤] 北京大学中国语言文学系语言学教研室：《汉语方音字汇》（第2版），北京：文字改革出版社，1989年版。
[⑥] 为避免字号过小难于辨认，本文声调数值一律不上标。

	都江堰河西	崇州	蒲江	邛崃	大邑	乐山	泸州	成都	重庆	北京
阴平 1	55	55	45	55	45	45	55	45	55	55
阳平 2	21	31	31	21	31	31	41	21	31	35
上声 3	51	52	42	42	42	42	551/51	42	42	214
去声 5	213	11	34	214	34	13	424	213	35	51
入声 7	44	33	33	24	33	33	44	（21）	（31）	

南路话与成渝话音系特点比较[①]：

1. 古晓组字 -u 韵前读为 f-，其余的韵母前，晓组字读 x-。如：

	户	欢	昏	灰
都江堰河西	fu-5	xuæn-1	xuən-1	xuei-1
崇州	fu-5	xuæn-1	xuən-1	xuei-1
乐山	fu-5	xuan-1	xuən-1	xuei-1
泸州	fu-5	xuan-1	xuən-1	xuei-1
成都	fu-5	xuan-1	xuən-1	xuei-1
重庆	fu-5	xuan-1	xuən-1	xuei-1
北京	xu-5	xuan-1	xuən-1	xuei-1

这一特征是南路话与成渝片方言共同的。

2. 知系声母读 ts-（成渝话中的 ts- 舌尖部位比北京话略后）。如：

	住	尺	十
都江堰河西	tsu-5	tshə-7	sə-7
崇州	tsu-5	tshə-7	sə-7
蒲江	tso-5	tshə-7	sə-7
乐山	tsu-5	tshə-7	sə-7
泸州	tsu-5	tshʅ-7	ʂʅ-7
成都	tsu-5/tso-5	tshʅ-2	sʅ-2
重庆	tsu-5	tshʅ-2	sʅ-2
北京	tʂu-5	tʂhʅ-3	ʂʅ-2

这一特征是南路话与成渝片方言共同的。南路话中，也有一些点深臻曾梗摄三等知系开口入声字读翘舌，如：十 ʂɚ-7（都江堰河东话）、直 tʂʅ-7（郫县）、尺 tʂhʅ-7（新都）、十适石 ʂʅ-7（泸州）；只出现在这些特定的

---

① 为便于了解方言间调类的对应，在以下的列表中用 "-1、-2、-3、-5、-7" 等表示阴平、阳平、上声、去声、入声五个调类。

韵母中，与舌尖前音声母分布互补。

3. 泥来母一二等字相混，三四等字区分，形成 l-/n- 与 ȵ- 对立。如下表：

	南	兰	泥	离
都江堰河西	næn-2	næn-2	ȵi-2	ni-2
崇州	næn-2	næn-2	ȵi-2	ni-2
乐山	lan-2	lan-2	li-2	li-2
泸州	lan-2	lan-2	ȵi-2	li-2
成都	næn-2	næn-2	ȵi-2	li-2
重庆	nan-2	nan-2	ni-2	ni-2
北京	nan-2	lan-2	ni-2	li-2

南路话（乐山除外）分为两组，重庆话全混（参见本文第四节第 1 条的讨论）。

4. 臻摄一三等合口端泥精组字失去 -u- 介音。如下表：

	盾	论	遵	笋
崇州	tən-5	nən-5	tsən-1	sən-3
邛崃	tən-5	lən-5	tsən-1	sən-3
乐山	tən-5	lən-5	tsən-1	sən-3
泸州	tən-5	lən-5	tsən-1	sən-3
成都	tən-5	lən-5	tsən-1	sən-3
重庆	tən-5	nən-5	tsən-1	sən-3
北京	tuən-5	luən-5	tsuən-1	suən-3

南路话和成渝话同读开口，北京读合口（参见本文第四节第 2 条的讨论，下条同）。

5. 蟹摄舒声合口一等端组字、山摄舒声合口一等端泥组字失去 -u- 介音。如：

	堆	腿	端	乱
崇州	tei-1	thei-3	tan-1	nan-5
大邑	tei-1	thei-3	tæn-1	næn-5
乐山	tuei-1	thuei-3	tuan-1	luan-5
泸州	tuei-1	thuei-3	tuan-1	luan-5
成都	tuei-1	thuei-3	tuan-1	luan-5
重庆	tuei-1	thuei-3	tuan-1	luan-5
北京	tuei-1	thuei-3	tuan-1	luan-5

总起来是：川西南路话读开口，成渝话读合口。乐山、泸州话同成渝话。

6. 果摄一等帮端系韵母为 -u，见系字为 -u/-ɯ/-ɣ。如：

	哥	我	糯	锅
都江堰河西	kɣ-1	ŋu-3	nu-5	ku-1
崇州	kɯ-1	ŋu-3	nu-5	ku-1
大邑	kɣ-1	ŋu-3	nu-5	ku-1
乐山	ko-1	ŋo-3	lo-5	ko-1
泸州	ko-1	ŋo-3	lo-5	ko-1
成都	ko-1	ŋo-3	no-5	ko-1
重庆	ko-1	ŋo-3	no-5	ko-1
北京	kɣ-1	wo-3	nuo-5	kuo-1

老派南路话果摄一等的主元音是 -u，在舌根音后变为展唇的央后高元音 -ɯ/-ɣ 等。成渝话则全读 -o，乐山、泸州话同成渝话（参见本文第四节第 6 条的讨论）。

7. 麻三精组见系字韵母读 -i。如：

	姐	写	谢	爷
都江堰河西	tɕi-3	ɕi-3	ɕi-5	i-2
崇州	tɕi-3	ɕi-3	ɕi-5	i-2
蒲江	tɕi-3	ɕi-3	ɕi-5	i-2
乐山	tɕi-3	ɕi-3	ɕi-5	i-2
泸州	tɕi-3	ɕi-3	ɕi-5	i-2
成都	tɕie-3	ɕie-3	ɕie-5	ie-2
重庆	tɕie-3	ɕie-3	ɕie-5	ie-2
北京	tɕie-3	ɕie-3	ɕie-5	ie-2

南路话读 -i，成渝话韵母读 -ie（参见本文第四节第 4、7 条的讨论）。

8. "者蔗（也）" 读 -ai，同蟹摄二等字。如：

	者	蔗	也
都江堰河西	tsai-3	tsai-5	iai-3
崇州	tsai-3	tsai-5	iai-3
蒲江	tsai-3	tsai-5	iai-3
邛崃	tsai-3	tsei-5	ie-3
大邑	tsai-3	tsai-5	iai-3
乐山	tse-3	tsən-5	I-3

	者	蔗	也
泸州	tsE-3	tsE-7	i -3
成都	tse-3	tse-2	ie -3
重庆	tse-3	tse-2	ie -3
北京	tʂɤ-3	tʂɤ-5	ie -3

这是南路话老派特征，今正在消失，乐山、泸州已同成渝话。

9. 模韵帮系端组字（老派）读 -o。如：

	普	肚	炉	股	图徒
蒲江	pho-3	to-5	lo-2	ko-3	tho-2
崇州老派①	pu-3	to-5	no-2	ko-3	tho-2
乐山	pho-3	tu-5	lu-2	ku-3	tho-2
泸州	phu-3	tu-3	lo-2	ku-3	tu-2
成都	phu-3	tu-5	lu-2	ku-3	thu-2
重庆	phu-3	tu-5	nu-2	ku-3	thu-2
北京	phu-3	thu-5	lu-2	ku-3	thu-2

南路话这一特点见于老派发音中，蒲江话保存完整。南路话新派模韵读 -u，与果摄合流（参见第四节第6条的讨论）。

10. 咸山宕摄入声一等开口见系（合盍曷铎）读 -ə/-ɘ/-e。如：

	鸽	割	各
都江堰河西	kə-7	kə-7	kə-7
崇州	kə-7	kə-7	kə-7
蒲江	kə-7	kə-7	kə-7
乐山	ke-7	ke-7	ke-7
泸州	ko-7	kə-7	kə-7
成都	ko-2	ko-2	ko-2
重庆	ko-2	ko-2	ko-2
北京	kɤ-1	kɤ-1	kɤ-5

---

① 杨时逢：《四川方言调查报告》（下），台北："中央研究院"语言研究所，1984年版，第929页。"73崇庆"（今崇州）音系，1942年在成都调查，发音人24岁，学生，成都、峨眉读高中及四川大学共5年。记音地点未列，可能是四川大学校园。遇摄端系读 -u（肚杜度 tu31），果摄见系字读 -o（我 ŋo42、哥 ko55），咸山宕摄见系一等读 -o（鸽割各 ko33）。最后一条见本报告72灌县、74温江、78大邑、79蒲江（同大邑）、80邛崃（同温江）。这些发音与现在当地话不同，不同于南路话语音，而同于成都话语音，只是用了当地音系的声调。

在宕摄入声，南路话帮端系与见系不同韵，如：作 tso-7、各 kə-7（泸州）；成渝同韵读 -o，如：作 tso-2、各 ko-2（成都）。

11. 咸山开口入声一二等帮端系庄组、三等知章组字读 -æ。如：

	答达	腊辣	涉舌	袜
都江堰河西	tæ-7	læ-7	sæ-7	uæ-7
崇州	tæ-7	læ-7	sæ-7	uæ-7
蒲江	tæ-7	læ-7	sæ-7	uæ-7
乐山	tæ-7	læ-7	sæ-7	uæ-7
泸州	tæ-7	læ-7	sE-7	uæ-7
成都	tA-2	lA-2	se-2	uA-2
重庆	ta-2	la-2	se-2	uA-2
北京	ta-2	la-5	ʂɤ-2/-5	uA-5

12. 曾一梗二开口入声帮端知见系字读 -æ(-ɛ)。如：

	北	百	德	黑	泽
都江堰河西	pæ-7	pæ-7	tæ-7	xæ-7	tshæ-7
崇州	pæ-7	pæ-7	tæ-7	xæ-7	tshæ-7
蒲江	pæ-7	pæ-7	tæ-7	xæ-7	tshæ-7
乐山	pæ-7	pæ-7	tæ-7	xæ-7	tshæ-7
泸州	pE-7	pE-7	tE-7	xE-7	tshE-7
成都	pe-2	pe-2	te-2	xe-2	tshe-2
重庆	pe-2	pe-2	te-2	xe-2	tshe-2
北京	pei-3	pai-2	tɤ-2	xei-1	tsɤ-2

上两组字南路话韵同 -æ，成渝分别读 -A 和 -e。泸州话也分两组，与成渝话相似。

13. 深臻曾梗入声二三等开口庄组（缉栉职麦）读 -æ。如：

	涩	虱	色	测/策
都江堰河西	sæ-7	sæ-7	sæ-7	tshæ-7
崇州	sæ-7	sæ-7	sæ-7	tshæ-7
蒲江	sæ-7	sæ-7	sæ-7	tshæ-7
乐山	sæ-7	sæ-7	sæ-7	tshæ-7
泸州	sE-7	sE-7	sE-7	tshE-7
成都	se-2	se-2	se-2	tshe-2

续表

	涩	虱	色	测/策
重庆	se-2	se-2	se-2	tshe-2
北京	sɤ-5	ʂʅ-1	sɤ-5/ʂai-3	tshɤ-5

这组字南路话同上二条，咸山曾梗入声一二三开口帮端知见系字同韵 -æ（11、12、13 条）。成渝话是 -e，与曾梗入声一二等字同韵（12、13 条），不与咸山入声一二三等字同韵（11 条）。泸州话与成渝话相似而保持入声调（参见本文第四节第 5 条）。

14. 山摄合口三四等、宕江开口二三等入声精组见系字读 -io（-iө）。如：

	绝	月	脚	学
都江堰河西	tɕio-7	io-7	tɕio-7	ɕio-7
崇州	tɕio-7	io-7	tɕio-7	ɕio-7
大邑	tɕio-7	io-7	tɕio-7	ɕio-7
蒲江	tɕio-7	io-7	tɕio-7	ɕio-7
乐山	tɕyu-7	yө-7	tɕyu-7	ɕio-7
泸州	tɕye-7	ye-7	tɕio-7	ɕio-7
成都	tɕye-2	ye-2	tɕio-2	ɕio-2
重庆	tɕye-2	ye-2	tɕio-2	ɕio-2
北京	tɕye-2	ye-5	tɕiau-3	ɕye-2

南路话只一组 -io，成渝话分两组，山 -ye 与宕江 -io。成渝话的分组与北京话同，泸州话分组与成渝话相似。

15. 臻入声合口一三等帮知系端泥组读 -o。如：

	不	突	物	出
都江堰河西	po-7	tho-7	o-7	tsho-7
崇州	po-7	tho-7	o-7	tsho-7
蒲江	pho-7	tho-7	o-7	tsho-7
乐山	pө-7	thө-7	ө-7	tshө-7
泸州	pʉ-7	thʉ-7	ʉ-7	tshʉ-7
成都	pu-2	thu-2	vu-2	tshu-2
重庆	pu-2	thu-2	vu-2	tshu-2
北京	pu-5	thu-1	u-5	tʂu-1

这组字南路话与山通摄合一入声字韵母同为 -o /-ɵ；成渝话同遇摄通摄一等入声读 -u。分组不同（参见本文第四节第 6 条的讨论）。泸州话保持入声，韵母有变化。

16. 臻入声合口三等精见组读 -io。如：

	戌	橘	屈
都江堰河西	ɕio-7	tɕio-7	tɕhio-7
崇州	ɕio-7	tɕio-7	tɕhio-7
大邑	ɕio-7	tɕio-7	tɕhio-7
乐山	sɵ-7	tɕhyu-7	tɕyu-7
泸州	ɕy-7	tɕyɨ-7	tɕhyɨ-7
成都	ɕio-2	tɕy-2	tɕhio-2
重庆	ɕiu-2	tɕiu-2	tɕhiu-2
北京	ɕy-5	tɕy-2	tɕhy-1

南路话与成都话老派同读 -io（-yo），乐山、泸州多读 -yu（-iu），近重庆。

17. 深臻曾梗入声三四等开口帮端见系（缉质迄职昔阳₃锡）读 -ie。如：

	集	笔	七	力	席
崇州	tɕie-7	pie-7	tɕhie-7	lie-7	ɕie-7
蒲江	tɕie-7	pie-7	tɕhie-7	lie-7	ɕie-7
大邑	tɕie-7	pie-7	tɕhie-7	lie-7	ɕie-7
乐山	tɕiɛ-7	piɛ-7	tɕhiɛ-7	liɛ-7	ɕiɛ-7
泸州	tɕi-7	pi-7	tɕhie-7	lie-7	ɕie-7
成都	tɕhie-2	pi-2	tɕhi-2	li-2	ɕi-2
重庆	tɕi-2	pi-2	tɕhi-2	li-2	ɕi-2
北京	tɕi-2	pi-3	tɕhi-1	li-5	ɕi-2

南路话读 -ie，重庆读 -i，两者音类分组不同。乐山同南路话读法，泸州和成都话老派在两者之间（参见本文第四节第 7 条）。

18. 深臻曾梗入声开口三等知章组（缉质职昔）字读央元音 -ə/-ɚ 或 -ɹ̩。如：

	侄直织	尺	十失食石
都江堰河西	tsə-7	tshə-7	sə-7
崇州	tsə-7	tshə-7	sə-7
大邑	tsə-7	tshə-7	sə-7
乐山	tsə-7	tshə-7	sə-7
泸州	tsɹ̩-7/ 侄 -5	tshɹ̩-7	sɹ̩-7

续表

	侄直织	尺	十失食石
成都	tsʅ-2	tshʅ-2	sʅ-2
重庆	tsʅ-2	tshʅ-2	sʅ-2
北京	tʂʅ-2	tʂʅ-3	ʂʅ-2/ 失 -1

全部南路话都保持了央、后元音韵，与成渝话读 -ɿ 不同。南路话自成一类，而成渝话则与止摄字相混（参见本文第四节第 8 条）。

19. 曾梗入声三等合口见系、通入三精组见系（职昔屋三烛）读 -io。如：

	域	疫	肃	局
都江堰河西	io-7	io-7	ɕio-7	tɕio-7
崇州	io-7	io-7	ɕio-7	tɕhio-7
乐山	yɵ-7	iɛ-7	sɵ-7	tɕyu-7
泸州	io-7	io-7	ɕy-7	tɕhyʉ-7
成都	io-2	io-2	ɕio-2 /ɕiu-2	tɕy-2
重庆	iu-2	iu-2	ɕiu-2	tɕiu-2
北京	y-5	i-5	su-5	tɕy-2

南路话与成都话老派同 -io，重庆话读 -iu，泸州在两派之间。

20. 通摄入声帮知系、端泥组读 -o /-ɵ。如：

	木	毒	竹	绿
都江堰河西	mo-7	to-7	tso-7	no-7
崇州	mo-7	to-7	tso-7	lo-7
大邑	mo-7	to-7	tso-7	lo-7
乐山	mɵ-7	tɵ-7	tsɵ-7	lɵ-7
泸州	mʉ-7	tʉ-7	tsʉ-7	lʉ-7
成都	mu-2	tu-2	tsu-2	lu-2
重庆	mu-2	tu-2	tsu-2	nu-2
北京	mu-5	tu-2	tʂu-2	ly-5

南路话山臻通摄合口入声字同韵读 -o，如"末夺不突木毒"；成渝话遇臻通摄同韵读 -u，如"布兔不突木毒"。成渝话与北京话的分组同。泸州读音的分组同成渝话（参见本文第四节第 6 条）。

21. 南路话有五个声调（阴平、阳平、上声、去声、入声），古入声字今读入声调，如：

古入声	都江堰河西	崇州	蒲江	大邑	邛崃	乐山	泸州	成都	重庆
调值	44	33	33	33	24	33	44	（21）	（31）

调值多为中平调。重庆话、成都话入归阳平，是西南官话共同的特点。

为了方便直接地观察，我们把以上 21 条语音特点做成"南路话、成都话和重庆话语音特点比较表"，先对列表的方法作以下说明：

（1）以 21 条语音特点为比较，川西南路话的特点以上节中的崇州、蒲江、都江堰河西话、邛崃的语音为材料归纳，视作一个方言。乐山、泸州作为南路话在川南地区的代表点。川西南路话与其他方言点与之相似为"+"，不同为"-"。

（2）除川西南路话之外，其他方言点之间，如果符号相同，其语音特征不一定相同，可能只是相似或同类。如：16. 臻入声合口三等精见组，川西南路话 -io，成都话 -io/-y，乐山、重庆 -iu，泸州 -iʉ/-y，北京 -y。前二者为"+"，后四者为"-"。又如：13. 深臻曾梗入声二三等开口庄组（涩虱测／策），川西南路读 -æ，成都重庆 -e，北京 -ɤ。成都重庆和北京皆为"-"，有不同，但相似之处是它们与咸山入声一二三等帮端知系字分为不同韵，而南路话是同一个韵 -æ。

（3）同一语音条件中，有的方言点有两种以上读法，选择白读音与川西南路话相比来决定正负。如上面的第 16 条。又如：19. 曾梗入声三等合口见系、通入三精组见系（域疫肃局），川西南路读 -io，成都 -io，乐山 -yo（-io）/yu，泸州 -io/-yʉ；重庆 -iu，北京 -y/-i/-u。前四者为"+"，重庆为"-"，北京与所有点不同，为"±"。

（4）北京语音特点与其他点都不同，属于第三种情况的，标为"±"。如上条。又如：3. 古泥母三四等字读 ɲ-，其余泥来母读 n-/l-，川西南路、泸州、成都为"+"，北京为"±"，北京与其他三点不同。又如：6. 果摄一等主要元音为 -u，见系字为 -u/-ɯ。川西南路话 -u/-ɯ /-ɤ，成都重庆 -o，北京 -uo/-ɤ。北京音标为"±"。

表1 南路话、成都话和重庆话语音特点比较表

方言语音特点	川西南路	乐山	泸州	成都	重庆	北京
1. 古晓组字 -u 韵前读为 f-。	+	+	+	+	+	-
2. ts- 与 tʂ- 相混。	+	+	+	+	+	-
3. 古泥母三四等字读 n̠-，其余泥来母读 n-/l-。	+	-	+	+	-	±
4. 臻摄一三等端泥精组合口字失去 -u- 介音。	+	+	+	+	+	-
5. 蟹摄舒声合口一等端组、山摄端泥组字读开口。	+	-	-	-	-	-
6. 果摄一等元音为 -u，见系为 -u/-ɯ/-ɤ（乐泸成渝读 -o）。	+	-	-	-	-	±
7. 麻三精组见系字韵母读 -i（成渝读 -ie）。	+	+	+	-	-	-
8. "者蔗"读 -ai（成渝读 -e）。	+	-	-	-	-	-
9. 模韵帮端组字（老派）读 -o（成渝读 -u）。	+	+	+	-	-	-
10. 咸山宕摄入声一等开口见系读 -ə/-e（成渝读 -o）。	+	+	+	-	-	+
11. 咸山开口入声一二三等帮端知系字读 -æ。	+	+	-	-	-	-
12. 曾一、梗二开入声帮端知见系字读 -æ（成渝读 -e）。	+	+	-	-	-	-
13. 深臻曾梗入声二三等开口庄组读 -æ（成渝读 -e）。	+	+	-	-	-	-
14. 山摄合三四等、宕江开二三等入声精组见系字读 -io。	+	-	-	-	-	-
15. 臻入声合口一三等帮知系端泥组读 -o（成渝读 -u）。	+	+	-	-	-	-
16. 臻入声合口三等精见组读 -io（成 -io，乐泸渝 -iu）。	+	-	-	+	-	-
17. 深臻曾梗入声三四等开口帮端见系（缉质迄职昔陌锡）读 -ie；与咸山三四等开口帮端见系（葉业帖薛月屑）同（成泸 -ie/-i；渝 -I）。	+	+	+	+	-	-
18. 深臻曾梗入声三等开口知章组（缉质职昔）字读央元音 -ə/-ə/-ɿ。	+	+	+	-	-	-
19. 曾梗入声三等合口见系、通入三精组见系读 -io（"域疫肃局"，成 -io；乐泸 -yo/-yu；渝 -iu）。	+	+	+	+	-	±
20. 通摄入声帮知系、端泥组读 -o（成渝 -u，泸 -yu/-u）。	+	+	-	-	-	-
21. 入声独立，不归阳平。	+	+	+	-	-	±

三、南路话和湖广话的相似度

为了客观地比较南路话与湖广话的语音系统在多大程度上相似，以及这6个方言之间在语音系统上的相对距离，我们把表1中各点的相似条数进行统计后，转化成相应的数值，可以更直观地看到它们的相似程度。下面对转化的方法进行说明。

"南路话与湖广话语音特征及权重数值表"说明：

1. 语音特点数值：表1中，每两点之间，同行同号为1个语音相似点，"相似特征数"数值积分为1；

2. 语音特点权重数值：在汉语中，所有声母、韵母和声调出现的频率是不一样的，某个音位（包括调位）出现频率越高，它在音系特点中所占的比重就越大，方言特征的表现也越明显。如果一个汉语方言音系中，调类数为5，声母数为20，韵母数为40，那么在一段40音节的话语中，每一个声调、声母、韵母出现的概率之比为8∶2∶1。我们在方言的语音特点的数值比较中，引入某个语音特点出现的概率因素，目的是使统计数更接近语音特点在方言使用中的实际地位，例如提高声调在方言语音特点比较中的权重。这与汉语声调特点在方言分区中的重要地位是一致的，也与人们对方言声调的明显的感知是一致的。

在对南路话与成渝等地方言语音特征的比较中，引进语音特点出现概率的权重数值，以每个方言平均声、韵、调数为20个、40个、5个[①]，则声母、韵母和调类出现概率之比应为2∶1∶8。表1中的每两方言点，声母特点相似权重数值记为2（第1、2、3条），调类特点相似则为8（第21条），韵母特点相似则为1（其余各条）。如果两方言点的21个语音特点都相似，最高数值积分是31；都不相似则是0。

按以上方法，每两方言点之间，相似语音特征数值及其权重数值累计如下表（表2）。

---

① 这里讨论的每个方言的声母、韵母和调类数比较接近，而略有不同。如成渝话和北京话的声调数都是4个，在说话中出现的概率会更高一些。这里取近似的平均数。

表2　南路话与湖广话语音特征数及权重数值表

方言点	相似特征数	加权的相似特点条和加权值①	相似特征权重数
南路—乐山	16	1/2/21；1+1+7=9；	16+9=25
南路—泸州	11	1/2/3/21； 1+1+1+7=10；	11+10=21
南路—成都	7	1/2/3；1+1+1=3；	7+3=10
南路—重庆	3	1/2；1+1=2；	3+2=5
南路—北京	1	0	1+0=1
成都—重庆	17	1/2/21；1+1+7=9；	17+9=26
成都—北京	11	0	11+0=11
成都—乐山	8	1/2；1+1=2；	8+2=10
成都—泸州	15	1/2/3；1+1+1=3；	15+3=18
重庆—北京	13	0	13+0=13
重庆—乐山	8	1/2/3；1+1+1=3；	8+3=11
重庆—泸州	13	1/2；1+1=2；	13+2=15
北京—乐山	5	0	5+0=5
北京—泸州	11	0	11+0=11
泸州—乐山	14	1/2/21；1+1+7=9；	14+9=23

我们将表2中的相似语音特征权重数做成"南路话与湖广话相似语音特征（权重数值）比较表"，如下：

表3　南路话与湖广话相似语音特征（权重数值）比较表

	川西南路	乐山	泸州	成都	重庆	北京
川西南路	—	25	21	10	5	1
乐山	25	—	23	10	11	5
泸州	21	23	—	18	15	11
成都	10	10	18	—	26	11
重庆	5	11	15	26	—	13
北京	1	5	11	11	13	—

上表中每两方言间相似语音特征权重数值与最大值（31）的百分比，

---

① 例如：第一行"南路—乐山"栏，"1/2/21；1+1+7=9"，表示加分的是第1、2、21条相似（分别是声母和声调），应在原来的每相似条（已计1分）之上再加1分、1分和7分，共9分。以此类推。加分的只有"1、2、3、21"条，前三项是声母条件应记2分，21条是调类应记8分，所以应分别再加1分和7分。

即是方言间"语音特征相似度",以此做出"南路话与湖广话语音相似度表",如下:

表4 南路话与湖广话语音相似度表

	川西南路	乐山	泸州	成都	重庆	北京
川西南路	—	81%	68%	32%	16%	3%
乐山	81%	—	74%	32%	35%	16%
泸州	68%	74%	—	58%	48%	35%
成都	32%	32%	58%	—	84%	35%
重庆	16%	35%	48%	84%	—	42%
北京	3%	16%	35%	35%	42%	—

以川西南路话与其他5个点的21个语音特征相比较,能反映出这些方言之间相对的语音差别。相似度越大,两方言语音特点差别越小,方言间关系应越近;相似度越小,两方言语音特点相差越大,方言间关系应越远。表中可以看出:

川西南路话、乐山话、泸州话的距离近(相似度≥68%),成都话和重庆话的关系最近(相似度=84%),形成南路话和湖广话两大方言的分组。

成都话、重庆话与川西南路话、乐山话的距离远(相似度≤35%)。重庆话和川西南路话的关系最远(相似度=16%)。在一连串相邻的方言中,语音差别越大的方言,历史距离越远,所以重庆话和川西南路话应是两大方言分区中各自的典型方言。

方言间相似度值都没有到达最大(100%),说明川西南路话周围的方言(乐山话、泸州话)都有了不同程度的变化;重庆话周围的方言(成都话)也有了不同程度的变化。

泸州话既与川西南路话同在一块(相似度=68%),与成渝话的相似度也在38%—48%,说明它是南路话中受成渝话影响较多的过渡型的方言。

北京话与四川重庆各方言距离都比较远,距重庆话(相似度42%)近一些,距乐山话(相似度16%)、南路话(相似度3%)尤其远[1],既符合

---

① 这只是同一标准度量出的相对差别值,并不是绝对差别的值。北京话与南路话都是官话方言。

现在通行的方言分区的大的界线，又提示我们，在北方方言内，南路话在方言分区上的距离是大大远于成渝话的。

四、从南路话与湖广话的音系差异看它们的历史关系

比较南路话与湖广话（成渝话）对立的语音特点，川西南路话和重庆话应成为代表。因为，从明清时期由湖北经川东向川西的移民历史来看，这两个地区大致位于最远点（即影响最弱点）和最近点（即影响最强点）；从我们所分析的方言的地理位置看，这两个地区处在一连串相邻方言的两端；从前文得出的四川重庆地区方言语音特征的相似度来看，这两个地区的语音特征相似度最小。所以，我们将川西南路话作为岷江沿岸地区方言语音的代表，将重庆话作为成渝地区方言语音的代表[1]。从本文第二节列举的21条语音特点中，我们归纳出南路话与湖广话相区别的下述9条语音特征，并试分析这些特征之间的关系。

从南路话与湖广话（即成渝话）对立的语音特点看，南路话不是湖广话的进一步演化和延续。从南路话的9个语音特征可以看到它们的对立（以重庆话代表湖广话）：

1. 南路话泥来母洪混细分，区分"泥离"（参见本文第二节第3条），是与《切韵》音系相应的，重庆话则洪细全混，和三峡东面的武汉话一样。如果根据明清移民语言从东向西覆盖的假设，我们不能解释为何在较早移民的东部地区已经不分，向西延伸后反而能分了？更西面的方言点，特别是岷江西南岸区域，无论是崇州话还是泸州话，都是区分的，这提示这个特征是南路话固有的，不是明清移民音系带来的。乐山话位于东西的中间地带，"泥离"不分，应是受东面重庆等地方言的影响。成都话位于湖广话的西端，区分"泥离"，是南路话留下的底层。

---

[1] 如前文所述，岷江沿岸地区方言中，暂不涉及自贡为代表的仁富小片方言和雅安为代表的雅棉小片方言。

2. 南路话蟹山摄舒声合口一等端组（山摄又泥组）字读开口，"对端暖乱"等字读 -ei/-an（参见本文第二节第 5 条）。初一看，这有点像武汉话语音特点。可是进一步比较，武汉话失去 -u- 介音的范围要宽得多，特别是武汉话蟹止摄泥组一三等字也读开口，如"内雷累垒泪类"。这些字，南路话是读合口的，并不与武汉话一致。所以对"端暖乱"等字读开口的现象，应该是南路话独立的演变，不与成都话、重庆话同，也不与武汉话相牵连。

3. 南路话果摄一等字多数读 -u，遇摄一等字老派读 -o、新派读 -u（参见本文第二节第 6、9 条）。南路话的果摄一等字的主元音后高化了，抢先占住了 8 号元音的位置，使模韵的主元音滞留在中古的 -o 韵原位置（老派），臻、通摄入声字也同样滞留在 -o 位置。新派南路话模韵高化为 -u，与果摄一等合流，这可能是强势方言模韵字的影响（参见本文第二节第 15、20 条，又参见本节第 6 条的讨论）。这是一个音系内部元音之间的变动形成的格局。而重庆话的果摄遇摄一等字读 -o、遇摄一等字 -u，则是与北京话同样的演变。所以，南路话与重庆话在这一点上的不同，也不是偶然的，是各自的音系内部不同的演变历史形成的。泸州话和乐山话在果摄一等字的读法上，已向湖广话派演变；在遇摄一等字的读法上，还留有川西南路话旧读的痕迹（参见本文二节 6、9 条）。

4. 南路话麻三精组见系字韵母读 -i，如"姐泻谢爷"，包括泸州话、乐山话在内，南路话至今保持这个读法（参见本文第二节第 7 条）。南路话音系中另有韵母 -ie，例如咸山深臻曾梗三四等入声字，如"蝶接立集"。重庆话中的麻三精见组字读 -ie，是西南官话的普遍读音，与咸山三四等字同，"斜协"同音，与北京话韵类分组相一致（请参见本节第 7 条）。南路话与湖广话中麻三精见组字的韵母演变是各不相同的。

5. 南路话的一大特点是有一大群韵母读 -æ 的入声字，咸深山臻曾梗开口入声一二三等字韵母都读 -æ，如"答腊白色"。南路话另有舒声韵母 -A，如"他麻佳"（参见本文第二节第 11、12、13 条）。这些字的韵母，重庆话要分别读成低元音 -a（咸山一二等）和半高元音 -e（其余），这是沿袭中古音的区别，也是西南官话中的普遍情况。这些在《切韵》中主元音分别为低、中、高的韵在南路话中合并成一个次低元音，我们尚不清楚其演变的过程。但是，显然南路话的这种演变与东面大片的成渝话（如重庆话）没有沿袭的关系。湖广话保持了西南官话普遍的 -a 和 -e 的两分，而且南路话合并成了一个特有的入声韵的 -æ，与成渝话形成明显的不同。

6. 南路话的又一大特点是有一大群韵母读 -o/ -io 的入声字（变体 -ɵ/-iɵ），山臻曾梗通合口和宕江开口入声字大部分韵母读 -o/-io。值得注意的是，南路话遇摄一等和山臻通摄一等合口入声字的韵母同是 -o；成渝话却是臻通摄一等合口入声字读 -u，而山摄读 -o。"拨 / 不"、"夺 / 毒"，在南路话同音，而在成渝话不同音。成渝话分组与北方官话相同，而南路话的分组却不一样。南路话与重庆话的这个差别不能用相互延续的演变来解释。我们认为，山、果、遇、臻、通摄入声的这几个韵的演变可以这样解释：

湖广话变化：

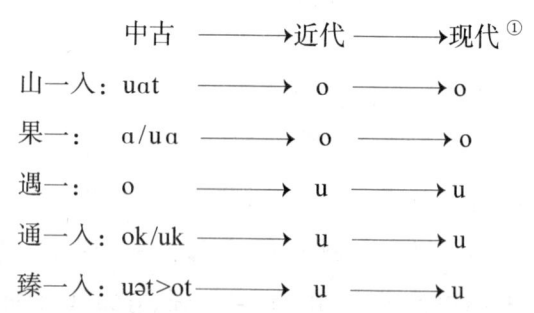

中古 ──────→ 近代 ──────→ 现代①

山一入：uɑt ──────→ o ──────→ o

果一：ɑ/uɑ ──────→ o ──────→ o

遇一：o ──────→ u ──────→ u

通一入：ok/uk ──────→ u ──────→ u

臻一入：uət>ot ──────→ u ──────→ u

湖广话的演变中，入声尾失去较快，通臻摄的入声韵与模韵较早地相混了；而果摄高化相对慢一些，第一步到了 o 的位置，为模韵高化为 u 留出了空间。

---

① 语音演变的时代，除现代以外，其余的两个时期与语音变化的对应不是绝对的。下面的构拟只是表示出现过这些变化过程。

南路话变化：

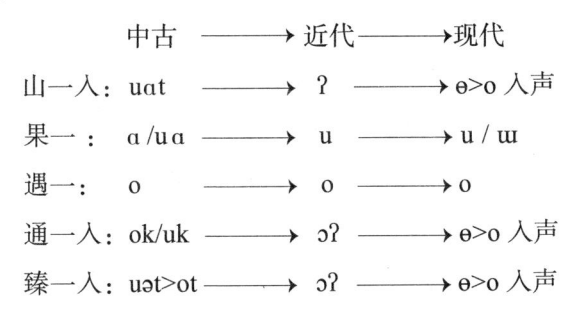

	中古	→ 近代	→ 现代
山一入：	uɑt	→ ʔ	→ ɵ>o 入声
果一：	ɑ/uɑ	→ u	→ u/ɯ
遇一：	o	→ o	→ o
通一入：	ok/uk	→ ɔʔ	→ ɵ>o 入声
臻一入：	uət>ot	→ ɔʔ	→ ɵ>o 入声

南路话的变化中，入声尾失去较慢，只是山通臻入声相混，保留了入声韵与非入声韵的区别，至今保留了入声调（和一部分韵）；而果摄的高化则很快，占住了 -u 的位置，使模韵的 -o 停滞在原位。以上演变构拟大致能说明湖广话和南路话这几个韵摄分组不同的原因。

7. 南路话深臻曾梗入声三四等开口帮端见系读 -ie，如"集笔力激"等字。重庆话和北京话在音系分组上有个相同处，就是：咸山摄三四等开口帮端见系入声字读 -ie，深臻曾梗摄相应字读 -i。这是从中古音系继承下来的区别，而南路话不同于这个区别，咸山深臻曾梗入声三四等帮端见系字同音，如"接结集节极积"音 tɕie（参见本文第二节第 17 条）。湖广话和南路话中，麻三精见组字和咸山深臻曾梗入声三四等开口入声的演变可以这样构拟：

湖广话的变化：

	中古晚	→ 近代	→ 现代
麻三：	ia	→ iɛ	→ ie
咸山：	*iɛp/t/k	→ iɛ	→ ie
深臻曾梗：	*iəp/t/k	→ i	→ i
支：	iɛ	→ ɨ	→ i
脂之：	i/ɨ	→ ɨ	→ i

成渝话中，入声尾失去较快，咸山的入声韵与麻三的阴声韵较早地相混，深臻曾梗摄的入声韵和止摄的阴声韵较早地相混，保留了两类元音的区别，继而连入声调也归入阳平；而麻三与咸山摄入声三四等字合流为 -iɛ

后，高化停止，成为现代的 -ie。

南路话的变化：

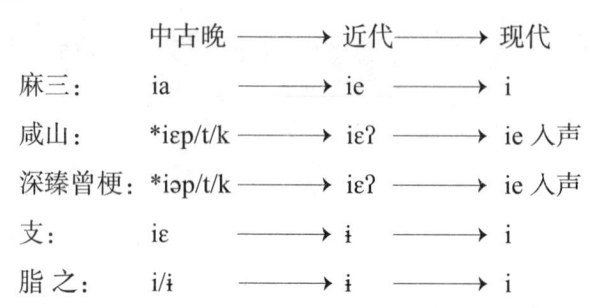

	中古晚	近代	现代
麻三：	ia	⟶ ie	⟶ i
咸山：	*iɛp/t/k	⟶ iɛʔ	⟶ ie 入声
深臻曾梗：	*iəp/t/k	⟶ iɛʔ	⟶ ie 入声
支：	iɛ	⟶ ɨ	⟶ i
脂之：	i/ɨ	⟶ ɨ	⟶ i

南路话中，入声尾失去较慢，入声调很明显，以致咸山深臻曾梗元音同化为一，保留了与阴声韵的区别，至今保留了入声调；而麻三的高化为 ie 后，没有同类合流的限制（因为咸山还是入声 -iɛʔ），畅通无阻地继续高化，与止摄合流成为现代的 -i。

8. 南路话深臻曾梗入声开口三等知章组字读央元音 -ə/-ɘ 或 -ʅ，如"十侄直石"（参见本文第二节第 18 条）。在湖广话，这些字韵母读 -ʅ，与止摄的非入声字相混了，如"时十石"、"雌池迟词赤尺"同音。而南路话却分得很清楚，声调和韵母都不相同。如果用明清移入的湖广话覆盖四川方言的观点，何以解释这些原在湖广话同音的字在南路话又分开了，而且分得合于古入声系统？

9. 南路话中古入声字今独立成调，所有的南路话都是这样（参见本文第二节第 21 条）。重庆话和成都话等则表现了西南官话的特点：古入声字读阳平调。同时还要注意，不仅仅是把南路话的入声调值改过来就成了湖广话。如上所述，南路话中的这些入声字韵母读音也成系统的不同于成渝话。南路话和成渝话在声调系统上的差别，至少要追溯到中古音系。

南路话与湖广话的区别弄清后，可以更清楚地看到它们的互相影响。

南路话的语音对湖广话的影响，可以通过它邻近的成都话观察到。例如，成都话中泥来母洪混细分，这本是南路话的特点（参见本文第二节第 3 条）；又如，成都话（老派）深臻曾梗入声三四等开口帮端见系读 -ie，这也是南路话的特点（参见本文第二节第 17 条）；这些都是南路话在成都话中留下的底层。所以，没有这些语音特点的重庆话才应该是湖广话的典型。

湖广话对南路话的影响则比较晚近。例如，乐山话的泥来母字不分（参见本文第二节第 3 条），应该是重庆话的影响；泸州话区分"绝月 / 脚学"，（参见本文第二节第 14 条）、"橘屈"读 tɕyu44（南路话这 6 字同音 -io，参见本文第二节第 16 条），也应是重庆话的影响。由于成都市的地区经济中心的地位，南路话受其同化。例如：南路话的旧音"蔗者"读 tsai，模韵字读 -o，麻三精见组字读 -i。在当地青年口中，这些字的读音正变得与成都话相同。这说明南路话正在丢失原有的一些语音特点。

总之，南路话与湖广话（重庆话为代表）的语音差别，音系中声、韵、调无论是分还是合，都是各自相承于（比《切韵》略晚的）中古音系的，是以中古音类为条件的。南路话并不表现出它是湖广话的分支，或者相反。南路话和湖广话两片方言音系内部结构不相包容这一现象很有力地说明，南路话不是明清之际"湖广填四川"带来的湖广话在川西南地区演变的结果，而应是元末以前的四川本地方言的后裔。

根据南路话的特点，我们建议将它从现代汉语方言分区中的西南官话中划出。南路话应与江淮官话一样，成为汉语北方方言的又一个次方言，可以称之为"岷江方言"。

从语音特征看四川重庆湖广话的来源

——成渝方言与湖北官话代表点音系特点比较

阅读提要：据移民史资料，明清四川移民的主要来源地是湖北麻城（县），我们用现代湖北和四川官话的 31 条语音特征来检证，麻城话与成渝话的语音相似度很小。现代方言语音特征的证据否定了"湖广填四川"的移民主要来源于"麻城孝感"地区的说法。方言语音特征的证据显示，今成渝地区操"湖广话"的人群是明清湖广移民的后裔，主要来自于三峡东部地区和相邻的江汉平原地区。

四川重庆的"湖广话"地区[①]，东起重庆全境、四川东中部，西至成都西南，形成以岷江以东以北"L"形包围的广大地区。这是四川盆地的主要地域。区内土地平旷，间有丘陵，河流纵横，交通便利，城镇星列，人口稠密。所操方言"湖广话"属西南官话成渝片，有西南官话的典型特征，如有阴阳上去四调、入归阳平、声母不分平翘舌、泥来母不分、后鼻尾 -ŋ 在高元音后读 -n 等等，是四川地区两大方言类型之一[②]。

▲ 此文原发表于《四川师范大学学报》2012 年第 3 期。
① 湖广话指重庆至成都地区的方言，属西南官话成渝片，是四川重庆地区的主要方言，以重庆、成都话为代表。
② 南路话指四川盆地沿岷江以西以南一带的方言，原来划属西南官话灌赤片，以都江堰、崇州、邛崃和新津一带的方言为代表，包括岷江中下游的乐山、宜宾等地的方言。根据其语音特征，我们认为它是明初大移民以前四川官话的底层，今应成为官话方言中独立的一支"岷江官话"。

据前人研究，湖广话的来源，是元明清时期湖南湖北两省移民进入四川后，替换了原来的方言的结果。"元末明初的大移民把以湖北话为代表的官话方言传播到四川，从而形成了以湖北话为基础的四川话，清朝前期的大移民则进一步加强了四川话在全省的主导地位，布下了四川话的汪洋大海"[1]。据有关文献记载，从明洪武二年到二十四年（1369—1391），洪武移民前后持续了22年，人口数量巨大，是移民的主要时期。移民的来源地，有湖广麻城，有自称楚、秦楚、黄（州）麻（城）、武昌等地，其中原籍"湖广麻城孝感乡"者尤多。[2]总之，洪武时期所谓的"湖广"移民，主要来源是湖北地区，尤其是湖北麻城。这些结论是基于移民史的资料。与现代汉语方言区相对照，以四川湖广移民主要来源地著称的麻城，今属江淮官话区黄孝片。文献所述湖北的其他移民地区，武昌今属西南官话区武天片，随州今属西南官话区鄂北片。这些方言在音系上均有明显的不同。

究竟四川、重庆地区的湖广话是在哪一种方言的基础上形成的？现代方言语音的形成，有横向其他方言的"波浪"因素的影响。但是，从整个音系来看，音系结构的纵向的历史发展和演化是现代方言语音特点形成的主流。所以，对方言之间音系特点的比较，可以显示它们的亲疏远近。对一些历史并不久远、横向干扰较少的方言，例如四川、重庆、湖北地区的官话，尤其如此。所以，本文根据这些地区的方言调查资料，列举、归纳这些方言音系特征的异同，从音系结构上观察它们的相似度，以现代方言的音系特点作为方言亲疏关系的"基因"，来考察成渝地区"湖广话"的历史来源。

一、湖北官话方言代表点与成渝话的音韵特点

我们选择麻城、武汉、钟祥、宜昌、恩施、重庆（渝中区）和成都7个方言点来进行比较。这些点，前5个在湖北省，后2个在重庆直辖市和四川省，在地理上由东向西，经三峡通道，由湖北向重庆、四川延伸，与

---

[1] 崔荣昌：《四川方言的形成》，方言，1985第1期。
[2] 曹树基：《中国移民史》（第五卷），福州：福建人民出版社，1997年版。

移民通道相一致。它们在方言分区上分属于江淮官话黄孝片（麻城），西南官话武天片（武汉），西南官话鄂北片（钟祥）和西南官话成渝片（宜昌、恩施、重庆和成都）。我们从现代成渝话和湖北官话中归纳出 31 个语音特点，来观察方言主要的音系特征，看看湖北官话主要方言点与湖广话音系相比较，有哪些异同，以观察方言之间的远近关系。

文中所用各方言语音材料，麻城、钟祥、宜昌和恩施点用的是《湖北方言调查报告》①；武汉用的是《汉语方音字汇》（第二版）②；重庆话用的是《四川方言调查报告》中的巴县点③；成都点用的是笔者课题组所做的田野调查《四川西南地区方言调查研究》。④

各点调类及调值如下⑤：

	麻城	武汉	钟祥	宜昌	恩施	成都	重庆
阴平 1	212	55	24	45	55	45	55
阳平 2	42	213	31	13	11	21	31
上声 3	45	42	53	32	53	42	42
阴去 5	25	35	214	24	325	213	35
阳去 6	33						
阴入 7	24	(213)	(31)	(13)	(11)	(21)	(31)
阳入 8							
调类数	6	4	4	4	4	4	4

麻城、武汉、钟祥、宜昌、恩施、重庆和成都 7 个方言点特点比较如下⑥：

1.古晓组字和非组字的分混：四川、湖北地区的西南官话方言的情况多数是晓组字在 -u 韵前读为 f-，其余的韵母前读 x-；麻城、恩施的晓组合口

---

① 赵元任，丁声树，杨时逢等：《湖北方言调查报告》（第 2 版），台北："中央研究院"历史语言研究所，1992 年版。
② 北京大学中国语言文学系语言学教研室：《汉语方音字汇》（第 2 版），北京：文字改革出版社，1989 年版。
③ 杨时逢：《四川方言调查报告》，台北："中央研究院"历史语言研究所，1984 年版。
④ 周及徐：《四川西南地区方言调查研究》，国家社会科学基金项目 08BYY015，2011 年。
⑤ 为避免字迹过小难于辨认，本文声调数值一律不上标。
⑥ 为了便于了解方言间声调的对应，在以下的列表中用 "-1、-2……-8" 等表示调类。

字和非组字相混了，麻城都读 f-；恩施都读 xu-，除了在 -u 韵母前读 f-。

	户	欢	范	昏	分	灰	飞
	匣模上	晓桓平	奉凡上	晓魂平	非文平	晓灰平	非微平
麻城	fu-6	fan-1 / -5		fən-1		fei-1	
武汉	xu-5	xuan-1	fan-5	xuən-1	fen-1	xuei-1	fei-1
钟祥	xu-5	xuan-1	fan-5	xuən-1	fən-1	xuei-1	fei-1
宜昌	xu-5	xuan-1	fan-5	xuən-1	fən-1	xuei-1	fei-1
恩施	fu-5	xuan-1/ -5		xuən-1		xuei-1	
成都	fu-5	xuan-1	fan-5	xuən-1	fen-1	xuei-1	fei-1
重庆	fu-5	xuan-1	fan-5	xuən-1	fen-1	xuei-1	fei-1

2. 见系开口二等字蟹咸江梗摄中多数字不腭化。

	解	鞋	鹹	陷	巷	硬	杏
中古音	见佳上	匣佳平	匣咸平	匣咸去	匣江去	疑庚去	匣庚上
麻城	kai-3	xai-2	xan-2	xan-6	xaŋ-6	ŋən-6	ɕin-6
武汉	kai-3	xai-2	tɕien-2文 xan-2白	tɕien-5文 xan-5白	xaŋ-5	ŋən-5	ɕin-5
钟祥	kai-3	xai-2	xan-2	ɕien-5	xaŋ-5	ən-5	—
宜昌	kai-3	xai-2	tɕien-2	xan-5	xaŋ-5	ən-5	xən-5
恩施	kai-3	xai-2	xan-2	xan-5	xaŋ-5	ŋən-5	xən-5
重庆	tɕiai-3 文 kai-3 白①	xai-2	xan-2	xan-5	xaŋ-5	ŋən-5	xən-5
成都	tɕiai-3 文 kai-3 白	xai-2	xan-2	xan-5	xaŋ-5	ŋen-5	xen-5

按：从同类字音看，麻城、武汉"杏"可能是文读或新派音。

3. 知庄章组字读平舌或翘舌：

湖北、四川重庆地区官话中大部分方言不分平翘舌，如成都、重庆两地。有少数分平翘舌的方言，知庄章组的规律为：知三和章组翘舌，知二和庄组分为二：今高元音平舌，今低元音翘舌，只有少数字例外。下面是知二、庄二、庄三高元音字（前4字，平舌，-ə/-ɤ归此派）和低元音字（后4字，翘舌，-o归此派）。

---

① "解"字白读音原《报告》表中无，根据今重庆话实际读音补。

	择	争	生	初	桌	察	山	庄
中古音	澄陌入	庄耕平	生庚二平	初鱼平	知觉入	初黠入	生山平	庄阳平
麻城	tse-7	tsən-1	sən-1	tshəu-1	tso-7	tsha-7	san-1	tsaŋ-1
武汉	tshɣ-2	tsən-1	sən-1	tshou-1	tso-2	tsha-2	san-1	tsuaŋ-1
钟祥	tṣhə-2	tṣən-1	ṣən-1	tṣhu-1	tṣo-2	tṣha-2	ṣan-1	tṣuɑŋ-1
宜昌	tshɣ-2	tsən-1	tsən-1	tshu-1	tso-2	tsha-2	san-1	tsuan-1
恩施	tshe-2	tsən-1	sən-1	tṣhu-1	tṣo-2	tṣha-2	ṣan-1	tṣuaŋ-1
重庆	tshe-2	tsen-1	sen-1	tshu-1	tso-2	tsha-1	san-1	tsuaŋ-1
成都	tshe-2	tsen-1	sen-1	tshu-1	tso-2	tshA-2	sæn-1	tsuaŋ-1
北京	tsɣ35	tṣəŋ55	ṣəŋ55	tṣhu55	tṣuo55	tṣhA35	ṣæn55	tṣuɑŋ-1

钟祥知庄章三组全部卷舌；麻城庄组字开口平舌、合口翘舌，知二平舌、知三翘舌，遇摄知章组读 Tṣu；这两个方言点不同于鄂成渝其他地区，是另外的类型。武汉、宜昌、重庆和成都同，都是平舌。恩施分平翘舌的类型与四川自贡、宜宾和西昌话同（见另文《四川方言中平翘舌声母字与中古音的关系》）。

4. 知系在深臻曾梗三等开口入声的读平舌或翘舌音：

	住	知	是	尺	十	直	石
	澄虞入	知支入	禅纸入	昌昔入	禅缉入	澄职入	禅昔入
麻城	tṣu-6	tṣʅ-1	ṣʅ-6	tṣhʅ-7	ṣʅ-6	tṣʅ-7	ṣʅ-6
武汉	tɕy-5	tsʅ-1	sʅ-5	tshʅ-2	sʅ-2	tsʅ-2	sʅ-2
钟祥	tṣu-5	tṣʅ-1	ṣʅ-5	tṣhʅ-2	ṣʅ-2	tṣʅ-2	ṣʅ-2
宜昌	tsu-5	tsʅ-1	sʅ-5	tshʅ-2	sʅ-2	tsʅ-2	sʅ-2
恩施	tṣu-5	tṣʅ-1	ṣʅ-5	tṣhʅ-2	ṣʅ-2	tṣʅ-2	ṣʅ-2
重庆	tsu-5	tsʅ-1	sʅ-5	tshʅ-2	sʅ-2	tsʅ-2	sʅ-2
成都	tsu-5/tso-5	tsʅ-1	sʅ-5	tshʅ-2	sʅ-2	tsʅ-2	sʅ-2

一部分四川方言（南路话）中，知系字只在深臻曾梗三等开口入声读翘舌音，其他全读平舌。上述六个点都没有这个特点。麻钟恩[①]读翘舌，宜渝成读平舌。武汉虞韵知系字读舌面前撮口呼。

5. 泥来母字的分混：

	南	兰	尼	离
	泥覃平	来寒平	泥脂平	来支平
麻城	na-2	na-2	n̠i-2	ni-2
武汉	nan-2	nan-2	ni-2	ni-2
钟祥	nan-2/ naŋ-2	nan-2	ni-2	ni-2/ni-5
宜昌	nan-2	nan-2	ni-2	ni-2
恩施	nan-2	nan-2	ni-2	ni-2
重庆	nan-2	nan-2	ni-2	ni-2
成都	næn-2	næn-2	n̠i-2	ni-2

只有麻城和成都泥来组声母一二等字相混，三四等字区分。武汉、钟祥、宜昌、恩施四点与重庆同，洪细皆混，且音值近。

6. 船禅两母平声字读塞擦音或擦音：

船禅两母平声字在官话方言中有送气塞擦音和擦音两种读法。"常唇纯承蝉"，7个点一致，多读擦音，塞擦音读法多是文读或新派读法。

	垂	船	常	唇	纯	承	蝉
	禅支平合	船仙平合	禅阳平开	船谆平合	禅谆平合	禅蒸平开	禅仙平开
麻城	tʂhɥei-2	tʂhɥan-2	ʂaŋ-2	tʂhɥən-2	ʂuən-2	—	ʂan-2
武汉	tshuei-2	tshan-2	saŋ-2	tɕhyn-2	ɕyn-2	sən-2	san-2
钟祥	tʂhuei-2	tʂhuan-2	tʂhaŋ-2	ʂuən-2	ʂuən-2	—	ʂan-2
宜昌	tshuei-2	tshuan-2	saŋ-2	suən-2	suən-2	—	san-2
恩施	tʂhuei-2	tʂhuan-2	ʂaŋ-2	ʂən-2	ʂuən-2	—	ʂan-2
重庆	tshuei-2	tshuan-2	saŋ-2	suən-2	suən-2	sən-2 白	san-2
成都	tshuei-2	tshuan-2	sɑŋ-2	suən-2	suən-2	tshən-2 文 sən-2 白	san-2
北京	tʂhuei35	tʂhuan35	tʂhəŋ35	tʂhuən35	tʂhuən35	tʂhəŋ21	tʂhan35

---

① 恩施发音人一个有翘舌、一个平舌，记音取翘舌。见《湖北方言调查报告》恩施点，丁声树记。

7. 影疑母字开口一二等字今读 ŋ- 声母：

	我	矮	配偶	安	恩	硬	昂
中古音	疑歌上	影佳上	疑厚上	影寒平	影痕平	疑庚去	疑唐平
麻城	ŋo-3	ŋai-3	ŋəu-3	ŋan-1	ŋən-1	ŋən-6	—
武汉	ŋo-3	ŋai-3	ŋəu-3	ŋan-1	ŋən-1	ŋən-5	ŋaŋ-2
钟祥	o-3	ai-3	əu-3	an-1	ən-1	ən-5	—
宜昌	o-3	ai-3	əu-3	an-1	ən-1	ən-5	—
恩施	o-3	ŋai-3	ŋəu-3	ŋan-1	ŋən-1	ŋən-5	—
重庆	o-3	ŋai-3	ŋəu-3	ŋan-1	ŋən-1	ŋən-5	ŋaŋ-2
成都	ŋo-3	ŋai-3	ŋəu-3	ŋan-1	ŋen-1	ŋen-5	ŋaŋ-2
北京	uo-3	ai-3	ou-3	an-1	əŋ-1	iŋ-5	ɑŋ-2

麻城、武汉、恩施、重庆和成都读 ŋ- 声母，钟祥、宜昌读 o- 声母。

8. 疑影母三四等开口字读音：

	宜	严	言	凝	逆	要	厌	隐	约
中古音	疑支平	疑严平	疑元平	疑蒸平	疑陌入	影宵去	影盐去	影殷上	影药入
麻城	ɲi-2	ɲian-2	ian-2	ɲin-2	—	iau-4	ian-4	in-3	io-2
武汉	ni/i-2	iɛn-2	iɛn-2	nin-2	ni-2	iau-4	iɛn-4	in-3	io-2
钟祥	i-2	ien-2	ien-2	in-2	—	iau-4	ien-4	in-3	io-2
宜昌	i-2	ien-2	ien-2	—	i-2	iau-4	ien-4	in-3	io-2
恩施	i-2	nien-2	iɛn-2	nin-2	ni-2	iau-4	iɛn-4	in-3	io-2
重庆	ni-2	nien-2	iɛn-2	nin-2	ni-2	iau-4	iɛn-4	in-3	io-2
成都	ɲi-2	ɲiɛn-2	iɛn-2	ɲin-2	ɲi-2	jiau-4	jiɛn-4	jin-3	jio-2

疑母三四等开口，麻武恩成渝读 n-/ɲ-，钟宜读零声母。7 点影母三四等开口读零声母。

9. 以云母字和日母字的读音：

	荣	营	融	人	如	日	肉	而
音韵	云庚合平	以清平	以东平	日真平	日鱼平	日质入	日屋入	日之平
麻城	zoŋ-2	in-2	zoŋ-2	zən-2	ʮ-2	ɚ-6	ʮ-2	ɚ-2
武汉	ioŋ-2	in-2	ioŋ-2	nən-2	y-2	ɯ-2	nou-2	ɯ-2
钟祥	yin-2	yin-2	iuŋ-2	zən-2	zu-2	zu-2	zu-2	ɚ-2
宜昌	yən-2	yən-2	ioŋ-2	zən-2	zu-2	ɚ-2	—	ɚ-2
恩施	yin-2	yin-2	ioŋ-2	zən-2	zu-2	zu-2	zu-2	ɚ-2
重庆	yin-2	yin-2	ioŋ-2	zən-2	zu-2	zɿ-2	zu-2	ɚ-2

续表

音韵	荣 云庚合平	营 以清平	融 以东平	人 日真平	如 日鱼平	日 日质入	肉 日屋入	而 日之平
成都	yin-2 老 ioŋ21 新	yin-2	ioŋ-2	zən-2	zu-2	zʅ-2	zəu-4 老 zu-2 新	ɚ-2
北京	ɻuŋ2	iŋ-2	ɻuŋ-2	ɻən-2	ɻu-2	ɻʅ-4	ɻou-4	ɚ-2

喻母字，除麻城外，都读零声母。日母字，各点止摄全读零声母，其余韵读 z/ʐ-、n-、o- 都有。其中，钟宜恩成渝读 z/ʐ-（宜昌只有"日"字读零声母不同于重庆），麻城读 o-，武汉读 n-/o-。

10. 臻摄一三等合口端泥精组字失去 -u- 介音：

	盾 定魂上	论 来魂去	遵 精谆平	笋 心准上
麻城	tən-5	nən-5	tsən-1	sən-3
武汉	tən-5	nən-5	tsən-1	sən-3
钟祥	tən-5	nən-5	tʂən-1①	ʂən-3
宜昌	tən-5	nən-5	tsən-1	sən-3
恩施	tən-5	nən-5	tsən-1	sən-3
重庆	tən-5	nən-5	tsən-1	sən-3
成都	tən213	lən213	tsən-1	sən-3

七点一致读开口。

11. 蟹山摄舒声合口一等端泥组字、止摄合口泥组字有无 -u- 介音：

	堆 端灰平	腿 透灰上	内 泥灰去	端 端桓平	乱 来桓去	累 来支去	类 来脂去
麻城	ti-1	thi-3	ȵi-6	tan-1	nan-6	ni-6	ni-6
武汉	tei-1	thei-3	nei-4	tan-1	nan-5	nei-4	nei-4
钟祥	təi-1	təi-3	nei-4	tan-1	nan-5	nei-4	nei-4
宜昌	tei-1	thei-3	nei-4	tan-1	nan-5	nei-4	nei-4
恩施	tuei-1	thuei-3	nuei-4	tuan-1	nuan-5	nuei-4	nuei-4
成都	tuei-1	thuei-3	luei-4	tuan-1	luan-5	luei-4	luei-4
重庆	tuei-1	thuei-3	nuei-4	tuan-1	luan-5	nuei-4	nuei-4

麻城、武汉、钟祥、宜昌读开口，恩施、成、渝读合口。

---

① 钟祥"遵、笋"二字依音韵地位当为卷舌。

12. 庄组开口字变为合口的现象：不限于江觉阳韵。

	铲	删	床	窗	捉
音韵	初山上开	生删平开	崇阳平开	初江平开	庄觉入开
麻城	tshan-3	san-1	tshaŋ-2	tshaŋ-1	tso-2
武汉	tshan-3	suan-1	tshuaŋ-2	tsuhaŋ-1	tso-2
钟祥	tʂhan-3	ʂuan-1	tʂhuaŋ-2	tʂhuaŋ-1	tʂo-1
宜昌	tʂhan-3	ʂuan-1	tʂhuaŋ-2	tʂhuaŋ-1	tʂo-1
恩施	tʂhan-3	ʂuan-1	tʂhuaŋ-2	tʂhuaŋ-1	tʂo-1
重庆	tshuan-3	suan-1	tshuaŋ-2	tshaŋ-1	tso-2
成都	tshuan-3	suan-1	tshuaŋ-2	tshaŋ-1	tso-2
北京	tʂhan-3	ʂan-1	tʂhuaŋ-2	tʂhuaŋ-1	tʂuo-1

麻城山宕摄庄组读开口，与其余六点不同。"铲窗"字，武钟宜恩与成渝不同开合。

13. 果摄一等（帮）见系韵母：

	波	哥	我	锅
	帮戈平	见歌平	疑歌平	见戈平
麻城	po-1	ko-1	ŋo-3	o-1
武汉	po-1	ko-1	ŋo-3	ko-1
钟祥	po-1	ko-1	o-3	ko-1
宜昌	po-1	ko-1	o-3	ko-1
恩施	po-1	ko-1	o-3/ŋo-3	ko-1
重庆	po-1	ko-1	ŋo-3	ko-1
成都	po-1	ko-1	ŋo-3	ko-1

七个点一致读 -o，恩施疑母开一二等字今声母为 ŋ-，"我"当为 ŋo-3。

14. 深臻曾梗摄舒声鼻韵尾合一，-iŋ > -in，-əŋ > -ən。

	邻	兵	京	丁	陈	生	争	成
中古音	来真平	帮庚三平	见庚三平	端青平	澄真平	庚二平	庄耕平	禅清平
麻城	nin-2	pin-1	tɕin-1	tin-1	tʂhən-2	sən-1	tsən-1	tʂhən-2
武汉	nin-2	pin-1	tɕin-1	tin-1	tshən-2	sən-1	tsən-1	tshən-2
钟祥	nin-2	pin-1	tɕin-1	tin-1	tʂhən-2	ʂən-1	tʂən-1	tʂhən-2
宜昌	nin-2	pin-1	tɕin-1	tin-1	tʂhən-2	sən-1	tsən-1	tʂhən-2
恩施	nin-2	pin-1	tɕin-1	tin-1	tʂhən-2	sən-1	tsən-1	tʂhən-2

续表

中古音	邻 来真平	兵 帮庚三平	京 见庚三平	丁 端青平	陈 澄真平	生 庚二平	争 庄耕平	成 禅清平
重庆	nin -2	pin -1	tɕin -1	tin -1	tshən-2	sən-1	tsən-1	tʂhən-2
成都	nin -2	pin -1	tɕin -1	tin -1	tshen-2	sen-1	tsen-1	tshen-2
北京	lin -2	piŋ -1	tɕiŋ -1	tiŋ -1	tʂhən-2	ʂəŋ-1	tʂəŋ-1	tʂhən-2

七点都是各自对应的两个韵。

15. 流摄和通摄入声部分明母字有舌根鼻韵尾：

中古音	母 明厚上	某 明厚上	亩 明厚上	否 非有上	谋 明尤平	木 明屋一入	目 明屋三入
麻城	—	məu-3	moŋ-3	fəu-3	məu-2	moŋ-7	moŋ-7
武汉	moŋ-3	mou-3	mou-3	fou-3	mou-2	moŋ-2	moŋ-2
钟祥	moŋ-3	məu-3	moŋ-3	fəu-3	məu-2	moŋ-2	moŋ-2
宜昌	mu-3	məu-3	məu-3	fəu-3	məu-2	mu-2	mu-2
恩施	—	məu-3	məu-3	fəu-3	məu-2	mu-2	mu-2
重庆	mu-3	moŋ-3	moŋ-3	fəu-3	moŋ-3	mu-2	mu-2
成都	mu-3	moŋ-3	moŋ-3	fəu-3	moŋ-2	mu-2	mu-2

通摄"木目"读鼻音麻武钟为一派，宜恩成渝不读鼻音为一派。流摄"某谋"读鼻音成渝为一派。

16. 果遇摄一等帮端系字读音（是否同韵）：

	波 帮戈平	婆 并戈平	多 端歌平	坐 从戈上	普 滂姥上	肚（腹） 定姥上	炉 来模平
麻城	po-1	pho-2	to-1	tso-6	phu-3	təu-6	nəu-2
武汉	po-1	pho-2	to-1	tso-5	phu-3	tou-5	nou-2
钟祥	po-1	pho-2	to-1	tʂo-5	phu4①-3	tu-5	lu-2
宜昌	po-1	pho-2	to-1	tso-5	phu-3	tu-5	nu-2
恩施	po-1	pho-2	to-1	tso-5	phu-3	tu-5	nu-2
重庆	po-1	pho-2	to55	tso-5	phu42	tu-5	nu-2
成都	po-1	pho-2	to-1	tso-5	phu42	tu-5	nu-2

麻武有三个韵，互相对应。钟宜恩渝成有二个韵，各自对应。

---

① 《湖北方言调查报告》(1992年) 钟祥音系同音字表，第714页。今韵 -u 误为 -i，依韵系表改。

17. 宕江摄一二三等开口端见系读音:

	当	郎	刚	娘	香	讲	巷
中古音	端唐平	来唐平	见唐平	泥阳平	晓阳平	见江上	匣江去
麻城	taŋ-1	naŋ-2	kaŋ-1	ɳiaŋ-2	ɕiaŋ-1	tɕiaŋ-3	xaŋ-6
武汉	taŋ-1	naŋ-2	kaŋ-1	niaŋ-2	ɕiaŋ-1	tɕiaŋ-3	xaŋ-5
钟祥	taŋ-1	naŋ-2	kaŋ-1	niaŋ-2	ɕiaŋ-1	tɕiaŋ-3	xaŋ-5
宜昌	taŋ-1	naŋ-2	kaŋ-1	niaŋ-2	ɕiaŋ-1	tɕiaŋ-3	xaŋ-5
恩施	taŋ-1	naŋ-2	kaŋ-1	niaŋ-2	ɕiaŋ-1	tɕiaŋ-3	xaŋ-5
重庆	taŋ-1	naŋ-2	kaŋ-1	niaŋ-2	ɕiaŋ-1	tɕiaŋ-3	xaŋ-5
成都	taŋ-1	naŋ-2	kaŋ-1	ɳiaŋ-2	ɕiaŋ-1	tɕiaŋ-3	xaŋ-5

七点一致为 -aŋ/-iaŋ 韵,江摄见系有洪细二读,也七点一致。

18. 臻曾梗摄一二等开口端知见系(痕登庚₋耕)韵母读音:

	恩	存	恒	生	更	硬	杏
	影痕平	从魂平合	匣登平	生庚二平	见庚二去	疑庚二去	匣庚二上
麻城	ŋən-1	tshən-2	xən-2	sən-1	kən-5	ŋən-6	ɕin-6
武汉	ŋən-1	tshən-2	xən-2	sən-1	kən-5	ŋən-5	ɕin-5
钟祥	ən-1	tʂhən-2	xən-2	—	kən-5	ən-5	—
宜昌	ən-1	tshən-2	xən-2	sən-1	kən-5	ən-5	xən-5
恩施	ŋən-1	tshən-2	xən-2	sən-1	kən-5	ŋən-5	xən-5
重庆	ŋən-1	tshən-2	xən-2	sən-1	kən-5	ŋən-5	xən-5
成都	ŋen-1	tshen-2	xen-2	sen-1	ken-5	ŋen-5	xen-5
北京	ən-1	tshuən-2	xəŋ-2	ʂəŋ-1	kəŋ-5	iŋ-5	ɕiŋ-5

麻武有两个韵 -ən/-in("杏"也有可能是文读),各自对应;钟宜恩渝成只有一个相对应的韵 -ən。

19. 通摄一三等帮系(东冬钟)韵母读音:

	梦	风	奉	公	红	融
中古音	明东去	非东平	奉钟上	见东平	匣东平	以东平
麻城	moŋ-5	foŋ-1	foŋ-6	koŋ-1	xoŋ-2	zoŋ-2
武汉	moŋ-5	foŋ-1	foŋ-5	koŋ-1	xoŋ-2	ioŋ-2
钟祥	muŋ-5	(fuŋ-1)	(fuŋ-5)	kuŋ-1	xuŋ-2	iuŋ-2
宜昌	moŋ-5	foŋ-1	foŋ-5	koŋ-1	xoŋ-2	ioŋ-2
恩施	moŋ-5	xoŋ-1	xoŋ-5	koŋ-1	xoŋ-2	ioŋ-2
重庆	moŋ-5	foŋ-1	foŋ-5	koŋ-1	xoŋ-2	ioŋ-2

续表

	梦	风	奉	公	红	融
中古音	明东去	非东平	奉钟上	见东平	匣东平	以东平
成都	moŋ-5	foŋ-1	foŋ-5	koŋ-1	xoŋ-2	ioŋ-2
北京	məŋ-5	fəŋ-1	fəŋ-5	koŋ-1	xoŋ-2	ɹuŋ-2

七点韵读音同类。恩施通摄非组声母读 x-（"风奉"二字钟祥字表缺，以"封 fuŋ-1"字读音类推）。

20. 咸山宕摄入声一等开口见系读音：

	鸽	磕	割	各
	见合入	溪盍入	见曷入	见铎入
麻城	ko-7	kho-7	ko-7	ko-7
武汉	ko-2	kho-2	ko-2	ko-2
钟祥	ko-2	kho-2	ko-2	ko-2
宜昌	ko-2	kho-2	ko-2	ko-2
恩施	ko-2	kho-2	ko-2	ko-2
成都	ko-2	kho-2	ko-2	ko-2
重庆	ko-2	kho-2	ko-2	ko-2

七点一致，只有一个韵。

21. 咸山开口入声一二等帮端系庄组、三等知章组字读音：

	答/达	腊辣	插察	涉舌
	端合/定曷入	来盍/曷入	初洽/黠入	禅葉/船薛入
麻城	ta-7	na-7	tsha-7	ʂe-7/ʂe-6
武汉	ta-2	na-2	tsha-2	sʮ-2
钟祥	ta-2	na-2	tʂha-2	ʂə-2
宜昌	ta-2	na-2	tsha-2	sʮ-2
恩施	ta-2	na-2	tʂha-2	ʂe-2
成都	tA-2	lA-2	tshA-2	se-2
重庆	ta-2	la-2	tsha-2	se-2

七点都是两个韵，互相对应。

22. 曾一梗二开口入声帮端知见系字韵母读音：

	北/百	德	策	格革
	帮德/陌入	端德入	初麦入	见陌/麦入
麻城	pe-7	te-7	tshe-7	ke-7

续表

	北 / 百	德	策	格革
	帮德 / 陌入	端德入	初麦入	见陌 / 麦入
武汉	pɤ-2	tɤ-2	tshɤ-2	kɤ-2
钟祥	pə-2	tə-2	tʂə-2	kə-2
宜昌	pɤ-2	tɤ-2	—	kɤ-2
恩施	pe-2	te-2	—	ke-2
成都	pe-2	te-2	tshe-2	ke-2
重庆	pe-2	te-2	tshe-2	ke-2

七点都只有一个韵。北京话有三个韵。

23. 深臻曾梗入声三等开口庄组（缉栉职）读音：

	涩	虱	色	测
	生缉入	生栉入	生职入	初职入
麻城	se-7	se-7	se-7	tshe-7
武汉	sɤ-2	sɤ-2	sɤ-2	tshɤ-2
钟祥	ʂə-2	ʂə-2	ʂə-2	tʂhə-2
宜昌	sɤ-2	sɤ-2	sɤ-2	tshɤ-2
恩施	se-2	se-2	se-2	tshe-2
成都	se-2	se-2	se-2	tshe-2
重庆	se-2	se-2	se-2	tshe-2

七点都只有一个韵。

24. 咸山摄入声三四等开口帮端见系（葉业贴薛月屑）读 -ie：

	别	贴铁	接节	揭结
	並薛入	端贴 / 屑入	精葉 / 屑入	见月 / 屑入
麻城	pie-7	thie-7	tɕie-7	tɕie-7
武汉	pie-2	thie-2	tɕie-2	tɕie-2
钟祥	pie-2	thie-2	tɕie-2	tɕie-2
宜昌	pie-2	thie-2	tɕie-2	tɕie-2
恩施	pie-2	thie-2	tɕie-2	tɕie-2
成都	pie-2	thie-2	tɕie-2	tɕie-2
重庆	pie-2	thie-2	tɕie-2	tɕie-2

七点都只有一个韵。

25. 深臻曾梗入声三四等开口帮端见系（缉质迄职昔陌三锡）读 -i：

	集	笔	力	席	激
	从缉入	帮质入	来职入	邪昔入	见锡入
崇州	tɕie-7	pie-7	nie-7	ɕie-7	tɕie-7
麻城	tɕi-7	pi-7	ni-7	ɕi-7	tɕi-7
武汉	tɕi-2	pi-2	ni-2	ɕi-2	tɕi-2
钟祥	tɕi-2	pi-2	ni-2	ɕi-2	tɕi-2
宜昌	tɕi-2	pi-2	ni-2	ɕi-2	tɕi-2
恩施	tɕi-2	pi-2	ni-2	ɕi-2	tɕi-2
成都	tɕhi-2 新 tɕhie-2 老	pi-2	li-2	ɕi-2	tɕhi-2 新 tɕie-2 老
重庆	tɕi-2	pi-2	li-2	ɕi-2	tɕi-2

除成都外，六点都只有一个韵 -i。成都与四川南路话（崇州为代表）读 -ie 同。

26. 深臻曾梗入声开口三等知章组（缉质职昔）字读同止摄：

	支之/脂	侄/直织/执	尺	失/十/食/石
	支之脂	质/职/缉	昌昔入	质/缉/职/昔
崇州	tsʅ-1	tsə-7	tshə-7	sə-7
麻城	tʂʅ-1	tʂʅ-7	tʂhʅ-7	ʂʅ-6
武汉	tsʅ-1/ tsʅ-3	tsʅ-2	tshʅ-2	sʅ-2
钟祥	tʂʅ-1	tʂʅ-2	tʂhʅ-2	ʂʅ-2
宜昌	tsʅ-1	tsʅ-2	tshʅ-2	sʅ-2
恩施	tʂʅ-1	tʂʅ-2	tʂhʅ-2	ʂʅ-2
重庆	tsʅ-1	tsʅ-2	tshʅ-2	sʅ-2
成都	tsʅ-1	tsʅ-2	tshʅ-2	sʅ-2

七点都只有一个韵，与止摄相混。与四川南路话（有两个韵）不同。

27. 山臻入声合口一三等帮知系端泥组读音：

	夺	泼	不	突	物	出
	定末入	滂末入	帮没入	定没入	微物入	昌术入
崇州	tɵ-7	phɵ-7	pɵ-7	thɵ-7	ɵ-7	tshɵ-7
麻城	（to-7）	（pho-7）	pu-7	（tho-7）	u-7	tʂhʯ-7
武汉	to-2	pho-2	pu-2	thou-2	u-2	tɕhy-2
钟祥	to-2	pho-2	pu-2	thu-2	u-2	tʂhu-2

续表

	夺	泼	不	突	物	出
	定末入	滂末入	帮没入	定没入	微物入	昌术入
宜昌	to-2	pho-2	pu-2	thu-2	u-2	tshu-2
恩施	(to-2)	(pho-2)	pu-2	thu-2	vu-2	tʂhu-2
重庆	to-2	pho-2	pu-2	thu-2	vu-2	tshu-2
成都	to-2	pho-2	pu-2	thu-2	vu-2	tshu-2

钟宜施成渝点都只有二个韵，麻武有三或四个韵。四川南路话（崇州）只有一个韵（"夺泼突"三字麻城点表无，"夺泼"二字恩施点表无，根据同类音填）。

28. 山臻摄合口三四等、宕江开口二三等入声精组见系字读音：

	月	绝/决	屈	橘	脚	学
	疑月入	从薛/见屑入	溪物入	见术入	见药入	匣觉入
崇州	iɵ-7	tɕiɵ-7	tɕhiɵ-7	tɕiɵ-7	tɕiɵ-7	ɕiɵ-7
麻城	ʅe-7	tɕie-7/tʂʅe-7	tʂhʅ-7	tʂʅ-7	tɕio-7	ɕio-7
武汉	ye-2	tɕie-2/tɕye-2	tɕhy-2	tɕy-2	tɕio-2	ɕio-2
钟祥	ye-2	tɕye-2	tɕhy-2	tɕy-2	tɕio-2	ɕio-2
宜昌	ye-2	tɕye-2	tɕhy-2	tɕy-2	tɕio-2	ɕio-2
恩施	ye-2	tɕye-2	tɕhy-2	tɕy-2	tɕio-2	ɕio-2
重庆	ye-2	tɕye-2	tɕhiu-2	tɕiu-2	tɕio-2	ɕio-2
成都	ye-2	tɕye-2	tɕhio-2	tɕy-2	tɕio-2	ɕio-2

七点都有对应的三个韵，但麻城的音值差别大。四川南路话（崇州）只一个 -iɵ。

29. 曾梗入声三等合口见系、通入三精组见系（职昔屋=烛）读音：

	域	疫	肃	局
	云职入	以昔入	心屋入	群烛入
崇州	iɵ-7	iɵ-7	ɕiɵ-7	tɕhiɵ-7
麻城	ʅ-7	ʅ-7	səu-7	tʂʅ-7
武汉	y-2	y-2	sou-2	tɕy-2
钟祥	y-2	y-2	ʂu-2	tɕy-2
宜昌	y-2	y-2	su-2	tɕy-2

续表

	域	疫	肃	局
	云职入	以昔入	心屋入	群烛入
恩施	iu-2	iu-2	ɕiu-2	tɕy-2
重庆	iu-2	iu-2	ɕiu-2	tɕiu-2
成都	io-2	io-2	ɕio-2	tɕy-2

麻武钟宜各有两个韵，是对应的；恩施重庆韵相似，只"局"字不同。成都韵近南路话。

30. 通摄入声帮知系、端泥组读音：

	木	毒	竹	绿
	明屋入	定沃入	知屋入	来烛入
崇州	mɵ-7	tɵ-7	tsɵ-7	lɵ-7
麻城	moŋ-7	tou-7	tʂou-7	nou-7
武汉	moŋ-2	tou-2	tsou-2	nou-2
钟祥	mu-2	tu-2	tʂu-2	nu-2
宜昌	mu-2	tu-2	tsu-2	nu-2
恩施	mu-2	tu-2	tʂu-2	nu-2
重庆	mu-2	tu-2	tsu-2	nu-2
成都	mu-2	tu-2	tsu-2	nu-2

麻武各有两个韵，是对应的。钟宜恩渝成只有一个韵。四川南路话只有一个韵。

31. 西南官话古入声今读阳平（外加括号）：

古入声	麻城	武汉	钟祥	宜昌	恩施	重庆	成都
调值	24	（213）	（31）	（13）	（11）	（31）	（21）

武钟宜恩渝成入归阳平，是西南官话共同的特点。麻城入声独立。

二、成渝话与湖北官话方言代表点异同分析

根据以上列表中代表字的声韵调特点来看麻城、武汉、钟祥、宜昌、恩施、重庆和成都7方言的音韵表现，然后再对它们之间的关系做出判断。

为了方便观察，我们把以上31条语音特点做成"成渝话与湖北官话语音特点比较表"，对表中声韵调特点标"+"或"-"的方法说明如下：

1. 以重庆话作为四川"湖广话"的标准，其他方言点语音与之同类为"+"，不同为"-"。

2. 其他方言点之间，如果"+"或"-"符号相同，其语音值不一定相同，但是声母或韵母是对应的。

3. 同一语音条件有的字有两种以上读法，选择白读音或老派读音作对比。

表1　成渝话与湖北官话语音特点比较表

方言声、韵、调特点	重庆	成都	恩施	宜昌	钟祥	武汉	麻城
① 晓组和非组字：在 -u 前读 f-，其余的韵母前分	+	+	-	+	+	+	-
② 见系开口二等字蟹咸江梗摄中多数字不腭化	+	+	+	+	+	+	+
③ 知庄章组字读平舌或翘舌	+	+	-	+	-	+	-
④ 知系在深臻曾梗三等开口入声的读平舌音	+	+	-	+	-	+	-
⑤ 泥来母字相混	+	+	-	+	+	+	-
⑥ 船禅两母平声字多读擦音	+	+	+	+	+	+	+
⑦ 影疑母字开口一二等字今读 ŋ- 声母	+	+	+	+	+	+	+
⑧ 疑母三四等开口读 n-/ ȵ-	+	+	+	+	+	+	+
⑨ 以云母字和日母字的读音（以上声母特点9）	+	+	+	+	+	+	+
⑩ 臻摄一三等端泥精组合口字失去 -u- 介音	+	+	+	+	+	+	+
⑪ 蟹山摄舒声合口一等端泥组字、止摄合口泥组字有 -u- 介音	+	+	+	-	-	-	-
⑫ 庄组开口字变为合口	+	+	+	+	+	+	+
⑬ 果摄一等（帮）见系韵母读 -o	+	+	+	+	+	+	+
⑭ 深臻曾梗摄舒声鼻韵尾合一，-iŋ > -in，-əŋ > -ən	+	+	+	+	+	+	+
⑮ 流摄和通摄入声部分明母字有舌根鼻韵尾	+	+	+	+	-	-	-
⑯ 果遇摄一等帮端系字读音（是否同韵）	+	+	+	+	+	+	+
⑰ 宕江摄一二三等开口端见系韵母读音	+	+	+	+	+	+	+
⑱ 臻曾梗摄一二等开口端知见系韵母读音	+	+	+	+	+	+	+
⑲ 通摄一三等帮系（东冬钟）韵母读音	+	+	+	+	+	+	+

续表

方言声、韵、调特点	重庆	成都	恩施	宜昌	钟祥	武汉	麻城
⑳ 咸山宕摄入声一等开口见系韵母读音	+	+	+	+	+	+	+
㉑ 咸山开口入声一二等帮端系庄组、三等知章组读音	+	+	+	+	+	+	+
㉒ 曾一梗二开口入声帮端知见系字韵母读音	+	+	+	+	+	+	+
㉓ 深臻曾梗入声三等开口庄组（缉栉职）韵母读音	+	+	+	+	+	+	+
㉔ 咸山摄入声三四等开口帮端见系（叶业贴薛月屑）韵母读-ie	+	+	+	+	+	+	+
㉕ 深臻曾梗入声三四等开口帮端见系（缉质迄职昔陌₂锡）韵母读-i	+	−	+	+	+	+	+
㉖ 深臻曾梗入声开口三等知章组（缉质职昔）同止摄	+	+	+	+	+	+	+
㉗ 山臻入声合口一三等帮知系端泥组韵母读音	+	+	+	+	+	−	−
㉘ 山臻摄合口三四等、宕江开口二三等入声精组见系字韵母读音	+	+	+	+	+	−	−
㉙ 曾梗入声三等合口见系、通入三精组见系（职昔屋₂烛）韵母读音	+	+	+	+	+	−	−
㉚ 通摄入声帮知系、端泥组韵母读音（以上韵母特点21）	+	+	+	+	+	−	−
㉛ 入归阳平（声调特点1）	+	+	+	+	+	+	−

为了比较湖广话（以重庆话为代表）与湖北官话现代语音系统的相似程度，我们在上表的基础上制作"重庆话与湖北官话代表点相似语音特征数及权重数值统计表"。制作方法与笔者同课题的另一篇文章《南路话和湖广话的语音特点》相同。说明如下：

1. 相似语音特征条数（第二栏）：根据表1中，每方言点与重庆话之间，同行同号计为1，累计"相似特征数"n条。

2. 加权的相似特征条及加权值（第三栏）：语音特点出现次数的概率的权重值计算方法如后。所讨论的方言点的声母、韵母和调类数都比较接近，以每个方言平均声、韵、调数为20个、40个、4个。如果每个韵母在一段40音节的话语中出现的平均次数为1，则声、韵、调特点的出现概率之比为2∶1∶10，这就是声韵调出现频率的权重数值。独麻城话的调类为6个，则它的每个调类在说话中出现次数的概率会更低一些，调类权重数近于7。表中的声、韵和调类特点，相似的每一条计为2分（第1—9条声母）、1分（第10—30条韵母）和10分（第31条调类，麻城为7）。不相似的为零分。"+/-"是以重庆话为标准的，如果与重庆话的31个语音特点都相似，最高分值是49。

3. 相似特征权重数值：按以上方法，重庆话与其余方言点之间，语音特征条数加上其加权数值累计数值。

根据表1统计，见表2。

表2 重庆话与湖北官话代表点相似语音特征数及权重数值统计表

方言点	相似特征条数	加权的相似特征条及加权值①（第……条，应加权数值）	相似特征权重数值
重庆—成都	28	1/2/3/4/6/7/8/9/31，1×8+9=17；	28+17=45
重庆—恩施	27	2/5/6/7/8//9/31，1×6+9=15；	27+15=42
重庆—宜昌	27	1/2/3/4/5/6/9/31，1×7+9=16；	27+16=43
重庆—钟祥	23	1/2/5/6/9/31，1×5+9=14；	23+14=37
重庆—武汉	22	1/2/3/4/5/6/7/8/31，1×8+9=17；	22+17=39
重庆—麻城	16	2/6/7/8，1×4=4；	16+4=20

将表2中的相似语音特征权重数做成"重庆话与湖北官话代表点相似语音特征（权重数值）比较表"，如下：

表3 重庆话与湖北官话代表点相似语音特征（权重数值）比较表

	成都	恩施	宜昌	钟祥	武汉	麻城
重庆（49）	45	42	43	37	39	20

再求出重庆话与湖北官话代表点之间相似语音特征权重值与最大值（49）的百分比，即是重庆话与湖北官话代表点之间的"语音特征相似度"，以此得出"重庆话与湖北官话代表点语音相似度表"：

表4 重庆话与湖北官话代表点语音相似度表

	成都	恩施	宜昌	钟祥	武汉	麻城
重庆	92%	86%	88%	75.5%	79.5%	41%

---

① 以第二行为例，"2/5/6/7/8//9/31"表示第2、5、6、7、8、9、31条，"1×6+9=15"表示前6条为声母相似加记1分，后1条为调类相似加记9分，共15分。加上已记的相似条27（每条记1分），故27+15=42。

可见，就现代语音特征而言，成都话与重庆话最相近，宜昌和恩施次之，武汉和钟祥渐远，麻城话尤其远。

就现代语音特征而言，重庆话和成都话极为接近。两者位于四川盆地的东西两头，是关系极近的同一方言的分派，重庆话处在湖广话的中心，成都话则在湖广话的西部边缘地区。宜昌话和恩施话是湖北方言中与重庆话相似度最大的。恩施和宜昌处于三峡东端及其通向江汉平原的喇叭口地区，是湖北通向四川的移民走廊的东头，这个地理位置提示其与成渝话有很近的历史关系，现代方言语音特征分析证实了这一点。移民史研究和民间盛传的"湖广填四川"的移民来源地是"麻城（县）孝感（乡）"，用现代方言语音特征来检证，麻城话与重庆话的语音相似度却很小。现代方言语音特征的证据不支持"湖广填四川"的移民主要来源于"麻城孝感"地区的说法。本文以方言语音特征的证据显示，今成渝地区的操"湖广话"的人群是明清湖广移民的后裔，主要来自于三峡东部地区和相邻的江汉平原地区，如恩施、宜昌等地。

四川青衣江下游地区方言语音特征及其历史形成

阅读提要：四川省南部青衣江下游地区彭山、眉山、丹棱、洪雅、夹江等地区方言，在语音上与广泛分布于川西南的四川南路话有所不同。考察二者的语音特征，它们在音韵结构上是一致的。本文以方言音系特征的证据，说明青衣江下游地区方言与南路话之间的语音差异是近代音变逐渐形成的。青衣江下游方言是南路话在川南地区的地域分支。

一、青衣江下游地区方言与南路话、湖广话的比较

青衣江下游方言区包括彭山、眉山[①]、丹棱、洪雅、夹江五区县，位于四川成都东南60公里到180公里。彭山、眉山、夹江沿岷江西南岸向东南排列，丹棱、洪雅、夹江在青衣江下游呈三角形分布。五区县相连，呈条带状（图一）：北接川西平原，是南路话西部片区[②]；南临岷江、青衣江、大渡河的汇合处的峨眉山和乐山市，是南路话中部地区；东望四川中部盆地，是四川最大的方言湖广话的广大地区[③]，以及东南的仁

[①] 眉山今扩并为地级市，含六个县区。本文眉山仅指原眉山县，即今眉山市东坡区。
[②] 南路话指四川盆地沿岷江以西以南一带的方言，以古入声字今读入声调为主要的语音特征。其西部片区以都江堰、崇州、大邑、邛崃、蒲江和新津一带的方言为代表，约相当于四川方言分区"灌赤片"的西端。
[③] 湖广话指以成都和重庆两地的方言为代表的通行于成渝地区的方言，又称成渝话，以古入声字今读阳平调为主要的语音特征。

富话片区[1]；西入雅安山区，是雅棉方言所在地区[2]。该区域内由北向南，沿岷江交通便利，田畴广袤，人口稠密，是四川农业发达地区；由西向东南，则有青衣江从群山之中的雅安地区穿山越岭而来。四川省内的主要方言在本地区周围交接（图一），本地区的方言特征与其地理环境有重要关系。

四川省有中东部的湖广话和西南部的南路话两大官话方言。本文所讨论的四川南部青衣江下游地区方言与这两块方言又有不同。彭山、眉山、丹棱、洪雅、夹江5区县所操方言（以下简称彭眉丹洪夹方言）是入声独立类型的官话方言，有入声调，无入声尾。在四川地区两大官话方言类型"湖广话（下称成渝话，入归阳平）"和"南路话（入声独立）"中，似应归入南路话。但除了若干与南路话相同的语音特点外，彭眉夹丹洪方言又另有一些语音特点，又不同于南路话。四川方言除了湖广话与南路话之外，是否还可以再建立一种分派？彭眉夹丹洪方言与南路话是什么关系？本文在本地区20余市县方言语音田野调查的基础上，归纳、列举出这些方言点音系上的异同，分析它们的音韵特征和演变过程，以确定这些方言之间的历史关系。

（一）方言资料与来源

在四川方言的研究中，我们归纳出21个语音特点，来观察四川方言主要的音系特征。现在我们把它应用于彭眉夹丹洪方言音系，看看彭眉丹夹洪方言与南路话和湖广话音系相比较，有哪些异同。

下面列表比较中，以都江堰河西话、崇州话作为川西南路话代表[3]，以成都话、重庆话作为湖广话的代表，中列青衣江下游方言——彭眉丹洪夹方言。为便于比较，表中所选音系代表字与笔者《南路话和湖广话的语音

---

[1] 仁富话指以自贡、仁寿、富顺等市县为主要分布区域的方言，以古入声字今读去声为主要的语音特征。
[2] 雅棉话指今雅安市及周围地区的方言，包括雅安（雨城区）、名山、芦山、宝兴、天全、泸定、汉源和石棉八市县，以古入声字今读阴平为主要的语音特征。
[3] 另有邛崃话、大邑话和蒲江话都是比较典型的南路话西部方言，限于篇幅不能列举，可参看周及徐《从移民史和方言分布看四川方言的历史》。

特点》一文尽量相同，个别地方略有调整。

表中所列前 7 个地区资料来源于我们所做的方言语音田野调查。① 成都话以成都市区（老派）话，重庆市以重庆市区（老派）话，以巴县音系②方言点彭（山）、眉（山）、丹（棱）、洪（雅）、夹（江）的顺序③，按地理相邻关系排列。

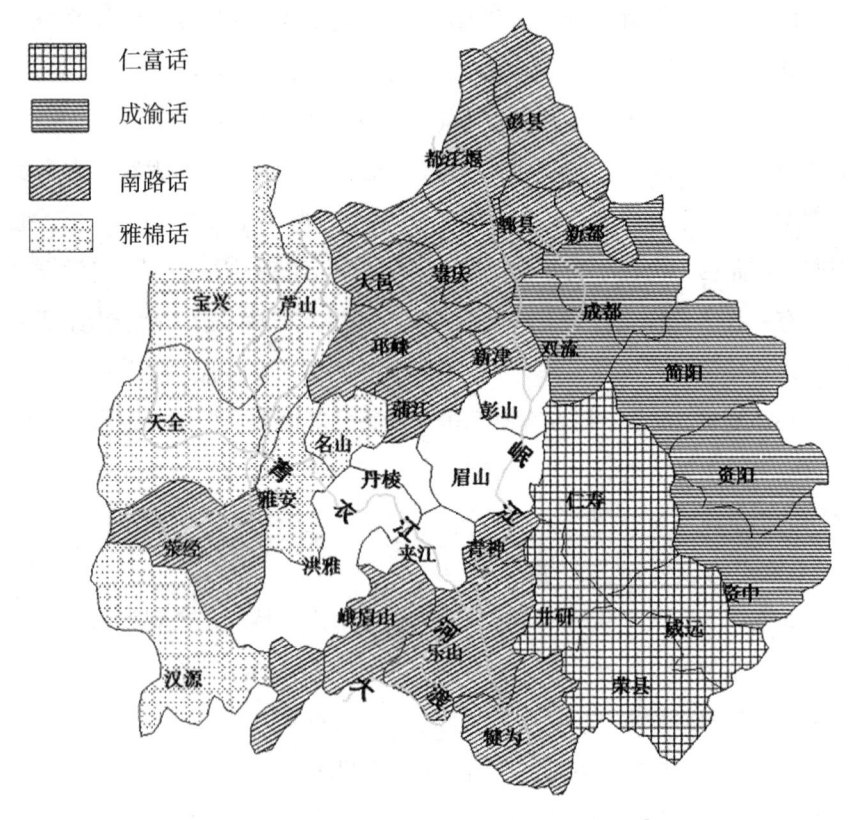

图一 四川青衣江下游地区的方言分布图④

---

① 由于篇幅所限，不能列出我们根据田野调查资料建立的全部方言点字音表，详细资料见国家社科基金课题报告《四川西南地区方言调查研究》，2011 年 12 月，待发表。
② "中央研究院"历史语言研究所杨时逢等人于 1945 年的调查，以巴县为重庆语音点，相当于今重庆渝中区。见杨时逢《四川方言调查报告（上）》卷首地图，1984 年。
③ 彭山方言采集点是义和乡，眉山方言采集点是修文镇，都在岷江以西。故 5 个方言点都在岷江以西。
④ 此图由四川师范大学文学院 2011 级汉语言文字学专业研究生周颖异绘制。

四川青衣江下游地区方言语言特征及其历史形成　　135

文中各方言点调类及调值如下：

	都江堰河西	崇州	彭山	眉山	丹棱	洪雅	夹江	成都	重庆
阴平 1	55	45	55	45	45	44	33	45	55
阳平 2	21	31	31	21	41	31	31	21	31
上声 3	51	52	52	42	51	41	42	42	42
去声 5	213	324	324	12	334	224	324	213	35
入声 7	44	33	35	24	435	35	45	（21）	（31）

按：崇州方言点重做了一次录音调查，重做了数据库，音系整理略有不同。崇州去声字有两种读法，单字调为324，连读调值为11。此次记音采用去声324调值。又原55调改45，声母音位 /n-/ [n-, l-]，统一为 n-。

（二）青衣江下游方言与南路话、湖广话语音特点比较

川西南路话、彭眉丹洪夹方言、湖广话（成渝话）三组方言特点比较如下[①]。

1. 古晓组字 -u 韵前读为 f-，其余的韵母前，晓组字读 x-。如：

	户	欢	昏	灰
都江堰河西	fu⁵	xuæn¹	xuən¹	xuei¹
崇州	fu⁵	xuæn¹	xuən¹	xuei¹
彭山	fu⁵	xuan¹	xuən¹	xuei¹
眉山	fu⁵	xuan¹	xuən¹	xuei¹
丹棱	fu⁵	xuan¹	xuen¹	xuei¹
洪雅	fu⁵	xuæn¹	xuən¹	xuei¹
夹江	fu⁵	xuan¹	xuən¹	xuei¹
成都	fu⁵	xuan¹	xuən¹	xuei¹
重庆	fu⁵	xuan¹	xuən¹	xuei¹

这一特征是南路话与成渝片方言共同的。彭眉丹洪夹方言也相同。

2. 知系和精组声母都读齿龈音。如：

	住	尺	十	直	石
都江堰河西	tsu⁵	tshə⁷	sə⁷	tsə⁷	sə⁷
崇州	tsu⁵	tshə⁷	sə⁷	tsə⁷	sə⁷

---

① 分别以 1、2、3、5、7 表示阴平、阳平、上声、去声和入声 5 个调类，以便比较。本文字音及构拟音皆为国际音标，省去方括号。

续表

	住	尺	十	直	石
彭山	tsu⁵	tshə⁷	sə⁷	tsə⁷	sə⁷
眉山	tsu⁵	tshʅ⁷	sʅ⁷	tsʅ⁷	sʅ⁷
丹棱	tsu⁵	tshʅ⁷	sʅ⁷	tsʅ⁷	sʅ⁷
洪雅	tʂu⁵	tʂhʅ⁷	ʂʅ⁷	tʂʅ⁷	ʂʅ⁷
夹江	tsu⁵	tshʅ⁷	sʅ⁷	tsʅ⁷	sʅ⁷
成都	tsu⁵/tso⁵	tshʅ²	sʅ²	tsʅ²	sʅ²
重庆	tsu⁵	tshʅ²	sʅ²	tsʅ²	sʅ²

洪雅话虽有舌尖前后之分，但全部字与中古音类不对应，是同一音位的变体。这一特征彭眉丹洪夹方言、南路话和成渝话同。按：成渝话中的 Ts- 舌尖部位比北京话略后。

3. 泥来母一二等字相混，三四等字区分，形成 l-/n- 与 ȵ- 对立。如：

	南	兰	泥	离
都江堰河西	næn²	næn²	ȵi²	ni²
崇州	næn²	næn²	ȵi²	ni²
彭山	lan²	lan²	ȵi²	li²
眉山	lan²	lan²	ȵi²	li²
丹棱	læn²	læn²	ȵi²	li²
洪雅	læn²	læn²	ȵi²	li²
夹江	nan²	nan²	ni²	ni²
成都	næn²	næn²	ȵi²	ni²
重庆	nan²	nan²	ni²	ni²

泥来母夹江洪细全混，与重庆话同；彭眉丹洪方言与南路话和成都话同，洪混细分。

4. 臻摄一三等合口端泥精组字失去 -u- 介音。如：

	盾	论	遵	笋
都江堰河西	ten⁵	nen⁵	tsen¹	sen³
崇州	ten⁵	nen⁵	tsen¹	sen³
彭山	ten⁵	len⁵	tsen¹	sen³
眉山	tuən⁵	luən⁵	tsuən¹	sən³
丹棱	ten⁵	len⁵	tsen¹	sen³
洪雅	ten⁵	len⁵	tsen¹	sen³

续表

	盾	论	遵	笋
夹江	ten⁵	nen⁵	tsuən¹	sen³
成都	tən⁵	lən⁵	tsən¹	sən³
重庆	tən⁵	nən⁵	tsən¹	sən³
北京	tuən⁵	luən⁵	tsuən¹	suən³

南路话和成渝话读开口。眉山部分字读合口（新派读音）。彭丹洪夹与南路话、成渝话同。

5. 蟹摄舒声合口一等端组字、山摄舒声合口一等端泥组字失去 -u- 介音。如：

	堆	腿	端	乱
邛崃	tuei¹	thuei³	tæn¹	læn⁵
崇州	tei¹	thei³	tan¹	nan⁵
彭山	tei¹	thei³	tan¹	lan⁵
眉山	tuei¹	thuei³	tuan¹	luan⁵
丹棱	tuei¹	thuei³	tuæn¹	luæn⁵
洪雅	tuei¹	thuei³	tuæn¹	luæn⁵
夹江	tuei¹	thuei³	tuan¹	nuan⁵
成都	tuei¹	thuei³	tuan¹	luan⁵
重庆	tuei¹	thuei²	tuan¹	luan⁵

一部分南路话（都江堰河西、邛崃、大邑）是"堆腿"合口（新派读音），"端乱"开口。崇州话发音人保持了老派的特点，全为开口。除彭山外，眉丹洪夹读合口，同成渝话，与南路话不同。

6. 果摄一等帮端系字和见系字韵母的读音。如：

	哥	我	糯	锅
都江堰河西	kɤ¹	ŋu³	nu⁵	ku¹
崇州	ku¹	ŋu³	nu⁵	ku¹
彭山	kə¹	ŋu³	lu⁵	ku¹
眉山	kəu¹	u³	lo⁵	ku¹
丹棱	kə¹	ŋə³	loə⁵	ku¹
洪雅	ko¹	ŋo³	lo⁵	ko¹
夹江	kə¹	o³	no⁵	ko¹

续表

	哥	我	糯	锅
成都	ko¹	ŋo³	no⁵	ko¹
重庆	ko¹	ŋo³	no⁵	ko¹

老派南路话果摄一等的主元音是 -u，在舌面后音后或变为展唇的央后高元音 -ɯ /-ɤ /-ə 等。成渝话则全读 -o。彭眉丹基本是南路话音，洪夹则转向成渝音。与南路话不同。

7. 麻三精组见系字韵母读音。如：

	姐	写	谢	爷
都江堰河西	tɕi³	ɕi³	ɕi⁵	i²
崇州	tɕi³	ɕi³	ɕi⁵	i²
彭山	tɕi³	ɕi³	ɕi⁵	i²
眉山	tɕi³	ɕi³	ɕi⁵	i²
丹棱	tɕi³	ɕi³	ɕi⁵	i²
洪雅	tɕie³	ɕi³	ɕi⁵	ie²
夹江	tɕie³	ɕi³	ɕie⁵	i²
成都	tɕie³	ɕie³	ɕie⁵	ie²
重庆	tɕie³	ɕie³	ɕie⁵	ie²

南路话麻三精组和见系字韵母读 -i，成渝话韵母读 -ie。彭眉丹同南路音，洪夹还部分保留南路话音，部分读新派音。

8. "者蔗也"的读音。如：

	者	蔗	也
都江堰河西	tsai³	tsai⁵	iai³
崇州	tsai³	tsai⁵	iai³/i³
彭山	tsai³	tsai⁵	i³
眉山	tsei³	tsai⁵	i³
丹棱	tsei³	tsai⁵	i³
洪雅	tsei³	tsei⁵	jie³
夹江	tse³	tsai⁷	i³
成都	tse³	tse²	ie³
重庆	tse³	tse²	ie³

南路话"者蔗也"读 -ai，同蟹摄二等字，这是南路话老派特征。新派读

-ei，成渝话读 -e。彭眉丹夹口语词"蔗"的旧读保存最稳固，与南路话同。

9. 果遇摄一等帮端系字韵母的读音。如：

	婆	多	坐	普	肚（去声）	炉
都江堰河西	pho²	to¹	tso⁵	phu³	tu⁵	nu²
崇州	phu²	tu¹	tsu⁵	phu³	tu⁵	nu²
彭山	phu²	tu¹	tsu⁵	phu³	tu⁵	lu²
眉山	phu²	tu¹	tsu⁵	phu³	tu⁵	lu²
丹棱	phu²	tu¹	tsu⁵	phu³	tu⁵	lu²
洪雅	po²	to¹	tso⁵	phu³	tu⁵	lu²
夹江	pho²	to¹	tso⁵	phu³	tu⁵	lu²
成都	pho²	to¹	tso⁵	phu³	tu⁵	lu²
重庆	pho²	to¹	tso⁵	phu³	tu⁵	nu²

南路话果遇摄一等帮端系字韵母同为 -u。南路话这一特点，在崇彭眉丹保存，洪夹变为与成渝一致。都江堰河西话"婆多坐"为新派音，旧音是 -u。崇州老派"普、肚、炉"的韵母是 -o。

10. 咸山宕摄入声一等开口见系读音。如：

	鸽	磕	割	各
都江堰河西	kə⁷	khə⁷	kə⁷	kə⁷
崇州	kə⁷	khə⁷	kə⁷	kə⁷
彭山	kə⁷	khə⁷	kə⁷	kə⁷
眉山	kə⁷	khə⁷	kə⁷	kə⁷
丹棱	kə⁷	khə⁷	kə⁷	kə⁷
洪雅	ko⁷	kho⁷	ko⁷	ko⁷
夹江	kə⁷	khə⁷	kə⁷	kə⁷
成都	ko²	kho²	ko²	ko²
重庆	ko²	kho²	ko²	ko²

成渝话这些字韵母为 -o，南路话为 -ə。除洪雅外，彭眉丹夹与南路话同。

11. 咸山开口入声一二等帮端系庄组、三等知章组字读音。如：

	答达	腊辣	插察	涉舌
都江堰河西	tæ⁷	læ⁷	tshæ⁷	sæ⁷
崇州	tæ⁷	næ⁷	tshæ⁷	sæ⁷
彭山	tA⁷	lA⁷	tshA⁷	sai⁷

续表

	答达	腊辣	插察	涉舌
眉山	tA⁷	lA⁷	tshA⁷	sai⁷
丹棱	tA⁷	lA⁷	tshA⁷ 察 tshæ¹ 插	sai⁷
洪雅	tɑ⁷	lɑ⁷	tshɑ⁷	sai⁷
夹江	tA⁷	nA⁷	tshA⁷	sai⁷
成都	tA²	lA²	tshA²	se²
重庆	ta²	la²	tsha²	se²

彭眉丹洪夹方言"涉舌"读 -ai，与南路话、成渝话不同。南路话一二三等入声字的韵母皆读 -æ，是相同的。

12. 曾一梗二开口入声帮端知见系字读音。如：

	北百	德	择策	格革
都江堰河西	pæ⁷	tæ⁷	tshæ⁷	kæ⁷
崇州	pæ⁷	tæ⁷	tshæ⁷	kæ⁷
彭山	pai⁷	tai⁷	tshai⁷	kai⁷
眉山	pai⁷	tai⁷	tshai⁷	kai⁷
丹棱	pai⁷	tai⁷	tshai⁷	kai⁷ 革 kə⁷ 格
洪雅	pai⁷	tai⁷	tshai⁷	kai⁷
夹江	pai¹	tai¹	tshai⁷	kai⁷
成都	pe²	te²	tshe²	ke²
重庆	pe²	te²	tshe²	ke²

丹棱"格 kə⁷"音当是文读。彭眉丹洪夹方言读 -ai，与南路话、成渝话不同。

13. 咸深山臻曾梗入声三等开口知系（叶缉薛栉职）读音。如：

	涉	涩	舌	虱	色	测
都江堰河西	sæ⁷	sæ⁷	sæ⁷	sæ⁷	sæ⁷	tshæ⁷
崇州	sæ⁷	sæ⁷	sæ⁷	sæ⁷	sæ⁷	tshæ⁷
彭山	sai⁷	sai⁷	sai⁷	sai⁷	sai⁷	tshai⁷
眉山	sai⁷	sai⁷	sai⁷	sai⁷	sai⁷	tshai⁷
丹棱	se⁷	sai⁷	sai⁷	se⁷（文）	sai⁷	tshai⁷

续表

	涉	涩	舌	虱	色	测
洪雅	sai⁷	sai⁷	sai⁷	sai⁷	sai⁷	tshai⁷
夹江	sai⁷	sai⁷	sai⁷	sai⁷	sai⁷	tshai⁷
成都	se²	se²	se²	se²	se²	tshe²
重庆	se²	se²	se²	se²	se²	tshe²

彭眉丹洪夹方言读 -ai，与南路话、成渝话不同。参见上第 11 条。

14. 咸山摄入声三四等开口帮端见系（叶业贴薛月屑）读 -ie。如：

	别薛	贴贴铁屑	接叶节屑	揭月结屑
都江堰河西	pie⁷	thie⁷	tɕie⁷	tɕie⁷
崇州	pie⁷	thie⁷	tɕie⁷	tɕie⁷
彭山	pie⁷	thie⁷	tɕie⁷	tɕie⁷
眉山	pie⁷	thie⁷	tɕie⁷	tɕie⁷
丹棱	pie⁷	thie⁷	tɕie⁷	tɕie⁷
洪雅	pie⁷	thie⁷	tɕie⁷	tɕie⁷
夹江	pie¹ʹ⁷	thie⁷	tɕi¹ / tɕi⁷	tɕie⁷/ tɕi⁷
成都	pie²	thie²	tɕie²	tɕie²
重庆	pie²	thie²	tɕie²	tɕie²

南路话、成渝话都读 -ie。彭眉丹洪夹方言基本同南路话。

15. 深臻曾梗入声三四等开口帮端见系（缉质迄职昔陌₃锡）读 -i 或 -ie。如：

	集	笔	力	席	激
都江堰河西	tɕie⁷	pie⁷	nie⁷	ɕie⁷	tɕie⁷
崇州	tɕie⁷	pie⁷	nie⁷	ɕie⁷	tɕie⁷
彭山	tɕie⁷	pie⁷	lie⁷	ɕie⁷	tɕie⁷
眉山	tɕi⁷	pi⁷	li⁷	ɕi⁷	tɕi⁷
丹棱	tɕi⁷	pi⁷	li⁷	ɕi⁷	tɕi⁷
洪雅	tɕi⁷	pi⁷	li⁷	ɕi⁷	tɕi⁷
夹江	tɕi⁷	pi⁷	ni⁷	ɕi⁷	tɕi⁷
成都	tɕhi² 新 tɕhie² 老	pi²	li²	ɕi²	tɕhi² 新 tɕie² 老
重庆	tɕi2	pi²	li²	ɕi²	tɕi²

读音分为两组：南路话读 -ie，成渝话读 - i。彭山话读 -iɛ，同南路话；眉丹洪夹读 -i。彭眉丹洪夹方言与成渝相同，与南路话不同。

16. 深臻曾梗入声开口三等知章组（缉质职昔）字读音。如：

	支脂之	侄直/执掷织	尺	十失食石
都江堰河西	tsʅ¹	tsə⁷	tshə⁷	sə⁷
崇州	tsʅ¹	tsə⁷	tshə⁷	sə⁷
彭山	tsʅ¹	tsə⁷	tshə⁷	sə⁷
眉山	tsʅ¹/ tsʅ³ 脂	tsʅ⁷	tshʅ⁷	sʅ⁷
丹棱	tsʅ¹	tsʅ⁷	tshʅ⁷	sʅ⁷
洪雅	tsʅ¹/ tʂʅ¹ 支	tsʅ⁷/tʂʅ⁷	tshʅ⁷	sʅ⁷
夹江	tsʅ¹	tsʅ⁷	tshʅ⁷	sʅ⁷
成都	tsʅ¹	tsʅ²	tshʅ²	sʅ²
重庆	tsʅ¹	tsʅ²	tshʅ²	sʅ²

南路话读 -ə，与止摄舒声字区别。成渝话读 -ʅ，与止摄字相混。彭山同南路，眉丹洪夹同成渝话，与南路话不同。洪雅有舌尖前、舌尖后音的变体，无音位意义。

17. 山臻摄入声合口一三等帮知系端泥组读音。如：

	夺山一	拨山一	不	突	物	出
都江堰河西	to⁷	po⁷	po⁷	tho⁷	o⁷	tsho⁷
崇州	tɵ⁷	pɵ⁷	pɵ⁷	thɵ⁷	ɵ⁷	tshɵ⁷
彭山	to⁷	po⁷	po⁷	tho⁷	o⁷	tsho⁷
眉山	to⁷	po⁷	pu⁷	tho⁷	u⁷	tshu⁷
丹棱	toə⁷	poə⁷	pʊ⁷	thʊ⁷	vʊ⁷	tshʊ⁷
洪雅	to⁷	po⁷	pu⁷	thu⁷	vu⁷	tʂhu⁷
夹江	to⁷	po¹	pu⁷	thu⁷	u⁷	tshu⁷
成都	to²	po²	pu²	thu²	vu²	tshu²
重庆	to²	po²	pu²	thu²	vu²	tshu²

南路话韵母同为 -o /-ɵ；成渝话分两组：臻摄一三等入声读 -u，山摄读 -o。从彭山到夹江，有向占优势的成渝话逐渐变化的趋势。眉山话臻一入读 -o 的字有"勃勿突率"。这一组字彭眉丹洪夹渐变为与南路话不同。

18. 山臻摄合口三四等、宕江开口二三等入声精组见系字读音。如：

	月	绝/决	屈	橘	脚	学
都江堰河西	io⁷	tɕio⁷	tɕhio⁷	tɕio⁷	tɕio⁷	ɕio⁷
崇州	iɵ⁷	tɕiɵ⁷	tɕhiɵ⁷	tɕiɵ⁷	tɕiɵ⁷	ɕiɵ⁷
彭山	io⁷	tɕio⁷ 绝 tɕyɛ⁷ 决	tɕhio⁷	tɕyɛ⁷	tɕio⁷	ɕio⁷
眉山	io⁷	tɕio⁷	tɕhy⁷	tɕy⁷	tɕio⁷	ɕio⁷
丹棱	ye⁷	tɕye⁷	tɕhy⁷	tɕy⁷	tɕio⁷	ɕio⁷
洪雅	io⁷	tɕio⁷ 绝 tɕyɛ⁷ 决	tɕhyu⁷	tɕyu⁷	tɕio⁷	ɕio⁷
夹江	ye⁷	tɕyɛ⁷	tɕhiu⁷	tɕy⁷	tɕio⁷	ɕio⁷
成都	ye²	tɕye²	tɕhio²	tɕy²	tɕio²	ɕio²
重庆	ye²	tɕye²	tɕhiu²	tɕiu²	tɕio²	ɕio²

南路话只有一组 -io，重庆话分三组，山摄 -ye，臻通摄 -iu，宕江 -io。彭眉丹洪夹依次渐向成渝韵母变化，但保持入声调，与南路话不同。

19. 曾梗入声三等合口见系、通入三精组见系（职昔屋三烛）读音。如：

	域	疫	肃	局
都江堰河西	io⁷	io⁷	ɕio⁷	tɕio⁷
崇州	iɵ⁷	iɵ⁷	ɕiɵ⁷	tɕhiɵ⁷
彭山	io⁷	io⁷	so⁷	tɕy⁷
眉山	ye⁷	i⁷	sʊ⁷	tɕy⁷
丹棱	y⁷	y⁵	sʊ⁷	tɕy⁷
洪雅	yu⁷	i⁷/io⁷	sʊ⁷	tɕyu⁷
夹江	iu⁷	i⁷	ɕiu⁷	tɕy⁷
成都	io²	io²	ɕio²/ɕiu²	tɕy²
重庆	iu²	iu²	ɕiu²	tɕiu²

南路话与成都话老派同 -io。重庆话读 -iu。此组书面用字多，读音受普通话影响。彭山近南路，洪夹近重庆音，还是看得出的。

20. 通摄入声帮知系、端泥组读音。如：

	木	毒	竹	绿
都江堰河西	mo⁷	to⁷	tso⁷	no⁷
崇州	mɵ⁷	tɵ⁷	tsɵ⁷	lɵ⁷
彭山	mo⁷	to⁷	tso⁷	lo⁷

续表

	木	毒	竹	绿
眉山	mu⁷	tu⁷	tsu⁷	lu⁷
丹棱	mʊ⁷	tʊ⁷	tsʊ⁷	lʊ⁷
洪雅	mu⁷	tu⁷	tʂu⁷	lu⁷
夹江	mu⁷	tu⁷	tsu⁷	nu⁷
成都	mu²	tu²	tsu²	lu²
重庆	mu²	tu²	tsu²	nu²

南路话山臻通摄合口入声字同读-o（参见上第17条）；成渝话分为二：山摄入声字读-o，臻通摄入声字读-u。眉丹洪夹韵同成渝，但保持入声调，与南路话不同。

21. 彭眉丹洪夹方言音系与南路话音系相同，有5个声调（阴平、阳平、上声、去声、入声），古入声字今读入声调。如：

	都江堰河西	崇州	彭山	眉山	丹棱	洪雅	夹江	成都	重庆
古入声调值	44	33	35	24	435	35	45	（同阳平）	（同阳平）

川西南路话入声调值多为中平调。重庆话、成都话入归阳平，是西南官话共同的特点。彭眉丹洪夹方言则入声调值逐渐升高到中升调，以至高升调，入声调独立与南路话同。

二、青衣江下游地区方言与南路话的差异

我们从以上21条语音特征中，提取出9个与成渝话不同的语音特点作为南路话特征。再根据以上列表，比较青衣江下游地区方言在这9个特点中与南路话和成渝话的异同，然后再对它们与南路话的关系做出判断。

南路话的9个特征：

1. 南路话泥来母一二等字相混，三四等字区别。重庆话则泥来母洪细皆混。彭眉丹洪方言与南路话同，洪混细分。位于该地区最东南端的夹江话泥来母洪细皆混，与乐山话同。这一条，除夹江话外，彭眉丹洪方言同于南路话。

2. 南路话蟹山摄舒声合口一等端组、山摄端泥组字读开口，"堆腿端乱"等字读 -ei/-an 这一条，除彭山话外，眉丹洪夹方言不同于南路话。彭山话与川西南路话同。眉丹洪夹话读合口，与湖广话同。

3. 南路话果摄遇摄一等字同韵读 -u 这一条，彭眉丹与川西南路话同，洪夹与湖广话（成渝话）一致。这一条，彭眉丹洪夹方言的 3/5 同于南路话，2/5 不同于南路话。

4. 南路话麻三精组见系字韵母读 -i，是南路话的典型特征。彭眉丹洪夹方言同于川西南路话。其中洪雅、夹江部分字有新派读法，显示成渝话的影响。这一条，总的来说彭眉丹洪夹方言同于南路话。

5. 南路话有一大批韵母读 -æ 的入声字，咸山曾梗开口一二等帮端知系字、咸深山臻曾开口入声三等庄组字，韵母都读 -æ，如"答插舌白色"。这也是南路话的典型特征。这些字，湖广话分别读 -a（咸山摄一二等字）和 -e（其余），彭眉丹洪夹方言中一并读作入声调的 -ʌ 或 -ai。这一条，是彭眉丹洪夹方言与南路话和湖广话最明显的不同。

6. 南路话的又一大特点是有一大群韵母读 -o/ -io 的入声字，山臻曾梗通合口和宕江开口入声字大部分韵母读 -o/-io。成渝话却大致三分：山摄合口一等和宕江摄开口二三等读 -o/-io，臻通摄一等（三等知系）合口入声字读 -u，山臻摄合三四等精见系读 -ye/-iu/-y。成渝话韵母分组与南路话的分组不同。彭山话与南路话基本相同，眉丹洪夹方言韵母与成渝话近，而声调仍是入声调。第 18 条还显示了彭眉洪在山宕江摄字读音与南路话音近，只是臻摄字不同的特点。我们认为这一组字中，与成渝相同的读音是晚近的变化。

7. 南路话咸山深臻曾梗入声三四等帮端见系字同音 -ie，如"接结集节极积"音 tɕie。湖广话分为两组：咸山摄三四等开口帮端见系入声字读 -ie，深臻曾梗摄相应字读 -i。这一条，彭山话同南路话，眉丹洪夹韵母读音同于湖广，但是声调是入声调。

8. 南路话深臻曾梗入声开口三等知章组字读 -ɘ/-ɘ 或 -ʅ，不同于止摄的舒声字。在湖广话，这些字韵母读 -ʅ，与止摄的舒声字相混。这一条，彭山话同南路话，眉丹洪夹方言韵母音同于湖广话，但声调仍是入声调。

9.南路话中古入声字今独立成调。成渝话同西南官话"入归阳平"。彭眉丹洪夹方言尽管调值不同，都是入声独立成调的。这一条同于南路话。

综上，在9项特征中，彭眉丹洪夹方言有3项（第1、4、9项）同于南路话，3项（第6、7、8项）的一半同于南路话（韵母同于湖广话，声调入声独立同于南路话），2项（第2、5项）不同于南路话，1项（第3项）的3/5同于南路话，2/5不同。

从以上比较的结果看，9个语音特点中，彭眉丹洪夹方言有大半相似于南路话，特别是入声独立的特征。仔细观察又发现，在第2、3项中，彭眉丹洪夹方言的一部分同于南路话，一部分同于成渝话，应是强势方言成都话影响韵母元音的结果。而第6、7、8项，彭山话同南路话，眉丹洪夹方言的韵母同成渝话，但声调仍保持了入声调，更反映出这是强势方言在现代的影响。因为韵母元音易变，而声调具有相当的稳定性，是声韵调三者中最稳定的部分。只有第5项中，彭眉丹洪夹方言中入声字的读音-ai，既不同于湖广话，也不同于南路话，是它们自己发展出来的独特的语音特征。对这一语音特点的分析，对于寻找彭眉丹洪夹方言的历史发展线索有重要价值。

三、青衣江下游地区方言与南路话、湖广话的差异的历史形成

（一）四川方言音系的共同特征和差异

这三组方言都属于官话系统。入归阳平或入声独立这些特征说明，它们与《中原音韵》入派三声的音系相对立，分化形成了自己的特点。从现代四川方言看，无论是南路话还是湖广话，古入声字的浊音清化的发生应早于调类的归并，以至入声字只有调类的特征，没有塞音、塞擦音声母的清浊导致的声调阴阳之分，所以在声调归并时入声调独立或整个地归入其他声调，不似《中原音韵》系统的方言因声母清浊而分裂入声调的字，归入不同的舒声调类。另外，在当时的官话方言中，原来《切韵》的韵类已

经有了相当的简化，例如重韵、部分一二三等、二三四等和三四等以及韵尾 -m/-n、-p/-t/-k 等等，已经部分合并。在浊音清化、轻唇化之后，声母也还保持着一些原有的分类，例如知章组和庄组之间的分别（见后）。本文下面中古晚期四川方言音系构拟，以这些预设展开。

彭眉夹丹洪方言与南路话、湖广话最明显的差异是咸深山臻曾梗开口入声一二三等字的差异，即本文第二部分第 5 条指出的：咸山曾梗开口一二等帮端知系字、深臻曾开口入声三等庄组字，南路话韵母都读 -æ（入声），湖广话分别读 -a、-e（舒声），彭眉丹洪夹方言读做 -ʌ、-ai（入声）（本文一节 11、12、13 条）。下面对这一语音特点进行分析。

（二）三组方言的语音特征差异及其近现代形成的初步构拟

下面分别列出湖广话、南路话、彭眉丹洪夹方言中，咸深山臻曾梗开口入声一二三等字的分类情况，根据现代音与中古音的关系，试分析其历史演变过程。

下文中，前加 * 号表示方言中古晚期音的构拟，在《切韵》音系（参看郑张尚芳《上古音系》）的基础上合并而成，是基于这些方言的现代语音与《切韵》音系的比较，合并了部分在方言中没有差别的音类。并且假定此时三组官话方言还未分化，是共同的，约相当于宋末。排在最后的现代音是根据田野调查得来的当代方言实际语音。中间的近代音是二者之间的过渡时期，约相当于明末清初。由于湖广话是明清以后才从邻省移入四川的，所以这里的讨论只限于时间上历史发展的线索。

1. 湖广话的变化：

中古晚———→近代———→现代

（1）咸山开一二入：*ap/t ———→ a ———→ ʌ/o（帮端系庄组，-o 限一等见系：合磕割）

*ɣap/t ———→ ia ———→ iʌ（二等见系：夹鸭瞎）

（2）咸山开三入：*iɛp/t ———→ iɛ ———→ e（知章组 *tʃ-：涉哲舌）

———→ iɜ ———→ ie（帮端见系：接页业别烈揭）

（3）深臻曾开三入：*iəp/t/k ⟶ e ⟶ e（庄组 *tʂ-：涩虱测）
　　　　　　　　　　　　　　⟶ i ⟶ i/ŋ（帮端见系/知章组：
　　　　　　　　　　　　　　　　　　　　立及笔一/汁质）

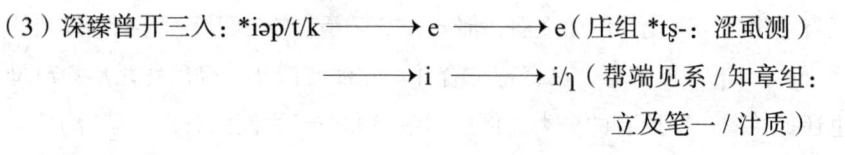

（4）曾开一德：　　*ək　　⟶ e ⟶ e（帮端见系：北则黑）

（5）梗开二陌麦：　*æk　　⟶ e ⟶ e（帮知见系：白泽客麦
　　　　　　　　　　　　　　　　　　　摘核）

（6）梗开三陌昔：　*iɛk　　⟶ i ⟶ i/ŋ（帮端见系/知章组：
　　　　　　　　　　　　　　　　　　　逆璧惜益/掷石）

（7）麻开二：　　　ɣa　　⟶ ia ⟶ ᴀ/iᴀ（帮知见系：巴茶牙）

湖广话的变化，总特点是入声尾失去较早，失去韵尾后三等韵元音高化快，因入声调调值相近整个地归入阳平。

咸山一二等 a 与三等 iɛ 保持了元音的区别（1），（2）。曾一梗二为一组，高化为 -e（4），（5）；深臻曾梗三等为一组，高化为 -i（3）。第二步（近代至现代），入声调消失，咸山一二等与麻二相并，咸山三、深臻曾三与曾一梗二相并，最后形成"ᴀ、iɛ/e、i/ŋ"三组对立，古入声归于其中的局面。梗二三入高化很快，是成渝话语音特点。

湖广话分组不同：北京话同《中原音韵》，梗二入归皆来入，音 -ai；曾一入归齐微入，音 -ei；成渝话是两组合一为 -e。中古晚期梗三入元音高化为 -iɛk >-i，与深臻曾三帮端见系合并，变化与北方官话同类型。

2. 南路话的变化：
　　　　　　　　　中古晚 ⟶ 近代 ⟶ 现代
（1）咸山开一二入：*ap/t ⟶ aʔ ⟶ æ/ə 入声（帮端系庄组、ə
　　　　　　　　　　　　　　　　　　　限一等见系：合磕割）

　　　　　　　　*ɣap/t ⟶ iaʔ ⟶ iæ 入声（二等见系，峡
　　　　　　　　　　　　　　　　　　　鸭辖）

（2）咸山开三入：*iɛp/t ⟶ iæʔ ⟶ æ 入声（知章组 *tʃ-：涉
　　　　　　　　　　　　　　　　　　　哲舌）

　　　　　　　　　　　　⟶ iɛʔ ⟶ ie 入声（帮端见系：接
　　　　　　　　　　　　　　　　　　　页业别烈揭）

（3）深臻曾开三入：*iəp/t/k ⟶ æʔ ⟶ æ 入声（庄组 *tʂ-，涩虱测）

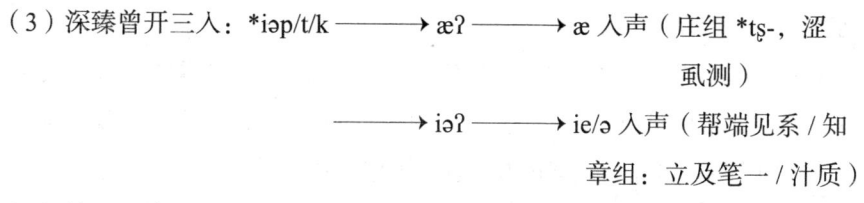

⟶ iəʔ ⟶ ie/ə 入声（帮端见系／知章组：立及笔一／汁质）

（4）曾开一德： *ək ⟶ æʔ ⟶ æ 入声（帮端见系：北则黑）

（5）梗开二陌麦： *æk ⟶ æʔ ⟶ æ 入声（帮知见系：白泽客麦摘核）

（6）梗开三陌昔： *iɛk ⟶ iəʔ ⟶ ie/ə 入声（帮端见系／知章组：逆壁惜益／掷石）

（7）麻开二： ɣa ⟶ ia ⟶ ᴀ/iᴀ（帮知见系：巴茶牙）

南路话的变化，总特点是入声尾失去比较慢，入声三等韵的元音高化慢，入声调至今保存。近代咸山一二等入声（1）变为 -aʔ/-iaʔ，此时音系中咸山一二等与三等元音仍有区别，后来才由于入声调类一致，使咸山一二等主元音与其他的入声韵相混：-aʔ > -æ 入声。这说明南路话西部地区中，入声 -æ 在音系中的地位很强。

深臻曾三等入声韵（3）则在声母影响下有分化：保持 -i- 介音的主元音维持了原来的样子 -iə，在卷舌声母影响下失去 -i- 介音的主元音低化为 -æʔ。

曾一入（4）没有介音，所以主元音 -ə 大幅低化，最后与梗二入（5）相混为 æ。

梗三入（6）的变化与深臻曾入三同，只是主元音要低一些，后来在入声调的影响下同一了。

第二步（近代至现代）：在相同的入声调类影响下，合为两组 -æ/-iæ、-ie/-ə，保留入声调。而舒声调的麻二（7）则独立演变成为 -ᴀ/-iᴀ，始终与入声韵相区别。最终形成今天"-（i）æ 入声、-ie/ə 入声、-（i）ᴀ"分立的情况，前二者是入声韵，后者是舒声韵。

根据南路话今音分组情况，深臻曾入的主元音应相对于北京话／成都话更低，所以后来有 -æ/-ie/-ə（成都 -e/-i/-ʅ）。庚二三中古后分化了，梗二的主元音在原位 -æ，梗三在 -i- 介音作用下高化。曾一和深臻曾三庄组在没有 -i- 介音的情况下，主元音大幅低化 -əʔ>-εʔ>-æʔ，与咸山三等和梗二的入声韵合并，这是南路话语音在这一地区的特点。

湖广话和南路话的演变清楚了，彭眉丹洪夹方言的差别就好解释了。

3. 彭眉丹洪夹方言的变化：

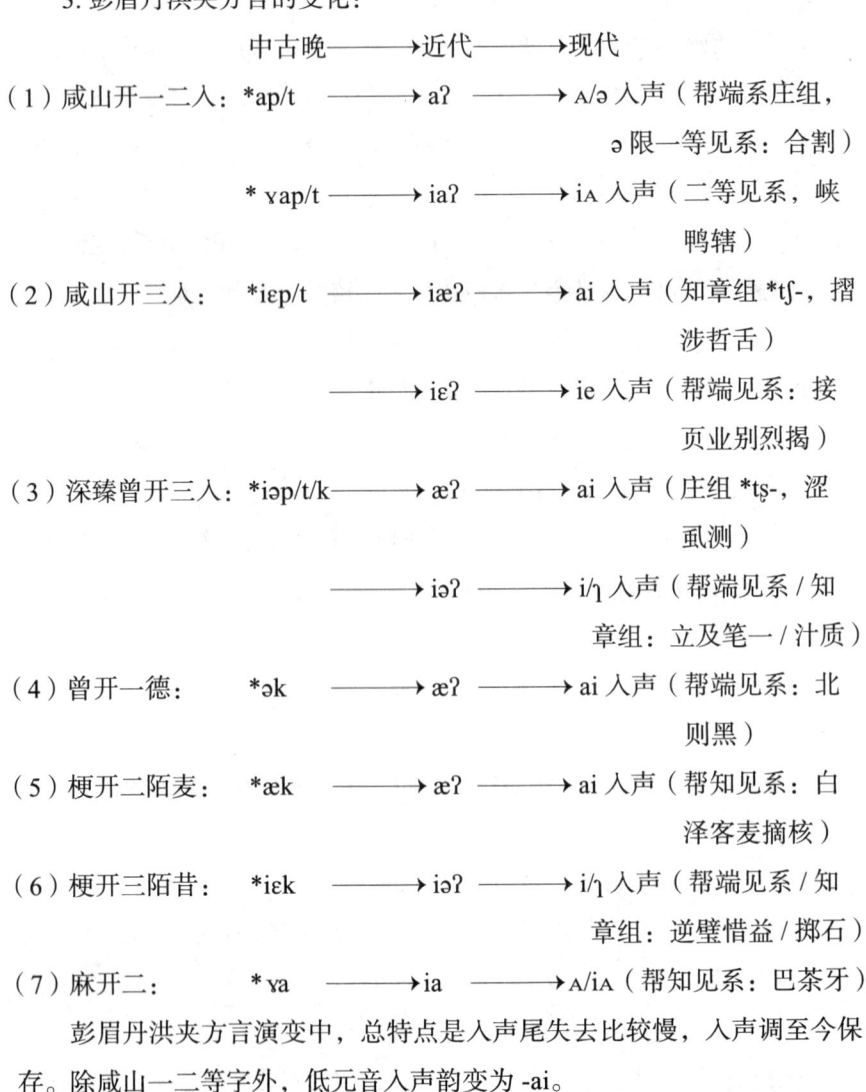

       中古晚————→近代————→现代

（1）咸山开一二入：*ap/t ————→ aʔ ————→ ʌ/ə 入声（帮端系庄组，ə 限一等见系：合割）

      * ɣap/t ————→ iaʔ ————→ iʌ 入声（二等见系，峡鸭辖）

（2）咸山开三入：*iɛp/t ————→ iæʔ ————→ ai 入声（知章组 *tʃ-，摺涉哲舌）

      ————→ iɛʔ ————→ ie 入声（帮端见系：接页业别烈揭）

（3）深臻曾开三入：*iəp/t/k————→ æʔ ————→ ai 入声（庄组 *tʂ-，涩虱测）

      ————→ iəʔ ————→ i/ʅ 入声（帮端见系/知章组：立及笔一/汁质）

（4）曾开一德： *ək ————→ æʔ ————→ ai 入声（帮端见系：北则黑）

（5）梗开二陌麦：*æk ————→ æʔ ————→ ai 入声（帮知见系：白泽客麦摘核）

（6）梗开三陌昔：*iɛk ————→ iəʔ ————→ i/ʅ 入声（帮端见系/知章组：逆壁惜益/掷石）

（7）麻开二： *ɣa ————→ ia ————→ ʌ/iʌ（帮知见系：巴茶牙）

彭眉丹洪夹方言演变中，总特点是入声尾失去比较慢，入声调至今保存。除咸山一二等字外，低元音入声韵变为 -ai。

彭眉丹洪夹方言特点是：深臻曾梗三入帮端见系（3）读 -i/-ɿ，咸山一二入（1）字读 -ᴀ，咸山三等知系（2）、深臻曾庄组（3）和曾一梗二入声（4、5）全读 -ai。深臻曾梗三入读 -i/-ɿ，可能是成渝话的现代影响。（参见第一部分 16 条）咸山一二等入声字与麻韵元音同为 -ᴀ，但不同的是保持入声调。我们认为它是 aʔ > -ᴀ，而不是 æʔ>-ᴀ，是因为如果是后一种情况，则它会同其他字一起变：æʔ>-ai，而事实并非如此。（参见第一部分 11 条）。彭眉丹洪夹方言与南路话的不同在于：除了咸山一二等入声，在南路话中读 -æ（入声）的字，彭眉丹洪夹方言中都是读 -ai（入声），特别是曾一入读 -ai，异于湖广话、南路话和北京话，也异于《中原音韵》（入齐微部 -ei/-uei）。这可用以下语音变化解释：

彭眉丹洪夹：-æʔ>-æɯ >-ai（入声调，韵母同蟹摄二等字元音）

南路话： -æʔ> -æ > -æ（入声调，韵母成为独立的入声韵）

二者经历了共同的阶段然后分化。（参见第一部分 11、12、13 条）彭眉丹洪夹方言的入声韵 -ai 的 -i 尾，应是喉塞尾演化的痕迹，而南路话的喉塞尾则消失了。

（三）结论

通过对湖广话、南路话和彭眉丹洪夹话三组方言的语音特征及近现代发展的探讨，可知近代时期彭眉丹洪夹话等青衣江下游地区方言与南路话的现代语音表现虽然不同，但两者的音韵结构关系是一致的。加上南路话具有的其他音韵特点也与彭眉丹洪夹方言等一致，所以青衣江下游方言应是南路话的一个分支。一群方言既有相同的音韵结构和共同的语音特征，又有可解释的语音分歧演变，这更说明四川南路话在当地的久远历史。从这些语音特点，如入声独立、知章组与庄组分立、果摄与模韵同韵 -u、曾一梗二入读 -æ 或 -ai 等等，可推知南路话约在宋末就已从官话中分化，逐渐形成并分布于四川及周围地区，早于湖广话来到四川。

四川雅安地区方言的历史形成及其与地理和移民的关系

阅读提要： 四川雅安地区方言具有"入归阴平"的语音特征，从表面看来它与四川地区的湖广话（入归阳平）和南路话（入声独立）不同。分析其语言历史演变过程，雅安地区方言应是四川宋元以来的土著方言"南路话"的分支。雅安地区的历史地理通道和明清移民史可以解释其不同的历史层次。

四川雅安地区指今雅安市1区7县（雨城区、名山县、芦山县、宝兴县、汉源县、荥经县、天全县、石棉县）。此地方言虽各有不同，但大都具有"入归阴平"的特征，因此在四川方言中成为特殊的一片，列于四川地区5种类型的方言之一。[①] 其他四块分别是成渝地区的"入归阳平"，岷江西南地区的"入声独立"，自贡、仁寿地区的"入归去声"，安宁河流域的"阳平高降"。这些都是来源不同的方言，反映出四川地区在历史上复杂的移民来源。

关于成渝地区的"入归阳平"方言（成渝片）和岷江西南地区的"入声独立"片方言（岷江小片），笔者通过分析，论证它们分别是明清湖广移民形成的"湖广话"和宋元时期遗留的"南路话"，是四川、重庆地区两大不同历史层次的方言，形成时期不同，语音特征互不连续，有明显的历史"断层"。其形成的原因，主要是明清时期战乱带来的湖广地区向四川的大移民和宋元本地方言在西南部边缘地区的存留。

---

① 依黄雪贞《中国方言地图集》，雅安地区方言被划入北方官话区西南官话次方言区灌赤片的雅棉小片和岷江小片。雅安、宝兴标入雅棉小片，汉源标入岷江小片，其余县区未标出。

本文所探讨的问题是：雅安地区方言在四川方言历史演变中占何种地位？其"入归阴平"的特征从何而来？雅安话是否应归属于另一种与"湖广话"和"南路话"来源都不同的方言？

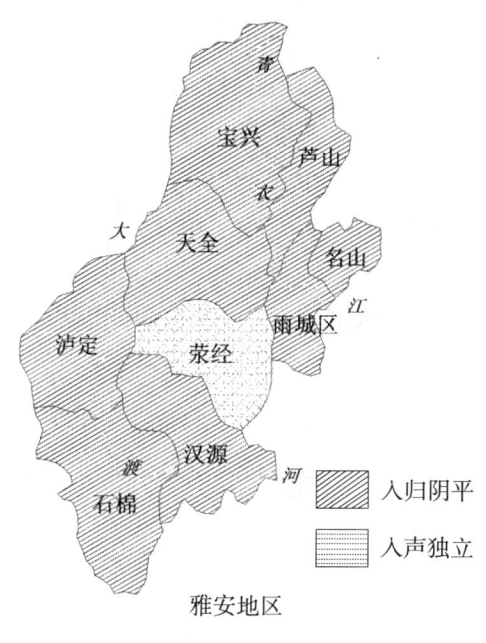

雅安政区和声调类型图

一、雅安地区方言与周围方言特点比较

（一）雅安地区方言的声调特点

从调值、调类来看，雅安地区1区7县方言声调与周围方言的声调比较相似，主要不同是古入声字的归调。下面是成都话（代表成渝片湖广话）、邛崃话（代表川西南路话）、洪雅夹江话（代表青衣江下游方言）的声调比较表。

各点调类及调值如下[①]：

---

① 为避免字迹过小难于辨认，本文声调数值不上标。

	雅安	名山	芦山	宝兴	天全	荥经	汉源	石棉	洪雅	夹江	邛崃	成都
阴平1	45	45	55	55	55	45	55	55	44	33	45	45
阳平2	31	21	21	21	31	121	21	31	31	31	21	21
上声3	42	42	41	41	42	53	52	51	41	42	51	42
去声5	213	34	214	24	323	11	213	323	224	324	213	213
入声7	(45)	(45)	(55)	(55)	(55)	33	(55)	(55)	35	45	22	(21)

按：本文方言语音资料来自国家社会科学基金课题《四川西南地区方言音系调查研究》（周及徐，2011）。成都语音资料来源于四川师范大学硕士论文《成都话音系调查研究》（何婉，2008），重庆市区语音资料来源于《四川方言调查报告》巴县音系（杨时逢，1984）。

可以看出，在雅安1区7县中，除荥经外，声调类型非常接近。共同声调类型是阴平、阳平、上声、去声4个调类，入归阴平。调型和调值也很接近，分别是高平、中降、高降、中凹调或中升调（《雅安等八区县方言语音调查研究》，唐毅，四川师范大学硕士论文，2011）。与之邻近的三个类型方言分别是湖广话的成渝方言、南路话的川西方言，以及彭山、眉山、丹棱、洪雅和夹江方言（青衣江下游方言）。经分析比较，后者是南路话方言在岷江与青衣江交汇地区的一个分支。丹棱、洪雅、夹江话的一个语音特点是，入声调在南路话的基础上发生了变化。南路话的入声调一般是中平促调33/22，在丹棱、洪雅、夹江、峨眉等地，变为近于阴平或高于阴平的高调，并且不再短促。如洪雅阴平44、入声35，夹江阴平33、入声45，都是可延长的舒调，已经非常接近。在峨眉话中，阴平44、入声45，并且已经有一部分入声字读为阴平字。峨边话也是如此。（刘瓅鸿，四川师范大学硕士论文，2012）我们因此知道，雅安地区方言的入归阴平，是原有的入声调值升高，与阴平合并的结果。这是一种后起的声调演变，与同在附近的入归阳平的湖广话没有什么关系。我们知道，声调是汉语方言的重要标志，尤其是调类及其分合关系。因此入归阴平的雅安地区方言应是由入声独立的南路话演变而来。如果是这样，雅安地区方言的其他语音特征，也应与洪雅、丹棱、夹江等南路话有共同之处。

（二）雅安地区方言与周围方言的几个音系特征比较

方言音系的系统性很强。邻近方言如果有同源关系，不可能只有一个声调特征同源，声母和韵母也应有一致或相似的地方。可从三个方向观察周围方言对雅安地区的影响。雅安的东北方向有省会成都，北面则有川西平原西缘的邛崃，东面有青衣江下游平原的洪雅、丹棱、夹江，地理上最接近雅安。下面举出这些方言音系的几个特点，以观察它们之间的联系。

雅安地区方言以雅安、芦山、汉源、石棉、泸定、荥经6点为例[①]，川西南路话以邛崃为例，青衣江下游平原以洪雅、丹棱、夹江3点为例，另列成渝片方言成都话、重庆话作为对比。湖广话（成渝片方言）与南路话共同的语音特点，如龈音不翘舌、影疑母一二等字声母为 ŋ-、臻摄端系合口字失去 -u- 介音、-iŋ/-eŋ 前化为 -in/-en，这些方言都具有，省去不列。

1. 南路话特征之一是泥来母字洪混细分（周及徐，2012），即泥来母字一二等不分别，读 l- 或 n-，"南兰"同音。三四等有分别：泥（娘）（三四等）读舌面前鼻音并带有摩擦音，nʑ-（通常记为 ȵ-）；来母三四等读 l- 或 n-。丹棱、洪雅是南路话的洪混细分型，汉源、石棉、泸定也具有这个特点。芦山、荥经一部分细音字相混，雅安则完全相混，同重庆话。

	南	兰	泥	离
雅安	læn31	læn31	li31	li31
芦山	læn21	læn21	ȵi21	ȵi21
汉源	næn21	næn21	ȵi21	ni21
石棉	læn31	læn31	ȵi31	li31
泸定	læn31	læn31	ȵi31	li31
荥经	lan121	lan121	ȵi121	ȵi121
邛崃	næn21	næn21	ȵi21	ni21
丹棱	læn41	læn41	ȵi41	li41
洪雅	læn31	læn31	ȵi31	li31

---

① 泸定位于大渡河东岸，行政区划属甘孜藏族自治州，汉语方言类型近于雅安地区方言，所以列出。

续表

	南	兰	泥	离
夹江	nan31	nan31	ni31	ni31
成都	næn21	næn21	ni21	ni21
重庆	nan31	nan31	ni31	ni31

2. 南路话方言麻三精组见系字韵母读 -i，是南路话音系的特点。湖广话则读 -ie。丹棱、洪雅、夹江话读 -i，这是它们具有南路话特征的表现（少数字读 -ie，受强势方言的影响）。石棉话有南路话的特点，荥经话则完全同南路话。雅安、芦山、汉源话同成渝湖广话。

	姐	写	谢	爷
雅安	tɕie42	ɕie42	ɕie213	ie31
芦山	tɕie41	ɕie41	ɕie214	ie21
汉源	tɕie52	ɕie52	ɕie213	ie21
泸定	tɕie51	ɕie51	ɕie212	ie31
石棉	tɕie51	ɕi51	ɕie323	i31
荥经	tɕi53	ɕi53	ɕi 121	i 121
邛崃	tɕi51	ɕi51	ɕi213	i21
丹棱	tɕi51	ɕi51	ɕi334	i41
洪雅	tɕie41	ɕi41	ɕi224	ie31
夹江	tɕie42	ɕi42	ɕie324	i31
成都	tɕie42	ɕie42	ɕie213	ie21
重庆	tɕie42	ɕie42	ɕie35	ie31

3. 南路话的一大特点，是咸山曾梗的一大批入声字主元音同为 -æ/-ɛ（周及徐，2012）。表中邛崃、荥经正是如此。但从彭山到洪雅通向青衣江下游的方言有一个特点，就是其中一部分入声字变为读 -ai，具体是曾一梗二开口入声帮端知见系字读 -ai，以及咸深山臻曾梗三等入声字读 -ai。汉源、石棉话这些字的读音同洪雅话。雅安、芦山话则同成渝湖广话读音。

曾一梗二开口入声帮端知见系字读 -ai：

	北百	德	择策	格革
雅安	pe45	te45	tshe45	ke45
芦山	pe55	te55	tshe55	ke45
汉源	pai55	tai55	tshai55	kɛ55

续表

	北百	德	择策	格革
石棉	pai55	tai55	tshai55	kɛ55
泸定	pe14	te23	tshe23	ke14
荥经	pɛ33	tɛ33	tshɛ33	kɛ33
邛崃	pæ22	tæ22	tshæ22	kæ22
彭山	pai35	tai35	tshai35	kai35
眉山	pai24	tai24	tshai24	kai24
丹棱	pai435	tai435	tshai435	kai435（革）
洪雅	pai35	tai35	tshai35	kai35
夹江	pai33	tai33	tshai45	kai45
成都	pe21	te21	tshe21	ke21
重庆	pe31	te31	tshe31	ke31

咸深山臻曾梗入声三等开口知系（葉缉薛栉职）读-ai：

	涉	涩	舌	虱	色	测
雅安	se45	se45	se45	se45	se45	tshe45
芦山	se55	se55	se55	se55	se55	tshe55
汉源	sai55	sai55	sai55	sai55	sai55	tshai55
石棉	sai55	sai55	sai55	sai55	sai55	tshai55
泸定	se23	se51	se23	se23	se23	tshe23
荥经	sɛ33	sɛ33	sɛ33	sɛ33	sɛ33	tshɛ33
邛崃	sæ22	sæ22	sæ22	sæ22	sæ22	tshæ22
彭山	sai35	sai35	sai35	sai35	sai35	tshai35
眉山	sai24	sai24	sai24	sai24	sai24	tshai24
丹棱	se435	sai435	sai435	se435（文）	sai435	tshai435
洪雅	sai35	sai35	sai35	sai35	sai35	tshai35
夹江	sai45	sai45	sai45	sai45	sai45	tshai45
成都	se21	se21	se21	se21	se21	tshe21
重庆	se31	se31	se31	se31	se31	tshe31

从上面列出的三个语音特点中，我们可以将所列出的雅安地区的方言，根据其语音特点分为三个组：第1组，荥经；第2组，汉源、石棉；

第3组，雅安、芦山、泸定①。第3组在入归阴平的声调类型中，语音特点更近于成渝湖广话；第2组在入归阴平的声调类型中，语音特点与洪雅话等青衣江下游方言更有一致性；第1组荥经话，是入声独立的声调类型，其语音特点同于川西南路话。

雅安地区3组不同特点的方言类型与周围方言的情况，如下图。

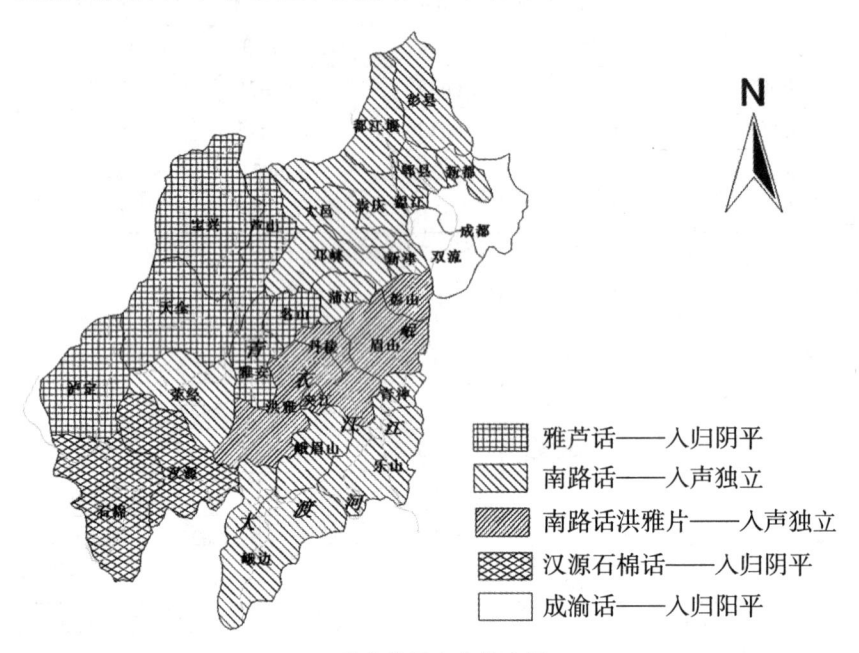

（雅芦话—入归阴平，汉棉话—入归阴平，南路话川西片—入声独立，南路话洪雅片—入声独立，成渝话—入归阳平）

雅安地区方言特点图

雅安地区东西约90千米，南北约200千米（直线距离），面积15.3万平方公里，是一个相对比较小的区域，当地的方言却形成如此参差的局面，与成渝地区湖广话千里相沿较为一致的情况大不相同。方言格局的形成有语言内部原因（历史演变）和外部的原因（波浪影响）。有时外部原因是方言变化的重要因素。下面我们将从该地区历史上地理通道的改变和移民变化中去寻找其原因。

---

① 据语音特点，名山、宝兴、天全话应入第3组，未列出。

雅安地区地形（引自百度卫星地图）

二、雅安地区方言的三个历史层次与
地理、移民的关系

我们认为，雅安地区方言依据其语音类型可以分为三个历史层次。第一个层次，以荥经话为代表的南路话型；第二个层次，以石棉、汉源话为代表的青衣江下游方言型；第三个层次，以雅安、芦山话为代表的湖广话型。

（一）雅安地区的古代地理通道与第一方言层次的形成

雅安这一地名不闻于上古。这是一件令今人不解的事。雅安城地处四川盆地西南边缘与邛崃山脉交界处，像喇叭口一样正对成都平原地区。雅安城东北翻越金鸡贯通名山县，再向东北是通向成都的100公里坦途。向东沿青衣江60公里，水陆两路达平原县城洪雅。向南面和西面则是进入山区的曲折险道。向南沿山路50公里经八步乡、观化乡（飞龙关）通向群山之中的荥经（今108国道，川滇公路），翻越像高墙一样把本地区分为南北两块的泥巴山，是南下云南的必经之路。向西15公里经飞仙关分为二路，向西沿天全河通天全（今318国道），翻二郎山，在泸定西越大渡河，进入藏区，是著名的川藏公路；向北则沿芦山河通芦山、宝兴，北上夹金山。这是红军长征时北上的路线。今天看来，雅安城是交通要冲，东西南北道路交汇，商旅必经，具备城市繁荣的地理条件。然而在相当长的历史时期内，雅安却没有发展起来，原因有二：一是交通艰难，二是战争蹂躏。

进入雅安地区有三个通道。一是从北面的邛崃、沿西河、芦山河进入芦山，越青衣江南下，直达群山中的荥经。二是从东面洪雅方向，沿水陆交通便利的青衣江下游，直接进入雅安。三是从南面乐山、夹江、峨眉沿大渡河，西行到达沿岸的汉源、石棉、泸定。

历史上的雅安地区属汉地与少数民族地区接壤的边缘地带，不视作内地。西魏设始阳县，隋唐至明分别称蒙山、始阳、严道，或郡或县，一说治地在今雅安市区雨城区西面的多营。这可能有争议，因为始阳是天全的旧称，今天全东有始阳镇，据说即是《史记·西南夷列传》的"徙（sī）"，远在西面。秦惠王始设严道（前312），在今荥经。在秦汉乃至以后的漫长的历史时期内，从成都南下邛都、滇，无须经过现在的雅安。因金鸡关群山阻碍，飞仙关没有凿通，天全以西更有二郎山天险。东西阻绝，南北不通，雅安也就不能形成商旅集散的中心城市。西汉司马相如通西夷，是走民间贸易的南北通道。这个通道从他老丈人家、汉代边贸重镇临邛（今邛崃平乐镇）始，翻越镇西山，进入西河、沫（mèi）水、芦山河通道，经青衣县（今芦山），再渡青衣江（天全河）进入荥经河通道，过严道县（今荥经），越大相岭，下旄牛县（今汉源），越沫（mò）水（大渡河），一路南下，桥孙水（安宁河），过邛都（西昌），而后到达云南。"临邛"的意思，就是此路通向邛都。听起来似乎大道坦途，可不知却是巉岩入云，恶水吞人，人迹罕至。凭了皇帝的诏令、以国力的支持，才奋力开辟。汉武帝因此复通秦曾开辟的辖地（前97），设青衣、严道、旄牛县，形成南北通道。司马相如的时代没有雅安。雅安地区的土著语言，是少数民族语。先秦时有著名的青衣羌国（今芦山地区），东汉时雅安地区的少数民族白狼王曾经入朝进贡，献《白狼歌》，留下汉字记音的歌词。据郑张尚芳先生以汉语古音与民族语比较证明，是古缅语（郑张尚芳，1993）。在本地区生活的汉族是秦汉以后陆续从汉地迁来的。

秦汉时期形成的从邛崃（临邛）到汉源（旄牛）的南北通道，一直沿用到唐代。汉地来的移民，首先是川西地区的移民，源源不断地沿这条道路进入到这个地区，开辟土地，农耕生产。在宋元时期，四川地区的汉语方言是古代南路话，因此整个南北通道及附近地区，都是南路话的分布区。后来，由于其他方言移民的涌入替换，只剩下一个方言岛——荥经（古严道县）。荥经话之所以能够存留下来，是因为地处群山之中，可耕地少，南面是本地最高的险阻——大相岭（泥巴山），在历史上是最为艰险难行的地方。南下的移民因此却步，荥经就这样成了保留当地最古老汉语方言南路话的地方。荥经现在已经通了国道和高速公路。我们推测，在这条南北通道上，还可能有保留南路话的地方，有待进一步寻找。

（二）明以后雅安地区通道改变与第二方言层次的形成

雅安成为本地区的中心城市是中古以后的事。唐初（618）设雅州（治多营），领芦山、名山、严道、百丈四县。因为名山、百丈在雅安地区群山之外的东北面，这标志着进入雅安地区的通道逐渐改由东面，治在多营镇，则今雅安城尚未形成。元宪宗八年（1258），雅州（治今雨城区）属嘉定府治（今乐山市），因为乐山（岷江）与雅安（青衣江）水路相通，这个行政归属意味着进入雅安的通道完全改由青衣江及沿江陆路进入。明代洪武年间，省严道县入雅州，包括今荥经、名山、芦山三县全境和天全南部地区，治所在今雅安雨城区。此时，雅安成为州府，统六县，金鸡、飞仙、飞龙三关在管辖之内，畅通无阻，经济开始繁荣起来。当时的交通道路仍然与今有所不同。主要差别在于，从四川盆地进入雅安，是从青衣江通道，即从雅安东面的洪雅。这是因为青衣江沿岸地势平坦，陆路通达，水路又可通航，便于运送商品物资。另外一条通道，是从更南面的夹江沿大渡河，从峨眉、峨边向西溯流而上，到达汉源、石棉，以至泸定。这一条通路不是官道，但沿江而上，道路可行，更重要的是沿河流时有冲积平地，可供开垦、农耕，如汉源、石棉就是大渡河的冲积扇，故这是一条对移民颇有吸引力的通道。

以上的通道对于理解近代雅安地区的移民和方言传播的通道很重要。在元明时代，青衣江下游方言（丹棱、洪雅、夹江等地）已经在南路话的基础上发展了自己的特点，最主要的特征是入声近于阴平和曾梗摄一二等入声字读 -ai（见前表）。这种方言便在明代的发展中，从青衣江和大渡河两条通路，源源不断地进入雅安地区，在明代近三百年的和平发展中，逐渐覆盖了雅安地区原有的大部分南路话方言，仅荥经地区除外。并且，在这段时期中，方言进一步发展，青衣江下游方言中本来相近的阴平调与入声调合并，至迟在明末形成了雅安地区方言中入归阴平的特征。这就是今天雅安地区入归阴平方言格局的成因，也是汉源、石棉话与洪雅、夹江话共有曾梗摄一二等入声字读 -ai 的音系特点的原因。我们推测，除了石棉和汉源话之外，雅安地区还可能有与洪雅话相近的方言点，有待进一步寻找。

（三）明末清初的战乱和移民与雅安地区第三方言层次的形成

雅安地区在经历了长期的和平发展后，遭遇了明末战争的蹂躏。1646年张献忠入成都建立大西政权，大肆屠杀。同年，张部将艾能奇陷雅州、天全，当地武装反抗，雅安一带从此沦入十多年的战争和屠杀之中。洪雅、雅安、荥经等地处四川通向云南的要冲，作为进攻和退守的通道，兵家必争。直至战争后期，张献忠军残部、南明军和清军三方争夺，致使这些地区饱受创伤。1661年，张献忠旧部郝承裔降清后又反叛，战败弃守雅州，纵火弃城，南逃荥经，兵败被杀。① 这个地区长达15年的战乱方告平息。战争给当地人口带来重大损失。清初沈荀蔚《蜀难叙略》记述当时的情形：

> （顺治十年，1653）自逆贼尽屠川西而北也，各州县野无民，城无令，千里无烟者已七八年。至是西南接壤之所，始有开垦者，然田皆膏腴，芜久益肥沃。用力少而成功多，且无赋税，力之所及，即为永业。由是川南之民皆健羡之，非安土重迁者，往往相率去。

"（四川）西南接壤之所"指洪雅、雅安、芦山一带。这里描述了川南人民向川西南雅安地区移民的情境。

据《中国移民史》估计，明末战乱后，川南地区人口损失，不足原来的10%。雅安县"自献逆蹂躏之后，土著者少，四方侨寓，大率秦、楚、吴、粤、滇之人居多"。名山县"县人多楚籍"②。四川人口的恢复，是从康熙二十年（1681）以后开始的。在乾隆四十一年（1776），移民基本结束。其间96年中，四川总人口从50万增加到1000万，翻了20倍。据1776年的统计，清代前期雅州府外省移民约为5万人，比起同期成都府外省移民数90万，是相对少的。③ 就是说，雅安地区人口恢复，当地原住民的繁衍增长，包括附近地区人民的移入填补，占了重要成分。外省移民迁入，因为道路近便，应主要集中在雅安、芦山等面向成都平原的东北部地区。

雅安地区人口和城市的恢复可以从政区级别的提升和政区新置上看出来。清雍正七年（1729），雅安升州为府，置雅安县（以境内雅安山为名），属雅州府。嘉庆六年（1801），四川省布政使司下设五道，分统府州县，雅州府直隶于建昌道（后改名上川南道，简称上南道），辖雅安、名山、荥经、芦山、清溪五县及天全一州。这已经是现在雅安市一区七县的大部。嘉庆十七年（1812），四川人口达2071万，较清初增加了40倍，

---

① 据清代沈荀蔚《蜀难叙略》记。相关记录见《清史稿·列传二十七》："（顺治）十七年，承裔据雅州复叛，国英督兵至嘉定，分三道进剿，破竹箐关入，承裔走黎州，追获之。"
② 曹树基：《中国移民史》（第六卷），福州：福建人民出版社，1997年版，第77页。
③ 同上书，第102页。

1953年达到6568.5万，约是清初（康熙二十年）的130倍。[①]民国时期，雅安成为西康省省会，是四川进入西藏和云南的要冲，更加繁荣起来。这时进入雅安地区的通道，是从成都直接南下（今108国道），从北面的百丈、名山越过金鸡关，至雅安。从洪雅至雅安的青衣江水路日渐衰落，后来完全废弃。

　　移民和交通道路的改变，为我们追溯当地汉语方言的发展提供了依据。明末战乱的人口损失，主要发生在战争频仍的青衣江中上游的雅安、芦山、天全等地。这些地方距离乐山、洪雅近，粮食财物相对丰饶，易致兵灾。大渡河流域的汉源、石棉等地则比较偏远，损失较少。这时，雅安地区以外的青衣江下游平原也在战争中遭受重创。洪雅、夹江等地虽与雅安相邻，却无力填补雅安地区的人口空缺。所以清初外来的大量"楚籍"（湖广）移民填补了雅安、芦山、天全等地区。他们的方言就形成四川成渝片方言的湖广话。移民的湖广话和本地原有的入归阴平的明代方言相结合，便形成了雅安、芦山、天全等地既有入归阴平的声调特点，又有湖广话的声母和韵母特点的方言。雅安话中的湖广话声韵特点，在清末至现代的时间里，因为与省城成都的交流日益密切，又不断得到加强。这就是以雅安话为代表的雅安地区第三方言层次的形成原因。

三、结　论

　　根据雅安地区方言的语音特点、历史上的地理通道以及移民的情况，我们可以对雅安地区在宋元以后的汉语方言的形成和变化做出以下总结。

　　在宋元以前，由于古代南北通道的传播，当地方言是广泛分布于四川的古南路话方言（周及徐，2012），至今留下了荥经南路话方言岛，这是本地区第一方言层次，也是现存最早的方言层次。在明代，由于雅州地区内统一的行政管辖和近300年的和平发展，邻近的青衣江下游地区的洪雅、

[①] 曹树基：《中国移民史》（第六卷），福州：福建人民出版社，1997年版，第96页。

夹江话传入（周及徐，2013），覆盖了雅安的大部分地区，形成了入归阴平特点的第二方言层次，并留下汉源、石棉话至今。清初，由于明末战乱人口锐减，移民的重新填补以及交通道路由水改陆更为近便，大量湖广移民填入雅安地区东北部，经长期融合后，形成了既保持明代的入归阴平特点，又有湖广话声韵特点的以雅安话为代表的第三方言层次。本地区特殊的地理环境、交通道路在不同时代的改变以及相应方向上的移民，影响和改变着本地区的方言格局，这就是今天雅安地区方言的成因。

四川自贡、西昌话的平翘舌声母分布[▲]

阅读提要： 四川的官话方言里，自贡地区和西昌地区有平、翘舌声母之分，但分布的规律与其他方言不同。研究平翘舌声母在某种方言音系中的特殊分布，有助于了解该方言在语音历史发展中的演变关系，从而使我们有更多的证据对方言间的历史关系做出说明，为方言分区提供更明确的依据。

四川和重庆地区的官话多数没有 tʂ-、tʂh-、ʂ- 和 ts-、tsh-、s- 的分别，即没有卷舌声母（retroflex，下称翘舌声母）和龈音声母（alveolar，下称平舌声母）之分。在普通话里分为平、翘舌声母的两组字，在四川大多数地区的方言里混读为一组龈音声母 ts-、tsh-、s-，只是舌位略后一点而已。这与沿长江中下游地区的方言，如江淮官话、湖北的西南官话和湘方言等，有相同之处。

但是，在四川西南地区的官话方言里，有些地区却有平、翘舌声母之分。这些地区的方言，除去精组字洪音读平舌音，知三章组字读翘舌音外[①]，知二和庄组分为平、翘舌两组。但这两组字的归属与普通话不同，例如自贡地区和西昌地区的一些方言。研究平翘舌声母在方言音系中的分布，有助于了解方言在语音历史发展中的演变和继承关系，从而使我们有更多的语言学依据，对今天方言间的关系做出更深入的说明，为方

[▲] 此文原发表于《四川师范大学学报》2013年第5期。
[①] 这两条规律对于所讨论的自贡、西昌和宜宾话来说，与北京话是一致的。此处统一说明，不再讨论。

言分区提供更明确的历史语言学的证据。下面以自贡话、西昌话和宜宾话为例进行分析。

我们先回顾普通话（即北京语音）的平翘舌声母与古声母的关系，作为比较的参照。在北京话中，除去精组字洪音读平舌声母、章组和知组三等字今读卷舌声母以外，知组二等字和庄组字有平翘舌之分。具体是：

1. 知二梗摄字（表中黑体）读平翘不一，其余韵摄读翘舌；
2. 庄二梗摄字（表中黑体）读平翘不一，其余韵摄读翘舌（簒洒字例外）；
3. 庄三字遇流摄字（表中黑体）读平翘不一；止摄读翘舌（滓例外）；深臻曾摄读平舌（臻渗参虱例外）；宕江摄读翘舌（今合口）。

总之，北京话中的平翘舌声母，对比古知二和庄组声母的关系，比较乱，规律不明显，参见表一。表中北京话语音资料来自《汉语方音字汇》[①]。

表1 北京话平翘舌声母在知二和庄组字的分布

		知二 2+19（5）=21	庄二 5+72（8）=77	庄三 19（8）+44（15）=61
平舌	ts	**泽、择**、（赚[2]）	**责**	邹、阻 滓
	tsh		**册、策** 簒	初、楚、础 人参ən、侧、厕、测、衬、8
	s		洒	搜、馊 色、涩、瑟、森、缩、所、8
翘舌	tʂ	**宅、摘** 桩、站、罩、卓、桌、啄、琢、绽、赚[1]	**窄、争、筝** 债、查[1]、渣、斋、抓、扎、札、炸弹、诈、榨、斩、盏、爪、捉、镯、栈、寨、闸、油炸、撰、乍、铡、眨、蘸27	**助、骤、皱** 臻、妆、庄、装、壮、床、状、崇、11
	tʂh	**橙、拆、撑**[1] 戳、茶、浊、撞、搽	叉、差、钗、抄、钞、窗、权、插、岔、铲、吵、炒、查、柴、搀、豺、谗、馋、产、察、巢21	锄、雏、愁、搊 揣uɛ、疮、闯、创、8

[①] 北京大学中文系语言研究室：《汉语方音字汇》（第2版），北京：文字改革出版社，1989年版。

续表

		知二 2+19（5）=21	庄二 5+72（8）=77	庄三 19（8）+44（15）=61
翘舌	ş		**生、牲、甥、省**、沙、纱、山、删、杉、衫、梢、筲、双、杀、煞、晒、疝、拴、闩、刷、涮、傻、潲、瘦 24	**蔬、疏、梳、漱、数³、数⁵**、瘦、师、狮、士、仕、事、史、使、驶、柿、衰、帅、率、霜、孀、爽、参差 ən、虱、渗、25

一、自贡话中平翘舌声母与古声母的关系

在自贡话中，知二和庄组字读为平舌或翘舌声母。有一个规律，即主元音为高元音时读平舌，主元音为低元音时读翘舌。它们的读音与古声母的关系见表2。表中自贡话语音资料来自四川师范大学文学院刘燕2011年硕士论文《自贡等八市县方言音系调查研究》。

（一）主元音为高元音（或半高元音）时读平舌音 Ts-

1. 知二：读平舌有梗摄 6 字（表中黑体：摘、撑 en¹、撑 en³、拆、泽、择）。"宅"字读翘舌例外。

2. 庄二读平舌有 22 字，梗摄字（表中黑体）都读平舌。例外字（主元音为低元音时读平舌）有 12 字，是假蟹效咸山摄的字。

3. 庄三读平舌有 42 字，有止遇流深臻曾摄字。"崇所缩"3 字的主元音 -o- 是半高元音，这几字不例外。例外的有"簪创爽"3 字，主元音为低元音 -a- 而声母读平舌音。

（二）主元音今为低元音时读翘舌音 Tş-

1. 知二有 15 字，有假江咸山摄字，梗摄"宅"字例外。

2. 庄二有 63 字，有假蟹效咸山摄字。没有例外字。

3. 庄三有 23 字，是宕摄和止摄合口字。有 7 字例外（表中黑体）"史 -ʅ、使 -ʅ、驶 -ʅ、柿 -ʅ、渗 -en、骤 -əu、皱 -əu"。"皱"字四川多读 tsong 4，发音人可能受外来影响。

表 2　自贡话平翘舌声母在知二和庄组字的分布

		知二 6+15=21	庄二 22（12）+63 =85	庄三 42（3）+23（7）=65
平舌	ts	摘	争、窄、责 眨、蘸 5	邹、臻、阻、滓、助、簪 an 6
	tsh	撑 en¹、撑 en³、拆、泽、择、	睁、策、册、搀、窗、篡 uan、豺、巢、馋、产 10	侧、初、搋、楚、础、厕、衬、测、锄、崇 oŋ、愁、创 aŋ12
	s		生、牲、甥、朔 u、省、傻、洒、滁 8	士、事、仕、蔬、疏、梳、师、狮、搜、馊、森、参、所 o、数³、数⁵、缩 o、瘦、漱、涩、瑟、虱、色、啬、爽 aŋ
翘舌	tʂ	桩、罩、站、卓、桌、啄、琢、绽、赚、宅	查¹、楂、渣、斋、抓、诈、炸（炸弹）、榨、债、爪 ua、爪 ao、找、斩、盏、扎、札、捉、乍、炸（油-）、闸、栈、铡、镯 23	装、庄、妆、壮、状、骤 əu、皱 əu7
	tʂh	戳、茶、搽、浊、撞	叉¹、叉³、差 a、钗、差 ai、抄、钞、岔、吵、炒、插、铲、察、查、柴、谗, 16	疮、揣、闯、雏、床 5
	ʂ		栅、拴、闩、痧、纱、筛、梢、筲、杉、衫、山、删、双、耍、刷、涮、沙、厦、晒、稍、哨、杀、煞、疝 24	衰、摔、霜、孀、率、帅、柿、史、使、驶、渗 en11

二、西昌话的平翘舌声母在知二和庄组字的分布

西昌话的读音规律与自贡话一样，也是主元音为高元音时读平舌，主元音为低元音时读翘舌。它们的读音与古声母的关系见表 3。西昌话语音资料来自四川师范大学文学院康璇 2011 年硕士论文《西昌等市县方言音系调查研究》。

（一）主元音为高元音（或半高元音）时读平舌音 Ts-

1. 知二：读平舌有梗摄 6 字（表中黑体：摘、撑 en⁵、拆、泽、择、宅）。"搋"字例外。

2. 庄二读平舌有 20 字，梗摄 10 字都读平舌（表中黑体）。例外字（主

元音为低元音时读平舌）有10字，是假蟹效咸山摄的字。

3. 庄三读平舌有40字，有止遇流深臻曾摄字。例外的有"参-an"1字，主元音为低元音时声母读平舌音。

（二）主元音今为低元音时读翘舌音 Tʂ-

1. 知二有15字，有假江咸山摄字。"撑-en¹、橙"字读翘舌音例外。

2. 庄二有56字，有假蟹效咸山摄字。没有例外字。

3. 庄三有21字，是宕摄和止摄合口字。有7字例外（表中黑体）"史-ɿ、使-ɿ、驶-ɿ、柿-ɿ、渗-en、骤-əu、狮"。

表3 西昌话平翘舌声母在知二和庄组字的分布

		知二 7（1）+15（2）=21	庄二 20（10）+56=76	庄三 40（1）+21（7）=61
平舌	ts	摘	争、责、窄 眨、债、蘸、铡7	臻、皱 oŋ、助、滓、邹、阻7
	tsh	撑 en⁵、拆、泽、择、宅 e²、搽	筝、册、策 巢、参、篡、咋7	侧、厕、测、衬、崇 oŋ、搊、愁、初、锄、楚、础、参 an12
	s		生、牲、甥、省 洒、澌6	参 en、率 o、色、涩、瑟、森、师、虱、士、仕、事、瘦、蔬、疏、梳、漱、数³、数⁵、搜、馊、缩 o、所 o、22
翘舌	tʂ	桩、站、罩、卓、桌、啄、琢、绽、赚	查¹、渣、斋、抓、扎、札、炸弹、诈、榨、斩、盏、爪、捉、栈、镯、寨、闸、油炸18	妆、庄、装、壮、状、骤6
	tʂh	戳、茶、浊、撞 橙、撑 en¹、	叉、差、钗、抄、钞、窗、权、插、岔、铲、吵、炒、查、柴、搀、豺、逸、馋、产、察20	揣 uɛ、疮、闯、创4
	ʂ		沙、纱、山、删、杉、衫、梢、筲、双、杀、煞、晒、痧、拴、闩、刷、涮、傻18	衰 uɛ、帅 uɛ、霜、孀、爽、**渗、狮、史、使、驶、柿**11

三、宜宾话的平翘舌声母在知二和庄组字的分布

宜宾话具有四川南路话的特征，应属于四川南路话方言。但是宜宾话中知章庄组字有两种声母系统[①]。一种与南路话一致，声母系统不分平翘舌[②]，一种有平翘舌的区分[③]。这里讨论后一种。宜宾话中有平翘舌声母之分的方言，其读音规律，也是主元音为高元音时读平舌，主元音为低元音时读翘舌。它们的读音与古声母的关系见表4。宜宾与自贡地区相邻近，可能是自贡话的影响[④]。宜宾话语音资料来自四川师范大学文学院张驰2012年硕士论文《宜宾、泸州地区数县市方言音韵结构及其方言地理学研究》。

（一）主元音为高元音（或半高元音）时读平舌

1. 知二：读平舌有梗摄5字（表中黑体：摘、撑 en⁵、拆、泽、择）。"宅"字例外。

2. 庄二读平舌有28字，梗摄字都读平舌（表中黑体）。例外字（主元音为低元音时读平舌）有17字，最多，是蟹效咸山摄的字。

3. 庄三读平舌有40字，有止遇流深臻曾摄字。没有例外字。

（二）主元音今为低元音时读翘舌音

1. 知二有17字，有假江咸山摄字。有"宅、撑 -en¹、橙 -en²"3字例外（主元音为低或半高元音时读翘舌音）。

2. 庄二有48字，有假蟹效咸山摄字。没有例外字。

3. 庄三有23字，是宕摄和止摄合口（揣衰帅）字。有8字例外（表中黑体）"史 -ɿ, 使 -ɿ, 驶 -ɿ, 柿 -ɿ, 渗 -en, 骤 -əu, 邹 -əu, 阻 -u"。

---

① 杨时逢：《四川方言调查报告》，台北："中央研究院"历史语言研究所，1984年版。未调查宜宾话。
② 四川方言音系编写组：《四川方言音系》，四川大学学报，1960年第3期。
③ 张驰：《宜宾、泸州地区数县市方言音韵结构及其方言地理学研究》，成都：四川师范大学文学院，2012年。
④ 根据发音人的年龄（70岁）及其一生居住于宜宾市区的经历，这种影响发生的时间应在1940年以前。

表4　宜宾话的平翘舌声母在知二和庄组字的分布

		知二 5+17（2）=21	庄二 28（17）+48=76	庄三 40（4）+23（8）=63
平舌	ts	摘	**争、责、窄** 斋、眨、债、蘸、油炸、闸、铡、寨 11	侧、臻、皱 oŋ、助、淬 5
	tsh	**撑 en⁵、拆、泽、择**	**筝、册、策** 搀、察、豺、逸、馋、巢、产 10	参 en、测、差 i、衬 en、崇 oŋ、搋、愁、初、锄、雏、楚、础 12
	s		**生、牲、甥、省、朔** 洒、潲 7	参 en、率 o、色、啬、涩、瑟、森、师、狮、士、仕、事、瘦、蔬、疏、梳、漱、数⁵、数³、搜、馊、缩 o、所 o、23
翘舌	tʂ	桩、站、罩、卓、桌、啄、琢、宅 tʂai、绽、赚、撞	查¹、渣、抓、扎、札、炸弹、诈、榨、斩、盏、爪、捉、乍、栈、镯 15	妆、庄、装、壮、状、**邹、阻 7**
	tʂh	戳、茶、搽、浊、**橙 en²、撑 en¹，6**	叉、差、钗、抄、钞、窗、杈、插、岔、铲、吵、炒、查、柴、篡 15	揣、疮、闯、创、**骤 5**
	ʂ		沙、纱、筛、山、删、杉、衫、梢、筲、双、杀、煞、晒、疝、拴、闩、刷、涮 18	率 uai、衰、帅、霜、孀、爽、**渗 en、史、使、驶、柿 11**

四、自贡、西昌和宜宾三点的情况总结

（一）主元音为高元音（或半高元音）时读平舌

1. 知二：读平舌有 5—6 字"摘、撑 en¹、撑 en⁵、拆、泽、择、宅"，都是梗摄字。西昌有"搽"字例外，自贡有"宅"字例外，三点无共同的例外字。

2. 庄二读平舌有 20—28 字，梗摄字都读平舌（三点全同，10 字：争责窄筝/睁册策生牲甥省）。例外字（主元音为低元音时读平舌）有 10—17 字不等（宜宾多，西昌最少），是假蟹效咸山摄的字。三点共同的例外字只 5 字：洒眨蘸巢潲，三点之间不相同的例外字占一半以上。这是例外

最多的一组，例外占了一半强。三个点中 10 个梗摄字全读平舌的情况，反映出梗摄庄二字读平舌的字是原有的早期形式。其余各点不统一的读平舌的字，以宜宾最多，都是假蟹效咸山摄的，这些字中多半在西昌、自贡点读翘舌音。这反映出早期的假蟹效咸山摄庄二字都是读翘舌的，后来演变读为平舌。

3. 庄三读平舌有 40—42 字，有止遇流深臻曾摄字。三点共同的"崇所缩" 3 字、西昌和宜宾的"皱率" 2 字，主元音 -o- 是半高元音，不例外。

（二）主元音今为低元音时读翘舌音

1. 知二有 14—16 字，有假江咸山摄字。没有共同的例外字。"撑"字有三种读音，自贡全读平舌，西昌、宜宾"撑"字阴平读翘舌。

2. 庄二有 48—63 字，有假蟹效咸山摄字。没有例外字。

3. 庄三有 21—23 字，是宕摄和止摄合口（揣衰帅）字，今音特点是都带 -u- 介音。共同的例外字有"史、使、驶、柿、渗 -en、骤" 6 字，三个点的表现很一致。四川西南地区方言"知二、庄组字低元音读翘舌"的规律很强。

五、现代分布和历史演变

综上可见，四川西南地区方言知二和庄组"高元音韵前变平舌，低元音韵前变翘舌"是成立的。其中梗摄的知二和庄组字三方言点（自贡、西昌、宜宾）一律读平舌音的齐整的情况，反映出这种读音分组的产生比较早（约在庚₂高化并入耕以后）。地理交通并不便利的地区（自贡、宜宾与西昌相隔）都表现一致，说明这些字音的扩散用了相当的时间。其中"低元音韵前变翘舌"在庄组二等有 10—17 个例外字，这些字在各点并不一致，提示这是后起的演变。近现代四川方言卷舌音变为平舌（龈音）音，以至四川方言的许多地区全是平舌音，这种潮流也影响了上述的演变。总之，四川话中自贡等地方言，知三章组翘舌，知二和庄组分为二：其声母在高元音前变平舌，低元音前变翘舌。这个规律例外字很少。从演变条件可见其与近代音变相关，与中古音韵摄关系不大。

熊正辉将北方官话分 ts-、tʂ- 的类型分为三种。(1)济南型：知庄章三组字今全读 tʂ 组声母。(2)昌(黎)徐(州)型：今开口呼的字，知二读 ts-，知三读 tʂ-，庄组全读 ts-；章组止摄开口三等读 ts-，其他全读 tʂ-。知庄章组今读合口呼的字，读 ts-/tʂ- 不定。(3)南京型：庄三字除了止摄合口和宕摄读 tʂ-，其他全读 ts-；其他知庄章组字除了梗摄二等读 ts-，其他全读 tʂ-。[①] 四川自贡、西昌、宜宾话与南京型比较接近，但庄二读平舌有非梗二的"洒、眨、蘸、巢、渐"等字，庄三读翘舌有开口的"史、使、驶、柿、渗、骤"等字，与南京型不同，可看作是自贡、西昌等地四川方言分平翘舌的特征。

归纳起来，四川西南地区分平翘舌声母的方言，其平翘舌的分界可这样表述：知组字与章组字共变为翘舌音（除去梗摄知二的 5 个字），庄组字则依所配合的韵的主元音舌位的高或低，分别演变为平舌音（除去"洒眨蘸巢渐"5 字）和翘舌音（除去止摄庄三的"史使驶柿渗骤"6 字）。这是四川西南方言语音演变的两个特点。由此可推测，四川西南地区方言知章庄组声母的历史演变可分两步，知章组声母的合并和卷舌化发生较早，是以声母为主导的变化：知章组的字，不受韵母的开合、主元音的高低的影响，均变为卷舌声母 tʂ-（只有前半高元音梗_耕知组字没参加到这个变化中）。较晚一步，以韵母为条件，庄组声母发生卷舌化或平舌化：在相配的韵母的主元音的高低的影响下，高元音前变为平舌 ts-（梗_耕知组字与之合并），低元音前变为卷舌 tʂ-（与知章组合并）。庄组声母在韵母语音条件的影响下分化了。

参考北方方言中古时期知章庄组区分的情况。汉语北方方言来自于《切韵》系统。通常构拟中古（《切韵》）声母（以清塞音为例），知组为 t/ţ-，章组为 tɕ(i)-，庄组为 tʃ(i)-。到了中古晚期（11 世纪—12 世纪），根据守温三十字母，庄章合并为照组，知组独立。四川西南地区方言亦属北方方言。根据现在四川西南地区分平翘舌的方言中知庄章三组字的分布，

[①] 熊正辉：《官话区方言分 ts，tʂ 的类型》，方言，1990 年第 1 期。

却不符合这样的演变。四川西南地区方言显示出先是知章合一、庄组独立，然后才是庄组分化。以四川西南地区现代方言分平翘舌声母的资料（自贡西昌等方言点），构拟音系中知章庄组声母的历史演变，它们在中古以后的变化过程应可能是这样的（下表中，近古指元明时期，约13世纪—17世纪）：

表5　知系声母在四川（自贡、西昌等）方言中的历史演变

	中古晚	近古	现代	（条件）	（例外）
知章组	tɕ（i）-	tʂ-	tʂ-	全部	ts-：梗二知组"泽"等6字
庄组	tʃ（i）-	tʃ（i）-	tʂ-	低元音前	ts-：少量庄二字，后期混？
庄组	tʃ（i）-	tʃ（i）-	ts-	高元音前	tʂ-：止摄庄三"史"等4字

王力先生对晚唐五代音系（836—960）的研究，根据《说文系传》朱翱反切，证明庄系和照系（即庄组和章组）对立，构拟照系与知系（即章组与知组）发音部位相同，与庄系不同[①]。这与四川自贡、西昌等地的方言的音韵结构有很大的一致性。据此，也可从另一个方面推知四川分平翘舌声母的方言（例如自贡、西昌话）对北方官话知章合一派的继承，并以此为标志推测自贡、西昌等地方言的分化时代。

[①] 王力：《汉语语音史》，北京：商务印书馆，2008年版，第254—259页。

《广韵》等韵书中的成都话本字
（一）

阅读提要： 本文列举了22例成都话口语词，并分析它们与《广韵》等韵书中相应字词的音义关联，以证明它们的源流关系。

方言中常见有音无字的词，人们往往用一个同音或音近字代替，把这种现象叫作"方言无定字"。实际上，这些方言词往往可追溯至中古时期，我们有可能在《广韵》及以后的韵书词典中发现这些词在当时的写法（更早的来源这里暂不谈）。人们把这称为"方言找本字"。如何确定这些词就是古代字书词典中的某字，要通过辨析其音义的方法来确定。同一个词古音和今音不同，但其音义是合于演变规律的，它们之间存在着音义的对应关系。分析意义上的对应比较容易，因为意义的引申往往是能够看出来的。分析音韵上的对应，则需要汉语音韵学知识，包括古代汉语音韵和现代汉语语音两个方面的知识，不能只凭今音去对比。语音演变规律是严密的。方言求本字不可只求大致相似，那样会导致模棱两可的结果，觉得许多字都可与某个古字对应。确定方言本字在语音上有严格的条件，这就是：古今字词的声、韵、调要全部对应，合于演变规律。

成都话是现代汉语北方方言西南官话区中一种有代表性的方言。与其他方言一样，成都话中也有许多写不出字的词，人们往往按通俗的写法或凭猜测，用一个现在的同音字来代表，却并不知道记录这个词的原来的字（即本字）。这只是一种临时的办法。这样做的副作用是，引导人们按替

▲ 此文原发表于《语言历史论丛》（第二辑）；成都：巴蜀书社，2008年版。

《广韵》等韵书中的成都话本字（一） 177

代字的意思去理解方言词，结果会造成误解。习而久之，反而不知这个说法本来的意义了，就像读文言文误把通假字当作本字理解一样。例如：成都话把小孩子捉迷藏叫作"藏［mər 45］"或"逮［mər 45］"，通常写作"藏猫儿"、"逮猫儿"。捉迷藏怎么与"猫儿"有关系？很费解。原来，这个发音是"盲"字的变调和儿化的结果。成都话两个阳平调的字相连，后一个字变作阴平调，韵母儿化失落韵尾，主元音改变为［ə］，"盲［maŋ 21］"变成了"盲儿［mər 45］"，如同"棒棒儿"要说成"［paŋ 213 pər 45］"。这种游戏中，被蒙住眼睛的人就叫"［mər 45］（盲儿）"，别人藏起来让其去寻找，所以叫"藏盲儿"。

　　用语言学的方法考证方言词语的本字，不仅可以更准确地理解其意义，还可以证明汉语悠久的历史，看到语言的继承关系和发展规律。本文以成都话中常用的一些口语词与古代韵书中的字词相比较，如《广韵》（1008[①]）、《集韵》（1039）和《中原音韵》（1324[②]）等等，寻找这些现代方言词在中古时期以来的踪迹。

　　本文的方法是，先引成都话中的词及例子说明现代音义，再引《广韵》、《集韵》或《中原音韵》中的字和音义，分析它们之间的音义继承关系，最后确定本字。如不能确定的，说明存疑的原因。

　　成都话与普通话都属北方方言，有许多相同处。不同的地方主要是：一、成都话调类与普通话相同，而调值是阴平45、阳平21、上声42、去声213，入声字大部归入阳平调。二、成都话舌尖前塞音、塞擦音、擦音和舌尖后音不分，都混同为［ts-, tsh-, s-］。三、成都话鼻音［n-］和边音［l-］一部分混同。四、成都话［-in］韵和［-iŋ］韵、［-en］韵和［-eŋ］韵混同为 -in 和 -en。

　　《广韵》音依反切说明每字的音韵地位，例如，"'撍，子感切。'清覃开一上"。后5字分别代表该字在《广韵》的声母、韵（以平声韵代表平上去）、开合口等和声调。《广韵》有平上去入四个调类，其音系距现代有

[①] 《广韵》音是从更早的《切韵》（601）继承来的，因此实际代表公元7世纪的中原语音。
[②] 《中原音韵》，元人周德清所作，代表14世纪的元大都音，即当时的北方话北京音。

1400年，字的读音与现代差别较大。《广韵》的构拟音略去不写出，因为我们只要了解某字的音韵地位，就知道音类，也就可知其变化规律了。《中原音韵》已经演变为阴平、阳平、上声和去声四个调类，字音比较接近现代音，除注明音韵地位外，兼用国际音标注读音。《中原音韵》采用杨耐思的拟音系统。本文注音采用国际音标，后面方括号内的数字是成都话调值，不上标。本文部分条目参考了中国社会科学院语言研究所《现代汉语词典》和梁德曼、黄尚军先生的《成都方言词典》，在此表示感谢。

1. 成都话：形容混迹别人那里以捞好处、揩油，叫"[tshan 213]"，去声调。例如，"一分钱都没得，在这里干～"。也用于物，例如"～锅饭"，指将米饭倒入炒过菜的油锅中揩油。有人写作"缠"。《广韵》两读："缠，直连切。绕也。"澄仙开三平，声调不合。"缠，持碾切，缠绕物也。"澄仙开三去。持碾切当变为不送气声母，声母不合。《广韵》："羼，羊相间也，初雁切。"初删开二去，字音切合。《说文解字》："羼，羊相厕也。从羴在尸下。尸，屋也。""羴"为群羊，由羊相混杂引申为人或物相混杂，意义相关。《红楼梦》："他父亲又不肯住在家里，只在都中城外和那些道士们胡羼。"可见当时北京话或吴方言里也有这个词。

2. 成都话：在上级或尊者跟前说别人的坏话，叫"[tshan 42]奸"，读上声。有用"阐"字代替者。《广韵》"阐，昌善切，大也，明也，开也"。昌仙开三上。音合而义不合。谗，《广韵》两读，士衫切，崇衔开二平；士懴切，崇衔开二去；譖也。义近而音不符。《中原音韵》：谗，监咸韵，平声阳，[tʃham]，音亦不符。今是上声送气字，中古应为清上送气。《广韵》："諂，丑琰切，諂諛。"彻盐开三上。音合义近。

3. 成都话：用手移动物品，叫"[tsan 42]一下"，上声。《广韵》："撍，子感切，手动。"清覃开一上。音义相符。

4. 成都话：爱用言语显扬自己，爱抢答问题，被讥笑为"[tsan 213]花儿""[tsan 213]灵子"，又作"颤翎子"，意为浅薄轻浮的人，读去声，亦单用。《广韵》："俴，慈演切，浅也。"从字形结构看，应是"浅人"。又作"譾"。从仙开三上，浊上变去，音义皆合。"俴"或即是清代语言文字大师段玉裁在《说文解字注》中常常指斥的"浅人"。

5.成都话：静置一定时间使浑水澄清叫"[tən 213]"，去声。例如，"把浑水~一下儿就清亮了"。《广韵》"澄"两读，澄庚开二平，水清定也。澄蒸开三平，同澂（清也）。义近音不符。《中原音韵》：庚青韵，平声阳，音[tʃiŋ]。音不符。《集韵》嶝韵，"澄，唐亙切，分清浊也"。定嶝开一去，与"邓"同音。《集韵》字与此词音义相符。

6.成都话：把东西剁细叫"[tsai 42]"，音上声。例如，"把肉~成绍子，把豆瓣~细"，一般用"宰"字来写这个词。"宰"为主宰或宰杀义，用在这里不通。今普通话铡刀的"铡"字，《广韵》本作"鍘，查辖切，秦人云切草"，崇辖开二入，当音[tʂa 35]，阳平。而以"则"为声符的"测""侧"字，在《中原音韵》皆来韵，入声作上声，读[tʃai]（侧），[tʃhai]（测），无铡字。今"铡"字读[tʂa 阳平]，不合"则"声字的这一演变规律，韵和声调也不合《中原音韵》音韵同声符的字。铡[tʂa 阳平]一音当是"鍘"的训读，铡本字当读[tʃai]，与《中原音韵》"侧"同。由于是口语词，语音变化滞后至今。"铡"就是成都话中"[tsai 42] 绍子"的本字。"色"字与"侧测"同在职韵，而普通话"色"有[ʂai 上声]一读，是其证。

7.成都话：游泳钻到水面下，叫"打[mi 213]头儿"，去声。有人用"谜"字代替，声调不对应，意义亦不合。《中原音韵》：齐微韵去声有"汆"字，音[mi]。从字的会意构形来看，音义相合。可见《中原音韵》已记录此词。《广韵》中未见此词。

8.成都话：用土或其他东西覆盖某物，叫"[wong 45]倒"，阴平调。《广韵》"壅"两读。影钟合三平，於容切，塞也（《集韵》同）。影钟合三上，於陇切。塞也障也。其今当读[ioŋ]，阴平或上声。与成都话音义不合。《中原音韵》：钟东韵"壅"，平声阴，零声母，当读[ung]，与成都话音（义）同。

9.成都话：蜗牛叫做"[gua 45 gua 45]牛儿"。《广韵》："蝸，古华切，蜗牛，小螺。"见麻合二平。《中原音韵》：在家麻韵合口零声母，平声阴，音［ua］。成都话音承《广韵》。

10. 成都话：鼻子堵塞时说话的声音，叫"［woŋ 213］"，去声。例如，"你凉倒了哇，说话～声～气的？"《广韵》："齆，乌贡切，鼻塞曰齆"（《集韵》"病也"）。影东合一去。《中原音韵》：齆，钟东韵零声母去声，音［uŋ］。三书中字皆与成都话音（义）合。

11. 成都话：支气管炎发作时呼吸急促，带有哮喘的声音，叫"［xəu 45］"，也把这种病人叫"～包儿"。《广韵》："齁，晓侯切，齁䶎，鼻息也。"呼侯开一平。《中原音韵》：尤侯韵平声阴，音［xəu］。皆与成都话音义同。

12. 成都话：用手将人或物扶起来，或使其倒下去，叫"［tshəu 45］"。例如："把床上的病人～起来吃药"，"～老爷下台"，"把凳子～起来"。《广韵》："揫，楚鸠切，手揫。"初尤开三平。《中原音韵》：揫，尤侯韵，阴平声，音［tʃhəu］。音义皆相合。

13. 成都话：把东西扔了叫"［suai42］"，上声，一般写作"甩"。《广韵》和《中原音韵》都没有这个字。普通话"摔"，阴平调，声调不符。《广韵》、《集韵》都没有"摔"字。《中原音韵》：摔，皆来韵，入声作上声，音［ʃuai］。与成都话音相合。

14. 成都话：高而没有扶手或靠背的木头凳子为"［wu 21］凳儿"，阳平调。《广韵》："杌，五忽切，树无枝也。""（同音）兀，《说文》高而上平也。"杌凳就是高而上平的凳子。杌，疑没合一入。《广韵》入声字，成都话归阳平。音义相合。《中原音韵》无此字。

15. 成都话：把布或纸撕破叫"［tshe 42］"，上声。例如，"把衣服～烂了"，"～五尺布做衣服"，一般写作"扯"。《广韵》："撦，昌者切，裂开。"《集韵》："撦，齿者切，裂也。"昌麻三开上。《中原音韵》：撦，车遮韵上声，［tʃ hiɛ］。三书所记与成都话音（义）相合。

16. 成都话：把嘴张大叫"把嘴［tsa 45］开"。《广韵》："奓，陟加切，张也。"知麻开二平。《中原音韵》无此音。成都话合于《广韵》。

17. 成都话：形容人多嘴多舌，叫"［tsha 45］（巴）。"例如，"那个女人好~巴哦"。《广韵》："哆，敕加切，张口也。"彻麻开二平。《中原音韵》无此音。成都话合于《广韵》。

18. 成都话：临时占一块地面摆摊，叫"~场（读上声）子"，"圈圈要~圆"。《集韵》："奓，齿者切，张也。"昌麻三开上。可能是此字。

19. 成都话：把切碎的肉放在锅内和酱油炒成黄色，叫"[lan 21]"，阳平调。例如，"~绍子"，"先把肉~一下"。《广韵》："爁，卢含切，焦（黄）色。"来覃开一平。《中原音韵》：爁，监咸韵平声阳，音 [lam]。皆与成都话相合。

20. 成都话：把切好的新鲜蔬菜和上盐叫"[lan 42]"，上声调。《广韵》："漤，卢感切，盐渍果。"来覃开一上。《中原音韵》无此字。与成都话音义相合。

21. 成都话：额头突出而显得眼眶深陷叫"[wa 213] 额头 [lou45]"。《广韵》："凹，乌洽切，下也。"影洽开二入，音不相合。《中原音韵》：凹，家麻韵零声母，去声，音 [ua]。音与成都话音相合。

22. 成都话：在物体表面撒上粉末状东西叫"[ian 213]"，去声。例如："~上一层胡椒面"。《广韵》："盐，以赡切；以盐腌也。本音平声。"以盐开三去。本为撒上盐，引申为撒上粉末状物。《中原音韵》在廉纤韵，平声阳。成都音承《广韵》。

《广韵》等韵书中的成都话本字（二）

——受声符影响而读音发生变化的字

阅读提要：依声符音来认读汉字的现象，在方言中存在，在普通话中也存在；在今天存在，在古代也存在。本文收集了成都话中46个与"声符读音"相关的汉字，以《广韵》音、普通话音和成都话音相比较，分析它们的语音演变现象和规律。

成都俗语有言："四川人生得憨，认不倒（得）字认半边。"这是说当地人在认读一些生字时，不知正确读音，便依字的声符来猜读音，当然有的读对了，但有一些却读错了。一些常见的误读，还被反复巩固而流传开来。这种现象在共同使用汉字，而各自的音系与普通话有差别的汉语方言中是普遍的。而且，不仅方言字的读音有此现象，普通话的读音也有这种现象，因为普通话的语音基础也是方言音。反过来看，当我们在追溯现代汉字的读音与中古音的关系时，发现与《广韵》反切对应的字是多数，但也有一些字不对应，形成"例外"。"例外"也是有规律的。在各方言和普通话中，许多汉字今天的读音，实际上是从这种"依声符读音"的方法类推得来的。与中古音相比较，便可辨别出来。从中我们可以看到汉字字形对汉字读音的影响，也可得到部分汉字今音不符于汉语语音演变规律的现象的解释。

▲ 此文原发表于《语言历史论丛》（第三辑），成都：巴蜀书社，2009年版。

下面以《广韵》音、普通话音和成都话音相比较，举出一些例字来说明。例字是一段时间以来积累起来的，将其整理，分为三类：第一类是普通话和成都话同读声符音的，第二类是成都话读声符音的，第三类是成都话另有来源的。

成都话与普通话语音不同的地方主要是：其一，成都话调类与普通话相同，而调值是：阴平45，阳平21，上声42，去声213。入声字大部归入阳平调。其二，成都话舌尖前塞音、塞擦音、擦音和舌尖后音不分，都混同为[ts-, tsh-, s-]。其三成都话鼻音[n-]和边音[l-]一部分混同。其四，成都话[-in]韵和[-iŋ]韵，韵[-ən]和[-əŋ]韵混同为前鼻音。其五，与西南官话同，见系二等字多读洪音。成都话与普通话的共同点及其与《广韵》音系的对应规律，如浊音清化（平声送气仄声不送气）、浊上变去、[-m]并入[-n]之类，是音韵学的常识，就不赘述了。

以下字条中，《广韵》音在字条后注出，只出反切及音韵地位，不出中古音，以减少国际音标排印的困难。

一、普通话与成都话同读声符音的字

这是成都话接受了共同语读音。

1. 谱：博古切，帮模合一上。[①]《广韵》本为不送气音，今当音[pu214]。普通话今音[phu214]，因声符"普"送气的类推，变为送气。成都话音[phu42]，上声，相同。为便于阅读，声调数值不上标。

2. 怖：普故切，滂模合一去。《广韵》本为送气音，今当音[phu51]。普通话今音不送气音[pu51]，因声符"布"。成都话音[pu213]，去声，相同。

3. 瘢：薄官切，并桓合一平。《广韵》为浊母平声，今按规律当为阳平

[①] 韵目举平声以赅上去。

送气音，当音［phan35］。普通话音［pan55］，因声符"般"类推。成都话音［pan45］，相同。

4. 贷，他代切，透咍开一去。《广韵》本为送气音，当音［thai51］。普通话今音［tai51］，因声符"代"类推，变为不送气。成都话音［tai213］，相同。

5. 棲/栖：先稽切，心齐开四平。《广韵》本为擦音，当音［çi55］。普通话音［tɕhi55］，因声符"妻"读此音。成都话［tɕhi45］，相同。

6. 溪：苦奚切，溪齐开四平。《广韵》本为送气塞音，今当音［tɕhi55］。普通话音［çi55］，因声符"奚"读此音。成都话音［tɕhi45］，合于《广韵》。

7. 恢：苦回切，溪灰合一平。《广韵》本为送气塞音，今当音［khui55］。普通话音［xui55］，因声符"灰"读此音。成都话音［xui45］，相同。

8. 蔻：呼漏切，晓侯开一去。《广韵》本为喉擦音，今当音［xou51］。普通话音［khou51］，因声符"寇"读此音。成都话音［khou42］，相同。

9. 苛：胡歌切，匣歌开一平。《广韵》本为喉擦音，今当音［xɤ35］。普通话音［khɤ55］，因声符"可"读此音。成都话音［kho45］，相同。

10. 挺/艇：徒鼎切，定青开四上。《广韵》本为浊声母上声，今当音［tiŋ51］。普通话音［thiŋ214］，因声符和常用字"廷庭"送气。成都话音［thin42］，相同。

11. 汞：胡孔切，匣东合一上。《广韵》本为浊喉擦音，今当音［xuŋ51］。普通话音［kuŋ214］，声母因声符"工"。成都话音［koŋ42］，相同。

上述三例，可能是先发生了浊音清化，所以调类没有转化。

12. 侧：阻力切，庄职开三入。《广韵》本为不送气音。普通话音［tshɤ51］，受常用字"测"的影响，读为送气音。成都话白读"侧［tse21］边"（旁边），"侧［tse21］起睡"（即侧身睡），仍是不送气，与《广韵》音对应。今成都话文读与普通话同，如："左侧"、"侧面"。

13. 侦：丑贞切，彻清平开三。《广韵》本为送气音，今当音［tʂhən55］。普通话音［tʂən55］，不送气，音同声符贞。普通话、成都话同。

14. 爪：侧绞切，庄肴开二上。普通话今音［tʂau214］，合于《广韵》。又音［tʂuA214］，增生介音-u-，与庄组江韵开口"窗双椿"变合口的变化相同，只是［-uɑu］韵头韵尾相冲突，韵尾的［-u］被排斥而丢失了，形成又音［tʂuA214］。这一音也可以看成是从"抓"字读音类推，不过"爪"为口语常用字，不大会从声符读音类推。成都话也同样有二音：［tsɑu42］和［tsuA42］。也应是上述变化的结果。

15. 抓，侧交切，庄肴开二平，当音［tʂau55］，而今音［tʂuA55］，与庄组江韵开口"窗双椿"变合口相同。与"爪"不同的是，"抓"字今音只是后一个音流行开来。成都话也同样只有一个音［tsuA55］。我们也不将"抓"看成受声符爪［tʂuA］读音影响而读［tʂuA］音的，理由同上。

二、成都话读声符音的字

这些字普通话读音与中古相符，而成都话按声符读音。声符读音有两种：或取与声符相同的独立成字的常用字的读音，或取同声符的常用字的读音。这是成都话独立发展起来的读音。

16. 嘱：之欲切，章烛合三入。普通话音［tʂu214］，合于《广韵》。成都话音［su21］，因声符"属"读而音变。此为老成都话读音。

17. 卜：博木切，帮屋合一入。普通话音［pu214］。成都话音［phu21］，成都话入归阳平。送气是因为同声符常用字"扑"字送气的类推。

18. 讣：芳遇切，滂虞合三去。普通话音［fu51］，合于《广韵》。成都话音［phu21］，依同声符"卜扑"类推。

19. 歼/殲：子廉反，精盐开三平。普通话音［tɕien55］，合于《广韵》。成都话音［tɕhiɛn45］，音同"千"。"千"虽是简体字"歼"的声符，但早在简体字颁布之前，"歼"已流行。

20. 纤/纖：息廉切，心盐开三平。普通话音［ɕien55］，合于《广韵》。成都话音［tɕhiɛn45］，音同"千"。理由同上。

21. 陌：莫白切，明陌开二入。普通话音［mo51］，合于《广韵》。成都话音［pe21］，音同声符"百"。

22. 喷：普魂切，滂魂合一平。普通话音［phən55］，合于《广韵》。成都话音［fən213］，轻唇上声，音同常用字"愤"。

23. 笺：则前切，精先开四平。普通话［tɕiɛn55］，合于《广韵》。成都话音［tɕhiɛn45］，声母同常用字"钱浅"。

24. 琛，丑林切，彻侵开三平。普通话音［tʂhən55］。成都话音［sən45］，音同常用字"深"。

25. 杞，墟里切，溪之开三上。普通话音［tɕhi214］。成都话说"枸杞"之"杞"音［tɕi42］，同己，依声符读。

26. 殡：必刃切，帮真开三去。普通话音［pin51］。成都话［pin55］，受声符"宾"的影响，读阴平声。

27. 粘：女廉切，娘盐开三平。普通话音［niɛn35］，合于《广韵》、《集韵》。又［tʂhan55］，当是因声符读而音变，此音《广韵》《集韵》无。新老派成都话音［tsan45］，与普通话后一音通，无泥母读音。

28. 缕：力主切，来虞合三上。普通话音［ly214］，合于《广韵》。成都话音［lou42］，上声，声韵同"娄楼"。

29. 渗：所禁切，生侵开三去。普通话音［ʂən51］，合于《广韵》。成都话音［tshan45］，音同参加之"参"。

30. 酵：古孝切，见肴开二去。普通话音［tɕiau51］，合于《广韵》。成都话音［ɕiau 213］，依声符"孝"读为擦音，如"酵［ɕiau 213］母片"。但白读仍为不送气，如"酵［tɕiau 213］面"。

31. 奚：胡鸡切，匣齐开四平。普通话音［ɕi55］，合于《广韵》。成都话音［tɕhi45］，依常用字"溪"读为塞擦音。参见上"溪"字条。

32. 隶：郎计切，来齐开四去。普通话音［li51］，承《广韵》。成都话音［ti213］，如："隶书"、"奴隶"。来源于逮［ti213］，老派成都话音（见下逮条）。

33. 翅：施智切，书支开三去。《广韵》声母本为擦音。普通话和成都话此字的读音都不合于此音。普通话音[tʂhη51]。成都话音[tsη213]，同声母"支"。

三、成都话读音另有来源的字

成都话与普通话不同音的字，是由于语音来源不同，或是中古反切音的继承，或是其他方言音的影响，或是其他音变。这也是成都话独立发展起来的读音，历史比较长。

34.秘（祕）：兵媚切，帮脂开重三去。《广韵》本为双唇音，今当音[pei51]。普通话音[mi51]，依"秘密"之"密"读音。老成都话音[pei213]，如："秘[pei213]密"，"秘[pei213]书"，合于《广韵》读音。

35.茎：户耕切，匣耕开二平。《广韵》本为喉浊擦音，今当音[xəŋ35]。普通话音[tɕiŋ55]，取音于"经"。老成都话音[xən21]，合于《广韵》，但后鼻音前化。

36.逮：特计切，定齐开四去；又徒耐切，定咍开一去。二音义同，及也。今普通话音[tai51]，对当"徒耐切"。（老）成都话音[tai213]、[ti213]二音，后一音对当"特计切"。如："逮[tai213]耗子"、"逮[ti213]捕"。成都承《广韵》之二音。成都话逮[ti213]又影响到"隶"音（见上隶条）。

37.拙：职悦切，章薛合三入。普通话音[tsuo35]。成都话今音[tsho21]，与普通话调类同，送气不送气不同。此源于成都话老派音"出"[tsho21]（赤律切，昌术合三入，入归阳平），今成都话"拙"与之同音。此是因声符读而音变。本来这类字多是书面语，与之不同的是，"拙"是今天成都话中相当口语化的词，例如："笨拙拙的"，"拙得很"。估计当初是书面语文读音，依声符读，而后来流行开来，成为常用的口语。

38.掘：《广韵》二音：衢物切，群物合三入，掘地；其月切，穿也，群月合三入。当是一义二音。普通话音[tɕyɛ35]，对当"其月切"。成都话音[tɕhio21]，当是因声符"屈"而变送气。老成都话"屈"音

[tɕhio21]，区物切，溪物合三入，合于《广韵》。

39. 挽：无远切，微元合三上。"引也。"成都话把袖子卷上去，说："[miɛn42]袖子。"此"挽"之中古音，口语音保留了重唇读法。书面语轻唇化，如："挽[wan42]联"。此音或亦可用声符"免"读音解释，然而"[miɛn42]袖子"为口语，不烦查字，不会由声符影响而来。又《集韵·仙韵》："挽，引也。美辨切。"明仙开重三上，对当成都话此音。

40. 舰/艦：胡黤切，匣衔开二上。《广韵》声母为浊擦音，今当音[ɕiɛn51]。普通话音[tɕiɛn51]，因声符"监"读音。老成都话音[xan42]，西南官话见系二等字多读洪音，声韵合于《广韵》。新派成都话[tɕiɛn214]，与普通话相同。

41. 虹：户公切，匣东合一平。又古巷切，见江开二去。普通话音[xuŋ35]，合于《广韵》东韵音；老成都话音[kɑŋ214]，合于《广韵》江韵音。

42. 晌（餉）：式亮切，书阳开三去。《广韵》本字"餉"，今音当为[ʂaŋ]去声，而普通话为上声。成都话也为上声，但"晌午"音变[sɑu42 vu42]，语流音变，前一音节的[-ɑŋ]鼻音韵尾受到后面的音节的[-u]的影响而逆同化。

43. 铲：初限切，初山开二上，普通话今音[tʂhan214]，合规律。成都话今音铲[tshuan42]上声，与声符"产"不同，为合口。这与"抓"是同类变化，庄组变合口，规律相同。只是普通话没有增生-u-介音，成都话增生了。

44. 铅：与专切，以仙合三平。依《广韵》当音[yɛn35]。普通话音[tɕhiɛn55]，不合于《广韵》。老成都话"铅[yɛn21]笔"、"铅[yɛn21]丝"，合于《广韵》。

45. 大：徒盖切，定泰开一去，"小大也。" 今应对不送气去声。成都话口语表示东西"大"，音[thai42]，是送气上声，送气与声调两个特征不合。此音源于客家话"大"，客家话浊声母送气，去声为全降调（42与之相近），这正是客家话音。故此字是客家话借入成都话等西南官话的词。

客家人清初移民入川后，与其他移民交流密切，成都市区和周围就有客家移民，客家话词汇因此进入西南官话。

46. 脐：徂奚切，从齐开四平。《广韵》本为浊声母平声。普通话音[tɕhi35]，合于《广韵》。成都话音[tɕi45]，阴平不送气，中古音当是全清不送气声母。此字是口语词，不需从书面声符读音，是《广韵》漏记了清声母一音？

"炎帝神农"说辨伪

阅读提要："炎帝神农"说流行二千多年，然司马迁《史记》无此说。且查检先秦汉初的二十余部文献，言神农或炎帝五十余处，神农与炎帝皆不相混，二者的时代特征、重大行为和事件皆迥然有别，视神农与炎帝为先后不同时代之人。"炎帝神农"说源于汉代刘歆，其《世经》以上古帝王世次附会五行说，捏造了"炎帝神农氏"。传统的"炎黄子孙"的说法也是沿袭了"炎帝神农"在前，黄帝在后的错误。若依史实，只当是"黄炎子孙"。

一

在为数有限的上古史的文献中，司马迁的《史记》是比较可信的材料。《殷本纪》中商王的世系，经王国维证明与商代甲骨文所载相符，就是明证。《五帝本纪赞》曰：

> 学者多称五帝，尚（上）矣。然《尚书》独载尧以来，而百家言黄帝，其文不雅驯，荐绅先生难言之。……予观《春秋》、《国语》，其发明《五帝德》、《帝系姓》章（彰）矣，顾弟弗深考，其所表见皆不虚。《书》缺有间矣，其轶乃时时见于他说。非好学深思，心知其意，固难为浅见寡闻者道也。①

▲ 此文原发表于《四川师范大学学报》2006年第6期。
① 《五帝德》、《帝系姓》指《孔子家语》的两篇。因前文有"孔子所传宰予问《五帝德》及《帝系姓》，儒者或不传"之语，以此知。另《大戴礼记》也有这两篇。近年来有出土文献证明，《孔子家语》应是汉代孔氏家传的文献，非如后人所言为三国王肃伪作。

以此知《史记》关于上古史的有关记载是经过作者推敲考证、去伪存真的有根据的史料。故我们从《史记》的资料说起。

《史记·五帝本纪》云：

> 轩辕之时，神农氏衰，诸侯相侵伐，暴虐百姓，而神农氏弗能征。于是轩辕乃习用干戈，以征不享，诸侯咸来宾从。而蚩尤最为暴，莫能伐。炎帝欲侵陵诸侯，诸侯咸归轩辕。轩辕乃修德振兵，治五气，艺五种，抚万民，度四方，教熊、罴、貔、貅、䝙、虎，以与炎帝战于阪泉之野，三战，然后得其志。蚩尤作乱，不用帝命。于是黄帝乃征师诸侯，与蚩尤战于涿鹿之野，遂禽杀蚩尤。而诸侯咸尊轩辕为天子，代神农氏，是为黄帝。

"神农氏衰"，"神农氏弗能征"，即神农氏是衰微的前首领；黄帝有军事实力，诸侯皆宾从于他。"蚩尤最为暴"，"炎帝欲侵陵诸侯"，是指不服从黄帝的两支部族。黄帝积极备战，联合四方，反复较量，终于降服炎帝，取得炎黄集团的领导权。然后黄帝统帅诸侯，消灭了作乱的蚩尤，替代神农氏为天下尊崇的首领。太史公的这段文字清楚地告诉人们，神农非炎帝。由于炎帝战败后才与黄帝联合，在这个集团中居于次要地位，故炎帝不与五帝并列，而司马迁也没有为之作纪。从"神农氏弗能征"、"炎帝欲侵陵诸侯"看，神农氏当然不是指炎帝。且退一步说，连炎帝是"神农氏后代子孙"都成问题，因神农氏既"世衰"又"弗能征"，又怎么"侵陵诸侯"且"三战"强大的黄帝呢？太史公不以神农氏、炎帝为一人甚明。

《史记·五帝本纪》的根据是什么？与先秦文献的记载一致吗？查检先秦汉初文献，得到以下结果，言神农氏与言炎帝处皆不相混，足证太史公言之有据。说到文献依据，顾颉刚先生编著《古史辨》，认为从伏羲神农到孔子的圣王道统是战国秦汉间儒家经师们"层累地"造成的，上古史系统是后代人根据时代需要向上延伸的结果，战国秦汉间的典籍是不可信的。作为圣王的伏羲、神农虽不存在，作为历史人物的伏羲、神农未必不存在。秦汉文献中关于他们的故事不一定是空穴来风。故时代较早的典籍如《诗》、《书》、《易》、《左传》、《国语》等，以及时代较晚的先秦汉初文献都在我们的检查范围，而且还需将典籍原文和汉以后经师们的注解加以区别，因为二者在时代上不同，在观念上也有了变化。

（一）《国语》只言炎帝，不言神农

《国语》关于"炎帝"只有一段话。

1.《国语·晋语》："司空季子曰：'昔少典娶于有蟜氏，生黄帝、炎帝。黄帝以姬水成，炎帝以姜水成。成而异德，故黄帝为姬，炎帝为姜。二帝以师以相济（挤）也，异德之故也。'"黄、炎为兄弟，同族而异姓，既有内部的争斗，也有日后联合的根基。《国语》与《史记》一致。

（二）《周易》不言炎帝，言神农处仅见于《易传》

2.《易·系辞下》："古者包牺氏之王天下也，仰则观象于天，俯则观法于地，观鸟兽之文与地之宜，近取诸身，远取诸物，于是始作八卦，以通神明之德，以类万物之情。作结绳而为罔罟，以佃，以渔，盖取诸离。包牺氏没，神农氏作。斫木为耜，揉木为耒，耒耨之利，以教天下。盖取诸益。日中为市，致天下之民，聚天下之货，交易而退，各得其所。盖取诸噬嗑。神农氏没，黄帝、尧舜氏作，通其变，使民不倦，神而化之，使民宜之。《易》穷则变，变则通，通则久。是以自天佑之，吉无不利，黄帝尧舜垂衣裳而天下治。盖取诸乾坤。"据所言，神农氏在黄帝之前，不与其同时。

（三）《左传》全书不言神农，言及炎帝两处，皆与神农无关

3.《左传·昭公十七年》："秋，郯子来朝。公与之宴。昭子问焉曰：'少皞氏鸟名官，何故也？'郯子曰：'吾祖也，我知之。昔者黄帝氏以云纪，故为云师而云名。炎帝氏以火纪，故为火师而火名。共工氏以水纪，故为水师而水名。大皞氏以龙纪，故为龙师而龙名。我高祖少皞挚之立也，凤鸟适至，故纪于鸟，为鸟师而鸟名。'"《孔子家语·辨物》略同（例24）。郯子所言五部族及其图腾并无先后次第，有可能是与黄帝有族源关系而不同支的五个部落联盟。

4.《左传·哀公九年》："（晋）史龟曰：'是谓沈阳，可以兴兵，利以

伐姜，不利子商。伐齐则可，敌宋不吉。'史墨曰：'盈，水名也。子，水位也。名位敌，不可干也。故炎帝为火师，姜姓其后也，水胜火，伐姜则可。'"

（四）《庄子》九处言神农，不言炎帝。此举其中四例

5.《庄子·胠箧》："子独不知至德之世乎？昔者容成氏，大庭氏，伯皇氏，中央氏，栗陆氏，骊畜氏，轩辕氏①，赫胥氏，尊卢氏，祝融氏，伏戏氏，神农氏。当是时也，民结绳而用之，甘其食，美其服，乐其俗，安其居，邻国相望，鸡狗之音相闻，民至老死而不相往来。"庄子之神农处"至德之世"。此即《老子》"小国寡民"章所述，而明言结绳之世即伏羲、神农之时，安乐和睦，没有战争。下三段同。

6.《庄子·至乐》："吾恐回与齐侯言尧舜黄帝之道，而重以燧人、神农之言，彼将内求于己而不得，不得则惑，人惑则死。"据此则神农、黄帝为不同时代之人。

7.《庄子·让王》："昔者神农之有天下也，时祀尽敬而不祈喜。其于人也，忠信尽治而无求焉。乐与政为政，乐与治为治。不以人之坏自成也，不以人之卑自高也，不以遭时自利也。"此段与《吕氏春秋·诚廉》篇略同，《吕氏春秋》"坏"作"壤"。"乐与政为政，乐与治为治"，《吕氏春秋》作"乐正与为正，乐治与为治"。从《吕氏春秋》文意乃顺。

8.《庄子·盗跖》："且吾闻之：古者禽兽多而人民少，于是民皆巢居以避之。昼拾橡栗，暮栖木上，故命之曰有巢氏之民。古者民不知衣服，夏多积薪，冬则炀之，故命之曰知生之民。神农之世，卧则居居，起则于于，民知其母不知其父，与麋鹿共处，耕而食，织而衣，无有相害之心。此至德之隆也。然而黄帝不能致德，与蚩尤战于涿鹿之野，流血百里。尧舜作，立群臣，汤放其主，武王杀纣。自是之后，以强陵弱，以众暴寡，汤武以来，皆乱人之徒也。"如此说，神农之世尚处在母系氏族社会阶段，远离尚武征伐的黄帝、炎帝时期。

---

① 此轩辕氏当不指黄帝。《庄子》区别神农之时与尧舜黄帝之时甚明，参见6、7、8例。

(五)《战国策》言神农有两处，不言炎帝

9.《战国策·赵策》："王曰：古今不同俗，何古之法？帝王不相袭，何礼之循？伏羲、神农教而不诛，黄帝、尧、舜诛而不怒。"以此，神农与黄帝是"古今不同俗"、"(礼制)不相袭"的帝王。

10.《战国策·秦策》："苏秦曰：昔者神农伐补遂①，黄帝伐涿鹿而禽蚩尤。"言神农氏之征伐，仅此一见，与其他材料不符，可疑。

(六)《韩非子》不言炎帝，一处言神农

11.《韩非子·六反》："凡人之生也，财用足则隳于用力，上懦则肆于为非。财用足而力作者，神农也。上治懦而行修者，曾史也。夫民之不及神农、曾史亦明矣。"

(七)《孟子》言神农一处，不言炎帝

12.《孟子·滕文公上》："有为神农之言者许行，自楚之滕。"下文"贤者与民并耕而食，饔飧而治"，当指神农氏。

(八)《管子》五处言神农，一处言炎帝。神农不与炎帝混。此举其中两例

13.《管子·轻重》："神农作，树五谷淇山之阳，九州之民乃知谷食，而天下化之。"

14.《管子·封禅》："桓公既霸，会诸侯于葵丘，而欲封禅。管仲曰：古者封泰山禅梁父者七十二家，而夷吾所记者十有二焉。昔无怀氏封泰山禅云云②，虙羲封泰山禅云云，神农封泰山禅云云，炎帝封泰山禅云云，黄帝封泰山禅亭亭，③颛顼封泰山禅云云，帝喾封泰山禅云云，尧封泰山禅云云，舜封泰山禅云云，禹封泰山禅会稽。"在前后文中，同时提到神农和炎帝的这一段文字，很能说明神农、炎帝为二，且神农先于炎、黄。司马迁《史记·封禅书》引之。

(九)《吕氏春秋》十三处言神农，不与炎帝混淆。三处言炎帝，

---

① 补遂，高诱注："国名，未详。"
② 云云，房玄龄注："云云山，在梁父东。"
③ 亭亭，房玄龄注："亭亭山，在牟阴。"

亦不与神农相混。东汉高诱注方以神农为炎帝（如例17、例19、例20）

15.《吕氏春秋·季夏纪》："季夏之月……是月也，树木方盛。乃命虞人入山行木，无或斩伐。不可以兴土功，不可以合诸侯，不可以起兵动众，无举大事，以摇荡于气。无发令而干时，以妨神农之事。水潦盛昌，命神农将巡功，举大事则有天殃。"按：《礼记·月令》文与此略同，但作"以摇养气"、"毋发令而待"、"神农将持功"，从《吕氏春秋》文意方顺。前人云《月令》抄自《吕览》，盖不虚言。

16.《吕氏春秋·诚廉》："昔者，神农氏之有天下也，时祀尽敬而不祈福也。其于人也，忠信尽治而无求焉。乐正与为正，乐治与为治。不以人之壤自成也，不以人之庳自高也。"此段与《庄子·让王》篇略同。

17.《吕氏春秋·知度》："此神农之所以长，而尧舜之所以章也。"以神农在尧舜之前。

18.《吕氏春秋·慎势》："故观于上世，其封建众者，其福长，其名彰。神农十七世有天下，与天下同之也。"（高诱注："神农，炎帝也。农植嘉谷化，养兆民，天下号之曰神农。"）

19.《吕氏春秋·爱类》："神农之教曰：士有当年而不耕者，则天下或受其饥矣。女有当年而不绩者，则天下或受其寒矣。故身亲耕，妻亲绩。所以见致民利也。"

20.《吕氏春秋·用民》："夙沙之民，自攻其君，而归神农。"（高诱注："夙沙，大庭氏之末世也。其君无道，故自攻之。神农，炎帝。"）《淮南子·道应训》："昔夏商之臣反，傫桀纣而臣汤武；宿沙之民皆自攻其君而归神农。"与此略同。

21.《吕氏春秋·执一》："因性任物，而莫不宜当：彭祖以寿，三代以昌，五帝以昭，神农以鸿。"（高诱注："五帝：黄帝轩辕、颛顼高阳、帝喾高辛、帝尧陶唐、帝舜有虞。神农，炎帝，三皇之一也。皆以治世体道，昭明鸿盛也。"）《吕氏春秋》以神农为五帝之前时代。

《吕氏春秋》三言炎帝：

22.《吕氏春秋·孟夏纪》:"孟夏之月……其帝炎帝。"

23.《吕氏春秋·仲夏纪》:"仲夏之月……其帝炎帝。"

24.《吕氏春秋·季夏纪》:"季夏之月……其帝炎帝。"

(十)《孔子家语》① 三言炎帝,不言神农

25.《孔子家语·辨物十六》:"郯子朝鲁。鲁人问曰:'少昊氏以鸟名官,何也?'对曰:'吾祖也,我知之。昔黄帝以云纪官,故为云师而云名。炎帝以火,共工以水,大昊以龙,其义一也。我高祖少昊挚之立也,凤鸟适至,是以纪之于鸟,故为鸟师而鸟名。自颛顼氏以来,不能纪远,乃纪于近,为民师而命以民事,则不能故也。'孔子闻之,遂见郯子而学焉。既而告人曰:'吾闻之,天子失官,学在四夷,犹信。'"略同于《左传·昭公十七年》(例3)。

26.《孔子家语·五帝德》:"轩辕生而神灵,弱而能言,幼齐睿庄,敦敏诚信,长聪明,治五气,设五量,抚万民,度四方,服牛乘马,扰驯猛兽,以与炎帝战于阪泉之野,三战而后克之。"略同于《大戴礼记·五帝德》。

27.《孔子家语·五帝》:"故其为明王者而死配五行,是以太皥配木,炎帝配火,黄帝配土,少皥配金,颛顼配水。"按:炎帝诸家皆不列为五帝,又此章称扬五行之说,以五行与古帝王相配,与刘歆之说相类。疑该段文字系东汉以后人托名孔子而增入,然亦不言神农。

(十一)孔安国《尚书序》② 言神农,不言炎帝

28.孔安国《尚书序》:"古者伏牺氏之王天下也,始画八卦,造书契,以代结绳之政。由是文籍生焉。伏牺、神农、黄帝之书,谓之三坟,言大道也。"伏羲、神农、黄帝为相继之世,与《易·系辞下》(例2)同,可见这段文字的内容承于前代文献,非魏晋之际作伪。亦未称神农为炎帝。

(十二)《大戴礼记》不言神农,一处称"炎帝"作"赤帝"

29.《大戴礼记·五帝德》:"孔子曰:'黄帝少典之子也,曰轩辕。生

---

① 按:近年来考古发现证明此书不是三国王肃伪作,而是西汉以来孔氏家学所传。

② 按:此序虽伪作,但与《古文尚书》一样,许多内容辑于前代文献,有重要价值。

而神灵，弱而能言，幼而彗齐，长而敦敏，成而聪明。治五气，设五量，抚万民，度四方，教熊、罴、貔、豹、虎，以与赤帝战于版泉之野。三战然后得行其志。"此段文字太史公《五帝本纪》所本，《孔子家语》略同（例25），刘歆《世经》改为"以与炎帝之后战于阪泉"，（《汉书律历志·下》引《世经》）增一"后"字，文意大变。

（十三）《淮南子》十四处言神农，四处言炎帝，二者划然不混

30.《淮南子·主术训》："昔者神农之治天下也，神不驰于胸中，智不出于四域，怀其仁诚之心。甘雨时降，五谷蕃植，春生夏长，秋收冬藏，月省时考。岁终献功，以时尝谷，祀于明堂。明堂之制，有盖而无四方，风雨不能袭，寒暑不能伤，迁延而入之，养民以公。其民朴重端悫，不忿争而财足，不劳形而功成，因天地之资而与之和同。是故威厉而不杀，刑错而不用，法省而不烦，故其化如神。其地南至交址，北至幽都，东至汤谷，西至三危，莫不听从。当此之时，法宽刑缓，囹圄空虚，而天下一俗，莫怀奸心。"

31.《淮南子·齐俗训》："故神农之法曰：丈夫丁壮而不耕，天下有受其饥者；妇人当年而不织，天下有受其寒者。故身自耕，妻亲织，以为天下先。"

32.《淮南子·道应训》："昔夏商之臣反，骵桀纣而臣汤武；宿沙之民皆自攻其君而归神农。"高诱注《吕氏春秋·用民》："夙沙，大庭氏之末世也。"据《庄子·胠箧》，大庭氏远在上古"至德之世"，与征战不休的炎帝相去甚远。

33.《淮南子·泛论训》："昔者神农无制令而民从，唐虞有制令而无刑罚，夏后氏不负言，殷人誓，周人盟。逮至当今之世，忍詢而轻辱，贪得而寡羞，欲以神农之道治之，则其乱必矣。"

34.《淮南子·泛论训》："夫神农、伏牺不施赏罚而民不为非。"

35.《淮南子·修务训》："古者，民茹草饮水，采树木之实，食蠃蛖之肉，时多疾病毒伤之害。于是神农乃如教民播种五谷，相土地宜，燥、湿、肥、硗、高、下，尝百草之滋味，水泉之甘苦，令民知所避就。当此之时，一日而遇七十毒。"

36.《淮南子·修务训》："盖闻传书曰：神农憔悴，尧瘦臞，舜霉黑，禹胼胝。由此观之，则圣人之忧劳百姓甚矣。"

《淮南子》言炎帝者四（三条四处），不与神农同。

37.《淮南子·天文训》："南方火也，其帝炎帝，其佐朱明，执衡而治夏。其神为荧惑，其兽朱鸟，其音徵，其日丙丁。"

38.《淮南子·氾论训》："故炎帝于火死而为灶，禹劳天下死为社，后稷作稼穑而死为稷，羿除天下之害死而为宗布。"

39.《淮南子·兵略训》："黄帝尝与炎帝战矣，颛顼尝与共工争矣。故黄帝战于涿鹿之野，尧战于丹水之浦，舜伐有苗，启攻有扈。自五帝而弗能偃也，又况衰世乎？夫兵者，所以禁暴讨乱也。炎帝为火灾，故黄帝擒之；共工为水害，故颛顼诛之。"此段言黄、炎之战，明炎帝不是《淮南子》多次提到的上古之世的神农，是最为清楚的证据。高诱仍注《吕氏春秋》之一贯，强合二者为一。

（十四）《逸周书》[①] **两处言"赤帝"（即炎帝），不言神农**

40.《逸周书·尝麦解》："昔天之初，□作二后，乃设建典。命赤帝分正二卿，命蚩尤于宇，少昊以临四方。司□□上天。未成之庆，蚩尤乃逐帝。争于涿鹿之河（阿），九隅无遗。赤帝大慑，乃说于黄帝。执蚩尤，杀之于中冀。"二后当是赤帝和黄帝，蚩尤、少昊为赤帝（即炎帝）之二卿，蚩尤争夺帝位，赤帝惧怕，依黄帝而杀蚩尤。这也是说的黄、炎同时，未提及神农。

（十五）《山海经》四言炎帝，不言神农

41.《山海经·海内经》"炎帝之妻、赤水之子听訞生炎居，炎居生节并，节并生戏器，生祝融。祝融降处于江水，生共工。"

除了上述文献，《尚书》、《诗经》、《春秋公羊传》、《春秋谷梁传》、《周

[①] 按：此书《汉志》著录，篇数与今本符，盖汉初文献，非出于魏时汲冢，《四库提要》辨之已明。

礼》、《仪礼》、《礼记》①、《论语》、《墨子》、《老子》、《尔雅》和《方言》等先秦及西汉文献皆不言炎帝与神农。

以上共检先秦及汉初文献26种（不含《史记》、孔氏《尚书序》，包括主要的经书和诸子文献），言及神农或炎帝共58处（文、义相同相近者未引出），皆划然二分，不相混淆：神农氏为"上古之世"的部落首领，其时代和平安定，勤苦农耕，与世无争；炎帝为后世之部落联盟首领，先后与黄帝、蚩尤大战，后来臣服黄帝，与之联合逐杀蚩尤。这26部古籍中竟然无一处将神农与炎帝相联系，而且神农与炎帝生活的时代、生活方式、重要事件皆不相同，泾渭分明。这不是偶然的。故《史记·五帝本纪》区别神农、炎帝为二（见前引），是详考古史，言之有据的。

二

将神农与炎帝合而为一，始见于《汉书·律历志·下》。班固采用刘歆《世经》，把上古帝王前四位的次第排为：太昊、炎帝（即神农）、黄帝、少昊。如果刘歆有另外的材料依据，那也许可成一说，与神农、炎帝异代不同时之说并存。可是读《汉书·律历志·下》所引《世经》，刘歆的史料竟是《左传·昭公十七年》关于"炎帝"的一段话（见例3）和《易·系辞下》关于"神农"的一段话（见例2），才有了"炎帝神农"一说，很是令人意外。我们在上文也用了这两段材料，它们与其他文献材料完全一致，只证明神农与炎帝为不同时代的二人。仅根据这两段材料，刘歆为何会得出这样的结论呢？我们看看刘歆是怎么做的。下面是《汉书·律历志·下》引《世经》的文字：

> 春秋昭公十七年"郯子来朝"，传曰：昭子问少昊氏鸟名何故，对曰："吾祖也，我知之矣。昔者，黄帝氏以云纪，故为云师而云名；炎帝氏以火纪，故为火师而火名；共工氏以水纪，故为水师而水名；

---

① 《礼记·月令》篇三言炎帝、二言神农，与《吕氏春秋·十二纪》略同。陆德明注曰："此是吕氏春秋十二纪之首，后人删合为此记。"《礼记》其余篇目不言炎帝、神农。

太昊氏以龙纪，故为龙师而龙名。我高祖少昊（絷）[挚]之立也，凤鸟适至，故纪于鸟，为鸟师而鸟名。"言郯子据少昊受黄帝，黄帝受炎帝，炎帝受共工，共工受太昊，故先言黄帝，上及太昊。稽之于《易》，炮牺、神农、黄帝相继之世可知。

《左传》这段文字提及五位上古部落首领及其图腾，但未以先后次第。据前文所引先秦文献：黄帝与炎帝战（例39），二者当同时；伏羲、神农在炎帝前（例14）；共工与颛顼战（例38），更在黄帝之后；太昊之次第不可知①；少昊在黄帝之后或与其同时（例40）。所谓"稽之于《易》"，即是《易·系辞下》的那段文字（例2）。其中言及伏羲、神农和黄帝为先后相继的帝王，只有黄帝同于郯子所言，伏羲、神农皆不见于《左传》。两条材料，只在黄帝这一点是相同的。但是不知为何，刘歆竟据此得出了上古五个帝王的先后次第：

太昊（伏羲）→ 共工 → 炎帝（神农）→ 黄帝 → 少昊 → 颛顼

其实，使刘歆得出这个次第的，不是史料，而是西汉（后期）至东汉盛行的"五行说"。当时，黄帝为土德、太昊为木德、少昊为金德、炎帝为火德、颛顼为水德之说已很流行（如《孔子家语·五帝》《淮南子·天文训》《吕氏春秋》十二纪），都是以这"五帝"配方位、四时等等，与历史上的世代更替无关。五行说的核心是木、火、土、金、水依次循环，相生不息。《世经》更是从太昊到当朝皇帝全以五行相配，以"五德终始"说明古今帝王是历史循环中的正统。如何把历史上帝王的替代安放到五行说的框架中，使二者次序相合，用上古史来证明五行说"放之四海而皆准"，刘歆煞费苦心。他看到《左传·昭公十七年》郯子的这段话中，从太昊、炎帝、黄帝倒数上去，正好是木、火、土的顺序。可少昊氏不依顺序，反落在最后。但不要紧，有《逸周书》的证据说明少昊在黄帝后（例40），又少昊属金，在土（黄帝）之后正好与其位相当。只有共工捣乱，硬横在太昊（木）和炎帝（火）中间，郯子又明言他"以水纪"，既不当

---

① 太昊亦不是伏羲，笔者另文讨论之。

其位，又不好再改变他的位次，否则郯子的话会被弄得太支离破碎，于是便以"虽有水德，在火木之间，其序也，任智刑以强，故伯（霸）而不王"（《汉书律历志·下》）的话搪塞过去。这样，上古帝王的世次便与五行说相符了：

古世次太昊 ──（共工）──→炎帝（神农）──→黄帝──→少昊……
五　行（木）（水，非其位）（火）　　　　（土）　（金）……
　　　　　　　　　　　　──根据《汉书·律历志·下·世经》整理

笔者也曾纳闷，史籍中上古圣王的材料不少（本文收集了50余条，刘歆之时当有更多），刘歆为何撇开其他，偏偏只选《左传》郯子的那段话作《世经》的基础呢？现在明白了：那段话与五行说最近！

本来不干神农氏什么事，郯子的话里也根本没提到神农。但上古文献里屡屡说到神农，刘歆完整无缺的古圣王世次不能没有他。怎样把神农装进这个已经钉好、无法再延展的五行说框架里呢？古籍中说神农在黄帝之前（如例2、5、6、8、9、14、28、34），那当然不能是名声不好的共工，也不能是伏羲（刘歆之太昊），因古书里往往将神农与伏羲并提（如例5、6、9、14、28、34），会互相矛盾。但古书有空子可钻，即同时说到神农和炎帝的书很少（因为二者相隔太远，而且古史家认为炎帝并没有称王天下，还投降了黄帝，不能和伏羲、神农、黄帝这些真正的"第一把手"并列）。于是正好，刘歆便把神农和炎帝粘贴在一块儿：这本书说炎帝，他也就是神农；那本书说神农，他就是炎帝！①

这样，刘歆便"打造"了既合于五行说，又勉强周全于史籍之间的上古圣王次序。"炎帝神农"只不过是这件造假工作的副产品而已。在这件事上，刘歆作伪的技艺并不高明，只需把上古文献一一排列起来即可看出破绽（就像我们在前面所做的那样），但刘歆作伪的成果却大大流行开来，广泛影响了当时的知识分子，以致被班固这样的大家所接受。刘向校书中秘，刘歆为王莽国师，刘氏父子掌握了当时国家最集中的历史文献资源，

---

① 但仍有《管子》、《淮南子》等书，同时提到二者或同书中先后提到二者，与刘歆作梗。见例14、例39。

其余的人莫能望其项背。凭着这个至高的地位，刘歆的学术观点影响很大，在上古文献匮乏的时代尤其如此。刘歆说流行于后世的另一个重要原因，就是借助了当时盛行的"五行说"的推动。凭借于此，刘歆似乎做了一次"古代圣王五行说"的"普及运动"，以至东汉以后的古书注解家们，如高诱、郭璞、郭象、杜预、韦昭、陆德明、颜师古等"精英"都像被洗脑似的，接受了"炎帝神农"的赝品。流波所及，竟逾两千年，令人难以相信！

沿袭这个错误且影响最大的，是西晋皇甫谧的《帝王世纪》，其云：

神农氏，姜姓也，母曰任姒，有蟜氏女登，为少典妃，游华阳，有神龙首，感生炎帝。人身牛首，长于姜水，有圣德，以火德王，故号炎帝。

——据《史记·五帝本纪》张守节《史记·正义》引

这段广为引用的文字，以《国语·晋语》关于炎帝之言（例1）为主干，增入前三字，后十一字依《左传·昭公十七年》（例3）、《孔子家语·五帝》（例27）等篇。如此，"神农"便姓了"姜"，与炎帝合而为一了。《水经注》、《史记集解》、《史记正义》、《史记索隐》和司马贞补作的《三皇本纪》皆因之。传统的"炎黄子孙"的说法也是沿袭了"炎帝神农"在前、黄帝在后的错误。若依史实，黄帝为主，炎帝为次，只当是"黄炎子孙"。

《说文叙》："古者伏牺氏之王天下也，仰则观象于天，府则观法于地，视鸟兽之文与地之宜，近取诸身，远取诸物，于是始作易八卦，以垂宪象。及神农氏结绳为治而统其事，庶业其繁，饰伪萌生。黄帝之史仓颉见鸟兽蹄迒之迹，知分理之可相别异也，初造书契。"伏羲画卦，神农结绳，在太古；至黄帝始造书契。二者先后不同时，《说文叙》不误。《说文叙》又云："曾曾小子，祖自炎神。缙云相黄，共承高辛。大岳佐夏，吕叔作藩，俾侯于许，世祚遗灵。自彼徂召，宅此汝濒。"全说的是黄帝以来，姜姓辅佐姬姓，黄、炎子孙合作统治华夏的事情，亦不误。盖因许氏是炎帝之裔，渊源有自。但是《说文》云"姜，神农居姜水，因以为姓"，与《叙》没一点照应，十分突兀。疑《说文》"姜"字说解系后人因刘歆说变乱，本当为"姜，炎帝居姜水，因以为姓"，与下文"姬，黄帝居姬水，因水为姓"一致。

《礼记·月令》："孟夏之月……其帝炎帝，其神祝融。"郑玄注："炎帝，大庭氏也。"郑玄不以炎帝为神农。《礼记·月令》："季夏之月……毋发令而待[①]，以妨神农之事也。"郑玄注："发令而待，谓出徭役之令以预惊民也。民惊则心动，是害土神之气，土神称曰神农者，以其主于稼穑。"以神农为土神，不与炎帝相牵连。可见东汉早期的学者们尚未完全受刘歆说的影响。

俞敏先生也被刘歆的把戏蒙过了，把神农当作炎帝，因而把太史公的"轩辕之时，神农氏衰……诸侯咸归轩辕"，理解为"二弟（轩辕黄帝）活了六百来年，等大哥（炎帝神农）的后代衰微了，才代替他们统治中国"[②]。太史公岂能如此糊涂？若以神农、炎帝为二人，黄、炎为兄弟（《国语·晋语》），则神农衰落、黄炎相争，黄帝胜之而有天下。太史公之言何等顺畅！

---

① "待"当是"干时"二字合一之误，郑玄注亦误，是东汉时已误。见前例15。
② 俞敏："汉藏两族人和话同源探索"，《俞敏语言学论文集》，北京：商务印书馆，1999年版，第204页。

上古时期的"龙"

阅读提要： 从上古文献考察，上古至春秋时期，"龙"是黄河流域一种真实的动物，习见而能驯养，古人因其习性将其与求雨相联。自然环境变迁，"龙"在中原日渐稀少以至绝迹。秦汉以后神圣化，成为最高统治者的象征。春秋以后八百年，中原人于长江流域再见到同种野生动物时，不知其为上古之"龙"，而以当地土著人之语称为"鳄"。

一

春秋时期及其以前，中原华夏人所谓的"龙"是什么？

最早的先秦经典中关于"龙"的记载，主要见于《左传》、《国语》、《周易》。《尚书·舜典》"龙"用为人名。《诗经》中"龙"用作植物名，例如《山有扶苏》"山有桥松，隰有游龙"；或为器物名，例如《小戎》"骐骊是骖，龙盾之合"；或为"宠"的借字，例如《蓼萧》"既见君子，为龙为光"，《长发》"何天之龙，敷奏其勇"。《周礼》、《仪礼》、《礼记》中"龙"的意义皆承袭前述经典，较为晚起。故我们讨论春秋及其以前的动物意义的"龙"，以《左传》、《国语》、《周易》为文献资料，并且略去三书中以"龙"为天象或星座意义的材料。

《左传·昭公十九年》有这样一段记载：

郑大水，龙斗于时门之外洧渊[①]。国人请为禜（yíng）焉[②]，子产弗

▲ 此文原发表于《四川师范大学学报》2008年第1期。
① 杜预注："时门，郑城门也。洧水出荥阳密县，东南至颍川长平入颍。洧于轨切。"
② 《说文解字·示部》："禜，设绵蕝为营，以禳风雨雪霜水旱厉疫于日月星辰山川也。"

许,曰:"我斗,龙不我觌(dí)也。①龙斗,我独何觌焉?禳(ráng)之②,则彼其室也。吾无求于龙,龙亦无求于我。"乃止也。

这段话的意思是:(公元前523年秋)郑国遭洪水,"龙"在国都门外的洧水之中打斗,国都的人请求为之举行"禜"祭。子产不同意,说:"我们人争斗之时,龙不出现。今龙争斗,我们为何要管它呢?洧渊是龙的住所,岂能以禳祀使它离开?③我们对龙无所求,龙对我们亦无所求。"于是人们没有举行禜祭。

"郑"指郑国的国都,位于今河南新郑,是黄河中游中原地区。从这段记载看,"龙"是当地的一种野生动物,它们的异常活动使郑人不安,提出要为之举行消除灾祸的祭祀,郑相国子产以"龙"与人不相干的道理说服人们,没有举行祭祀。亦无灾祸发生。《左传》的作者在这里是以赞赏的口吻写到这件事的。杜预也在这里评论:"《传》言子产之知(智)也。"在如何对待"龙"的问题上,《左传》的作者与子产的观点是相同的。可见"龙"在当时并非神圣,甚至还有人把它当作不祥的动物,要用祭祀来驱除它。这里提到的"禜"与"禳",都是除去灾祸的祭祀。

视"龙"为不祥物,又见于《左传·襄公二十一年》:"(叔向)母曰:'深山大泽实生龙蛇。彼美,余惧其生龙蛇以祸女。'"杜预注:"龙蛇喻奇怪。"将"龙蛇"并提,蛇是真实的动物,"龙"也应当是。

"龙"之不祥又见于《国语·郑语》:"训语有之曰:夏之衰也,褒人之神化为二龙,以同于王庭。而言曰:'余,褒之二君也。'夏后卜,杀之与去之与止之,莫吉。卜请其漦而藏之④,吉。乃布币焉而策告之。龙亡,而漦在椟,而藏之。"在这个故事中,"龙"被赋予了神怪性质,它的唾液潜藏着一千多年后西周王朝不幸的命运。但这里"龙"仍然是一种有生命的动物,可杀、可逐、可留,并且最终死亡了。

---

① 杜预注:"觌,见也。觌,大历切。见,贤遍切。"
② 《说文解字·示部》:"禳,磔禳,祀除疠殃也。"
③ 从顾炎武说。顾氏《左传杜解补正》云:"言渊固龙之室也,岂能禳而去之?"见杨伯峻:《春秋左传注》(修订本),上海:中华书局,1981年版,第1501页。
④ 韦昭注:"漦,龙所吐沫,龙之精气也。"

关于动物的"龙",《左传》的记载不多,《国语》更少,大概是因为"龙"在春秋时期已不多见了。在郑国见"龙"十年之后(前513),《左传·昭公二十九年》有关于"龙"的另一条记载,不仅记载了"龙"的又一次出现,还通过晋太史蔡墨之口追叙了上古"龙"与人相处的历史,是《左传》中关于"龙"的最重要的记载。

秋,龙见于绛郊。魏献子问于蔡墨曰:"吾闻之:虫莫知于龙。以其不生得也。谓之知,信乎?"对曰:"人实不知,非龙实知。古者畜龙,故国有豢龙氏,有御龙氏。"献子曰:"是二氏者,吾亦闻之,而不知其故,是何谓也?"对曰:"昔有飂(liào)叔安,有裔子曰董父,实甚好龙。能求其耆欲以饮食之。龙多归之。乃扰畜龙以服事帝舜。帝赐之姓曰董,氏曰豢龙。封诸鬷川。鬷夷氏其后也。故帝舜氏世有畜龙。及有夏孔甲,扰于有帝[①]。帝赐之乘龙,河汉各二,各有雌雄。孔甲不能食而未获豢龙氏。有陶唐氏既衰,其后有刘累,学扰龙于豢龙氏,以事孔甲,能饮食(sì)之。夏后嘉之,赐氏曰御龙,以更豕韦之后。龙一雌死,潜,醢以食夏后。夏后飨之。既而使求之。惧而迁于鲁县。范氏其后也。

这段话的意思是:(前513)秋天,龙出现在晋国都绛的郊野。魏献子向晋国太史蔡墨问道:"我听人说:动物中没有比龙更聪明的,因为龙从没被人活捉过。说龙是有智慧的,可信吗?"史墨答道:"不是龙真的有智慧,而是这样说的人不知道龙。上古的人有专门饲养龙的,所以从前有豢龙氏之国,有御龙氏之国。"魏献子说:"这两个部族,我也听说过,却不知道他们的来历,是怎样的事情?"

史墨说:"从前有飂国,国君名叔安,其后代子孙有个叫董父的,十分喜爱龙。他能懂得龙的嗜好、欲望而喂养它们,许多龙都归附于他。于是董父以驯养龙的本领侍奉舜帝。舜帝赐他姓董,赐其部族号豢龙,封他们于鬷川,(现在的)鬷夷氏就是他们的后代。所以自舜帝的时代以后一直有

[①] 杜预注:"其德能顺于天。"

以饲养龙为生的人。

"到了夏代的君主孔甲,顺服于天帝。天帝赐给孔甲四只龙[1],黄河的与汉水的各两只,各有雌雄。孔甲不会饲养,又没有找到(善于养龙的)豢龙氏(的后人)。

"从前有陶唐氏部族,尧以后衰落了。后代中有个叫刘累的,曾向豢龙氏学习过驯养龙。这时,刘累便以养龙事奉孔甲,能够使龙进饮、进食。夏君主孔甲嘉奖刘累,赐其部族号御龙氏,以之替代豕韦部族的后人(的封地)。有一天,一只雌龙死了。刘累将它藏起来,做成肉酱给夏君品尝。夏君享用了。不久后,夏君孔甲让刘累把龙带来[2],刘累(因死龙的事要暴露)惧怕获罪而迁居到了鲁县。范氏就是御龙氏的后人。"

绛是晋国国都,在今山西南部曲沃西南。公元前513年,"龙"在绛郊出现,可见在公元前6世纪末,晋南汾河流域还能见到"龙"。晋太史蔡墨认为当时已经罕见的"龙"只是一种普通的动物,"不可生得",乃因其为野生动物,不易驯化而已。它没有特别的智慧,更谈不上神奇。这与郑相国子产的看法是一致的。可见,在当时黄河中游的晋郑等地区并不崇拜"龙"。

不仅如此,谙熟历史的太史墨还讲述了上古中原地区饲"龙"的历史。舜的时代约当公元前2200年前后,早于春秋约1500年,其时中原地区的生态环境下有很多"龙"生存。并且"龙"应该是具有经济价值的动物,所以鬷国的董父以养龙为生,为舜帝所用,并封地赐姓。鬷川,旧说在山东定陶附近,是黄河下游地区。鬷夷氏,杜注"鬷,水上夷,皆董姓",应是生活于水泽地区的夷人,故熟知"龙"的习性,归附于舜。"故帝舜氏世有畜龙"[3],是说自舜以后世世都有养龙的人,应是指豢龙氏部族所操持的生业。

---

[1] "乘龙"为"一乘龙"省写,即四只龙。"乘"为名量词。说"乘龙"为驾车之龙,误读"乘"义,于上下文无据,亦无文献旁证。
[2] 或"夏君让刘累再献前所食肉酱",亦通。
[3] 杨伯峻:《春秋左传注》,北京:中华书局,2009年版,第1501页:"盖自帝舜之后,夏孔甲之前,代代有驯畜之龙也。"

夏后孔甲得到四只"龙",却没有豢龙氏来养它们。《国语·郑语》云:"董姓鬷夷、豢龙,则夏灭之矣。"夏主灭了善于饲"龙"的豢龙氏,几乎断送了驯"龙"的事业。幸而华夏人刘累曾学习饲"龙"于鬷夷氏,为夏君孔甲救了急。刘氏也因此赐号受封[①]。然而不知是御龙氏刘累学艺不精、技不如鬷夷氏师,还是环境变迁、天时不利,总之,夏君宝贝的四条"龙"死了一条。刘累藏起死"龙",还学着古人的方法用"龙"肉为夏君做了一道美味。当夏君意犹未尽地再次向刘累索求时,刘氏深知死"龙"欺君,罪在不赦,于是带着族人逃跑了。鬷夷氏、范氏都是春秋时尚在、并能述其家族史的人[②],故蔡史墨引之为证。

由此可知,"龙"无智,"龙"可驯养,"龙"肉可食,古之饲"龙"人春秋时传人尚在。

蔡史墨与魏献子还讨论了当时为何见不到"龙",人不能得到活"龙"的原因。《左传·昭公二十九年》:

> 献子曰:"今何故无之?"对曰:"夫物物有其官。官修其方,朝夕思之。一日失职,则死及之,失官不食。官宿其业,其物乃至。若泯弃之,物乃坻伏,郁湮不育。……龙,水物也。水官弃矣,故龙不生得。不然,周易有之:在乾之姤曰'潜龙勿用'。其同人曰'见龙在田'。其大有曰:'飞龙在天'。其夬曰'亢龙有悔'。其坤曰'见群龙无首,吉'。坤之剥曰'龙战于野'。若不朝夕见,谁能物之。"

这段话的意思是:魏献子问:"现在为何见不到龙了?"蔡史墨答道:"(古时对与人生活相关的)每一事物都设有专门的官职来管理。专职官员研习自己的技艺,朝夕不敢怠慢。若是失职,便有死罪,丢官砸饭碗。官员专心于自己的本职,他所掌管之物才会与人相伴。如果弃绝职守,所掌管之物便会离去隐藏,塞滞不生。'龙'是水生动物,(现在)水官的设置

---

① 刘累陶唐氏后,故当是华夏人。后来西汉皇室自认尧后,以此段历史为荣耀。
② 范氏为晋国贵族,与子产同时的范宣子为晋卿,执掌国政。《左传·襄公二十四年》:"(范)宣子曰:昔匄之祖,自虞以上为陶唐氏。在夏为御龙氏。"《国语·晋语》文同。

废弃了，所以人再不能见到活的'龙'（古时水官尽职，'龙'不远人）。不是这样的话，《周易》怎会有这么多关于'龙'的说法呢？乾之姤说'潜龙勿用'①，其同人说'见龙在田'，其大有说'飞龙在天'，其夬说'亢龙有悔'。其坤说'见群龙无首，吉'，坤之剥说'龙战于野'。如果不是天天见到'龙'，谁能各依其状态描述它们呢？"

太史墨的描述，使我们得见上古之时先民善待生物，保护资源和环境，人与自然和谐相处的情景。他提到在上古时期的生态环境下，"龙"是常见的，《周易》的记载就是证据。杜预注："今说《易》者皆以龙喻阳气，如史墨之言，则为皆是真龙。"太史墨的话，揭示了《易》朴实的本来面目，振聋发聩，警醒今人。秦汉以来以玄学说《易》，把《易》歪曲了。

那么，这些真"龙"是什么动物，后来都到哪里去了？

二

《说文解字·龙部》："龍，鳞虫之长，能幽能明，能细能巨，能短能长。春分而登天，秋分而潜渊。从肉、飞之形，童省声。"②许慎对"龙"的说解，说明在汉代，"龙"已从上古时一种真实的动物，演变为虚无缥缈的神圣之物了。人们总是崇拜存在于古代传说中的东西，越是不见于现实，越是方便人们赋予它种种神奇的色彩。《礼记》将"龙"列入"四灵"③，进而以"龙"为天子的象征。"龙"的地位越来越高。然而，真实的"龙"却因天不时、地不利、人不和，隐姓埋名，远避人世，归隐"江湖"了。不经过一番考察，难知真"龙"。

"鳄"字初见于《文选·吴都赋》。公元3世纪末，西晋文学家左思描写长江流域宽广浩瀚，水族繁多，有文曰："鼋鼍鲭鳄涵泳乎其中"。这是

---

① "乾之姤"与下文"同人""大有""夬""坤""坤之剥"等都是《周易》卦象，"潜龙勿用"等六条都是《周易》乾坤卦的爻辞。参见《周易》经文，《周易》经文言"龙"尽于此。
② 段玉裁：《说文解字注》，上海：上海古籍出版社，1980年版。
③ 《礼记·礼运》："何谓四灵，麟凤龟龙谓之四灵。"

关于鳄最早的文献记录。唐代李善注引与左思同时的刘逵注曰:"鳄鱼,长二丈余,有四足,似鼍(tuó),喙长三尺,甚利齿。虎及大鹿渡水,鳄击之,皆中断。生则出在沙上乳卵,卵如鸭子,亦有黄白,可食。其头琢去齿,旬日间更生。广州有之。"(《六臣注文选·左思吴都赋》)左思《三都赋》的写作准确时间尚有争论,但《吴都赋》及刘逵注完成于西晋太康年间(280—289)是可信的[①]。从刘氏描写其体型、攻击行为、卵生、齿落再生等特征,可知鳄就是今天的一种大型鳄鱼。

在晋以前的 2000 多年历史中,鳄了无踪迹,于公元 3 世纪突然出现在中国,显然是不合情理的。合理的解释是,长江流域以至更北边的黄河流域的丛林沼泽地区,自古以来一直生活着这种野生动物。它与人生活在同一地区,而古人竟忽略了它的存在。华夏古文献在 1000 多年的记载中竟然对它只字不提,也是不合理的。根据鳄的特征去复按《左传》、《国语》、《易》等古籍,它就是上古文献中的"龙"。

鳄鱼是一种古老的爬行动物,是恐龙的近亲。今天生活在长江流域的鳄鱼只剩下扬子鳄了。扬子鳄古称鼍,现在主要分布在安徽、浙江等地,现存数量非常少,濒临灭绝。西周以后,北方气候变冷,温暖湿润的丛林沼泽消失,鳄不能适应,约从公元前 6 世纪末起,便从黄河流域渐渐绝迹。而长江流域在相当长的时间内具有适于鳄类生存的自然环境,其中之一的扬子鳄便延续到了今天。扬子鳄长约 2 米,背部暗褐色,上覆盖着块状角质鳞片,生活在水边丛林沼泽地带,以鱼、蛙等动物为食。每年十月入洞穴中冬眠,次年四五月才出来活动。通常六月交配,七月产卵。上古的"龙"应是与扬子鳄习性相同而更大型的鳄。下面是鳄与上古文献中"龙"的特征比较。

关于外形,《说文》"龙……从肉、飞之形,童省声",释"龙"为形声字,是错误的。甲骨文"龙"为象形字,像张着大嘴、身体弯曲的动物,

---

[①] 关于左思《吴都赋》及刘逵注的写作,参见《晋书·左思传》,上海:古籍出版社,1986 年版,第 1522 页;余嘉锡:《世说新语笺疏》,上海:中华书局,1983 年版,第 246—247 页。

有的字形还表现了有四足、有鳞的特征。鳄生活在水边沼泽地区,《左传·襄公二十一年》云"深山大泽,实生龙蛇"。《孟子·滕文公下》:"禹掘地而注之海,驱龙蛇而放之菹(jù)。"赵岐注:"菹,泽生草者也。"鳄以肉为食,故虽丑陋凶猛,古人亦可"求其耆(嗜)欲以饮食之"。今南亚泰国有华人经营的鳄鱼养殖场,驯养大型鳄鱼,驯化表演,兼寝皮食肉,可谓当代的"豢龙氏"、"御龙氏"。

《说文》对"龙"的描述虽带有汉代人的神话色彩,却也能看出一些变形了的龙的特征。"龙……春分而登天,秋分而潜渊"(《说文解字》),指鳄春季开始出来活动,十月以后入洞冬眠。"能幽能明,能细能巨,能短能长",是说"龙"能隐能现,能大能小,能短能长。鳄可潜伏于水中,可现于陆地。《吴都赋》所述的鳄长二丈,是一种大型的鳄,成鳄幼鳄大小悬殊,故曰"能细能巨,能短能长"。古人有言:"在我们所知道的动物当中,这是仅有的一种能从最小的东西长成最大的东西的动物。因为鳄鱼卵只比鹅卵大不了许多,而小鳄鱼和卵的大小也相仿佛。可是当它长成之后,这个动物可以有十七佩巨斯[①]长或更长。"[②]

鳄交配产卵之时,正值黄河流域夏季多雨,人们把鳄频繁的活动与风雨的来临联系在一起,以为鳄与风雨雷电有密切的关系,进而视鳄为司雨之神,故《左传·桓公五年》有"凡祀,启蛰而郊,龙见而雩,始杀而尝,闭蛰而烝"之说。雩为求雨之祀。杜预注说此处"龙"为星座"苍龙宿",今不从其说。因"启蛰"、"闭蛰"、"始杀"(谷熟之时)皆为大地物候,"龙见"亦当一致。"龙见",当指鳄鱼出现。

"龙"字上古音 *g·rong[③]。鳄,又作鱷,《说文》无此字。依中古音韵地位,上古音"鳄"当为 *ngaak。"鳄"应当是魏晋时期长江流域土著人的语言中对鳄的称呼,"龙"为上古中原人对鳄的称呼。二者是不同的语言

[①] 佩巨斯,古埃及长度单位,十七佩巨斯,约长7.85米。[希腊]希罗多德,历史,第140页。
[②] [希腊]希罗多德:《历史》,王以铸译,北京:商务印书馆,1997年版,第140页。
[③] 郑张尚芳先生构拟"龙"*b·rong,笔者构拟"龙"上古音为 *g·rong。龚、奉转注见段注,以"龙"声谐"庞"broong,应是 *K->*P- 音变。参见周及徐:"上古汉语中的 *Kw- /*K- > *P- 音变及其时间层次",《语言研究》2003年第3期。

对同一动物的称呼，"鳄"是借入汉语的南方土著民族词语。在语言上，人们对所不知的新事物总是以当地人对它的命名来称呼，叫做"名从主人"。中原人初至南方，见水泽有此可怖之爬虫而不知为何物，询之土著，答曰"此 *ngaak 也"，中原人即以"鳄"字记之，从"鱼"明其为水族，同音字"咢"记其语音 *ngaak[①]。

先秦两汉时期，长江中下游流域的土著人应是东夷或稍后的百越民族，他们的语言是今天侗台语的祖语。后来汉族势力南下，他们便南移，居于今天中国东南和中南半岛一带。今台语中的"龙"，在下面四个台语方言中分别是：傣雅语 ŋək8，西双版纳语 ngək8，德宏语 ngək8，泰语 ngɯak8。[②] 发音与古汉语中的"鳄 *ngaak"极为接近，可知傣族人的龙就是鳄。

关于上古之"龙"为鳄鱼，还有一个语言线索。希腊语鳄鱼 κροκόδειλος，写成拉丁字母是 krokodilos，是复合词 krokē（卵石）+ dilos（爬虫）。希腊语来自于古埃及语的意译，这个词最早见于同《左传》一样古老的古希腊史书——"历史之父"希罗多德（公元前5世纪）的《历史》[③]。这个词可能远在希罗多德之前就存在于原始印欧语中了。龙 *g·rong 与 krok- 的相似是明显的。鳄鱼生活于热带亚热带地区，不见于古代欧洲境内。古希腊人是从古埃及人那里知道这个动物的。古埃及人也驯养鳄鱼，崇拜鳄鱼，还有鳄鱼神。有的则相反，以鳄鱼为美食。详见于希罗多德的《历史》。[④]

至于上古华夏语中的"龙"为何与印欧语的 crocodile（鳄鱼，源于古希腊语）相似，有兴趣的读者可参阅拙著《汉语印欧语词汇比较》[⑤]及有关文章，继续探索。

---

① 此以 ng- 代表国际音标中的舌根鼻音，下同。
② 邢公畹：《汉台语比较手册》，北京：商务印书馆，1999年版，第357页。
③ ［希腊］希罗多德著：《历史》，王以铸译，北京：商务印书馆，1997年版。
④ 同上书，第140—141页。
⑤ 周及徐：《汉语印欧语词汇比较》，成都：四川民族出版社，2002年版。

弃稷解

——探寻《大雅·生民》中的史前民俗

阅读提要：《诗经·生民》中后稷出生的神话，实际是上古华夏族弃婴习俗的曲折反映。本文从古文献、汉字学、民族史和语源探索的角度对其进行论证。

《诗经·大雅·生民》是周人歌颂其始祖英雄后稷的一首颂诗，生动地反映了早期周人的生活方式、宗教和文化。诗歌在神话和传奇故事的背后，透露出先周民族重要的语言、历史和人类学信息。

根据《尚书·尧典》记载："（尧）帝曰：弃，黎民阻饥，汝后稷，播时百谷。"据此，后稷与尧舜为同时代人。传说中的尧舜禹是同时代人，在夏开国前一至二代。故此诗创作的时代，约在公元前2200年—前2100年左右[①]。以诗歌所咏的内容看，此诗可能在后稷率领周人时就广为传唱，并且作为祭祀的颂歌代代相传。可能开初未写成文字，只在口头相传。经历了久远的年代之后，至迟在西周初年（前1046）后不久写成了书面文字。这与《荷马史诗》、《圣经·旧约》等远古史诗长期口头流传、后来才写成文字的情形是大致相同的。

▲ 此文原发表于《宋永培先生纪念文集》，北京：中国文联出版社，2008年版。此次出版有改动。

① 以夏开国在公元前2070年。根据《夏商周断代工程1996—2000年阶段成果报告》（夏商周断代工程专家组）的年表，第86—88页。本文夏商周年代皆据此。

一、后稷遭弃解

后稷出生的故事在《大雅·生民》中记叙最详,《史记·周本纪》取材于此。

> 厥初生民,时维姜嫄。生民如何?克禋克祀,以弗无子。履帝武敏歆,攸介攸止。载震载夙,载生载育,时维后稷。

这是说,姜嫄是踏上了天帝的足印而孕生后稷的。姜嫄是有夫之妇,即使如人所云,推翻《史记》所说"姜原为帝喾元妃",帝喾不是她的丈夫,后稷也是有父亲的。因为后稷姓姬,并且把这个姓一代代地传了下去,说明他的父亲是姬姓族人。姬姜联姻,即黄炎两族结亲,是上古华夏族的常例,是可信的。不过,这就有些奇怪了,明明姜嫄有丈夫,后稷父系明确[①],为什么偏说是上帝生的呢?

再来翻检一下,华夏族的传说中,多有此类似故事。《史记·殷本纪》记商始祖契之生:

> 殷契,母曰简狄,有娀氏之女,为帝喾次妃。三人行浴,见玄鸟堕其卵,简狄取吞之,因孕生契。

《史记·秦本纪》记秦始祖大业之生:

> 秦之先,帝颛顼之苗裔孙曰女修。女修织,玄鸟陨卵,女修吞之,生子大业。

很明显,这些"玄鸟"也是神灵的化身。契为商之祖,族姓子;大业为秦祖,族姓嬴,父系是明确的。只从传说来看,有好些人都是父亲之外的"神"所生。

也许是这些人本人或其后代,在后来功业赫赫,人们便造出一段神话来谄媚他们?但是又很奇怪了,既然是上帝的孩子,就有足够的理由活下

[①] 有一种流传很广的说法:姜嫄当母系氏族社会,以解释后稷无父,为上帝所出。此说系推测,缺乏证据。文献和考古的诸多证据表明,华夏族在黄炎以来早已是父系氏族社会时代。

去，为什么还要把这样一个如此值得珍惜的宝贝给抛弃了呢？在叙述了姜嫄不平凡的受孕并顺利生产后，《生民》是这样描述的：

> 诞置之隘巷，牛羊腓字之。诞置之平林，会伐平林。诞置之寒冰，鸟覆翼之。鸟乃去矣，后稷呱矣。实覃实吁，厥声载路。

牛羊践踏，野兽吞噬，冻卧冰雪，对婴儿反复施行残忍的杀戮行为，哪里是表演作秀，简直是"必欲置之死地而后快"。《生民》的前后矛盾之处，让我们怀疑这首传唱千古的英雄颂歌后面掩藏着什么。

《尚书·尧典》还记载了后稷名"弃"。司马迁解释了这个奇特的人名的由来。《史记·周本纪》：

> 周后稷，名弃，其母有邰氏女，曰姜原。姜原为帝喾元妃。姜原出野，见巨人迹，心忻然说，欲践之，践之而身动如孕者。居期而生子，以为不祥，弃之隘巷，马牛过者皆避不践；徙置之林中，会山林多人，迁之；而弃渠中冰上，飞鸟以其翼覆荐之。姜原以为神，遂收养长之。初欲弃之，因名曰弃。

原来，后稷是弃婴，侥幸活了下来，故小名就叫"弃"，虽然难听，但很真实。太史公真是不凡，他告诉我们的这个极为细节的"弃"字，却是打开《生民》之谜的钥匙。

《说文解字》："棄，捐也。从廾推芉弃之，从𠫓，𠫓，逆子也。𠩘，古文棄。"[①] 棄字像双手持箕弃子之形，释形虽是据小篆，但几乎完全正确，许君确是"受之通人"。但所释之义是词义引申之后的抽象的一般意义。

1. 甲骨文 　　2.《说文》小篆 　　3.《说文》古文

---

① ［东汉］许慎：《说文解字》（下），北京：中华书局，1963年影印版，第83页。

4. 繁体　　　　　5. 简体　　　　　6. 甲骨文 毓/育

弃，甲骨文乃是会意字，双手持箕，盛初生之子（金文及战国古文字形"子"头朝下，意指初生之子）欲弃之，初生子旁还有点滴状之血水或羊水。"毓"（图6）本义为妇女生子，字右旁字形同。今通行之"弃"为其古文（图3），双手持一倒子，欲弃之。这真是令人瞠目结舌，竟为这种残忍的行为专门造了一个字，而且广为使用！可见不是偶然有之，而是当时经常出现的一种行为的专门名称。其余的弃婴都悲惨地死去了，只有后稷活了下来，将同一命运而夭折的孩子们的共有名称连同自己的生命一道保存了下来。"弃"由描述一种专门事件的词引申演变成为一个常用的动词，意义为"抛弃，丢弃"。这个词汇由特殊到一般的演变能力，也在证明弃婴风俗在当时是普遍的。"弃"字形结构所表示的意义与《生民》故事的一致，还提示我们，一部分汉字早在夏代以前就已经产生了。

《后汉书·东夷列传》为我们提供了又一个证明：

初，北夷索离国王出行，其侍儿于后妊（音人鸠反）身，王还，欲杀之。侍儿曰："前见天上有气，大如鸡子，来降我，因以有身。"王囚之，后遂生男。王令置于豕牢，豕以口气嘘之，不死。复徙于马兰①，马亦如之。王以为神，乃听母收养，名曰东明。②

这一段故事，不是《生民》故事的偶然巧合，也不是《生民》的抄袭。它记述了古人弃婴之俗及其原因，依本来面目，没有饰之以神话（除了吞气怀子以外），成为这类故事系列中最完整的模式。而《生民》、《殷

---

① 《后汉书》李贤注："兰即栏也。"
② ［南朝宋］范晔:《后汉书》，北京：中华书局，1965年版，第2810—2811页。《三国志·魏志》、《乌丸鲜卑东夷传》裴松之注引《魏略》，文字略异，作"北方有高离之国……王捐之溷中……不死。王疑以为天子也……"（《三国志》，北京：中华书局，1959年版，第842页。）裴注更为切近。

本纪》和《秦本纪》都是不完整的。《生民》掩盖了姜嫄的困境和悲苦，饰以神话，但真实地记录了弃婴之俗。《殷本纪》和《秦本纪》都省略了弃婴的疯狂行为，并且编织了神话。

原来，在当时的风俗下，如果不假托是上帝之子，这个孩子就难以活下来。为了保住自己的孩子，姜嫄编造了受孕于上帝的神话，在残暴而疯狂的族人面前，她是勇敢的母亲。这就是《生民》前三章的幕后。后稷是当时无数个头胎弃婴中幸运的一个，逃过劫难，终成大业，成为英雄，也把母亲为他编织的神话变成了"正史"。

二、关于"杀头胎"的争论

这种野蛮的弃婴风俗从何而来？在历经了近两千年的历史演进之后，已经高度文明的华夏人早已远离了这种血腥的行为，故而司马迁、毛亨、郑玄等都被"上帝赐子"的神话所蒙蔽，不能读出《生民》的破绽。连"弃"字形为弃婴，这个送上门的"钥匙"，也被著名的清代学者解作了"㐬者，不孝子，人所弃也"（段玉裁《说文解字注》"㐬，逆子"），与事实相去甚远。的确，没有见过这种习俗，难以理解这种现象。看来，只在后来的中原华夏人的生活圈子中打转，是难以解开这个谜了。

比较，是学术研究的法宝，既是语言学研究的法宝，也是人类学研究的法宝。在邻近的民族中，直到西汉时期还保持着这种习俗。《汉书·元后传》记京兆尹王章对汉成帝说：

> 羌胡尚杀首子以荡肠正世，况于天子而近已出之女也（颜师古注：荡，洗涤也。言妇初来，所生之子或它姓。宋祁注：肠当作腹）[1]。

在远古之时，男家部落杀死初嫁来的女子的头胎子，是保证妻子所生确是自己血脉的原始方式。华夏民族本是游牧民族，与戎狄羌等本是一源[2]，故周、殷、秦皆有此风俗，从而殷周秦三《本纪》均有此类传说。

---

[1] ［汉］班固：《汉书》，上海：中华书局，1962年版，第4020页。
[2] 周及徐：《戎夏同源说》，中国文化研究，2008年第3期，第123—132页。

"先生如达（头胎生子顺利如小羊出生）"，诗句说得很明白，后稷的确是姜嫄的头胎子。兄弟民族尚存的习俗，是《生民》故事最好的注脚。

裘锡圭先生有文《杀首子解》①，以《韩非子》、《淮南子》和《管子》书中记易牙烹首子以进齐桓公的故事为例，以"献新之祭"解之，即向神奉献新的收成以求"宜弟"，以换来此后生产的丰收和人口的平安，并推之以解羌、蛮之中的杀头胎之俗。又广泛征引世界各地民俗以为据，以此否定章太炎、杨树达认同的"杀首子以荡肠正世"说。②然据《生民》事，我们不同意裘文的观点。弃婴寒冰在冬，与"秋尝"不相干，亦非初夏献新之祭。后稷又直以"弃"为名，是捐弃而非奉献甚明。《生民》故事为弃婴，毋庸置疑，难与"献新之祭"附会，所以裘文难用《生民》事。周弃出生的故事是杀首子以正血缘之习俗的生动例子，是裘文观点之反证。以此，《墨子》越东𫊓沐国、楚之南啖人国、《后汉书·南蛮传》南蛮噉人国之杀首子，亦当是同一习俗。只是杀之尚不尽意，竟又食之，可能当事者至少在心理上认为，他们残害的是情敌的后代。否则难以解释这种毫无人性的行为。

三、语源的探索

弃，诘利切，溪脂开三 A 去。各家上古汉语拟音是：王力 *khiet，郑张尚芳 *khlids，白一平 *khjits，李方桂 *khjidh。王力上古韵在质部，郑张尚芳系统在上古韵脂 1 部（去声至 1 部），各家主元音多为 *-i，不同之处在郑张尚芳构拟为复声母 *khl-，词尾有 *-il。笔者修改拟音为 *khils。理由是，复声母中的 *-l- 在三等韵不是必有的成分；与郑张尚芳音系相应的脂 1 部平声 *-il 相比较，去声是 *-s 尾的转换，不一定要与入声尾 *-t/-d 相联系。

---

① 裘锡圭："杀首子解"，《中国文化》（第 9 辑），上海：三联书店，1994 年版。
② 章炳麟《检论·序种姓上》；杨树达《易牙非齐人考》、《积微居小学述林》，北京：中国科学院出版社，1954 年版。

这个词对应于古印欧语：

> 英语 kill，杀，来源于中古英语 killen。kellen，打击，杀（此前语源不明）。可能同源于 quell，来源于古英语 cwellan，杀戮，屠杀。同源词有：古撒克逊语 quelian，凶残地折磨；古高德语 quēlan，遭受刑罚；古冰岛语 kvelja，折磨，杀死；立陶宛语 gēlia，使他人受伤害。[1]

印欧语词源例主要是日耳曼语族词，有一例是斯拉夫语族中最古老的语言立陶宛语。有一点不对应的是日耳曼语族词首辅音是圆唇音。这也可解释，在高元音前，圆唇舌根音常常失去圆唇变为不圆唇音，如汉语的"季"：kwi>ki。

没有深究相应的古代文化和习俗之前，说汉语的"弃"与印欧语的 kill 语源对应，没人信。读了上面的讨论以后，也许就不同了。汉语和印欧语的关系，还真有些端倪。[2]

---

[1] 译自：Eric Partridge, Origins, a Short Etymological Dictionary of Modern English, London, 1966, p. 328.
[2] 周及徐：《汉语印欧语词汇比较》，成都：四川民族出版社，2002年版。

《红楼梦》"护官符"新解

阅读提要：《红楼梦》留下许多未解之谜，"护官符"是其中之一。解开这些谜，是真正领悟《红楼梦》原著的重要关节。本文结合小说原文、脂批和相关史料，试解作者藏在"护官符"中的曲折隐晦之谜。

笔者不是研究《红楼梦》的专家，只是爱读《红楼梦》。一日午后，躺在春天的阳光下，忽然想到"护官符"应是另有深意。要说贾家等豪富势大，有许多词语，为何偏用了那些新奇的字句？进而寻思，"白玉为堂"不就是"皇室"二字吗？由此破绽，一路想下去，竟几乎是句句有解。也有难解的，比如"珍珠如土金如铁"，苦苦思索，也难以得解。没想到曹雪芹藏在"护官符"中的谜，竟被笔者破了几成。又暗叹作者成竹在胸，故事伊始，已预伏了结局。又自思是否早有高人作解，只是笔者孤陋寡闻。浏览查寻，有言"白玉为堂"应增字为"汉白玉"，指贾家原为汉人；"金作马"指曹氏为后金（清）人，为奴做"牛马"；又有言"东海缺少白玉床"是指"东床快婿"等等。纷然杂陈，不一而足。所见种种，尚未见有与愚解相同者。

故冒昧撰此稿，以己说新见，命之"新解"，就教方家。

一、护官符及其谜面：富贵显赫之家

"护官符"是《红楼梦》中的一首"谚俗口碑"，用今天的话说就是一首流行的顺口溜。"护官符"一词是作者的创造。民间有"护身符"，相信它可保佑人消灾免祸。作者从此词化出"护官符"，寓意可保人官运亨通。

脂砚斋批语"三字从来未见,奇之至"[1]。

"护官符"见于《红楼梦》第四回《葫芦僧乱判葫芦案》中门子和贾雨村的对话。原文是:

> 门子……一面说,一面从顺袋中取出一张抄写的"护官符"来,递与雨村,看时,上面皆是本地大族名宦之家的谚俗口碑。其口碑排写得明白,下面皆注着始祖官爵并房次。石头亦曾抄写一张,今据石上所抄云:
>
> 贾不假,白玉为堂金作马。(宁国荣国二公之后,共二十[2]房分,除宁荣亲派八房在都外,现原籍住者十二房。)
>
> 阿房宫,三百里,住不下金陵一个史。(保龄侯尚书令史公之后,房分共十八,都中现住者十房,原籍现居八房。)
>
> 丰年好大雪,珍珠如土金如铁。(隐薛字)(紫薇舍人薛公之后,现领内府帑银行商,共八房分。)
>
> 东海缺少白玉床,龙王来请金陵王。(都太尉统制县伯王公之后,共十二房,都中二房,余在籍[3]。)
>
> ——《红楼梦》甲戌抄本,第104页

括号中的字,是相应的句子之旁的夹批。但根据文中的交代"下面皆注着始祖官爵并房次",则应是原书带有的注文,邓遂夫庚辰校本注恢复了原貌[4]。"丰年好大雪"旁批"隐薛字"三字,不像是脂砚斋批语。因为本句注文和下文门子之言已明说"丰年好大雪"指"薛",不用赘言。如此,则整个"护官符"没有脂批。这是一个奇怪的事情。从字面来看,用"护官符"描述贾史薛王四家的富贵奢侈,是很明白的,几乎人人能懂。门子所言:"如今凡作地方官者,皆有一个私单,上面写的是本府最有权有势、极富极贵的大乡绅名姓。各省皆然。倘若不知,一时触犯了这样的人

---

[1] 曹雪芹:《红楼梦》(甲戌影抄本),沈阳:沈阳出版社,2007年版,第103页。
[2] 甲戌本"二十"倒作"十二",误。
[3] 甲戌本脱"在籍"二字。
[4] 邓遂夫校订:《脂砚斋重评石头记庚辰校本》(修订版),北京:作家出版社,2006年版,第146页。

家，不但官爵，只怕连性命还保不成呢"[①]，也很明白。

然而，对这样一个开章明义、介绍小说核心的四家族的纲领，先后七八次批书、留下上千条深知"内情"的批语的脂砚斋却没有批语，保持"沉默"。是什么原因让她（或他）缄口不语呢？只有一点可以排除：显然不是"护官符"简单明白，不需要出批，而是另有隐情，"明白"中藏着不明白。

二、护官符谜底之一：依附皇家荣宠盖世

《红楼梦》是一部谜一般的特殊小说，这并非只是说它的后半部佚失，留下了许多未解之谜。《红楼梦》中，作者常用字面之下另藏意义的写法。作者深谙中国传统文化，对语言文字有很高的驾驭能力，常用意会、拆字、借音、双关、隐喻等办法来写作。这不仅仅是艺术手法，更多的是迫于写作的环境，只能曲折地传达出不能直白、但又极重要的事情。《红楼梦》是多层的。"护官符"就是一个典型的例子。

"贾不假，白玉为堂金作马。""白玉"结合，是"皇"字。古文字"玉"并无一点，汉字的"斜王旁"实际上是玉旁，如"理玞玨"等是。"堂"与"室"是近义词，可代换。所以"白玉为堂"隐"皇室"二字。

"金作马"，汉乐府《相逢行》有"黄金为君门，白玉为君堂"句，本来是"黄金为君门"，改为"金作马"，似乎都是形容富贵奢侈，意义相同。但一字之改并非只为押韵。马是人的坐骑，"金作马"言其贵，意为"贵骑"，音借为"贵戚"。

"贾不假，白玉为堂金作马"解开来，是"贾家并不虚假，实是皇室贵戚"之意。《红楼梦》中，贾政之女元春"才选凤藻宫"升为皇妃，是贾家势位的靠山。这一句隐含了真实的故事，既不可明言，又心欲人知，所以用隐语。

[①] 曹雪芹：《红楼梦》（甲戌影抄本），沈阳：沈阳出版社，2007年版，第103页。

为何不可明言？小说中的贾家就是小说作者曹雪芹的曹家。曹雪芹的祖父曹寅是深得康熙皇帝信任的臣子，任江宁织造。雍正时期，曹家在雍正铲除异己的严酷的政治打击下败落，沦为罪臣。作者若直出一腔悲愤，只能是人亡书毁。"护官符"中有意暗示了贾家背后的真实。"贾"为何"不假"？它是真的，只需变一下字形就是："曹"字把头上的两短竖移到下面"日"之下，再把"曲"字中间的一横移到"日"的中间，"曹"字就变成了"贾"字。简言之，"曹"字"改头换面"就是"贾"。可知，《红楼梦》中，贾家之所以姓"贾"，不仅是人所共知的"假语存"、"真事隐"，更重要的，是"贾"就是"曹"的改头换面，说"贾"家就是说"曹"家。选这个"贾"字作《红楼梦》描写的大家族的姓氏，包含了作者多少苦思、多少血泪！这一切，深知隐情的脂砚斋心底雪亮，却不能下批。

"阿房宫，三百里，住不下金陵一个史"。阿房（ē páng）宫，是秦始皇为自己建造的宫殿。杜牧《阿房宫赋》："六王毕，四海一。蜀山兀，阿房出。覆压三百余里，隔离天日。骊山北构而西折，直走咸阳。"极写其豪奢。然而这里并不仅是借阿房宫来写史家（小说中的贾家），说其家极富豪，庞大的阿房宫都住不下。"阿房宫，三百里"隐含之意为"秦皇行宫"，暗谐"清皇行宫"。在作者熟悉的金陵老话中，"秦"与"清"皆为前鼻音韵尾，声韵相同，可以谐音。这合于吴语或江淮官话特点。曹雪芹及其家人原皆南京人，获罪后迁移北京。《红楼梦》的语言虽以北方话为主，时有南方话成分。江淮官话和吴语语音在《红楼梦》中时时现出，如小说中"秦"时常谐音"情"。

小说中贾母的原型是江宁织造曹寅的妻子，贾母的娘家是苏州织造李煦家，贾母是李煦的亲妹妹。李煦和曹寅都是康熙皇帝信任的内臣，李曹两家关系极好，李煦把自己的妹妹嫁给了好友曹寅。康熙皇帝南巡，曹、李两家多次接驾，"把银子都花的淌海水似的"（《红楼梦》第十六回赵嬷嬷语），所以史家又是"清皇行宫"，点出史家实际的身份和地位。作者还恐怕读者不知，又添上一笔：姓"史"偏写成"一个史"，看似多余，却不多余:"一"加"史"即"吏"字,谐音"李"。作者着意点出,史家就指李家。"阿房宫,三百里,住不下金陵一个史",暗含意思是:原曾是"清皇行宫"的显赫的李家,后来竟势败破落,主人离去(住不下)。

贾史两家,一个是"皇室贵戚",一个是"清皇行宫",那气势,就像是康熙年间的两艘永不沉没的泰坦尼克号,谁会想到他们后来的悲惨的覆没呢?所以"住不下"三字的意义,读者通常是想不到的。

"丰年好大雪,珍珠如土金如铁。"这个"雪"就是小说中的薛家,"护官符"本句注文和下文门子之言已明说了,不成问题。谜在后半句,说薛家是"珍珠如土金如铁"。俗语有"挥金如土",这里却不用,改成了"如铁"。表面上看是因为"铁"与"雪"字押韵,实际另有用意。"珍珠如土",为白色粉末,应指"银粉";"金如铁",只是黄色硬块或材料,应为"黄材"。合起来是"银粉黄材",谐音是"银分皇财",指薛家的钱财直接来自皇家,正与护官符本句注"现领内府帑银行商"(皇家内务府的皇商)相符合。这句暗含的意思是:薛家富贵豪奢,"银分皇财"。这一家的实际所指,由于今史料有限,已难考。

"东海缺少白玉床,龙王来请金陵王。"这是指小说中的王家。"都太尉统制县伯王公之后"王子腾,是王夫人、薛姨妈之兄,王熙凤的伯或叔。在小说中初任"京营节度使",后擢"九省统制",又升"九省都检点"。作者虚拟的这些官职,意在说明王氏是皇帝亲点的重臣,地位极高。字面的意思是,东海龙宫是传说中的集天下珍宝之地,然而龙王没有的东西,也要来找金陵王家求取,因王家富盖龙王。谜面之下,"白玉"自然仍是"皇"字("白玉"隐"皇"字,"护官符"用了两次)。"床"是古人坐寝所用,皇帝的宝座又称"龙床",登皇位有"坐龙床"之说,藏一个"位"字(座即是位),"白玉床"即"皇位"。"东海缺少白玉床,龙王来请金陵王",暗含的意思是:"东海龙王"没有皇位,来找金陵王帮忙,意即金陵王"奉献皇位"。

王家实指历史上的何人,一直难定。此句解谜后,可以帮助确定。雍正皇帝的大臣隆科多本姓佟。清初时,佟家的女儿嫁了顺治,生康熙。顺治佟氏皇后的兄弟佟国维的女儿佟佳氏又嫁了康熙（姨表兄妹结婚），隆科多即是佟国维第三子，雍正帝的舅舅。在康熙病重之时，隆科多口宣传位遗诏，助雍正夺位成功，因爪牙之力而为重臣。雍正初年，隆科多权倾朝野，集国舅、太保、尚书、步军统领于一身。其"步军统领"职掌京城武装，紫禁城守卫，与小说中王子腾"京营节度使"相符。雍正为皇子时封为"和硕雍亲王"，早时为王子，后登天子位，天子为龙，故称其未继位时为"龙王"。"龙王"冠以"东海"二字，为进一步点破所指。"雍亲王"之"雍"字，《水经注》："四方有水为雍。"此义含"四"和"水"，胤禛为四皇子，"水"代换为泛指大水的"东海"。大概康熙诸王子封号中，唯"雍"与水直接有关，故"东海龙王"正可代指雍正。"雍"字本义为和乐，康熙赐儿子这个封号，本该是寄望四子性行和顺。殊不知天不从人，"和硕雍亲王"继位后，残害所及遍于自己的兄弟、父亲无辜的旧臣，甚至有功于自己的鹰犬，成了历史上有名的暴戾之君。

曹寅的母亲孙氏做玄烨的奶娘，应与顺治佟氏皇后的选择有关。曹、佟两家关系密切。小说中，王家与贾家有姻亲关系，以佟、曹两家的地位和关系来说，是有可能的，而今无史料确证。又小说中王家为金陵人，与史家也是金陵人（实在苏州）相同，是作者的虚构。"护官符"这一句所隐藏的政治背景最大，揭老底，直刺当朝痛处。对此，脂砚斋尤其不能下批，而寄意读者能自己悟出。

"护官符"中每一家族的句子中，谜底都隐一个"皇"字，显示出四家族与皇室的密切关系以及由此而来的显赫地位。"护官符"前二句的贾史两家关系最为密切，王家在最后，关系要远一些，却伏着四家族败落的重要信息。

三、护官符的谜底之二：一败涂地血泪斑斑

《红楼梦》的另一写法是"草蛇灰线，伏延千里"。"护官符"是多层的，它不仅揭示了四家族的豪奢和生活原型，还预示了四家族在小说后半

部的结局,即"一损俱损,一败涂地",实是一张"败官符"。本回中门子语可这样读:"一时触犯了,这样的人家不但官爵,只怕连性命还保不成呢",正相应于脂砚斋夹批:"可怜、可叹、可恨、可气,变作一把泪也。"可见是有实指的。虽然小说八十回后佚失,我们失去了小说依据的真实生活的许多资料,可前半部中"护官符"作为小说中四家族命运的总纲,为我们提供了线索。1959年,南京发现《石头记》靖藏本,"护官符"旁有脂批说:"四家皆为下半部伏根。"怎么伏根?前面是"一荣皆荣",下半部自然就是"一损皆损"。四家之姓"贾、史、薛、王",暗谐"枷、死、削、亡",与雍正剪除旧党、排斥异己和杀人灭口相关。

雍正五年(1727)十二月,新年除夕之时,雍正亲自下诏,在惶恐中待罪数年的曹家终被查抄。曹雪芹的父亲、江宁织造曹頫戴枷受刑,游街示众[①]。"护官符"当改唱:"枷不枷?皇室贵戚不免他。"这是"枷"。

雍正元年(1723)七月,苏州织造李煦被查抄,获罪下狱[②]。五年秋(曹家获罪数月前),流放黑龙江打牲乌拉,次年二月,无衣无食冻饿而死于流放所[③]。曾是"清皇行宫"的李家,"一个史"(李煦)"住不下"去了,以老迈之年被流放到天寒地冻的黑龙江。这是"死"。老南京话中,"史死"同音。

"削"是削去官职或爵位。南京话"薛削"也同音[④]。这有很多事可指。与曹家关系最大的是:雍正五年,平郡王纳尔素(康熙指婚为曹寅的女婿,曹雪芹的姑父)被雍正削去王爵官职,圈禁在家[⑤]。从"丰(逢)年好大雪"来看,这场灾祸发生在隆冬。

兔死狗烹。雍正五年十月,"国舅爷"隆科多被雍正惩治,抄家革职,本人圈禁而死[⑥]。"龙王来请金陵王(亡)",小说中最后让王家"灭亡"

---

① 周汝昌:《曹雪芹新传》,济南:山东画报出版社,2007年版,第97,100页。
② 同上书,第49—54页。
③ 同上书,第92,103页。
④ 侯精一:《现代汉语方言概论》,上海:上海教育出版社,2002年版,第62,170页。
⑤ 周汝昌:《曹雪芹新传》,济南:山东画报出版社,2007年版,第87页。
⑥ 同上书,第95—96页。

的,应该还是这个"东海龙王"。王家的"王"是"灭亡"的谐音。

在雍正掀起的清洗风浪中,显赫一时的各大家族相继败落,这就是小说中四家族的原型在生活中的结局。今已不能尽知曹雪芹在小说后半部中做了怎样精心的艺术处理,但主要的梗概应与"护官符"所示相差不远。

曹雪芹曰:"满纸荒唐言,一把辛酸泪。都云作者痴,谁解其中味?"拙文也算是对"其中味"之一解吧,不知愚见有几分能达曹公之意?

《汉书·扬雄传》及颜注"京师谚语"校误

阅读提要： 传世本《汉书·扬雄传》中有京师谚语"惟寂寞，自投阁；爱清静，作符命"，其文意与前后文不符，以《文选》注、《太平御览》等文献相校，见其错误。

《汉书·扬雄传》文末赞语云：

王莽时，刘歆、甄丰皆为上公，莽既以符命自立，即位之后欲绝其原以神前事，而丰子寻、歆子棻复献之。莽诛丰父子，投棻四裔，辞所连及，便收不请。时雄校书天禄阁上，治狱使者来，欲收雄，雄恐不能自免，乃从阁上自投下，几死。莽闻之曰："雄素不与事，何故在此？"间请问其故，乃刘棻尝从雄学作奇字，雄不知情。有诏勿问。然京师为之语曰："惟寂寞，自投阁；爱清静，作符命。"注："师古曰：以雄《解嘲》之言讥之也。今流俗本云：'惟寂惟寞，自投于阁；爱清爱静，作符命。'妄增之。"

读其文，《汉书》正文引"京师（谚）语"有误。如文中所记，连王莽亦知扬雄潜心学问，"素不与事"，未参与甄丰父子和刘棻作符命之事，何得云扬雄"爱清静，作符命"呢？这条谚语显然与前后文意相违。颜师古注引"流俗本"记京师语，则以为前三句妄增为四字，后一句不误，以正文为是。如此则《汉书》正文及颜注引"京师（谚）语"，以及颜师古的校语，对照前后文意，都是不通的。以下检寻其他文献，校而正之。

王先谦《汉书补注》同文下注："宋祁曰：注文'作符命'当云'作符作命'。"按：宋祁已察觉颜注所称"流俗本"谚语前后不一，其余皆四字句,唯末句为三字,是引用有误。然宋祁不明错于何处,认为当补一字,末句为"作符作命"。并没有根据。

《四部丛刊》本《六臣注文选》(上海涵芬楼藏宋本,唐吕延祚开元六年序),其中谢灵运《斋中读书》诗:"既笑沮溺苦,又哂子云阁",李善注:"时扬雄校书天禄阁上,理(汉书原作'治')狱使者来,欲收雄。雄恐不能自免,乃从阁上自投(汉书有'下'字),几死。京师为之语曰:'惟寂惟漠,自投于阁。'"同于颜师古所谓"流俗本"。此谚语后二句,李善注未录,然依此知谚语当为四字句。

《太平御览》四百九十五卷,人事部一百三十六谚上:"王莽立后,复上符命者,莽尽诛之。时杨(扬)雄校书天禄阁,使者欲收雄。雄恐,乃从阁自投,几死。京师为之语曰:'惟寂惟寞,自投于阁。爰清爰静,无作符命。'"作四字四句。上二句惋惜扬雄寂寞度日,潜心学术,不与政治,却横遭治狱使者拿问,惶恐跳楼,祸起无端。下二句赞许扬雄清静为人,无意升迁,不作符命谄媚当道,避免了甄丰父子和刘棻弄巧成拙的悲惨命运,逃过大难。"爰清爰静,无作符命"又是"京师谚语"对世人的告诫,意为做人应当安分过活,妄作符命换取腾达,只会枉送性命。与《扬雄传》赞语前后文意合。

颜师古本《汉书·扬雄传》正文三字谚语"惟寂寞,自投阁;爰清静,作符命",及所引"流俗本"字数参差的谚语"惟寂惟寞,自投於阁;爰清爰静,作符命",与《扬雄传赞》前后文意龃龉,是定其为误的主要原因。尤其第三四句,脱一"无"(通毋)字,文意大谬。甄、刘等人,皆因不甘清静,觊觎升迁,妄作符命,才大祸临头。"爰清静,作符命"如何讲得通?《太平御览》所引"爰清爰静,无作符命",与文意正合,《汉书》正文讹误无疑。倒是颜氏斥为"妄增"的"流俗本",仅脱一字,为我们提供了正误的线索。推测致误原因,当是颜师古等人见《汉书》"流俗本"谚语前三句皆四字,末句只有"作符命"三字,疑有误,遂于前三句中各删一字,足成三字谚语。殊不知,古人抄书易脱字,补一字则文意完全,何用连删三字?况且,四字成句,起自《诗经》,歌咏天然，何用斩削？

中华书局标点本《汉书》(1962)，以清光绪王先谦《汉书补注》为底本，参以北宋景祐本、明末毛氏汲古阁本、清乾隆武英殿本、同治金陵书局本，以较早的宋、明、清本校王先谦本整理而成。(见中华书局标点本《汉书》序)所校《汉书》依据的是先后时代的《汉书》版本，同一系统，其中错误自然会前后因袭，故难以校出此谚语的错误。如果扩大范围，以《汉书》之外的材料（如《太平御览》等类书）相校，则可能得到新的证据。

《太平御览》所引《汉书·扬雄传》京师（谚）语"惟寂惟寞，自投于阁。爰清爰静，无作符命"，句式齐整、押韵。上二句言扬雄无辜遭祸，下二句言扬雄清静得存，与《汉书·扬雄传》赞语前后文意相合。《太平御览》所引当是班固《汉书》原文。

杜道生先生《论语新注新译》前言

　　杜先生道生，字高厚，四川乐山人。1912年10月生。父亲为乐山商人。杜家重教育，子女以读书为要。有兄弟六人，杜先生排行第六。杜先生少年时在乐山读私塾，后就读于省立乐山县中。毕业后又到成都四川省高级师范学校附属中学就读。

　　1934年至1937年之间，杜先生先后考入四川大学、北京辅仁大学、北京大学就读，曾先后受教于陆宗达、胡适、钱穆、朱光潜、唐兰、沈兼士等名师。曾受业于沈兼士先生，研读段玉裁的《说文解字注》。先生不轻言自己的往事。然而一次在家谈起这段经历，先生缓缓地说："我走上这条道路，至今五十多年了。当年在北大，与同学一起参加'一二·九'运动，上街游行，被军队的水龙冲散，棉衣湿透，时值寒冬，结了冰，藏在路边的一个门洞里，冷得打战。回去以后，发烧生病在床。沈兼士先生派同学来问候。病愈后去见沈先生，沈先生对我说：'道生啊，中国的传统文化几千年了，需要人来继承。你来跟我学习吧。'我从此走上了这条路。五十多年了，我一直记着先生的话，走选定的路。今天想来，我一点不后悔。"

　　1937年7月，抗日战争爆发，杜先生从北大毕业，随流亡学生向南方撤离。杜先生回到四川，在成都、乐山等地的私立和公立中学教书。新中国成立后，1950年任乐山省立中学校长。1956年，四川师范学院（今四川师范大学前身）由南充迁成都东郊狮子山，杜先生应邀入中文系任教，直至1987年退休。

▲　此文是作者为杜道生先生《论语新注新译》（中华书局2011年版）一书所写的前言。

杜先生毕生从事汉语言文字教学，孜孜不倦，乐此不疲。熟读经典，能背诵《说文解字》，于段氏《说文解字注》尤熟，学生称为"活字典"。一次到先生家请益，问到《说文解字》中的一个字，先生当即说这个字在第几卷、属于何部的第几个字，并要我从架上抽取大徐本《说文》翻看。他在一旁诵说该字的说解，我和书中的内容相对，毫发不爽。先生的书屋里放着好多本《说文》，在屋里的任何一个座位，都可以随手取到。先生80高龄时仍在指导学生。至今在家休养，仍每日手不释卷。先生讲学著述皆谨慎细心，字字有据，不妄作，引据前人而自有心得。先生有所著述，则以蝇头小楷誊写整洁，自费油印，分赠友人和学生。所著述至今多未公开发表，计有（不完全统计）：《论语注译》、《说文段注义例辑略》、《汉文学学常识》、《三字经译述》、《千字文简注》、《四川扬琴唱本》（整理），以及许多零篇散章。其《说文段注义例辑略》一稿，曾在1979年编纂《汉语大字典》期间，油印供《汉语大字典》编写组内部使用。

杜先生生活俭朴。住在四川师范大学校园中两间旧室，二十多年如一日，怡然自乐。学校分配新房给他，他多次拒绝，不肯迁入。直到2008年春，趁他生病住院，才"强行"给他搬了家。杜先生慷慨助人，经常以自己节俭下来的薪水帮助生活困难的人。而先生自己节衣缩食，在公共食堂打饭，着粗布工作服，抽自己卷的"叶子烟"（烟叶）。新入学的同学不知，以为他是学校的一个老工友。"文革"中，老师们从农场劳动返校，"造反派"命令接受思想改造的老师们两人合住一室，安排杜先生和徐仁甫先生共住。房间小，只能摆下杜先生的一只木床，于是两位老人共眠一榻。是年杜先生六十多岁、徐先生年愈七十。如此境况，杜先生处之泰然。四川师大中文系老主任张振德先生曾讲起一段往事：新中国成立初，杜先生的表妹夫、一位国民党军官以反革命罪入狱，一家数口孤苦无依。杜先生与这位表妹结为夫妻。尽管长期分居两地，一在四川成都，一在陕西蒲城，杜先生每月按时从自己的薪水中寄去生活费，供养一家的生活及子女读书。20世纪80年代，特赦原国民党军政人员，那位国民党军官出狱重获自由。在这种情况下，杜先生选择了退出，让原来的一家重聚。杜先生依旧是孑然一身,独自生活,以读书、教书为乐。

杜先生在学问上从来认真、严谨。在"文革"中,杜先生和许多大学教师一样,被视为没有改造好的旧知识分子,下放劳动。一切教学和学术研究活动都被迫停止了,连个人读书也受到严格的限制。杜先生一生与书相伴,如何面对?杜先生不齿去读那些时下风行的以势压人的大批判文章,便在衣兜里揣一本《新华字典》,劳动间歇时和晚上,便一人偷空默读。《新华字典》体积小,很像当时人手一册的《毛主席语录》,不易被发现。就是造反派发现了,见是《新华字典》,也难归入"封资修黑货",奈何不得。杜先生一面读,还一面用小纸片悄悄地记写。"文革"结束后,杜先生把自己读《新华字典》的积累,写成一篇长信,指出《新华字典》中一百余处应该修订或补充的地方,寄给主持《新华字典》编撰的魏建功先生。不久后杜先生收到魏老回信,热情地肯定了杜先生的意见,并允诺在下一次《新华字典》印刷时,参考杜先生的意见进行修订。在那样艰难的条件下,无其他凭借,潜心研读《新华字典》,能发现其中的错误和不足,相关的资料和权衡的尺度都已尽在胸中。

杜先生信仰中华文化的伟大,做学问,教学生,终生不已,不为世事所改、不因时俗所动。杜先生历经坎坷,中年丧妻,老年丧子,而终能战胜悲伤,豁达宽厚,恬淡安然。对于古代先贤,先生最推崇孔子,常引《论语》:"不怨天,不尤人,下学而上达,知我者其天乎。"《中庸》:"正己而不求于人,则无怨。上不怨天,下不尤人。其遇虽穷,其心自乐,人世名利,视之淡然。"孔子赞颜渊云:"一箪食,一瓢饮,在陋巷,人不堪其忧,回也不改其乐。贤哉回也!"每读这一章,我就想到杜先生。杜先生是《论语》精神的躬行者。

杜先生喜饮酒,好诗词,善书法,解音律。识工尺谱,能民乐演奏。每逢宴饮聚会,先生常有诗作,工楷书出,以示友人。兹录数首。

《参加川师大文学院报告会》(1997):

改革风和草木苏,八方建设展雄图。善交克复连城璧,良政招还合浦珠。①三色米旗归列岛,五星花蕊拥通衢。坚强凝聚凭文化②,一国能容两制殊。

《汉语大字典》首印式嘉会即席三首,其一(1986)③:

中华历史五千年,一脉相承文字传。篆籀甲金繁简隶,包罗都在此新编。

《四川省语言学会泸州年会》(1994):

炎黄世宇大中华,汉字文明建国家。病树前头春万木,灵根不昧自萌芽。

杜先生讲课时曾对学生说,今人多爱创立新说,动辄洋洋著书,然而行之不久。多少道理古人已讲在前头,明白清楚,只是今人不读古人书,不知道而已。故著书不如抄书,把自己的意思用前人的话来表达,述古言心,岂不两全?杜先生嗜读《论语》,熟谙全书,逐章成诵。先生《论语注译》一书的著述,始于1987年,至2003年春节后油印成书赠送友人和学生,前后共历17个寒暑。全书20余万字,逐章注译讲解《论语》,分正文、注、译、前贤述评、著者述评五项,又附录名词索引、人名索引和参考资料等项,以毛笔小楷抄录,字迹工整,读者赞叹其精审、严谨。

杜先生一生从事古代汉语教学和研究,对古代文献注译有深厚的功底,在《论语》的注释和翻译中,斟酌古注,参以杨柏峻注,字句推敲,准确严密。在古人对《论语》的述评部分,杜先生主要引用三种书:一、朱熹《四书章句集注·论语集注》。二、《四书备旨》,全名《四书补注附考备旨》,明代粤东人邓林(号退庵)著,清乾隆江宁人杜定基(字起元)增订。此书逐章讲解《论语》字句章旨,与朱熹《论语集注》相辅翼。清人杜定基在原著基础上作了大量的订正和增补,乾隆己亥(1779)成书。又杜先生书中引《备旨补》当为杜定基为《四书补注备旨》作的增订,杜

---

① 指港澳回归。
② 杜先生常解释,文明教化与武力征服相对。相信中华的文化最终能"化"掉霸强的武力,能"化"世界走向大同。
③ 杜先生为《汉语大字典》编委,参与该书编写,前后十余年。

定基的序中说"又间载名家讲义之不刊者，以补所未备"。三、《四书味根录》，清人金澂（字秋潭），辑录明清学者关于四书的著述而成，道光丁酉（1837）成书。

　　杜先生《论语注译》汇集了前人对《论语》的解说，但并不盲从，而是择善而从。书中有不少地方是杜先生独到的见解。例如：《子罕篇》"子罕言利，与命与仁"，朱熹《集注》引程子曰"计利则害义，命之理微，仁之道大，皆夫子所罕言也"，杨伯峻《论语译注》从朱说，译为"孔子很少（主动）谈到功利、命运和仁德"，而杜先生译为"孔子很少谈到利益，却赞成天命和仁德"，并附列杨说于后，既坚持了自己的理解，又让读者了解这一章存在的不同意见。又如：《季氏篇》"季氏将伐颛臾"章，旧本作"丘也闻有国有家者，不患寡而患不均，不患贫而患不安"。前人指出句中的"寡"、"贫"二字可能互倒了，杜先生在正文中改为"丘也闻有国有家者，不患贫而患不均，不患寡而患不安"，并在注中说明音理上的校订依据：这是押"句中韵"的古谚语，"贫、均"押韵（文部），"寡、安"押韵（歌寒对转）。以古音系统来看，这是有道理的。特别是前人指出这一章原属《齐论》，古齐语中有鼻音尾弱化或丢失的特征，例如郑玄的"壹戎衣"就是"壹戎殷"的训解[①]，安、颁（寡的声符）失去鼻音尾即与寡同韵了。杜先生早年从沈兼士先生学习《说文解字》和音韵学，故有此高见。又如：《先进篇》"子路曾晳冉有公西华侍坐"章，对"莫春者春服既成"一段的理解，自来讲法不一，莫衷一是。为何孔子"独与（赞同）曾点之志"？有的说"善其独知时而不求为政也"，有的说"（与点）志在澡身浴德，咏怀乐道"，有的说"与点能知夫子之志，言乐而得其所，使万物莫不遂其性"，等等。当代的解说者，则多解为"孔子当时知道他的政治主张已经实行不了，所以这样说"[②]，言其有消极退出之意。杜先生在本书的评论中提出了完全不同的解读。他认为曾晳"形象地描绘了授业

[①] 《礼记·中庸》："壹戎衣而有天下。"郑玄注："衣读如殷，声之误也，齐人言殷声如衣。"
[②] 王力主编：《古代汉语》（校订重排本）（第一册），北京：中华书局，1999第3版，第190页，注[35]。

讲学"的情形，与孔子兴办教育之志同，故孔子喟然长叹而赞许曾点。复味原文，我认为杜先生之解深得本意。

在对《论语》的解说中，杜先生常常谈到自己对儒家文化的理解。例如：在《阳货篇》"宰我问丧"章的评论中，杜先生概括了儒家思想中孝悌与仁义的关系，列举《论语》、《孟子》的四个章节为依据，介绍了自己讲述传统儒学的纲要，归结为六点：一是孝悌立根本；二是仁义为成德；三是《诗》、《书》、礼、乐为教材；四是学不厌而教不倦；五是自觉自律为教法；六是成己成物为志愿。

杜先生书有的章节还反映了20世纪30年代的时代背景和学习氛围。例如，在本书14.8节中，记载了当时北京大学师生对孔子和儒学的争论，还描述了自己当年（1935）在北大听胡适先生讲课的片断，读者据此可了解胡适对学习《论语》、《孟子》的态度。

本书最主要的内容是通过《论语》的注解，对儒家思想进行解读，引导读者学习《论语》。杜先生在讲述中充满了对孔子及其学说的崇敬之心。回首往事，先生有一段这样的话（《雍也》"贤哉回也"）：

　　我国读书人在"五四"运动以前，未有不读《论语》者，这章书对学子影响深远广泛。"五四"运动之时，余年七岁，就读模范国民学校之丙班，排在游行队伍之末尾。当年秋，家父即着令改读私塾，一共读了六年，方改读官立小学、中学，直到大学毕业。从事教学五十二年。这章书使我受用不尽。

杜先生年近百岁，不能尽述几十年前生活、著述之详细。以上叙述，是笔者根据相关资料以及记忆中受教于先生而整理的。

附 录

Old Chinese "帝*tees" and Proto-Indo-European "*deus": Similarity in Religious Ideas and a Common Source in Linguistics[①]

Looking for the Source of Civilization in the Delta of the Yellow River (Ⅰ)

Zhou Jixu

Center for East Asian Studies, University of Pennsylvania,
Philadelphia, Pennsylvania;
Chinese Department, Sichuan Normal University, Chengdu, China

Abstract: "帝 *tees"[②] was the supreme god worshipped by the early ancient people who lived in the Delta of the Yellow River (DYR). All the people of Xia4, Shang1 and Zhou1 dynasties worshipped him. There are many striking similarities between Old Chinese "*tees" and Proto-Indo-European "*deus," based on the ancient documents. In addition, we have proof from comparative historical linguistics to verify that the two words share the same source. Evidence from historical records and linguistics comes to a common conclusion: the early civilization of DYR receiced crucial influence from early Indo-European civilization.

Keywords: God, Yellow River civilization, Indo-European civilization, Historical Linguistics

PART Ⅰ

1.1 "帝 OC*tees, MC te-, C di4,"[③] was the common supreme God of the people who lived in the Xia4, Shang1 and Zhou1 dynasties and in many

---

① The paper was published on *Sino-Platonic Papers*, University of Pennsylvania, USA, pp.1–17, No. 167, 2005.

② The asterisk indicates the sound of reconstructed Old Chinese. The Zhengzhang Shangfang OC system is used in this paper, though in some places it is adapted; see the relevant explanations on p. 8.

③ OC, Old Chinese Sound; MC, Middle Chinese Sound; C, Mandarin spelling.

later kingdoms (2070BC-21BC) in the Delta of the Yellow River. The people regarded "*tees" as the highest ruler of the world. They called him "*tees" or "上帝 great *tees" or "天 *thiim, MC thien, C thian1" (heaven) or "天帝 *thiim *tees." *Shuo1 Wen2 Jie3 Zi4*: "帝 *tees, the king's name who rules all the world under heaven" (Xu3 Shen4 121AD). The author of that book has confused *tees and king. The outstanding scholar of the Qing Dynasty ZHU1 JUN4 SHENG1 (1788AD-1858AD) pointed out that the original meaning of "帝 *tees" is heaven (Zhu 1995, p. 15). All the alternative usages of "*tees," "Great *tees," "*thiim" and "*thiim *tees" are identical in the early ancient documents, all meaning "the sovereign divinity in nature and humankind."

*Tees is God in heaven, not any king in the terrestrial world; that is very clear in early ancient records. In the later period, thanks to the ancient Chinese custom of worshipping one's ancestors, some great kings were titled "*tees," such as "黄帝 Huang2 Di4," "炎帝 Yan2 Di4," "Di4 Yao2 尧," "Di4 Shun4 舜," etc. This confused situation is a later phenomenon. Fu Sinian (1944) studied the phenomena of the usage of the character "帝" in oracle bone inscriptions. He came to this conclusion: a name which is only *tees indicates God in heaven, but a name which has the title *tees plus other characters designates a king in the earthly world. "Ancient people prayed for rain and harvest to *tees, who could send down disasters or bring happiness to people, so we know that *tees must have been God in heaven."

1.2 Why were the ancient kings also titled *tees? The ancient Chinese thought of their great leaders as God's sons (see Part 3 of this paper). When they sacrificed to *tees, they appended the names of their great kings after *tees. The ceremony to sacrifice to *tees was called "禘 *dees."[①] In the explanation in *Shi1 Jing1*, Zheng4 Xuan2, the famous scholar of the Eastern Han Dynasty (25AD-220 AD), says: "the Grand *dees is a ceremony to worship *thiim (heaven) in the suburb of the kingdom's capital. *Li3 Ji4* said, kings worship *tees who bore their ancestors; they match their ancestors with *tees, and that is the reason for the ceremony being named *dees." (《诗·长发》郑笺: "大禘，郊祭天也。礼记曰: 王者禘其祖之所自出，以其祖

---

① *Shi1 Jing1* is a poetic anthology compiled in the fifth century BC by Confucius. The anthology includes 305 poems that were written from around the eleventh century BC to the sixth century BC. *Shi1 Jing1* is an important source in the study of the early ancient Chinese history and the Old Chinese Language.

配之，是谓也。") Thus these kings eventually took the title *tees. *Shang4 Shu1*① was influenced by this traditional custom. So, many kings were given the prefix *tees-, like "Di4 Yao2," "Di4 Shun4," "Di4 Ku4," etc. But as for *tees himself, the same book called him "Shang4 Di4 (the great *tees)," to make the distinction between the two kinds of titles very clear.

PART II

2.1 In the Old Chinese language, the ceremony of sacrificing to *tees is called 禘 *dees, as well as 祭天 Ji4 Thian1 (sacrifice to heaven) and 郊天 Jiao1 Thian1 (sacrifice to God in the suburb). In that period, *thiim (heaven) and *tees (God) were identical. On the Day of Midwinter, the king came to the southern suburb of his capital and worshipped *tees; this ceremony was held each year. The ceremony of sacrificing to *tees is also called 柴 (fire wood). The ancients built an altar on the top of a mountain for their king, and set fire to a pile of wood, letting the smoke rise high up to the sky. The ancients thought that the smoke of fire was like a ladder, which could reach God in heaven with their offering. This kind of ceremony was referred to many times in *Shang4 Shu1*. Based on the record of *Shi3 Ji4* (Si1ma3 Qian1, 145BC—87? BC), there were 72 kings who worshipped *tees on the top of Mount Tai, from the legendary period (about 2300 BC—2070 BC) to the Xia4 Dynasty (2070 BC—1600 BC). That shows that there is a long history of the ancient peoples' sacrificing to *tees in the Delta of the Yellow River.

Shang4 Shu1 recorded that Shun4 (舜), an early ancient king in the middle reaches of the Yellow River, sacrificed to *tees as follows:

> "In the second month of the year, he made his rounds eastward, reached Mount Tai, and held a wood-burning ceremony (to *tees). In the fifth month, he made his rounds southward, reached the Southern Mount (Mount Heng2), and did the same as on Mount Tai. In the eighth month, he made his rounds westward, reached the Western Mount (Mount Hua2), and did the same thing. In the eleventh month, he made his rounds northward, reached the Northern Mount (Mount

---

① *Shang4 Shu1* is a classic book of ancient historical documents, which includes some of the oldest historical records, written in the Warring States period (475 BC—221 BC).

Heng2)①, and held the ceremony like that of the western travel." (Chapter "Canon of Shun," *Shang4 Shu1*)("岁二月，东巡狩，至于岱宗，柴。……五月，南巡狩，至于南岳，如岱礼。八月，西巡狩，至于西岳，如初。十有一月，朔巡狩，至于北岳，如西礼。"《尚书·舜典》)

2.2 In a convention of early ancient times, the people associated their ancestors with *tees /*thiim in the sacrificial ceremony. In those times, only the kings of the country, not the vassals, were allowed to hold the grand ceremony of worshipping *tees. The object of *dees (ceremony) can only be *tees (God), but not the ancestors. These honored ancestors only accocmpanied *tees, and they could be different persons according to their respective tribes. The following quotations give evidence:

"Duke Zhou1 honored Hou4 Ji4 along with *thiim in the ceremony of suburban sacrifice."("周公郊祀后稷以配天")(*Shi3 Ji4, Feng1 Chan2 Shu1*)

Hou4 Ji4 was the founding ancestor of the Zhou1 tribe, from whom descended the rulers of the Zhou1 Dynasty.

"Hou4 Ji4 was honored as *thiim's heavenly companion, when [the Zhou people] sacrificed to *thiim in the suburban ceremony. King Wen2 Wang2 was honored as a companion of the Great *tees in the temple ceremony."(*Shi3 Ji4,* Feng1 Chan2 Shu1) The early commentator Zheng4 Xuan2 explained: "the Great *tees is another name of *thiim."(see *Shi3 Ji4 Ji2 Jie3*) (《史记·封禅书》："郊祀后稷以配天，宗祀文王于明堂以配上帝。"《集解》引郑玄曰："上帝者，天之别名也。")

"The Qi3 kingdom matched Yu3 with *tees in the ceremony *dees, but the Song4 kingdom matched Xie4 with *tees in the same sort of sacrifice."("杞之郊也禹，宋之郊也契")(Chapter Li3 Yun4, *Family Conversations of Confucius / Kong3 Zi3 Jia1 Yu3*)

---

① Mount Heng2 (恒) is located in Modern Shanxi Province, different from the aforementioned Mount Heng2 (衡), which is in what is now Hunan Province. The former is north of the Delta of the Yellow River, the latter in southern China, at the Delta of the Yangtze River.

Yu3 (禹) was the forefather of the Xia4 Dynasty, and the Qi3 (杞) kingdom was the descendant of the Xia4 Dynasty. Xie4 (契) was the ancestor of the Shang1 tribe, and the Song4 (宋) kingdom was the remnant of the Shang1 Dynasty.

In the Spring and Autumn Period, in order to improve their own status, the vassals made bold to hold the ceremony *dees. Confucius was critical of this phenomenon:

> "Someone asked for an explanation of the sacrifice *dees (offering to *tees), and the Master said, I do not know. Anyone who knew the explanation could deal with all things under Heaven as easily as I lay this here; and he laid his finger upon the palm of his hand." (*Analects of Confucius*, chapter Ba1 Yi4, section 11)

The Ji4 Shi4 was only a senior official of the Lu kingdom, the head of the Ji4 family. He was not qualified to offer sacrifice to Heaven on Mount Tai. Confucius criticized his behavior as overstepping his authority:

> "The Ji4 Shi4 (季氏) was going to make offerings on Mount Tai. The Master said to Ran3 You3 (冉有) (a disciple of Confucius), 'Couldn't you save him from this?' Ran3 You3 replied: 'I can't.' The Master said, 'Alas, we could hardly suppose Mount Tai to be ignorant of matters that even Lin Fang① knows!" (*Analects of Confucius*, chapter Ba1 Yi4, section 6)

2.3 There is sufficient evidence in early documents to show that *thiim (Heaven) is *tees (God), too. We quote the following segments from *Shang4 Shu1* and *Shi3 Ji4* to prove that the early people of the Xia4, Shang1 and Zhou1 dynasties sacrificed to the identical *tees.

Shang4 Shu1:

> "Now I will respectfully execute *thiim's order to punish You3 Hu4 Shi4.②" (Chapter Gan1 Shi4, from the Xia4 Dynasty)

---

① Lin Fang, a person of the Lu Kingdom who often enquired of Confucius about rituals.
② You3 Hu4 Shi4 was a tribe that rebelled against the rule of Shang1.

(《尚书·甘誓》:"今予惟恭行天之罚。")

"The king of Xia4 commits many sins, so *thiim orders me to kill him. …As I respect the Great *tees, I must crush the sinful Xia4"(chapter Tang1 Shi4, from the Shang1 Dynasty) (《汤誓》:"有夏多罪,天命殛之。……夏氏有罪,予畏上帝,不敢不正(征)).

In the quotation, the *thiim and the Great *tees are one and the same.

"*Thiim sends down cruel disaster on the country of Yin1." (chapter Wei1 Zi3, from the Shang1 Dynasty)(《微子》:"天毒降灾荒殷邦。")

"Now I, Ji1 Fa1, will respectfully execute *thiim's order to punish Shang1."(chapter Mu4 Shi4, from the Zhou1 Dynasty) (《牧誓》:"今予发,惟恭行天之罚。")

"I, a humble youth, dare not abolish the order of the great *tees. [In former days] *thiim cherished our King Wen4 Wang2 and made our little kingdom of Zhou1 thrive. According to the oracle, King Wen4 reccived your order and calmed our kingdom. Now if *thiim helps our people, should I not act according to the oracle, too?" (chapter Tai4 Gao4, from the Zhou1 Dynasty)(《太诰》:"予惟小子,不敢替上帝命。天休于宁(文)王,兴我小邦周,宁王惟卜用,克绥受兹命。今天其相民,矧亦惟卜用?")

This is a segment that speaks of the divine. The *thiim and the *tees here are identical.

Shi1 Jing1:

"*Thiim summoned the black bird; it came down and bore Shang1."(Chapter Shang's Eulogy, Xuan2 Niao3. *Shi1 Jing1*) (《商颂·玄鸟》:"天命玄鸟,降而生商。")

The black bird, Xuan2 Niao3, is interpreted as a swallow.

"The You3 Song1 tribe will grow strong: *tees established his son in the kingship and engendered Shang1."(chapter

Sang's Eulogy, Chang2 Fa1）(《商颂·长发》:"有娀方将，帝立子生商。")

According to the two quotations above, *thiim and *tees are also identical.

"The honest son of *thiim, descended to our subjects."（id.）("允也天子，降于卿士。") In this context the "son" indicates Tang1, the first king of the Shang1 Dynasty.

"We put our sacrifice into sacred vessels, the sweet smell rose high, and the Great *tees enjoyed the sacrifice: what a good smell it is! Hou4 Ji4 began the ceremony to *tees, and until now we have continued to do this and been blameless to *tees."（chapter Da4 Ya3, Sheng1 Min2, from the Zhou1 Dynasty）(《诗·大雅·生民》:"卬盛于豆，于豆于登。其香始升，上帝居歆，胡臭亶时。后稷肇祀，庶无罪悔，以迄于今。")

Hou4 Ji4 is the primogenitor of the Zhou1 tribe. According to the record of *Shang4 Shu1*, Hou4 Ji4 lived at the same time as Yu3（禹，about 2100 BC）, who was the forefather of the Xia4 Dynasty. So, from Hou4 Ji4 to King Wu3 Wang2（? BC-1044 BC）, who established the Zhou kingdom, the people of the Zhou1 tribe had worshiped *tees for more than a thousand years.

The Qin2 Dynasty succeeded to the religion of the Xia4, Shang1 and Zhou1 dynasties, carrying on with the sacrifice to *tees. Qin2 Shi3 Huang2, the first emperor of the Qin2 Dynasty, went to Mount Tai to worship *tees in person, following the previous ancient kings, which was clearly recorded in *Shi3 Ji4*. And with regard to the sacrificing to *tees by the kings of the Qin2 kingdom in earlier times, two other recorded segments in *Shi3 Ji4* are as follows:

［The 1st year of Duke Xiang, ?BC-766 BC］Duke Xiang1 established the country from this time, exchanged greetings with other kingdoms, sacrificed to Great *tees with three red horses, yellow oxen and black goats respectively in the western suburb of his capital.（[襄公元年] 襄公于是始国，与诸侯通聘享之

礼，乃用骝驹、黄牛、羝羊各三，祠上帝西畤。）

[The 14th year of Duke Mu4, 659 BC—621 BC] Duke Mu4 captured the King of Jin4 and triumphed, ordering their people in his capital: "You all must fast this night, and I shall sacrifice to Great *tees with the captured King of Jin4."（[穆公十四年] 穆公房晋君以归，令于国，"斋宿，吾将以晋君祠上帝"。）

From 221BC to 1911AD, for more than 2000 years, all the rulers of various dynasties in China kept the religion of the Great *tees, praying to him for the prosperity of their country and the peace of their people every year. But time passed and the situation changed; the sacred places and sacrificial forms evolved, from the simple firewood pile on the top of Mount Tai to the substantial Altar of Heaven in the southern suburb of Beijing. The figure of *tees grew fainter and fainter as time moved on.[①] So most people now know only Heaven (Lao3 Thian1 Ye2), and they have no concept of the old *tees. Some historical scholars ignored the important fact that, in early Chinese history, from 2000 BC to 220 AD, the Delta of the Yellow River was rich in religious atmosphere, and people there believed sincerely in the Great *tees. What is more, some experts think that the Chinese people had no concept of religion inherited from ancient times. This idea is completely incorrect.

PART III

The *tees worshiped by the people of the Yellow River Delta should not be thought of as merely an early supernatural being. In the period of Yao2, Shun4, Yu3 and the Xia4, Shang1, and Zhou1 dynasties, from about 2300 BC to 500 BC, the area entered the time of civilization and possessed a developed culture. The object worshiped by the ancient people was not a primal god or a rude totem. The idol that they worshiped had been the very highest god of a divine system. The God who ruled heaven and earth was *tees. The great ancestors of their tribes were revered as gods under *tees, and sacrifices were made to them, accompanying those to *tees. *Tees was not a faint, abstract idea. On the contrary, based on ancient documents,

---

① The other reason for the phenomenon is that the worship of *tees was a kind of imageless worship in early ancient times. Cf. 5.2.2; 5.2.3 of this paper.

*tees was a clear, vivid man. We quote from *Shi1 Jing1* and *Shang4 Shu1* to demonstrate.

3.1 In the imagination of the ancient peoples of the Delta of the Yellow River, *tees lived in heaven and possessed everything under the sun. He selected the people and the territories he loved to cherish, and he chose among the sages who followed him, perhaps his descendants, to be the rulers of these countries. The terrestrial kings were all *tees's liegeman, and they governed their country under *tees's order.

"The brilliance of the lofty Wen2 Wang2, is shown to Heaven. Though Zhou1 is an old kingdom, it is destined to have a new beginning. Now it is the time for Zhou to become prosperous, that is *tees's decision. Whether rising or descending, King Wen2 has always followed *tees." (Chapter Da4 Ya3, Wen2 Wang2, *Shi1 Jing4*)(《诗·大雅·文王》:"文王在上,於昭于天!周虽旧邦,其命维新。有周不显,帝命不时。文王陟降,在帝左右。")

"*Tees declared his order at his heavenly palace: 'I generously bless all sides, so as to calm your descendants in the terrestrial world.'" (Jin1 Teng2, *Shang4 Shu1*)(《尚书·金縢》:"乃命于帝庭,敷佑四方,用能定尔子孙于下地。")

"Grand *tees, how brilliant you are over us! Observe all sides, and note the people's sufferings: The two countries,[Xia4 and Yin1], their administrations are corrupt. As to the other states, *tees examines them and chooses. If he favors a place, he increases its size. *tees cared for the west, and he gives Tai4 Wang2 the land." (chapter Da4 Ya3, Huang2 Yi3. *Shi1 Jing4*) Tai4 Wang2, the leader of the Zhou1 tribe, was the grandfather of Wen2 Wang2. Under the leadership of Tai4 Wang2, the Zhou1 tribe prospered quickly and became the strongest rival of the Shang1 Dynasty.(《诗·大雅·皇矣》:"皇矣上帝,临下有赫!监观四方,求民之瘼。维此二国,其政不获。维彼四国,爰究爰度。上帝耆之,憎其式廓。乃眷西顾,此维与宅。)

"*Tees tells Wen2 Wang2, ask your allies, gather your brothers, with your arms and chariots, to strike the wall of the state of Chong2." (Huang2 Yi3.)(《皇矣》:"帝谓文王,询尔

仇方，同尔兄弟，以尔钩援，与尔临冲，以伐崇墉。"）

3.2 *Tees even went to the battlefield in person to encourage the people whom he selected to fight against the enemy. According to *Shi1 Jing1*, Wu3 Wang2 crusaded against Shang1 Zhou4 Wang2, and the armies battled each other in the field of Mu4 Ye3 and fought fiercely. *Tees was over the sky of the battlefield and protected the army of the Zhou1 people.

"*Tees is above the air over your heads, so your soldiers need not fear." (chapter Da4 Ya3, Da4 Ming2. *Shi1 Jing1*) (《诗·大雅·大明》："上帝临汝，无贰尔心。"）

"We execute *thiim's order in the field of Mu4 Ye3. Don't hesitate, never fear, the Great *tees is above the air over your heads." (Lu3 Eulogy, Bi4 Gong1. *Shi1 Jing1*)(《诗·鲁颂·閟宫》："……致天之届，于牧之野。无贰无虞，上帝临汝。"）

3.3 *Tees acted as a matchmaker, enabled the pairs he liked to get married, and gave them children to succeed to the kingship. The people who had this good luck were the kings and nobles.

"It is Wen2 Wang2 who serves *tees carefully. He has received many blessings; his virtue was perfect, so he received the country from *tees." (chapter Da4 Ya3, Da4 Ming2. *Shi1 Jing1*)(《诗·大雅·大明》："维此文王，小心翼翼，昭事上帝。聿怀多福，厥德不回，以受方国。"）

"(Once upon a time) *thiim observed the nether land, and his order came to Zhou1. In the early years of Wen2 Wang2, *thiim made his match. At the south bank of Qia2 River, and the side bank of Wei4 River, Wen2 Wang2 was fortunate: he met the princess from a great country." (Da4 Ming2.)("天监在下，有命既集。文王初载，天作之合。在洽之阳，在渭之涘，文王嘉止，大邦有子。"）

"The princess of the great country appeared to have seen the sister of *thiim. Selecting a favored day, Wen2 Wang2 welcomed her at the Wei4 River. A bridge was made of many boats floating on the river. How glorious the wedding was!" (Da4 Ming2.) ("大邦有子，伣天之妹。文定厥祥，亲迎于渭。造舟为梁，

丕显其光。")

"*Thiim arranged their fate; *thiim ordered Wen2 Wang2: build the kingdom in Zhou1 and Jing1, bring the princess of the Shen1 kingdom. The eldest princess married Wen2 Wang2, and she fortunately bore Wu3 Wang2. *Thiim blessed Wu3 Wang2 and Wu3 Wang2 struck down the strong Shang1."("有命自天，命此文王：于周于京，缵女维莘。长子维行，笃生武王。保右命尔，燮伐大商。")

It is interesting that the spouse of Wen2 Wang2 was actually the princess of the Shen1 Kingdom, yet the author of the verse said she seemed to be the sister of *thiim. This shows how glorious it was if a person or family were related to *thiim or *tees.

3.4 *Tees himself even mated with earthly girls directly (or indirectly)[①] to bear children. These children were demigods with extraordinary talent, who established grand achievements, and who became the great ancestors of ancient tribes.

The story of how *tees fathered Hou4 Ji4, the primogenitor of the Zhou1 tribe, can be read in *Shi1 Jing1* and *Shi3 Ji4*.

"Who bore the first man of our Zhou tribe? She was Jiang1 Yuan2. How did she do this? She sacrificed to *tees sincerely to avoid being barren. She stepped in the footprint of the first toe of *tees, and she felt happy. She stayed home and rested and felt a quickening in her belly. The baby grew bigger; Hou4 Ji4 was there."(chapter Da4 Ya3, Sheng1 Min2. *Shi1 Jing1*)(《诗·大雅·生民》："厥初生民，时维姜嫄。生民如何，克禋克祀，以弗无子。履帝武敏歆，攸介攸止。载震载夙，载生载育，时维后稷。")

"The first name of Hou4 Ji4 Zhou1 is Qi4 (弃, the abandoned). His mother was the princess of the kingdom of Tai2, named Jiang1 Yuan2. Jiang1 Yuan2 was the first wife of Di4 Ku4. Jiang1 Yuan2 walked out in the field and found a footprint of a huge man. She liked it, stepped in it and felt a quickening

---

① *Tees transformed himself into other figures, such as a bird, or left some remains, such as a footprint, to make these ladies pregnant. See the following text.

like being pregnant. Ten months later, Jiang1 Yuan2 bore a boy. She thought the baby was inauspicious and threw him away in a narrow lane, where horses and oxen passed, but they avoided him; when she abandoned him in the woods, he was saved by woodsmen; then she threw him on the ice of a river, but birds flew down, covered and blanketed him with their wings. Jiang1 Yuan2 was amazed, regarded him as a demigod, took him back and raised him. She named him Qi4 because she originally had tried to abandon him." (chapter Zhou Basic Annals, *Shi3 Ji4*)
(《史记·周本纪》:"周后稷,名弃,其母有邰氏女,曰姜原。姜原为帝喾元妃。姜原出野,见巨人迹,心忻然说,欲践之,践之而身动如孕者。居期而生子,以为不祥,弃之隘巷,马牛过者皆避不践;徙置之林中,会山林多人,迁之;而弃渠中冰上,飞鸟以其翼覆荐之。姜原以为神,遂收养长之。初欲弃之,因名曰弃。")

Shi3 Ji4 said only that Jiang1 Yuan2 stepped in the footprint of a huge man, but *Shi1 Jing1* clearly claimed that the footprint belonged to *tees. Sheng1 Min2 is a special verse used for a sacrificial ceremonial offering to *tees for all the generations of the Zhou1 tribe, so the material shows that the people of Zhou1 recognized that their ancestor Hou4 Ji4 was the son of *tees (cf. the other segment of the verse, in section 2.3 of this paper).

*Tees or *thiim fathered Xie4, the ancestor of Shang1. This story also was written in *Shi1 Jing1* and *Shi3 Ji4*.

"*Thiim summoned the black bird, who came down and bore Shang1." (chapter Shang's Eulogy, Xuan2 Niao3. *Shi1 Jing1*. The same quotation is in section 2.3 of this paper)

"The You3 Song1 tribe will grow strong; *tees established his son in the kingship and fathered Shang1." (chapter Shang's Eulogy, Chang2 Fa1, *Shi1 Jing1*. The same quotation appears in section 2.3 of this paper)

"The mother of Yin1 Xie4 (契) was named Jian3 Di2, the princess of You3 Song1 Shi4. She was the second wife of Di4 Ku4. When three women were bathing, Jian3 Di2 saw a black bird drop its egg; Jian3 Di2 swallowed the egg and was with child. So Jian3 Di2 bore Xie4. When Xie4 grew up, he showed his worth by assisting Yu3 (禹) to conquer the flood." (Yin Basic Annals, *Shi3 Ji4*)(《史记·殷本纪》:"殷契, 母曰简狄, 有娀氏之女, 为帝喾次妃。三人行浴, 见玄鸟堕其卵, 简狄吞之, 因孕, 生契。契长而佐禹治水有功。")

Shi3 Ji4 says only that the black bird dropped its egg, and Jian3 Di2 swallowed it, but the Shang1 Eulogy declares that *thiim summoned the black bird and *tees gave his son to create Shang1. The black bird was not an ordinary bird but an avatar of *tees. Jian3 Di2 was pregnant by *tees. Jiang1 Yuan2 and Jian3 Di2 had their own husband, Di4 Ku4. Di4 Ku4 was the chief of an early ancient alliance of tribes (Five Kings Basic Annals, *Shi3 Ji4*). In the minds of the ancient people, that the wives and daughters of their own people were made to bear the children of *tees, the supreme God, was not a shameful but a glorious thing. It seemed to be a license to their family to keep their throne. Furthermore, this intimate relationship with the deity was important enough to be propagandized extensively, so that everyone knew it, and it was recorded in the sacrificial eulogy to come down in the clan forever.

3.5 *Tees was also a moody tyrant. He often punished human beings with his supernatural power. Not only did the common people fear him, but also the kings with supreme authority in their territories were in dread of him.

"Great *tees, the King of the flock. Tyrannous *tees, you assign us unrighteous destiny. *Thiim gave life to our people, but our fates are not promising. No one lacks a vital start, but few of them will come to a good end." (chapter Da4 Ya3, Dang4. *Shi1 Jing1*)(《诗·大雅·荡》:"荡荡上帝, 下民之辟。疾威上帝, 其命多辟。天生烝民, 其命匪谌。靡不有初, 鲜克有终。")

In the mind of the ancient people, *tees not only granted happiness to human beings, but also sent down disaster into the earthly world. In the period of Zhou1 Xuan1 Wang2 (827 BC—782 BC), the country suffered heavily from drought. This was taken to mean that *tees raged and punished the people with calamity. All the faithful and sumptuous sacrifices could not stop the anger of *tees. All the territory of Zhou1 was hit by a heat wave. The grass, seedlings, and even woods died, and the people experienced famine. The King of Zhou1 constantly begged the Great *tees for rainfall:

"The galaxy is high; it twinkles and turns over the sky. The King sighs: Ah, What sin have we committed? *Thiim made the chaos; famine is ceaseless. No god has gone without worship, no sacrifice have we dared to grudge. The jade wares have been exhausted.[①] Why doesn't *tees listen to us yet?" (chapter Da4 Ya3, Yun2 Han4. *Shi1 Jing1*)(《诗·大雅·云汉》:"倬彼云汉，昭回于天。王曰：於乎！何辜今之人？天降丧乱，饥馑荐臻。靡神不举，靡爱斯牲。圭璧既卒，宁莫我听。")

"Severely heavy is the drought, hot waves strongly radiate. From the suburbs to the temple, sacrifices have not ceased. Over the heaven and under the land, there is no god who hasn't been worshipped. But Hou4 Ji4 cannot help that the Great *tees does not like it. If you will keep on ruining my land, why don't you, my God, give me my end!" (id.)("旱既大甚，蕴隆虫虫。不殄禋祀，自郊徂宫。上下奠瘗，靡神不宗。后稷不克，上帝不临。耗斁下土，宁丁我躬！")

"Severely heavy is the drought, the mountains are bare, and the rivers are dried up. The demon of drought is doing evil, which looks like a fire. I fear the hot weather; my heart is burned. All deceased kings and forefathers, you have heard me little. Bright Heaven, Great *tees, why don't you let me escape the disaster?" (id.)("旱既大甚，涤涤山川。旱魃为虐，如惔如焚。我心惮暑，忧心如熏！群公先正，则不我闻。昊天上帝，宁俾我遁？")

"Severely heavy is the drought, how dare I leave it? Why does *tees harm us by drought? Who knows the reason? We earnestly sacrifice for harvest, devoutly worship the gods. Bright Heaven, Great *tees, He understands me little. I've been devoted to the gods, why does the wrath of God still come?" (id.)("旱既大甚，黾勉畏去。胡宁瘨我以旱？憯不知其故。

---

① When ancient people held a sacrifice to *tees, they put jade wares (such as Gui1 圭 and Bi4 璧) into the fire as a grand oblation to the god.

祈年孔夙，方社不莫。昊天上帝，则不我虞。敬恭明神，宜无悔怒。"）

Though these oldest records on *tees (the Great God) in the Delta of the Yellow River in the early ancient period are fragmentary, we can glimpse the god's figure through the extant descriptions. *Tees had his own emotions, joy, anger, likes and dislikes. Sometimes *tees even indulged in willful persecution, hurting human beings without any mercy. Except for his sovereign position and limitless theurgy, he was the same as a man of mould.

PART IV

4.1 In the obscure past of ancient society, the objects that people worshipped were usually natural power, totems and the ancestors who founded their nations. But the legend about *tees was not like these. *Tees was the superlative god above nature, humankind and the lesser gods. Some scholars think that the early archaic worship of original natural power grew automatically into the worship of a superlative god in certain historical periods. This situation is like the relationship between a sovereign and his subjects in a hierarchical society. But this is not the necessary outcome of social history. Today, in many nations where they keep their traditional culture alive, some remains of original religions, such as the worship of original totems or ancestors, are still preserved. These customs have not changed with the progress of history.

Furthermore, the religions of various groups of mankind always differ in countless ways. They are not identical, though their political organization and economic activities may be similar, or even the same. The belief of a nation is always connected with its cultural tradition. Why did the people of Xia4, Shang1, and Zhou1 worship *tees? Is it only the result of an isolated historical development? Or did some sort of alien culture invade the Delta of the Yellow River and bring the belief there?

4.2 From the records of archaic documents on *tees, we can recognize intuitively that the god who is the most similar to *tees of archaic China, among the divinities worshiped by the people of the four great civilizations in the world,[①] is Zeus in the ancient Hellenic tales. The two gods are compared below.

4.2.1 Similarity of their positions: Zeus was the sovereign of the universe, the father of lesser gods, who lived on Mount Olympus. Mount Olympus was actually a symbol of heaven. *Tees lived in heaven, and was followed by lesser gods (some of whom were ancestors or heroes of various tribes). He was the supreme ruler over all.

4.2.2 Similarity of their theurgies: Zeus was infinitely powerful, penetrating the lives of mankind in the world. He went on an inspection tour around the world, rewarded well-doers and punished hellions. He was also the god controlling thunder, lightning and rain. *Tees possessed the same magical powers (cf. the above quotation from chapter Da4 Ya3, *Shi1 Jing1*). Concerning *tees's control of the rain, many records can be seen in the oracle bone inscriptions. Three segments of augural words are as follows:

> "*Tees will order it to rain enough for the harvest; *tees will order it not to rain enough for the harvest." ("帝令雨足年；帝令雨弗其足年。"(《前》一·五〇·一))
>
> "Now, in the second month, *tees does not order it to rain." ("今二月帝不令雨。"(《藏》一二三·一))
>
> "Auspicious foretelling: in the next three days, *tees orders it to rain much." ("贞：今三日，帝令多雨。"(《前》三·十八·五))

4.2.3 Similarity of their families: Zeus had many children. Some of them were gods: Apollo, Athena, Dionysus, Aphrodite, and Ares, etc. Some of them were demigods, such as Hercules. *Tees also had earthly children: Xie4 and Qi4, the ancestors of Shang1 and of Zhou1 respectively (cf. section 3.4 of this paper). His children of divinity were lost from the historical record, but there is a fragment in archaic documents that offers us a clue: *tees had two

---

① Indian Brahmanism was comparatively later, and it was the inheritor of the religion of ancient Indo-European people in a much earlier period. The archaic Egyptian gods, such as "the group of the nine divinities", Ammon etc., were old enough to be able to compare with *tees of the Delta of the Yellow River, but they had no obvious similarities in figure, character or activity.

children who possessed preternatural strength. The story is familiar to most Chinese people: ①

> "The [local] god Who-Held-Snakes heard this story [about Yu2 Gong1, a mortal man, aged 90, who wanted to move his two mountains]; he feared Yu2 Gong1 very much, and reported the matter to *tees. *Tees was touched by the faith of Yu2 Gong1 and ordered his two sons, Kua1 and E2, to shoulder the two mountains. One of them was put in the east of Shuo2 state, the other was moved to the south of Yong1 state." (chapter Tang1 Wen4, *Lie4 Zi3*) ("操蛇之神闻之，惧其不已也。告之于帝。帝感其诚，命夸娥氏二子负二山，一厝朔东，一厝雍南。"《列子·汤问》)

Obviously, Kua1 and E2 were two gods. *Lie4 Zi3* was a classical book written in the Warring States period (475 BC—221 BC).

4.2.4 Similarity of their characters and behaviors: Sometimes Zeus supported justice, encouraged well-doing, and punished evil-doing, like a superb sovereign. But sometimes, he acted out of his own willfulness or rage and was like an earthly man with a fierce character. *Tees was also like this (See sections 3.1; 3.2; 3.3; 3.4; and 3.5 of this article).

4.2.5 Similarity of their love lives: Zeus was dissolute by his nature. He often seduced earthly beauties and with them bore children, who would later grow into heroes in the earthly world. *Tees exhibited "bad behavior" with similar actions. Qi4, the ancestor of the Zhou1 Dynasty, and Xie4, the ancestor of the Shang1 Dynasty, were the fruits of those adventures (see section 3.4 of this article). Records of other demigod children of *tees might have been lost.

4.2.6 Similarity of their sacrificial ceremonies: The sacrifices to Zeus and to *tees were extremely similar. The well-known Olympic Games, the grand athletic competitions, were originally held at Mt. Olympus in ancient Greece. The grand games were offered to Zeus as a sacrifice. At the start of the games, a flamen presided over the ceremony, slew oxen, and fired a large woodpile on the altar. The flesh and fat of the sacrifice were thrown into the fire; the thick

---

① The story is collected in the textbooks of middle schools all over the country, and Mao2 Zhe2 Dong1 quoted the story in one of his famous papers much studied in China at one time.

smoke and the strong smell rose up to heaven. The ceremony was identical with the one that was offered to *tees in the Delta of the Yellow River in ancient times (See sections 2.1 and 2.3 of this article).

Because the ancient religions of mankind were intended by worshippers to give personhood to natural powers and to idealize the ancestors of their own clans, the objects of their worship might certainly possess something in common. But in this case, the methods of worship are so amazingly close in so many details that the probability of accidental similarity has to be very small. In later societies around the world, people had adopted basically similar lifestyles, yet they developed various quite different religions. Against this background, we must agree that the similarity between Zeus and *tees is an exception. In spite of the logical thinking that these are the special characteristics only of human beings, people often fail to be aware of some obvious facts, due to the habit of conventional opinion. The author of this paper did not awaken to the similarity between *tees in archaic DYR and Zeus in ancient Greece for this reason, until he made an unexpected discovery of convincing evidence in historical linguistics.

PART V

5.1 Three years ago, the author of this paper wrote a book entitled "*A Comparison of Words between Old Chinese and Proto-Indo-European*" (Zhou: 2002). In this work, the author tried to show that OC and PIE shared an intimate relationship in the pre-historical period. The author pointed out a number of words in OC and PIE that corresponded. At that time, I discovered that *tees (God) in OC and *Zeus (God) of PIE were cognates. The original text is as follows:

(Some sections are omitted. An asterisk "*-" followed by a form of a word means it is in OC. Old Chinese sounds are based on Zheng4 Zhang1 Shang4 Fang1's system, with added explanations if any modification is needed. Segments followed by "[ORI]" are the origins of correspondent PIE words, quoted from Partridge, 1966.)

A. 帝 *tees

(The explanation of the reconstructed form: The character "帝", with its initial "t-" and rhyme "-e," became "-ie" later, with departing tone in Middle Chinese, its rhyme is *-eegs in Old Chinese according to the OC system of Zheng4 Zhang1 Shang4 Fang1. I modify it to *-ees, as the coda *-g is not a necessary element of a departing tone syllable. In addition, the initial "*d-" is familiar to the syllables with the speller 帝, such as 褅, 蹄, 缔, 啼 etc. 褅 *dees is special, to explain the correspondence between OC *tees and PIE *deus; *dees [the offering ceremony to God] should be a variation of *tees [God] .)

"The king sacrificed to *tees, [the oracle is] auspicious." (chapter Yi4, Zhou1 Yi4) [1] Kong3 Ying3da2[2] explained: " *tees, is Heaven." Deity, God. (《易·益》:"王用享于帝吉。"孔颖达疏:"帝, 天也。"天神, 天帝。)

"…Latin *deus*, a god, late Latin God; and *deus*, akin to Latin *diuus* and Greek *dios*, godlike, akin also to Latin *diēs*, day; Sanskrit *dyaús*, day (Sanskrit, also sky) …" ([ORI] deify)

"…L *deus* stems from an IE *deiwo*, whereas the very closely linked Latin *diēs*, day, a day, and Iuppiter stem from IE *dieu-* or *dei-*: cf. Sanskrit *devas*, a god, and the synonyms Old Persian *deywis* or *deiwas*, …Old Celtic *dewos* or *divos*. The derivative L adj. *dīus* means three different but very closely related things: divine; of the sky; luminous: 'the luminous day and the sky are confused with the god' (E & M) …" ([ORI] Diana 2)

B. 昼 *tus

Shuo1 Wen2 Jie3 Zi4: " *tus, the time from sunrise to sunset, is divided from night." Daylight. *Guang3 Ya3*: " *tus, brightness." (《说文·画部》:"昼, 日之出入与夜为介。"白昼。《广雅·释诂四》:"昼, 明也。")

C. 照 *tjews

Shuo1 Wen2 Jie3 Zi4: " *tjews, to be brightened." "Brighten, *tjews (to shine)." Shine. "The sun and moon rely on *thiim (heaven) to shine forever." (chapter Heng2, Zhou1 Yi4) (《说文·火部》:"照, 明也。"《日部》:"明, 照也。"照耀。《易·恒》:"《彖》曰:日月得天而能久照。")

…Cf. Sanskrit *dyāús*, the sky, day, heaven (IE *diēus*, sky, bright day), whence *Dyāús*, heaven, also elliptical for *Dyaus-pitr*, Father of Heaven, Greek

---

[1] *Zhou1 Yi4;* another name is Yi4 Classic. It was written by Wen2 Wang2 (about 1100BC—1046 BC) of the Zhou1 Dynasty, as the story goes.
[2] A famous scholar who lived in the beginning of Tang2 Dynasty (614AD—960 AD).

Zeus patēr, voc Zeu pater, which probably suggested the Latin *Iupiter*, *Iuppiter*, ML *Jup(p)ter*, whence E Jupiter; … ([ORI] Diana 3)

D. 天 **thiim > *thiin

(The explanation of the reconstructed form: The character "天" has its initial "th-" and rhymes "-en > -ien" in Middle Chinese; its rhyme is *-iin in Old Chinese. According to the OC system of Zheng4 Zhang1 Shang4 Fang1, it should be *qhl'iin, considering that the Huns called Tian1 Shan1 Mountains in Xin1 Jiang1 "Qilian" [Heaven] during the Western Han Dynasty [206 BC—25 AD]. But we haven't enough proof to be certain of the relationship of Hunnish Language and Old Chinese, and the time of the Hunnish word was much later than the time that we referred to. I modify it to be early OC **thiim > OC *thiin > MC thien. The character "添 MC thiem" has a speller "忝," and "忝" has its speller "天," and the phenomenon reflects that the character "天" possesses an original coda "-m"; there is a change from OC*-iim to MC -en > -ien.)

"*Thiim, divinity." (chapter Du4 Wan4, *He2 Guan1 Zi3*)① "*Thiim watches what my people are watching, *thiim listens to what my people are listening to." (*Shang4 Shu1*) The ancient explanation is: "it means: *thiim watches and listens to what the people care for, if the people hate someone or something, *thiim will punish them."(《鹖冠子·度万》:"天者，神也。"《尚书·泰誓中》:"天视自我民视，天听自我民听。"孔传:"言天因民以视听，民所恶者，天诛之。"天神，上帝。)

"…Latin *diēs*, daylight, day, duration of a day. *Diēs* was refashioned from the accusative *diem*, itself apparently modeled upon Veda *dyām*, variation *diyām* (cf. Homeric Greek *Zēn*). The link between 'light (of day), day' and 'the sky,' on the one hand, and 'god,' on the other, is a double link: semantically in the fact that the luminous sky (the source of daylight) and daylight were apprehended as divine forces and manifestations; also a god is 'the shining one'; phonetically in the IE root *dei-, to shine, be luminous. …" ([ORI] Diana 6)

Note: Greek *Zēn* (read *Dēn), is similar to OC *thiim (heaven). Latin *diem* and Sanskrit *dyām* show that the earlier form of OC "*thiim" had the coda *-m, if we accept the view that the OC word and its PIE parallel actually share the same origin. (Zhou: 2002, pp. 533-535)

---

① *He2 Guan1 Zi3*, a classic work about Taoist thought, written in the Warring States period (475 BC—221 BC).

*Tees and *thiim are cognates in Old Chinese, and *Zeus and Zēn are cognates in ancient Greek. And there is a linguistic correspondent relationship between the OC and PIE.

With regard to the two archaic groups of society, the Old Chinese people and PIE people, the similarity between languages and the similarity between the religions are consistent.

5.2 Why did this rare phenomenon occur in human history?

5.2.1 The ancient Greek God, Zeus, did not present himself first in the Homeric epic. In Mycenaean Linear B, the names of Zeus, Hera, Poseidon and Dionysus, etc. are referred to (Mackendrick: 2000, p. 81). This kind of writing was used around 1300 BC; the Trojan War did not break out until more than one hundred years later. The fact shows us that the worship of Zeus can be traced to a very early time among the Indo-European people.

5.2.2 Old Persian is a branch of ancient Indo-European. That people's belief must come from the archaic European system. Herodotus (485BC–425 BC?) has a description of the religion of ancient Persians in the fifth century BC:

"The Persians, according to my own knowledge, observe the following customs. It is contrary to their practice to make images, or build altars or temples; charging those with folly who do such things⋯When they go to offer a sacrifice to Jupiter, they ascend the highest parts of the mountains and call the whole circle of the heavens by the name of Jupiter." (Herodotus: 1824, p. 69, vol.1, section CXXXI)

To worship Zeus on the top of a mountain—how it is like the early ancient Chinese sacrificing to *tees at the top of the mountains! (cf. 2.1 section of this paper.) As to "Call the entire welkin by the name of Zeus, " in Sanskrit, Dyaus is the great God, as well as the sky. The two things are identical in ancient Persian too, as Herodotus said. "Day" and "deity" are cognates in Proto-Indo-European. In early ancient Chinese, *tees (帝 God) could be called *thiim (天 heaven), and *thiim could be called *tees; the two words are not only synonyms, but also cognates (cf. Zhou Jixu: 2002). Herodotus added:

"He that offers is not permitted to pray for himself alone; but as he is a member of the nation, is obliged to pray for the prosperity of all the Persians, and in particular for the king. When he has cut the victim into small pieces, and boiled the flesh, he lays it on a bed of tender grass, especially trefoil; and after all things are thus disposed, one of the Magi standing up sings an ode concerning the origin of the Gods, which they say has the force of a charm; and without one of the Magi they are not permitted to sacrifice. After this, he that offered having continued a short time in the place, carries away and disposes of the flesh as he thinks fit." (id. section CXXXII)

This sacrifice for the king and the whole tribe was familiar to the behavior of the archaic Chinese. To share and enjoy the sacrificial meat was one of the regulations that *Zhou1 Li3*[①] described.

There is historical evidence in this quotation. "Magi, " which must be the translation of Greek "Magos, " Old Persian Magus, which means "magician, " is correspondent to Old Chinese 巫 *ma, a man or woman who can reach the gods (Mair: 1990; Zhou: 2002, p. 255).

5.2.3 About 1500 BC, Aryans who originally lived in the steppe beside the Black Sea invaded the delta of the Indian River and the Ganges River, and brought their civilization there. Early Brahmanism had a historical relationship with the original religion of the Proto-Indo-European people. Brahmanism built no temples, and it did not set up any worshipped image. The people's worshipping of *tees in the Delta of the Yellow River was done also without an image. They sacrificed only to images in their minds. Confucius said:

> "The word 'sacrifice' sounds like the word 'present' [②]; one should sacrifice to a spirit as though that spirit was present. The Master said: 'If I did not take part in the sacrifice, it is as though there was no sacrifice.' " (*Analects of Confucius*, chapter Ba1 Yi4, section 12)

This is entirely parallel with Old Persian and Old Indian, and even Old Greek. "According to Eusebius, the Greeks were not worshippers of images before the time of Cecrops[③], who first erected a statue to Minerva." (Herodotus: 1824, vol.1, section CXXXI, p. 69, note b)

[①] *Zhou1 Li3* is a classic work written before the Warring States period, which described the political system and covenants in the Zhou1 Dynasty.

[②] In Old Chinese, 祭 (sacrifice) *ʔsleds and 在 (present) *zluuuds are similar in pronunciation.

[③] Cecrops, the creator of Athens, the first King of Attica.

The most important ceremony of Brahmanism is the Apocalypse Sacrifice, also called Fire Sacrifice. "When the sacrifice was held, the offering was fired, and it was believed that the offering had risen up to heaven. In the minds of the archaic Indian people, the offering would reach the divinities only in this way." (You and Chen: 2003, p.85) This way of sacrifice very much resembles that of archaic Chinese people at about the same time. Based on the Veda, the oldest Hindu sacred texts (written about 1200 BC), the first god of the Heavenly Divinities is the Bright Heaven, named *Dyaús* (Sanskrit). *Dyaús* shares the same origin of *Zeus* (Greek, read **Deus*), the God Jupiter, and corresponds to the *tees (God) of the civilization in the Delta of the Yellow River. The Veda was not written until 1200 BC, 350 years earlier than the Homeric epic. The fact is that the Greek Zeus and Sanskrit Dyaús share a common headstream that can be traced back to the existence of the cognates of Proto-Indo-European to sometime before 2000 BC, when PIE had not yet fragmented.

5.2.4 The Tibetan came from a people called the archaic West Qiang1, who shared the common ancestor of the Zhou1 clans. West Qiang1 broke up into a nation independent from the Zhou1 clans in about 2000 BC–1500 BC. In Tibetan folk-custom, a well-known sacred ceremony called "Wei4 Shang1" has been passed down; another popular name for it is "fire and make smoke." It goes like this: if someone has a reason to pray to god, he or she goes out into the wild and collects cypress twigs and herbs, piles them on a hill, and lights them. The smoke rises up to heaven, where the divinities enjoy it. Watching this scene, one cannot help but feel that they still live in remote ancient period. In writing Tibetan "the-se," the name of the terra god, we note that the sound form corresponds to Old Chinese *tees; it is probably derived from *tees or *dees (cf. 2.1 section of this article).

5.3 Taking all the facts above together, the historical conclusion should be clear. Around the early second millennium BC, the people who lived in the steppe on the shore of the Black Sea worshipped the great God *Zeus. They overspread their territory in various directions and were almost invincible in their time. Holding high their God *Zeus, they drove their wing-footed chariots, brandished their bronze swords, and conquered the Balkan peninsula to the south, rushed into Asia Minor and the Iranian Plateau to the southeast, and swept the Delta of the Indian River up to the bank of the Ganges. Of course, certain historical details had lost during the subsequent millennium. Hence the author of this paper has endeavored, through the application of comparative religion and linguistics, to supplement the history of the Indo-European expansion: they strode over the steppe of Central Asia as well, trod through the Tian1 Shan1 Mountains, and brought their civilization to the Delta of the Yellow River.

Someone asks: "According to what you have said, in the prehistoric period, is it true that Indo-Europeans came to the Delta of the Yellow River from the West?"

Answer: "Yes. And they indelibly affected the civilization of the area."

Question: "It is a critical historical juncture. Such a radical view of this particular history is supported only by the common origin of the words *tees and *Zeus; is that enough?"

Answer: "Religion is an important element of early ancient civilization, which is the reason I mainly discuss the beliefs of OC and PIE in this article. In addition, I previously have pointed out considerable historical linguistic evidence for the close relationship between the Old Chinese and Indo-European language (Zhou: 2002). The evidence of historical linguistics is the foundation of this viewpoint. And we have discussed the question only on the basis of archaic documents and linguistical proof. Other disciplines, such as archeology, genetics and metallurgy, can also provide evidence to support our conclusion."

Question: "Will you offer more discussion of this interesting question? For example, what was the time of influence and how did it affect the way of life, the way of thought, national traits, and even ethical components in the area?"

Answer: "Yes. In successive articles, we will discuss these questions with further evidence."

Acknowledgments

I thank the University of Pennsylvania for sponsoring me as a Visiting Scholar. I am especially grateful for Professor G. Cameron Hurst's warm invitation, in answer to which I came to the Center for East Asian Studies to enjoy wonderful campus life and the chance to work with great concentration in an excellent academic environment.

I also thank Professor Victor H. Mair for his recognition and support for my study of the prehistoric exchange between the East and the West. He also did much to further arrangements for my appointment as Visiting Scholar.

I thank Professor Mair and Paula Roberts, Assistant Director of CEAS, for revising the English version of the paper, although any errors that remain in the paper are certainly of my own responsibility.

References

［1］Fu Sinian. 1940. Discussion of the Archaic Meaning of Humanity and Destiny. *Florilegium of Fu Sinian*. Tianjin: Tianjin People's Publishing House. 傅斯年.1940.性命古训辨证.傅斯年选集.天津：天津人民出版社，1996.

［2］Herodotus. 1824. *History*. Trans. by Larcher, et al. Oxford：Talboys and Wheeler.

［3］Mair, Victor H. 1990. "Old Sinitic *M^yag, Old Persian Magus, and English '*Magician.*' " *Early China*, 15: 27—47.

［4］Mackendrick, Paul. 2000. *The Greek Stones Speak*: *The Story of Archaeology in Greek Lands*. Second ed. Trans. by Yan Shaoxiang. Hangzhou: Zhejiang Peoples' Publishing House.［美］保罗·麦克金德里克.2000.晏绍祥译.会说话的希腊石头.杭州：浙江人民出版社.

［5］Partridge, Eric. 1966. First published 1958. Fourth ed. *Origins, a Short Etymological Dictionary of Modern English*. London: Routledge & Kegan Paul Ltd..

［6］Wang Wenyao. 1998. *Short Dictionary of Bronze Inscription*. Shanghai: Shanghai Lexicographical Publishing House. 王文耀.1998.金文简明词典.上海：上海辞书出版社.

［7］You Daixi and Chen Xiaohong. 2003. 失落的文明：古印度（*Lost Civilizations*: *Ancient India*）. Shanghai: East China Normal University Press. 酉代锡、陈晓红.2003.失落的文明：古印度.上海：华东师范大学出版社.

［8］Zheng Zhang Shang Fang. 2004. *Old Chinese Sound System*. Shanghai: Shanghai Educational Publishing House. 郑张尚芳.2004.上古音系.上海：上海教育出版社.

［9］Zhou Jixu. 2002. *Comparison of Words between Old Chinese and Indo-European*. Chengdu: Sichuan Nationalities Publishing House. 周及徐.2002.汉语印欧语词汇比较.成都：四川民族出版社.

Archaic documents referred to in this paper

［1］Duan Yucai (Qing Dynasty). 1981. *Shuo Wen Jie Zi Zhu (Annotation of Shuo Wen Jie Zi)*. Shanghai: Ancient Books Publishing House of Shanghai.
段玉裁.说文解字注.上海：上海古籍出版社, 1981.

［2］Ruan Yuan (Qing Dynasty). 1980. *Shi San Jing Zhu Shu (Explanation of the Thirteen Classics)*. Beijing: Zhonghua Book Company.
阮元［清］.十三经注疏.北京：中华书局影印, 1980.

［3］Sima Qian (Han Dynasty). 1997. *Shi Ji*. Shanghai: Ancient Books Publishing House of Shanghai.
司马迁［汉］.史记.上海：上海古籍出版社, 1997.

［4］Zhu Junsheng. 1995-1999. *Shuo Wen Tong Xun Ding Sheng*. Shanghai: Ancient Books Publishing House of Shanghai.
朱骏声.说文通训定声.上海：上海古籍出版社, 1995.

The Rise of Agricultural Civilization in China: The Disparity between Archeological Discovery and the Documentary Record and Its Explanation[①]

Looking for the Source of Civilization in the Delta of the Yellow River (II)

Zhou Jixu

Center for East Asian Studies, University of Pennsylvania, Philadelphia, Pennsylvania;
Chinese Department, Sichuan Normal University, Chengdu, China

Abstract: This research project puts forward an entirely new viewpoint on the prehistory of the Yellow River area and the evidence for it: the civilization of the Yellow River is not a result of an independent evolution, but of the impact of a foreign upon a native culture. The earliest Chinese agriculture, as revealed by Chinese archeology, rose earlier than 4000 BC in the middle reaches of the Yellow River and the Yangtze River. But according to ancient documents, the earliest agriculture occurred in the period of Hou Ji 后稷[②] (about 2100 BC) in the middle reaches of the Yellow River. Why is there such a large disparity in time? The explanation is this: the story of agriculture and Hou Ji represented the beginning of agriculture only among the people of the nation of Huang Di (the Yellow Emperor), who were originally nomadic. Hou Ji and his people learned to cultivate grains from the earlier native people, who lived in the area of the Yellow River and the Yangtze River 5, 000 years ago, yet so far they have been neglected by

---

[①] The paper was published on *Sino-Platonic Papers*, University of Pennsylvania, USA, pp.1-38, No. 175. 2006.

[②] Hou Ji (about 2100 BC) was the forefather of the Zhou tribe, which later grew to be the strong kingdom that established the Zhou Dynasty in China (1046BC—221BC) . Hou Ji was also one of the significant leaders of the reigning group of Huang Di's descendants, based on the accounts of Chinese classical documents.

conventional history. The Yellow Emperor's nation held the middle reaches of the Yellow River because of their strong force, but they consolidated, expanded, and continued their rule in China by accepting the indigenous agricultural culture. The occupying nation was a branch of the Proto-Indo-European. The historical records, such as *Shang Shu*, *Shi Jing*, *Zuo Zhuan* (*Annals of Feudal States*), and *Shi Ji*, etc, were all only descriptions of the rise and fall of the Yellow Emperor's nation. The earlier native civilizations of the Yellow River and the Yangtze River of 5,000 years ago were excluded from the traditional historical record and therefore had been covered up for 3,000 years. This paper tries to reveal the historical facts with the evidence of archeology, ancient documents, and historical linguistics.

Keywords: origin of agriculture, archeology, ancient documentary, historical linguistics.

CONTENTS

I. The Beginning of Agricultural Civilization as Attested by Archeology ····· 267
   1.1 The Outline of Prehistoric Agriculture in China ···················· 267
   1.2 The Date of the Rise of Millet Cultivation ························ 268
   1.3 The Date of the Rise of Rice Cultivation ·························· 272
II. The Beginning of Agricultural Civilization as
   Recorded by Chinese Historical Documents ···························· 278
   2.1 The Calculation of Historical Times ······························ 278
   2.2 The Beginning of Field Agriculture as
      Recorded in Chinese Classical Documents ······················· 280
      2.2.1 The Account in *Shang Shu* ································· 282
      2.2.2 The Account in *Shi Jing* ·································· 283
      2.2.3 The Account in *Shi Ji* ··································· 288
III. Explanation of the Disparity between Archeological
   Discovery and the Historical Documents ······························ 291
   3.1 The Nomadic Character of the Zhou 周 People ······················ 292
      3.1.1 The Zhou People, the Rong 戎, and the Di 狄 ················ 292
      3.1.2 The Zhou People and the Qiang 羌 ·························· 305
   3.2 The Evidence of Historical Linguistics ···························· 307
      3.2.1 Words Concerning Domestic Animals ······················· 308
      3.2.2 Words Concerning Houses and Other Constructions ·········· 309
      3.2.3 Words Concerning Religion ······························· 312
      3.2.4 Why Did We Not Find the Relationship Earlier? ············· 313
IV. Conclusion ·· 315
Acknowledgments ·· 317
References ·· 317
Ancient documents referred to in this paper ································ 319

I. The Beginning of Agricultural Civilization as Attested by Archeology

1.1 The Outline of Prehistoric Agriculture in China

Regarding the significance of the meaning of cereal agriculture for human civilization, Paul C. Mangelsdorf had this to say:

> No civilization worthy of the name has ever been founded on any agricultural basis other than the cereals··· It may be primarily a question of nutrition··· Cereal grains, like eggs and milk, are foodstuffs designed by nature to supply carbohydrates, proteins, fats, minerals and vitamins··· Perhaps the relationship between cereal and civilization is also a product of the discipline which cereals impose upon their growers. The cereals are grown only from seed and must be planted and harvested in their proper season. In this respect they differ from the root crops, which in mild climates can be planted and harvested at almost any time of the year··· The growing of cereals has always been accompanied by a stable mode of life··· Cereal agriculture in providing a stable food supply created leisure, and in turn fostered the arts, crafts and sciences. It has been said that "cereal agriculture, alone among the forms of food production, taxes, recompenses and stimulates labor and ingenuity in an equal degree" ("Wheat, " *Scientific American*, CLXXXIX, July 1953, 50—59. Quoted in Ho 1975: 44-45, fn.).

Cereal agriculture was the necessary basis of any civilization in early ancient times.

In the last halfcentury, Chinese archeologists have made many new discoveries about Chinese prehistoric civilization. From the Neolithic period to the beginning of the Xia Dynasty (about 7000 BC—2000 BC) , there were many prehistoric cultural sites in the middle Yellow River valley and the middle and lower Yangtze River valley, such as the Yangshao 仰韶 Culture sites (4600 BC—3000 BC), the Longshan 龙山 Culture sites (3000 BC—2200 BC) in the Yellow River valley, the Hemudu Culture sites (5000 BC—4000 BC), and the Liangzhu良渚 Culture sites (2800 BC—1800BC) in the lower reaches of the Yangtze River. These sites showed that the Yellow River and Yangtze River valleys are among the earliest areas in the world to yield agricultural civilization. It is surprising that many of these sites possessing very developed agriculture occurred long before the emergence of agriculture (about 2100 BC) as it was mentioned repeatedly in a number of Chinese classical books. There is a large disparity in the times (and in the areas) between the archeological discoveries and the ancient documentary records.

The area of the early Chinese agricultural civilizations can be divided into two regions: the middle reaches of the Yellow River and the middle and lower reaches of the Yangtze River. There were different cultivated cereals in the two regions: millet in the former[①] and rice in the latter. Chinese millet grains belong to the two different genera of Setaria and *Panicum*. The former is represented by the species Setaria italica, which is named in Chinese *su* 粟. The latter includes the two subspecies of P. *miliaceum*, which in Chinese are called *shu* 黍 and *ji* 稷 (Ho, 1975: 57). Chinese rice belongs to the two different subspecies of *Oryza sativ a japonica*, which is the late-ripening rice with round grains that the Chinese call 粳稻, and *O. sativa indica*, which is the early-ripening "tropical" rice with long grains that the Chinese call 籼稻 (Ho, 1975: 62). We will review the origins of millet and rice agriculture in China, based on the studies of other scholars and archaeological materials in recent decades.

1.2 The Date of the Rise of Millet Cultivation

Professor Ho Ping-Ti says in his work *The Cradle of the East*:

> In the Old World, field agriculture first occurred in southwestern Asia, on the hilly flanks of the "Fertile Crescent" around 7000 B.C. Some time after 5000 B.C., more intensive agriculture took place on the irrigated fields of the great flood plains of the Tigris

---

[①] A few relics of rice were discovered at the sites of the Yangshao Civilization in the Yellow River valley.

> and Euphrates. The ancient agriculture of Egypt and the Indus River valley also depended on flood plains and primitive irrigation. Among the main characteristics of the earliest Chinese agricultural system, however, was its freedom from the influence of the great flood plain of the lower Yellow River and, as a corollary, the absence of primitive irrigation (Ho, 1977: 44).

In his work, he proves that the Neolithic center in North China, in addition to Mesopotamia and Meso-America, is another area in which field agriculture independently developed. The Neolithic area of the middle reaches of the Yellow River was one of the three centers in the world in which the earliest agricultural civilization occurred. "It was field agriculture based on cereal grains that gave rise to the first civilizations in both the Old World and the New." (Ho, 1977: 40)

The following is a summary of the main evidence in Prof. Ho's 440-page work. These quotations are from *The Cradle of the East* (Ho, 1977).

> We know without question that Setaria italica was grown extensively in the loess highlands during Yangshao times. The most important archeological evidence is the fact that at the typical early Yangshao site of Pan-p'o 半坡, jars filled with husks of *S. italica* have been found in several storage places. The quantity of the stored millet, along with the abundance of agricultural implements and the whole complex layout of the village, established beyond a doubt that *Setaria italica* was a crop cultivated and harvested by men (p. 57).
>
> The Pan-p'o phase is of utmost importance for an understanding of the beginnings of Chinese civilization because it is the earliest known phase of field agriculture based largely on millet, animal domestication centered mainly on pigs, settled village communities with well-patterned graveyards, painted pottery, and the archetypal Chinese script and numerals. A series of four radiocarbon dates together with converted bristlecone-pine dates show that this site was almost continuously occupied

for six hundred years during the fifth millennium BC (p. 16).①

Available Carbon-14 Dates for China's Prehistory

Site	Culture	Carbon-14 Dates (half-life: 5, 730 years)	Bristlecone-Pine Dates
2. Banpo, Sian	Yangshao	4115 BC ± 110 BC	4865 BC ± 110BC
4. Banpo, Sian	Yangshao	3955 BC ± 105 BC	4555 BC ± 105BC
5. Banpo, Sian	Yangshao	3890 BC ± 105 BC	4490 BC ± 105BC
6. Banpo, Sian	Yangshao	3635 BC ± 105 BC	4235 BC ± 105BC
7. Hougang 后岗 Anyang 安阳 Henan 河南	Yangshao	3535 BC ± 105 BC	4135 BC ± 105BC

Prof. Ho pointed out that *Setaria and Panicum* millets were indigenous plants (in the loess highlands of China), according to evidence from ancient documents, wild species of millets that exist in the loess area today, and the long history of their cultivation.

Prof. Ho also discussed the ethnic and geographic origins of the Yangshao people. He concluded that the Yangshao people came from southern China, using the evidence of geographical environment, physical anthropology, typical artifacts, and culture. The following summarizes his arguments.

1. The evidence of soil and botany: Continental ice sheets never covered China as a whole during the Pleistocene. In many localities in northern and southern China, the soils developed from the Cretaceous (120 million to 60 million years ago) and the Tertiary (60 million to 1 million years ago). The existence of these soils is evidence that they formed long before the onset of the great ice age. "The extraordinary richness of the ligneous flora of eastern Asia exceeds in number of genera all the rest of the North Temperate Zone [in the world] …the richness of the flora of eastern Asia, especially China, is due to its great diversity in topographic, climatic, and ecologic conditions. Historically, the absence of extensive glaciation during the Pleistocene permits the preservation of a large number of genera formerly extensively distributed

---

① Sources (following Ho): the Laboratory of the Institute of Archaeology, "Fang-she-xing tan-su ce-ding nian-dai bao-gao (I)" [Report on Radiocarbon-Determined Dates (I)], KK, 1972, No. 1, pp. 52—56; and "Fang-she-xing tang-su ce-ding nian-dai bao-gao (II)" [Report on Radiocarbon-Determined Dates (II)], KK, 1972, No. 5, pp. 56—58.

but which later became extinct in other parts of the world." [1] *Ginko biloba and Metasequoia*[2] are the most famous of the "living fossils" that testify to the absence of continental ice sheets in China. Therefore, during the last glacial period the lowlands in the south of China were likely to have been more congenial to early man than those of northern China, in terms of climate and of natural resources for human survival.

2. The evidence from physical anthropology: As compared with other Mongoloid groups, the Yangshao people bear the closest physical resemblance to the modern Chinese of the southern half of China and to the modern Indo-Chinese. Their next closest resemblance is to the modern Chinese of North China. They have physical characteristics markedly different from those of the Eskimos of Alaska, the Tungus of Manchuria, the Tibetans, and the Mongoloids of the Lake Baikal area. According to the Soviet anthropological terminology adopted by mainland Chinese scholars, the Yangshao Chinese are classified under the "Pacific branch of the Mongoloid" or under the "Southern Mongoloid race, " and thus are distinguished from the proto-Tungus of Manchuria, who are classified under the "Northern Mongoloid" (Ho, 1975: 38).

3. The evidence of the characteristic artifacts of the Yangshao Culture. "The most striking trait of the stone artifacts of the Yangshao Culture, apart from their typological uniqueness, is the prevalence of polished tools. The people of this culture did not know the techniques of flaking and chipping. In manufacturing axes, spear points, and arrowheads, and ploughs, sickles, and punch awls, they used the grinding method. This demonstrates the specific cultural traditions and sources of the Yangshao Culture, which are not related to the north, where the percussion technique was prevalent, but to the south and the eastern maritime regions of China." [3]

4. The evidence of the cultural sequence: Mainland Chinese archaeologists verify that the earliest phase of the Yangshao Culture is exemplified by the

---

[1] Hui-lin Li, "Endemism in the Ligneous Flora of Eastern Asia" , *Proceedings of the Seventh Pacific Science Congress*, V (1953) , p. 1, quoted from Ho 1975: 37.

[2] *Ginko biloba* is the only survivor of an entire order of gymnosperms, and *Metasequoia* is the unique primeval surviving conifer.

[3] Source: V. Y. Larichev, "Ancient Cultures of North China" , in Henry N. Michael, ed., *The Archaeology* and Geomorphology of Northern Asia: Selected Works (Toronto, 1964) , pp. 233—234, quoted from Ho 1975: 39.

artifactual complex of the Lijiachun site in Xixiang County, Shensi, on the southern side of Qinling Mountain. At Lijiachun, many of the pottery shapes are similar to those of other Yangshao sites, but with two important differences: the prevalence of cordmarked pottery and the absence of painted pottery[①]…Since along the Pacific coast of East and Southeast Asia in many parts of the southern half of China the earliest pottery is invariably cordmarked, and since Li-chia-ts'un is on the southern side of the Qinling and on the upper Han River which links up Shensi with central Yangtze, a southern cast to the cultural heritage of the Yangshao people can no longer seriously be doubted (Ho, 1975: 39-40).

Professor Ho's conclusion is: in the long-range perspective, the foundation of the world's most persistently self-sustaining agricultural system, a system which has had so much to do with the enduring character of Chinese civilization, was laid in the Yangshao nuclear area in Neolithic times (Ho, 1975: 48).

As to whether or not the Yangshao Culture in the Neolithic period independently rose and developed, there is still much debate (Zhang, 2004). But the evidence quoted above is enough to prove the historical fact: a mature agricultural civilization existed in the Yellow River valley in the period 5000 BC-4000 BC.

1.3 The Date of the Rise of Rice Cultivation

Another core area of the earliest agricultural civilization in China was located in the Yangtze River valley. In 7000 BC-5000 BC, there was a mature rice-cultivating agriculture in the middle and lower areas of the Yangtze River. Chinese archeologists have achieved a considerable amount in this field since the 1950s. There is a general introduction to this question in Prof. Zhu Naicheng's paper "A Summary of the Chinese Prehistoric Rice-cultivating Agriculture" (Zhu, 2005). The following presents the outline of his article.

The origin of cultivated rice in China was from about 10000 BC, according to Chinese prehistoric archeology and the results of the analysis of ancient botanic remains. There are four periods of the development of Chinese prehistoric rice-cultivation, according to Zhu's article.

---

① Painted pottery is one of the prevailing characteristics of the Yangshao Culture.

1. The origin (about 10000 BC) :

Two sites are Xianren Cave in Wannian County, Jiangxi province, and Yuchan Cliff in Dao County, Hunan province. The area is part of the Yangtze River Delta, and the climate is in the subtropical zone of southern China. They are geographically in the center of southern China, south of Qinling 秦岭 and the Huai River 淮河.

2. The rise (7000 BC-5000 BC) :

The main cultural remains are from the Pengtoushan 彭头山 Culture, the Jiahu 贾湖 type of the Peiligang 裴李岗 Culture, and the Shangshan 上山 site in Pujiang County in the Qian-tang River valley.

The Pengtoushan Culture sites are located in the plain around Dongting Lake and the zone along the Yangtze River in western Hubei province. These sites date back to 6500 BC-5500 BC. Much evidence of cultivated rice was unearthed in these sites, providing critical proof of the rise of the cultivation of rice.

Sites of the Jiahu type of the Peiligang Culture are distributed in the central and eastern plains in Henan province, dating back to 6800 BC-5500 BC. Remains of the cultivation of rice were found in Jiahu site in Wuyang 舞阳 County. The tools excavated from the site were mainly stoneware, many of which were made by the polishing method. The tools that can be identified are the stone spade, sickle, knife, millstone, millstone-stick, bone spade, etc. The significant sign of the rise of the primary agriculture is the occurrence of polished stone tools.

The Shangshan 上山 site in Pujiang 浦江 County is located in the central basin of Zhejiang province. Rice cultivation remains discovered there can be traced back to about 7000 BC. There are many imprints of riceshells on unearthed pieces of pottery. The soil is made of pottery mixed with a large number of riceshells, identified as the remains of cultivated rice. Carbon-14 dating performed by experts at the College of Arts and Science of Beijing University, shows that the pottery fragments with the rice date back to from 9000 to 11000 BP.[①] The excavated tools are millstones, millstone-sticks, stone balls, chisels, axes, and adzes. The pottery ware includes jars, pots, and basin-type vessels, as well as pieces with a circle foot, the earliest found in China so far.

---

① According to the data, the Shangshan site can be classified within the previous period, described in the "origin" section.

3. The developing period (5000 BC–3000 BC):

The primary rice-cultivating culture had been extended to the middle and lower reaches of the Yangtze River, the deltas of the Ganjiang River 赣江, the Minjiang River 闽江, the Pearl River 珠江, and part of the area of the middle and lower reaches of the Yellow River during the period 5000 BC—3000 BC. Significant rice cultivation remains were discovered in the lower reaches of the Yangtze River, such as in the Hemudu 河姆渡 Culture, the Majiapang 马家浜 Culture, and the Songze 崧泽 Culture, and also in the middle reaches of the Yangtze River, such as the Tangjiagang 汤家岗 Culture, Daxi 大溪 Culture, and Longqiuzhuang 龙虬庄 Culture in the eastern area of the Huai River. The region of rice cultivation had stretched to the north, reaching the latitude 35° north in the area of the middle and lower reaches of the Yellow River.

We can see the cultural characteristics of this period at the Hemudu site, dating back to about 5000 BC. There are large numbers of carbonized rice relics with full grains and even with their awns, in addition to a whole set of excavated agricultural tools, including bone spade, wood pestle, millstone, stone-ball, etc. The number of bone spades exceeds 170. Pottery fragments with carbonized boiled rice were discovered. The excavated pottery wares are mainly black pottery mixed with carbon, and the types are pot, bowl, plate, standing cup, basin, jar, *he* 盉 (drinking utensil), *ding* 鼎 (tripod caldron), and calyx, etc. These can be classified into three groups: cooking, drinking, and storage wares. The excavated hunting and fishing tools, such as bone whistle, bone arrow, stone bullet, and the many fruit remains, such as dark date, acorn, gordon euryale, and water chestnut, show that hunting, fishing, and collecting were still part of the life of the Hemudu people. Plenty of tools used for spinning and weaving were discovered at the site, which verifies the developed textile technique in that period. The shelters of the Hemudu people were built on wooden stakes to raise the house above the land in case of flooding, and they were made with wooden structural members. The Hemudu building style is unusual in the Neolithic period in China. The Hemudu site has been recognized as one of the most significant archeological sites in China, and the word "Hemudu" is used to name all the sites that belong to the same cultural type.

4. The developed period (3000 BC–2000 BC):

The range of the mature primary rice cultivation culture is almost coincident with the range of the developing one. The most abundant relics of rice cultivation are discovered in the Liangzhu 良渚 Culture, the Qujialing 屈家岭

Culture, the Shijiahe 石家河 Culture, and the Fanchengdui 樊城堆 Culture in the middle and lower reaches of the Yangtze River. Rice and millet both were planted in the zone between the Yellow River and the Huai River. The most advanced was the Liangzhu Culture.

There are various sets of cultivating tools in the Liangzhu Culture. The excavated stone tools are the plow, shi 耘（a kind of spade）, spade, hoe, and sickle, etc., and they were finely made. The tools show a higher technique of cultivation than in the previous period. The breeding of domestic animals had obviously developed. The primary handicrafts had begun to mature. The manufacture of pottery, jade ware, and lacquer, weaving, the making of bamboo ware and wooden ware, the crafts of ivory engraving, and inlay-all these crafts developed unprecedentedly. The manufacture of jade ware became especially notable in this period.

The above outlines Prof. Zhu's article.

In his discussion of the cradle of rice cultivation, in his work *Cradle of the East*, Prof. Ho also states that: "In any case, our combined archeological and historical data seem reasonably to have established China as one of the original homes of rice and probably as the first area in the world where rice was cultivated."（Ho, 1975: 70—71）The following chart shows the Carbon-14 dating from the three sites of the remains of cultivated rice（Ho, 1975: 16—17）.[①]

Continued

Site	Culture	Carbon-14 Dates (half-life: 5, 730 years)	Bristlecone-Pine Dates
8. Songze 崧泽 Qingpu 青浦 Shanghai	Qingliangang 青莲岗	3395 BC ± 105 BC	3395 BC ± 105 BC
10. Qianshanyang 钱山漾 Wuxing 吴兴 Zhejiang	Liangzhu 良渚	2750 BC ± 105 BC	3300 BC ± 105 BC
14. Huanglianshu 黄楝树 Xichuan 淅川 Henan	Qujialing 屈家岭	2270 BC ± 95 BC	2720 BC ± 95 BC

---

① See fn. 2 for the source.

The time of the Carbon-14 dating from the Hemudu site is 7000 BP; the time from the Shangshan site in Pujiang county is 9000−11000 BP, according to Zhu's article.

Rice cultivation greatly promoted ancient Chinese social civilization. Prof. Zhu summarized this as follows:

The primary rice-cultivation agriculture started to dominate the social economy in the period of the Songze 崧泽 Culture in the lower reaches of the Yangtze River after 4000 BC. The numbers and types of animal bones and hunting tools unearthed from the sites were clearly reduced in the period of the Songze Culture. This shows that the collecting and hunting economy declined, and that food production, mainly of rice, obviously boomed. That the lower jawbones of the tamed hog were used as funerary objects shows that the raising of domestic animals had progressed.

The establishment of rice cultivation as the primary agriculture matured in the period of the Liangzhu Culture in the area of the lower and middle reaches of the Yangtze River. The main evidence is the occurrence of the whole set of cultivating tools, needed for plowing, cultivating, and reaping. Brewing emerged, the breeding of domestic animals developed, and the proportion of the domestic animals used as meat increased. The primary handicrafts prospered. Groups of central settlements were discovered at the site of the Mojiaoshan 莫角山, showing the increase of the population. Altars and tombs were built in the Yaoshan 瑶山 and Fanshan 反山 sites. All these phenomena mark that ancient Chinese society had entered the formative civilization that led to the "old kingdoms" about 3000 BC—2800 BC.

The proportion of rice cultivation as the primary agriculture gradually increased in the period of the Daxi 大溪 Culture in the area of the middle reaches of the Yangtze River. The excavated large pottery jars that might have been used to store grains show that food production had risen. The number of villages increased, and central settlements with an enclosing circumvallation were established in about 4000 BC.

From the statement above, we can see that the marked characteristics of agricultural civilization, such as the central settlements, wall-enclosed towns, developed ceramics, and large religious sites, formed in 4000 BC—3000 BC. The areas of the Yangtze River and the Yellow River had entered the era of a mature agricultural civilization by 4000 BC at the latest.

Where did the people who lived in the region of the Yangtze Valley, and the culture of rice cultivation come from? Using the evidence from physical anthropology and human genetics, many anthropologists and geneticists point out that the physical characteristics of the ancient humans who lived in the southern area of the Yangtze River shared a close relationship with those of the Southern Asian group, and had obvious distinctions from the humans who lived in the northern area of the Yangtze River. The facts show that the ancient humans who lived in the delta of the Yangtze River were from southern Asia. In addition, the four pieces of evidence used to support the southern source of the Yangshao people in Prof. Ho's work (see above) can also be applied here.

II. The Beginning of Agricultural Civilization as Recorded by Chinese Historical Documents

2.1 The Calculation of Historical Times

As to calculating the historical ages when the events recorded in the archaic documentation occurred, this paper is based on two sources: One is the data from "Xia Shang Zhou duan dai gong cheng [The Project of the Determination of the Eras of Xia, Shang, and Zhou Dynasties]" carried out by the Historical Institute of the Social Science Academy of China. According to this, the timetable of the earliest three dynasties in ancient China is as follows: Xia 2070 BC—1600 BC, Shang 1600 BC—1046 BC, Zhou 1046 BC—221 BC. The other source is the genealogy of the early ancient kings who reigned in the area of the Yellow River before the Xia Dynasty, as recorded by Wudi Benji "The Basic Annals of Five Emperors" in *Shi Ji* (Sima Qian? BC—89 BC). With regard to the timetable mentioned above, there are still many different ideas. As a very accurate schedule is not necessary in our discussion, the dispute about the details of the eras will not be significant to the conclusion of this work. With regard to the genealogy mentioned above, *Shi Ji* is one of the most credible of the several archaic documents recording the ancient Chinese chronicle. In the view of Sima Qian, it is difficult to know about the period earlier than the Five Kings, but the period of the Five Kings and later can be determined.[①] The order calculated according to "The Basic Annals of Five Emperors" before the Xia Dynasty is as follows (six rulers in nine generations) :

The Genealogy of Huang Di (following *Shi Ji*)

Branch A:
1 **Huang Di** (Yellow Emperor 黄帝) → 2A Xuanxiao 玄嚣 → 3A Qiaoji 蟜极→

---

① Refer to Zhou Jixu, "Falsehood-discerning of the Opinion about Yan Di 炎帝 and Shennong 神农" (of the paper in Chinese in the book).

4A Di ku 帝喾→
5A-1 Zhi 挚
5A-2 **Yao** 尧 →
5A-3 Xie（or Qi）契（the forefather of the Shang Dynasty）
5A-4 Qi 弃（Hou Ji, the forefather of the Zhou Dynasty）
Branch B:
1 **Huang Di**（Yellow Emperor）→ 2B Changyi 昌意→
3B **Zhuanxu** 颛顼 →
4B-1 Gun 鲧→ 5B **Yu** 禹（the forefather of the Xia Dynasty）
4B-2 Qiongchan 穷蝉 → 5B Jingkang 敬康→ 6B Gouwang 句望→ 7B Qiaoniu 桥牛→ 8B Gusou 瞽叟→ 9B **Shun** 舜

Rulers of the Huang Di Group（following *Shi Ji*）

1 **Huang Di**（Yellow Emperor） → 3B **Zhuanxu** → 4A **Di Ku** → 5A-2 **Yao** →
9B **Shun** → 5B **Yu**

If the average reign were about 30 years for each generation,[①] the chronology may be given as follows:
Huang Di（Yellow Emperor）（2250 BC）;
Zhuan Xu（2220 BC）, Di Ku（2190 BC）;
Yao to Shun（2160 BC—2100 BC）;
Yu（2100 BC—2070 BC）;

According to *Shi Ji*, the last three rulers（Yao, Shun, and Yu）were sequential in time. And Yu was the father of Qi 启, who was the first king of the Xia Dynasty（2070 BC）. The former three（Huang Di, Zhuan Xu, and Di Ku）went through only four generations and were not allowed to rule for long

---

① "While Yao was in power for seventy years, he got Shun to assist him in dealing with government affairs. Yao retired in another twenty years and appointed Shun as his successor and recommended Shun to Heaven." "When Shun was twenty, he became well-known for his filial piety. When he was thirty, Yao lifted him from crowd. Shun acted as the son of Heaven when he was fifty. And when he was fifty-eight, Yao died. Shun was crowned at sixty-one years of age. He traveled throughout the southern area in his thirty-ninth year in power, and died there. He was buried at the field of Cangwu."（"The Basic Annals of Five Emperors," *Shi Ji*）According to this, Yao was in power for 90 years, and Shun for 50 years, for a total of 140 years. We did not take this data into account when devising our timetable.

intervals. The paragraph from Mencius (372 BC—289 BC) can be quoted as one of the supports of this calculation:

"From Yao 尧 and Shun down to Tang 汤[①] was 500 years and more ⋯ From Tang to King Wen[②] was 500 years and more⋯ From King Wen to Confucius was 500 years and more⋯" (James Legge, 1969: 501—502)

Because the dates when Confucius lived are established (551 BC—479 BC), we know that the last two periods (from Confucius to Zhou and from Zhou to Shang) that Mencius claimed are very near to the historical fact that we know today, and in consequence we know the first times (from Shang to Yao) that Mencius states should also be near to the fact. From the beginning of Shang to Yao more than 500 years passed, so 1600 BC plus 500 years equals 2100 BC. That is just thirty years before the beginning of the Xia Dynasty (2070 BC). This is consistent with our calculation above. We should acknowledge that the schedule is only a rough estimation as to the early ancient dates, and the error in the limited range would not affect the result that we discuss here.

2.2 The Beginning of Field Agriculture as Recorded in Chinese Classical Documents

The prehistoric civilizations of the Xia, Shang, and Zhou dynasties that arose in the Yellow River valley, especially the civilization of the Zhou Dynasty, were no doubt based on the cereal agricultures. The abundant wealth provided by the agricultural production procured for the Chinese nation a great advance in cultural development. Mencius described the circumstance in that historical period:

[When Yu conquered the floods], it became possible for the people of the middle plain[③] to cultivate the ground and get food for themselves ⋯The Minister of Agriculture (viz. Hou Ji) taught the people to sow and reap, cultivating the five kinds of grain. When the five kinds of grain were brought to maturity, the people all obtained

---

① Tang was the first king of the Shang Dynasty (1600 BC—1046 BC).
② King Wen was Wen Wang, who was the father of Wu Wang. Wu Wang was the first king of the Zhou Dynasty (1046 BC—221 BC).
③ The middle plain here indicates the middle reaches of the Yellow River.

subsistence. But men possess a moral nature, and if they are well fed, warmly clad, and comfortably lodged, without being taught at the same time, they become almost like the beasts. It was the duty of the Minister of Instruction (viz. Qie①) to teach the correct relations of humanity: how, between father and son, there should be affection; between sovereign and minister, righteousness; between husband and wife, attention to their separate functions; between old and young, a proper order; and between friends, fidelity (Legge, 1969: 250—252).

This is a story that describes the agricultural society and the civilized way of life that developed in the Xia, Shang, and Zhou dynasties. From the start of the Xia Dynasty to the establishment of the Zhou Dynasty, the Chinese people went through this progression in just over a thousand years.② This was the way in which the agricultural overcame the nomadic way of life. The archaic Chinese people reached the prosperous period of civilization that was brought by the agricultural life before the time of the West Zhou Dynasty (1046 BC—721 BC). So we hear Confucius praise the civilization of the West Zhou Dynasty: "Zhou accepted and developed [the culture of] the two preceding dynasties [viz. Shang and Zhou]. How great a wealth of culture! I follow upon [the culture of] Zhou." (*The Analects*, Chapter "Ba Yi, " 14th section)

The earliest documents to describe the onset of cereal agriculture in ancient China are *Shang Shu* and *Shi Jing*, and the description in *Shi Jing* is much more particular. On the basis of these records, the cereal agriculture in the area of the Yellow River began in about 2160 BC—2100 BC, the period of Yao and Shun (refer to section 2.1 of this paper). And all the stories were related to Hou Ji, the beginning ancestor of the Zhou nation.③

---

① Qie was the founding ancestor of the Shang clan, which established the Shang Dynasty under the leadership of T'ang. Refer to sect. 2.1 of this paper, "The Genealogy of Huang Di".
② According to "The Basic Annals of Five Emperors", "The Basic Annals of Xia", "The Basic Annals of Shang", and "The Basic Annals of Zhou" in *Shi Ji*, the people of the Xia, Shang, and Zhou dynasties were all the descendants of Huang Di's nation in different branches. They shared a common language.
③ Hou Ji was one of the ministers of Yao, according to *Shang Shu*. His name was Qi, and Hou Ji was his title.

2.2.1 The Account in *Shang Shu*

"The emperor [Yao] said: 'Qi, the black-haired people are still suffering the distress of hunger. It is yours, O prince, the Minister of Agriculture, to sow for them various kinds of grain.' " (The Canon of Yao, *Shang Shu*)

> Yu[①] said: "I also opened passages for the streams throughout the nine provinces, and conducted them to the sea. I deepened moreover the channels and canals, and conducted them to the streams, at the same time that Ji was sowing grain and showing the multitudes how to procure the food of toil in addition to flesh meat. I urged them further to exchange what they had for what they had not, and to dispose of their accumulated stores. In this way all the people got grain to eat, and all the States began to come under good rule." (The Canon of Yao, *Shang Shu*)

In light of the timetable above, we see that the two descriptions were written in 2100 BC or earlier. The phrase "zheng min nai li 烝民乃粒" (all the people got grain to eat) should be given special attention. A sentence with the same meaning is "li wo zheng min 粒我烝民" (thou didst give grain-food to our multitudes) in *Shi Jing* ("Si Wen," Eulogies of Zhou, *Shi Jing*). Both of these express that the multitudes, Huang Di's descendants, began to use cereals as their staple food. Before Hou Ji, when they followed a nomadic life, the Zhou tribe could be provided only limited foods;[②] they had only meat and milk as their staple foods. Without ample food, the population could not increase. The word "li 粒" in ancient Chinese means "grain (noun) or to use grain as food (verb). " It is Hou Ji who taught the people to cultivate and brought the people the new way of life. Compared with the nomadic life style, the agricultural life offered a much more steady and ample source of food. The Zhou people praised Hou Ji: It is you who allowed us to fill ourselves with cereals; it is you who brought us the life style of agriculture (xia 夏) instead of the life style of the nomad (rong 戎)[③] (cf. the poem "Si Wen," *Shi Jing*;

---

① Yu was the beginning ancestor of the Xia Dynasty, another minister of Yao, according to *Shang Shu*.
② The Zhou people were originally a nomadic nation. See section 3.1.1—2 of this paper.
③ For the explanation of the original meanings of "xia" and "rong", please refer to section 3.1.1.6—7 of this paper.

see below). The famous scholar Wang Yinzhi 王引之 in the Qing Dynasty thought that "li 粒" is a phonetic loan character for "li 立" here, and meant "make achievement or stabilize". He understood the vivid description of the original text in Shang Shu to be a blurry concept, and missed a critical detail in its history. It is due to this reason that the ancient Chinese scholars did not understand the evolutionary process of the various life styles of human history.

2.2.2 The Account in *Shi Jing*

The beginning of cultivation by the descendants of the Yellow Emperor clan is more elaborately described in *Shi Jing*. These records are preserved in the poems compiled in "Da Ya 大雅" (the Great Xia[①]) and "Zhou Song" (the Eulogies of Zhou) in *Shi Jing*. These poems were written about the great ancestors of the clan and sung in the sacrificial ceremony to their god *tees.[②] In consequence it is a reliable account of the historical fact.

The "Sheng Min," a poem in Da Ya, is an epic that praised Hou Ji's achievement in establishing and developing agricultural cultivation. The Zhou people handed down the poem for more than a thousand years. They honored Hou Ji as God *tees' heavenly companion in the sacrificial ceremony. From this we can see how important Hou Ji and the agricultural life style that he brought were for the development of the Zhou people. In old Chinese, the word "Hou" means king, and "Ji" means millet, which was the crop originally planted in the area of the Yellow River (See section 1.2 of this paper). Thus "Hou Ji" means "the king of millet." The following verses describe the circumstance that Hou Ji planted cereals, invented the cultivating craft, brought high-quality seeds, and gathered the harvest.

> When he [Hou Ji] was able to crawl,
> He looked majestic and intelligent,
> When he was able to feed himself,
> He fell to planting large beans.
> The beans grew luxuriantly;

---

① 大雅 was written as 大夏 on the Chu bamboo sticks unearthed in recent decades. See section 3.1.1.6 of this paper.

② Refer to the article "Old Chinese '帝 *tees' and Proto-Indo-European '*deus': Similarity in Religious Ideas and a Common Source in Linguistics" (Zhou 2005).

The rows of his paddy shot up beautifully;
His hemp and wheat grew strong and close;
His gourds yielded abundantly.

The husbandry of Hou Ji
Proceeded on the plan of helping [the growth].
Having cleared away the thick grass,
He sowed the ground with the yellow cereals.
He managed the living grain, till it was ready to burst;
Then he used it as seed, and it sprang up;
It grew and came into ear;
It became strong and good;
It hung down, every grain complete—
And thus he was appointed lord of Tai.

He gave his people the beautiful grains—
The black millet, and the double-kernelled:
The tall red, and the white.
They planted extensively the black and the double-kernelled,
Which were reaped and stacked on the ground.
They planted extensively the tall red and the white,
Which were carried on their shoulders and backs,
Home for sacrifices [to *tees] which he founded ("Sheng Min," Da Ya, *Shi Jing*).

  In fact, Hou Ji's cultivating skills did not come from invention but from learning. It was impossible for any one person to invent so many complicated tasks by himself, such as to select and breed fine seeds, to invent farm tools, and to accumulate farm experience, etc. These kinds of work need the efforts of more than one generation to accomplish.

  "Duke Liu," another poem of "Da Ya," describes the story in the critical period when the Zhou people returned to agricultural life again after they had retrogressed to nomadic life. At the end of the Xia Dynasty, the leader of the Zhou tribe lost his position as the Xia Agricultural Minister, and the Zhou people gave up farming and began to lead a vagrant life. Many years passed, and a new leader, the great Duke Liu (Kong Liu 公刘), [1] led the Zhou people to move to a new place, Bin, to start a new farming life that the Zhou people hadn't had for a long time. That was a milestone of the time from which the Zhou people settled, developed, and finally prospered in the life style of agriculture, saying good-bye to the nomadic life forever. The repeated experiences of the Zhou people show that the old custom of the nomadic life was very stubborn. It unexpectedly took several hundred years for the Zhou people to adapt to the new cultivating life to which Hou Ji had introduced them. The following verses describe how, under the leadership of Duke Liu, the Zhou people engaged in agriculture on a large scale. The information that the verses offer indicates that it is possible that they had grasped the technique of irrigation.

> Of generous devotion to the people was Duke Liu,
> [His territory] being now broad and long,
> He determined the points of the heavens by means of the shadows; and then, ascending the ridges,
> He surveyed the light and the shade,
> Viewing [also] the [course of the] streams and springs.
> His armies were three troops;
> He measured the marshes and plains;
> He fixed the revenue on the system of common cultivation of the fields;
> He measured also the fields west of the hills;
> And the settlement of Bin became truly great ("Duke Liu," Da Ya, *Shi Jing*).

"Si Wen," another poem of "the Eulogies of Zhou" in *Shi Jing*, gives us a historic fact: the cultivation of wheat by the people of Zhou began in the time of Hou Ji (2100 BC). And the varieties of wheat and barley were not bred from their own plants, but introduced from other places. The introduction may have had some relation to Hou Ji, so the story was believed that Hou Ji got the seeds of wheat and barley from the God *tees. The following is the entire poem of "Si Wen":

> O accomplished Hou Ji,

---

[1] According to some scholars, the period of Duke Liu was roughly equal to that of Pan Geng 盘庚, a king of the Shang Dynasty, about 1300 BC—1250 BC (Chen, 1956: 208-216).

> Thou didst prove thyself the correlate of Heaven;
> Thou didst give grain-food to our multitudes—
> The immense gift of thy goodness.
> Thou didst confer on us the wheat and the barley,
> Which God appointed for the nourishment of all;
> And, without distinction of territory or boundary,
> The rules of social duty were diffused throughout the region of Xia.①
> ("Si Wen," Eulogies of Zhou, *Shi Jing*)

In the verse, wheat is called "来牟." The name was the same as that used in *Shuo Wen Jie Zi*. "来, it is the lucky grain that the Zhou people received (from God). The character was drawn as a wheat plant with two awns. Wheat is what came from heaven." (the section 来, *Shuo Wen Jie Zi*) (Old Chinese 来 *C-rɯɯ; Greek *pūrós*; Lithuanian *pūrai*; Lettic *pūr'i*, wheat; Church Slavic *pyro*, spelt [Buck 1988]) There was probably a non-stressed syllable in front of 来: *C-rɯɯ > *rɯɯ. This correspondence between OC and PIE shows the western origin of wheat.②

"The Seventh Month" in "Bin Feng" (豳风, "Poems of Bin"), a poem in *Shi Jing*, describes the life of the Zhou people in the Bin, the new home of the Zhou tribe, a long time after they settled there under Duke Liu's leadership. By this time, the agricultural life style of the Zhou people was very stable and mature. The people of the Zhou tribe had accumulated ample experience in agricultural production. The verses told people what kind of farm work should be done in each of the twelve months of the year. The poem was a farmer's proverb verse that summed up valuable agricultural knowledge and handed it down through the generations, to teach all the people the rules of the farming life. The Zhou people treasured the agricultural way of life, which they had lost for a long time and had regained, and enjoyed it. The following verses describe the autumn harvest, spring sowing, repairing of houses, and winter festivities. These offer an overview of the culture of the

---

① Cf. section 3.1.1.6 of this paper for the meaning of the word "Xia 夏".
② The large number of corresponding words between Old Chinese and ancient Indo-European languages can be pursued in my book *Comparison of Words between Old Chinese and Indo-European* (Zhou, 2002). The words for "wheat" present a new pair that was not previously recorded.

Zhou people at that time.

> In the ninth month, they prepare the vegetable gardens for their stacks,
> And in the tenth they convey the sheaves to them;
> The millets, both the early sown and the late,
> With other grain, the hemp, the pulse, and the wheat.
> "O my husbandmen,
> Our harvest is all collected.
> Let us go to the town, and be at work on our houses.
> In the daytime collect the grass,
> And at night twist it into ropes;
> Then get up quickly on our roofs—
> We shall have to recommence our sowing.
> …
>
> In the days of [our] second, they hew out the ice with harmonious blows;
> And in those of [our] third month, they convey it to the ice-houses,
> [Which they open] in those of the fourth, early in the morning,
> Having offered in sacrifice a lamb with scallions.
> In the ninth month, it is cold, with frost;
> In the tenth month, they sweep clean their stack-sites.
> The two bottles of spirits are enjoyed,
> And they say, "Let us kill our lambs and sheep,
> And go to the hall of our prince,
> There raise the cup of rhinoceros horn,
> And wish him long life—that he may live forever ("the Seventh Month, " Poems of Bin, *Shi Jing*).

> The following verses in *Shi Jing* were about how his mother gave birth to Hou Ji:
> The first birth of [our] people
> Was from Jiang Yuan (姜原).
> How did she give birth to [our] people?
> She had presented a pure offering and sacrificed [to God *tees] ,
> That her childlessness might be taken away.

She then trod on a toe-print made by God, and was moved,
In the large place where she rested.
She became pregnant; she dwelt retired;
She gave birth to, and nourished [a son],
Who was Hou Ji.

When she had fulfilled her months,
Her first-born son [came forth] like a lamb.
There was no bursting, nor rending,
No injury, no hurt—
Showing how wonderful he would be.
Did not God give her comfort?
Had he not accepted her pure offering and sacrifice,
So that thus easily she brought forth her son?

He was placed in a narrow lane,
But the sheep and oxen protected him with loving care.
He was placed in a wide forest,
Where he was met by the wood-cutters.
He was placed in the cold ice,
And a bird screened and supported him with its wings.
When the bird went away,
Hou Ji began to wail.
His cry was long and loud,
So that his voice filled the whole way ("Sheng Min," Da Ya, *Shi Jing*)

2.2.3 The Account in *Shi Ji*

With regard to the birth of Hou Ji and his invention of cereal cultivation, *Shi Ji* gives a similar story, a little different from the one in *Shi Jing*:

> Hou Ji 后稷 (the Lord of the Agriculture) of the Zhou [state] had the praenomen Qi 弃. His mother was a daughter of the Youtai 有邰 Clan, called Jiang Yuan 姜原. Jiang Yuan was the primary wife of Di Ku 帝喾. Once Jiang Yuan went out into the wilderness and saw a giant footprint. She rejoiced and had the desire to step in it. When

she stepped in it her abdomen moved as if she were carrying a baby inside. When she reached term, she gave birth to a son. She regarded him as inauspicious, so she discarded him in a narrow alley. The livestock which passed by all avoided him and would not step on him. So she removed him and put him in a forest, but it happened that there were a lot of people in the forest. So she moved him again and discarded him on the ice in a ditch, [but] a flock of birds used their wings to cover and cushion him. Jiang Yuan then regarded him as divine; subsequently she took him back and raised him. Because she wanted to discard him at first, she called him Qi (the Discarded).

In his childhood Qi was as lofty in his ambitions as a giant. when he played, he loved to plant hemp and beans. The hemp and beans he planted were luxuriant. By the time he became an adult, he loved to farm. He would observe what was suitable for the land. Where it was suitable, he would plant and harvest grain. The People all modeled themselves on him. When Emperor Yao heard of this, he brought Qi into service as the Master of Agriculture. The world benefitted from his method and considered him meritorious. Emperor Shun said: "Qi, the common people are on the point of starvation. Take charge of agriculture to sow and plant the hundred grains! Emperor Shun enfeoffed him at T'ai, called him "Hou Ji" and distinguished him with the cognomen Ji 姬. Hou Ji's rise to power was during the time of Yao Tang [Yao], Yeu [Shun] , and Xia [Yu]. Every one [of his successors] in this position did good deeds (Sima Qian, 1993: 55; "The Basic Annals of Zhou ," *Shi Ji*).

In comparing the account of *Shi Jing* with that of *Shi Ji*, we see that the former is more elaborate and lifelike, because *Shi Jing* was a first-hand account.

The documents concerning the earliest Chinese agriculture in Chinese classic books, such as *Shang Shu* and *Shi Jing*, show that the Zhou people who lived in the middle reaches of the Yellow River became agriculturists in about 2100 BC. *Shi Jing* records the cultivation of grains, the populated villages, the various farm tools, and raising of domestic animals in that time. These four were recognized as the critical signs of the rise of agricultural civilization

(Zhu 2005). The five poems in Da Ya, [①] one of the parts of *Shi Jing*, are a summary of Zhou agricultural history in the prehistoric period. These narrated the onset of agricultural life, the founding of agricultural technique, and the heroes who resumed and drove the agricultural lifestyle. The Zhou people's most significant foundation, which sustained them in their progress from the weakest to the strongest nation and which finally made them the greatest power in China for a thousand years, was summed up in these epic-like series of verses. The agricultural society is much higher in level of productivity and civilization than the nomadic society is. Why was only the Zhou tribe able to grow more numerous than other tribes and to become the ruler of the area of the Yellow River and then the Yangtze River? The most important decision in their varying progress was to give up the nomadic life and choose and adhere to the life of agricultural cultivation.

[①] The five poems are about five leaders in different periods of the Zhou tribe. The names of the poems (and the leaders) are Sheng Min (Hou Ji), Gong Liu (Duke Liu), Mian (Duke Danfu), Huang Yi (King Wen), and Da Ming (King Wu), all in "Da Ya", *Shi Jing*.

III. Explanation of the Disparity between Archeological Discovery and the Historical Documents

As discussed in the first part of this paper, the development of agricultural civilization in the Yellow River valley took place in 5000 BC or earlier. The archeological materials show that the cultivation of millet was important in the area of the Yellow River by 5000 BC. The rice cultivation agriculture in the middle reaches of the Yangtze River was established much earlier. The mature period of the cultivation of rice was in evidence at the site of Jiahu in Wuyang County of Henan province by 6800 BC, and in the site at Hemudu in Zhejiang province in 5000 BC. Why was the onset of field agriculture in the Yellow River valley stated in ancient documents to be much later, about 2100 BC? How can the time gap of three thousand years be explained?

The answer is that the Zhou people, who belonged to the Huang Di (Yellow Emperor) nation, were not the native people who lived in the loess plateau beside the Yellow River from early times. Zhou agriculture was formed by absorbing the native agricultural tradition that was invented and preserved by people who had lived in the area of the Yellow River and the Yangtze River since remote ancient times. The Zhou agricultural lifestyle was a result of learning from others. The Huang Di (to which the Zhou people belonged) had been a nomadic nation. When they immigrated into the area of the Yellow River, they were influenced by the advanced agricultural lifestyle of the native people, although it was a long march for the nomads to change to a new lifestyle. The thorough change from the nomadic life to the cultivating life came about in the society of the Zhou people. In about 2300 BC, the Yellow Emperor's nation was the conqueror and ruler of the area of the Yellow River. This was also the time at which the earliest Chinese historical legend in the ancient documents occurred. So in the earliest historical documents and in successive ones, the Huang Di nation and their descendants played the leading roles in recorded history. From *Shang Shu*, *Shi Jing*, and *Zuo Zhuan* up to *Shi Ji*, all the classical books legitimized the Huang Di group and its descendants and excluded the other peoples. So in these ancient documents, we can see only that the beginning of Chinese agriculture was in 2100 BC, the period of Yao, Shun, and Yu, who were all the great leaders of the Yellow Emperor's nation. Field agriculture was said to have been started by the Zhou people. The beginnings of agricultural civilization in the area of the Yellow River and Yangtze River was thus excluded from recorded history.

Unlike the Yangshao and Hemudu people, who came from southern China, the Huang Di nation came from west of China, from the western part of the Eurasian continent. They conquered the native people of the Yellow River and the Yangtze River, who possessed a developed agricultural culture. By combining their own imported cultural factors with those of the native cultures, the Huang Di people gradually developed a splendid new civilization in the Xia, Shang, and Zhou dynasties. They superseded the original native people to take the leading role on the stage of Chinese history. That the Huang Di nation being a branch of the archaic Indo-European people is one of the most remarkable facts thus far known to human history. But a large number of Indo-European words in Old Chinese language clearly attest to this fact. The relics left by the Huang Di people are related to the Longshan Culture in the archaeological chronicle, and the civilization of the Xia, Shang, Zhou, and Qin 秦 dynasties were its successors.[①]

Evidence for this claim comes from two sources: the first uses the evidence of ancient documents to show that the Zhou people, and thus the Yellow Emperor's nation, were originally a nomadic people, and the second is to reveal that there were a large number of Indo-European words in the Zhou language, using the evidence of historical linguistics. The third is the similarity in religion between the Huang Di people and Proto-Indo-European. As to the last point, please refer to the author's paper "Old Chinese '帝' *tees'and Proto-Indo-European '*deus': Similarity in Religious Ideas and a Common Source in Linguistics" (Zhou, 2005).

3.1 The Nomadic Character of the Zhou 周 People
3.1.1 The Zhou People, the Rong 戎, and the Di 狄

In early ancient times the Rong and Di people lived a nomadic life in the land spreading west to east in the large northern area of the Yellow River. In some places, they lived near to the Zhou people and even in the center of the area of the Yellow River. A traditional idea is that the Zhou people were the descendants of Huang Di, who was the father of the Chinese, but that the

---

[①] The author plans to discuss this topic in a later monograph.

Rong and Di people belonged to other nations. But the classical documents do not support this argument if we examine them carefully.

a. The Zhou and the Rong Were Blood Relatives

The relationship between the Zhou and the Rong people can be observed from the relationship between the people of the Jin kingdom and Rong. Jin was a vassal kingdom established at the beginning of the Zhou Dynasty. The first king of the Jin kingdom was the prince Tang Shu, who was the younger brother of King Cheng, the second king of the Zhou Dynasty. The peers of the Jin kingdom shared the same surname with the royal family of the Zhou Dynasty and were their direct consanguine relatives. The relations between the Jin people and Rong and Di can stand for the relationships between the Zhou people and Rong and Di.

The following story was recorded in the twenty-third year of Duke Xi (635 BC), in *Zuo Zhuan*. The prince of the Jin kingdom, Chong Er 重耳, was pursued to death by his brother Duke Huai, who had come into power in the Jin kingdom and considered the other princes of Jin to be a threat. Chong Er fled to the Di kingdom to take refuge. He chose it in emergency because it would be secure. The "Di kingdom was the homeland of Chong Er's mother" ("Pedigree of the Jin State", *Shi Ji*). Sima Qian (the author of *Shi Ji*) returned the question: Why did the prince of the Jin kingdom choose the Di tribe to protect him? His grandfather, the king of Di, had dominated the place. Who dared to chase and kill the Di king's grandson in the territory of the Di kingdom? What followed was also reasonable: Chong Er married the princess of the Red Di kingdom and lived there for twelve years. She bore two sons to Chong Er. We can assume that it was unnecessary for Chong Er and his wife to use an interpreter while they were talking in daily life. Chong Er's minister Zhao Suai married the older sister of Chong Er's wife, and she bore Zhao Dun. Chong Er and his followers left the Di kingdom to continue their political efforts to return to their state. They left their wives and children in the Di kingdom. After all their difficulties, Chong Er and his followers finally came into power in the Jin kingdom after eight years. The king and his ministers took their wives and children to the Jin kingdom. Zhao Dun was a famous prime minister of the Jin kingdom for many years. Zhao Dun's mother tongue must have been the Di language. And this language was not an obstacle to his administration of the Jin kingdom. Another eminent minister of the Jin kingdom, Hu Yan, Chong Er's uncle and the brother of his mother's, was certainly of the Di people.

The Di language must have been very near to the Jin language, a branch of Old Chinese. The situation is similar to that of the Qiang[①] and Zhou languages. Professor Yu Min[②] said: "The Qiang tribe and the Zhou tribe certainly speak two dialects of the same language. Please consider this: did Hou Ji (one of the Zhou people) not learn his language from his mother Jiang Yuan (one of the Qiang people)? Was it possible that Jiang Yuan talked to Hou Ji's father (of the Zhou people) without an interpreter? And is this how Duke Danfu talked to his wife?[③]" (Yu Min, 1999: 210) Similarily, we can prove that the same situation existed between the Di (or Rong) language and the Zhou (or Jin) language, by looking at later ancient documents.

In the twenty-eighth year of Duke Zhuang (665 BC), *Zuo Zhuan* reports: "Duke Xian of the Jin kingdom married two women of the Rong tribes. Hu Ji, who was from the Great Rong tribe, bore Chong Er, and Zi, who was from the Small Rong tribe, bore Yi Wu. Duke Xian attacked Li Rong and the baron of the Li Rong offered him a woman as another wife; she was named Li Ji, and she bore Xi Qi when they returned to the Jin kingdom." The three wives of Duke Xian were all from the Rong; he made the son of Li Ji his crown prince. The son of Hu Ji, Chong Er, later became the king of the Jin kingdom. This section of the ancient document tell us three things: 1. The mother of Chong Er's was from Rong, according to *Zuo Zhuan*, but she was from Di according to the record of *Shi Ji*. So we know that the Rong and the Di were the same group with different names. 2. Hu Ji: Hu is the first name, Ji is the surname. According to the custom of this period of early ancient China, a woman added her ancestor's family name to the end of her own name dnring her whole life. Ji 姬 was the family name of the royal family of Zhou. So Hu Ji was a descendant of the Zhou people. Li Ji was similar to Hu Ji, both of them being surnamed Ji, but she was from the Rong people. They were both of the blood of Jin, a group that was also descended of the Zhou clan. This indicates that at least some of the Rong people were descendants of the Zhou. "If a man married a woman with the same surname as himself, their offspring

---

① Qiang was one of the largest human groups in the Delta of the Yellow River. The mother of Hou Ji, the first ancestor of the Zhou people, was of the Qiang people. See section 2.1—2.2, 3.2 of this paper.
② Yu Min (1930—1994), linguistic professor in Beijing Normal University.
③ Duke Danfu's wife, Tai Jiang, was princess of the Jiang 姜 tribe. See section 3.2 of this paper.

would not prosper. The prince of the Jin kingdom (Chong Er) was born of a woman surnamed Ji, but he is still alive today." ("The Twenty-Third Year of Duke Xi [635 BC]," *Zuo Zhuan*) There was a taboo in ancient China that prohibited a couple with the same surname from marrying (同姓不婚). The quotation here says that the parents of Chong Er were both surnamed Ji, and this was against the taboo. This is solid evidence that the Jin (also Zhou or Chinese) and the Rong had a common ancestor. 3. The sons of Hu Ji, Zi and Li Ji, were not hybrids who were a different race from the Jin people and could not speak their language, namely the Old Chinese language. How could they have become the crown prince and the king of the Jin kingdom if they were? Chong Er got his language from Hu Ji and lived in the Jin kingdom as a prince, and he also harmoniously lived in the Di kingdom, marrying a Di woman as his father had done. All these things indicate that the Di and the Jin languages were mutually intelligible, and, further, that the Di and the Jin (or Zhou) people were from one nation.[①] Some scholars have always confused the relationships among the Rong, Di, and the Old Chinese because they did not penetrate the complicated superficial phenomena. Prof. Fu Sinian, a senior Chinese history scholar,[②] complained:

"They should be Chinese, but, bewilderingly they married Di. How confusing their relationship was! Which ones were Chinese? And which ones were Rong and Di?" (Fu Sinian, 1996: 168)

"Di" here indicates the mother of Xie's, the primogenitor of the Shang Dynasty. She was the daughter of a clan named You Song 有娀, which belonged to Rong. The princess of You Song was named Jian Di 简狄. This is also evidence that the Di and the Rong were identical. The character Song 娀 is undoubtedly the character Rong 戎, to which was added the meaning part 女 due to its being used as the name of the nomadic clan. Most characters used as Chinese surnames had the signific part 女 in early ancient times.

Prof. Fu did not include the story of the Jin kingdom, or else the situation would be even more chaotic. Rong and Di were various appellations of one nation. The mother of Chong Er was called "the Great Rong's Hu Ji" in *Zuo*

---

① The thirteenth year of Duke Cheng (577 BC), *Zuo Zhuan*: "Duke Jin sent Lu Xiang as an envoy to refuse the request of the Qin kingdom (to attack Di), and said: 'the White Di and Your Majesty are the enemies in the common area, but Di is our relative by mariage.'"

② Fu Sinian 傅斯年 was the president of the History and Linguistic Institute of the Academia Sinica from the 1930s to the 1960s.

Zhuan, but another name, "Di's daughter from the fox clan, " is given to her in *Shi Ji*. It is a reasonable explanation that Di was one of the branches of Rong, because Di could be called by both names, that is, Di or Rong. The relationship is just like that between Qiang and Rong (See section 3.2 of this paper).

The difference between the Zhou speech and the Rong and Di speech is likely similar to that between agricultural area and pastoral area speech now in the Tibetan area of the Qinghai autonomous region of China.

b. The Zhou Returned to Become the Rong

In the early ancient period, the life of the tribes that had changed their way of life from the pastoral to the agricultural was unstable. Thanks to affection for the persistent old customs and the constant intrusion by the adjacent pastoral nations, the tribes that had already discarded the nomadic way of life and begun their farming life style, sometimes resumed their old ways. One group of the Zhou people offers an example. "Hu Ji from the Great Rong bore Chong Er 大戎狐姬生重耳." ("The Twenty-eighth Year of the Duke Zhuang, " *Zuo Zhuan*) The classical annotation by Du Yu (third century AD) says: "The Great Rong were the descendants of Tang Shu 唐叔, and they were separated and lived in Rong and Di." Tang Shu was the younger brother of the King Wu, the founder of the Zhou Dynasty. Tang Shu was feudal lord of the territory in the Tang area (Shanxi province today) and became the founder of the Jin kingdom. The Zhou people had embraced the farming life style, but a group of the offspring of Tang Shu returned to the nomadic way of life. The tribes of the Great Rong, the Small Rong 小戎, and the Li Rong 骊戎 all behaved in the same way.

We have another example of this kind.

The descendants of Hou Ji, the father of farming of the Zhou people, retreated often to the pastoral life in the period of about the sixteenth century BC. "When the Xia Dynasty (2070 BC—1600BC) waned, the Xia people discarded cultivation and were not engaged in farming, and the descendant of Hou Ji 后稷, named Bu Ku 不窋, lost the position of agricultural minister and exiled himself to the territory of Rong and Di." ("Preface to the Poems of Bin, " *Shi Jing*) "In the final years of Bu Ku, when the king of the Xia Dynasty was incapable of administering the country, the rulers abandoned agriculture and the people were not engaged in it. Therefore Bu Ku lost his official position, and escaped to Rong and Di." ("The Basic Annals of the Zhou, " *Shi Ji*) The great Duke Liu was able to "resume the career of Hou

Ji" and made farming prosperous again in the Zhou tribe. It was Duke Liu who saved the Zhou people from being ever again immersed in the obsolete life style, and who let the Zhou people be farmers a second time. That is the critical turning point in the blossoming of Zhou people in history, and that is why the poem "Duke Liu" (cf. section 2.2.2 of this paper) was written. Another poem, "The Seventh", Poems of Bin (cf. the same section), sang the praises of the farming life that had been developed and consolidated for a long time. It is said that Duke Zhou[1] wrote the poem to advise King Cheng.[2] Thus it can be seen that the rulers of the Zhou Dynasty had learned well their historical lesson.

c. The Zhou and the Rong Shared Common Customs

The following story shows that the Zhou and the Di tribes had a deep relationship and early on shared common customs.

> Duke Danfu[3] cultivated legacy of Hou Ji and Duke Liu, accumulated virtue, and carried out justice. The people of the country all supported him. Xunyu, Rong and Di attacked him, seeking his wealth and goods, and he gave these to them. After that they attacked again, seeking his land and people. The people were all angered and desired to fight back. Duke Danfu said: "The people enthrone a ruler in order to benefit from him. Now Rong and Di come to attack because of my land and people. For the people to be with me or with Rong and Di—what is the difference? The people would fight back for my sake, but I cannot bear to kill fathers and sons to be their ruler!" Then he left Bin with his personal attendants, crossed the Qi and the Zu rivers, traversed Mount Liang, and stopped at the foot of Mount Qi 岐. The entire populace of Bin, holding their elders and carrying their children, again turned to the Duke at the foot of Mount Qi. When other states learned of Duke Danfu's benevolence, many of them allied

---

① Duke Zhou (1046 BC—1100 BC), the prince regent of the Zhou Dynasty after King Wu's death.
② King Cheng (1042 BC—1021BC), the second king of the Zhou Dynasty.
③ Duke Danfu 古公亶父 (about 1200 BC—1100 BC) was the head of the Zhou tribe and the eleventh descendant of Duke Liu. Duke Danfu's successor of the fourth generation was King Wu, who was the first king of the Zhou Dynasty.

themselves with him. It was then that the Duke forsook the customs of the Rong and the Di, built city and walls and houses, and built several towns in which to settle his people ("The Basic Annals of the Zhou," *Shi Ji*).

Having settled at the foot of the Qi mountain, Duke Danfu abolished the traditional customs the people had inherited from their ancestors, which resembled those of the Rong and the Di. This fact shows that the Zhou tribe too had always been a nomadic tribe. Duke Danfu ordered his people to build their houses to form several towns with defensive walls for their permanent dwellings. It was an important measure in adapting the Zhou people to the agricultural life. Before this period, the Zhou people had never entirely settled.

"Duke Danfu (and his people),
Lived in the kiln-like huts and caves 陶复陶穴,
Ere they had yet any houses" ("Mian," Da Ya, *Shi Jing*).

In the explanation by Mao Heng (second century BC) and Zheng Xuan (second century AD) of the verses, it is accounted that the Zhou people still lived in primal dwellings that looked like kilns or caves. There must have been simple huts that could be built in a short time and were convenient to move around, for people who followed pastoral customs.

d. The Zhou and the Rong: Internal Feud

The explanation from *Shi Jing* by Mao Heng gives this report: "Duke Danfu summoned the old ones of the Zhou tribe to tell them: 'Di wants to take our land. I have heard that the man of honor doesn't harm his people for what has been feeding them. Why are you worried that there would be no king over your tribe?" ("Mian," Da Ya, *Shi Jing*). In order to avoid a war, it was possible to let Di rule over the Zhou tribe. This fact shows that Zhou shared a close relationship with Di. The version of the same story in *Shi Ji* is this: "Duke Danfu said: 'There is no difference whether the people belong to me or to Di.'" If they had been different nations, under the rule of Di, the Zhou people would have been debased, becoming the captives or slaves of Di. But this would not happen, according to what Duke Danfu sait.There is further evidence to show that the Zhou and the Di people were not two different nations or races.

The war between Zhou and Rong continued a long time. Wang Ji, the son of Duke Danfu and the father of King Wen, was granted his rank by the king of the Shang Dynasty, due to his achievement in battle with Rong. The war was a conflict befween two different ways of life, and also an internal feud of the descendants from a common ancestor.

A verse from *Shi Jing* says: " …They erected the great altar [to *gjaħ, the god of the land[①]] 迺立冢土. Your crowd held its meeting of worship there 戎丑攸行." ("Mian" , Da Ya, *Shi Jing*) The Zhou people here are called "rong chou 戎丑" in the verse. The annotation by Mao Heng (second century BC) explained the word "chou" as "crowd, " and "rong" meant "large (number of)."[②] This explanation was based on the context and was not the original meaning of "rong." The basic meaning of the word "chou 丑" in Old Chinese was crowd or species. "Rong chou" is a phrase consisting of an adjective plus a noun and should mean "Rong people." Therefore we see that the Zhou people could also be called the "Rong". Yu 禹 was called "Rong Yu 戎禹" and the Shang people "Rong Yin 戎殷" in old Chinese classical books and the Bronze Scripts. This evidence shows that the Chinese people could be called "Rong."

e. What Were the Distinctions between the Land-granting Rules for Zhou and for Rong?

When King Wu of the Zhou Dynasty conquered the Shang Dynasty and incorporated the three vassal kingdoms of Lu, Wei and Tang, he located the capital of the Lu kingdom at the city of Shao Hao (now in Shandong province, in eastern China), and that of the Wei kingdom at the city of Yin (now in Henan province, in middie of China), and so of the Tang kingdom at the city of Xia (now in Shanxi province, in northwestern China). King Wu employed different political measures and land-dividing models to administer each country, accrding to the record of *Zuo Zhuan*:

> When King Wu had subdued Shang, King Cheng completed the establishment of the new dynasty, and chose and appointed

---

① See section 3.3 of this paper for the reconstruction of the OC words "祇" and "社" and their corresponding words in PIE.

② The annotation by Mao Heng to "The Mian, Da Ya" , *Shi Jing*: "Rong 戎 , large; Chou 醜 , crowd. Zhong tu 冢土 , the great altar to the god of the territory."

[princes of] intelligent virtue, to act as bulwarks and screens to Zhou…

… (When Duke Lu 鲁公, the son of Duke Zhou 周公, was dispatched to the Lu 鲁 kingdom), lands [also] were apportioned [to Duke Lu] on an enlarged scale, with priests, superintendents of the ancestral temple, diviners, historiographers, all the appendages of the state, the tablets of historical records, the various officers, and the ordinary instruments of their offices. The people of Shangyin were also attached; a charge was given to Bo Qin (Duke Lu), and the old capital of Shaohao was assigned as the center of his state.

… [When Kang Shu 康叔, the first marquis of Wei 卫, was dispatched to the Wei kingdom], the boundaries of his territory extended from Wufu southwards to the north of Putian. He received a portion of the territory of Youyan, for which he might discharge his duty to the king, and a portion of the lands belonging to the eastern capital of Xiangtu, for which he might be able to better attend the king's journeys to the east. Tan Ji delivered to him the land, and Tao Shu the people. The charge was given to him, as contained in the "Announcement to Kang" and the old capital of Yin was assigned as the center of his state. Both in Wei and Lu the rulers commenced their governments according to the principles of Shang, but their boundaries were defined according to the rules of Zhou.

… [When Tang Shu 唐叔, the first lord of Jin 晋, was dispatched to the Jin kingdom], the charge was given to him, as contained in the "Announcement of Tang," and the old capital of Xia was assigned as the center of his state. He was to commence his government according to the principles of Xia, but his boundaries were defined by the rules of Rong.

The rulers of the Zhou Dynasty took the political principles and the land-dividing rules from the model of Shang to govern Lu and Wei, but took the political principles of Xia and the land-dividing law from the model of Rong to govern

Jin. Why did they make these differences? Du Yu 杜预 (a scholar in the third century) said in his annotation to *Zuo Zhuan*: "The area of Tai Yuan[①] was near to Rong, and the weather was cold, and [the customs and environment] differed from the central area. Therefore it was governed separately, using the Rong model." Lu and Wei were in the area of the middle and lower reaches of the yellow River, and the land was a plain. The people there mainly lived on cultivation. That is why they took the model of Zhou, namely the model of cultivation, for the government of the people. Jin was in an area of pasture and mountains, and the people lived in nomadism. That is why the model of Rong, namely the model of nomadism, was used. We are aware from this source that the political system and the model of dividing land in the Shang and Zhou dynasties were suitable for farming life, and those in the Xia Dynasty were suitable for nomadic life. This is reasonable: societies of Shang and Zhou (1600 BC—1000 BC) had developed into agricultural ones, but the society of Xia (2070 BC—1600 BC) was still in the period of changing from the nomadic to the farming life. The Xia Dynasty was at most a half-agricultural and half-nomadic society. That is why "the political principle of Xia and the land-diving law of Rong" were suitable for the nomadic way of life.

Compared with Xia and Shang, Zhou had the most developed farming civilization. But there were still some people living in the way of pasturage in the Zhou Dynasty, for example, in the Jin kingdom. At first, the Zhou people were nomads; at the beginning of the Zhou Dynasty (1046 BC), some of them kept their nomadic way of life alive; at the Spring and Autumn period (720 BC—450 BC), the descendants of Zhou in nomadic tribes still kept their ancestor's surname. From a completely nomadic tribe to a half-nomadic and half-farming kingdom, and then to a completely agricultural country, these were the three sections of the history of the Zhou people. Zhou and Rong differed in their ways of life, not in their race. If we are aware of this, we are not surprised that a mother from Rong (Hu Ji 狐姬) bore a Chinese king (Chong Er 重耳). The Great Rong tribe was of the same nation as the Zhou people even though kept its old pastoral life. It would also not be surprising that the sons of the Rong were Chinese kings (Chong

---

① Tai Yuan was the capital of the Jin kingdom, located in the northwest of China, on the northern bank of the Yellow River.

Er and his brothers) and ministers (Hu Yan 狐偃 and Zhao Dun 赵盾[1]). They were Zhou nobility, in addition to being the sons of the Rong and Di.

We should change the traditional idea that the Rong and the Xia (Chinese[2]) were of different races. They were different only in life style. The Xia people were farmers, and the Rong people kept their pastoral life unchanged. If their way of life had been changed to the agricultural style, the Rong would have become the Xia; if the agricultural life style had been abandoned and the pastoral life resumed, the Xia would have become the Rong. This was the situation especially in early times.

f. The Early Meaning of "Xia 夏"

The area in which the Xia people (that is, the agricultural people) lived also was called "Xia". From this clue we can resolve the following questions:

(1) In the unearthed bamboo strips "Kong Zi Shi Lun" (Confucius talking about *Shi Jing*), the chapter titles "Da Ya 大雅" and "Xiao Ya 小雅" were written as "Da Xia 大夏" and "Xiao Xia 小夏". This confirms that the character "Ya 雅" is only a phonetic loan character of "Xia 夏". And this shows that all the names of the chapters in *Shi Jing*[3] were place names of those kingdoms or areas. "Xia" indicates the agricultural area located in the middle reaches of the Yellow River.

(2) The Zhou people called themselves "Xia" in *Shi Jing* and *Shang Shu*. For example:

"I will cultivate admirable virtue, and display it throughout the region of Xia." (我求懿德, 肆于时夏) ("Shi Mai", Eulogies of Zhou, *Shi Jing*)

"And without distinction of territory or boundary, the rules of social duty were diffused throughout the region of Xia." (无此疆尔界, 陈常于时夏) ("Si Wen", Eulogies of Zhou, *Shi Jing*).

"It was thus he (King Wen) who laid the first beginnings of our small region of Xia." (文王有肇造我区夏) ("Kang Gao 康诰"[4], *Shang Shu*)

---

[1] See section 3.1.1-1 of this paper.

[2] The word "Xia" indicates the Chinese people (Hua Xia), as well as the Xia Dynasty, in Old Chinese.

[3] They include the fifteen Fengs (the names of the kingdoms), two Yas (the name of the area), and three Songs (the names of the two dynasties and a kingdom).

[4] "Kang Gao" is "The Announcement to Kang [kingdom]." cf. the quotation of *Zuo Zhuan* in section 3.1.1.5 of this paper.

"But that King Wen was able to conciliate and unite our nation of Xia." (惟文王尚克修和我有夏) ("Jun Shi," *Shang Shu*)

Why did the Zhou people call their land or themselves "Xia"? Xia, Shang, and Zhou were different dynasties. The relationship between Zhou and Shang was much closer than that between Zhou and Xia.[①]

There have been many arguments about the question for a long time among Chinese scholars, with no convincing explanation. Now, we can explain "Xia" as "the area of cultivation." It is a reasonable definition, suitable for all the texts that we quoted above. It can also explain why the Xia people had some kind of "superiority complex" with regard to the Rong people: the level of civilization in the cultivated area was significantly higher than that in the pastoral area. Therefore we can see that the concept "Xia" was always related to the meaning of "cultivated area" or "the people living in the way of cultivation" and was contrary to the concept "Rong."

g. Why Did the Shang and Zhou People Praise Yu 禹?

Here is the verse of the Shang people praising Yu: "The Feng River flows eastward—that is the achievement of Yu." (丰水东注, 维禹之绩) ("Chang Fa," Eulogies of Shang, *Shi Jing*)

Here is the verse of the Zhou people also praising him: "The flood was boundless; Yu [overcame it and] calmed our land." (洪水茫茫, 禹敷下土方) ("Wen Wang You Sheng," Da Ya, *Shi Jing*)

Yu was the ancestor of the Xia Dynasty. Why did the Shang people and Zhou people admire him? If Xia, Shang, and Zhou were different nations, the phenomenon would be incomprehensible. But it would be reasonable if they all were descendants of Huang Di as stated in "The Basic Annals of Five Emperors" of *Shi Ji*. Firstly, in early ancient times, Yu 禹 conquered the cataclysm and first pioneered cultivation of the area in the middle reaches of the Yellow River; the Shang and Zhou people continued to live in that territory and prospered. They respected Yu, and the Zhou people kept alive the old name (viz. Xia) of Yu's land. Therefore, all the people that lived the agricultural way of life in the Yellow River valley admired Yu. Secondly, Yu was a great leader of the Huang Di nation, so the Shang and Zhou people,

---

① Zhou and Shang were descendants of the same branch of Di Ku of the Yellow Emperor; Xia was the offspring of the other branch of Zhuan Xu of the Yellow Emperor. See section 2.1 of this paper, "The Genealogy of Huang Di."

who shared a common source with the Xia people, also praised him.

h. The Original Meaning of "Rong 戎"

According to Professor Yu Min: "… [The word 'Rong 戎'] was meant to indicate a style of life—nomadism—in the spoken language of the Zhou Dynasty. The seed of agriculture was germinated in the period of Shennong（神农 Holy peasant）. Whoever reverted to the life of the nomad could be called 'Rong.'"（Yu Min, 1999: 210）

Accepting the meaning "nomadism" for the word "Rong 戎" in archaic times, we now turn to the corresponding word "Rong" in the Proto-Indo-European languages.① The origin of "nomad" is quoted from *The Oxford Dictionary of English Etymology*（p. 613）:

> **nomad** adoption of French *nomade*, Latin *Nomad-*, *Nomas*, pl. *Nomades* pastoral people wandering about with their flocks. Adoption of Greek *nomad-*, *nomás* roaming about, esp. for pasture, pl. *Nomádes* pastoral people, formed on *nom-, *nem-（némein pasture）…

Rong 戎, Old Chinese *num > *nung, Middle Chinese nžong, Mandarin rong. *Shuo Wen Jie Zi*（*The Analysis and Annotation of Characters*, Xu Shen, 121 AD）: "Qiang 羌, the western Rong people who lived on pasturage of sheep（or goats）."（羌, 西戎牧羊人也）It is clear that the root of Proto-Indo European *nom- is a cognate of OC *num. The sounds and the meanings are both equivalent. This is a good example of the fact that there were PIE words in the Old Chinese language.

We need to revise the conventional definition of Rong. If Rong and Qiang were regarded as two different nations, it would be a matter of great confusion why Qiang was also Rong at the same time, according to the explanation of *Shuo Wen Jie Zi*. Now we know that Rong was the name of the followers of the nomadic way of life, and Qiang was the name of a nomadic tribe. So the exact translation of the explanation for Qiang 羌 in *Shuo Wen Jie Zi* should be this: "Qiang, the western nomadic people who lived on pasturage

---

① The large number of corresponding words between Old Chinese and ancient Indo-European languages can be pursued in my book *Comparison of Words between Old Chinese and Indo-European*（Zhou, 2002）. But "rong 戎" and "nomad" are a new pair that were not discovered before its publication.

of sheep." There were compound words "Qiang Rong 羌戎" and "Shan Rong 山戎" in classical Chinese documents. They can be understood more exactly now as "the nomads who pasture sheep and goats" and "the nomads who live in a mountainous (山) area."

Shuo Wen Jie Zi: "Rong 戎 means arms. The character consists of a spear and a loricate." [from the item 戎 , *Shuo Wen Jie Zi*] Xu Shen (the author of *Shuo Wen Jie Zi*) probably was not unaware that Rong invariably meant nomads. But he had to abide by his rule of deriving the meaning of any characters from the several parts of which the character consisted, a rule he followed in all of his works from A to Z. He had no choice but to set aside the earlier and obvious meaning of Rong because the structure of Rong meant military affairs.[1] The meaning derived from the pictorial structure of a Chinese character certainly was not the original meaning of the word, though the character was created in very early times.[2] Enough evidence shows that the original meaning of Rong was "nomads" and the meaning of "arms" was only a derivate meaning due to the warlike nature of the nomadic people in the early ancient period.

3.1.2 The Zhou People and the Qiang 羌

There is no doubt that the Qiang were a nomadic people. The Qiang had a close relationship with the Zhou people. The mother of Hou Ji, the forefather of the Zhou, was named Jiang Yuan 姜原. She was a woman of the Qiang people, as is shown by her surname, Jiang 姜, which was usually taken as surname by the Qiang People. The wife of Duke Danfu was a woman from Qiang, too.[3] The Zhou and the Qiang people married each other for generations. The nobles of the Zhou people married women with the surname of Jiang 姜 as a rule from early times up to the period of the Spring and Autumn. The characters Qiang 羌 and Jiang 姜 are composed of a common part 羊 (Yang, goat) because of the fact that the goat is the totem of the Qiang people. The following are their word forms in Old Chinese (OC) , Middle Chinese (MC) and Mandarin (M).

---

[1] *Shuo Wen Jie Zi*: "Qiang 羌 , the west Rong people who lived on pasturage of sheep (or goats)." This shows that Xu Shen certainly knew the meaning "nomadic people" of the character Rong.
[2] The character Rong 戎 occurred in the text of an oracle bone (about 1300 BC).
[3] Refer to the verse "Mian" , Da Ya, *Shi Jing*.

Jiang 姜, OC *klaŋ > MC kiaŋ > M tɕiaŋ55
Qiang 羌, OC *khlaŋ > MC khiaŋ > M tɕhiaŋ55
Yang 羊, OC *laŋ > MC jiaŋ > M jiaŋ35

The three words are obviously cognates.

In early ancient times, the two branches of the Huang Di nation were the Huang Di clan and the Yan Di 炎帝 clan. The Huang Di clan were surnamed Ji 姬, and the Yan Di clan Qiang 姜.

The minister of public works, Jizi, said: "A long time ago, the prince of the Shao Dian clan married a daughter of the You Qiao clan, and they bore Huang Di (Yellow Emperor 黄帝) and Yan Di (Fire Emperor 炎帝). Huang Di grew up by the Ji River 姬水, and Yan Di grew up by the Jiang River 姜水. They had different morals when they became adults. Therefore Huang Di was surnamed Ji, and Yang Di was Jiang. These two fought against each other with military force, due to their different ideologies ("The Recorded Speeches of the Jin Kingdom," *Guo Yu*)."

The tribes of Huang Di and Yan Di were originally brothers and different branches of one nation. They once had a civil war, and Yan Di was beaten by Huang Di. The Huang Di tribe united with the Yan Di tribe to reign over the area of Xia, in the middle reaches of the Yellow River.[①] As everyone knows, the brave and wise prime minister of King Wu in the Zhou Dynasty was Jiang Shang 姜尚, a noble of the Jiang tribe. The author of *Shuo Wen Jie Zi*, Xu Shen (?—121 AD), was a descendant of the Jiang clan, and he gave a detailed description of his ancestors' history in the preface of his work *Shuo Wen Jie Zi*. His story is about how the Jiang (i.e., Qiang) people assisted the Ji people (i.e., the Huang Di people), and the descendants of Huang Di and Yan Di allied and reigned over the Yellow River valley for more than two thousand years. He was very proud of the history of his ancestors. This fact shows that the nobles of the Han Dynasty recognized themselves to be the offspring of Huang Di and Yan Di.

As narrated above, Zhou and Qiang were affinal and close cooperators in the nucleus of Chinese rulers in early ancient times. Qiang was nomad; at the beginning Zhou was, too.

From the details described in *Shi Jing*, we find some traces that indicate that the Zhou people used to be herdsmen:

---

① Refer to footnote 10.

When she had fulfilled her months,
Her first-born son [came forth] like a lamb (refer to section 2.2.2 of this paper).

The poet compared a woman bearing a child to a sheep bearing a lamb. This is obviously a custom of the nomadic people. We see the following sentence in the same verse:

He was placed in a narrow lane,
But the sheep and oxen protected him with loving care.

From this detail we know that there were many oxen and sheep in the village of the Zhou tribe, and pasturage was an important part of the life of the Zhou people in ancient times.

There are many words that name various cows, horses, sheep, and goats in different species, colors, genders, and ages in *Shuo Wen Jie Zi*. It is a language characteristic of the nomadic people. These words prove that the Zhou people underwent a period of pastoral life.

In the western area of Sichuan province of China today, the ethnic group Qiang dwells. They are the descendants of the ancient Qiang people. They claim that their forefather in early ancient times was Yu 禹. According to *Shi Ji*: "Yu ascended in the western Qiang." ("The Chronological Table of Six States, " *Shi Ji*) "King Wen of Zhou was born in the western Qiang." ("The Language II, " *Shi Shuo Xin Yu*) All these materials are consistent with our conclusion that the Xia, Shang, Zhou, and Qiang people descended from a common ancestor.

We thus conclude that the Zhou people had a close relationship with the Di and the Qiang. They were all nomadic peoples and had a common source. Rong was the general term for nomad in Old Chinese. In the period of Hou Ji (about 2100 BC), the Zhou people learned the skill of cultivation from the natives who had lived the agricultural life for a long time, and gradually developed themselves into a people who mainly lived an agricultural life style. Eventually the Zhou people became the rulers of the area of the Yellow River.

3.2 The Evidence of Historical Linguistics

The people of Huang Di were not only nomads, but also immigrants moving into the Yellow River valley in the prehistoric period. It is the linguistic evidence that provides this previously unrevealed history. Many Old Chinese words have been thought of as coming from the native people, but it has been found that in fact they share common origins with Proto-Indo-European languages. This fact shows us where Huang Di's nation actually came from. The following corresponding words are quoted from my work *Comparison of Words between Old Chinese and Proto-Indo-European* (Zhou, 2002) and *Correspondences of Cultural Words between Old Chinese and Proto-Indo-European* (Zhou, 2003). Please refer to these for more details and discussion.

3.2.1 Words Concerning Domestic Animals

The following Old Chinese words concerning domestic animals (except the last) have a corresponding relationship with archaic Indo-European words; half of these are still used in Modern Chinese today (quoted from Zhou 2002: 594).

1. 马 **maarg, *mraag (horse): PIE root *marko- (horse)
2. * 狗 *koog (dog): Old Irish cū, Tokharian A ku (dog)
3. * 犬 **koond, *koong (dog): Old Frisian hund, Gothic hunds (dog)
4. 猈 **breese, *breeg (dog with short legs): Old French basset (basset, short dog)
5. 豝 *praa (hog): Old English bār (male hog), Latin porcus (hog)
6. 猳 *kraa (male hog): Old English hogg (hog) <*k-
7. 牛 **kwɯ, *ngwɯ (cow, bull): PIE root *gwōw- (cow)
8. 犕 *bɯs (cow, bull): Greek bous, Latin bos (cow)
9. 驹 **kwor, *kwo (horse): Old Frisian hors, Old Norse hross (horse) <*k-
10. * 羖 **kaad, *kaag (goat): PIE root ghaid- (goat)
11. 骠 *bleus (yellow horse with white speckles): Old Norse bles (white mark on the forehead of cow or horse)
12. 犥 *phleu (yellow cow with white speckles): (id.)
13. 羳 *ban (a kind of goat with a yellow belly): Greek Pan (the god of shepherds) ①
14. 羆 (*bral >②) *pral (bear): PIE root *bher- (bear)

---

① The god was made from the figure of the goat with horns and hoofs.
② The character is pronounced with the second tone in Mandarin, so it should have a voiced initial in MC and OC.

It is the equivalent words concerned with the horse that are most worthy of discussion. The horse was not an ordinary domestic animal used for daily life in the Yellow River valley in early ancient times. As with the ancient Egyptians and Hebrews, horses were not yet being used as sacrifices in the old custom of China's. Horses and their concomitant chariots were significant advanced military equipment in those times. *Shuo Wen Jie Zi*: " *mraag (马 horse) is mighty and martial."(马, 怒也, 武也) The words "horse" and "martial" (武 *ma?) were cognates in OC. The Chinese words "horse," "chariot" and "march" all correspond to PIE words (Zhou, 2002: 251-254). Primitive Indo-European people brought the horse and chariot into the Yellow River valley and conquered the region. The native people could never take advantage of the horse and chariot in war or for other purposes in early ancient times. It appears that the occurrence of the horse and chariot may be taken as a symbol of the Indo-European emergence in the Yellow River valley. *mraas 祃 (the god of war; see section 3.2.3, item 6) is another cognate of this group, which was used in *Shi Jing* and therefore much earlier in time than was the Latin word Mars.

OLD CHINESE   INDO-EUROPEAN
*mraag (马 horse):   PIE root *marko- (horse)
*mag (武 martial, march): Latin *marcare (march)
*mraas (祃 the god of war): Latin. Mars (the god of war)

Mars should have an etymological relationship with the PIE root **marko*-horse, like the relationship between other corresponding Old Chinese words. Thus we can reconstruct a cognate family around the core word "horse," crossing Indo-European and Old Chinese languages.

3.2.2 Words Concerning Houses and Other Constructions

The city was the center of any archaic civilization. The emergence of the city was one of the symbols that indicated a civilized society. Human beings took up agricultural life, settled themselves in a fixed place, and then built shelters. Nomads have not had immobile houses for thousands of years. Descriptions of built houses and towns appear in the verses concerning the life of the Zhou people in *Shi Jing*:

In the seventh month, in the fields;
In the eighth month, under the eaves;
In the ninth month, about the doors;
In the tenth month, the cricket
Enters under our beds.
Chinks are filled up, and rats are smoked out;
The windows that face [the north] stopped up;
And the doors are plastered.
"Ah! Our wives and children,
Changing the year requires this:
Enter here and dwell."
...

O my husbandmen,
Our harvest is all collected.
Let us go to the town, and be at work on our houses.
In the daytime collect the grass,
And at night twist it into ropes;
Then get up quickly on our roofs—
We shall have to recommence our sowing."
("The Seventh Month," Poems of Bin, *Shi Jing*)(Legge, 1969: 232)

He called his superintendent of works;
He called his minister of instruction;
And charged them with the building of the houses.
With the line they made everything straight;
They bound the frameboards tight, so that they should rise regularly.
Uprose the ancestral temple in its solemn grandeur.

Crowds brought the earth in baskets;
They threw it with shouts into the frames;
They beat it with resounding blows;
They pared the walls repeatedly, and they sounded strong.
Five thousand cubits of them arose together,
So that the roll of the great drum did not overpower [the noise of the builders].

They set up the gate of the enceinte;
And the gate of the enceinte stood high.
They set up the court gate;
And the court gate stood grand…
("Main, Da Ya," *Shi Jing*)(Legge, 1969: 490)

Having entered into the inheritance of his ancestors,
He has built his chambers, five thousand cubits of walls,
With their doors to the west and to the south.
Here will he reside; here will he sit;
Here will he laugh; here will he talk.

They bound the frames to the earth, exactly over one another;
T' oh-t' oh went on the pounding;
Impervious [the walls] to wind and rain,
Offering no cranny to bird or rat.
A grand dwelling it is for our noble lord.

Like a man on tip-toe, in reverent expectation;
Like an arrow, flying rapidly;
Like a bird which has changed its feathers;
Like a pheasant on flying wings;
Is the [hall] which our noble lord will ascend.

Level and smooth is the courtyard,
And lofty are the pillars around it.
Pleasant is the exposure of the chamber to the light,
And deep and wide are its recesses;
Here will our noble lord repose.
("Si Gan," Xiao Ya, *Shi Jing*)(Legge, 1969: 303).

We can see in these verses the scene in which the Zhou people constructed houses and towns. Many Old Chinese words concerning the house, the facilities of a city, and the methods of their construction correspond to those of ancient Indo-European languages. But as we know, the Chinese people used these words from the early ancient period (The following examples are quoted from Zhou, 2002: 591).

1. 宫 *kum (house): Old English hām (house) <*k-, Greek kōmē (village)

2. 防 *baŋ (bank of a river): Old Frisian bank (bank of a river, mound)

3. 都 *taa (city): Old Italian tota (city)

[the homonymic correspondence: 都 *taa (all): Latin totus (all)]

4. 苑 **qord, *qong (enclosed garden): PIE *ghortos (enclosed garden)

(Concerning the alternative *-r / *-n in Old Chinese, cf. Bodman 1995: 90, 94. He reconstructed the earlier form as *-r.)

5. 园 *Gon (orchard): Old Frisian garda (orchard, vegetable garden)

6. 埤 **bes, *be (to increase a building): Italian bastire (to build)

(The spelling 卑 corresponds with the archaic IE bas- ; therefore the Old Chinese should be *bes, departing tone, but it does not follow the rule by having a form of level tone *be. Therefore I reconstruct an earlier form **bes > *be.)

7. 僚 **raugs, *raus (enclosing wall): Old Frisian lok (castle), Old High German loh (enclosing wall)

8. 垣 **Gol, *Gon (wall of a yard): Latin uallum (railings, fence)
(Concerning the alternative *-l / *-n between Old Chinese and Proto-Chinese, cf. Bodman 1995: 93, 94)

9. 桓 **Gool, *Goon (wooden post): Latin uallus (wooden post)

10. 坿 *blos (to add height to the enclosing wall of a city): Latin plūs (to add)

11. 版 **praaŋka, *praang (wooden plates used as tools in building walls): Late Latin planca (wooden plank)

12. 冓 **krooks, *koos (wooden crosses that stand on the ground to form the frame of the house): Latin crux (wooden post erected on the ground with a level bar near its top), the Cross (the symbol of Christianity)

13. 沟 **kroob, *koo (ditch dug for draining water): PIE root *ghrobh- (dig), Old Norse grōf (ditch) (Old Chinese should be *kooʔ, rising tone, and does not follow the rule.)

14. 渎 *dook (drain ditch in a town): Old Frisian dīka (to dig a ditch), English dug (past participle, dig)

3.2.3 Words Concerning Religion

I discussed the religious similarities of the Zhou people and the ancient

Indo-Europeans in an earlier article (Zhou, 2005). Apart from that, there are also many words concerning ancient religions and myths that share a common source between OC and PIE. The following is quoted from Zhou 2002: 603:

1. 帝 *tees (God): Greek *Diwos (God) < PIE root *dei-
2. 天 **thiim, *thiin (sky): Latin diem, Sanskrit dyām (day, sky)
(忝 *theem is written with the phonophore 天, so 天 must go back to the form with a final *-m.)
3. 祜 **gaad, *gaag (the blessing given by God): Sanskrit *ghuta (God)
4. 祇 *ge (the god of the earth): Greek gaja (Gaea, the goddess of the earth, gaia)
5. 社 **gjare, *gjag (a god who rules a part of a land): (id.)
6. 禡 **maars, *mraas (to worship the war god): Lat. Mars (the god of war)
7. 醊 **baaks, *baas (bacchanalia, a festival in which much rice wine is consumed): Latin Bacchus (the god of wine, Dionysius) < Greek Bakis
8. 羲和 **sŋral-gwaal (>*hŋral-gool) (the sun god who drives the solar chariot): PIE root *sawel- (the sun, later the sun god, Helios)
9. 望舒 *maŋs·hlja (God of the moon): Hittite meinulas (crescent)
10. 若 *nak (the god of the sea): Greek Nēreus (a sea god, Nereus)
11. 若 *nak (spirits who look like trees and live in the forest): PIE *na-, Greek naias (naiad, nymph)

3.2.4 Why Did We Not Find the Relationship Earlier?

If there are so many cognates between OC and PIE, why did we not find the close relationship earlier? The most significant reason is the Chinese character. This writing system, unique in the world, has been used continuously for at least 3,300 years. The Chinese language has changed very much and produced many daughter languages in East and South Asian areas, even in Australia and the Pacific Ocean islands, which are as many as the daughter tongues of PIE in the current Eurasian continent. But the system of Chinese characters is like a heavy curtain that covers all the differentiations and evolution of the Chinese language, because this kind of writing system has almost never been revised since the second century BC. This non-spelling writing system was not changed to correspond to the changes in the language that are being recorded. Thus it would be very difficult for us to trace back the appearance of the Chinese language to three, or four,[1] thousand years ago on the basis of Chinese characters. Therefore, a window through which we might peep into human prehistory is closed. In addition, the time at which the Huang Di people entered the area of the Yellow River was more than a thousand years before the Aryan people entered the Indian subcontinent (about 1300 BC—1200 BC). The languages changed much more, and were more difficult to trace back. Taking 1000 BC as the jumping-off point, basing their study on the archaic spelling systems of Sanskrit, Greek, Latin, and Germanic, the European linguistic scholars in the nineteenth century were successful in deciphering the relationship between Sanskrit and European languages, and they thus concluded that the modern Indian people had the same source as the European people. But in the study of the history of the Chinese language, scholars have to take the modern period as their jumping-off point, and base their study on modern languages in China and on non-spelling Chinese characters. Under these conditions, pursuing the history of a language is like crossing the Pacific Ocean by a canoe. The wisdom and bravery shown by the international scholars in the field of the history of the Chinese language are really admirable.

That is the reason why previously we were unable to reveal the very intimate relationship between OC and PIE in the prehistoric period.[2]

---

[1] According to the archaic legend, the Chinese characters were created by Cang Jie 仓颉, the historical minister of Huang Di's.

[2] Concerning the method of comparison of OC and PIE, refer to Zhou 2002, section II, "The Method and Materials."

IV. Conclusion

The Chinese civilization did not grow up in isolation in early ancient times. The oldest civilizations all over the world, including the Egyptian, the Greek, the Indian, and the Anatolian—none developed separately from the others. It is a general law in human history that the various civilizations polarized, syncretized, and affected each other. By the evidence of historical linguistics and archaeology, the Aegean Sea civilization and the Hellenic civilization, the Indus Valley civilization and the Ancient Indian civilization, the Hattic civilization and the Hittite civilization, were all pairs in which the latter conquered the former and formed their new civilizations. In addition, all these conquerors were prehistoric Indo-European peoples (about 2000 BC—1200 BC). Just as with these, the Chinese civilization went through cultural collision in early ancient times. The European people from the west of the central Asian steppe brought new cultural components to the Yellow River valley in about 2300 BC. They combined their advanced techniques, such as bronze metallurgy, metal tools and arms, and chariot and tamed horses, with the native developed agricultural culture in the area of the Yellow River and the Yangtze River. This combination grew into the splendid civilizations of the Xia, Shang, and Zhou dynasties. Contrary to the popular viewpoint that "the Yellow River civilization had an independent history," it was actually a syncretized one.

The idea that the Chinese civilization had an independent history came about very largely because of the strong affection for the special Chinese writing system, which has been used from the Shang Dynasty (1600 BC) to today. The Chinese characters curtain off our sight with their special method of recording language, so it is difficult to find the relationship between Old Chinese and other archaic languages. The age-old quadrate characters confused people with the illusion that the archaic Chinese language was as persistent and unchanging as the quadrates. If this were so, how could we understand this fantastic language by a general linguistic method? How could we find the relationship of OC and other languages? In fact, Old Chinese is one of the ordinary human tongues, like others, if we strip the coat consisting of its characters from the language. In the study of prehistory, historical linguistics possesses a special function, which can be used to identify the nature of a civilization and its origin of nationality, based on the evidence of linguistics. Because language is the special seal of every nationality, it cannot be rubbed out by passing time.

The discovery that the ancient Indian civilization came from the European people was entirely proved by historical linguistics in the eighteenth–nineteenth centuries. In about one hundred years, archaeologists found the earlier native civilization, the Indus Valley civilization, which lay under the former. And at the same time, genetic investigation testified that the Indian people shared the genes of the European people. The discovery that historical linguists had previously made was confirmed. Historical linguistics consequently got a reputation for being "the science leaping ahead." We cannot undervalue the special function of historical linguistics in the study of human prehistory, we cannot turn a blind eye to the evidence offered by linguistics. And we cannot deny historical linguistics as a positive science that has shown its general value in the study of human language, history, and prehistory. Historical linguistics is a scientific method used in the prehistoric studies of all human beings; in consequence scholars studying linguistic history all over the world, including the Chinese, should share it.

It is a prevalent view that the Chinese history began with Huang Di (Yellow Emperor, about 2300 BC), who defeated all his enemies and reigned in the area of the Yellow River. But it is not well-known that Huang Di and his people were immigrants from western Eurasia and that their descendants actually have been taking leading roles on the historical stage of the Yellow River valley since about 2300 BC. The history recorded in the traditional documents recounts only that Huang Di's people went into the Yellow River valley and developed a civilization there. The other peoples who lived there earlier and who created the marvelous prehistoric civilization of the two rivers (the Yellow River and the Yangtze River) had been deeply veiled behind the curtain of history (refer to part I of this paper). They had been excluded from the traditional chronicles, which included almost all Chinese historical books, from *Shang Shu*, *Shi Jing*, *Zuo Zhuan* to *Shi Ji* and so on.

This is a history to some extent of reversing the position of the host and the guest. One reason for this situation is the suppression and exclusion of the facts by the strong Huang Di faction. The other reason is that, while other nations had not invented their own writing systems, the Huang Di nation had; one which has been used by Chinese people to the present. The age-old Chinese characters recorded only the rise and fall of the Huang Di people in ancient times. That is why there is a great disparity between the archaeological sites in the Yellow River and the Yangtze River and the traditional historical records with regard to the dates of the beginning of agriculture in the region. Concerning the civilization of the "Two East Asian Rivers" created by the earlier habitants (see also part I of this paper) , we can also find some significant information from the historical records which can be mutually confirmed by current archaeological discoveries and historical linguistic evidence. The differences in ways of life, customs, and languages between the native inhabitants and the Huang Di people offer us more evidence that the Huang Di people were the acquirers of an existing culture. We shall discuss these issues in later papers.

Acknowledgments

I thank the Center for East Asian Studies of the University of Pennsylvania for offering me the opportunity as a Visiting Professor to teach a course in the History of the Chinese Language and to devote myself to the study presented here.

I am especially grateful to Professor Victor H. Mair. His appreciation and support of my work has encouraged me to complete my research. I also thank Professor Mair and Paula Roberts, Assistant Director of CEAS, for revising the English version of the paper. Of course, any errors that remain in the paper are of my responsibility.

References

Buck, Carl Darling. 1988. *A Dictionary of Selected Synonyms in the Principal Indo-European Languages*. Chicago: The University of Chicago Press.

Chen Mengjia. 1956. *Yin xu bu ci zong shu*. Ed. the Institute of Archaeology of the Chinese Academy of Science. Beijing: Science Press.

陈梦家. 1956. 殷墟卜辞综述. 中国科学院考古研究所编辑. 北京：科学出版社.

Fu Sinian. 1996. Discussion of History with Gu Jigang. *Florilegium of Fu Sinian*. Tian Jin: Tian Jin People's Publishing House.

傅斯年.1996.与顾颉刚论史书.傅斯年选集.天津：天津人民出版社.

Ho Ping-Ti. 1975. *The Cradle of the East: An Inquiry into the Indigenous Origins of Techniques and Ideas of Neolithic and Early Historic China, 5000-3000 BC*. Hong Kong: The Chinese University Publications Office; London: The University of Chicago Press, Ltd.

何炳棣.1975.东方的摇篮.香港：香港中文大学出版社；伦敦：芝加哥大学出版.

Yu Min. 1999. Exploration of the Common Origin of the Sino-Tibetan Race and Language. *The Linguistic Florilegium Written by Yu Min*. Beijing: The Commercial Press.

俞敏.1999.汉藏两族人和话同源探索.俞敏语言学论文集.北京：商务印书馆.

Zhang Guangzhi. 2004. *The Origin of the Chinese Civilization*. http://www.guoxue.com/Economics/.

张光直.2004.论中国文明的起源.国学网：中国经济史论坛 2004—8—5 发布.

Zheng Zhang Shangfang. 2004. *Old Chinese Sound System*. Shanghai: Shanghai Educational Publishing House.

郑张尚芳.2004.上古音系.上海：上海教育出版社.

Zhou Jixu. 2002. *Comparison of Words between Old Chinese and Indo-European*. Chengdu: Sichuan Nationalities Publishing House.

周及徐.2002.汉语印欧语词汇比较.成都：四川民族出版社.

Zhou Jixu. 2003. Correspondences of Cultural Words between Old Chinese and Proto-Indo-European. *Sino-Platonic Papers*, no. 125 (September), pp. 1-17. Philadelphia: Dept. of East Asian Languages and Civilizations, University of Pennsylvania.

Zhou Jixu. 2005. Old Chinese '帝 *tees' and Proto-Indo-European '*deus': Similarity in Religious Ideas and a Common Source in Linguistics. *Sino-Platonic Papers*, no. 147 (December), pp. 1-17. Philadelphia: University of Pennsylvania Dept. of East Asian Languages and Civilizations.

Zhu Naicheng. 2005. A Summary of the Chinese Prehistoric Rice-cultivating Agriculture. *Agricultural Archaeology*, 2005, issue No. I. Beijing: Institute of Archaeology.

朱乃诚.2005.中国史前稻作农业概论.中国考古网 2005—9—10,原载农业考古,2005（1）.

Ancient documents referred to in this paper

Duan Yucai (Qing Dynasty). 1981. *Shuo Wen Jie Zi Zhu* (*Annotation to Shuo Wen Jie Zi*). Shanghai: Ancient Books Publishing House.

段玉裁. 说文解字注. 上海：上海古籍出版社, 1981.

Ruan Yuan (Qing Dynasty). 1980. *Shi San Jing Zhu Shu* (*Explanation of the Thirteen Classics*). Beijing: Zhonghua Book Company.

阮元［清］. 十三经注疏. 北京：中华书局, 1980.

Sima Qian (Han Dynasty). 1997. *Shi Ji*. Shanghai: Ancient Books Publishing House of Shanghai.

司马迁［汉］. 史记. 上海：上海古籍出版社, 1997.

Zhu Junsheng. 1995. *Shuo Wen Tong Xun Ding Sheng*. Shanghai: Ancient Books Publishing House of Shanghai.

朱骏声. 说文通训定声. 上海：上海古籍出版社.

Legge, James. 1969. *The Chinese Classics* (in five volumes, the She King, the Shoo King). 2nd ed. Taibei: Jin xue shu ju.

Waley, Arthur. 1952. *The Book of Songs*. Translated from the Chinese, with General Notes (1937, 2nd ed. 1952). Suppl. Containing Textual Notes (1st ed. 1937). London: Allen and Unwin.

Confucius and Lao Zi: Their Differing Social Foundations and Cultures[1]

Looking for the Source of Civilization in the Delta of the Yellow River (Ⅲ)

Zhou Jixu

Sichuan Normal University, Chengdu, China, 610068;
Translated by Zhou Min, Rongzhi College, Chongqing
Technology and Business University, Chongqing, 400033

Abstract: Lao Zi 老子 and Confucius were the two great thinkers who have influenced the Chinese culture for more than two thousand years, yet the thought of each differed considerably from that of the other. These differences originated in their respective social foundations and the cultures based on those foundations, however, the differences in their social backgrounds had been ignored in previous studies. By observing several contrasting phenomena, we have discovered the different ways of life concealed behind these differing worldviews; this helps to fill in the fragmented history of the Chinese classics. The view of history presented here is also supported by some new findings of contemporary anthropology in the study of prehistoric society.

Key words: Lao Zi, Confucius, ways of life, culture

1. The Separateness of Confucianism and Taoism

Liu Xin 刘歆（53 BC–23 AD）tried to conciliate the oppositions as well as the lesser differences between Confucianism and Taoism. Ban Gu 班固（32 AD–92AD）took up Liu's idea (from *Qi Lue* by Liu Xin) in "Yiwenzhi," *Han Shu* (Accounts of Literature, *History of the Former Han Dynasty*) : [2]

The Taoist school might have originated with the official historians of the ancient times. They noted down in an orderly

---

[1] The paper was published on Sino-Platonic Papers, University of Pennsylvania, USA, pp.1-18, No. 211, 2011.

[2] *Qi Lue*（七略）is one of the earliest Chinese ancient bibliographies by Liu Xin（刘歆）. The "Yiwenzhi" of *HanShu*（汉书·艺文志）by Ban Gu（班固）is edited from *Qi Lue*.

way the changes of society, including its successes and failures, fortunes and disasters. As a result, they came to understand the key to managing a country. The Taoists observed the behavior of "quietness" and "actionlessness, " and maintained the attitude of modesty and meekness. This is the way a monarch governs his nation. These ideas are in accordance with Yao's "humility" and "modesty" in *Yi Jing* (*The Book of Changes*). Moreover, one could benefit by adopting the attitude of modesty. These are the advantages of Taoism. If some unrestrained men were to carry out the doctrines of Taoism, they would discard all rites and get rid of benevolence. They would reckon that one could administrate a country well by being quiet and actionless only.

The above-mentioned theory sounds very farfetched indeed. According to these ideas, Taoism was actually rooted in the official historians, taking Sima Qian 司马迁 (145 BC—90 BC) and his father for example. However, it is very clear that Zuo Qiuming 左丘明 (556 BC—451 BC) was not a Taoist; he wrote *Zuo Zhuan*[①] and *Guo Yu*.[②] Confucius revised and edited *The Spring and Autumn Annals*; but this is a historical work. *Shang Shu* (*The Book of Documents*) is something like a historical record; however, it is also a Confucian masterpiece. There is a great deal of counterevidence against the idea that Taoism might originate with the official historians. As to the words: "This is the way that a monarch governs his nation. These ideas are in accordance with Yao's 'humility' and 'modesty' in *Yi jing* (*The Book of Changes*) ," but this was because the rulers in the Western Han Dynasty (206 BC—8 AD) advocated the Huang-Lao theory.[③] However, Lao Zi does not mention Yao and Shun, nor does it mention the " Five Classics."[④] The ideas of Liu Xin and Ban Gu were intended to make Taoism seem closer to Confucianism, in order to help the rulers govern the nation. But their ideas

---

① Zuo Qiuming is the author of *Zuo Zhuan*, which is the first historical work in ancient China.
② *Guo Yu* is one of the early historical documents of the individual kingdoms in the Spring and Autumn period. It is said that this work was edited by Zuo Qiuming as well.
③ Huang-Lao was a kind of Taoist theory that was popular in the early period of the Western Han Dynasty.
④ The Five Classics: *Zhou Yi* (*The Book of Changes*) , *Shang Shu* (*The Book of Documents*), *Shi Jing* (*The Book of Songs*), *Yi Li* (*The Book of Rites*), and *Chun Qiu* (*The Spring and Autumn Annals*). All of these were written before the Qin Dynasty (221BC–207BC).

actually did not reflect reality. The words following "if some unrestrained men were to carry out the doctrines of Taoism (及放者为之……)" are depreciative remarks by Ban Gu, but that belief actually is an essential one in Taoism. Not only did "some unrestrained men" such as Zhuang Zi maintain the idea, but Lao Zi himself had said, "Banish wisdom, discard knowledge, and the people will be benefited a hundredfold. Banish human kindness, discard morality, and the people will be dutiful and compassionate (绝圣去智, 民利百倍; 绝仁弃义, 民复孝慈)" (Chapter 19, *Lao Zi*). It can be seen that the idea was not from "unrestrained men; " instead, it is the original thought of Lao Zi.

Until the middle period of the Early Han dynasty, the thinking in Confucianism and in Taoism was in opposition. In contradiction to the position taken by Liu Xin and Ban Gu, these two schools of thought were not related to each other. Sima Qian praised the thinking of Taoism but repressed Confucian thought, as was noted in the "Biographies of Lao Zi and Han Fei" in *Shi Ji* (*Historical Records*) :

> Confucius went to the capital of Zhou, where he wanted to consult Lao Zi on rites. Lao Zi told him: "Concerning what you are saying, these peoples' bodies and their bones have been rotten for a long time. Only their words have been passed down. As a nobleman, you can use your talents when you have the opportunity; you should be content with being carried along by the tide when you have no opportunity. "

By saying "you should be content with being carried along by the tide when you have no opportunity (不得其时则蓬累而行), " Lao Zi wanted to persuade Confucius to discard his ideal of a "ritual society" like the one in the Western Zhou Dynasty.

Lao Zi said: "I have heard the proverbs: good merchants look like the poor, virtuous noblemen look like fools. Get rid of your arrogance and excessive desires; get rid of your immoderate expression and exorbitant ambition. All of these are not good for you. That's all I can tell you." ("The Biographies of Lao Zi and Han Fei", *Shi Ji*)

As an official librarian of historical literature, Lao Zi must have known quite a lot about "rites." But, when he was being consulted on "rites," he had not answered specifically about them; instead, he had pointed out that Confucius was ostentatious and filled with desires. He advised young men to be less ambitious.

The Lao Zi school dismissed Confucianism; and Confucianism also excluded Lao Zi. "No common paths, no counsel to be taken with each other (people who follow different paths do not take counsel with one another)." Is this what this points to? ("The Biographies of Lao Zi and Han Fei," *Shi Ji*)

Obviously, Sima Qian correctly noted the differences between Confucianism and Taoism. But men like Liu Xin and Ban Gu made their interpretations in accordance with the rulers' desire. They wanted to confuse and conceal the differences between Confucianism and Taoism.

2. Phenomena of the Opposition between Confucius and Lao Zi

By examining the different attitudes held by Lao Zi and Confucius toward the historical events, characters, and cultures of the Xia, Shang, and Zhou dynasties, we can locate the core of the opposition between them. The following are the author's observations and enumerations, with examples for each; these examples, however, do not exhaust all the aspects of the differences.

a. The Opposition between Confucius and Lao Zi: Attitudes toward God (Di)

During the Xia, Shang, and Zhou dynasties, people worshiped God (Di). The Chinese nation in general accepted this religious belief, including Confucians. Documents of the Shang and Zhou dynasties, including inscriptions on bones or tortoise shells or on ancient bronze objects, are evidence for this fact.

Lao Zi, however, did not show the same enthusiasm or respect for God (Di) as Confucius did. In *Lao Zi*, there is only one passage that talks about God (Di):

> The way is empty, yet use will not drain it. Deep, it is like the ancestor of the myriad creatures. Blunt the sharpness; untangle the knots; soften the glare; let your wheels move only along old ruts. Darkly visible, it only seems as if it were there. I

know not whose son it is. It images the forefather of God (*Lao Zi*, Chapter 4; translated by D. C. Lau).

In traditional culture during the Xia, Shang, and Zhou dynasties, God (Di) was always considered to be the very highest god as well as the dominator of heaven and earth. However, Lao Zi objected to this idea. In his opinion, the broad and profound "Way (Tao)" must be the ancestor of God (Di). Does this idea show respect or disregard for God (Di)?

b. *The Opposition between Confucius and Lao Zi: Attitudes toward the Five Classics*

Confucius strongly advocated the ancient classics, including *The Book of Changes, The Book of Documents, The Book of Poetry, The Book of Rites,* and *The Spring and Autumn Annals*. He made compilations of the Five Classics, constantly promoted them, and taught his disciples with them. There are many quotations from them in *The Analects* and *Mencius*.

But Lao Zi always ignored the Five Classics. He seldom talked about "rites", but when he did, he condemned them:

> That is why it is said: "After the Way (Tao) was lost, then came the 'power;' after the 'power' was lost, then came human kindness. After human kindness was lost, then came morality, after morality was lost, then came ritual. Now ritual is the mere husk of loyalty and promise-keeping, and it is indeed the first step towards brawling." (*Lao Zi*, Chapter 38)

c. *The Opposition between Confucius and Lao Zi: Attitudes toward the Saints*

The Confucians showed great respect for the ancient Chinese saints (the six noblemen: Yao, Shun, Yu, Tang, King Wen, and King Wu).[①] Yao and Shun were praised in *The Analects* and in *Mencius*. The Five Emperors (Huang Di, Zhuan Xu, Yao, Shun, and Yu) were noted in *Kong Zi Jia Yu* (*The School Sayings of Confucius*).[②]

[①] The Six Saints: Yao, Shun, and Yu were the leaders of the Chinese in the prehistoric period; Tang was the founding king of the Shang Dynasty; and King Wen and King Wu were the founding kings of the Zhou Dynasty.

[②] In the record of *Shi Ji*, Huang Di was the founding father of the Chinese people in the historic legend. Zhuan Xu was the third generation descendant and successor of Huang Di.

But Lao Zi was indifferent to the Saints. Zhuang Zi expressed strong criticism of the so-called "Saints" since Huang Di. This following passage provides an example. The critical words were said by Robber Zhi, a rebel being praised by Zhuang Zi.

>Of all great cities there is none so great as the whole country, which was possessed by Yao and Shun, while their descendants (now) have not so much territory as would admit an awl.
>
>Tang and Wu were both set up as the Sons of Heaven, but in after ages their posterity was cut off and extinguished; was not this because the gain of their position was so great a prize?
>
>And moreover I have heard that in ancient times birds and beasts were numerous, and men were few, so that they lived in nests in order to avoid the animals. In the daytime they gathered acorns and chestnuts, and in the night they roosted on trees; and on account of this they were called of the Nest-builder.
>
>Anciently the people did not know the use of clothes. In summer they collected great stores of faggots, and in winter kept themselves warm by means of them; and on account of this they ware known as the people who knew how to take care of their own lives. In the age of Shennong, the people lay down in simple innocence, and rose up in quiet security. They knew their mothers, but did not know their fathers. They dwelt along with the elks and deer. They ploughed and ate; they wove and made clothes; they had no idea of injuring one another: this was the grand time of perfect virtue.
>
>Huang Di, however, was not able to perpetuate this virtuous state. He fought with Chi-you 蚩尤 in the wilds of Zhuo-lu 涿鹿 till the blood flowed over 50 kilometers. When Yao and Shun arose, they instituted their crowd of ministers. Tang banished his lord. King Wu killed Zhou 纣.[①] Since that time the strong had oppressed the weak, and the many tyrannized over the few. From Tang and Wu downwards, [the rulers] had all been promoters of disorder and confusion. You yourself now cultivate and inculcate the ways of Wen and Wu; you handle whatever subjects are anywhere discussed for the

---

① Zhou was the last ruler of the Shang Dynasty.

instruction of future ages. With your peculiar robe and narrow girdle, with your deceitful speech and hypocritical conduct, you delude the lords of the different states, and are seeking for riches and honors. There is no greater robber than you are — why does not all the world call you the Robber Qiu, instead of styling me the Robber Zhi? (*Zhuang Zi, Robber Zhi*. Translated from Chinese into English by Lin Yutang)

The above words criticize Huang Di, Yao, Shun, Tang, and King Wu. The passage posits that the so-called saint worship was built on a foundation of seeking power and plunder. It praises the peaceful society of the Shennong period, when people "ploughed and ate; they wove and made clothes." Some scholars think that the outer chapters of *Zhuang Zi* (to which *Robber Zhi* belongs) were not written by Zhuang Zi himself. Judging from the above words, however, the ideas are totally in accord with those of Zhuang Zi, and they are in the intellectual line of Lao Zi.

d. *The Opposition between Confucius and Lao Zi: The Theme of Shennong*

It should be pointed out that "Shennong" mentioned by Mencius and Zhuang Zi was not the same as the one Liu Xin afterward fabricated (that figure had been very popular as a Confucian saint since the Eastern Han Dynasty)[①]. Instead, "Shennong" discussed in this paper is the chieftain in the primitive agricultural society of ancient times.

Referring to the famous "Xu Xing 许行" chapter in *Teng Wengong, Part I, Mencius*, Mencius criticized Xu Xing, a representative of the disciples of the theory of Shennong and their way of life. *Mencius* commented critically on the way of life practiced by Xu Xing in such phrases as: "[They] weave straw shoes and mats for food (捆屦织席以为食)." (The intellectuals engaged in productive labor.) "The good ruler ploughed personally with his people, and administrated his own life and his country at the same time (贤者与民并耕而食饔飧而治)." (The ruler and the people were equal and without privileges. "The price of goods was the same; there was no fraud in the capital city. No one would deceive a boy even though you let him go to market for shopping (市价不贰，国中无伪，虽使五尺之童适市，莫之或欺)." (Technology and trade were undeveloped; society was harmonious and honest.) All of these characteristics are in accord with the

---

① See Zhou Jixu, Falsehood-Discerning of Opinion about YanDi and Shennong, *Journal of Sichuan Normal University*, 2006, No.6, pp. 67—73.

way of life and moral concepts of primitive agricultural society. The criticism of them by Mencius shows the conflict between the civilization of the feudal caste system and the culture of the primitive equitable system. Xu Xing came from the Kingdom of Chu, like Lao Zi and Zhuang Zi, and he was also a commoner from the south of China. These persons, therefore, recognized the same culture. Zhao Qi (?–201 AD) noted that the understanding of "Shennong" expressed by Xu Xing was against the Confucian tradition:

> Xu Xing criticized the ways of the saint kings Yao and Shun, with the aid of figures in remote ancient times. Xu Xing did not practice benevolence and righteousness. He wanted to let the monarch and his subjects plough together. This did harm to morality. Mencius meant that there had been a code of propriety and righteousness for the people and a caste system for the country since the period of the Five Dis. This way of life does not go back to the way of the Three Emperors in ancient times. Mencius pointed out that Xu Xing did not understand this code of propriety (Teng Wengong, Part I, *Mencius*; noted by Zhao Qi)

Zhao Qi 赵岐 divided ancient times into two periods: the period of "the Three Emperors" and the period of the "Five Dis." Propriety and righteousness did not exist in the first period, while they did in the second. This observation has given the people ever afterwards a clear idea about the difference between these two important periods. It has been said that Zhao Qi made a righteous judgment on this point.

Praise of the period of Shennong by Zhuang Zi has been mentioned earlier in this paper. The view of Shennong (神农之言) expressed by Xu Xing is the same as Shennong (神农之世) described by Zhuang Zi, in "Robber Zhi." Thus the documents of the pre-Qin dynasties concerning the history of the primitive agricultural society before civilization are not an isolated and accidental piece of evidence (See more evidence in Section 3).

e. The Opposition between Confucius and Lao Zi: Identifying with the Different Cultures

Confucius considered himself an inheritor of the culture of the Xia, Shang, and Zhou dynasties, but Lao Zi espoused the opposite. All the themes noted above can be included in this theme.

This appears in "Yiwenzhi," *Han Shu* (Accounts of Literature, *History of Former Han Dynasty*):

> The Confucian school might have originated from the ministers of "Si Tu 司徒" in ancient times. They served their monarchs, helping them to rule in accordance with nature and to propagate morality. They delved into the literature of "the Six Classics," and paid great attention to humaneness and righteousness. They followed the way of Yao and Shun in the wellspring, and managed their countries by the rules of King Wen and King Wu. They enthroned Confucius as the great master. By doing this, they let their doctrines be valued. Confucianism was the most sublime among all the schools. Confucius said: "If something was to be praised, it must be put into practice and prove its value." The prosperity of the times of Yao and Shun, the flourishing ages of the Shang and Zhou dynasties, as well as Confucius' career, all of these were the great achievements of the doctrine of Confucianism as it was practiced.

The above words show the authors' very earnest and sincere attitude towards this culture. Although it was articulated by Liu Xin and Ban Gu, it expressed the heartfelt convictions of all contemporary Confucians. They cherished "the Six Classics" and the power of humaneness and righteousness. They praise Yao, Shun, Yu, Tang, King Wen, and King Wu, and they considered the history of the Xia, Shang and Zhou dynasties as their glory. Similar words can be found extensively in *The Analects* and *Mencius*. Why did the Confucians so admire the Six Saints in the Xia, Shang, and Zhou dynasties as well as the Six Classics (which are something like the historical records of the Zhou Dynasty)? The answer is very simple. There were the culture and history of their nation.[①] Confucians considered themselves to be the inheritors of the culture of the Xia, Shang, and Zhou dynasties.

But Lao Zi did not have the same ideals that the Confucians did:

---

① Through the three dynasties of Xia, Shang, and Zhou, the main part of the nations was the Hua Xia nationality. See Zhou Jixu, On the Shared Origin of the Rong and Han (Xia) Nationalities, *Chinese Culture Research*, No. 3, (2008), pp. 123—132.

Lao Zi lived in the capital of Zhou for a long time, and saw that the Zhou Dynasty was declining. He left (for his own freedom). ("Biographies of Lao Zi and Han Fei, " *Shi Ji*)

Although Lao Zi was a library officer, he departed from the Zhou Dynasty when it was in danger. "When the fatherland was dark with strife, the loyal slaves were in evidence." (*Lao Zi*, Chapter 18) Lao Zi did not consider himself a loyal slave to the Zhou Dynasty. Instead, he was just a cold onlooker of this "mainstream culture."

3.The Reason for the Opposition between Confucius and Lao Zi

The opposition between Confucius (followed by Mencius) and Lao Zi (followed by Zhuang Zi) did not come into being without an underlying reason. Indeed, there was a real social foundation for the opposition that existed. By examining the several characteristics outlined above, we can find different ways of life hiding behind the two disparate worldviews. Moreover, we can better understand the somewhat obscured history expressed in the traditional classics. The key to elucidating this account of their history can be found in recent discoveries of contemporary anthropology regarding ancient times.

According to data from the fieldwork of contemporary anthropology, humans experienced in their pre-history a form of society similar to that described above. At that time (the early Neolithic Age), humans had grasped basic agricultural techniques and lived in a tribal agricultural society, with relatively low productivity from their labor. Family-like tribes formed according to the ties of blood, and people were equal in social position. They shared common resources, worked together, cooperated with one another, and shared their acquisitions equally. People mastered the techniques of pottery making, spinning, weaving, and simple building. There were no superior heroes or rulers; people led harmonious, calm, and contented lives. This pre-civilized society was replaced by agricultural civilization, powered by such new techniques as the making of bronze, wheels, ploughing, etc. The time at which one replaced the other differs from place to place around the world. Moreover, these two forms of society coexisted for a certain time (Stavrianos, 2005, 1999).

In ancient times, there were two forms of society in the region of the

Yellow River valley. One was the relatively primitive tribal agricultural society, which was without a caste system; the other was the civilized agricultural society, class-based and advocating rites and morality. The ways of life of these two societies formed the real social bases of the contrasting thoughts of Lao Zi and Confucius; this is the origin of the differences between Taoism and Confucianism. Since the Zhou Dynasty, the class-based agricultural society and its culture had been the mainstream of the civilization of the Yellow River valley. It was the one described in the historical documents that had been passed down without interruption. The tribal agricultural society and its culture had an even longer history in the Yangtze River valley. However, this culture had been swamped by the mainstream civilization and never was formally described in the Chinese ancient historical documents. All that survived it were a few clues hidden in the ancient literature. *Lao Zi* is simply a relic of this culture.

As to the social foundation of the thought of Lao Zi, he himself described it in the famous Chapter 80 of *Lao Zi*:

> Reduce the size of the population and the state. Ensure that even though there are tools ten times or a hundred times better than those of other men's, the people will not use them; ensure also that they will look on death as no light matter and have nothing to do with leaving their homes to settle elsewhere.
>
> They have ships and carts but will not go on them; they have armor and weapons but will have no occasion to make a show of them.
>
> Bring it about that the people will return to the use of the knotted rope,
>
> Will find relish in their food
> And beauty in their clothes,
> Will be happy in the way they live
> And be content in their abode.
>
> Though adjoining states are within sight of one another, and the sound of dogs barking and roosters crowing in one state can be heard in another, yet the people of one state will grow old and die without having had any dealings with those of another (Chapter 80, *Lao Zi*; translation by D. C. Lau, 1982).

This is Lao Zi's description of society in ancient times, obviously a vivid picture of life in a tribal agricultural society. Though there are only seventythree

Chinese characters in this chapter,[1] it has given us a clear idea of the entire social foundation of Lao Zi's thought. With the knowledge of this kind of society, we can understand the source of many concepts in *Lao Zi* such as "nothing-doing," "no-struggling," "nothing-desiring," "favoring calmness," "female-worshipping," "being content with one's lot," "selflessness," "no-worshipping property," and "much hoarding leads to losing," etc. These concepts thoroughly match primitive tribal society and its culture. As to the broad and profound concept of the Way (Tao), it covers the continuous reproduction bred in an endless succession of the myriad creatures in nature, and it covers the life cycle. We cannot take this chapter as Lao Zi's Utopia. The way of life in Lao Zi's description is greatly different from ordinary persons' views. How could such specific and vividly detailed description be imagined? About 2,500 years ago, an agricultural society embracing a caste system had been built up along the Yellow River valley (Zhou Jixu, 2006, 2008). The agricultural civilization gradually arose. But in other areas, especially in southern areas such as the Yellow River valley and the Yangtze River valley, this remote, ancient way of life persisted for quite a long time. The intellectuals born there — those such as Lao Zi, Zhuang Zi, Xu Xing, Jieni, Jieyu and Yufu, etc.[2] — yearned for the "good old days." They praised this "magnificent savage's way of life." Moreover, they realized this idea in their actions, words, and writings.

There are evocative descriptions in *Zhuang Zi*:

Have you never heard of the Age of Perfect Nature? In the days of Rong-cheng, Da-ting, Bo-huang, Zhong-yang, Li-lu, Li-xu, Xuan-yuan, He-xi, Zun-lu, Zhu-rong, Fu-xi, and Shennong, the people tied knots for reckoning. They enjoyed their food, beautified their clothing, were satisfied with their homes, and delighted in their customs. Neighboring settlements overlooked one another, so that they could hear the barking of dogs and crowing of roosters of their neighbors, and the people till the end of their days had never been outside their own country. In those days there was indeed perfect peace. (Qu Qie 胠箧, *Zhuang Zi*)

The descriptions in *Zhuang Zi* are almost the same as those in *Lao Zi*. The description of the twelve tribes that held to this way of life in ancient times can be compared point-for-point with "the period of Shennong (神农之世)"

---

[1] The translation of the eighty chapters of *Lao Zi* is based on the Ma Wang Dui manuscripts.
[2] The latter three persons appear in *The Analects* and *Zhuang Zi*; they were intellectuals who lived in the south of China. They were discontented with the social reality and so became hermits.

in the Daozhi chapter of *Zhuang Zi*. Moreover, we can employ it to understand better Xu Xing's "theory of Shengnong(神农之言)" in *Mencius*.

As if the descriptions by Lao Zi and Zhuang Zi were not enough, there is another piece of description that is very popular among the Chinese people in the present day:

> Confucius said: "When the Great Way prevailed, and when the Saints of the three dynasties administered the world, I was not caught up with the ages. But the historical records were kept here."
>
> That is, when the Great Way prevailed, public society belonged to everyone. The virtuous and the able were chosen for public office. Fidelity and friendliness were valued by all. Not only did people love their own parents and children, they loved the parents and children of others as well. The elderly lived their last years in happiness; able-bodied adults were usefully employed; children were reared properly. Widowers, widows, orphans, the childless aged, the crippled and the ailing were well cared for. All men shared their social responsibilities, and all women performed their domestic duties in married life. Natural resources were fully used for the benefit of all, and not appropriated for selfish ends. People wanted to contribute their strength and ability to society for the public good and not for private gain. Trickery and intrigue could not occur in such a society. Robbery, larceny, rebellion and murder all disappeared. Every household did not have to lock its doors. This was the society of Great Harmony.(Liyun 礼运, *Li Ji*)

This state, usually called "Da Tong," has been noted as being the same form of society described in Chapter 80 of *Lao Zi*. This is also the recording of real history. The notion that "Da Tong(Great Harmony), it is just an ideal of a utopian society," has been discussed by the author of this paper in a thesis(Zhou Jixu, 2002). In that paper, the author pointed out that the word "zhi 志" in the phrase "而有志焉" meant "historical records." This sentence means that "although I(Confucius)did not go through those great periods, the historical literature about these times nevertheless still exists." The "Da Tong," as well as Chapter 80 of

Lao Zi, both objectively described this tribal agricultural society. Lao Zi and Confucius, however, took opposite positions. Lao Zi praised and identified with this culture; but Confucius just sighed and gave it up. Moved by the peace and harmony of this primitive society, as well as by his proposed "benevolence," Confucius praised this form of society highly, and named it the "Great Way." However, hidden behind these good words was the idea that this kind of society had gone away irretrievably. Excluded as being among the unenlightened by Confucius's mainstream culture, this primitive society nevertheless was greatly praised by Lao Zi. From his point of view, this society made perfect sense and was desirable.

The Book of Changes, *The Book of Ancestors*, *The Book of Poetics*, *The Book of Rites*, as well as *The Spring and Autumn Annals*, are the historical books of the Xia, Shang, and Zhou dynasties. These are the so-called "classics." Confucians were the celebrators of this culture — they worshiped the Six Classics and those "great saints." On the other hand, the figures in another group that included Shennong, Ge-tian, and Wu-huai, etc.,[①] were despised by mainstream civilization. The "noble and elegant" classics, clearly did not have a place for them. *Lao Zi* and *Zhuang Zi* represent a nationality and its culture that had been excluded and repressed.

4. Further Discussion

The philosophy of Lao Zi that accords with the tribal agricultural culture existed at the end of the Neolithic Age. Once this point is understood, the content of the abstruse and profound *Dao De Jing* becomes much clearer. Lao Zi relied on another archaic way of life and insisted on advocating his philosophic theory. He bewailed the fact that his rustic life had been replaced by the new civilized one. "It was when the Great Way declined, that human kindness and morality arose; it was when intelligence and knowledge appeared, that the Great Artifice began. It was when the six near ones were no longer at peace, that there was talk of 'dutiful sons;' nor, till fatherland was dark with strife, did we hear of 'loyal ministers'" (Chapter 18, *Lao Zi*). This was not an abstract inference from others. It was in fact his painful experience. Lao Zi was born in the Kingdom Chu, which was a country in the south and far from the capital of

---

① Ge tian and Wu huai were the chieftains of ancient tribes in the remote antiquity of the legend.

Zhou State. He must have been very familiar with the tribal, agricultural way of life in the south, even having experienced it himself. He was also an officer in the Zhou Dynasty for a long period, and therefore he had the chance to make a comparison between the two ways of life. He highly praised the egalitarian rustic culture but strongly criticized hierarchical feudal civilization. Possessed of a very high attainment in philosophy, he summed up his thought in the magnificent and everlasting *Lao Zi*.

In the history of the world, the Neolithic Age belonged to the remote past, and there were very few direct records of this ancient time. People usually adopt the methods of modern anthropology to review and analyze this period. Thanks to *Lao Zi* (c. 6 BC–5 BC) , much of this archaic social culture had been preserved for humanity. People could confirm this history from the aspect of ancient historical documents. The more valuable fact is that people's inner world in that ancient society could be known to present people. By this evidence, the history of Chinese culture is longer than three thousand years at least.

Many penetrating thoughts and views of Lao Zi emerged from a society which had embraced the concepts of non-hierarchical system. A number of politicians had adopted these ideas to manage state affairs and to relieve social conflicts (as did, for instance, the rulers in the early years of the Western Han Dynasty). Lao Zi's great insightful philosophic thoughts had provided the civilized society with another worldview, which was opposite to the worldview of Confucianism. Chinese intellectuals for more than two thousand years have identified themselves with it. An unavoidable misapprehension has resulted: both Confucianism and Taoism were the outcome of the same social culture in the Spring and Autumn period. This misapprehension was begun by Liu Xin and Ban Gu, and it has persisted to the present day.

In accordance with "Yiwenzhi" of *Han Shu*, almost all the other schools of thought depended on Confucianism. As it says:

> At present, the different schools publicize the virtues of their doctrines respectively. They dispense their wisdom in order to make the points of their doctrines clear. Although there are many blind spots and shortcomings in their doctrines, by summarizing the key points, one can see that they are the branches and twigs of the Six Classics. All the schools advocated their doctrines

by adopting and valuing different aspects of the Six Classics. Their aim is to be appreciated and adopted by the feudal lords ["Yiwenzhi", *Han Shu* (Accounts of Literature, *History of Former Han Dynasty*)].

However, Taoism did not belong to those schools. It was neither a branch of the Six Classics, nor an attempt to have its way accepted by the lords. It represented another way of life and its social culture. This was the fundamental difference between Lao Zi and Confucius in the pre-Qin period. Understanding this essential difference is very meaningful to the study of the historical formation of the Chinese nation and its culture in ancient times.

References

1. Lau, D. C., trans. 1963. *Tao Te Ching*. Harmondsworth, U.K.: Penguin Books; repr. ed., Hong Kong: Chinese University Press, 1982.

2. Stavrianos, L. S. 2005. *A Global History: From Prehistory to the 21st Century, 7th* edition, English-Chinese by Dong Shuhui et al., pp. 35-38. Beijing: Peking University Press.

3. Waley, Arthur, trans. 1997. *Tao Te Ching*. Hertfordshire, UK: Wordsworth Edition Ltd.

4. Zhou Jixu. 2002. New Understanding of "Great Harmony", *Journal of Southwest University for Nationalities*, No. 10. pp. 116-118. Southwest University for Nationalities, China. Also see: Zhou Jixu. 2003. *Collected Papers on Historical Linguistics*. pp. 97-104. Chengdu: Bashu Press.

5. Zhou Jixu. 2006. The Rise of Agricultural Civilization in China, *Sino-Platonic Papers*, No. 175, pp. 1-38. Philadelphia: University of Pennsylvania.

6. Zhou Jixu. 2008. On the Shared Origin of the Rong and Han (Xia) Nationalities, *Chinese Culture Research*, No.3, pp. 123-132. Beijing Language University.

参考文献

书籍类：

[1] 班固.汉书［M］.颜师古注.上海：中华书局，1962.
[2] 老子道德经校释［M］.北京：中华书局，2008.
[3] 司马迁.史记［M］.北京：中华书局，1982.
[4] 二十二子·庄子［M］.上海：上海古籍出版社，1986.
[5] 十三经注疏·孟子［M］.北京：中华书局，1980.
[6] 章太炎.国故论衡［M］.上海：上海古籍出版社，2000.
[7]［美］斯塔夫阿里诺斯.全球通史（1999版）［M］.北京：北京大学出版社，2005.
[8] 十三经注疏·礼记正义［M］.北京：中华书局，1980.
[9] 二十二子·淮南子［M］.上海：上海古籍出版社，1986.
[10] 周及徐.汉语印欧语词汇比较［M］.成都：四川民族出版社，2002.
[11] 郑张尚芳.上古音系［M］.上海：上海教育出版社，2003.
[12] 黄树先.汉缅语比较研究［M］.武汉：华中科技大学出版社，2003.
[13] 施向东.汉语和藏语同源体系的比较研究［M］.北京：华语教学出版社，2000.
[14] 刘琳.校注《华阳国志》［M］.成都：巴蜀书社，1984.
[15] 俞敏.汉藏两族人和话探索［C］//俞敏语言学论文集.北京：商务印书馆，1999.
[16] 李方桂.上古音研究［M］.北京：商务印书馆，1982.
[17] 邢公畹.汉台语比较手册［M］.北京：商务印书馆，1999.
[18] 周及徐.汉语印欧语历史比较［M］.成都：四川民族出版社，2002.
[19] 周及徐."弓"的传播和史前世界文化交流［C］//历史语言学论文集.成都：巴蜀书社，2003.
[20] 周及徐.汉语印欧语史前关系的证据之二：文化词汇的对应［C］//历史语言学论文集.成都：巴蜀书社，2003.
[21] 严翼相.中国语言研究与地域文化兼论韩汉音与上古音［C］//中国北方方言与文化.首尔：韩国文化社，2008.
[22] 周及徐.汉语印欧语词汇比较［M］.成都：巴蜀书社，2002.

[23]藏缅语的语音和词汇编写组.藏缅语的语音和词汇［M］.北京：中国社会科学院出版社，1991.
[24]郑张尚芳.语言同源与接触的鉴别问题［C］//语言接触与语言比较.上海：学林出版社，2007.
[25]崔荣昌.四川境内的湘方言［M］.台北："中央研究院"历史语言研究所，1996.
[26]杨时逢.四川方言调查报告［M］.台北："中央研究院"历史语言研究所，1984.
[27]曹树基.中国移民史第五卷［M］.福州：福建人民出版社，1997.
[28]曹树基.中国移民史第六卷［M］.福州：福建人民出版社，1997.
[29]中国社会科学院，澳大利亚人文科学院.中国语言地图集［M］.香港：朗文出版公司，1987.
[30]周及徐.从移民史和方言分布看四川方言的历史层次［C］//语言历史论丛第五辑.成都：巴蜀书社，2011.
[31]北京大学中国语言文学系语言学教研室.汉语方音字汇（第2版）［M］.北京：文字改革出版社，1989.
[32]赵元任，丁声树，杨时逢等.湖北方言调查报告（第2版）［M］.台北："中央研究院"历史语言研究所，1992年版.
[33]周及徐.南路话和湖广话的语音特点［C］//语言历史论丛第五辑.成都：巴蜀书社，2011.
[34]何婉，饶冬梅.四川成都话音系词汇调查研究［M］.成都：四川大学出版社，2013.
[35]王力.汉语语音史［M］.北京：商务印书馆，2008.
[36]周祖谟.广韵校本［M］.上海：中华书局，2004.
[37]丁度等.集韵［M］.上海：上海古籍出版社影印，1985.
[38]杨耐思.中原音韵音系［M］.北京：中国社会科学出版社，1981.
[39]中国社会科学院语言研究所词典编辑室.现代汉语词典［K］.北京：商务印书馆，1985.
[40]中国社会科学院语言研究所.方言调查字表（修订本）［K］.北京：商务印书馆，1999.
[41]李荣主编，梁德曼，黄尚军编.成都方言词典［K］.南京：江苏教育出版社，1998.
[42]司马迁.史记［M］.裴骃集解，司马贞索隐，张守节正义.上海：上海古籍出版社，1997.
[43]国语［M］.韦昭注.上海涵芬楼影明本，四部丛刊.
[44]周易［M］.王弼注.上海涵芬楼影宋本，四部丛刊.
[45]春秋左传集解［M］.杜预注.上海：上海人民出版社，1977.

[46]庄子［M］.郭象注.陆德明音义.上海涵芬楼影明本,四部丛刊.
[47]战国策校注［M］.鲍彪校注.吴师道重校.上海涵芬楼影元至正本,四部丛刊.
[48]韩非子［M］.无名氏注.上海涵芬楼影宋本,四部丛刊.
[49]孟子［M］.赵岐注.上海涵芬楼影宋本,四部丛刊.
[50]管子［M］.房玄龄注.上海涵芬楼影宋本,四部丛刊.
[51]吕氏春秋［M］.高诱注.上海涵芬楼影明本,四部丛刊.
[52]孔子家语［M］.王肃注.上海涵芬楼影明翻宋本,四部丛刊.
[53]尚书·孔安国传［M］.陆德明音义.上海涵芬楼影宋本,四部丛刊.
[54]戴德.大戴礼记［M］.上海涵芬楼影明本,四部丛刊.
[55]刘安.淮南子［M］.高诱注（原题许慎撰）.上海涵芬楼影宋本,四部丛刊.
[56]逸周书（汲冢周书）［M］.晋孔晁注.上海涵芬楼影明嘉靖癸卯本,四部丛刊.
[57]山海经［M］.郭璞注.上海涵芬楼影明成化本,四部丛刊.
[58]许慎.说文解字［M］.上海：中华书局影［清］陈昌治本,1963.
[59]礼记［M］.郑玄注.上海涵芬楼影宋本,四部丛刊.
[60]春秋左传集解［M］.上海：上海人民出版社,1977.
[61]杨伯峻.春秋左传注（修订本）［M］.上海：中华书局,1981.
[62]国语［M］.上海：上海古籍出版社,1978.
[63]二十五史·晋书·左思传［M］.上海：上海古籍出版社,1986.
[64]余嘉锡.世说新语笺疏［M］.上海：中华书局,1983.
[65]［希腊］希罗多德.历史［M］.王以铸译.北京：商务印书馆,1997.
[66]段玉裁.说文解字注［M］.上海：上海古籍出版社,1980.
[67]范晔.后汉书［M］.上海：中华书局,1965.
[68]夏商周断代工程专家组.夏商周断代工程1996—2000年阶段成果报告［R］.北京：世界图书出版公司,2000.
[69]裘锡圭.杀首子解［C］//中国文化第9辑.上海：三联书店,1994.
[70]曹雪芹.红楼梦（甲戌影抄本）［M］.沈阳：沈阳出版社,2007.
[71]邓遂夫校订.脂砚斋重评石头记庚辰校本（修订版）［M］.北京：作家出版社,2006.
[72]周汝昌.曹雪芹新传［M］.济南：山东画报出版社,2007.
[73]侯精一.现代汉语方言概论［M］.上海：上海教育出版社,2002.
[74]四部丛刊·六臣注文选［M］.上海涵芬楼藏宋本,1930.
[75]四部丛刊三编·太平御览［M］.日本帝室图书寮京都东福寺东京岩崎氏静嘉堂文库藏宋刊本,中华书局缩印,1960.
[76]王先谦.汉书补注［M］.上海：中华书局影印,1983.

期刊、论文类：

[77] 周及徐.炎帝神农说辨伪［J］.四川师范大学学报，2006（6）.
[78] 周及徐.华夏古"帝"考［J］.中国文化研究，2007（3）.
[79] 周及徐.戎夏同源说［J］.中国文化研究，2008（3）.
[80] 周及徐."大同"新探［J］.西南民族学院学报，2002（10）.
[81] 俞敏.汉藏韵轨［J］.燕京学报，1949（37）.
[82] 黄雪贞.西南官话的分区［J］.方言，1986（4）.
[83] 郑张尚芳.上古缅歌——《白狼歌》的全文解读［J］.民族语文，1993（1—2）.
[84] 潘悟云.吴语形成的历史背景［J］.方言，2009（3）.
[85] 崔荣昌.四川方言的形成［J］.方言,1985（1）.
[86] 四川方言调查工作组.四川方言音系［J］.四川大学学报，1960（3）.
[87] 黄友良.四川移民史论［J］.四川大学学报，1995（3）.
[88] 周及徐.南路话和湖广话的语音特征［J］.语言研究，2012（3）.
[89] 周及徐.从移民史和方言分布看四川方言的历史［J］.语言研究 2013（1）//人民大学报刊复印资料：语言文字学，2013（5）.
[90] 周及徐.南路话和湖广话的语音特点［J］.语言研究（3），2012.
[91] 周及徐.从语音特征看四川重庆"湖广话"的来源.四川师范大学学报，2012（3）.
[92] 熊正辉.官话区方言分 ts、tʂ 的类型［J］.方言，1990（1）.
[93] 杨荣华.四川安岳大平话音系研究［D］.四川师范大学硕士论文，2005.
[94] 饶冬梅.四川德阳黄许话调查研究［D］.四川师范大学硕士论文，2006.
[95] 吴红英.川西广汉等五市县方言音系研究［D］.四川师范大学硕士论文，2010.
[96] 何婉.成都话音系调查研究［D］.四川师范大学硕士论文，2008.
[97] 唐毅.雅安等八区县方言语音调查研究［D］.四川师范大学硕士论文，2011.
[98] 刘瑓鸿.四川峨边洪雅等六县市方言音系研究［D］.四川师范大学硕士论文，2012.
[99] 刘燕.自贡等八市县方言音系调查研究［D］.成都：四川师范大学硕士论文，2011.
[100] 康璇.西昌等市县方言音系调查研究［D］.成都：四川师范大学硕士论文，2011.
[101] 张驰.宜宾、泸州地区数县市方言音韵结构及其方言地理学研究［D］.成都：四川师范大学硕士论文，2012.

其他：

[102] Duan Yucai (Qing Dynasty).1981. *Shuo Wen JieZi Zhu* (*Annotation to Shuo Wen JieZi*). Shanghai: Shanghai Ancient Books Publishing House. 段玉裁．说文解字注，上海：上海古籍出版社，1981.

[103] Ruan Yuan (Qing Dynasty).1980. *Shi San Jing Zhu Shu* (*Explanation of the Thirteen Classics*). Beijing: Zhonghua Book Company. ［清］阮元．十三经注疏，北京：中华书局影印，1980.

[104] Sima Qian (Han Dynasty). 1997. *Shi Ji*. Shanghai: Shanghai Ancient Books Publishing House.［汉］司马迁．史记．上海：上海古籍出版社，1997.

[105] Zhu Junsheng.1995—1999. *Shuo Wen Tong Xun Ding Sheng*. Shanghai: Shanghai Ancient Books Publishing House. 朱骏声．说文通训定声．上海：上海古籍出版社，1995.

[106] Zhou Jixu. The Rise of Agricultural Civilization in China, University of Pennsylvania, USA, *Sino—Platonic Papers*, No. 175, December, 2006.

[107] Julie.L. Wei. Book Reviews XII, Pennsylvania, *Sino—Platonic Papers*, No. 166, November, 2005.

[108] Eric Partridge. 1966. *Origins: A Short Etymological Dictionary of Modern English* (4th ed.) London: Routlegde& Kegan Paul Ltd.

[109] Legge, James. 1969. *The Chinese Classics* (*in five volumes, the She King, the Shoo King*)(2nd ed.). Taibei: Jinxueshuju.

[110] Waley, Arthur. 1952. *The Book of Songs*. Translated from the Chinese, with General Notes (1937, 2nd ed. 1952). Suppl. Containing Textual Notes (1st ed. 1937). London: Allen and Unwin.

[111] Lau, D. C., trans. 1982. *Tao Te Ching*. Hong Kong: Chinese University Press.

[112] Stavrianos, L. S. 2005. *A Global History: From Prehistory to the 21st Century* (7th ed.). English—Chinese by Dong Shuhui et al. Beijing: Peking University Press.

[113] Waley, Arthur,trans. 1997. *Tao Te Ching*. UK: Wordsworth Edition Ltd.

[114] Zhou Jixu. 2002. *New Understanding of "Great Harmony"*. Journal of Southwest University for Nationalities, No.10.; Zhou Jixu. 2003. *Collected Papers on Historical Linguistics*. Chengdu: Bashu Press.

[115] Zhou Jixu.2008. *On the Shared Origin of the Rong and Han* (*Xia*) *Nationalities*, Chinese Culture Research, No. 3, pp. 123—132.

[116] Fan Ye (Southern Dynasties).1965. *Houhanshu* (*Book of Later Han*). Beijing: Zhonghua Book Company.

[117] Sima Qian (West Han Dynasty).1961. *Shiji* (*Records of History*). Beijing: Zhonghua Book Company.
[118] Ban Gu (East Han Dynasty).1961. *Hanshu* (*Book of Han*). Beijing: Zhonghua Book Company.
[119] The expert group of Chronology Project of Xia, Shang and Zhou Dynasty. *A Staged Report on Chronology Project of Xia, Shang and Zhou Dynasty (1996—2000)*. Beijing: World Publishing Corporation, 2000.

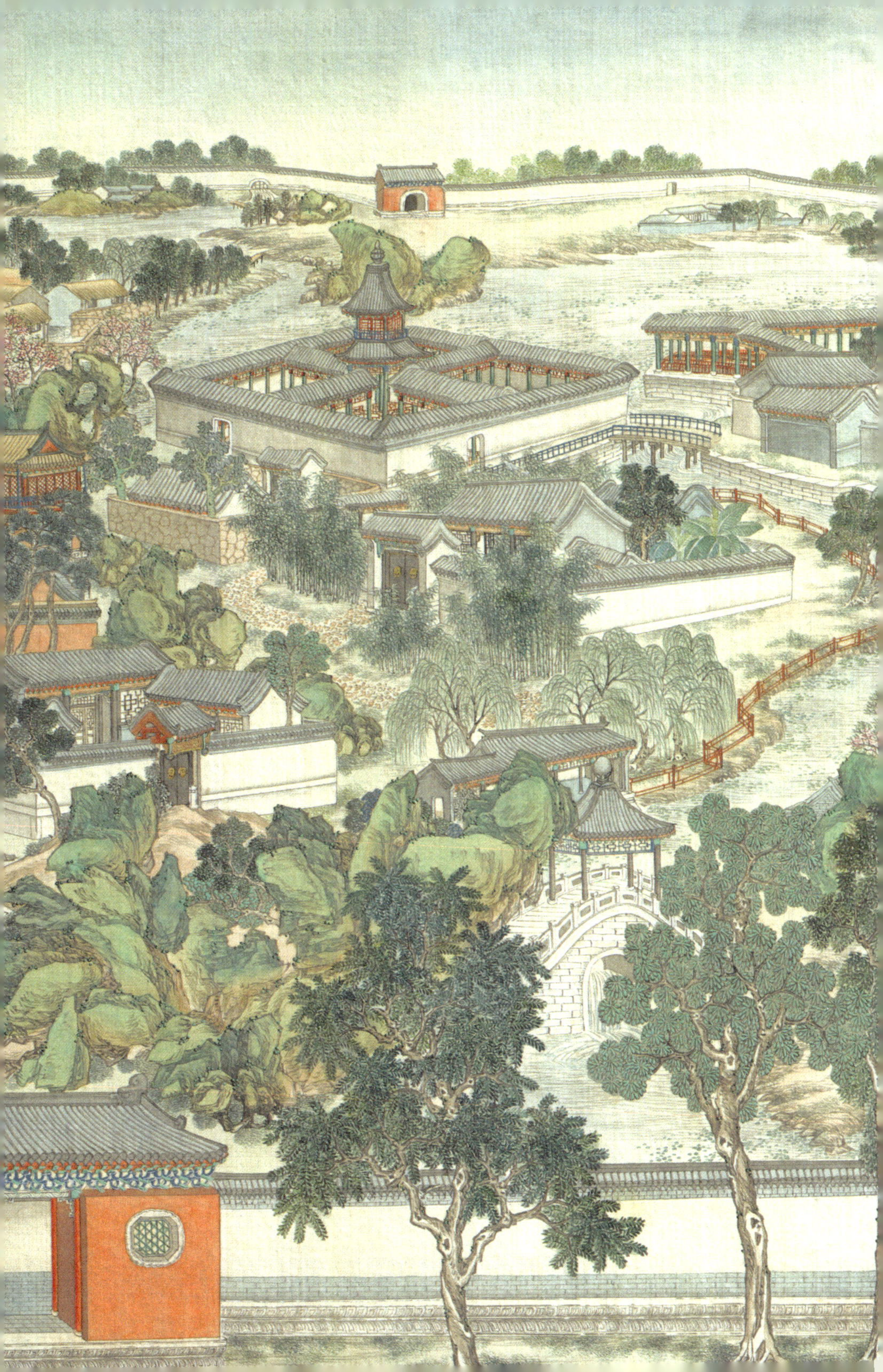

蔚为大观：“红楼梦赋”的文学图景

王思豪 著

商务印书馆

国家社会科学基金重大项目"辞赋艺术文献整理与研究"
（17ZDA249）
澳门大学项目"'红楼梦赋'文献整理与研究"
（MYRG2022-00002-FAH）

序

许 结

大人仙赋,汉武帝凌云之慨;红楼异梦,脂砚斋探佚之评。然则红楼梦赋,情事互文,辞赋小说,凝然合体,乃天下之妙文奇趣也哉!

余昔曾说梦曰:孔圣梦周公,礼制之梦也;庄叟梦蝴蝶,自然之梦也;临川梦坠生死,情挚之梦也;南柯梦醒黄粱,惑妄之梦也。其梦皆幻,至理存焉。至于红楼一梦,千红一窟,万象同悲,余仅付之闲览,未敢窥其阃奥。

余昔曾治赋曰:观其史,盛于汉魏,艳于六朝,规矩唐宋,变于元明,承绪明清,恺泽旁流,千载传响。品其志,或宫廷献章,或山水游心,或宴集酬志,或翰林馆试,或书院课业,乃体国以经野,亦随物而赋形。赏其文,或清音吐属,自然深其性情;或腻旨艳调,风花粲其齿颊。懿乎群玉之府,经纬胪列,元音钜制,接轸充箱,美不胜收矣。至于红楼中赋,惟惊叹警幻之仙灵,未尝考献以征文。

夷考梦赋:王文考肇其端,嗟乎梦中声怒,膈臆纷纭,挥手振拳,雷发电舒。既赞齐桓梦物以霸,又叹武丁夜感得贤,假神怪以参人文。释真观继为篇,噫嘻非生非灭,非色非心,浩如沧海,郁似郑林,于寄幻而悟真谛。他者游仙、游山、游春,梦觐、梦归、梦友，亦假托语象，乃梦幻浮沤。至于赋倡红楼，余有所闻，然未勘其实也。

学棣思豪，客居南澳，设绛帐以论学，多撰述且有方。近作"红楼梦赋"，整理文献，造化经典，钜制宏篇，将付梓以索序。余观之，且叹之，渠夜梦仙姑，觉而成文，以下笔千言倚马可待之才，辨章学术考镜源流之志，得商量旧学培养新知之实。观夫滴翠亭扑蝶，太虚境梦游，栊翠庵品茶，稻香村课子，怡红院夜宴，潇湘馆听琴，赋得星晚露初，晴朝雨夕，令人太息，令人神驰；海棠结诗社，黛玉葬花吟，醉眠芍药茵，病补孔雀裘，赋得莺花丛里，螺黛天边，令人如痴，令人如醉。赋耶？梦耶？余未得其朕焉。然则桐城姚惜抱先生云：义理、考证、文章，三者苟善用之，则皆足以相济。思豪得之矣，是书得之矣！

癸卯春二月廿七日携隆曦孙游海底世界晚归草于金陵赋心斋

目 录

绪 论 "红楼梦赋"的文学形态及其研究反思 1
    一、《红楼梦》中赋的存在形态及其研究 2
    二、《红楼梦赋》作者、版本及其价值研究 9
    三、"红楼梦赋"研究存在的问题及反思 13

上 编 "红楼梦赋"文学形态研究

第一章 参体同构：关于《红楼梦》中赋与赋写《红楼梦》问题 21
    第一节 正统之外：《红楼梦》中的赋与赋论 22
    第二节 曲终奏雅："七体"结构与《红楼梦》第五回叙事层级 29
    第三节 情事互文：赋写《红楼梦》的结构模式 35
    第四节 同构之内：作为互参的"赋法" 42

第二章 骚·诔·赋：《芙蓉女儿诔》的文体学演进理路 49
    第一节 师楚：《芙蓉诔》用"骚"辞考辨 50
    第二节 杜撰：《芙蓉诔》文的"违体"书写 55

第三节　仿写：文赋之间的"参体"问题................60

第三章　造化经典：数种"红楼梦赋"的作者及版本考述............68
　　第一节　沈谦与《红楼梦赋》的版本................68
　　第二节　诸篇"咏《红》赋"考论................78
　　第三节　两种存目《红楼梦赋》考索................85

第四章　星洲藏珍：新加坡早期中文报载"红楼梦赋"考论............90
　　第一节　"红楼梦回目赋"形式考................91
　　第二节　"红楼梦回目赋"本事与作者考................98
　　第三节　《叻报》所载《拟〈石头记〉怡红公子祭潇湘妃子文并序》再考................103
　　第四节　《天南新报》《石叻总汇新报》所载两篇赋体祭文考................108

第五章　闺阁与礼闱：盛昱《红楼梦赋图册》的两个批评视角...114
　　第一节　同治十二年：盛昱抄绘《红楼梦赋图册》的时间选择................115
　　第二节　闺阁昭传：从"大观园"到"意园"................121
　　第三节　礼闱移情：盛衰更迭与稻香村课子之思................128

第六章　从"红楼梦赋叙"到"曹雪芹赋序"
　　——端木蕻良先生改写何镛《红楼梦赋叙》考论............136
　　第一节　何镛与《红楼梦赋叙》................136
　　第二节　两篇《红楼梦赋叙》文字比对与分析................138

第三节　"红楼内史"是谁？ ………………………………144
　　第四节　杜撰"曹雪芹赋序" …………………………………146

第七章　诗赋与骚赋：《红楼梦》承载的两个文学传统 …………151
　　第一节　赋法超越：复归六义之"赋" ………………………152
　　第二节　赋构新变：时时劝讽 …………………………………157
　　第三节　化用名物：承接骚赋传统的物质载体 ………………161
　　第四节　书写情痴：承接骚赋传统的义理之源 ………………164

下编　"红楼梦赋"文献整理

凡　例 ……………………………………………………………………171
第一章　《红楼梦》中赋汇校会评 ……………………………………173
第二章　《红楼梦》续书中赋汇校会评 ………………………………208
第三章　沈谦《红楼梦赋》汇校集注会评 …………………………238
第四章　《红楼梦回目赋》汇校会评 …………………………………336
第五章　其他"咏《红》赋"汇校会评 ………………………………345

参考文献 …………………………………………………………………374
后　记 ……………………………………………………………………387

附　《红楼梦赋图册》

绪　论

"红楼梦赋"的文学形态及其研究反思

赋是中国所独有的一种文学体式,在西方文类系统中难寻匹配,诚如美国学者康达维(David R. Knechtges)形象地说:"若把'赋'一词和中国原产的一种植物——石楠花相比的话,我觉得这是个十分近似的比喻。"①究赋之兴起,多与"情事"相关,清人刘熙载《艺概·赋概》说:"赋起于情事杂沓,诗不能驭,故为赋以铺陈之。斯于千态万状,层见迭出者,吐无不畅,畅无或竭。"②赋起于杂沓的"情事",故钱锺书先生有"赋似小说"③之论。"文备众体"是中国古代小说独有的特征,因此,赋与小说这两个"独有"文类体征的结合成为一个极具中国文学特色的文化现象。至中国古典小说的巅峰之作、"真正的'文备众体'"④小说《红楼梦》出现,赋与小说的统合也随之形成相互映照的结合体,《红楼梦》中赋与赋写《红楼梦》完美呈现在中国的文学史上,成为一个很有意义且值得关注的文学研究对象,我们称之为"红楼梦赋"模式⑤。"红楼

---

① 〔美〕康达维:《论赋体的源流》,《文史哲》1988年第1期。
② 刘熙载:《艺概》,上海古籍出版社1978年版,第86页。
③ 参见钱锺书:《管锥编》第3册,生活·读书·新知三联书店2007年版,第1573页。
④ 蔡义江:《红楼梦诗词曲赋鉴赏》,中华书局2001年版,第1页。
⑤ 按:笔者曾撰《"赋—说同构"的文学传统》(载《光明日报》2018年5月14日《文学遗产》版)一文,以《红楼梦》等经典小说为例,指出古代辞赋与小说存在"文体同构"模式,具体是指二者在文体源流、题材选择、主旨意趣、组织结构、批评取向等方面存在相互渗透、融通、适应以及改造,甚至因赋予彼此新的结构性力量而发育出新的文本的文学现象。

梦赋"是指小说《红楼梦》及其续书中的辞赋文学作品，和以《红楼梦》故事、场景等为母题而由辞赋家创作的《红楼梦赋》作品。围绕《红楼梦》这部小说所展开的"红楼梦赋"创作与批评，自小说产生之始，就伴随着小说的评点、题咏而出现，且因赋体文学作品内涵的丰富性，"红楼梦赋"有着"红楼梦诗词"所没有的、更加独特的文学内涵。

一、《红楼梦》中赋的存在形态及其研究

《红楼梦》中的赋，主要以三种形态存在。第一种是直接命名为"赋"者。如第五回中直接名"赋"的《警幻仙赋》（简称"《警赋》"），存赋文；又如第十七、十八回，作者在抒发"说不尽这太平气象，富贵风流"之后谓："此时自己回想当初在大荒山中，青埂峰下，那等凄凉寂寞；若不亏癞僧跛道二人携来到此，又安能得这般世面。本欲作一篇《灯月赋》《省亲颂》，以志今日之事，但又恐入了别书的俗套。按此时之景，即作一赋一赞也不能形容得尽其妙；即不作赋赞，其豪华富丽，观者诸公亦可想而知矣。所以倒是省了这工夫纸墨，且说正经为是。"[①] 这是一篇未作的《灯月赋》。学界对《警赋》关注颇多，主要有四个方面的讨论。一是认为其取意于曹植《洛神赋》。冯其庸先生谓此赋"一篇六朝小赋，可作《洛神赋》读"[②]。蔡义江先生也认为"此赋从《洛神赋》中取意的地方

---

① 曹雪芹著，俞平伯、王惜时校订：《红楼梦》，香港中华书局2006年版，第173页。
② 冯其庸重校评批：《瓜饭楼重校评批红楼梦》，辽宁人民出版社2005年版，第74页。

甚多"①，不过蔡先生又指出《警赋》"原有暗示的性质，非只是效颦古人而滥用俗套"，是"让读者从贾宝玉所梦见的警幻仙姑形象，联想到曹子建所梦见的洛神形象"②。端木蕻良先生在《从〈警幻仙姑赋〉说到〈洛神赋〉》一文中更直接说"洛神人格化以后，《洛神赋》也就成为《感甄赋》了。这正符合曹植的心理状态。或者说，是曹植潜意识的表露"，《警赋》"同时可以看作是对那位引来的仙姬写的《仙姬赋》。而这位仙姬被人格化了以后，不也正是秦可卿吗？"③二是认为《警赋》不是一篇"赞赋闲文"，而是有着特殊的审美意蕴和悲剧意蕴，肯定其在小说中的作用。俞晓红先生详析《警赋》的审美意蕴，认为"连结起梦游（太虚幻境）、神交（警幻仙姑）、情合（可卿仙子）诸情节的《警幻赋》，其审美意蕴要丰富深刻得多"，"警幻形象的审美内涵，决定了《警幻赋》的意义远非'陈套'二字所能阐释"。④姜维枫先生进一步指出："《警幻仙姑赋》就是现实而浪漫的小说家曹雪芹怀着一种'兼美'的理想寻找的诗意栖居。"⑤冷卫国等先生认为此赋"紧紧地扣住了悲剧主题，饱含着作者的'一把辛酸泪'，暗示了结局的'千红一哭，万艳同悲'"，具有"夹杂着作者人生理想幻灭的悲痛，承袭着屈原等人悲壮怨愤的文化品格"。⑥三是由此讨论《警赋》在中国赋学史上的地

---

① 蔡义江：《红楼梦诗词曲赋全解》，复旦大学出版社2008年版，第22页。
② 蔡义江：《红楼梦诗词曲赋鉴赏》，第4—5页。
③ 端木蕻良著，徐学鹏编：《端木蕻良细说红楼梦》，作家出版社2006年版，第189—190页。
④ 俞晓红：《问渠哪得清如许——漫谈曹雪芹的审美观念兼及〈警幻仙姑赋〉的审美意蕴》，《红楼梦学刊》1992年第2辑。
⑤ 姜维枫：《〈警幻仙姑赋〉：曹雪芹审美理想的诗意传达——兼论曹雪芹理想世界的建构与毁灭》，《红楼梦学刊》2011年第2辑。
⑥ 冷卫国、许洪波：《〈警幻仙姑赋〉的深层意蕴及曹雪芹的"师楚"情结》，《东方论坛》2012年第2期。

位以及曹雪芹的赋学观。姜子龙先生认为"曹雪芹《警幻仙姑赋》不仅单纯地建构了《红楼梦》的小说情节，而且蕴含着深刻的赋学意义"，在清代赋学史上，曹雪芹的"赋学理念归结为在'师楚'基础上'融古合今'"。① 李光先先生对《警赋》的文体特征进行分析，指出："曹雪芹的《警幻仙姑赋》在体裁、题材、艺术手法方面达到了较高的艺术水准。"② 四是《警赋》的英译研究。《红楼梦》目前通行的两个比较优秀的译本是杨宪益、戴乃迭夫妇的 *A Dream of Red Mansions* 和大卫·霍克斯的 *The Story of the Stone*，严苡丹先生就《红楼梦》这两个英译本中对《警赋》一文的翻译进行对比分析，认为"就这篇赋文的翻译而言，霍译还是略胜一筹"③；胡筱颖先生通过对《警赋》的两个代表性英译本进行计算机辅助下的定量方法分析，认为"霍克斯较好地还原了原文的古雅风格，多采用归化策略，译文丰富的词汇彰显了译者的母语优势；杨宪益则更多采用异化策略，以期最大程度保留原文的文化特征"④；刘婧先生在这两个通行译本之外，又增加对英国邦斯尔（Bonsall）神父译文的考察，从社会符号学的角度分析译者对译文的处理，认为"赋中蕴含的语音、词汇、句法层面构成的言内意义通过三位译者的妙笔得以体现"⑤。

第二种形态是类赋之文，或者叫"赋体文"。这类作品有三

---

① 姜子龙：《论〈警幻仙姑赋〉的赋学涵义——兼论曹雪芹的赋体创作倾向》，《沈阳师范大学学报》2008年第2期。
② 李光先：《〈警幻仙姑赋〉文体特征研究》，《曹雪芹研究》2017年第2期。
③ 严苡丹：《赋体文学英译探微——从〈警幻仙姑赋〉的两种英译比较谈起》，《河南师范大学学报》2011年第2期。
④ 胡筱颖：《计算机辅助下的〈警幻仙姑赋〉英译研究》，《四川师范大学学报》2013年第3期。
⑤ 刘婧：《〈警幻仙姑赋〉英译的社会符号学阐释》，《外国语文》2018年第1期。

篇,如第一回中的《好了歌注》、第二十一回中的《续〈庄子·胠箧〉文》。许结先生就指出:"《红楼梦》中尚有多篇赋体文。如第一回甄士隐对《好了歌》的解说之词;第二十一回贾宝玉续写《南华经》外篇《胠箧》一段文字,或骈或散,实为短篇哲理小赋。"[1]关于《好了歌注》的研究主要集中在三个方面。一是关于哲理内涵的探讨。牟宗三先生在《红楼梦悲剧之演成》一文中认为:"这一首注解,便是说明万事无常。……所以最后的解脱便是佛教的思想。"[2]对此,周汝昌先生提出质疑:《红楼梦》果真是佛教的思想?"整部《红楼梦》,是为了使闺中人'传照',是为了不致使之'一并泯灭'——怎么能说他是为宣扬'色空观念'?谬之甚矣。是故,我提出了一个'红楼非梦'的命题。理念即基于上述体认领会。雪芹所'历',太真太实了,何'空'何'梦'之有?"[3]否认其哲理内涵是佛教思想。二是关于其与小说情节建构及人物命运的研究。蔡义江先生认为"《好了歌注》中所说的种种荣枯悲欢,是有小说的具体情节为依据的"[4];李希凡先生指出"《红楼梦》开篇第一回,通过跛足道人的《好了歌》,特别是甄士隐的《好了歌注》,形象地概括了在一代王朝变幻莫测的政治风云的瞬息惨变中,'赫赫扬扬,已将百载'的荣宁贵族,家运衰微以至最后'树倒猢狲散'的败落结局"[5]。三是关于其翻译的研究。德译研究有华少庠《论〈红楼梦〉德文全译本"好了歌注"的翻译策略》(《明清小说研究》2011年第3期),日译研究有赵秀娟《试析伊藤漱平〈红楼梦〉日译本

---

[1] 郭维森、许结:《中国辞赋发展史》,江苏教育出版社1996年版,第823页。
[2] 侯敏主编:《现代新儒家文论点评》,暨南大学出版社2016年版,第125页。
[3] 周汝昌:《红楼夺目红》,作家出版社2003年版,第296页。
[4] 蔡义江:《红楼梦诗词曲赋鉴赏》,第18页。
[5] 李希凡:《〈红楼梦〉人物论》,文化艺术出版社2006年版,第47—51页。

中"好了歌"及"好了歌注"的翻译》(《红楼梦学刊》2011年第6期),英译研究有胡安江与胡晨飞《"整合适应选择度"与译本的接受效度研究——以〈好了歌注〉的两个英译本为例》(《外国语文》2013年第6期)等。关于《续〈庄子·胠箧〉文》的研究,主要集中在其哲理内涵的探讨上,陶白先生认为"曹雪芹与庄子思想是相通的"①,蔡义江先生也认为宝玉是"从庄子思想中去寻求解脱"②。

此外,第七十八回中的《芙蓉女儿诔》,即是一篇出色的赋体文。"黄小田批云:'词极哀艳,情极缠绵,可称作赋才。'《芙蓉女儿诔》是全书诗词歌赋之冠冕。"③关于《芙蓉女儿诔》的探讨,学界主要集中在三个方面。一是文体学层面分析,认为《芙蓉女儿诔》仿屈原赋而作。王人恩先生认为"《芙蓉女儿诔》是最能表现出曹雪芹'师楚'、向楚辞的思想和艺术汲取养料的典型例证……作者融骈、骚、诗、赋于一体,驰骋丰富的想象和大胆的夸张,驱遣神话和传说,创作出了前序后歌、面貌一新、文采飞扬、构思绝妙的诔文",是"招魂式的骚体楚歌"。④二是主题意蕴及与小说情节的关系研究。蔡义江先生指出这篇赋文引"楚人"作品且在文字上借鉴《离骚》的美人香草,都有曹雪芹的政治目的,"是作者发挥文学才能最充分,表明政治态度最明显的一篇"⑤。张云先生同意此说,认为"为了悼念十六岁的晴雯,让十几岁的宝玉写的《芙蓉

---

① 陶白:《曹雪芹与庄子》,《红楼梦学刊》1981年第2辑。
② 蔡义江:《红楼梦诗词曲赋鉴赏》,第153页。
③ 曹雪芹原著,程伟元、高鹗整理,张俊、沈治钧评批:《新批校注红楼梦》,商务印书馆2013年版,第1435页。
④ 王人恩:《〈离骚〉未尽灵均恨,更有情痴抱根长——试论〈红楼梦〉与屈原赋》,《红楼梦学刊》2000年第3辑。
⑤ 蔡义江:《红楼梦诗词曲赋鉴赏》,第390页。

诔》，竟然用上了贾谊、鲧、石崇、嵇康、吕安等在政治斗争中遭祸的人物典故，曹雪芹明显有其特别的用意"①。三是翻译学研究。朱天发先生以邦斯尔、霍克斯、杨宪益三种英译本，从词汇、句子、篇章三个层面进行对比分析。②

第三种形态是一些隐秘的"赋法"。如第三回林黛玉进荣国府，见到三个姊妹，其中写探春"削肩细腰，长挑身材，鸭蛋脸面，俊眼修眉，顾盼神飞，文彩精华，见之忘俗"，脂砚斋甲戌本侧评曰："《洛神赋》中云'肩若削成'是也。"③第五回宝玉初至幻境，写到"但见朱栏白石，绿树清溪，真是人迹希逢，飞尘不到"，脂砚斋评此段小文为"一篇《蓬莱赋》"④。又宝、黛初会，写宝玉是"头上戴着束发嵌宝紫金冠，齐眉勒着二龙抢珠金抹额；穿一件二色金百蝶穿花大红箭袖，束着五彩丝攒花结长穗宫绦；外罩石青起花八团倭缎排穗褂；登着青缎粉底小朝靴。面若中秋之月，色如春晓之花，鬓若刀裁，眉如墨画，面如桃瓣，目若秋波。虽怒时而若笑，即瞋视而有情"；写黛玉"两弯似蹙非蹙罥烟眉，一双似泣非泣含露目。态生两靥之愁，娇袭一身之病。泪光点点，娇喘微微。闲静时，如姣花照水；行动处，似弱柳扶风。心较比干多一窍，病如西子胜三分"。甲戌本脂砚斋侧批："此十句定评，直抵一赋。"张爱玲评曰："因此宝黛初见面的时候一个才六七岁，一个五六岁，而在赋体描写中都是十几岁的人的状貌——早本遗迹。"⑤在张爱玲看来，《红楼梦》中对宝、黛外貌的描写运用了赋法。第十一回王熙凤观会芳

---

① 张云：《〈芙蓉女儿诔〉的文章学解读》，《红楼梦学刊》2008年第1辑。
② 朱天发：《〈芙蓉女儿诔〉英译本比较研究》，《海外英语》2019年第5期。
③ 朱一玄编：《红楼梦脂评校录》，齐鲁书社1986年版，第46页。
④ 朱一玄编：《红楼梦脂评校录》，第91页。
⑤ 张爱玲：《红楼梦魇》，上海古籍出版社1995年版，第148页。

园景物写道:"黄花满地,白柳横坡。小桥通若耶之溪,曲径接天台之路。石中清流激湍,篱落飘香;树头红叶翩翩,疏林如画。西风乍紧,初罢莺啼;暖日当暄,又添蛩语。遥望东南,建几处依山之榭;纵观西北,结三间临水之轩。笙簧盈耳。别有幽情;罗绮穿林,倍添韵致。"俞平伯评曰:"《红楼梦》有些特异的写法:如第五回赞警幻有一小赋,第十回(按:当是第十一回)写会芳园景物,亦有一节小赋。"[1]张爱玲也有评云:"第十一回贾敬生日,……可见贾敬寿辰凤姐遇贾瑞,是此回原有的,包括那篇秋景赋,不过添写席上问秦氏病情与凤姐宝玉探病。"[2]小说中不时运用赋法营造出"赋境",以此启迪作家"寻声察影",以赋写小说,王辉民先生就指出:"第十一回的《赞会芳园》是一篇骈赋,描写的虽是景物,但在情节安排(王熙凤设毒计害死贾瑞的丑事)上也有反衬作用,所谓'天台之路'、'别有幽情',只不过是淫秽之径、浪荡之情的遮丑布罢了。"[3]甚至更有人认为《红楼梦》的叙事在外在风格和内在理路上都与汉赋暗合,甄洪永先生在《〈红楼梦〉的赋学叙事》一文中指出"《红楼梦》第一回颇类汉赋之序","汉赋之铺张扬厉与《红楼梦》要写尽'瞬息繁华'则是两者沟通之前提","《红楼梦》建构了一个由历史、文学、哲学、宗教组成的立体空间,并具有同汉赋一样的虚实相生的风格"。[4]

---

[1] 俞平伯:《红楼梦辨》,人民文学出版社2006年版,第217页。
[2] 张爱玲:《红楼梦魇》,第118页。
[3] 王辉民:《〈红楼梦〉诗词曲赋暗示手法蠡测》,《海南大学学报》1989年第3期。
[4] 甄洪永:《〈红楼梦〉的赋学叙事》,《红楼梦学刊》2013年第4辑。

二、《红楼梦赋》作者、版本及其价值研究

《红楼梦》中有赋,在《红楼梦》之外,后世又有运用赋体来题咏小说的《红楼梦赋》出现,并成为"红学"的一个重要研究对象。日本学者盐谷温很早就注意到:"《红楼梦》的续编甚多:如《红楼梦补》《红楼后梦》《红楼续梦》等,此外又有《红楼梦赋》《红楼梦诗》《红楼梦词》《红楼梦论赞》《红楼梦谱》《红楼梦图咏》《红楼梦散套》《红楼梦传奇》等等,把这等搜集拢来就能很出色地成立了一种《红楼梦》文学,中国人呼此为'红学'。"[①] 这里的《红楼梦赋》应该指的就是清代沈谦的《红楼梦赋》。民国学者对《红楼梦赋》的价值也有比较高的评价,范烟桥在他的《中国小说史》中指出:"更有以《红楼梦》中人物事实衍为趣文者,如《石头记评花》、卢半骆之《竹枝词》、沈青谦(青士)之《红楼梦赋》,或制为灯谜,或举为酒令,影响于中国智识阶级者甚大。"[②] 之后,阿英《红楼梦书录》著录沈谦《红楼梦赋》曰:"光绪二年(1876)刊。后附周绮《红楼梦题词》。姚梅伯《红楼梦类索》评为'辞笔平妥'。《香艳丛书》第十四集并收此袟,惟删去旁批。首何铺序,末自跋。据何叙,道、咸间已有初刻。赋后有余霞轩等十二人分篇评语。"[③] 并附录跋和篇目。一粟《红楼梦书录》对《红楼梦赋》的版本著录更为详细,除了重点介绍道光二年(1822)绿香红

---

① 〔日〕盐谷温著,孙俍工译:《中国文学概论讲话》,开明书店1930年第3版,第484页。
② 范烟桥:《中国小说史》,苏州秋叶社1927年版,第196页。
③ 阿英:《小说闲谈四种》,上海古籍出版社1985年版,第45—46页。

影书巢刊本,另列举"又有何铺重刻本,《红楼梦评赞》本,王小松重刻本(见西园主人《红楼梦本事诗》自序),《香艳丛书》十四集(卷二)本,《红楼梦丛刊》本,《红楼梦附集十二种》本",并对沈谦的生平加以介绍,谓"沈谦,字青士,改名锡庚,萧山人,诸生"。①

随着红学与赋学研究的隆兴,《红楼梦赋》受到学界广泛关注。潘务正先生撰文《沈谦〈红楼梦赋〉考论》,首次对《红楼梦赋》的作者及版本进行考证,并深入发掘《红楼梦赋》的文化意蕴,指出:"沈谦《红楼梦赋》是嘉道之际题咏《红楼梦》中别具一格的作品。作者在科举失意、穷困潦倒时借阅小说,写下这组律赋,展示了对小说虚构性、色空观的理解,流露出赞赏、同情小说中的青年女性的倾向。以律赋写小说,体现了推崇俗文学和嘲讽经世致用的意趣,与当时以'红学'调侃经学的思潮相一致,是一种极富意味的写作方式。"②关于沈谦的生平,赵春辉先生据新见道光十年(1830)、十一年《缙绅全书》和光绪十九年(1893)《萧山长巷沈氏宗谱》有关沈谦史料,详细考证出沈谦的生平、家世及仕宦等事迹,并论及《红楼梦赋》的文论价值"在于开创了红学史上以赋体形式创作系列论文评价《红楼梦》的先河,并且一改以往以人物形象为中心的评价模式,创造了以场景、典型事件为中心的评价方式"③。王雨容先生认为沈谦《红楼梦赋》存在"寄托论",认为其"对《红楼梦》中典型场景和事件进行描绘铺陈、写恨乌丝、借

---

① 一粟编著:《红楼梦书录》(增订本),上海古籍出版社1981年版,第265—266页。
② 潘务正:《沈谦〈红楼梦赋〉考论》,《厦门教育学院学报》2011年第4期。
③ 赵春辉:《〈红楼梦赋〉作者沈谦新考》,《红楼梦学刊》2014年第6辑。

题发挥、藉吐块垒,勾勒了自身的人生轨迹、抒发了自己的人生感悟",并将其归纳为碧窗苦读、修养才情、寓居思乡、落魄失意四个方面。①

除沈谦《红楼梦赋》以外,还有其他题咏《红楼梦》的赋作,如柴小梵《梵天庐丛录》有谓:"《红楼词》,予所见者,都有十六种,俱皆藻思轶群,绮芬溢楮。其他如王雪香之《评赞》,卢半溪之《竹枝词》,绿君女史之七律,冯庚堂之律赋,杨梅村之时文,封吉士之南曲,愿为明镜室主人之《杂记》,无不借题发挥,情文交至。而尤以沈青士之《赋》二十篇,为独有见地。"②据此,一粟《红楼梦书录》著录云:"《红楼梦律赋》,冯庚堂撰,见《梵天庐丛录》卷二十六。"③冯庚堂《红楼梦律赋》,是一组赋还是一篇赋,今已不可知。一粟《红楼梦书录》还著录有"《红楼文库》,朱作霖撰,载《贾宝玉神游太虚境赋》《为贾宝玉祭林黛玉文》";"《红楼梦偶题》,林起贞撰,载《红楼诗借弁首》。赋一篇";"《吊潇湘妃子文》,许憩亭撰,《红楼杂著》本",并录莞公序谓:"《石头记》一书,洋洋洒洒,浓写淡描,靡一不佳,于小说界叹观止矣。说者谓是大手笔,绝妙好词,可与《史》《汉》并传不朽,亦非过誉也。其中黛玉死后,宝玉并未为文吊之,试一设想,着墨固甚难也。故作芙蓉神诔,借晴雯为影子,如此烘托,庶不落寞,正作者之避难就巧处也。更有一说,凡人至欲哭无泪,欲号无声,此其哀痛始可称极,若潘岳之犹能赋悼亡者尚其次也。此论亦不可磨。许憩亭先生有《吊潇湘妃子文》一篇,虽非此中人语,然概括言之,透宛潇

---

① 王雨容:《沈谦〈红楼梦赋〉之寄托论》,《凯里学院学报》2017年第1期。
② 柴小梵:《梵天庐丛录》,故宫出版社2013年版,第786页。
③ 一粟编著:《红楼梦书录》(增订本),第296页。

洒，颇有可观。"①关于林起贞的《红楼梦赋》，据郑丽生《闽人〈红楼梦〉书录》著录："《红楼梦偶题》。闽县林起贞撰。清光绪间福州刊本。载《红楼梦诗借弁首》，及《红楼梦赋》一篇，作于咸丰十年。起贞别有《一茎草堂诗钞》四卷，民国初福州铅印本。"②

近年来，笔者对题《红》赋广加搜集，除沈谦《红楼梦赋》20篇、冯庚堂《红楼梦律赋》、林起贞《红楼梦赋》、朱作霖《贾宝玉神游太虚境赋》《为贾宝玉祭林黛玉文》、许憩亭《吊潇湘妃子文》以外，还搜集到程芙亭题《红》赋2篇（《贾宝玉祭芙蓉女儿赋》《林黛玉葬花赋》）、顾影生《林黛玉焚稿断痴情赋》以及其他诸篇《葬花赋》《林黛玉赋》等，共十种30余篇，并对这些赋作的作者及版本详加考察，撰写《造化经典：数种"红楼梦赋"的作者及版本考述》一文。其中沈谦《红楼梦赋》就有22种版本流传，被日本、美国、英国、爱尔兰等地图书馆、博物馆珍藏，可见其影响深广。笔者在对这十余种"红楼梦赋"版本考察后，指出"赋作为'宇宙间一大文'，既长于铺陈，又兼有叙事之功能，且博于才学，通于人事，《红楼梦》在传播过程中，与'红楼梦赋'形成相互造作之势，在'情事'互文中成就了彼此的经典地位"③。沈谦《红楼梦赋》有一个重要版本：同治十二年（1873）彩绘本，即盛昱抄写绘制的《红楼梦赋图册》，近来也得到学界关注。方弘毅与王丹先生考察《红楼梦》《红楼梦赋》及《〈红楼梦赋〉图册》三者间的相互衍生关系，"从阐释《红楼梦赋》及《〈红楼梦赋〉图册》对原著

---

① 一粟编著：《红楼梦书录》（增订本），第168、171、190页。
② 郑丽生撰著，福建省文史研究馆编：《郑丽生文史丛稿》，海风出版社2009年版，第198页。
③ 王思豪：《造化经典：数种"红楼梦赋"的作者及版本考述》，《明清小说研究》2021年第3期。

批评题咏与图像生成中产生的本义性揭示，以及独立性话语重构机制入手，呈现此三者所蕴含的《红楼梦》生产性传播伏脉"①。笔者从文学文化学角度对《红楼梦赋图册》进行研究，认为《红楼梦赋图册》是由《红楼梦》小说"元典"到题咏之作沈谦《红楼梦赋》，再到由赋之"语象"而形成的、异于直接从小说文本衍生而出的"图像"之作，正是因为这种独有的特性，使得"赋的渗入而使小说与图像产生距离感，这便在从'语象'到'图像'的演变过程中被赋予'闺阁昭传'与'移情'礼闱的文化内涵，实现由'我注红楼'到'红楼注我'的转化"②。

三、"红楼梦赋"研究存在的问题及反思

自20世纪初以来，对《红楼梦》中赋和题咏《红楼梦》的赋作的研究，以及由此而展开的对辞赋与小说这两种文体之间的渊源、结构形态及其相互渗透等关系，进行了或宏观或微观的探索，为后续研究提供了基础研究的文献和新的研究思路、方法。总体看来，关于这些问题的研究是客观且有说服力、有价值的，但在此基础上，也引起了一些新的问题需要我们去深入反思。

一是关于《红楼梦》中赋的文献，没有加以集中梳理和综合研究。通过全面系统梳理《红楼梦》的诸多版本，汇辑出小说中的

---

① 方弘毅、王丹：《观图释义：〈红楼梦赋〉与〈红楼梦赋图册〉的生产性传播》，《红楼梦学刊》2020年第3辑。
② 王思豪：《闺阁与礼闱：盛昱〈红楼梦赋图册〉的两个批评视角》，《民族文学研究》2020年第4期。

辞赋作品：以赋名篇者1篇、存目赋作1篇、类赋（赋法）之文11篇，共计13篇。学界目前对这13篇赋作的研究，还多停留在鉴赏分析的层面，我们认为需要对不同版本中的这些作品文字进行系统的校勘，汇集历代评论文献，并对辞赋作品进行详细注解，成《〈红楼梦〉中赋汇校会评》；并在此基础上，对这些赋体作品的文学价值、文体突破以及与小说情节的关联进行深入研究。另外，《红楼梦》中还有不少赋论文字，从中可以看出作者的赋学观念和文体学思想。据此，我们可以综合讨论《红楼梦》中的赋作与赋学思想，评定其在清代赋学史上的独特意义和价值。

二是关于《红楼梦》续书中的赋，一直没有得到学术界的关注。关于《红楼梦》续书的研究，成果较多，以赵建忠《红楼梦续书研究》（天津古籍出版社1997年版）、林依璇《无才可补天：红楼梦续书研究》（台湾文津出版社1999年版）、张云《谁能炼石补苍天——清代〈红楼梦〉续书研究》、赵建忠《红楼梦续书考辨》（百花文艺出版社2019年版）等为代表。据赵建忠先生的最新统计，至2018年，各类《红楼梦》续书达到200种；而张云先生指出"自第一部续书《后红楼梦》问世到清末《新石头记》发行的百余年间，刻印出版、至今可见的长篇章回体《红楼梦》续书多达十四种，其中的十一部——《后红楼梦》、《续红楼梦》（秦续）、《绮楼重梦》、《红楼复梦》、《续红楼梦新编》（海续）、《红楼圆梦》、《补红楼梦》、《红楼梦补》、《红楼幻梦》、《红楼梦影》、《新石头记》具有一定的代表性"①。据此，我们系统搜检《红楼梦》续书文本，汇辑出小说中的辞赋作品：逍遥子《后红楼梦》中有《祭柳五儿

---

① 张云：《谁能炼石补苍天——清代〈红楼梦〉续书研究》，中华书局2013年版，第3页。

诔》、《到鼓一中赋》(以题为韵)2篇,兰皋居士《绮楼重梦》中有《偃伯灵台赋》、《怡红院赋》、《前后窍合一辞》、《饕敛赋》(以"汉书律历志"为韵)、《泽下尺生上尺赋》(以题为韵)5篇,海圃主人《续红楼梦新编》中有《大观园赋》1篇,陈少海《红楼复梦》中有《江涛赋》1篇,归锄子《红楼梦补》中有《祭黛玉文》1篇,梦梦先生(临鹤山人)《红楼圆梦》中有《竹醉赋》1篇,郭则沄《红楼真梦》中有《黛玉松风操》《清虚殿记》《南巡赋》《宝钗琴操》《黛玉同心兰操》《画中游赋》6篇,吴研人《新石头记》中《新石头记赋》1篇,共计18篇。《红楼梦》续书中的辞赋作品,体量较大,类型多样,非常值得进行系统研究。我们需要对这些作品进行系统的校勘,汇集历代评点文献,并对辞赋作品进行详细注解,成《〈红楼梦〉续书中赋汇校会评》;并在此基础上,对这些赋体作品的文学价值、文体突破以及与小说情节的关联进行深入研究,既裨益于《红楼梦》续书的研究,也对清代赋学研究有所芹献。

三是对《红楼梦》及其续书中的赋论与赋学纪事批评研究较少。值得关注的问题有四:(一)小说中的赋论评语与正统文人创作的赋话、赋论之作关系问题。与正统赋学评论不一样,小说文本中的赋论处境独特,小说中的赋论一旦成为故事情节的有机部分,就会在一定程度上失去其自身的独立性,带上较强的功利性色彩,成为小说家的代言者。(二)小说文本中赋学纪事文献的真实与虚幻问题。(三)辞赋作品在《红楼梦》的不同版本中,出现增补与删改,据此既可以探究赋学流变,也可以窥测小说版本演化的问题。(四)《红楼梦》评点甚多,作为小说文本一部分的辞赋作品,也成为批评家评点的对象,这一部分赋学批评不可忽视。

四是对题《红》赋的文献整理与系统研究存在不足。据笔者初步统计，目前所知题《红》赋有十余种33篇：冯庚堂《红楼梦律赋》、沈谦《红楼梦赋》20篇、程芙亭题《红》赋2篇、林起贞《红楼梦赋》、顾影生《林黛玉焚稿断痴情赋》（以题字为韵）、朱作霖《贾宝玉神游太虚境赋》《为贾宝玉祭林黛玉文》、佚名《代宝玉吊黛玉文》等；又，新加坡《振南日报》1914年《红楼梦回目赋》系列连载《林黛玉焚稿断痴情赋》（与顾影生《林黛玉焚稿断痴情赋》同）、《候芳魂五儿承错爱赋》、《悄〔俏〕丫鬟抱屈夭风流赋》3篇，1894年11月6日《叻报》载《拟〈石头记〉怡红公子祭潇湘妃子文并序》1篇，1894年11月6日、7日《星报》载《拟〈石头记〉怡红公子祭潇湘妃子文并序》1篇，1902年9月18日《天南新报》载署名世仲的《拟贾宝玉祭林黛玉文骈体另序》1篇，1916年10月9日《石叻总汇新报》载署名署芸的《拟贾宝玉祭潇湘妃子文并序》1篇。我们可以系统考察《红楼梦》题咏文献，对这些作品进行本事考证，并作会评校注，成《沈谦〈红楼梦赋〉汇校集注会评》《〈红楼梦回目赋〉汇校会评》《其他"咏〈红〉赋"汇校会评》三章；并在此基础上，对这些赋作进行系统研究，发掘这些赋作对《红楼梦》的批判价值。可以说，题《红》赋不仅是丰富小说艺术建构的文学形式，更是推动包括《红楼梦》在内的小说文学的经典化建构过程。

综上所述，目前笔者所统计到的"红楼梦赋"作品大概有64篇，虽然学界都有一些讨论，但在文献整理方面还存在不足，尤其是对《红楼梦》续书中的辞赋作品与题《红》赋作关注很少；而且在研究深度上也有所欠缺，尚缺乏全面系统的考察赋体文学与《红楼梦》关系的成果。"描绘性"的赋体与"叙事性"的小说，这样的两种文体同文本共存，成为文学演化的一个重要环节，是中国文学史上值得探究的问题,"红楼梦赋"是二者的有机结合体,是一个可供开拓的"红学"研究新视域,有助于探讨《红楼梦》的诗性智慧[1]。我们可在全面而系统整理、校勘《红楼梦》及其续书中的辞赋文献和以《红楼梦》故事为母题的《红楼梦赋》文献的基础之上,探究辞赋文学与小说艺术"跨界"互渗的独特内涵,构筑一幅蔚为大观的"文类互渗图景"。

---

[1] 参见孙伟科先生《〈红楼梦〉与诗性智慧》一书相关论述,北京时代华文书局2015年版,第18—31页。

上编 『红楼梦赋』文学形态研究

第一章

参体同构：关于《红楼梦》中赋与赋写《红楼梦》问题

刘勰《文心雕龙·论说》云"详观论体，条流多品；陈政，则与议说合契；释经，则与传注参体"①，论说体文之间存在相互参涉、相互渗透的"参体"现象。从挚虞《文章流别论》到祝尧《古赋辨体》、吴讷《文章辨体》、徐师曾《文体明辨》与贺复徵《文章辨体汇编》，文体批评领域的"辨体""尊体"之说，旨在显示文体之"异"；而"参体"之"同"也须加以关注。因此，笔者曾以辞赋与小说为例，提出"文体同构"的概念，意图以"史"的演进揭示文类互渗现象及其所形成的文学传统。②辞赋是中国所独有的文学体式，"文备众体"是中国古代小说所独有的特征，此二种"独有"之文体又作为"一代之文学"而"互参"，造就出以雅俗、韵散呈示于同一文本的文学现象。这一现象在文学演绎过程中衍生出"情事互文""曲终奏雅""劝百讽一""主客问答"等诸多"同构"传统。至中国古典小说的巅峰之作《红楼梦》，因其丰富的文化内涵和知识谱系，以及"文备众艺"的卓绝艺术造化，使赋体文学在其中成为一

---

① 刘勰著，范文澜注：《文心雕龙注》，人民文学出版社1962年版，第326页。
② 参见拙文《"赋—说同构"的文学传统》（载《光明日报》2018年5月14日《文学遗产》版）的相关论述。

个重要的文类存在,并深植于小说叙事策略之中。这有别于正统的赋学研究领域,是一种"别样存在",不应被学界所忽略。在赋学史和红学史上,"题《红》赋"因赋体"曲终奏雅"结构和"铺采摘文,体物写志""敷陈其事而直言之"的描写派特征,有别于诗词歌咏而有独特价值,诚如柴小梵所言:"《红楼词》,予所见者,都有十六种,俱皆藻思轶群,绮芬溢楮。其他如王雪香之《评赞》,卢半溪之《竹枝词》,绿君女史之七律,冯庚堂之律赋,杨梅村之时文,封吉士之南曲,愿为明镜室主人之《杂记》,无不借题发挥,情文交至。而尤以沈青士之《赋》二十篇,为独有见地。"《红楼梦》中的赋与沈谦诸人的《红楼梦赋》在"赋—说"交替互写的过程中形成"情事互文"等"同构"传统,在对小说的人物品评、情节重写以及文本的经典化历程中皆有重要贡献,值得探讨。

第一节 正统之外:《红楼梦》中的赋与赋论

相较于正统的赋学批评而言,小说中的赋作与赋论,是中国赋学生存的一种别样状态。[①]《红楼梦》中以"赋"为名的赋作,见于第五回贾宝玉神游太虚境,"早见那边走出一个人来,蹁跹袅娜,端的与人不同。有赋为证"[②]。这篇赋作小说未予命名,《增评补图石头记》护花主人回合总评有"警幻仙一赋"语,故这里定名为"警

[①] 参见拙文《小说文本视阈中的赋学形态与批评》(《安徽大学学报》2015年第1期)相关论述。

[②] 曹雪芹著,无名氏续,程伟元、高鹗整理,中国艺术研究院红楼梦研究所校注:《红楼梦》,人民文学出版社2008年第3版,第71页。本书引述《红楼梦》文字,如无特别注明,皆出自此书,不再赘注。

幻仙赋"。

此赋有两个问题值得关注。一是《红楼梦》诸本中的异文问题。《警幻仙赋》在《红楼梦》的版本流衍过程中,出现了较多异文,如甲戌本"乍出桃房",乙卯本、杨藏本作"乍出花房";甲戌本"鸟惊庭树",舒序本作"鸟惊匣树",卞藏本作"鸟惊栖树";甲戌本"唇绽樱颗兮,榴齿含香",舒序本作"唇含樱颗兮,榴吐娇香",卞藏本作"唇绽樱桃兮,新齿漱香";等等,这些仅是个别字词的差异,还有一些语句出现异文。这里以甲戌本为底本,校以程甲本、程乙本等,举其要者三例如下:

1. 纤腰之楚楚兮,回风舞雪;珠翠之辉辉兮,满额鹅黄。(甲戌本)

纤腰之楚楚兮,若回风舞雪;珠翠之辉辉兮,满额鹅黄。(乙卯本、杨藏本)

盼纤腰之楚楚兮,风回雪舞;耀珠翠之辉煌兮,鸭绿鹅黄。(程甲本)

盼纤腰之楚楚兮,风回雪舞;耀珠翠之的的兮,鸭绿鹅黄。(程乙本)

2. 羡彼之良质兮,冰清玉润;羡彼之华服兮,闪灼文章。爱彼之貌容兮,香培玉琢;美彼之态度兮,凤翥龙翔。(甲戌本)

羡美人之良质兮,冰清玉润;慕美人之华服兮,闪灼文章。爱美人之貌容兮,香培玉琢;比美人之态度兮,凤翥龙翔。(程乙本)

3. 应惭西子,实愧王嫱。吁!奇矣哉!生于孰地,来自何方?信矣乎!瑶池不二,紫府无双。果何人哉?如斯之美也!

（甲戌本）

远惭西子，近愧王嫱。生于孰地，降自何方？若非宴罢归来，瑶池不二；定应吹箫引去，紫府无双者也。（程乙本）

例1，甲戌本除去"兮"字，是上五下四隔句；乙卯本、杨藏本中的"若"字，当是衍文，所以也是上五下四隔句；且"回风舞雪"与"满额鹅黄"并不完全相对。程甲本、程乙本除去"兮"字，均是上六下四隔句，且"风回雪舞"与"鸭绿鹅黄"相对工整，程甲本的"辉煌"也变成了程乙本的"的的"。例2，甲戌本中的"彼"字，在程乙本中都改为"美人"二字。例3，甲戌本中表达感叹意味的漫句"吁奇哉""信矣乎""果何人哉""如斯之美也"，在程乙本中都被删除；甲戌本中的"瑶池不二，紫府无双"，程乙本变成四六隔句"若非宴罢归来，瑶池不二；定应吹箫引去，紫府无双"；又甲戌本最后一句不押韵，程乙本删除漫句后，全篇只押一韵。从以上异文对比可以看出，从甲戌本到程乙本，增隔句，删漫句，赋句的骈俪化逐渐加强，赋的韵律要求更加严格；甲戌本赋文中无"美人"二字，直至赋的末尾"果何人哉？如斯之美也！"用一问句点出"人""美"二字，程乙本将赋中"彼"字换为"美人"二字，赋末不再点出"美"字。

以上这些异文，究竟哪一种更符合曹雪芹的本意呢？《红楼梦》的第七十八回有这样一段论述：

诔文挽词也须另出己见，自放手眼，亦不可蹈袭前人的套头……我又不希罕那功名，不为世人观阅称赞，何必不远师楚人之《大言》《招魂》《离骚》《九辩》《枯树》《问难》《秋水》

《大人先生传》等法，或杂参单句，或偶成短联，或用实典，或设譬喻，随意所之，信笔而去，喜则以文为戏，悲则以言志痛，辞达意尽为止，何必若世俗之拘拘于方寸之间哉！

这段文字是作者借贾宝玉之口表达对诔文的独到见解，但所师法的篇目是屈原《招魂》《离骚》、庄子《秋水》、宋玉《大言赋》《九辩》、东方朔《答客难》（或扬雄《解难》）、阮籍《大人先生传》、庾信《枯树赋》，这些作品多是辞赋或类赋之文。我们或可以把这段文字看作曹雪芹对赋体创作的见解。曹雪芹强调作赋要独具一格，不拘俗套，可以"杂参单句""偶成短联"，不必在乎骈俪、格律的束缚。这样来看，甲戌本的赋作原文更符合曹雪芹的本意，这恐怕也是程高本中修改此赋，并将此段赋论删除的原因之一。

二是这篇赋是否可以视为"闲文"的问题。脂砚斋甲戌本眉批曰："按此书'凡例'，本无赞赋闲文。前有宝玉二词，今复见此一赋，何也？盖此二人，乃通部大纲，不得不用此套。前词，却是作者别有深意，故见其妙；此赋，则不见长，然亦不可无者也。"[①]诚如脂评所言，此赋不可以"闲文"视之，而是与宝玉二词一样寄寓了作者之"深意"。首先，《警幻仙赋》借写警幻仙子之美，来喻示宝玉"钗黛合一"的"兼美"追求。这篇赋出现的时机很微妙，在描摹黛玉之美后，又在宝钗出场、因"品格端方，容貌美丽"以致"人人都说黛玉不及"之时。此时黛、钗、宝三人的内心状态是黛玉"心中有些不忿"，宝钗"浑然不觉"，而宝玉"视姊妹兄弟皆如一体，并无亲疏远近之别"。这样，宝、黛之间言语就有些"不

[①] 曹雪芹著，脂砚斋评：《脂砚斋重评石头记甲戌校本》，作家出版社2008年版，第147页。

和起来"。此番缘故,《警幻仙赋》的出现,全篇都在写一"美"字,写"美"之程度达到全篇小说的巅峰。《警幻仙赋》中的人之"美",可以视为宝玉对"美"的理想化追求,是宝玉心中"钗黛合一"之"兼美"的显现。小说中的《西江月》词是紧接着宝玉外貌描写后出现,赋是钗、黛出场后给宝玉留下"美"之映像后出现,两词一赋,前写宝玉之性状,后写钗、黛之兼美。这种兼美的寓意,巧妙地通过警幻仙子之妹、宝玉意淫对象"可卿"的字喻示出来,正如小说写"可卿"美貌曰:"其鲜艳妩媚大似宝钗,袅娜风流又如黛玉。"脂砚斋指出宝玉与警幻仙子二人是小说之"通部大纲",实则是宝玉与"钗黛合一"之人是小说的"通部大纲"。脂砚斋在庚辰本第四十二回总批中说:"钗玉名虽二人,人却一身,此幻笔也。"[1]这也正是"正册判词之一"中将钗、黛合一来写的原因所在。其次,《警幻仙赋》在赋史上虽算不得一流佳篇,然在艺术上也有诸多巧构之处。清张新之评此赋首几句说:"山后走出一人,曰'坞',曰'房',曰'庭树',曰'回廊',作者狡狯至此。"[2]可见构思之巧妙。王伯沆谓《警幻仙赋》"意格在六朝、初唐之间"[3],这种评价是合乎此赋在赋史上的地位的。

再次,这篇赋在小说叙事架构上有预示意味。护花主人评曰:"警幻仙一赋,不亚于巫女、洛神。"[4]就赋作而言,《警幻仙赋》全篇遣词造句明显仿效曹植的《洛神赋》。

---

[1] 曹雪芹著,脂砚斋评:《脂砚斋重评石头记庚辰校本》,作家出版社 2006 年版,第 1486 页。
[2] 张新之评:《妙复轩评石头记》,北京图书馆出版社 2002 年版,第 217 页。
[3] 王伯沆批:《王伯沆〈红楼梦〉批语汇录》,江苏古籍出版社 1985 年版,第 66 页。
[4] 护花主人、大某山民、太平闲人评:《红楼梦》(三家评本),上海古籍出版社 1998 年版,第 88 页。

警幻仙赋	洛神赋
那宝玉刚合上眼，便惚惚的睡去……早见那边走出一个人来，蹁跹袅娜。	精移神骇，忽焉思散。俯则未察，仰以殊观，睹一丽人，于岩之畔。
仙袂乍飘兮，闻麝兰之馥郁；荷衣欲动兮，听环佩之铿锵。	翩若惊鸿，婉若游龙。
靥笑春桃兮，云堆翠髻。唇绽樱颗兮，榴齿含香。	云髻峨峨，修眉联娟。丹唇外朗，皓齿内鲜，明眸善睐，靥辅承权。
纤腰之楚楚兮，回风舞雪。	仿佛兮若轻云之蔽月，飘飖兮若流风之回雪。
徘徊池上兮，若飞若扬。	竦轻躯以鹤立，若将飞而未翔。
蛾眉颦笑兮，将言而未语。	含辞未吐，气若幽兰。
莲步乍移兮，待止而欲行。	动无常则，若危若安。进止难期，若往若还。
其文若何，龙游曲沼。其神若何，月射寒江。	体迅飞凫，飘忽若神，凌波微步，罗袜生尘。

《警幻仙赋》以子建之梦写宝玉之梦，诚如张俊、沈治钧评批云："此赋摹拟子建《洛神》，或以为赞赋虚比浮词，了无深意。实则作者乃有意仿效曹赋，故落俗套，使阅者想及子建梦宓妃事，两者情境相合，非雪芹才拙也。"①曹雪芹有意师法曹植赋作，小说第四十三回，宝玉在水仙庵祭拜时云："比如这水仙庵里面因供的是洛神，故名水仙庵，殊不知古来并没有个洛神，那原是曹子建的谎话，谁知这起愚人就塑了像供着。今儿却合我的心事，故借他一用。"并在赏鉴洛神像时写道："虽是泥塑的，却真有'翩若惊鸿，婉若游龙'之态，'荷出绿波，日映朝霞'之姿。"由此可知，曹雪芹是熟知曹植《洛神赋》，且明确表示有"借用"之意。

"赋兼才学"，曹雪芹在小说中不仅自己作赋逞才，还有意识地借他人赋作显示才学。一是第十七回"大观园试才题对额"，贾政、

---

① 曹雪芹原著，程伟元、高鹗整理，张俊、沈治钧评批：《新批校注红楼梦》，第116页。

贾珍与众清客在大观园遇着诸多奇花异草，不知是何名物时，宝玉答道："想来那《离骚》、《文选》等书上所有的那些异草，也有叫作什么霍䴖姜荨的，也有叫作什么纶组紫绦的，还有什么石帆、水松、扶留等样，（见于左太冲《吴都赋》。）又有叫作什么绿荑的，还有什么丹椒、蘼芜、风连。（见于《蜀都赋》。）"左思《吴都赋》曰"草则霍䴖豆蔻，姜汇非一。……纶组紫绦，食葛香茅。石帆水松，东风扶留"[1]，《蜀都赋》曰"或丰绿荑，或蕃丹椒。蘼芜布濩于中阿，风连莚蔓于兰皋"[2]。左思《三都赋序》谓："余既思摹《二京》而赋《三都》，其山川城邑，则稽之地图，其鸟兽草木，则验之方志。风谣歌舞，各附其俗；魁梧长者，莫非其旧。何则？发言为诗者，咏其所志也；升高能赋者，颂其所见也。美物者贵依其本，赞事者宜本其实。匪本匪实，览者奚信？"[3]《三都赋》因"征实"而贵，有"类书""方志"之称。宝玉在这里引《三都赋》来说明大观园名物，显才之意明显。二是第七十六回黛玉与湘云论古人用"凹"字，湘云说陆放翁诗句"古砚微凹聚墨多"用了一个"凹"字，黛玉道："也不只放翁才用，古人中用者太多。如《青苔赋》，东方朔《神异经》……不可胜举。只是今日不知，误作俗字用了。"江淹《青苔赋》有"悲凹崄兮，唯流水而驰骛"[4]语。黛玉因"凹"字"历来用的人最少"，因此以赋中用字来作训诂，亦是在显示才学。《红楼梦》中的两个主要人物宝玉、黛玉均借赋以逞才，这也可说明曹雪芹视作赋为有才学的事业。

---

[1] 萧统编，李善注：《文选》，中华书局1977年版，第85页。
[2] 萧统编，李善注：《文选》，第77页。
[3] 萧统编，李善注：《文选》，第74页。
[4] 胡之骥注：《江文通集汇注》，中华书局1984年版，第19页。

前揭曹雪芹论赋与类赋之文的创作要"另出己见",不"蹈袭前人的套头",强调"远师楚人";同时也要"或用实典,或设譬喻",正如小说第三十七回宝钗所说的"古人的诗赋也不过都是寄兴寓情",作赋要有所"寄托"。六朝赋重寄托,《红楼梦》中很少提及汉人赋作,而魏晋六朝人赋有曹植《洛神赋》、左思《三都赋》、庾信《枯树赋》、江淹《青苔赋》、阮籍《大人先生传》等。缘此,我们可以认为曹雪芹的赋学观念是"远师《楚辞》而近学六朝",尤其是着意"借用"同宗曹植的赋作,而这种"隐曲之笔"与《红楼梦》全书重"比兴寄托"的风格一致,且"观其结构,前几回为小说情节开展之铺垫,至第五回'贾宝玉神游太虚境,警幻仙曲演红楼梦'始以隐曲之笔,通过宝玉与秦可卿的恋情,开启了宝、黛爱情悲剧"[①],《红楼梦》中的辞赋作品能深透其境,成为预示作者创作意图和情感建构的重要组成部分,尤其是小说第五回赋体"闲文"的矛盾运用和结构安排,皆有所寄托,予以"隐曲之笔"。

第二节　曲终奏雅:"七体"结构与《红楼梦》第五回叙事层级

"红学"索隐派谓《警幻仙赋》"通篇套《洛神》,大有陈思感甄之意","警幻亦小琬影子"。[②] 警幻仙子是否有小琬的影子,我们姑存疑不论,但由《红楼梦》作者认为"曹子建的谎话"正"合我的心事,故借他一用"的预示来看,《警幻仙赋》以赋的文本形

[①] 郭维森、许结:《中国辞赋发展史》,第 822 页。
[②] 曹雪芹、高鹗著,王梦阮、沈瓶庵索隐:《红楼梦索隐》,北京大学出版社 1989 年版,第 68 页。

式来暗示小说第五回有赋之"曲终奏雅"的结构安排，以及由"感甄"到"悟贾"的寓意层设，值得注意。

"真"与"假"是《红楼梦》中赫然存在的一组相对应叙事观念，即"真事隐（甄士隐）""假语存（贾雨村）"之意，诚如护花主人《红楼梦总评》谓"《石头记》一书，全部最要关键是'真假'二字"①。在小说《警幻仙赋》之后，接着写到的就是"太虚幻境"石牌坊上的对联"假作真时真亦假，无为有处有还无"，看到这副对联的是"贾宝玉"。巧的是，这副对联在小说第一回已经有了描写，而看者是"甄士隐"②。第五回此联再次出现，看者由甄士隐变为贾宝玉，这种转换有结构预示和小说旨义揭示之意味。曹植《洛神赋》的"感甄"之说，曹雪芹在此加以巧妙借用，由"甄"到"贾"，小说由赋法启迪贾宝玉的"悟贾"之意得以显彰。

曹雪芹对小说中"满篇'子建'"的写法持批判态度，《红楼梦》首回即开宗明义："至于才子佳人等书，则又开口'文君'，满篇'子建'，千部一腔，千人一面，且终不能不涉淫滥。在作者不过要写出自己的两首情诗艳赋来。"③既批判满篇"子建"，又大幅仿效、引用子建赋作，这种矛盾或是作者的有意为之。前揭张俊、沈治钧二位先生指出曹雪芹模仿《洛神赋》的深意是"使阅者想及子建梦宓妃事"，眼光敏锐，而更深一层次的原因，还在于引导读者将小说第五回的叙事层次与曹植《七启》的"七体"结构结合起来，以体会小说此回描写之精妙。《汉书·司马相如传》谓："相如虽多

---

① 护花主人、大某山民、太平闲人评：《红楼梦》（三家评本），第13页。
② 按：小说第一百一十六回，宝玉魂魄出窍，重游幻境，见到"真如福地"有一副对联："假去真来真胜假，无原有是有非无。""真如福地"是"太虚幻境"的反义词。
③ 曹雪芹、高鹗：《红楼梦》，人民文学出版社1982年版，第3页。

第一章 参体同构：关于《红楼梦》中赋与赋写《红楼梦》问题

虚辞滥说，然要其归引之于节俭……扬雄以为靡丽之赋，劝百而风一，犹骋郑卫之声，曲终而奏雅。"①大段"娱心悦目"之铺陈后再施以"曲终奏雅"的结尾，这是赋的典型结构特征，而赋体中的"七体"尤与小说第五回的叙事层级密切相关。曹植《七启》假托居于"大荒之庭"的"玄微子"与"镜机子"对话，铺叙肴馔、容饰、羽猎、宫馆、声色、友朋之妙，最后赞颂王道功绩，一步步说服玄微子改变生活方式、事业观念，最终"从子而归"，"悟道"用世，建功立业。

首先，《七启》与《红楼梦》第五回"引入"的方式一致。《七启》中镜机子针对玄微子"耽虚好静""飞遁离俗""隐居大荒"的行为，问道："仆将为吾子说游观之至娱，演声色之妖靡，论变化之至妙，敷道德之弘丽。愿闻之乎？"②《红楼梦》中警幻仙子引导来自"大荒山"上顽石变幻而来的宝玉游太虚幻境，曰："此离吾境不远，别无他物，仅有自采仙茗一盏，亲酿美酒一瓮，素练魔舞歌姬数人，新填《红楼梦》仙曲十二支。可试随我一游否？"劝说者同以"镜""警"之意名，被劝说的对象同是来自"大荒"之庭，劝说的方式同是游观、音乐、声色等欢耳目、极口腹之欲。就劝说的旨意而言，《七启》是镜机子见玄微子"弃道艺之华，遗仁义之英，耗精神乎虚廓，废人事之纪经"，希望玄微子能积极用世，走上正途；《红楼梦》第五回警幻仙子劝谏宝玉也是因为受宁、荣二公之灵嘱托："惟嫡孙宝玉一人，禀性乖张，生性怪谲，虽聪明灵慧，略可望成，无奈吾家运数合终，恐无人规引入正。幸仙姑偶

① 班固：《汉书》，中华书局1962年版，第2609页。
② 萧统编，李善注：《文选》，第485页。下文引述《七启》文字，如无特别注明，皆出自此书，不再另注。

来，万望先以情欲声色等事警其痴顽，或能使彼跳出迷人圈子，然后入于正路。"导入的方式如同《七启》。

其次，《七启》与第五回叙事同用"七层渐悟"之法。《七启》第一层级是铺叙"肴馔之妙"，玄微子未悟，曰："予甘藜藿，未暇此食也。"《红楼梦》第一层级是"翻阅'金钗'册籍"，警幻仙子"先以他家上中下三等女子的终身册籍，令其熟玩"，结果是宝玉"尚未觉悟"。于是警幻仙子"故引了再到此处，遍历那饮馔声色之幻，或冀将来一悟"，接下来便写到第二层级的"入仙宫见仙姬"，第三层级的"茗'千红一窟'茶"，第四层级的"饮'万艳同杯'酒"，第五层级的"听《红楼梦》十二支舞曲"，劝谏的结果是"警幻见宝玉甚无趣味，因叹痴儿竟尚未悟"。这与《七启》第二层级的"容饰之妙"、第三层级的"羽猎之妙"、第四层级的"宫馆之妙"、第五层级的"声色之妙"未能让玄微子悟道的结构艺术如出一辙。至第六层级，《七启》中镜机子铺叙友朋之道，玄微子意志动摇，曰："予亮愿焉，然方于大道有累，如何？"《红楼梦》第五回，警幻仙子对宝玉说道："今既遇尔祖宁荣二公剖腹深嘱，吾不忍君独为我闺阁增光，而弃于世道，是以特引前来，醉以灵酒，沁以仙茗，警以妙曲，再将吾妹一人，乳名兼美表字可卿者，许配于汝。今夕良时，即可成姻。不过令汝领略此仙闺幻境之风光尚如此，何况尘世之情景哉？而从今后万万解释，改悟前情，留意于孔孟之间，委身于经济之道。"第六层级的"入香闺，成云雨"让宝玉"恍恍惚惚"，"依着警幻所嘱"，渐有所悟。至第七层级，《七启》由镜机子铺叙王道之业，玄微子攘袂而兴曰："伟哉言乎，近者吾子。所述华淫，欲以厉我，只搅予心。至闻天下穆清，明君莅国，览盈虚之正义，知顽素之迷惑。今予廓尔，身轻若飞，愿反初服，从子而归。"《红楼梦》中警幻仙子劝谏宝玉的第七层级是"入迷津,作速回头",大惊梦醒,"尔今偶有至此,设若坠落其中,便深负我从前谆谆警戒之语",宝玉"以情悟道"。大致情形拟表如下:

《七启》层级	玄微子渐悟过程	《红楼梦》第五回叙事层级	宝玉渐悟过程
肴馔之妙	予甘藜藿,未暇此食也。	翻阅"金钗"册籍	先以他家上中下三等女子的终身册籍,令其熟玩,尚未觉悟。
容饰之妙	予好毛褐,未暇此服也。	入仙宫见仙姬	故引了再到此处,遍历那饮馔声色之幻,或冀将来一悟。
羽猎之妙	予乐恬静,未暇此观也。	茗"千红一窟"茶	警幻见宝玉甚无趣味,因叹痴儿竟尚未悟。
宫馆之妙	予耽岩穴,未暇此居也。	饮"万艳同杯"酒	尚未悟
声色之妙	予愿清虚,未暇此游也。	听《红楼梦》十二支舞曲	尚未悟
友朋之道	予亮愿焉,然方于大道有累,如何?	入香闺,成云雨	宝玉"恍恍惚惚","依着警幻所嘱",渐有所悟。
王道之业	今予廓尔,身轻若飞,愿反初服,从子而归。	入迷津,作速回头。留意于孔孟之间,委身于经济之道。	尔今偶有至此,设若坠落其中,便深负我从前谆谆警戒之语。以情悟道。

缘此,可见无论是居于"大荒之庭"的玄微子,还是来自"大荒山"上的顽石宝玉;无论是镜鉴世人的"镜机子",还是警戒宝玉的"警幻仙子";无论是镜机子铺叙的"华淫",还是警幻仙子指称的"皮肤滥淫""意淫";《红楼梦》第五回取意与劝谏层级都有和曹植《七启》有相关涉之处。就《红楼梦》第五回的结构而言,宝玉入梦后,在可卿(秦氏)的引领下见到警幻仙子,遍阅声色繁华;再由警幻仙子秘授与可卿(仙子)云雨,此皆是"幻",云雨是"幻"的高潮,"警"意也渐渐显露;至云雨之后与可卿(仙

子）携手游玩，被夜叉海鬼拖入迷津，以致惊醒喊出"可卿救我"之词，"幻终显警"。戚序本在此回前有批语曰："万种豪华原是幻，何尝造孽？何是风流？曲终人散有谁留？"① 太虚幻境中的种种豪华，一如《七启》中的"华淫"，到头来皆如梦中幻境，警醒世人。警幻仙子期待宝玉"改悟前情，留意于孔孟之间，委身于经济之道"的初心与小说续书结局的"家道复初""兰桂齐芳"相符，皆是"曲终奏雅"笔法。这种"幻终显警"的意构与赋的"曲终奏雅"结构，尤其是《七启》中的"七层渐悟"的结构若合符契。

《红楼梦》全书中仅第五回有此一篇看似"闲文"的《警幻仙赋》，此赋着意仿效曹植《洛神赋》，由"感甄"预示"悟贾"；而此回又以"七体"结构全篇，"七体"层级与曹植《七启》如出一辙，预示"悟贾"的方式是由"七启"到"七警"。小说第五回是以赋法结构全篇，先"骋郑卫之声"，"七警""七悟"，后以"曲终奏雅"完篇，即刘勰《文心雕龙·杂文》谓"七体"乃"盖七窍所发，发乎嗜欲，始邪末正，所以戒膏粱之子也"② 之谓。这种写作方法与第五回在《红楼梦》中的突出地位有关。诚如张俊、沈治钧二位先生谓："此回写宝玉神游，将前五回书作一收束，通书之故事信息、小说旨义、叙事结构、抒情基调，提纲挈领，皆隐然于读者胸中。……是王希廉称此回'是一部《红楼梦》之纲领'、姚燮称其为全书之'大开'也。"③ 由《警幻仙赋》预示"七体"层级"悟贾"，到以赋体结构的"劝百讽一""曲终奏雅"来构设《红楼梦》小说全篇，由隐喻式人物到隐喻性文本，再到隐喻性结构，

---

① 曹雪芹著，黄霖校点：《脂砚斋评批红楼梦》，齐鲁书社1994年版，第88页。
② 刘勰著，范文澜注：《文心雕龙注》，第254页。
③ 曹雪芹原著，程伟元、高鹗整理，张俊、沈治钧评批：《新批校注红楼梦》，第143页。

"赋—说同构"的形态在小说文本叙事中得以实现。

第三节 情事互文：赋写《红楼梦》的结构模式

与诗相比，赋以"铺陈"取胜，缘起于杂沓的"情事"，清人刘熙载《艺概·赋概》说："赋起于情事杂沓，诗不能驭，故为赋以铺陈之。斯于千态万状，层见迭出者，吐无不畅，畅无或竭。"而钱锺书先生论汉杜笃《首阳山赋》借"鬼语"叙事，说："按观'卒命'句，则所睹乃伯夷、叔齐之鬼也。……情事亦堪入《搜神记》《异苑》等书……玩索斯篇，可想象汉人小说之仿佛焉。"[1]赋与小说在"情事"层面于早期即形成"互文"的结构传统。落实到《红楼梦》小说中，护花主人在第五回后总评："第五回自为一段，是宝玉初次幻梦，将正册十二金钗及副册、又副册二三妾婢点明，全部情事俱已笼罩在内，而宝玉之情窦亦从此而开。是一部书之大纲领。"[2]《红楼梦》第五回是一部小说之纲领，不仅存赋篇，更由《警幻仙姑赋》警示第五回的"七体"赋法结构。

后世赋家沈谦、朱作霖很敏锐地聚焦到这一点，运用赋法反过来写第五回的小说情节，创作《贾宝玉梦游太虚境赋》《贾宝玉神游太虚境赋》等，进一步印证与构筑"赋—说同构"的文学形态。沈谦《贾宝玉梦游太虚境赋》是一篇典型的八韵律赋，迻录如下：

有缘皆幻，无色不空。风愁月恨，都是梦中。（一东韵）

---

[1] 钱锺书：《管锥编》第3册，第1573页。
[2] 护花主人、大某山民、太平闲人评：《红楼梦》（三家评本），第89页。

恨不照秦皇之镜,然温峤之犀;早离海苦,莫问津迷。何须春怨秋怨,朝啼夜啼;泪弹珠落,眉锁山低。(八齐韵)

则有警幻仙姑,身寄清都,职司姻箓,薄命谁怜,钟情必录。国号众香,峰依群玉。会饮琼浆,界分金粟。登碧落兮千重,傍红墙兮一曲。笑此地情天孽海,岂有神仙;愿世间才子佳人,都成眷属。(二沃韵)

遂令云母屏前,水晶枕上。壳破蝉飞,香迷蝶放。境黑仍甜,云青无障。炯引双光,灵开十相。琼花瑶草,翻添妩媚之容;绿榭红亭,别构玲珑之样。(二十三漾韵)

于是手披旧册,目注新图。细摹诗谶,历访仙姝。玉容惨澹,墨迹模糊。石竟顽而不转,花未老而先癯。慧剑凭挥,好破城中烦恼;呆灯空对,终疑画里葫芦。(七虞韵)

尔乃烹羊脯,剖麟脂,调赤薤,劈斑螭。酒酿群芳,万艳同杯之胜;茶煎宿露,千红一窟之奇。固宜觥飞鹦鹉,卮献玻璃;神移玉阙,心醉珠帷。(四支韵)

况复飞琼鼓瑟,弄玉吹笙;江妃拊石,毛女弹筝。绛节记竿头之舞,霓裳流花底之声。灵香王妙想,雅奏董双成。朝云暮雨之期,行来一度;红粉青娥之局,话了三生。(八庚韵)

无何仙界难留,锦屏易晓。眼前好景俱空,梁上余音犹绕。人生行乐只如此,十二金钗都杳渺。不想红楼命名意,误煞少年又多少。(十七筱韵)①

第一、二韵破题,发端警策,典型律赋作法。随后三至七韵

---

① 沈谦:《红楼梦赋》,道光二年留香书塾刻本,第1a—3a页。本章引述《红楼梦赋》文字,如无特别注明,皆出自此书,不再赘注。

分别写入仙宫见警幻仙姑之妙、宫馆之妙、旧册新图之妙、肴馔之妙、声色之妙，最后"好景俱空"，成功悟道。沈谦好友俞霞轩在评点此赋时，即注意到这种层级特征，并分别概括为"甘露入顶，慧水灌心""入梦""看册""与宴""演曲"，最后作尾评"吹大法螺，击大法鼓，然大法炬，如来说法，真要唤醒一切，救度一切"，以"七警"之法完篇。朱作霖《贾宝玉神游太虚境赋》与小说第五回"同构"之法更明显，它与沈赋不同，以散体赋形式构篇，分别铺叙"其地……其居……其人……其物产……"，形成一个光怪陆离的世界；接着来三个"神兮来游"，陈述在这个世界的宴游之妙、容饰之妙、声色之妙，极尽铺排之能事；最后"公子于此不禁情移魄丧，摄衣起谢曰"，宝玉警悟"恨梦觉其何迟兮，叹津迷于是古"，曲终奏雅，诚如借华庵主评曰："慧珠掌上明秋月，照见璇宫五色丝，天风冷冷，令人辄唤仙手。"[1] 无论沈谦《贾宝玉梦游太虚境赋》，还是朱作霖《贾宝玉神游太虚境赋》，都是以赋体"同构"《红楼梦》小说第五回情节，且在叙事层级上达到非常默契的对应。

大而言之，不仅能够以赋体重写小说第五回全篇，还能运用赋体来重写整部小说，《红楼梦赋》即应运而出。就目前所知，有沈谦《红楼梦赋》20篇（《红楼梦赋》有《贾宝玉梦游太虚境赋》《滴翠亭扑蝶赋》《葬花赋》《海棠结社赋》《拢〔栊〕翠庵品茶赋》《秋夜制风雨词赋》《芦雪亭赏雪赋》《雪里折红梅赋》《病补孔雀裘赋》《邢岫烟典衣赋》《醉眠芍药茵赋》《怡红院开夜宴赋》《见土物思乡赋》《中秋夜品笛桂花阴赋》《凹晶馆月夜联句赋》《四美钓鱼赋》

---

[1] 朱作霖：《红楼文库》，见黄钵隐《红学丛钞》第十一编，第 6b 页。

《潇湘馆听琴赋》《焚稿断痴情赋》《月夜感幽魂赋》《稻香村课子赋》)、程芙亭题《红》赋 2 篇(《贾宝玉祭芙蓉女儿赋》《林黛玉葬花赋》)、冯庚堂《红楼梦律赋》(存目)、林起贞《红楼梦赋》(存目)、顾影生《林黛玉焚稿断痴情赋》(以题字为韵)、朱作霖《贾宝玉神游太虚境赋》等①,具体篇名与小说回目对应情况如下:

作者	赋篇名	小说对应回目	赋写故事人物
沈谦	贾宝玉梦游太虚境赋	五回:贾宝玉神游太虚境	贾宝玉
	滴翠亭扑蝶赋	二十七回:滴翠亭杨妃戏彩蝶	薛宝钗
	葬花赋	二十七回:埋香冢飞燕泣残红	林黛玉
	海棠结社赋	三十七回:秋爽斋偶结海棠社	众人
	拢〔栊〕翠庵品茶赋	四十一回:贾宝玉品茶栊翠庵	贾宝玉、妙玉
	秋夜制风雨词赋	四十五回:风雨夕闷制风雨词	林黛玉
	芦雪亭赏雪赋	四十九回:琉璃世界白雪红梅	众人
	雪里折红梅赋	五十回:芦雪厂争联即景诗	贾宝玉
	病补孔雀裘赋	五十二回:勇晴雯病补雀金裘	晴雯
	邢岫烟典衣赋	五十七回	邢岫烟
	醉眠芍药茵赋	六十二回:憨湘云醉眠芍药茵	史湘云
	怡红院开夜宴赋	六十三回:寿怡红群芳开夜宴	众人
	见土物思乡赋	六十七回:见土仪颦卿思故里	林黛玉
	中秋夜品笛桂花阴赋	七十六回:凸碧堂品笛感凄清	众人
	凹晶馆月夜联句赋	七十六回:凹晶馆联诗悲寂寞	林黛玉、史湘云
	四美钓鱼赋	八十一回:占旺相四美钓游鱼	贾宝玉、四美

① 以上诸赋的作者及流传版本情况详见拙撰《造化经典:数种〈红楼梦赋〉的作者及版本考述》(《明清小说研究》2020 年第 3 期)一文。

续表

作者	赋篇名	小说对应回目	赋写故事人物
沈谦	潇湘馆听琴赋	八十七回：感秋深抚琴悲往事	贾宝玉、妙玉
	焚稿断痴情赋	九十七回：林黛玉焚稿断痴情	林黛玉
	月夜感幽魂赋	一百一回：大观园月夜感幽魂	王熙凤
	稻香村课子赋	总写	李纨、贾兰
顾影生	林黛玉焚稿断痴情赋	九十七回：林黛玉焚稿断痴情	林黛玉
朱作霖	贾宝玉神游太虚境赋	五回：贾宝玉神游太虚境	贾宝玉
程芙亭	贾宝玉祭芙蓉女儿赋	七十八回：痴公子杜撰芙蓉诔	贾宝玉、晴雯
	林黛玉葬花赋	二十七回：埋香冢飞燕泣残红	林黛玉

冯庚堂《红楼梦律赋》不知是单篇赋，还是一组赋；林起贞《红楼梦赋》应该是一篇，属于从整体上来赋写《红楼梦》之作。其他诸种"红楼梦赋"，均选取《红楼梦》中的典型人物或重要场景、重大事件来铺陈描写，这其中既有男性作家沈谦、顾影生、朱作霖的赋作，也有程芙亭的女性视角赋作；既有同赋一回中众人物，也有各赋人物。以典型人物林黛玉为例，沈谦《葬花赋》《秋夜制风雨词赋》《见土物思乡赋》《凹晶馆月夜联句赋》《焚稿断痴情赋》、顾影生《林黛玉焚稿断痴情赋》、程芙亭《林黛玉葬花赋》，直接以林黛玉为主人公；而沈谦《海棠结社赋》《芦雪亭赏雪赋》《怡红院开夜宴赋》《中秋夜品笛桂花阴赋》中，林黛玉也是重要参与者。其中林黛玉的葬花与焚稿断痴情的情节，尤被赋家所关注。葬花情节出现在小说第二十七回，旨在"葬花魂"；焚稿断痴情情节出现在第九十七回，旨在"葬诗魂"；中间由凹晶馆赏月联句"冷月葬诗魂"链接，形成由"葬花"到"焚诗"的生命预言，这是小说中建构的林黛玉生命轨迹。沈谦《葬花赋》末云"剩粉零香亦可怜，焚巾难补有情天。不知三尺孤坟影，葬得姑苏何处边"，经《凹晶馆

月夜联句赋》"笔点花魂,香喷石髓。……诗梦醒兮草生,禅关冷兮烟锁",到《焚稿断痴情赋》"海可冤填,天须恨补。何必诗播吟笺,句传乐府。……时则阶静月移,窗虚风颤。斑竹数竿,昙花一现",内容上层层相因,又彼此照应。又如程芙亭《林黛玉葬花赋》云"色愁绝白杨青草,念泉台谁是知音?补恨无天,埋忧有地"[①],虽在写葬花,但情节已勾连至"焚稿断痴情";顾影生《林黛玉焚稿断痴情赋》云"夫何情非烧手,势等燃眉。……生也何为,侬命亦如花命薄;死难瞑目,君心未必我心痴"[②],虽在写焚诗,但情节亦不忘联结"葬花"。宝玉撰《芙蓉女儿诔》云"茜纱窗下,我本无缘。黄土垄中,卿何薄命",祭晴雯也是在祭黛玉;沈谦《葬花赋》云"花容判雨,花骨埋烟。茜窗露冷,湘馆云眠",程芙亭《林黛玉葬花赋》"黄土埋香,红妆抱恨……生成薄命,谁怜艳骨……袖倚茜窗,帘垂春昼……绿惨红啼,云护芙蓉之洞",也将黛玉归向宝玉祭悼的对象;程芙亭《贾宝玉祭芙蓉女儿赋》更是对宝玉杜撰《芙蓉女儿诔》情节的直接摹写。林黛玉的生命轨迹,通过诸篇赋作的铺陈得以丰富再现。值得注意的是,即使单篇赋作,也不再仅是铺叙单回情节内容,而是勾联小说前后情节,情事互文,连贯成篇。

就小说与赋之整体结构模式而言,《红楼梦》的整体结构,第一回有云:"瞬息间则又乐极生悲,人非物换,究竟是到头一梦,万境归空。"脂评第一回甲戌侧批:"四句乃一部之总纲。"[③]而结构

[①] 程芙亭:《绿云馆赋钞》卷一,道光二十六年潇湘吟馆刻本,第3a页。下文引述程芙亭梦赋作文字,如无特别注明,皆出自此书,不再赘注。
[②] 黄钵隐:《红楼梦拾遗》,《红学丛钞》第十编,第11a—12a页。
[③] 朱一玄编:《红楼梦脂评校录》,第3页。

主线，即是第一回中写到的"从此空空道人因空见色，由色生情，传情入色，自色悟空"的"启悟"路径。沈谦《红楼梦赋》首先赋写贾宝玉梦游太虚境，因空见色，由色悟空；次赋写薛宝钗《滴翠亭扑蝶赋》，次赋写林黛玉《葬花赋》，一热一冷，潜藏盛衰喜悲之理；再赋写一个众人《海棠结社赋》，一片富贵风流、欢声笑语，是一场闺阁才情展演的视觉盛宴，徐稚兰评曰："女秀才，女博士，众篇并作，采丽益新，泂极一时园亭之胜。"接下来从《拢〔栊〕翠庵品茶赋》到《见土物思乡赋》，沈谦按照小说情节顺序赋写金陵十二钗，有一人一赋，有二人一赋，有众人合赋，由色生情，在热烈喜庆场面的铺叙中暗涌冷清幽悲之潜流。然后至《中秋夜品笛桂花阴赋》，贾母率家人在大观园的桂花阴下赏月闻笛，夜静月明，笛声悲怨，"悲凉之雾遍布华林"；接下来《凹晶馆月夜联句赋》"悲寂寞"、《四美钓鱼赋》"预凶兆"、《潇湘馆听琴赋》"悲往事"、《焚稿断痴情赋》"断痴情"，直至《月夜感幽魂赋》"警幽魂"，传情入色，由色而空。诚如何铺在《红楼梦赋叙》中评道：

> 于是描来仙境，比宋玉之寓言；话到闺游，写韩凭之变相。花魂葬送，红雨春归；诗社联吟，白棠秋老。品从鹿女，陆鸿渐之《茶经》；啼到猿公，张若虚之词格。赏雪则佳人割肉，兽炭云烘；乞梅则公子多情，雀裘霞映。侍儿妙手，灭针迹于无痕；贫女孤身，痛衣香之已尽。眠酣藉绿，衬合群芳；寿上怡红，邀来众艳。生怜薄命，怀故国以颦眉；事欲翻新，洗人间之俗耳。斗尖义之险韵，鹤瘦寒塘；绘闺阁之闲情，鱼肥秋溆。丹维白博，天上月共证素心；翠劚红韬，镜中缘只余

灰劫。无花不幻，空归环珮之魂；有子能诗，聊继缥缃之业。^①

《红楼梦赋》前半幅热闹繁华，后半幅凄清惨淡，最后一切归于"镜中缘"，皆是"幻"与"空"；于是至《稻香村课子赋》，即"有子能诗，聊继缥缃之业"，以李纨一生辛勤课子，贾兰考中举人，终得晚年富贵完篇，正如俞霞轩评曰："一部《红楼梦》，几于曲终人杳矣。读此作，乃觉溪壑为我回春姿。"结尾回归于"回春姿"的雅正主题。

刘勰论赋："自《七发》以下，作者继踵。……观其大抵所归，莫不高谈宫馆，壮语畋猎。穷瑰奇之服馔，极蛊媚之声色。甘意摇骨体，艳词动魂识。虽始之以淫侈，而终之以居正，然讽一劝百，势不自反。子云所谓先骋郑卫之声，曲终而奏雅者也。"^②整个《红楼梦赋》由《贾宝玉梦游太虚境赋》"发端警策"，中间贯以闺阁风流及声色之好，逐渐在"警悟"中展开铺陈，最后由《稻香村课子赋》"曲终奏雅"，形成了一个典型的汉赋结构模式。这是赋家以"赋法"构筑起一个新的红楼世界，"赋—说同构"的形态在赋文本敷陈情事中得以实现。

第四节　同构之内：作为互参的"赋法"

《红楼梦》中赋与赋写《红楼梦》在"赋—说"交替互写过程中形成"曲终奏雅""情事互文"的"同构"现象。沈谦在《红楼梦赋

---

① 何镛：《红楼梦赋叙》，见沈谦《红楼梦赋》卷首，光绪二年何镛刻本，第1b页。
② 刘勰著，范文澜注：《文心雕龙注》，第255—256页。

序》中说:"自来稗官小说,半皆佛门泡电,海市楼台,必欲铺藻摛文,寻声察影,毋乃作胶柱之鼓,契船之求也乎?"由"海市楼台"的稗官小说到"铺藻摛文"的辞赋作品,沈谦意在以赋写小说。我们不禁要进一步追问:是什么触动沈谦等作家用赋来写《红楼梦》?

首先,是《红楼梦》中"赋法"的存在。何谓"赋法"?《毛诗序》云:"《诗》有六义焉:一曰风,二曰赋,三曰比,四曰兴,五曰雅,六曰颂。"[1]"赋""比""兴"居六诗"风"之后、"雅""颂"之前,是中国古典诗学的重要批评概念。《毛诗》只标示出"兴"体,郑玄解释"赋比兴",谓:"赋之言铺,直铺陈今之政教善恶。比,见今之失,不敢斥言,取比类以言之。兴,见今之美,嫌于媚谀,取善事以喻劝之。"[2]至朱熹的《诗集传》,第一次为每首诗标出赋、比、兴,清人陈启源即谓:"毛公独标兴体,朱子兼明比赋。"[3]朱熹对"赋"的解释是:"赋者,敷陈其事而直言之者也。"[4]无论是郑玄的"赋之言铺,直铺陈今之政教善恶",还是朱熹的"赋者,敷陈其事而直言之者也",都指出"敷陈其事"是赋的一大征象,此即赋法之一。《红楼梦》中赋法的存在,除了第五回中直接名"赋"的《警幻仙赋》,还有多篇"赋体文":如第一回的《好了歌解》、第二十一回《续〈庄子·胠箧〉文》[5],第七十八回《芙蓉女

---

[1] 郑玄注,孔颖达疏:《毛诗正义》卷一,阮元校刻:《十三经注疏》,中华书局1980年版,第271页。

[2] 郑玄注,贾公彦疏:《周礼注疏》卷二十三,阮元校刻:《十三经注疏》,第796页。

[3] 陈启源:《毛诗稽古编》,中国诗经学会编:《诗经要籍集成》第23册,学苑出版社2002年版,第127页。

[4] 朱熹:《诗集传》,中华书局1958年版,第3页。

[5] 郭维森、许结:《中国辞赋发展史》,第823页:"《红楼梦》中尚有多篇赋体文。如第一回甄士隐对《好了歌》的解说之词;第二十一回贾宝玉续写《南华经》外篇《胠箧》一段文字,或骈或散,实为短篇哲理小赋。"

儿诔》等。更值得关注的是，还有一些隐秘的"赋法"①，小说运用赋法营造"赋境"，并以此启迪作家"寻声察影"，以赋写小说。

其次，《红楼梦》全书重"比兴寄托"，且小说作者持"远师《楚辞》而近学六朝"之赋学观念，沈慕韩评云："《红楼梦》一书，巫山云雨，半宋玉之微辞；洛浦神仙，亦陈留之谰语。……于是黑雾催诗，愁云掩梦。言寓兰蕙，动屈子之哀吟。"②《红楼梦》有出屈、宋而入六朝的"赋法"特征，这自然会得到后来赋家的感应。沈谦《红楼梦赋自叙》谓："《红楼梦赋》二十首，嘉庆己巳年作。时则孩儿绷倒，纲官贡归；退鹢不飞，缩龙谁掇。……感友朋之萍逢，负妻子之鹤望。……爰假《红楼梦》阅之，以消长日。"嘉庆十四年（1809），沈谦会试失利，回乡简居，假《红楼梦》以消忧，作《红楼梦赋》，其对自己赋作的认识是"况复侧艳不庄，牢愁益固。仲宣体弱，元子声雌。……然而枯鱼穷鸟，寓旨遥深；翠羽明珰，选词绮丽。借神仙眷属，结文字因缘。……因风屈体，难堪竹叶笑人"，思路亦是"远师《楚辞》而近学六朝"，诚如《忏玉楼丛书提要》所评："胎息六朝，炉冶唐宋，久已脍炙人口，无待赘言。"③程芙亭《贾宝玉祭芙蓉女儿赋》也是"幽怨盈篇，深情满目。袜沉湘浦，记感旧之陈王"，《林黛玉葬花赋》是"使者莺花，散尽六朝风怨含"；作有《红楼梦赋》的林起贞，在《红楼梦偶题》序中也说"'离骚'善怨，'国风'不淫，盖庶乎其近之矣"。④在出入《楚辞》、胎息六朝这一点上，《红楼梦》与"红楼梦赋"形成

---

① 参见本书《绪论》第7—8页相关论述。
② 一粟编著：《红楼梦书录》（增订本），第306页。
③ 吴克岐：《忏玉楼丛书提要》，北京图书馆出版社2002年版，第145页。
④ 一粟编著：《红楼梦书录》（增订本），第171页。

默契。任廷旸在《红楼梦赋钞本序》中认为这是"移情","果移我情,讵干卿事。而乃庾徐之藻,施诸《南郡新书》;屈宋之华,托彼《西京杂记》者"①,"庾徐之藻""屈宋之华",皆有高超之"赋法",将这些赋法移易小说,读者与创作者所表现的情感融合为一,产生情绪共鸣。

最后,《红楼梦》与《红楼梦赋》二者成功"互参",造化经典。沈谦的《红楼梦赋》作于嘉庆十四年,题咏对象是一百二十回本的《红楼梦》,这与《红楼梦》的程高本刊刻时间乾隆五十六年(1791)仅距18年。《红楼梦赋》流传的版本有二十余种,在日本、美国、英国、爱尔兰等地图书馆、博物馆珍藏,影响深广。《石头记集评》卷下谓:"通州丁二斋大令嘉琳亦著有《红楼百美吟》五言排律五十韵,仅取美者百人,如贾母、邢、王诸人概置勿论,真如百琲明珠,七襄云锦,堪与萧山沈青士锡庚所作《红楼梦赋》三十首、俞潜山思谦集古七古一篇并传。"② 称赞丁嘉琳《红楼百美吟》可与沈谦《红楼梦赋》、俞思谦《红楼梦歌》并传,而俞氏《红楼梦歌》七言集古七十二句,缪艮《文章游戏初编序》评其"歌咏其事,词意包举,且语语如自己出,堪与本传并传"③,合而言之,即俞氏《红楼梦歌》、沈谦《红楼梦赋》可与《红楼梦》一样并传,为经典之作。又西园主人《红楼梦本事诗》同治六年《自序》云"盖青士之赋,妙在不即不离,蹈实于虚,而余诗则句句征实,编集全身,似觉异曲同工"④,西园主人撰《红楼梦本事诗》追

---

① 沈谦:《红楼梦赋草》卷首,道光三十年(1850)吴江爱氏蝶园乌丝栏抄本,中国国家图书馆藏,第3a页。
② 一粟编著:《红楼梦书录》(增订本),第286页。
③ 缪艮编:《文章游戏初编》卷首,道光四年一厂山房重刊本,第4b页。
④ 一粟编著:《红楼梦书录》(增订本),第287—288页。

求与《红楼梦赋》有"异曲同工"之妙。又，朱作霖将其《贾宝玉神游太虚境赋》置于《红楼文库》三十七题六十九篇之首，同治六年（1867）古筈山人总评曰："高摘屈宋艳，浓薰班马香，实无聊之思，亦有为而作，借题发挥，惟妙惟肖，才人之用心，可爱亦可怜也。与岭南梅孝廉《红楼梦赞》异曲同工，更足补其所未备。"[1]似乎清人凡题咏《红楼梦》的诗作，都要与以屈原、宋玉、司马相如、班固所开创的"赋"体造作的"题《红》赋"一较高下。"红楼梦赋"俨然成为衡量题咏《红楼梦》作品优劣的一个标杆。究其原因，在于"赋"体之特质，康熙《历代赋汇序》："赋者，六义之一也……赋之于诗，功尤为独多。由是以来，兴、比不能单行，而赋遂继诗之后，卓然自见于世，故曰：'赋者，古诗之流也。'"[2]清代赋家林联桂论赋体有曰："'诗有六义，二曰赋'……故工于赋者，学贵乎博，才贵乎通，笔贵乎灵，词贵乎粹，而又必畅然之气，动荡于始终；秩然之法，调御于表里。贯之以人事，合之以时宜，渊宏恺恻，一以风、雅、颂为宗，宇宙间一大文也。"[3]赋体源自《诗经》，是继《诗》之后卓然自立为"体"，是"宇宙间一大文"，以赋体写小说，或也可视为文体的"以高行卑"之一典型。[4]《红楼梦》在传播过程中，与"红楼梦赋"形成相互造作之势，在"同构"互参中成就彼此的经典地位。

赋与小说在形态与体格上看似是大相径庭的两种文类，实则一

---

[1] 朱作霖：《红楼文库》，见黄钵隐《红学丛钞》第十一编，第8b页。
[2] 许结主编：《历代赋汇》（校订本），凤凰出版社2018年版，第1页。
[3] 林联桂撰，何新文等校证：《见星庐赋话校证》，上海古籍出版社2013年版，第1页。
[4] 参见蒋寅《中国古代文体互参中"以高行卑"的体位定势》（《中国社会科学》2008年第5期）一文相关论述。

脉相通，二者之间形成"同构"看似是难以意料的文学创作，但在《红楼梦》中赋与赋写《红楼梦》的实践中却得到成功示范。《红楼梦》小说与赋体同构的成功之处，不仅在于它和《金瓶梅》《三国演义》《镜花缘》等小说一样"援赋作入小说"[①]，更在于它援引赋法、赋的结构入小说；而《红楼梦赋》也是小说史上首次以"赋"体完整组织重写小说的文本。因此《红楼梦》作赋与赋写《红楼梦》是一件颇有文学史意义的创举。西方学者艾略特（T.S.Eliot）曾说：

> 我们称赞一个诗人的时候，我们的倾向往往专注于他在作品中和别人最不相同的地方。我们自以为在他作品中的这些或这些部分看出了什么是他个人的，什么是他的特质。我们很满意地谈论诗人和他前辈的异点，尤其是和他前一辈的异点，我们竭力想挑出可以独立的地方来欣赏。实在呢，假如我们研究一个诗人，撇开了他的偏见，我们却常常会看出：他的作品中不仅最好的部分，就是最个人的部分也是他前辈诗人最有力地表明他们的不朽的地方。[②]

一个诗人与前辈诗人的作品存在"异点"，这是特质，值得欣赏，但"最有力地表明他们的不朽的地方"恰恰是他们互参的"同点"，即一个文本总是体现出与前文本"预存图式"的同构书写。明人杨

---

① 拙文《〈三国演义〉中的赋学史料及其与小说之关联问题》（《中山大学学报》2017年第3期）、《赋法：〈诗经〉学视域下的〈金瓶梅〉批评观》（《文学研究》2017年第1期）有相关论述，可参考。

② 艾略特著，王恩衷编译：《艾略特诗学文集》，国际文化出版公司1989年版，第1—2页。

慎在书法"异体别构"之外较早关注到同构问题,其编纂《分隶同构》,序云:"自苍颉沮诵而下,蝌蚪鸟迹以还,为八分,为楷隶,其变够矣。《说文》、《训纂》字止九千,《玉篇》、《龙龛》至亿万,异体别构,俗创讹音,实繁其文焉。暇日搜诸字书,合于六书,而又叶于八法,得什一于千百,振体要于碎烦,名曰《分隶同构》。"① 与外国文字相比,中国书体具有显著的趋同性结构特征,以杨慎的"八法"同构书体为典型,而文体在"文章流别论"主导的理论谱系中,"参体同构"之说往往被忽略。清人姚永朴在论述由古今文字之变到古今文学之变时,曾说"间尝推寻其故,然后知今之字数孳乳而寖多,其体又视古日歧,迨至楷书通行,而去之也益远。……故古者以同而易,今以歧而难"②,指出今日文体之弊就在于求"歧"而略"同"。《红楼梦》与《红楼梦赋》二者的成功"互参",是辞赋与小说试图以赋法同构的一个典型范例,只是这一文学史、文体史上别具意义的文事,直到中国古代小说的巅峰之作《红楼梦》出现的时代才得以实现。

---

① 杨慎著,王文才、张锡厚辑:《升庵著述序跋》,云南人民出版社 1985 年版,第 29 页。
② 姚永朴著,许结讲评:《文学研究法》,凤凰出版社 2009 年版,第 6—7 页。

第二章

骚·诔·赋:《芙蓉女儿诔》的文体学演进理路

  清儒章学诚在考察战国文章时曾指出"盖至战国而文章之变尽,至战国而著述之事专,至战国而后世之文体备",文体皆备于战国,究其所以,章氏认为"战国之文,其源皆出于六艺"。[1] 这种观念,其实刘勰在《文心雕龙·宗经》中早已道明:"故论说辞序,则《易》统其首;诏策章奏,则《书》发其源;赋颂歌赞,则《诗》立其本;铭诔箴祝,则《礼》总其端;纪传铭檄,则《春秋》为根;并穷高以树表,极远以启疆,所以百家腾跃,终入环内者也。"[2] 战国各种文体备于"六经"。

  南宋赵彦卫《云麓漫钞》谓:"唐之举人,先藉当世显人,以姓名达之主司。然后以所业投献。逾数日又投,谓之温卷。如《幽怪录》《传奇》等皆是也。盖此等文备众体,可以见史才、诗笔、议论。"[3] 唐传奇有"文备众体"的元素,自此以后,"文备众体"成为中国小说的一个重要特征。[4] 又,蔡义江先生曾指出:"自唐传奇始,'文备众体'虽已成为我国小说体裁的一个特点,但毕竟多数

---

[1] 章学诚著,叶瑛校注:《文史通义校注》,中华书局1985年版,第60页。
[2] 刘勰著,范文澜注:《文心雕龙注》,第22—23页。
[3] 赵彦卫:《云麓漫钞》卷八,中华书局1998年版,第135页。
[4] 参见程毅中先生《文备众体的唐代传奇》相关论述,文载《神怪情侠的艺术世界》,中共中央党校出版社1994年版,第80—89页。

情况都是在故事情节需要渲染铺张，或表示感慨咏叹之处，加几首诗词或一段赞赋骈文以增效果。所谓'众体'，实在也有限得很。《红楼梦》则不然。除小说的主体文字本身也兼收了'众体'之所长外，其他如诗、词、曲、辞赋、歌谣、谚、赞、诔、偈语、联额、书启、灯谜、酒令、骈文、拟古文等等，也应有尽有。……这是真正的'文备众体'，是其他小说中所未曾见的。"① 因此，至清代小说的巅峰之作《红楼梦》出现，中国文学之众体备于"红"。

从"文体皆备"到"文备众体"，由"经学"而"红学"，这是考察中国文体学演进的一条重要但又多被忽略的理路。从唐传奇至《红楼梦》的"文备众体"现象深深地影响到中国古代小说与文章的创作，而正由于小说中各体作者和书写内容的虚构性，使得"众体"摆脱了传统文体学视域的苑囿，从而别具特色，作为《红楼梦》"全书诗词歌赋之冠冕"的《芙蓉女儿诔》(简称"《芙蓉诔》")，在与《楚辞》、诔文与文赋诸作的纠葛中，鲜明地彰显出这一理路的文体学意义。

第一节　师楚：《芙蓉诔》用"骚"辞考辨

与小说中其他的诗、词、赋等"众体"出现的场合不太一样，《红楼梦》第七十八回，"宝玉"在考虑用什么文体来书写这篇《芙蓉诔》时，曾做过一番深思。小说中原有一段文字，在程高本中，却被删去。其文曰：

---

① 蔡义江：《红楼梦诗词曲赋鉴赏》，第1页。

我又不希罕那功名，不为世人观阅称赞，何必不远师楚人之《大言》《招魂》《离骚》《九辩》《枯树》《问难》《秋水》《大人先生传》等法，或杂参单句，或偶成短联，或用实典，或设譬寓，随意所之，信笔而去，喜则以文为戏，悲则以言志痛，辞穷意尽为止，何必若世俗之拘拘于方寸之间哉。

小说明确表示这篇《芙蓉诔》的"师楚"倾向，因此学术界从艺术特色、体式、思想、文化等视域来探讨《芙蓉诔》与《楚辞》的关联[1]，形成了一系列重要论断；但《芙蓉诔》在文本层面究竟是多大程度上受到《楚辞》的影响，还有讨论的空间。如何清晰揭示《芙蓉诔》中的《楚辞》印记？我们不妨下个笨功夫，将诔文所用"骚"辞一一搜集出来，条列如下：

芙蓉女儿诔	楚辞
芙蓉	《离骚》："制芰荷以为衣，集芙蓉以为裳。"[2]
孰料鸠鸩恶其高。	《离骚》："吾令鸩为媒兮，鸩告余以不好。雄鸠之鸣逝兮，余又恶其佻巧。"
鹰鸷翻遭罦罬。	《离骚》："鸷鸟之不群兮，自前世而固然。何方圜之能周兮，夫孰异道而相安。"
薋葹妒其臭，茞兰竟被芟鉏。	《离骚》："薋菉葹以盈室兮，判独离而不服"；"杂申椒与菌桂兮，岂维纫夫蕙茝。"

---

[1] 相关研究参见马凤程《〈芙蓉女儿诔〉和〈离骚〉》(《红楼梦学刊》1986 年第 1 期)、张云《〈芙蓉女儿诔〉的文章学解读》(《红楼梦学刊》2008 年第 1 期)、吴昌林和于文静《楚文化视域下屈原辞骚对〈芙蓉女儿诔〉的影响》(《南华大学学报》2018 年第 4 期)诸文。

[2] 朱熹：《楚辞集注》，上海古籍出版社 2015 年版，第 18 页。按：本书所引《楚辞》中文字，如未特别注明，皆出自此书，不再赘注。

续表

芙蓉女儿诔	楚辞
杏脸香枯，色陈颥颔。	《离骚》:"苟余情其信姱以练要兮，长颥颔亦何伤。"
诼谣謑诟	《离骚》:"众女嫉余之蛾眉兮，谣诼谓余以善淫";《九思·遭厄》"违群小兮謑诟。"
岂招尤则替，实攘诟而终。	《离骚》:"余虽好修姱以鞿羁兮，謇朝谇而夕替。"
既忳幽沉于不尽，复含罔屈于无穷。	《离骚》:"忳郁邑余侘傺兮，吾独穷困乎此时。"
高标见嫉，闺帏恨比长沙。	贾谊《惜誓》
直烈遭危，巾帼惨于羽野。	《离骚》:"鲧婞直以亡身兮，终然殀乎羽之野。"
乘玉虬以游乎穹窿耶？……御鸾鹥以征耶？	《离骚》:"驷玉虬以乘鹥兮，溘埃风余上征。"
驾瑶象以降乎泉壤耶。	《离骚》:"为余驾飞龙兮，杂瑶象以为车。"
望缴盖之陆离兮。	《离骚》:"纷总总其离合兮，斑陆离其上下。"
驱丰隆以为比从兮，望舒月以离耶？……倩风廉之为余驱车兮。	《离骚》:"吾令丰隆乘云兮，求宓妃之所在。""前望舒使先驱兮，后飞廉使奔属。"
纫蘅杜以为纕。	《离骚》:"纫秋兰以为佩。"
檠莲焰以烛兰膏耶。	《招魂》:"兰膏明烛，华容备些。"
忍捐弃余于尘埃耶？倩风廉之为余驱车兮。	《远游》:"风伯为余先驱兮，氛埃辟而清凉。"
素女约于桂岩，宓妃迎于兰渚。弄玉吹笙，寒簧击敔。	《九怀》:"闻素女兮微歌，听王后兮吹竽。"
发轫乎霞城，返旌乎玄圃。	《离骚》:"朝发轫于苍梧兮，夕余至乎县圃。"

从上表可以看出，短短一篇一千三百余字的诔文，竟有20多处化用《楚辞》语句，其中化用《离骚》最多，达15处。究其用"骚"辞之意图，分类考辨如下。

首先是"取辞"，表现在三个方面，一是直接运用《楚辞》中的语词，如"芙蓉"一词，最早见于《离骚》"制芰荷以为衣兮，集芙蓉以为裳"，其他如"颐颔""诼谣諑诟"等，也都直接取自《离骚》。二是间接化用，如"岂照尤则替，实攘诟而终"，化用《离骚》"余虽好修姱以鞿羁兮，謇朝谇而夕替"和"屈心而抑志兮，忍尤而攘诟"句，脂砚斋夹批曰："朝许夕替废也，恐尤而相询诟同攘取也。"又"既忳幽沉于不尽，复含罔屈于无穷"句，化用《离骚》"忳郁邑余侘傺兮，吾独穷困乎此时"句。三是"取辞"以摹写类似的场景，比如神仙车驾的描写，这是《楚辞》中形成的一个文学传统。仙驾往往由飞龙、鸾凤驾驭，风神、雷神驱使，云神、月神侍从，《芙蓉诔》写芙蓉花神的"车驾"曰：

天何如是之苍苍兮，乘玉虬以游乎穹窿耶？地何如是之茫茫兮，驾瑶象以降乎泉壤耶？望繖盖之陆离兮，抑箕尾之光耶？列羽葆而为前导兮，卫危虚于旁耶？驱丰隆以为比从兮，望舒月以离耶？听车轨而伊轧兮，御鸾鹥以征耶？……倩风廉之为余驱车兮……发轫乎霞城，返旌乎玄圃。

《离骚》描写车驾曰"驷玉虬以乘鹥兮，溘埃风余上征"；"为余驾飞龙兮，杂瑶象以为车"；"纷总总其离合兮，斑陆离其上下"；"吾令丰隆乘云兮，求宓妃之所在"；"前望舒使先驱兮，后飞廉使奔属"；"朝发轫于苍梧兮，夕余至乎县圃"；等等。对比可见，《芙蓉诔》的车驾描写直接摹拟《离骚》，"取辞"仿写意味非常明显。

其次是"取义"，也表现在三个方面，一是从"恶鸟""恶草"意象中取义，《芙蓉诔》写芙蓉女儿具有美好的品德，却"孰料鸠鸩恶其高，鹰鸷翻遭罦罬"，化用《离骚》"鸷之不群兮，自前世而固然。何方圜之能周兮，夫孰异道而相安。……吾令鸩为媒兮。鸩告余以不好。雄鸠之鸣逝兮，余又恶其佻巧"句意，脂砚斋夹批曰："《离骚》鸷鸟之不群兮，又语令鸩为媒兮。鸩告余以不好。雄鸠之鸣逝兮，余恶直轻佻巧。注：鸷特立不群，故不群，故不于。鸩羽毒杀人，鸠多声，有如人之多言不实。"二是从"香草美人"意象中取义，《芙蓉诔》云"赟蒤妒其臭，茝兰竟被芟鉏"，语出《离骚》"赟菉蒤以盈室兮，判独离而不服"与"杂申椒与菌桂兮，岂维纫夫蕙茝"，脂砚斋夹批曰："赟、蒤皆恶草，以便（别）邪接（佞）。茝兰，芳草，以别君子。"其他如"蘅杜""秋兰""兰膏""素女"等意象，皆取资《楚辞》。三是从"重华陈词"中取义，"重华陈词"是《离骚》中的经典内容，《芙蓉诔》写道："直列遭危，巾帼惨于羽野。"脂砚斋夹批曰："鲧刚直自命，舜殛于羽山。《离骚》：鲧婞真以亡身兮，终然殀乎羽之野。"《离骚》中的香草美人意象以及"重华陈词"，表达的是屈原的政治理想，有很强的政治斗争意味。《芙蓉诔》表面上悼亡小女儿，却用上鲧、屈原、贾谊等在政治斗争中遭遇祸患的人物典故，联系小说中的"师楚""以文为戏""以言志痛""辞穷意尽"诸说，这里有很强的"取义"倾向，蔡义江先生所谓"借师古而脱罪，隐真意于玩文，似乎是摹拟，而实际上是大胆创新，既幽默而又沉痛"[1]，或可然也。

　　总之，《芙蓉诔》从《楚辞》"取辞"兼有"取义"，是对其"文体"与"文义"的双重借鉴，综合诔文全篇前序后歌，序骈、歌骚的特征，"宝玉"的这番思虑，会在文章学上彰显出特殊的征象。

---

[1] 蔡义江：《红楼梦诗词曲赋鉴赏》，第391页。

第二节　杜撰：《芙蓉诔》文的"违体"书写

与传统"四言"诔文不同，"宝玉"撰写《芙蓉诔》摒弃《诗经》的"现实主义"风格，而择取"骚辞"以继承《楚辞》之风，在中国文学的诗、骚传统中似乎选择了弃"诗"而取"骚"的路径。关于这篇诔文的写作之由，《红楼梦》写道："宝玉本是个不读书之人，再心中有了这篇歪意，怎得有好诗好文作出来。他自己却任意纂著，并不为人知慕，所以大肆妄诞，竟杜撰成一篇长文。"正是因为在小说的文本环境中，实现了"任意纂著"和"杜撰"的自由，从而对传统诔文文体形成突破。

一是有违"宗经"之旨。正如前引刘勰在《宗经》篇中指出"《礼》以立体，据事制范……铭诔箴祝，则《礼》总其端"，诔文之体出自《周礼》。《周礼·春官·大祝》曰："大祝……作六辞，以通上下亲疏远近，一曰祠，二曰命，三曰诰，四曰会，五曰祷，六曰诔。"① 诔文最初由大祝掌管，大祝是掌祭祀告神之赞辞的人，属春官宗伯。又《周礼·大史》曰："大丧，执法以莅劝防；遣之日，读诔。"郑注云："遣谓祖庙之庭大奠将行时也。人之道终于此，累其行而读之。"② 诔文是一种非常庄重的应用文体，在大丧遣之日由太史来宣读诔文，这是奠礼的重要一环。前揭宝玉撰写《诔文》自谓"不希罕那功名，不为世人观阅称赞"，又说："如今若学那世俗之奠礼，断然不可。竟也还别开生面，另立排场，风流奇异，于世无涉，方不负我二人之为人。"宝玉撰诔是由自己宣读，

---

① 郑玄注，贾公彦疏：《周礼注疏》，阮元校刻：《十三经注疏》，第 809 页。
② 郑玄注，贾公彦疏：《周礼注疏》，阮元校刻：《十三经注疏》，第 818 页。

不在乎给世人观阅称赞，也不学世俗的"奠礼"，故而无须"宗经"，所以能成就不同世俗的别开生面之作。

二是有违"尚实"之意。在小说语境中，给一位"花神"撰写诔文，小说语境本是"虚"境，而"花神"也是"虚"无的存在，虚中又虚，这似乎不合于"铭诔尚实"的传统。曹丕《典论·论文》指出"铭诔尚实"，五臣注云："铭诔述人德行，故不可虚也，丽美也。"[①]《说文解字》解释"诔"："从言，耒声。累列生时行迹，读之以作谥者。"[②]诔文具有纪传体的特征，刘勰《诔碑》谓："详夫诔之为制，盖选言录行，传体而颂文，荣始而哀终。论其人也，暧乎若可觌；道其哀也，凄焉如可伤：此其旨也。"[③]明确指出"诔"为"传体"，"诔"具有史传征实性质，"论其人也，暧乎若可觌"，需要纪实。《芙蓉诔》一片虚词，开头交代年月日即谓"维太平不易之元，蓉桂竞芳之月，无可奈何之日"，脂砚斋夹批曰："年便奇。日更奇。细思日何难于说真某某，今偏用如此说，则可知矣。"这与小说所称"无朝代年纪可考"的说法一致。就连诔文所诔之主也是"虚"化的，名义上是诔晴雯，实则诔黛玉。小说写宝玉读完诔文后，"忽听山石之后有一人道：'且请留步。'二人听了，不免一惊。那丫鬟回头一看，却是个人影从芙蓉花中走出来，他便大叫：'不好，有鬼。晴雯真来显魂了！'"此人影就是黛玉，陈其泰《红楼梦回评》第七十八回评曰："《芙蓉诔》是黛玉祭文。恐人不觉，故于落下处小婢大呼'有鬼'。以黛玉当晴雯，其意尤明。"[④]再

---

① 萧统编，李善等注：《六臣注文选》，中华书局1987年版，第967页。
② 段玉裁注：《说文解字注》，上海古籍出版社1988年版，第101页。
③ 刘勰著，范文澜注：《文心雕龙注》，第213—214页。
④ 曹雪芹原著，程伟元、高鹗整理，张俊、沈治钧评批：《新批校注红楼梦》，第1435页。

就是黛玉对诔文中"红绡帐里,公子多情;黄土垄中,女儿薄命"一句再三改易,最后定为"茜纱窗下,我本无缘;黄土垄中,卿何薄命",庚辰本第七十九回在"卿何薄命"后批曰:"如此我亦为妥极,但试问当面用'尔''我'字样,究竟不知是为谁之谶,一笑一叹。一篇诔文总因此两句而有,又当知虽来(诔)晴雯,而又实诔黛玉也。奇幻至此!"《芙蓉诔》变诔文"尚实"风格而为"奇幻"。

三是有违"四言"之体。"四言"是上古"雅言"中普遍共用的一种句式。① 挚虞《文章流别论》谓:"《书》云:'诗言志,歌永言。'言其志,谓之诗。……古诗率以四言为体……雅音之韵,四言为正,其余虽备曲折之体,而非音之正也。"② 《诗》《书》之雅音,贵在四言,《论语》谓"《诗》、《书》、执《礼》,皆雅言也"③。所以刘勰就说"诔述祖宗,盖诗人之则也"④,诔文承自经文,有"九能"之一的称誉,汉儒毛亨对《诗·鄘风·定之方中》"卜云其吉,终然允臧"句解释有云:"建国必卜之。故建邦能命龟……衰纪能诔,祭祀能语,君子能此九者,可谓有德音,可以为大夫。"⑤ "九能"说即谓君子有此九能则成其"九德","能诔"也是士大夫在文辞、礼仪、言语方面的能力要求之一。考察汉代诔文,多以四言为体,扬雄所作《元后诔》即是"在诔辞的基础上,又融入了先秦钟鼎铭

---

① 参见拙文《中国早期文学文本的对话:〈诗〉赋互文关系诠解》(《文学评论》2018年第3期)相关论述。
② 欧阳询:《艺文类聚》卷五十六,中华书局1965年版,第1018—1019页。
③ 皇侃:《论语义疏》卷四,清知不足斋丛书本。
④ 刘勰著,范文澜注:《文心雕龙注》,第213页。
⑤ 郑玄注,孔颖达疏:《毛诗正义》卷三,阮元校刻:《十三经注疏》,第315页。

文、诗颂，形成了一种以述德为职能、四言有韵的文体形式"①。《后汉书》著录桓谭、冯衍、贾逵、桓麟、班固、马融、蔡邕、延笃、卢植、服虔、杜笃、王隆、傅毅、李胜、李尤、苏顺、曹众、刘珍、葛龚、王逸、崔琦、张升、赵壹、班昭、卫宏、夏恭等人所作诔文，多是"四言"，合乎诔之"正体"范畴。魏晋以后，诔文多以四言为正宗，故吴讷《文章辨体序说》谓"大抵诔则多叙世业，故今率仿魏晋，以四言为句"②。《芙蓉诔》摒弃传统的"四言"成制，选择"师楚"，"或杂参单句，或偶成短联，……何必若世俗之拘拘于方寸之间哉"，认为"诔文挽词，也须另出己见，自放手眼，亦不可蹈袭前人的套头，填写几字搪塞耳目之文；亦不能洒泪泣血，一字一咽，一句一啼，宁使文不足悲有余，万不可尚文藻而反失悲戚"。《芙蓉诔》或三言、或四言、或六言，兼有《楚辞》之风，打破传统四言的束缚，"另出己见，自放手眼"，"不可蹈袭前人的套头"的意识非常明显。

《芙蓉诔》的撰写摒弃《诗经》传统而取道《楚辞》风貌，与两汉"正体"诔文多有不同，却与魏晋之文趋向同调。东汉诔文以礼制约束文体，形成稳定的文体模式，刘师培谓："汉代之诔，皆四言有韵，魏晋以后调类《楚词》，与辞赋哀文为近：盖变体也。……东汉之诔，大抵前半叙亡者功德，后半叙生者之哀思。"③东汉诔文往往是述德在前，叙哀次之，述德为主，叙哀为辅；至魏晋诔文，取调《楚辞》，突破儒家的礼教特征，多以陈哀，这以曹

---

① 黄明金：《汉魏晋南北朝碑诔文研究》，人民文学出版社 2005 年版，第 22 页.
② 吴讷、徐师曾：《文章辨体序说 文体明辨序说》，人民文学出版社 1962 年版，第 54 页。
③ 刘师培：《中国中古文学史讲义》，凤凰出版社 2011 年版，第 230 页。

植为关键点。曹植今存有《光禄大夫荀侯诔》《王仲宣诔》《武帝诔》《任城王诔》《文帝诔》《大司马曹休诔》《卞太后诔》《平原懿公主诔》等诔文八篇,是先秦至曹魏为止,诔文创作数量最多的作家。曹植诔文的创作,与其哥哥曹丕要求诔文"尚实"和重述德行的宗旨不同,他在《上卞太后诔表》中说"臣闻铭以述德,诔尚及哀。是以冒越谅暗之礼,作诔一篇"①,明确表明自己作此诔文重在抒哀情。

"宝玉"撰写《芙蓉诔》明确说:"况且古人多有微词,非自我今作俑也。奈今人全惑于功名二字,尚古之风一洗皆尽,恐不合时宜,于功名有碍之故。"对诔文施以新变的始作俑者即是曹植。② 刘勰对于曹植的新变多有不满,指出"陈思叨名而体实烦缓,《文皇诔》末,旨言自陈,其乖甚矣"③,认为诔应该尚礼,不能违背儒家的礼教精神。针对刘勰的观点,清人李兆洛提出异见:"至其旨言自陈,则思王以同气之亲,积讥逸之愤,述情切至,溢于自然,正可以副言哀之本致,破庸冗之常态。诔必四言,羌无前典,固不得援此为例,亦不宜遽目为乖也。"④李兆洛之言与"宝玉"撰诔之思非常切近,诚如刘师培所言:"彦和因篇末自述哀思,遂讥其'体实烦缓'。然继陈思此作,诔文述及自身哀思者不可胜计,衡诸诔以述哀之旨,何'烦秽'之有?"又说:"陈思王《魏文帝诔》于篇末略陈哀思,于体未为大违,而刘彦和《文心雕龙》犹讥其乖

---

① 宋效承、向焱校注:《三曹集》,黄山书社 2018 年版,第 231 页。
② 曹植诔文对前代诔文的新变,参见徐国荣《先唐诔文的职能变迁》(《文学遗产》2000 年第 5 期)、马江涛《试论曹植诔文的新变》(《新疆社科论坛》2008 年第 3 期)等相关论述。
③ 刘勰著,范文澜注:《文心雕龙注》,第 213 页。
④ 李兆洛编:《骈体文钞》,上海古籍出版社 2001 年版,第 78 页。

甚。"①相较于曹植对诔体的"未为大违",《芙蓉诔》延续曹氏之"违"而至"大",全面有违"正体"模式,打破宗经之旨、尚实之意、四言之体,加入大量六言、七言以及楚骚体句式,杜撰出一篇以虚辞写神迹,以"骚"代"诗",以楚语写哀情,完全不关"功名"的诔文。

第三节　仿写：文赋之间的"参体"问题

两汉之文"依经立义",多援引五经名句,皮锡瑞《经学历史》谓:"汉元、成以后,刑名渐废。上无异教,下无异学,皇帝诏书,群臣奏议,莫不援引经义,以为依据。"②因此,汉诔创作所用典故多出于儒家经典,尤以引用《诗经》最多,其中又以雅、颂篇章最夥③,很少引用"骚"辞。《芙蓉诔》则正好相反,全篇仅在"连天衰草,岂独兼葭;匝地悲声,无非蟋蟀"句中使用了《诗经》中的"兼葭""蟋蟀"意象,其他儒家经典几乎没有引用,却大量的引用《楚辞》词句,走上了一条摒弃《诗经》而倾向"楚骚"的文学传统。

或许在中国文学史上没有哪一篇诔文能有《芙蓉诔》一般深入人心,自《红楼梦》问世至民国初年,不过二百余年时间,形成多重的"仿写"之作:一是在《红楼梦》续书中的诔文仿写,如逍遥子《后红楼梦》中的《柳五儿碑文》、归锄子《红楼梦补》中的

---

① 刘师培:《中国中古文学史讲义》,第231页。
② 皮锡瑞著,周予同注释:《经学历史》,中华书局2004年版,第67页。
③ 参见黄金明:《汉魏晋南北朝碑诔文研究》,第23页。

《祭黛玉文》等；二是题咏之作的仿写，如程芙亭《贾宝玉祭芙蓉女儿赋》、许憩亭《吊潇湘妃子文》、李庆辰《代宝玉吊黛玉文》、朱作霖《为贾宝玉祭林黛玉文》。初略统计共有 6 篇，分别有 1 篇碑文、1 篇赋文、2 篇吊文、2 篇祭文。当然，这些仿写与《红楼梦》"痴公子杜撰芙蓉诔"情节的经典设置密切相关，但在同主题书写之中形成众体相参的文章学现象值得探讨。

首先，续书仿作续写小说情节。大家也许会好奇晴雯读了《芙蓉诔》，会有什么反应？这个情节在《红楼梦》续书中得以实现。秦子忱《续红楼梦》第六回"试真诚果明心见性　施手段许起死回生"，晴雯自道："我就来了这几年，也总没个亲人儿给我焚化些什么，只记得那一年秋天，又不是年，又不是节，忽然小大奶奶他们在牌楼那边得了一副冰鲛縠，上头长篇大论的不知写的都是些什么，说是宝二爷给我寄来的。"这副冰鲛縠即是《芙蓉诔》，黛玉帮其从头至尾朗诵了一遍，听完后"只见晴雯早已抽抽噎噎的哭成个泪人一般"。① 在逍遥子《后红楼梦》第十八回"拾翠女巧思庆元夕　踏青人洒泪祭前生"，晴雯借柳五儿之尸还魂，见"宝玉"所作《柳五儿碑文》，文中明言"此芙蓉神之晴雯女子之必还身于佳人柳五姐也"②。

其次，《续书》仿作给《芙蓉诔》诔主正名。前文已经揭示《红楼梦》批评家们都认为《芙蓉诔》"诔晴雯，实乃诔黛玉"，在《红楼梦》续书中，这个情节在小说文本中得以实现。郭则沄《红楼真梦》第三回"诔芙蓉晴姐悄吞声　悲芍药湘娥初感逝"写到晴雯得一幅冰鲛纱，拿给黛玉看，黛玉说是宝玉写给你的《芙蓉诔》，

---

① 秦子忱：《续红楼梦》，内蒙古人民出版社 2016 年版，第 63—64 页。
② 逍遥子：《后红楼梦》，内蒙古人民出版社 2016 年版，第 193 页。

晴雯道："怎么叫我芙蓉女儿呢？"黛玉道："那是小丫头们信口编的，说你做了管芙蓉花的花神，他就信实了。"晴雯道："我怎么配管芙蓉呢？若说林姑娘倒还安得上！姑娘可记得：那年，宝二爷生日，我们凑份子闹酒，行那个占花名的酒令。姑娘刚好抽着芙蓉花儿，还有'莫怨东风'的诗句子呢！"又点出黛玉"想起'我本多情，卿何薄命'二语，当时听了有点刺耳，好像是谶我似的，到如今果成了谶语！"[1]进一步为诔主是黛玉正名。归锄子《续红楼梦》第四十二回直接撰出一篇《祭黛玉文》，有谓"无端谶语先成，谬改茜纱之句"，由《芙蓉诔》补出一篇《祭黛玉文》，回末逸梅氏评曰："《祭黛玉文》，可与诔芙神辞并传，皆极哀感玩艳之致。"[2]

再次，与《续书》仿作给《芙蓉诔》诔主正名一样，一些题咏之作也纷纷撰写黛玉祭文。许憩亭[3]撰《吊潇湘妃子文》谓"郎自多情，病到死还呼妹妹；妾原薄命，生来行不得哥哥"，呼应《芙蓉诔》中"红绡帐里，公子多情；黄土垅中，女儿薄命"的三番改易，且感于晴雯有诔而黛玉无诔，创作这篇吊文。《代宝玉吊黛玉文》[4]的创作更为传奇，据李庆辰（1838—1897）[5]《醉茶志怪》卷一《说梦》记载：

---

[1] 郭则沄：《红楼真梦》，黑龙江美术出版社2017年版，第15页。
[2] 归锄子：《续红楼梦》，中国国际广播出版社1988年版，第459页。
[3] 按：许憩亭《吊潇湘妃子文》，古越曼陀罗馆主钵隐辑《红楼梦拾遗》收录，《红学丛钞》第十编。许憩亭即许树棠，字思召，号憩亭，又号澹圃，海宁人。嘉庆十四年己巳恩科进士。年二十八卒。《海昌艺文志》卷十五载，著《澹圃诗文集》二卷、《憩亭杂俎》一卷，杂俎乃小品文四十余篇，二书俱未刊。今存《澹圃诗词稿》一卷，抄本，浙江省图书馆藏。又有《敝帚集》一卷，抄本，浙江省图书馆藏。
[4] 按：此文古越曼陀罗馆主钵隐辑《红楼梦拾遗》亦收录，题"佚名"撰，见《红学丛钞》第十编。
[5] 关于李庆辰生平事迹参见张振国《李庆辰生平及著述考论》，《黄山学院学报》2007年第1期。

第二章 骚·诔·赋:《芙蓉女儿诔》的文体学演进理路 | 63

独壬辰春之梦则奇矣。时天气尚寒冷,拥衾假寐。梦至一处……杂沓其中一丈夫,年约四旬,降阶笑迎,情甚殷洽。予揖问姓字,答云:"《红楼》一书,君读已久,其事略有影响,而姓名殊非。……昔拟作未能洽意,遂改易用为芙蓉之诔。若祭潇湘无文,终属阙如。拙作业已草创,敬烦先生椽笔为修润之。"予闻命之下……视其原作,似未尽善。一时文思涌泉,不数刻脱稿。……方欲究主人为谁,霍然遂醒。然则主人即怡红公子耶?抑曹君雪芹耶?吾不得而知之矣。得毋好事多磨,予编志怪,而前辈稗官喜与同好,将书有不尽之意属予为之貂续耶?夫马当不遇,谁惊滕阁之文;狗监未逢,畴买长门之赋?亦惟梦想徒劳而已。不意晓起,忽于书簏中捡得故纸,乃代宝玉吊黛玉之作,因删润存之。①

"壬辰春",即清光绪十八年(1892)年春,此吊文或即李庆辰所作,吊文开头曰:"维猴山鹤去之年,庾岭鸿归之月,日逢秋老,时值更阑,怡红院宝玉谨以龙女名香,鲛人残泪,金茎仙叶,玉洞清泉,致祭于潇湘妃子之灵。"这与朱作霖《为贾宝玉祭林黛玉文》开头如出一辙:"维恨始元年,月旁死魄,日属往亡。悼红轩浊玉特以胡香四两,灵草一株,火枣盈盘,琼酥三爵,佐以碧藕、玄梨,惟虔惟诚。玉谨蒸蕙藉茅,沐兰佩杜,哭祭于潇湘妃子颦卿林妹之灵。"② 二人祭文均称代宝玉祭奠黛玉,文章的开头皆仿写《芙蓉诔》开篇之辞,继承了诔文的"尚虚"笔法,祭文、吊文与诔文实现参体同构书写。

---

① 李庆辰:《醉茶志怪》,齐鲁书社2004年版,第38—39页。
② 李定夷编:《游戏文章》附刊,上海国华书局1934年第6版,第15页。

最后，还有一篇明确题咏《芙蓉诔》的赋作：程芙亭《贾宝玉祭芙蓉女儿赋》。程芙亭是闺秀赋家，上虞人徐虔复之妻，据《上虞县志校续》卷十八《烈女》载："程芙亭，徐虔复配也。生长京师，幼耽翰墨，道光辛丑归徐南下，途中游览，皆纪以诗。又尝于扇中书宫词百首，夜阑人静，辄低声诵之。成婚后一载，举子不育，遂得疾不起。虔复悼之，作《落芙蓉曲》，并刻其遗诗一卷，曰《绿云馆遗集》。"①徐虔复《落芙蓉曲》谓"一枝红葬芙蓉树"，注："妇，字芙亭。"又《余抱鼓盆之戚已逾年矣，前作〈落芙蓉曲〉，意犹未尽，今更成十律以志悲遣》云"更无佳梦说《红楼》"，注："妇暇时，每为余说《红楼梦》传奇。"②程芙亭颇沉迷于《红楼梦》，著有《贾宝玉祭芙蓉女儿赋》《林黛玉葬花赋》，是《红楼梦》的女性读者所写的题咏赋作，难能可贵。

程芙亭《贾宝玉祭芙蓉女儿赋》开篇即云："顽石通灵，花神小遣。泪洒冰绡，诔传秋练。"题"诔"作"赋"之意甚明，着意于同一主题的赋与诔"参体"书写。程芙亭似乎对"芙蓉"情有独钟，"红迷"李慈铭曾作诗云"芙蓉镜里忏昙华，证道关程合并夸。争为夫君作佳兆，爱将名字属吾家"③，将其与杭州才女关锳（字秋芙）并称"芙蓉"；去世后，其丈夫徐虔复作《落芙蓉曲》悼念，谓"一枝红葬芙蓉树"，将程芙亭比作芙蓉，"落芙蓉"，即有葬花之意。所以程芙亭撰写《贾宝玉祭芙蓉女儿赋》，一方面可视为在代宝玉作《祭芙蓉女儿赋》，在《芙蓉诔》之外，另立一篇文

---

① 储家藻修，徐致靖纂：《上虞县志校续》卷十八《烈女》，光绪二十四年至二十五年刻本。

② 徐虔复：《寄青斋遗集》卷一，光绪十三年（1887）刻本。

③ 胡晓明、彭国忠编：《江南女性别集》（四编），黄山书社2014年版，第1301页。

字，形成"赋"与"诔"的文体互参；另一方面也可视作在给自己撰诔，以自己"沉疴难愈"的生命体验来作赋。程芙亭择取《红楼梦》中《葬花吟》与《芙蓉诔》两个情节来作《林黛玉葬花赋》《贾宝玉祭芙蓉女儿赋》，既写黛玉，又写晴雯，同时也是在写自己，三人同是红颜薄命，故而"幽怨盈篇，深情满目"，字字泣血，黄钵隐《红楼梦拾遗》赋末有尾评曰："如怨如慕，若泣若歌，不啻为林颦卿写照。""可恨娲皇徒炼石，情天不补补青天。"① 赋与诔在主题选择、情感关怀乃至生命体验等层面因参体而移情同构。

中国文章学的发展始终有一条"宗经"的理路，无论是刘勰认为的两汉以降一切文体皆以五经为本源，还是章学诚"至战国而后世之文体备"，皆走的是这一理路。以中国较早成熟的文体——"赋体"而言，自班固《两都赋序》称"赋者，古诗之流也"②，其后同声者如云，挚虞《文章流别论》谓"赋者，敷陈之称，古诗之流也"③，刘勰《诠赋》谓"赋自诗出，分歧异派"④，白居易《赋赋》也主张赋为"古诗之流"⑤，乃至康熙《历代赋汇序》谓："赋者，六义之一也……赋之于诗，功尤为独多。"推及其他文体，多是如此，所以颜之推说得更直接："夫文章者，原出五经：诏命策檄，生于《书》者也；序述论议，生于《易》者也；歌咏赋颂，生于《诗》者也；祭祀哀诔，生于《礼》者也；书奏箴铭，生于《春秋》者也。"⑥

---

① 黄钵隐：《红楼梦拾遗》，《红学丛钞》第十编，第13—14页。
② 费振刚、仇仲谦、刘南平校注：《全汉赋校注》，广东教育出版社2005年版，第464页。
③ 严可均校辑：《全上古三代秦汉三国六朝文》，中华书局1958年版，第1905页。
④ 刘勰著，范文澜注：《文心雕龙注》，第137页。
⑤ 白居易：《白居易集》，中华书局1979年版，第877页。
⑥ 王利器：《颜氏家训集解》（增补本），中华书局1996年版，第237页。

这种五经"天然含文"的观点深入人心。

可是，人们似乎忽略了文体发展的另一条理路：由骚而文。相较于赋体的"诗源说"，还存在一个"骚源说"，也就是说在"诗赋"传统之外，还存在着一个"骚赋"传统。① 作为古典文章之一的诔文，自扬雄以来，皆以四言为标准体式，讲究礼制规范，继承的是《诗经》传统，但在先秦时期，仅存的两篇诔文——传为柳下惠妻作《柳下惠诔》和鲁哀公作《孔子诔》，二者都不是所谓的四言"正体"，而是带有明显的楚风，尤其是较为成熟的《柳下惠诔》：

> 夫子之不伐兮，夫子之不竭兮，夫子之信诚而与人无害兮。屈柔从俗不强察兮。蒙耻救民德弥大兮，虽遇三黜终不蔽兮。恺悌君子永能厉兮，嗟呼惜哉，乃下世兮。庶几遐年，今遂逝兮，呜呼哀哉，魂神泄兮。夫子之谥，宜为惠兮。②

全篇皆采用骚体写成，刘勰称其是"辞哀而韵长"③之作。这或许就是《红楼梦》"宝玉"所思虑的"尚古之风"，诔文的撰写还有一条《离骚》的传统，在"诗诔"传统之外再接续"骚诔"传统。曹雪芹《芙蓉诔》全文大量引用《楚辞》而不取《诗经》，"远师楚人"，以骚体撰诔，打破自东汉以来被礼制束缚住的、"功名"化、"世俗"化的诔文规范，尤其是这种突破在"文备众体"的小说虚

---

① 参见许结：《从"诗赋"到"骚赋"——赋论传统之传法定祖新说》，《四川师范大学学报》2010年第6期。
② 刘向：《古烈女传》，上海三联书店2014年版，第87页。
③ 刘勰著，范文澜注：《文心雕龙注》，第213页。

构情境中完成,再加上后代文士于《红楼梦》续书和《红楼梦》题咏中又以祭文、碑文、赋等众体对诔文进行仿写,进一步强化由"经学"而"红学"的中国文体学理路演进。

第三章

造化经典：数种"红楼梦赋"的作者及版本考述

《红楼梦》一书，题咏极多，诗词曲之外，惟赋鲜见，而研究"红楼梦赋"更为少见。赋起于杂沓的"情事"，故以赋题咏《红楼梦》，能与小说叙事形成关联；又因赋长于"铺陈"，故题咏《红楼梦》的赋作，篇幅能长，容量能大，有以赋体来重写小说之功效。笔者近年来对"红楼梦赋"加以搜集，就目前所知有沈谦《红楼梦赋》20篇、程芙亭题《红》赋2篇、冯庚堂《红楼梦律赋》、林起贞《红楼梦赋》以及其他诸篇《葬花赋》《林黛玉赋》等，现就其作者及版本流传情况略作考述。①

第一节　沈谦与《红楼梦赋》的版本

沈谦的生平事迹，据一粟《红楼梦书录》云："沈谦，字青士，改名锡庚，萧山人，诸生。"其后汪超宏②、潘务正、赵春辉三位先生均有详细考证，其中赵春辉先生据新见道光十年、十一年《缙绅全

---

① 按：此章写成于2019年，时在查找《红楼梦赋》版本的过程中，承蒙复旦大学中文系罗书华先生、吴丽娜博士，中央民族大学文学院叶楚炎先生，哈佛大学访问学者宋雪博士，北京大学中文系左怡兵博士等大力襄助，谨致谢忱！

② 汪超宏：《沈谦二题》，《明清浙籍曲家考》，浙江大学出版社2009年版，第284—285页。

书》和光绪十九年《萧山长巷沈氏宗谱》有关沈谦史料，详细考证出沈谦的生平、家世及仕宦等事迹。《萧山长巷沈氏宗谱》卷二十一《世系表》载："锡庚，官名谦，字青士，行一，嘉庆戊辰恩科举人，拣选知县，考取国子监学正，钦派仓场监督，俸满截取同知，敕授文林郎、晋封中议大夫。著有古今体诗、骈体文待刊。生乾隆癸卯七月初十日，卒道光壬辰八月初七日。配张氏，晋封淑人，生乾隆丙午二月十九日，卒道光乙未正月初一日。三子：炯、邦济、昌本。葬城东范家埭。"[①]据此可知：沈谦生于乾隆四十八年（1783）二月十九日，嘉庆十三年（1808）举顺天乡试，卒于道光十二年（1832）八月初七日，享年五十岁。据《萧山县志》载，沈谦著有《易义讲余》《古近体诗》《留香书塾骈体式帖》三种。[②]《易义讲余》三卷，稿本一册，上海图书馆藏，红格版式，版框12厘米×17.1厘米，半页9行，行21字，牌记署"易讲余 留香书塾课本"。卷首有沈谦《叙》曰："嘉庆庚辰授儿子读《易》，遵本义训之，参以注疏，兼采汉儒之说，取其有助于制艺者，循曰纂辑，令弗遗忘，非敢谈《易》理也。积成如干条，名曰《讲余》，藏诸家塾。时道光壬午除夕日，萧山沈谦青士氏，自题于京寓之留香书塾。"据此，知《易义讲余》一书始撰于嘉庆二十五年，至道光二年撰成，是为其课子读《易》的讲义。《古近体诗》《留香书塾骈体式帖》今未见。

《红楼梦赋》作于何年？据沈谦《自叙》谓"《红楼梦赋》二十首，嘉庆己巳年作"，即嘉庆十四年作。前引《沈氏宗谱》载沈谦于嘉庆十三年中举，此科为"万寿恩科"，即嘉庆帝五十大寿，次

[①] 沈荇修：《萧山长巷沈氏宗谱》卷二十一，光绪十九年刻本。
[②] 费黑主编，萧山县志编纂委员会编：《萧山县志》，浙江人民出版社1987年版，第862页。

年会试,此赋当在沈氏此次会试落榜时创作。《红楼梦赋》初刻于何年?据《自叙》落款署"道光壬午中秋前十日,青士沈谦自叙于京寓之留香书塾(改名锡庚)",即道光二年第一次刊刻,离创作时间已过去十四年。《红楼梦赋》流传甚广,版本约有二十余种。

(一)道光二年刻本二种。一是道光二年留香书塾竹纸刻本。据浙江省图书馆藏沈谦《红楼梦赋》不分卷,竹纸,半页17.7厘米×12.1厘米,半页9行,行21字。白口,单鱼尾,左右双栏。牌记署"萧山沈青士著 红楼梦赋 留香书塾藏板"。卷首有《自叙》,末署"道光壬午中秋前十日青士沈谦自叙于京寓之留香书塾(改名锡庚)",落款与牌记所署一致,故当是最早刊刻本。其次是目录、正文。正文收录《贾宝玉梦游太虚境赋》《滴翠亭扑蝶赋》《葬花赋》《海棠结社赋》《拢〔栊〕翠庵品茶赋》《秋夜制风雨词赋》《芦雪亭赏雪赋》《雪里折红梅赋》《病补孔雀裘赋》《邢岫烟典衣赋》《醉眠芍药茵赋》《怡红院开夜宴赋》《见土物思乡赋》《中秋夜品笛桂花阴赋》《凹晶馆月夜联句赋》《四美钓鱼赋》《潇湘馆听琴赋》《焚稿断痴情赋》《月夜感幽魂赋》《稻香村课子赋》,共计20篇。赋正文中有行间侧批、圈点。赋末有俞霞轩、周文泉、陈石卿、徐稚兰、钟小珊、施鹤浦、施瘦琴、朱襄、何拙斋、熊芋香、蔡笛椽、陆晴廉、孟砥斋等评语以及沈谦自己的按语。俞霞轩,即俞兴瑞,字吉晖,号霞轩。俞超子,幼随父官萧山,遍读学舍藏书,工诗尤工骈文。长时间在杭州馆幕为生,道光辛卯(十一年)以优行贡成均,复考取八旗教习,不久卒。[①] 著有《翏莫子文集》二卷、《诗集》二卷、附录《翏莫子杂志》一卷(咸丰六年平

---

① 按:其生平事迹见刘蔚仁续修,朱锡恩续纂:《(民国)海宁州志稿》卷二十九《人物志·文苑传》,1922年铅印本。

第三章 造化经典：数种"红楼梦赋"的作者及版本考述

江三德堂刻本，前有桐城静属京题词）。《廖莫子文集》收录赋作七篇。《廖莫子杂志》又名《廖莫子日志》，乃日记体笔记（《八千卷楼书目》即著录于小说家类），多抄录诗歌，杂记轶事，作于嘉庆二十二年到二十五年之间。周文泉，即周乐清（1785—1855），字安榴，号文泉，别号炼情子。浙江海宁人。荫生。嘉庆十九年任道州州判，后累官湖南、山东知县，升同知。工诗文，著有《静远草堂诗话》《静远草堂麈谈》等。戏曲作品有《补天石传奇》，内含《太子丹耻雪西秦》等杂剧八种。① 徐稚兰，即徐青照（1790—？），字式金，号稚兰（一作雅兰），直隶大兴人。道光二年进士，道光中知亳州，历凤颍道，曾为江宁府知府，著有《毋自欺轩诗钞》六卷（咸丰二年刻本）。② 钟小珊，即钟锡瑞，字小珊，原籍浙江萧山县，寄籍顺天宛平县。道光辛巳（1821）恩科举人，壬午（1822）恩科进士，坐补沔阳县，著有《余清斋诗集》。③ 何拙斋，据信联芳《哭何拙斋先生》题下注曰："原籍江南，寄居东安"，又诗有注曰："先生工书。"④ 蔡笛椽，即蔡聘珍，字笛椽，萧山人，嘉庆十五年顺天举人，官湖北长乐知县，著有《小诗舫诗钞》。⑤ 此刻本的浙江省图书馆藏本中，有后加的无名氏手迹墨笔夹批七处，朱笔夹批一处。

二是道光二年绿香红影书巢袖珍刻本，不分卷，二册，哈佛大学燕京学社图书馆藏。封面有"雨香"题署"红楼梦赋"，牌

---

① 潘衍桐辑：《两浙𬨎轩续录》卷二十八，光绪十七年（1891）浙江书局刻本。
② 吴坤修等修，何绍基、杨沂孙等纂：《（光绪）重修安徽通志》卷一百四十八，光绪四年（1878）刻本。
③ 来裕恂：《萧山县志》，天津古籍出版社1991年版，第492页。
④ 刘锺英、马锺琇纂修：《民国安次县志》卷九《艺文志内编》，1941年版。
⑤ 徐世昌编：《晚晴簃诗汇》，中华书局1990年版，第5212页。

记"壬午秋镌　较正无讹　红楼梦赋　翻刻必究　绿香红影书巢藏版",卷首《自叙》署"道光壬午中秋前十日青士沈谦自叙于京寓之留香书塾(改名锡庚)",落款与牌记所署不一致,或为后刻本。正文半页6行,行18字。白口,四周双边,单鱼尾。有俞霞轩十三家评、行间侧评、圈点。此本又有中国国家图书馆藏本,目录下题"萧山青士沈谦著",有"苦雨斋藏书印"一枚,"苦雨斋"疑即周作人书斋,故此书或是周作人的藏书。

(二)道光七年刻本一种。王小松重刻本。西园主人《红楼梦本事诗》同治六年《自序》谓:"丙辰(按:道光六年,1826)之冬读《红楼梦》传奇,因与谢梦池、沈直夫、孙凤巢、章麓樵、郭笛生同学按名拈韵,拟作三十六金钗本事诗……余于次春病归滑州,药炉汤灶之间,藉以拨闷,计积百日光阴,共得吟成七律四十四首……不意为王小松公子携去,合刻于沈青士《红楼梦赋》后,狗尾续貂,深以为恨。……盖青士之赋,妙在不即不离,蹈实于虚,而余诗则句句征实,编集全身,似觉异曲同工。"[1]此本今不见。

(三)道光二十六年刻本三种。一是道光二十六年眠琴书屋刻本,不分卷,一册,安徽师范大学图书馆有藏,内容与留香书塾刻本同。二是道光二十六年何书丹重刻本,不分卷,复旦大学图书馆有藏。牌记有署"道光丙午岁仲圭题于绿荫山房,板藏兀坐斋"字样。卷首有《自叙》,末署"道光壬午中秋前十日青士沈谦自叙于京寓之留香书塾(改名锡庚)道光丙午大庆之月后学晋熙何书丹君锡氏重镌"。其次是目录,"目录"下有"晋熙杨锡璋仲圭、何书丹君锡同校"语。正文半页9行,行23字,有原本加圈基础上,另

---

[1] 一粟编著:《红楼梦书录》(增订本),第287—288页。

加点、圈。赋末除了道光二年绿香红影书巢刻本原有的评语,还增加了杨锡璋、何书丹的评论。三是题名"注释红楼梦赋",沈谦著,包圭山笺注,道光二十六年眠琴书屋藏板、芸香堂发兑刻本,杭州市图书馆有藏。线装,一册,22.7厘米×14.7厘米,半页9行,行21字,白口,左右双边,单黑鱼尾,框高16.9厘米、宽13.1厘米。此本以道光二十六年眠琴书屋为底本,在每篇赋末增加了包圭山的笺注。据黄爵滋《仙屏书屋初集》之《诗录》卷十一载《丹徒包圭山孝廉国璋》"豪吟已见诗心细,快饮还闻酒呼宽。欲向金焦寻伴侣,玉楼归去海潮寒"[1],知包圭山是镇江丹徒人,名国璋。生卒年不详,陶澍道光八年九月十三日具题《进呈戊子科乡试题名录题本》中举人"第八十一名,包国璋,年二十五岁镇江府附生"[2],善于作赋。《赋海大观》收录其赋作48篇。又好为赋作注,除《红楼梦赋注》外,杨榮(1787—1862,字羡门,号蝶庵,晚号苏庵道人,江苏丹徒人)所撰有《蝶庵赋钞》二卷,有咸丰二年刻本,上海图书馆藏,署"丹阳杨榮羡门著 门人包国璋注",卷末杨鸿吉《跋》:"家君著述赋集最先行世,初刻于道光乙酉之秋。已丑及门包君撰注更锓,嗣后次第锓诗文杂著"。

(四)咸丰年间刻本一种。咸丰二年(1852)芍药山庄刻本,正题名"红楼梦赋",二卷,一帙二册,附《金陵十二钗诗》一卷,日本东京大学东洋文化研究所有藏。

(五)同治年间彩绘抄本一种。同治十二年彩绘本,题名"红楼梦赋图册",爱尔兰Chester Beatty博物馆藏。沈谦作赋,盛昱

---

[1] 黄爵滋:《仙屏书屋初集》诗录卷十一,道光二十六年(1846)活字印本。
[2] 陶澍:《陶澍全集》之《题本 杂件》,岳麓书社2010年版,第269页。

录。全套本应为二十幅，今存十九幅，缺《雪里折红梅赋》，内容为沈谦撰二十首题咏《红楼梦》的赋文配以精美插图。《稻香村课子赋》后署曰："萧山沈青士红楼梦赋二十首癸酉夏五盛昱敬录（钤印：逐情）。"盛昱（1850—1899），清宗室，爱新觉罗氏。字伯希，又字伯熙、伯義、伯兮，号韵莳、伯蕴、意园。室名郁华阁。满洲镶白旗人，肃亲王永锡的曾孙。同治十年中举，光绪三年殿试二甲第十名进士，入翰林院，散馆授编修。七年，为詹事府中允、翰林院侍讲。九年，迁为侍读。十四年，出任山东乡试正考官。翌年，以病请退，辞官家居。著有《蒙古世系谱》《郁华阁遗集》《意园文略》，编成《八旗文经》《榆林馆金石文字》《成均课士录》《雪屐寻碑录》《康熙几暇格物编》等。

（六）光绪年间刻本四种。一是光绪二年何镛刻本，宁波市天一阁博物馆有藏。一卷，附评花，杂记，题词。线装，一册（一函），19.8厘米×12.2厘米，半页9行，行20字，白口，单黑鱼尾，四周双边。13.2厘米×9.8厘米，版刻据序。卷首有《红楼梦赋叙》，落款曰："光绪二年，太岁在柔兆困敦清和上澣，山阴何镛桂笙氏，书于申江旅次。"[①]何镛，字桂笙，号高昌寒食生，生卒不详，山阴人。其他与道光二年本同。二是光绪二年《红楼梦评赞》附刻本，牛津大学图书馆有藏。王希廉撰《石头记评赞》，先有同治十三年（1874）吴耀年刊本，光绪二年重刻改名《红楼梦评赞》，附刻沈青士赋廿篇，据光绪二年何镛刻本。三是光绪四年京都聚珍堂书坊木活字印本，一册，半页10行，行22字，白口，四周双边，

[①] 按：端木蕻良著《〈红楼梦〉赋叙》与此多有雷同，见徐学鹏编：《端木蕻良细说红楼梦》，作家出版社2006年版，第7—8页。端木蕻良《叙》原载武汉《大刚报》，1946年12月15日，署名"红楼内史"。

单鱼尾，中国国家图书馆有藏，有俞霞轩十三家评，无行间夹评，无圈点，内封"光绪戊寅首夏重校，红楼梦赋，京都隆福寺路南聚珍堂书坊发兑"，中缝有"聚珍堂"字样。又，聚珍堂刊本《儿女英雄传》附录"聚珍版书目"中有"红楼梦赋，一本"，或即此书。今有踪凡、郭英德主编《历代赋学文献辑刊》（国家图书馆出版社2017年版）第142册影印收录。四是光绪己卯五年春月羊城翰苑楼刻本，题名"红楼梦诗赋钞"，一卷，附竹枝记一卷，题词一卷，杂记一卷，南京图书馆藏本。封面剑云手署"红楼梦诗赋"。卷首沈谦《自叙》、目录、正文，均与道光二年本同。

（七）民国年间印本三种。一是"香艳丛书"十四集（卷二）本，内封印"上海中国图书公司和记印行"，卷首何镛《红楼梦赋叙》，次沈谦《自叙》，然后正文有圈点、尾评，无夹批，知其据光绪二年何镛刻本重印。二是石溪散人编《红楼梦名家题咏》本，第五种，上海广益书局1915年石印本，亦据光绪二年何镛刻本重印。三是"红楼梦附集十二种"本，徐复初编，上海仿古书店1936年1月初版。列"红楼梦附集十二种"之第五种。亦据光绪二年何镛刻本重印。

（八）抄本八种。一是浙江省图书馆抄本，不分卷，卷首道光壬午沈谦自叙。正文有圈点、夹批、尾评。线装，一册（一函），23.8厘米×12.5厘米，半页8行，行25字，18厘米×9厘米，行楷书写。残本，缺末二篇《月夜感幽魂赋》《稻香村课子赋》。二是杭州图书馆藏抄本，不分卷，卷首道光壬午沈谦自叙。正文有圈点、夹批、尾评。小楷书写。三是开封市图书馆藏抄本，不分卷，卷首道光壬午沈谦自叙。正文有圈点、夹批、尾评。四是北京大学图书馆藏余姚冯氏萍实庵抄本①，一卷，线装一册，无抄写者序、跋及评论，钤"北京大学图书馆藏印"，版心处有绿色"余姚冯氏萍实盦写本"字样，正文半页10行，行22字，无行间夹评，有俞霞轩十三家评。用纸为网格纸，疑为近代晚出抄本。五是"此中有真意"抄本，不分卷。线装，一册（一函），行楷书写。首沈谦《红楼梦赋序》，末署"时大清道光壬午中秋前十日青士沈谦自叙于京寓之留香书塾"。次目录，每篇赋名中的"赋"字省去，每篇赋后对应小说各回目内容，如"贾宝玉梦游太虚境　第五回""滴翠亭扑蝶　第廿七回""葬花　第廿七回"等，正文有圈点、夹批、尾评，其中《海棠结社赋》下落白文红印"此中有真意"。以上五种均是据道光二年本抄成。六是道光三十年吴江爰氏蝶园乌丝栏抄本，一卷，一册，中国国家图书馆藏。题名"红楼梦赋草"，乌丝栏，版心中题赋篇名，版心下刻"蝀园"字样。卷首《序》，落款曰"道光辛丑闰三月任廷旸丽天序"，即道光二十一年（1841）任廷旸作《序》。据《垂虹识小录》载："任廷旸，号雄卿，吴江同里人，道光癸卯举人。拣选知县。性豪爽，有干济才。少时得母教，工诗古文。咸丰庚申，粤寇至，有'生为大清人，死为大清鬼'语，骂贼而刃伤喉，血涌，赴屋后河死。"②次沈谦《自叙》；次目录，目录后曰："庚戌夏五叚丁君庆庭手抄本校录一过。时则梅子雨浓，南窗寄傲，一香一茗，把卷低吟，真解语之花，亦扫愁之帚也。六月初九日吴江爰子庚元迪州甫识。"后有"荻""州"印章两枚。庚

---

① 按：清金瑗《十百斋书画录》亦有"近代余姚冯氏萍实庵抄本"。
② 吴江区档案局、吴江区方志办编：《垂虹识小录》，广陵书社2014年版，第139页。按：江湜有《沈南一（曰富）任雄卿（廷旸）计偕来都适仆有济南之行不果相见至任邱道中得诗奉寄》诗，知任雄卿与江湜、沈曰富等交游。见《伏敔堂诗录》，上海古籍出版社2008年版，第34页。

戌，即道光三十年。任廷旸《序》亦谓"吉溪丁子以予有率尔之请，助我以悲者之歔"，是本由吉溪丁庆庭手抄。正文半页10行，行20字，有墨笔、朱笔圈点。原本的夹批移为眉批，赋后有俞霞轩等十三人尾评。七是光绪九年云石山人手抄本，一卷，一册。卷首行书《红楼梦赋序》，序目下钤"只可自怡悦"朱文椭圆印。末署"道光戊申中秋前一日青士沈谦自叙于京寓之留香书塾""道光二十九年大庆之月后学何书丹君锡氏重镌""光绪九年癸未嘉平月云石山人手录"，末钤"柏石书画"白文方印。可知此本据道光二十六年何书丹重刻本抄成，但时间上原"道光壬午中秋前十日"抄作"道光戊申中秋前一日"；"道光丙午"抄作"道光二十九年"。无目录。正文半页8行，行20字，有圈、点，有旁批。旁批有何书丹重刻本所无者，盖为抄录者所加。每篇赋末有道光二年绿香红影书巢刻本原有评语，加杨锡璋、何书丹评论。八是黄钵隐编《赋学丛钞》本，第2编第3种。据柴萼民国十九年（1930）序知，此书抄成于1930年。卷首沈谦《自叙》，次何镛《红楼梦赋叙》，正文无圈点、夹批，有尾评。此本据光绪二年何镛刻本抄成。末附沈谦《金陵十二钗诗》，季芝昌《读沈青士同年金陵十二钗遗诗怆成二律》，又道光壬辰孟冬月李炳奎《跋》。

（九）民国报刊选刊赋作四篇。《寸心》1917年第5期刊登沈青士《贾宝玉梦游太虚境赋》《滴翠亭扑蝶赋》；1917年第6期刊沈青士《海棠结社赋》《葬花赋》。《寸心》杂志是1917年1月由革命派人物何海鸣（一雁）创办及主编，是以文艺为主兼及政论的一种月刊，前后发行六期。

综上，沈谦《红楼梦赋》版本有23种，以道光二年留香书塾刻本为最早刻本；至道光二十六年何书丹重刻本，由晋熙杨锡璋、何书丹校对,赋末还增加杨锡璋、何书丹的评论;又至《注释红楼梦赋》道光二十六年眠琴书屋藏板、芸香堂发兑刻本,以道光二十六年眠琴书屋为底本,在每篇赋末增加了包圭山的笺注;又至同治十二年彩绘本,由盛昱抄录配图;再至光绪二年何镛刻本,重刻道光二年本,卷首增加何镛《序》一篇;再至道光三十年吴江爱氏蝶园乌丝栏抄本,抄道光二年刻本,卷首增任廷旸《序》、爱庚元目录后《识语》,版本逐渐丰富。

第二节　诸篇"咏《红》赋"考论

沈谦《红楼梦赋》以二十篇组赋的形式来题咏《红楼梦》,规模空前。"红学"圈中亦有数种单篇题咏之作,其题或从《红楼梦》中出,或所赋咏对象与《红楼梦》相关,各有特色,故考述如下。

一是程芙亭《贾宝玉祭芙蓉女儿赋》《林黛玉葬花赋》二篇。

据前引《上虞县志校续》卷十八《烈女》载,可知程芙亭是上虞人徐虔复之妻,道光二十一年成婚,次年病逝。徐虔复(?—1861),初名鼎梅,字宝彝,原籍浙江上虞,父徐迪惠官江西泰和知县,移家绍兴。道光二十九年副贡生,屡试不售。后致力于诗古文词,著述颇丰。咸丰十一年携书稿避乱至余姚,被俘自戮,恤赠云骑尉世职,直隶州州判。被俘时,书稿全失,其侄徐瑞芬,搜集诗词残篇,由其子徐焕章编定为《寄青斋遗稿》,于光绪十三年刊行。同治二年马赓良撰《传》,光绪八年金承谱作序,九年陈锦书序,十一年程桓生、马传煦作序,徐瑞芬、徐焕章跋,谭献为撰

《墓志铭》[①]。光绪九年五月陈锦《序》："道光丁未戊申间，予与宝彝皆悼亡，各出其房中诗示人，集曰《绿云》，不谋而合。时乾嘉遗老邬雪舫（鹤征）犹在，哀两集互质之，啧啧称赏，名噪一时。"光绪八年仲秋之月余承普（晓芸）《序》："原配程芙亭女史得母夫人教，诗笔温丽庄雅，闺中唱和之乐，殆过秦嘉、徐淑，惜早逝。"知程芙亭颇有诗才。徐虔复《落芙蓉曲》有谓"一枝红葬芙蓉树"，注："妇，字芙亭。"又《余抱鼓盆之戚已逾年矣，前作〈落芙蓉曲〉，意犹未尽，今更成十律以志悲遗》"妇家居燕邸，辛丑三月南下于归"，"更无佳梦说《红楼》"，注："妇暇时，每为余说《红楼梦》传奇。"知程芙亭颇沉迷于《红楼梦》。

《贾宝玉祭芙蓉女儿赋》《林黛玉葬花赋》二篇，收录于程芙亭《绿云馆赋钞》，见程芙亭撰《绿云馆遗集》一卷，道光二十六年潇湘吟馆刻本，凡《吟草》一卷、《赋钞》一卷，集中有余承普序、会稽孙念祖题词；又附于《寄青斋遗集》（光绪十三年留余堂刻本）后。又有黄钵隐《红楼梦拾遗》抄本（《红学丛钞》本），赋末有尾评，《林黛玉葬花赋》后有评曰："如怨如慕，若泣若歌，不啻为林颦卿写照。"《贾宝玉祭芙蓉女儿赋》后有评曰："可恨娲皇徒炼石，情天不补补青天。"此二赋是《红楼梦》的女性读者所写的题咏赋作，殊为可贵。

二是朱作霖《贾宝玉神游太虚境赋》一篇。

[①] 按：同一篇墓志铭，在收入不同的文献时，也会有不一致之处。如谭献《复堂文续》卷十五有《徐君墓志铭》，传主为余姚人徐虔复。谭氏云："咸丰九年七月，贼陷余姚县，……徐虔复死矣。"这篇墓志铭也收入了徐虔复《寄青斋诗词稿》，然而文字却变成了这样："咸丰十一年十月，贼陷余姚县……徐虔复止焉，不屈死之。"所记传主卒年有两年之差。考此处所记，乃太平军攻克浙江之事，其时在咸丰十一年，而非九年。（参见罗尔纲：《太平天国史》卷二《纪年》）由此可见谭氏文集中所记有误。

民国《南汇县续志》卷十三《人物志》中有朱作霖传，其传曰："朱作霖，字雨苍，一字雨窗，周浦人。附贡生，幼孤家贫，几废学，同里张北熙蠲其修脯，复赒济之，遂为名诸生。工诗词，尤长于碑版文字，作篆隶摹印文深入秦汉人之室。曾客授侍郎谢埔家，得尽读其藏书及一切掌故，是以为文见地独高，性和易，对人不设城府。后进质疑问难，必尽言相告。晚岁贫益甚，分修光绪县志，既蒇事归，无一椽之庇栖。宿纯阳道院，床头土灶屡断炊烟而洒落自如，略不露饥寒之色。所著多散佚，存者见艺文。"①又据秦翰才《朱作霖年谱》载，朱作霖，字雨苍，一作雨窗，江苏南汇县（今属上海市）周浦镇人，茂才，生于道光元年，卒于光绪十七年，享年71岁。②

朱作霖（1821—1891）著有《怡云仙馆集》《刻眉别集》传世，后人又编有《朱雨苍先生遗稿辑存》四卷，由朱惟公辑，民国二十七年（1938）铅印线装本。书前有秦锡田所撰序一篇，书末有姚养怡所撰跋一篇。此书四卷，卷一、卷二为《怡云仙馆吟草》，卷三为《诗稿辑存》，卷四为《文稿辑存》。全书收录诗220题、文25篇，其《文稿辑存》25篇中有《红楼文库自序》（原名《红楼文选》）一篇，《红楼文库自序》："因是入春以来，纵不少撰述，而行住坐卧往往不适，非特境遇少佳，亦痛识者之不易也。计无复之，妄欲屏弃经史，日阅稗官家言一二卷，聊以耗壮心，煞风景。遂于友人处借得《红楼梦》小说一种，流览之余，又似有所感触，因复选题命笔，凡得诗文若干，颜曰《红楼文库》……编成仍自点定，

---

① 严伟、刘芷芬修，秦锡田等纂：《（民国）南汇县续志》，民国十八年（1929）刻本。

② 秦翰才：《朱作霖年谱》，上海图书馆藏手抄本。

缀数言志缘起云。"题款署曰"咸丰四年阏逢摄提格律中中吕雨苍朱作霖自序"。朱作霖于咸丰四年撰成《红楼文库》手稿一编,但在其生前未付剞劂,直至 1915 年,方在上海的《小说新报》上分期连载。同里姚养怡在书后的跋语中记述了《朱雨苍先生遗稿辑存》的刊印经过,说:"先生所著《刻眉别集》已醵赀付梓。《红楼文库》曾刊《小说新报》。"查阅《小说新报》于 1915 年第 7 至 12 期"香囊"一栏刊载了朱雨苍的《红楼文库》,题"维摩旧色身雨苍朱作霖外编",内容有《题词》《自序》《贾宝玉神游太虚境赋》《册立贾元春为凤藻宫贵妃诏》《王熙凤妒杀尤二姐判》《潇湘妃子林媛墓志铭》《为贾宝玉祭林黛玉文》等。其中《贾宝玉神游太虚境赋》《为贾宝玉祭林黛玉文》,分载第 7、第 8 期。

朱作霖《贾宝玉神游太虚境赋》,又见黄钵隐《红学丛钞》本,有尾评三则。一则:"蒐乎艺圃,弋其精英,亦徐亦庾,亦都亦京。钟镛巨响,易而匏笙。岂曰藻绘,文生乎情。(弟南识)"南,即周南。二则:"慧珠掌上明秋月,照见璇宫五色丝,天风冷冷,令人辄唤仙手。(借华庵主识)"三则:"洞箫三千诵,锦瑟十五弦,令人莫名其妙。(味菜生钧识)"又有《游戏文章》(李定夷编,上海国华书局 1934 年 6 版)附刊本,题《红楼梦游戏文》,"维摩旧色身雨苍朱作霖著",收录此赋,文字同黄钵隐《红学丛钞》本,增加了圈点。

三是顾影生《林黛玉焚稿断痴情赋》(以题字为韵)一篇。

赋载黄钵隐《红楼梦拾遗》(《红学丛钞》本),署名"竹西顾影生"。竹西是扬州的别称,顾影生盖为江苏扬州人。

又《扬子江》杂志 1904 年 6 月 28 日第 1 期"记言"栏目:《商部致南洋大臣创兴商会书》一文,署名:记者顾影生;"文苑"栏目：《竹西谜语采新》（未完），署名：竹西顾影生、一剑横秋客辑；"小说"栏目：《奴隶梦》（未完），署名：竹西顾影生。1904年7月13日第2期"记事"栏目：《德之借洞庭鄱阳二湖操练水师》，署名：顾影；"文苑"栏目：《竹西谜语采新》（续完），署名：竹西顾影生、一剑横秋客辑。1904年8月25日第3期"小说"栏目：《奴隶梦》（续第一期），署名：竹西顾影生。《扬子江》杂志（全名《扬子江丛报》）于1904年在江苏镇江创刊，该杂志的主要编辑人和撰稿人有杜课园、遯园、张丹斧等，顾影生亦为该杂志的记者和主要撰稿人。据此知竹西顾影生、一剑横秋客辑有《竹西谜语采新》。扬州是中国谜语的故乡，清代嘉庆年间出现了最早的单一性谜社——竹西春社，并有《竹西春社钞》（1819年）传世。光绪至民国年间以孔剑秋（名庆镕，号小山）为代表的竹西后社继起，此社以客扬浙籍谜家孔剑秋为社长，社员为当地文士及寓扬谜家，有三四十人，知名者为孙笃山、汤公亮、吴恩棠、方六皆、吉亮工、祁甘茶、郭仁钦、陈天一、刘谦甫、刘少甫、刘继侯、吴钰、王绍俞、高芸生、黄省斋、江厚庵、孙子美、高锡九、马趾仁、李鸣九、李仲奭、李伯雨、汪景韩、阮拾珊、许永泉、刘舜臣、施训生、萧寄渔、赵季荫、张剑南、孔可畏、汪幼山、郭少庭、杜召棠、孔繁澳、孔侠侯、谭亦纬、方问清等。（1931年上海《文虎》半月刊上曾登载一帧《扬州竹西后社同人摄影》）一剑横秋客，或为孔剑秋的别号，孔剑秋是浙江衢州人，早岁随父客籍扬州。

四是《怡红院赋》一篇。

赋载兰皋居士《蜃楼情梦》第二十八回"逗春情淡如入学　膺敕诏蓉儿还乡"，贾小钰（贾宝玉投生贾家，薛宝钗之子）作《怡红即事》诗一首，众才女合作《怡红院赋》，情形如下：

第三章　造化经典：数种"红楼梦赋"的作者及版本考述

蔼如说："有了好诗，须添篇好赋。我仿着《阿房宫赋》成了几句，说：'**彼美三，所欢一，怡红厄，秽墟出。收藏三个妖娆，不分宵日。**'"碧箫说："好，我帮你押'也'字韵罢。三人三面镜子，须说：'**三星荧荧，开妆镜也；千丝袅袅，梳晓鬟也。**'"妙香说："太文，太文。与题不称。我来做一韵罢：'**夫其为状也，张大侯，举赤棒；其直如矢，其深似盎。半就半推，一俯一仰。既再接以再励，亦若还而若往。擎藕股以双弯，挺莲钩而直上。**'"彤霞拍手叫道："好极，这两句是神来之笔。"众人笑得口疼，舜华只叫："该打，该打。别再做了。"妙香又念道："**联樱颗以成双，弄鸡头而有两。盾翕翕以箕张，矛翘翘而木强。腰款款以摆摇，腹便便其摩荡。环夹谷以合围，透垓心而搔痒。直探幽壑之源，深入不毛之壤。似抚臼以赁舂，若临流而鼓桨。象交察之鸾鱼，俨相持于鹬蚌。淫娃甘辱于胯间，狡童旋玩诸股掌。恃颜面之老苍，放形骸而跌宕。追云雨之既收，觉心神之俱爽。呈丑态于万端，羌不可以寓目而涉想。**"瑞香道："好极，我也来做一韵。**若其为声也，喳喳咂咂，乒乒乓乓，咭咭咶咶，鞳鞳鞺鞺。震绳床而戛戛，漱湍濑以汤汤；气吁吁其欲断，语嚅嚅而不扬。撼鸳衾以绵绵，摇金钩之叮当。俨渴牛之饮涧，类饿狸之舔铛。窸窣兮，若穿墉之鼠；劈拍兮，似触藩之羊。乘天籁之方寂，和夜漏以偏长。老妪遥闻而歆羡，小鬟窃听而彷徨。**"①

黑体部分为赋文。《蜃楼情梦》是《红楼梦》的续书，共48回，嘉庆

---

① 刘洪仁主编：《海外藏中国珍稀书系》卷七之法国藏本《蜃楼情梦》，中国戏剧出版社2000年版，第4509—4510页。

四年初刻。亦名《红楼续梦》，后因有书名为《续红楼梦》和《后红楼梦》，为避免与之混淆，改名《绮楼重梦》，又名《蜃楼情梦》。卷首有西泠蒯园漫士（王露之兄）于嘉庆四年七月十六日《序》和兰皋居士《楔子》。兰皋居士，即王露，字兰沚。杭州人。乾隆四十八年任福建寿宁县知县，后调任台湾赤嵌知县。著有《无稽谰语》。小说内容叙述宝、黛情缘之来生之事，赋后小钰道："待我大主考来加个批语罢：'如绘其形，如闻其声，非于此事中三折肱者，不能道其只字。'"小说中赋，有众人写作之趣味，亦有评论之精到。

五是《葬花赋》二篇。

第一篇是莫友堂《葬花赋》，据莫友堂《屏麓草堂诗话》卷八载："友人陈介石课徒之暇，莳花庭除，勤于灌溉，根株如树，蓓蕾如盘，非有相之道，不能荣华若此也。乃一夕风狂雨骤，群芳尽委，几有美人黄土之伤。介石悯之，乃聚而瘗之，磨砖砌为花塚，题曰'众芳同穴'。其兄偶峰为铭，予因作《葬花赋》。"[1]第二篇是刘梅娥《葬花赋》，见存刘梅娥《松节堂诗草》（宣统元年刻本）卷下。据《湘雅摭残》卷十八载："《松节诗堂诗草》，湘乡烈女刘梅娥著。父兆松，官新疆和阗知州。夫潘闉生，为新疆巡抚效苏次子。梅娥年十六，归闉生，就婚新疆，甫八十五日而夫没。又三年，归夫之丧。抵长沙，闻姑死，乃以葬事托其夫之从子，于舟中引药自尽，年十九，时光绪三十三年丁未也。"[2]亦是一篇女性作家的葬花之赋。这两篇赋作可属于广义上的"红楼梦赋"。

六是"苏剧后滩"《林黛玉赋》一篇。

赋见载1961年7月苏州市戏曲研究室编印《苏剧后滩》第八

---

[1] 张寅彭主编：《清诗话三编》，上海古籍出版社2014年版，第5009页。
[2] 张翰仪编：《湘雅摭残》，岳麓书社2010年版，第971页。

集"赋类一",第二十一篇。苏剧的前身是"苏滩",苏滩的原名是"对白南词",是用南词曲调清唱的戏曲体曲艺,发源于苏州,盛行于江浙一带,大约有三百多年历史,至民国初年才开始有简陋的化妆表演,作为清唱的点缀。对白南词的节目分"前滩"和"后滩",前滩一般改编自昆曲,是对白南词中的正戏;后滩是对白南词中的玩笑戏。"赋"是后滩中的一种节目类型,是唱一人一事,或一件社会现象的唱词段子。据苏州市戏曲研究室1961年的《苏剧后滩》"说明":"编选的'赋'和'小调'共计六十五篇。其中除一部分系根据旧抄本整理出来的以外,余则均是从我室记录苏滩老艺人华和笙、朱筱峰、薛浩如等口述的段子中挑选出来的。"①《林黛玉赋》是"苏剧后滩"中的一篇,描写上海一名叫林黛玉的时髦倡人,亦可属于广义上的"红楼梦赋"。

第三节 两种存目《红楼梦赋》考索

除了沈谦的《红楼梦赋》,还有冯庚堂、林起贞也撰有《红楼梦赋》。柴小梵《梵天庐丛录》有谓:"《红楼词》,予所见者,都有十六种,俱皆藻思轶群,绮芬溢楮。其他如……冯庚堂之律赋……无不借题发挥,情文交至。而尤以沈青士之《赋》二十篇,为独有见地。"据此,一粟《红楼梦书录》著录云:"《红楼梦律赋》,冯庚堂撰,见《梵天庐丛录》卷二十六。"冯庚堂《红楼梦律赋》,是一组赋还是一篇赋,今已不可知。

---

① 苏州市戏曲研究室编印:《苏剧后滩》(内部资料),1961年7月,第2页。

据郑丽生《闽人〈红楼梦〉书录》著录:"《红楼梦偶题》。闽县林起贞撰。清光绪间福州刊本。载《红楼梦诗借弁首》,及《红楼梦赋》一篇,作于咸丰十年。起贞别有《一茎草堂诗钞》四卷,民国初福州铅印本。"在一粟编著的《红楼梦书录》中有更多信息,其《自序》谓:

> "红楼梦"一书,乍阴乍阳,多才人之谰语;为黛为泽,亦作者之微词。然而金碧神仙,丹青士女。仿"南部"烟花之记,厘闺秀以成书;陋"西厢"月露之文,纪女贞而不字。"离骚"善怨,"国风"不淫,盖庶乎其近之矣。若夫粉碎虚空,破除烦恼,一花一世界,从众香国来;三藐三菩提,转大法轮去。明心见性,返璞归真,离诸彼身,现无我相。汤玉茗先生谓情了为佛、梦了为觉者,非欤?长日如年,逐卷清玩。悟春婆之易醒,感秋士之多悲,忧能伤人,恨不见我。因忆乡先达杨翠岩、何左卿、杨雪茞、曾少坡诸君子各有分咏,长安好事,竟成眉妩之图;耆旧知名,兼有齿芬之集。因援笔赋此,并缀小序,命曰"偶题"。披"香奁集"一篇,有情未免;绣"法华经"七卷,即想为因。至于李生锦瑟之吟,韩子柳枝之什,意旨所属,观者自能审之。臣非好色,知口孽之宜防;仆本工愁,托豪端而欲诉。谈天宝遗事,聊当香山"长恨"之歌;笑昭明选文,不登靖节"闲情"之赋。[1]

据"因援笔赋此,并缀小序,命曰'偶题'",可知这篇序文即是

---

[1] 一粟编著:《红楼梦书录》(增订本),第171—172页。

一篇赋体序。其作赋缘由是"因忆乡先达杨翠岩、何左卿、杨雪茞、曾少坡诸君子各有分咏"。杨翠岩即杨维屏,据《鼓山艺文志》载:"杨维屏,字翠岩,福建连城人,占籍侯官(今福州市),清道光十五年举人。"[①] 杨维屏撰有《红楼梦戏咏》,平步青《霞外攟屑》卷八载《红楼梦戏咏》谓:"闽中杨翠岩大令维屏首唱(署湘秋居士),侯官何左卿观察大经(署小牟尼室主人)、侯官杨雪椒光禄庆琛(署云山行脚僧)、闽曾少坡刺史元海(署浣沙溪上渔郎)和之。凡六十篇,甲戌(按:同治十三年)正月,刻入《寰宇琐记》卷一。"[②]《红楼梦戏咏》除收录杨维屏自己所作咏宝玉、黛玉、宝钗、湘云、凤姐、探春、李纨、可卿、妙玉、鸳鸯、平儿、香菱、紫鹃、晴雯、袭人七律十五首之外,还收有何大经、杨庆琛、曾元海和作各十五首。何左卿即何大经,杨雪茞即杨庆琛、曾少坡即曾元海,都是林起贞同乡先贤。

据林孝箴《红楼梦偶题跋》云:"咸丰庚申(1860)叔父安砚箴家之籁竹山房,箴兄弟咸就学焉。夏课余闲,挑灯作此。甫脱稿,观者如织,以为与'桃花扇后序'异曲而同工,互相传写。叔父曰:游戏文章,只足以覆酱瓿,传写何为?且恐蹈绮孽。遂取原稿,亟而焚之。箴时适侍侧,止之,已灰烬矣。窃幸少时书过目辄不忘,夜于枕上默识颠末,一字无遗。因吮毫伸纸,端录卒篇,密藏中笥,以寄瓣香之奉云。时巧月望日,受业侄孝箴谨志。"林起贞《红楼梦赋》作于咸丰十年夏,时在侄儿林孝箴家之籁竹山房,

---

① 福州市地方志编纂委员会整理:《鼓山艺文志》,海风出版社2001年版,第309页。
② 平步青:《霞外攟屑》卷八,见《笔记小说大观》第4册,台湾新兴书局1983年版,第643页。

赋作原稿焚毁，后由林孝箴凭记忆复写。林孝箕《跋》云："先叔父性孝友，恂恂似不能言，键户读书，不与外事，帖括及诗古文辞无不精妙，杂作其绪余也。弱冠应童子试，红线一赋，大令陈少香先生深赏之，拔取冠军入泮。乃棘闱蹭蹬，屡荐不售，笔耒口耕，久居郁郁。迨同治甲子（1864）秋，始捷旋逝，年未四十，痛哉！所著《读史楼制艺》《一茎草堂古近体诗》皆脍炙人口。是编原稿，余未之见，盖作时余年尚稚。后伯兄铭友授而读，爱不释手，满拟缮写正本，付之梓人，未得其便。兹者，同社诸子商刻'红楼诗借'，方思无以弁首，余以是篇进之，以公同好。而今而后，遗墨庶几不没欤！受业侄孝箴续志。"陈少香，即陈偕灿（1789—1861），字少香，号咄咄斋居士、咄翁、苏翁、鸥汀渔隐。江西省宜黄县人。道光元年中举。十二年，入京任教习。十八年，为闽中教习。二十年，以母丧弃官侨居闽间，遂不复出仕。由此知林起贞生于道光四年前后，同治三年中举，旋卒，著有《读史楼制艺》《一茎草堂古近体诗》。① 又，林孝曾辑《闽百三十人诗存》收录有林起贞撰《咏古》六言六十首，为林孝箴手抄先辈遗稿，民国十八年逸社铅印本。

据此，林起贞约在三十六岁，即咸丰十年夏，在侄儿林孝箴家之籐竹山房撰写《红楼梦赋》一篇，载林孝箕等合辑《红楼诗借》弁首。郑丽生《闽人〈红楼梦〉书录》著录："《红楼诗借》。林孝箕等四人合撰。清光绪十五年刊本，二集四卷。前集作者四人：林孝箕，字小庚，号花好月圆吟榭主人；林孝觊，字玉行；林

---

① 据《鼓山艺文志》载，林起贞，"字峙屏，福建闽县（今福州市）人，同治三年举人，撰有《一茎草堂诗钞》四卷，民国十八年凤池林氏印本"。见福州市地方志编纂委员会整理：《鼓山艺文志》，第364页。

孝颖，字可珊；陈海梅，字香雪。均闽县人。后集作者八人，除前四人外，为陈培业，字清湘，闽县人；陈祖诒，字朴轩；张元奇，字珍午；林怡，字仲彝。均侯官人。诸诗为光绪二年至十三年间所作。此八人民国尚健在。"① 此书收录咏《红楼梦》的唱和之作共二百四十题，七律三百六十首，之所以名"借"，其后叙云："然吾社诸人之为此借，亦非凭虚意想所到，乃吾闽二杨、何、曾诸前辈之导吾借也。彼借以咏人，吾借以咏事，是则借之不同也。"这与林起贞写作《红楼梦赋》的原因一致。

综上，如果将冯庚堂的《红楼梦律赋》也当作一篇看的话，"红楼梦赋"共有十种30余篇，与题咏《红楼梦》的诗词曲比较起来，数量不算多，但其中有《红楼梦》的女性作者赋二种三篇，这在清代女性赋家赋作罕见的背景下，显得弥足珍贵。而且仅沈谦的《红楼梦赋》就有二十余种版本流传，在日本、美国、英国、爱尔兰等地图书馆、博物馆珍藏，可见其影响深广。赋作为"宇宙间一大文"，既长于铺陈，又兼有叙事之功能，且博于才学，通于人事，《红楼梦》在传播过程中，与"红楼梦赋"形成相互造作、趋于同构之态势，在"情事"互文中成就了彼此的经典地位。

---

① 郑丽生撰著，福建省文史研究馆编：《郑丽生文史丛稿》，第198页。

第四章

星洲藏珍：新加坡早期中文报载"红楼梦赋"考论

新加坡早期的中文报纸上存有大量的《红楼梦》研究资料，近来颇受学界关注①，但其中的一些"红楼梦赋"资料，却未见有学者加以集中研究。"红楼梦赋"既包括《红楼梦》中的赋，也包括题咏《红楼梦》的赋作，其中关于题咏的赋作，目前发现主要有沈谦的《红楼梦赋》20篇鸿篇巨制，其他如程芙亭题《红》赋二篇、朱作霖《贾宝玉神游太虚境赋》一篇等，总数不过30篇。1914年，新加坡《振南日报》刊载了一组以《红楼梦回目赋》为题的系列作品连载，分别为《林黛玉焚稿断痴情赋》《俏芳魂五儿承错爱赋》《悄〔俏〕丫鬟抱屈夭风流赋》三篇赋作。又，作为《红楼梦》"全书诗词歌赋之冠冕"的《芙蓉女儿诔》，因其突出的赋法书写，成为后世作家摹拟的范文，产生大量拟效之作。这些类赋之文，也可视作题《红》赋。1894年11月6日《叻报》载《拟〈石头记〉怡红公子祭潇湘妃子文并序》一篇，1894年11月6日《星报》也载

---

① 参见李奎《新加坡〈叻报〉所载"红学"资料述略》(《红楼梦学刊》2011年第6辑)、《新加坡〈星报〉〈天南新报〉所载"红学"资料述略》(《红楼梦学刊》2014年第2辑)、《新加坡〈振南日报〉所载"红学"资料述略》(《红楼梦学刊》2015年第5辑)、《〈红楼梦〉在新加坡的报刊传播浅析》(《华西语文学刊》2015年第十一辑)，以及谢依伦《〈红楼梦〉在马来西亚和新加坡的传播与研究》(山东大学2018年博士学位论文)。

《拟〈石头记〉怡红公子祭潇湘妃子文并序》一篇,1902 年 9 月 18 日《天南新报》载署名世仲的《拟贾宝玉祭林黛玉文骈体另序》一篇,1916 年 10 月 9 日《石叻总汇新报》载署名署芸的《拟贾宝玉祭潇湘妃子文并序》一篇。初步统计,新加坡早期的中文报纸载录"红楼梦赋"七篇(实则六篇①),这个数量在海外报刊中非常突出,而且还有专门以"红楼梦回目赋"这样一个醒目的总名称显示出来,这是很值得关注和玩味的问题。

第一节 "红楼梦回目赋"形式考

在红学史上,为什么没有出现"红楼梦回目诗""红楼梦回目词""红楼梦回目曲",而出现了"红楼梦回目赋"呢?这是因为《红楼梦》的回目一般是八言一句,正好符合闱场律赋常格"八韵"为式的格式要求。中国律赋的赋韵经历了一个从宽松到谨严的发展历程,逐渐形成科场"八韵赋"模式。"红楼梦回目赋"是一组律赋,赋韵是作律赋要则,清人余丙照认为"作赋先贵炼韵","所限之字,大约依次押去,押在每段之末为正","押韵工稳,足为通篇出色"。②就律赋句式而言,今存唐无名氏的《赋谱》论曰:"凡赋句有壮、紧、长、隔、漫、发、送合织成,不可偏舍。"③我们即以

---

① 按:《叻报》与《星报》所载《拟〈石头记〉怡红公子祭潇湘妃子文并序》是同一篇赋文,仅存在个别文字上的差异,故实则六篇。
② 余丙照:《增注赋学指南》卷一《押韵》,见王冠辑:《赋话广聚》第 5 册,北京图书馆出版社 2006 年版,第 23—24 页。
③ 佚名:《赋谱》,张伯伟编:《全唐五代诗格汇考》,凤凰出版社 2002 年版,第 555 页。

《赋谱》为参照对这组律赋的押韵和句式略作分析。《振南日报》所载的三篇《红楼梦回目赋》，因文献不易查找，故迻录原文。

第一篇，《林黛玉焚稿断痴情赋》（以题字为韵），"林黛玉焚稿断痴情"，是《红楼梦》第九十七回回目。此赋连载于1914年《振南日报》"谐著"栏目，其中9月5日，星期六，第11页载：

千秋恨事，五夜惊心。（紧句）叹尘缘兮已了，恨噩梦之相侵。（长句）生也不辰，觉此日吟经艰苦；付之于丙，悔从前枉事讴吟。（杂隔）虽然是有限姻缘，如鱼得水；抵不了无常性命，似鸟投林。（杂隔）

昔颦儿之与宝玉也，（漫句）万种缠绵，两相恩爱。（紧句）当外氏以相依，痛慈亲之见背。（长句）设使巧中生巧，佳耦唱随；定怜亲上加亲，良缘匹配。（重隔）交枝密密，作成月下之心期；比翼双双，画就镜中之眉黛。（杂隔）

无那（发语）有愿未偿，此心谁属。（紧句）讵同除夕之祭诗，迥异深宵之刻烛。（长句）画虎不成，似蛇添足。（紧句）纸灰飞作白蝴蝶，定教一字一珠；泪血染成红杜鹃，枉说如金如玉。（密隔）

当夫（发语）胸怀抑郁，意绪缤纷。（紧句）瞻望弗及，亦莫我闻。（紧句）等蜉蝣之在世，若鸿雁之离群。（长句）傻大姐泄漏机关，两端而竭；林姑娘失离本性，五内如焚。（杂隔）

以上部分押林、黛、玉、焚四字韵，林，属十二侵平声；黛，属十一队去声；玉，属二沃入声；焚，属十二文平声。一韵一段，押韵和谐，每一韵字位于句末。又1914年9月7日，星期一，第11

页载：

　　则见其焚之也，（漫句）非焚蕙之芬芳，非焚香之祈祷。（长句）非焚笔砚之情形，非焚膏油之研讨。（长句）身世茫茫，劳人草草。（紧句）惟怜命苦，俨如出寒〔塞〕之王嫱；郎果情深，亦若书空之殷浩。（杂隔）镇日拈毫，点〔默〕写一卷心经；昔时得句，吟哦数篇腹稿。（轻隔）

　　维是（发语）炉内光腾，床头烟靆。（紧句）侬病入膏肓，人情如冰炭。（长句）顾我则倚枕而悲，想彼当盈门其烂。（长句）绛珠苦矣，不能联结发之盟；浊玉忍哉，竟别举齐眉之案。（杂隔）早知有今日，何必当初；负却此芳年，定难续断。（杂隔）

　　夫何（发语）情非炙手，势等燃眉。（紧句）炭原似兽，珠岂探骊。（紧句）多情惟有女子，薄倖总是男儿。（长句）接木移花，哥哥之〔你〕错了；偷梁换柱，妹妹我思之。（杂隔）生也何为，侬命亦如花命薄；死难瞑目，君心未必我心痴。（杂隔）

　　爰为歌之曰：（漫句）双眸红血滚，一炬紫烟横。（长句）此日成灰烬，频年费经营。（长句）又歌曰：（漫句）神仙指点路前程，撒手尘寰返九京。（长句）寄认神瑛休后悔，多情笔竟总无情。（长句）

以上部分押稿、断、痴、情四字韵，稿，属十九皓上声；断，属十五翰去声；痴，属四支平声；情，属八庚平声；押韵和谐，每一韵字位于句末。唐人《赋谱》曰："凡赋以隔为身体，紧为耳目，长为首足，发为唇舌，壮为粉黛，漫为冠履。苟手足护其身，唇舌叶其度，身体在中而肥健，耳目在上而清神，粉黛待其时而必施，冠履得其美而即用，则赋之神妙也。"①此赋音律协调，发、漫、紧、长、隔等句渐次而出，谐美合度，是一篇对仗工整的律赋。

第二篇，《候芳魂五儿承错爱赋》（以题字为韵），"候芳魂五儿承错爱"是《红楼梦》第一百九回回目。此赋连载于1914年《振南日报》"谐著"栏目，其中9月9日，星期三，第11页载：

才子多情，美人无寿。（紧句）蝶梦难寻，蟾辉初透。（紧句）误碧作朱，怜新念旧。（紧句）怪底垂青，心情巧逗。（紧句）红豆相思，黄昏昨候。（紧句）

伤哉黛玉，顿返仙乡。（紧句）人间天上，渺渺茫茫。（紧句）无那（发语）身归瑶岛，迹滞潇湘。（紧句）四园绛竹，一顷黄粱。（紧句）芳卿安在，兰麝遗芳。（紧句）

则有五儿者，（漫句）姓同柳下，奴等崑岺。（紧句）音容宛似，笑语温存。（紧句）宝哥于是闲穷究、探本原。（壮句）与尔言胸臆事，为卿论骨肉恩。（长句）移花接木，意马心猿。（紧句）谁能遣此，真个销魂。（紧句）

以上部分押候、芳、魂三字韵，候，属二十六宥去声；芳，属七阳平声；魂，属十三元平声；押韵和谐，每一韵字位于句末。又9月10日，星期四，第11页载：

---

① 佚名：《赋谱》，张伯伟编：《全唐五代诗格汇考》，第563页。

第四章　星洲藏珍：新加坡早期中文报载"红楼梦赋"考论 | 95

维时（发语）气吐如虹，泪下如雨。（紧句）愧煞须眉，情通肺腑。（紧句）往事难追，空言何补。（紧句）愿渺渺兮别经年，夜迢迢兮交四鼓。（长句）谁入黄泉，孰登天府。（紧句）月缺□圆，时过三五。（紧句）

絮谈浓际，莲漏沈时。（紧句）貌既相仿，爱亦能移。（紧句）来明月于林下，洒甘露于柳枝。（长句）此日欲寻故好，斯时如对旧知。（长句）无端感触，顿起猜疑。（紧句）将错就错，可儿可儿。（紧句）

然彼也（发语）心殊落落，意甚兢兢。（紧句）不甘同梦，独对孤灯。（紧句）合欢安望，比翼羞称。（紧句）决绝迥非奴婢，矜严宛若师承。（长句）

至今（发语）消瘦潘郎，多怜沈约。（紧句）地老天荒，人亡花落。（紧句）思深数寺之灰，铸就九州之错。（长句）

已焉哉。（送语）一弹指兮时不再，一回首兮情难耐。（长句）一抔黄土兮，珠沈玉碎；一夜无眠兮，慷当以慨。（杂隔）有一人之相伴兮，误公子之钟忧〔爱〕。（长句）

以上部分押五、儿、承、错、爱五字韵，五，属七麌上声；儿，属四支平声；承，属十蒸平声；错，属十药入声；爱，属十一队去声；押韵和谐，每一韵字位于句末。其中最后一句句末"忧"当是"爱"字之讹。总体来说，此赋多用四言紧句，给人以严整紧密之感，又穿插以长句、隔句，句式灵动有力，适于表达悲愤之情感。

第三篇，《悄〔俏〕丫鬟抱屈夭风流赋》（以"早知今日悔不当初"为韵），题目中的"悄"当是"俏"字之讹，出自《红楼梦》第七十七回回目。此赋连载于1914年《振南日报》"谐著"栏目，其中 9 月 14 日，星期一，第 11 页载：

> 世道难论，人情可恼。（紧句）嗟厥命之不长，慨此身之难保。（长句）冤深海底，徒伤万古沉埋；志比天高，空说半生潦倒。（轻隔）想从前承恩在貌，美貌如何；叹此时大难临头，回头岂早。（杂隔）
>
> 当夫（发语）前车可鉴，后悔何迟。（紧句）顿起风波于平地，更生病患于片时。（长句）偏遭二竖之欺，身犹似玉；未订三生之约，命已如丝。（重隔）众口嚣嚣，洵属人言可畏；小心翼翼，堪嗟此恨之谁知。（杂隔）
>
> 及其（发语）抱膏肓而愈疾，幸宝哥之辱临。（长句）情同解佩，意等抱衾。（紧句）李代桃僵，维口亦能起衅；涂脂抹粉，冶容并未诲淫。（轻隔）若教同咏《小星》，也许妇随夫唱；无那兴悲零雨，遂教返昔抚今。（平隔）
>
> 谓即此（发语）履蹈无亏，防闲甚密。（紧句）平昔最持强，今朝遭谗嫉。（长句）小鬟绝少瑕疵，主妇何因屏黜。（长句）鹊巢鸠占，花大姐弄搬是非；兔死狐悲，柳五儿殷勤怜恤。（杂隔）叹未能如人意，空辜豆蔻梢头；怅不阅于我躬，遑问海棠开日。（平隔）

以上部分押早、知、今、日四字韵，早，属十九皓上声；知，属四支平声；今，属十二侵平声；日，属四质入声；押韵和谐，每一韵字位于句末。又 9 月 15 日，星期二，第 11 页载：

> 于斯时也，（漫句）无家可归，其人安在。（紧句）何患无

辞，欲加之罪。（紧句）老天瞆瞆，女娲未补情天；孽海茫茫，精卫难填恨海。（轻隔）合眼去深情忍割，予取予求；到头来痴愿未偿，自伤自悔。（杂隔）

夫其（发语）百感丛生，寸衷抑郁。（紧句）恼他特进谀词，累尔受兹委屈。（长句）见死不救，贾宝玉真是忍人；造孽无因，使太君枉云好佛。（杂隔）即此红愁绿惨，我见犹怜；况当玉碎珠沉，尔思岂不。（重隔）

然而（发语）斯人虽故，后世流芳。（紧句）生负虚名，身犹洁白；死沿实惠，口没雌黄。（平隔）思昔时金钏云亡，徒博井台一奠；及他日鹡卿物故，空抛泪血双行。（密隔）曷若此口染茶腥，衣裳颠倒；深羡尔指环玉冷，衫袖郎当。（杂隔）

迄于今（发语）返思淑德，满志踌躇。（紧句）叹坚贞兮奚似，问节烈兮何如。（长句）想公子多情，芙蓉诔而见志；痛佳人薄命，苣兰芟而长戏。（杂隔）端阳篾扇频撕，只自关情于昔日；半夜轻裘细补，那堪回忆夫当初。（密隔）

以上部分押悔、不、当、初四字韵，悔，属十贿上声；不，属十一尤平声；当，属七阳平声；初，属六鱼平声；押韵和谐，每一韵字位于句末。这是一篇符合规范的律赋，从赋句来看，此赋四字对偶的紧句、五至七字对偶的长句、两联组合的隔句对，或顺序递进，或错综交织，搭配妥帖，充满神韵。此赋虽不以题中字为韵，但是将《红楼梦》此回中的深意概括为"早知今日悔不当初"八个字为韵，是以赋旨而限韵。

总之，赋体八段，宜乎一韵管一段，这种律赋的"八韵"常式选择恰好与《红楼梦》回目的八言句式一致，满足了文人以律赋的

"游戏之笔"写《红楼梦》情事的需要。这也是为什么这些赋作会被刊登于《振南日报》"谐著"栏目的原因。而同在"谐著"栏目还有一篇《红楼梦回目文》——《贾二舍偷娶尤二姨》(八股文体),分别载 1914 年 11 月 23 日星期一,第 11 页和 1914 年 11 月 24 日星期二,第 11 页。"贾二舍偷娶尤二姨",是《红楼梦》第六十五回的回目,八言句式也是恰好适应八股文"八股"书写的需要。

第二节 "红楼梦回目赋"本事与作者考

《红楼梦》八言句式的回目,不仅在形式上对仗工整,音韵优美,适合成为律赋"八韵"常式,而且在旨意上能综括这一回的情节事实,寓含褒贬深意,诚如俞平伯先生所说:"即以回目言之,笔墨寥寥每含深意,其暗示读者正如画龙点睛破壁飞去也,岂仅综括事实已耶。"① 中国辞赋的赋题很重要,宋人王观国就指出:"夫赋题者,纲领也。纲领正,则文义通。"② 那么以饱含寓意的"红楼梦回目"作为赋作的题目,会是一番什么景象?下面我们就来寻觅下这三篇《红楼梦回目赋》的本事及寓含的深意。

首先,《林黛玉焚稿断痴情赋》本事出自《红楼梦》第九十七回:王熙凤设下奇谋,让宝玉与宝钗成婚,黛玉无意中从傻大姐处得知消息,过度伤心,一病不起,且日重一日。绝望中的黛玉如何反抗?对于黛玉而言,除了宝玉,最重要的莫过于自己写的诗稿。

---

① 俞平伯:《谈〈红楼梦〉的回目》,《俞平伯全集》第 6 卷,花山文艺出版社 1997 年版,第 106 页。

② 王观国:《学林》,中华书局 1988 年版,第 219 页。

这些诗稿记载着她的心声，是她的青春、生命和爱情的象征，尤其是那块题诗旧帕，更是见证了她与宝玉的爱情。黛玉"焚稿"是《红楼梦》续书中最为浓墨重彩的一笔，也是被文士们选择来题咏的重要情节，前有沈谦《红楼梦赋》中《焚稿断痴情赋》[①]，这里也选择这个情节来题咏。此赋"林"韵一段总写，感叹宝、黛之间尘缘已了，万事成空；"黛"韵一段追忆宝、黛曾经的美好愿景；接着"玉"韵一段转向愿景落空后，黛玉落寞焚诗；"焚"韵一段写傻大姐泄露消息，黛玉听闻后失离本性；"稿"韵一段用四个"非"字句，写出焚稿之情景；"断"韵一段悲悼"木石前盟"难以存续；"痴"韵一段对比写出黛玉的痴情与宝玉的薄倖；"情"韵一段有两歌：一五言，一七言，前者结上文焚稿之场景，后者结上文痴情之情状，寄寓"多情总被无情弃"之意。

其次，《候芳魂五儿承错爱赋》本事出自《红楼梦》第一百九回：五儿是大观园女厨子柳家的女儿，在宝玉与宝钗完婚后，进入怡红院宝玉房中服侍。宝玉因思念黛玉，希望梦中能够梦见黛玉，便一个人在外间睡觉。宝钗命五儿在外间伺候宝玉。一日夜间，宝玉躺下后，想起王熙凤曾说过：五儿和晴雯就像脱了个影，若想晴雯，瞧见五儿就行了，便假称要喝茶，将五儿叫到身边，拉扯着和她说晴雯的事，尤其是说到晴雯死前曾说"早知担了虚名，也就打个正经主意了"，这让五儿很不好意思。宝玉还给五儿披衣服，挨着五儿坐下说话，此时宝玉是真心实意地将五儿当作晴雯，一味爱惜起来。此赋重写小说情节："候"韵一段起首"才子多情，美人无寿"一句，对举出宝玉与黛玉，"误碧作朱，怜新念旧"，引出

[①] 参见拙文《闺阁与礼闱：盛昱〈红楼梦赋图册〉的两个批评视角》，《民族文学研究》2020年第4期。

晴雯和五儿，而宝玉的爱恋之心适于三人。"芳"韵一段，"伤哉黛玉"，又引来黛玉，表达对黛玉的伤悼悲怀之情。"魂"韵一段写及五儿，但也仅是以晴雯影子的身份来描摹，写五儿，实际上是写宝玉对晴雯的思念之情。"五"韵一段，表达宝玉对晴雯之死的愧疚之情。"儿"韵一段写宝玉误将五儿认作晴雯，故倾诉爱慕之意。"承"韵一段写五儿之倔强。"错"韵一段写错爱后的悲凉，反衬出晴雯"如纸薄"命运结局。"爱"韵一段以骚辞作结，"一抔黄土""珠沉玉碎"又回应开头，宝玉思念的对象由五儿转向晴雯，由晴雯又转向黛玉，公子之"爱"伏脉其中。

再次，《悄〔俏〕丫鬟抱屈夭风流赋》本事出自《红楼梦》第七十七回，主要描写晴雯的死。晴雯的死，是《红楼梦》中的一件大事，也是小说情节发展的一个高潮。晴雯是一位美而骄、高而洁，且自尊心极强的一位丫鬟，心比天高身为下贱，是《红楼梦》中受屈辱最大的一位女子。在抄检大观园的过程中，因为王善保家的挑拨，王夫人对晴雯非常不满，要把她赶出大观园。此时的晴雯是"四五日水米不曾沾牙"，是带着一身病痛和无限屈辱被赶出大观园的，离开贾府后，又受到哥嫂的冷遇，无人照料，命悬一线。宝玉偷偷去探望，她最后对宝玉说："只是一件，我死也不甘心；我虽生的比别人略好些，并没有私情密意勾引你怎样，如何一口咬定了我是个狐狸精！我太不服。今日既已担了虚名，而且临死，不是我说一句后悔的话，早知如此，我当日也另有个道理。不料痴心傻意，只说大家横竖是在一处。不想平空里生出这一节话来，有冤无处诉。"在生命垂危之际，这位性情高洁的女子猛然痛悟，她咬下自己的指甲，脱下贴身的小红袄赠给心上人宝玉。此赋"早"韵一段总写对命不长、身难保的无奈，写蒙冤之人怨愤深沉、志高潦倒，抒发人生感叹。"知"韵一段写晴雯抱屈之遭遇。"今"韵一段描绘宝玉偷偷去探望晴雯病重之情状。"日"韵一段铺写晴雯所受之冤屈。"悔"韵一段写晴雯抱屈后心中的愤恨之情。"不"韵一段探究晴雯抱屈之缘由，指明责在宝玉与贾母。"当"韵一段赞叹晴雯孤高自洁的情操，而"他日颦卿物故，空抛泪血双行"一句，又借晴雯引出黛玉之遭遇。"初"韵一段写晴雯往日里撕扇、补裘之情景，写宝玉撰诔祭祀芙蓉神之举，感发公子多情、佳人薄命之悲叹。"候芳魂"，候的是晴雯之魂，也是黛玉之魂；"承错爱"，爱的是五儿，是晴雯，更是黛玉。

总而言之，这三篇赋：第一篇是直接写黛玉；第二篇是写五儿，其实写的是晴雯；第三篇写晴雯，其实也是在写黛玉。五儿是晴雯的影子，晴雯是黛玉的影子，王夫人就说过晴雯的眉眼长得像黛玉，在宝玉的心中，晴雯就是黛玉的影子人物。所以，从根本上来说，这三篇都是在写黛玉，写"痴情""错爱"与"抱屈"之事，寓含的命意是一致的，而作者尤为擅长的就是"影子"描摹之法。

这组《红楼梦回目赋》的作者是谁？作者是否是同一人？这组赋作形式、赋题命意及对《红楼梦》本事的理解基本一致，作者或是同一人，但《振南日报》上并没有署名。有趣的是，查黄钵隐《红楼梦拾遗》（《红学丛钞》本）也载有一篇《林黛玉焚稿断痴情赋》（以题字为韵），署名"竹西顾影生"，与这组赋中的《林黛玉焚稿断痴情赋》是同一篇。"竹西顾影生"是谁？笔者曾在《造化经典：数种"红楼梦赋"的作者及版本考述》一文中，考证出竹西是扬州的别称，顾影生盖为江苏扬州人，竹西顾影生1904年任《扬子江》杂志的记者和主要撰稿人，曾与一剑横秋客辑有《竹西谜语采新》，也是小说《奴隶梦》（分载1904年6月28日《扬子江》第

1期；8月25日《扬子江》第3期）的作者。

顾影生又有一段上海生活轨迹。笔者搜集到《字林沪报》1883年5月11日第4版"诗歌"栏载《顾影生所撰三十六宫酒令筹子既拟成小谱而叙之矣兹复次其甲乙汇为花榜集同人拈阄分咏各系一诗聊为名花写照》，同人有：太痴生志、韩莹玉、谢蕊珠、林兰贞、王宝珠（《芍药茵唤眠侍者》）、倪春云、骆绮霞、黄湘云、杜采红、姚佩珠、韩真珠、沈莹珠、王落梅、严绛雪、韩珍珍、蒋离琴、雷聘之（《剪湘云仙客》）、陈秋怜、郎爱娥、谢蝶侬等。从"同人"的命名以及王宝珠、雷聘之咏《红》之作，可以看出这也是一个《红楼梦》迷的朋友圈。又《消闲录》1904年第100期"诗词"栏目载有顾影生《奉和吴霜点鬓生寒夜即事原韵》诗一首，《同文消闲报》及《消闲录》是《字林沪报》随报赠送的副刊，是中国最早的文艺副刊。1900年《字林沪报》出售给日本东亚同文书会，1901年也创办副刊《同文消闲报》，周聘三（病鸳）任主笔。1903年《同文消闲报》改名为《消闲录》，1907年，停刊。吴霜点鬓生，即湖北汉阳人赵润，字种青，字半跛，以字行，侨居宁波城内的新桥，自号吴霜点鬓生，清末与白门郑寄伯、南通张侠亭以诗定交，曾合梓所作曰《神交集》。五十后，始学画瓣香、青藤、雪个，号藤雪翁，以不能遁世为闷，故又号闷盦。

顾影生似乎没有到过新加坡。顾氏的赋盖由邱菽园携至新加坡并在《振南日报》上刊发。《振南日报》，创办者是邱菽园（1874—1941），创刊于1913年1月1日，停刊于1920年9月30日。邱氏出生于厦门新垵，幼时随母往澳门，后转往新加坡。光绪十年（1884）回海澄原籍，应童子试。二十年乡试中举。次年进京参加会试，不第。邱氏虽长期旅居海外，但仍然热衷回国考取功名，自然熟悉律赋创制。邱氏对《红楼梦》很感兴趣，早在1897年刊刻的《菽园赘谈》中就谈到《红楼梦》。1918年1月21日、22日、23日、24日、25日，《振南日报》连载邱氏《红楼梦异说考》。邱氏沉迷于《红楼梦》，在《振南日报》上刊发了很多"红学"趣文，而顾影生的《红楼梦回目赋》既符合律赋声律音韵标准，写得又饶有谐趣，故将其刊布也是合理的。

第三节 《叻报》所载《拟〈石头记〉怡红公子祭潇湘妃子文并序》再考

《红楼梦学刊》2009年第6辑刊发李奎先生《〈叻报〉所载〈拟《石头记》怡红公子祭潇湘妃子文并序〉述略》一文，发现1894年11月6日《叻报》第3893号上刊载的《拟〈石头记〉怡红公子祭潇湘妃子文并序》（简称"《叻报》本"）与李庆辰文言小说集《醉茶志怪》中的《说梦》文字多有雷同（简称"李庆辰本"）。笔者经过多方搜集，又发现两种文字与《叻报》所载的《拟〈石头记〉怡红公子祭潇湘妃子文并序》文字一样：一是古越曼陀罗馆主钵隐辑《红楼梦拾遗》收录一篇佚名的《代宝玉吊黛玉文》，见《红学丛钞》第十编（简称"《红学丛钞》本"）；二是同是新加坡的报纸《星报》1894年11月6日、7日连载《拟〈石头记〉怡红公子祭潇湘妃子文并序》（简称"《星报》本"）。这样就有了四个版本的《拟〈石头记〉怡红公子祭潇湘妃子文并序》，现整合这四个版本，就有关问题再作考述。

首先，这四个版本哪个更佳？我想从三个方面来看：一是从时间上来看，李庆辰的《醉茶志怪》中提供了一个时间信息，就是做梦的时间是"独壬辰春之梦"，壬辰即光绪十八年，也就是1892年写这篇文章的。《叻报》与《星报》是同在1894年11月6日开始刊载这一篇文章。《红学丛钞》本的时间不好判断，但古越曼陀罗馆主，即是黄钵隐，也就是黄伯英（1876—1934），庠名祖翼，号钵隐，别署仑道人，浙江萧山人。邑庠生。工书，颇治小说家言，其抄写《红学丛钞》大致已经到了民国年间。所以最早是"李庆辰本"。二是从文本的完整度来看，李庆辰本、《叻报》本、《星报》本三个文本都是由序和正文构成，相对完整。《红学丛钞》本没有序。三是从赋的正文的讹误度来看，李庆辰本整体较好，《叻报》本较差，如"轻沾雪后梅魂"句，《叻报》本讹作"轻佔云后梅魂"；"屏却铅华"句，《叻报》本讹作"展却铅华"；"泊夫药炉火烈"句，《叻报》本讹作"泊夫弃炉火烈"；"凹晶馆里联吟"句，《叻报》本讹作"凹镜馆里联吟"等。《星报》本是分11月6日、7日连载，6日刊载的部分基本与《叻报》本一样，7日刊载的部分则纠正了《叻报》本以上这些讹误。但《星报》本也有如《叻报》本一样的讹误，如李庆辰本中"偶离深院，每嫌过苑之蜂忙；小立回廊，又怕隔墙之燕语"句中"每嫌过苑之蜂忙"，《叻报》本、《星报》本均作"每嫌过苑之蜂"，漏一"忙"字。尤其是李庆辰本中"结海棠之社，齐放浪于七言四韵之间；填柳絮之词，共游戏于减字偷声之下"句，《叻报》本作"海棠之社，齐放浪于七言四韵之间；填柳絮之词，共游戏于减字偷声之下"，对仗出现不工整。《星报》这一部分迟于《叻报》一天刊载，应该是在校对时，发现漏字了，于是在"海棠之社"前加了一个"开"字。所以李庆辰本应该是目前所见的最早版本，也是最为原真和精良的；《星报》本，

第四章 星洲藏珍：新加坡早期中文报载"红楼梦赋"考论

尤其是 11 月 7 日刊载部分，在《叻报》本的基础上，有过校对，相对也比较好。

其次，这篇赋体文《序》的问题值得关注。《红学丛钞》本没有序文，可不做讨论。李庆辰本和《叻报》本、《星报》本都有序，其中《叻报》本和《星报》本的序文基本一样，但相较于李庆辰本有很大的改变，这里以李庆辰本和《星报》本做个比对：

李庆辰本序	《星报》本序
人之梦境，古人曾详辩之，而终无确解。至梦中得句，乃一时灵悟，予昔尝为之。	人之精神通于梦寐，梦中得句往往有之。
若梦中读他人之诗文，则为不可解者。	若梦中读他人之诗文，则有不可解者。
昔予在京邸，秋闱，出二场后，倦惫非常，梦阅一书，恍惚如长吉诗集，有句云："扁舟载酒迎波月，桃花艳滴胭脂血。"句颇相类。	曩在吴门，秋宵醉卧，梦阅书稿一帙，笔意雅近长吉，有句云："扁舟载酒迎波月，桃花艳滴胭脂血。"醒后只忆此二语。
又近年，梦读老友于阿璞诗稿，有句云："红叶落时征雁返，黄花开后故人来。"惜仓洲路隔，阿璞云亡，终不得而询之也。	又近年，梦读故友姚寿侯诗稿，有句云："红叶落时征雁返，黄花开后故人来。"惜幽明路隔，终不得而询之也。
夫古人载记，言梦者不可胜举。	古人载记，述梦者不胜枚举。
独壬辰春之梦，则奇矣。	至今春三月望后一夕之梦，则奇矣。
梦至一处，竹木萧森，庭院宽阔。有游廊一带，弯环甚远。	梦至一处，竹木萧森，院宇宽敞，游廊一带，逶迤曲折。
一丈夫，年约四旬，降阶笑迎，情甚殷洽，予揖问姓字，	中一丈夫，年约三旬，以来服白袷曳朱履，降阶迎入，一揖逊座，展问姓字，
《红楼》一书，君读已久。	《红楼》一书，君所熟习。
非可以浮泛之文塞责。	非可以浮泛之词塞责。
昔拟作，未能恰意，遂改易，用为芙蓉之诔。	昔尝拟作，未能称意，遂托为芙蓉神之诔，其实晴雯云者，言情文相生也。
若祭潇湘无文，终属阙如。	然潇湘无祭文，终属阙如。
予闻命之下，不胜惶悚，逊谢不能。	予闻言惶悚，逊谢不遑。
所谓"大观园"，其即是乎？何与载籍悬殊也？	所谓"大观园"，其即是乎？何所见不同所闻也？

续表

李庆辰本序	《星报》本序
方欲究主人为谁,霍然遂醒。	方欲究主人为谁,霍然遂醒。**醒而忆之,历历在目。**
然则主人即怡红公子耶?抑曹**君**雪芹耶?	主人即怡红公子耶?抑曹雪芹**先生**耶?
得毋**好事多磨,予编《志怪》,而前辈稗官喜与同好**,将书有不尽之意,俟予为之貂续耶?	得毋**红学专精,古今同好**,将书有不尽之意,俟予为之貂续耶?
不意晓起忽于**书簏中检得故**纸,乃代宝玉**吊**黛玉之作。	不意**某日**晓起忽于**枕畔捡得一**纸,乃代宝玉**祭**黛玉**文**也。

在上表的比对中,以黑体字显示差异,序文的描述主要有三点值得注意。一是地点不同,李庆辰本谓"昔予在京邸,秋闱",《星报》本改为"曩在吴门,秋宵醉卧"。据此知,李庆辰本的作者可能去过京师;《星报》本改写者在江苏苏州生活过。二是人物设置不同,李庆辰本谓"梦读老友于阿璞诗稿",《星报》本改为"梦读故友姚寿侯诗稿"。于阿璞,即于光褒,"字阿璞。恩贡生。昌耀子。天性朴讷,与物无争,里中推为长者。以古学声动士林,与梅宝璐、杨光仪、孟继坤诸名下为笔墨交。……诗宗小杜,而风雅绮丽如对朝日芙蓉。著有《翠芝山房诗草》四卷、《兵燹录》二卷、《绣余课读》二卷、《琐言》一卷。年六十五终"[①]。于阿璞是河北沧州人,所以序文中说"沧洲路隔"。《晚晴簃诗汇》谓:"阿璞刻意为诗,摹温、李酷似,《海上谣》一篇有玄外意。"[②] 序中所引"红叶

[①] 《民国沧县志》,上海书店出版社编:《中国地方志集成》(河北府县志辑42),上海书店出版社2006年版,第210页。

[②] 于阿璞与杨光仪交谊甚厚,杨光仪《碧琅玕馆诗钞》卷四《简沧州于阿璞茂才》谓"君向长安攀桂枝,我居海上垂钓丝",于阿璞曾去京师考试。又《续钞》卷四《题于阿璞翠芝山房诗草》谓:"吟成一字九回肠,乡入温柔梦亦香。桃李容华梅骨格,徒今不敢薄齐梁。"言于阿璞诗歌风格。见杨光仪著,王振良、赵键整理:《碧琅玕馆诗钞》,天津古籍出版社2017年版,第115、226页。

落时征雁返，黄花开后故人来"诗句，的确有温、李诗的意味。而《星报》本中的"姚寿侯"，据李奎先生考证是姚彭年[①]，或然也。据徐珂《清稗类钞》"迷信类"记载："如皋姚彭年，字寿侯。性好洁，斋舍无纤尘。光绪辛卯，举于乡。壬辰春闱不第，留京待再试。为武进费念慈太史课子，主宾甚相得。一夕，忽自梦身衣礼服从费宅旁舍之墙隙，步行而出。醒而告人。未几，撄小疾，遽不起。人始悟其将死也。盖俗例人死，非本宅之家属，其出殡，不得以柩自正门行，必坏墙而出之也。"[②]姚寿侯是在"壬辰春"做了自墙隙出的奇梦，这就有了第三个不同：时间设置上的不同。李庆辰本的做梦时间是"独壬辰春之梦"，而《星报》本改写为"至今春三月望后一夕之梦"。我们不妨设想：《星报》本的作者看到了李庆辰本的序文，受到"壬辰春之梦"的启发，正好联想到光绪壬辰春发生的"姚寿侯奇梦"事，所以就将李庆辰本中的"于阿璞"替换为"姚寿侯"。

最后，这篇赋体祭文的作者和命意的问题。其实李庆辰本与《星报》本的序文还有两点不同值得讨论，一是李庆辰本序文谓："昔拟作，未能恰意，遂改易，用为芙蓉之诔。"《星报》本序文改作："昔尝拟作，未能称意，遂托为芙蓉神之诔，其实晴雯云者，言情文相生也。"将"晴雯"解释为"情文相生"之意。二是有关作者写这篇祭文的意图，李庆辰本序文有谓"得毋好事多磨，予编《志怪》，而前辈稗官喜与同好"，《星报》本序文改作"得毋红学专精，古今同好"。李庆辰编撰《醉茶志怪》，很有可能自己创作了这

[①] 李奎：《〈叻报〉所载〈拟《石头记》怡红公子祭潇湘妃子文并序〉述略》，《红楼梦学刊》2009年第6辑。

[②] 徐珂：《清稗类钞》第34册，商务印书馆1918年版，第121页。

篇祭文，而《星报》本的改写者想抹掉李庆辰的痕迹，所以删除了"予编《志怪》"等句，但从"红学专精"四字可以看出，改写者也是一位精于《红楼梦》研究的文人。祭文的命意如何？这篇祭文仿《红楼梦》中《芙蓉女儿诔》而成，开头"维猴山鹤去之年，庚岭鸿归之月，日逢秋老，时值更阑，怡红院宝玉，谨以龙女名香、鲛人残泪，金茎仙液，玉洞清泉，致祭于潇湘妃子之灵"，一如《芙蓉女儿诔》开头"维太平不易之元，蓉桂竞芳之月，无可奈何之日，怡红院浊玉，谨以群花之蕊、冰鲛之縠、沁芳之泉、枫露之茗，四者虽微，聊以达诚申信，乃致祭于白帝宫中抚司秋艳芙蓉女儿之前"，皆是以宝玉之口吻祭祀佳人（黛玉、晴雯），抒发木石痴情难续，离恨难补之意。

第四节 《天南新报》《石叻总汇新报》所载两篇赋体祭文考

《拟〈石头记〉怡红公子祭潇湘妃子文并序》一文分别在《叻报》1894年11月6日和《星报》1894年11月6日、7日上刊载，在新加坡应该形成了较大的反响。《天南新报》1902年9月18日星期四"本馆论说"栏载署名世仲的《拟贾宝玉祭林黛玉文骈体另序》一篇，即是仿写《拟〈石头记〉怡红公子祭潇湘妃子文并序》一文而成。

《拟贾宝玉祭林黛玉文骈体另序》一文前也有一篇《序》，谈及作者写作此文的缘由，同是起于一场梦。序开头就说："夫人世之精神，固有通诸梦寐者，情之所感，目不及睹，梦或得而遇之。"这与《拟〈石头记〉怡红公子祭潇湘妃子文并序》的序文开头"人

第四章　星洲藏珍：新加坡早期中文报载"红楼梦赋"考论

之精神通于梦寐，梦中得句往往有之"如出一辙。接着都是写梦中见到他人诗词佳句：《拟〈石头记〉怡红公子祭潇湘妃子文并序》写梦中见李贺、姚寿侯（或阿璞）等人诗作；而《拟贾宝玉祭林黛玉文骈体另序》写道：

> 仆尝梦一阕云："离恨天，相思地雪，三生石，此恨谁知？胭脂血染桃花醉，总是愁人泪。"又尝梦唐玄宗哭杨妃词曰："巫山一朵云，阆苑一轮月，上林一枝花，北岭一团雪。今如何？竟是云散消，花残月缺。"

前一阕词，未说作者，"总是愁人泪"一句，出自元曲《王月英元夜留鞋记》第一折《仙吕·点绛唇》："湿透罗衣，总是愁人泪。"① 后一阕词，依序意是唐玄宗哭杨妃之作，但细考察知："《荆钗记》祭文》：《荆钗记》传奇王十朋祭江，其祭文云：'巫山一朵云，阆苑一团雪，桃源一枝花，瑶台一轮月。妻阿，如今是云散雪消，花残月缺。'按此词亦有所本。孙季昭《示儿编》云：'北朝来祭皇太后文，杨大年捧读，空纸无一字，因自撰云："惟灵巫山一朵云，阆苑一堆雪，桃园一枝花，瑶台一轮月，岂期云散雪消，花残月缺。"时仁宗深喜其敏速。'按此词浮艳轻佻，施之君后，失体已甚，乌可为训。钱竹汀宫詹云：'大年死于天禧四年，其时仁宗未即位也。章献之崩，大年死已久矣。'则其为委巷不经之谈无疑。"②

---

① 徐征、张月中、张圣洁、奚海主编：《全元曲》第9卷，河北教育出版社1998年版，第6349页。又明刘基《梁州令》词有曰："夕阳江上，满眼清波，总是愁人泪。"刘基著，林家骊点校：《刘基集》，浙江古籍出版社1999年版，第555页。

② 梁绍壬：《两般秋雨盦随笔》，上海古籍出版社1982年版，第130—131页。

则此梦中之词,也是"委巷不经之谈"而已,但两词中出现的意象却都与《红楼梦》切切相关。《拟贾宝玉祭林黛玉文骈体另序》写梦见前人两篇词作,模仿《拟〈石头记〉怡红公子祭潇湘妃子文并序》的意味很浓厚,但前者所梦之诗似与《红楼梦》无多关涉,而后者密切联系《红楼梦》中的相关人物和情节。序文接下来就是写月夜醉酒,掷笔睡去,梦一美少年,年十六许,自言南京贾氏,曾居太虚之间。然后少年带作者来到大观园:"此非天上,亦异人间,即玉生平所居大观园也。忆昔潇湘逝世,玉不及为文以祭之。君之诗文,足以传人,倘能代此,则光递九泉矣。"引出贾宝玉请求作者代写祭文之意,这也是《拟〈石头记〉怡红公子祭潇湘妃子文并序》一文的写作思路。

而且,《拟贾宝玉祭林黛玉文骈体另序》的正文也多有摹拟《拟〈石头记〉怡红公子祭潇湘妃子文并序》,如祭文开头也说"维侯山鹤去之年,庾岭鸿归之月,怡红浊玉,谨祭于潇湘妃子之前",而"以卿生阀阅之名家,长诗书之华胄""时则玉甫十龄,卿方九岁""两小无猜""栊翠庵中试茗,方偕妙玉以参禅;凹晶馆里联诗,竟绘湘云而成谶"等句,几乎就是直接使用《拟〈石头记〉怡红公子祭潇湘妃子文并序》中的成句。

当然,《拟贾宝玉祭林黛玉文骈体另序》一文也有自己的创造和命意。《序》中谓:"余读《石头记》一书,观《芙蓉诔》,想见其为人,曾不遗情于一婢。至死生不异,形影不违如潇湘者,独淹没而不彰也,其故何哉?意者通灵既失,文字无灵,泯泯者阙有间矣。彼豪杰寥落于世,与妃子之不遇于人,又何以异焉?同病者多相怜,固未可知也。且夫英雄以事业留名,风月藉文章生色。"一是表明自己阅读《红楼梦》一书的感受,通过《芙蓉女儿诔》知道宝玉也是多情之人；认为黛玉"死生不异，形影不违"，却遭遇不幸，淹没不彰。二是借黛玉之命运结局，感慨豪杰之士不遇于世的悲情，也诚如文末所云："葭苍露白，海碧天青。一点丹心，两行血泪。"这哪里是在祭祀女儿，分明是在祭祀壮志未酬的铁血男儿。

这种命意的转变与写作者的志向有关。《拟贾宝玉祭林黛玉文骈体另序》一文署名世仲，即黄世仲（1872—1912）[①]，广东番禺人，字小配，一字配工，别署世、黄棣荪、黄帝嫡裔，别号禺山世次郎。曾师事朱次琦，早年就读于佛山书院。黄世仲于1893年至南洋谋生，初至吉隆坡，充某赌馆书记，华侨各工界团体以其能文，多礼重之。1898年5月26日（光绪二十四年四月初七）邱菽园创办《天南新报》，鼓吹维新事业，风动一时，黄世仲于工作之余，常投稿该报抒发己见。1902年，黄世仲名还未显，故在《拟贾宝玉祭林黛玉文骈体另序》一文中寄托"悲士不遇赋"的主题，也是合理的。

又，《石叻总汇新报》民国五年（1916）十月九日第九版"游戏文章"栏刊载"署芸"撰写的《拟贾宝玉祭潇湘妃子文并序》一篇，也是一篇托名宝玉祭祀黛玉之文。"署芸"不知是谁？《中国黑幕大观》中有多篇也是出自"署芸"之手，如"学界之黑幕"中"某孝廉""某宫保"；"家庭之黑幕"中"骗娶阿姨""令孙之翻戏"；"江湖之黑幕"中"骨董铺""金吉人"诸篇[②]，此"署芸"不知是否就是《拟贾宝玉祭潇湘妃子文并序》一文的作者？这篇祭文前有一篇骈文《序》，不再如《拟〈石头记〉怡红公子祭潇湘妃子

[①] 参见刘绍唐主编：《民国人物小传》第15册，上海三联书店2016年版，第365—366页。

[②] 路宝生编：《中国黑幕大观》，中华书局集成公司1918年印本，第142—222页。

文并序》《拟贾宝玉祭林黛玉文骈体另序》二文"以梦代拟"的写作思路，而是直以"伤心人"的身份读《红楼梦》，有感云"此天下伤心人，所以读《石头之记》，为怡红公子而叹其多情，为潇湘妃子而怜其薄命也"，叹宝玉多情、怜黛玉薄命是作者写作祭文的总体态度。作者写作祭文的目的是"谨摭补亡之义，代陈叹逝之文"，"补亡"是指西晋束皙的《补亡诗》；"叹逝"是指西晋陆机的《叹逝赋》，意在代宝玉补亡、叹逝。

这篇祭文的正文是一篇骚体赋。先总写黛玉高洁情操"紧扶舆清淑之气兮，往往不钟于须眉之肮脏，而发泄于粉黛之红妆"。接着铺写黛玉的身世经历，以及在大观园里吟诗作赋的美好时光。然后以黛玉葬花为转折点，写到"自古伤心人别有怀抱兮，赋《葬花》之篇什，独哀艳而苍凉"，作者是以"伤心人"身份写"伤心人"，有同命相怜之感；再写到黛玉的悲惨命运，"何娥眉之顿生谣诼兮，乃不谅人只，而竟出高堂。奈强委禽于河东兮，弃迦陵同命之鸟，而于飞苦效乎凤凰"，这有屈原《离骚》之旨。最后还为宝玉抱不平，"余情本非薄倖兮，掬诚可告上苍。倩女惨致离魂兮，骖鸾游乎帝阍。进一勺之椒浆兮，期幽明之不隔，历地久而天长"，宝玉不是薄情的浪荡子，而是对黛玉一片痴情。这篇祭文的最大特色是以骈体写序文，以骚体写祭文，这延续了《红楼梦》中《祭芙蓉女儿诔》序骈、歌骚的特征，而且二者都有浓郁的"师楚"旨意。

总之，新加坡早期中文报所刊载的这六篇"红楼梦赋"，在题咏《红楼梦》的诗词歌赋作品中，具有特殊的文献学与文学批评的价值。三篇"红楼梦回目赋"以八韵律赋形式赋写《红楼梦》情节，在形式上别具一格，在小说题咏史、辞赋批评史上都具有开创意义。四篇拟《芙蓉女儿诔》的类赋之文,既是一种文章学上的拟写与创新,将"影子描摹"与"梦境代写"的创作思路发挥到极致;又是在文学书写的母题中,将骚人之旨与悲士不遇的赋学主题融入到小说的批评中,深化小说的文学批评内涵。这六篇赋作,都是具有"谐"性的游戏之文,以科举场上的正统之文写作小说情事,这是中国文学语体发展到晚清民国时期的一个规律使然;但这六篇赋作在新加坡出现,都与邱菽园有关,而且这些篇赋摹写的对象都指向林黛玉,这又或许是历史的一个偶然选择。

第五章

闺阁与礼闱：盛昱《红楼梦赋图册》的两个批评视角

由《红楼梦》而产生的诗、词、曲题咏之作甚多[①]，但以中国所独有的文体"赋"，来题咏《红楼梦》的作品却很鲜见，沈谦的《红楼梦赋》无疑是较早出现（嘉庆十四年创作）、篇幅最大（二十首）、流传最广（二十余种版本）、最具有代表性的一种。由《红楼梦》产生的图像之作甚夥，从最早的《红楼梦》图像——程高本附录的二十四幅绣像，到改琦的《红楼梦图咏》、费丹旭《十二金钗图册》等，精彩纷呈。但由沈谦《红楼梦赋》作为中间介质而产生的"红学"图像之作——爱新觉罗·盛昱《红楼梦赋图册》，是迄今所知惟一的一种。学界目前对《红楼梦》图文关系的研究比较多[②]，但由《红楼梦》小说"元典"到题咏之作《红楼梦赋》，再到由赋之"语象"而形成的、异于直接从小说文本衍生而出的"图像"之作，很少问津。《红楼梦》《红楼梦赋》与《红楼梦赋图册》三者之间的互动互文形态、文图关系的审美取向，以及其间的转换机制和文学批评内涵，值得去深入研读，而因这种从小说到赋再至

[①] 据一粟编著：《红楼梦书录》（增订本）著录：题咏《红楼梦》的诗词有70余种，戏曲346种，而现存的赋仅沈谦《红楼梦赋》1种。

[②] 参见陈骁《清代〈红楼梦〉的图像世界》（浙江工商大学出版社2005年版）、王丹《晚清两种〈红楼梦〉衍生艺术形态释论》（《明清小说研究》2019年第3期）等。

图像的图文关系的特殊性，其所触发的从闺阁家园到社会家国的反思，亦可以引起相关文化批评的进一步思考。

第一节　同治十二年：盛昱抄绘《红楼梦赋图册》的时间选择

爱尔兰 Chester Beatty 博物馆藏《红楼梦赋图册》一种，彩绘本，丝绢装裱，收藏编号为 C1354，高×宽×深：34.5厘米×28.5厘米×4.4厘米，内容为沈谦撰《红楼梦赋》手抄文，小楷书写，方圆兼施，典雅工丽；并配以精美绘图，用笔设色工整细致，构图严谨，色彩韶秀，人物线条流畅，景物搭配和谐，有内廷风格。[1]盛昱工于书画，邓之诚先生称其"烜赫艺林，论画入微"[2]，又爱好书画收藏与鉴赏，"收藏甲天下，身后为其后人斥卖殆尽"，很多藏品流亡国外，"自谓所藏以宋本《礼记》、《寒食帖》、刁光胤《牡丹图》最精，为'三友'，身后为其养子善宝斥卖，至今意园已为日人中山商会所有，盖无余物矣。'三友'以壬子夏归于景朴孙，后《礼记》为粤人潘明训所得；《寒食帖》归于日本人菊池惺堂；《牡

---

[1] 爱尔兰 Chester Beatty 博物馆著录信息：Object no: C1354; Dimensions: 345mm × 285mm × 44mm (height × width × depth); Material: Silk, Pigment (material), Ink (material), Wood (material); Object category: Manuscript。

[2] 盛昱善题画，翻检其《郁华阁遗集》，卷一有《题消寒诗图》二首、《题素芬女史小照应梅兄教》四首、《题吴柳堂先生小像》一首、《自题柳荫清夏合照》三首、《题刘星岑侍读梅抱簃读画图》二首；卷二有《题徐兵尚所藏钱南园画马中一枯树一瘦马一小马》一首、《为门人刘菊农题崔子湘画花鸟》四首、《题廉惠卿泉补万柳堂图》三首；卷三有《松禅居士持赠芎婴老人手抄诗报以文文水金焦图并题长句送别》一首、《题鹿杏佾盘石金芝图》一首。盛昱：《郁华阁遗集》，光绪三十四年（1908）武昌刻本，见《续修四库全书》第1567册，上海古籍出版社2011年版。

丹图》初归蒋孟萍，复卖于美国人"①，《红楼梦赋图册》或许也于此时流落海外。

　　沈谦《红楼梦赋》计二十篇，盛昱抄绘的《红楼梦赋图册》缺《雪里折红梅赋》一篇，共存赋图十九幅、手抄赋作十九篇，右图左赋。赋以网格绢纸抄写，半页20行，行24字。《芦雪亭赏雪赋》《邢岫烟典衣赋》《醉眠芍药茵赋》《见土物思乡赋》《中秋夜品笛桂花阴赋》《焚稿断痴情赋》题下有校记。最后一篇《稻香村课子赋》，赋末署曰："萧山沈青士红楼梦赋二十首癸酉夏五盛昱敬录（钤印：逌情）。"癸酉，即同治十二年（公元1873年1月29日至1874年2月16日），这一年，对盛昱来说有着特殊的意味。

　　一是其母亲那逊兰保此年秋天病逝。爱新觉罗·盛昱（1850—1899），字伯希，又作伯熙，或署伯羲，亦作伯兮，别号韵蒔，"其曰意园、曰郁华阁者，袭用先世故邸以自号也"②。盛昱出身在显赫的满族宗室，具有满蒙勋贵血统。《清史稿·盛昱传》谓其"隶满洲镶白旗，肃武亲王豪格七世孙"③，追溯其父系：七世祖是豪格（1609—1648），清太宗第一子，封和硕肃亲王，授靖远大将军，开国功臣。至其曾祖父永锡（1753—1821），袭封和硕肃亲王，官至领侍卫内大臣、阅兵大臣、宗人府宗令、玉牒馆总裁臣、镶红旗满洲都统。至祖父，有承继祖父敬徵（1785—1851），永锡第四子，封不入八分辅国公，历官镶黄旗护军统领、都察院左都御史、兵部尚书、户部尚书、协办大学士等，终官工部尚书、署正白旗满洲副

---

① 邓之诚：《骨董续记》，《民国丛书》第五编，上海书店1996年版，第25页。
② 王汉章编，成全辑补：《盛意园先生年谱稿》，天津图书馆藏抄本，第2a页。
③ 赵尔巽等：《清史稿》卷四四四，中华书局1998年版，第12454页。

都统;本生祖父①敬敦(1786—1824),永锡第五子,封不入八分辅国公,官二等侍卫。其父是宗室恒恩(1821--1866),敬敦第三子,过继予敬徵为承继子,道光二十三年(1843)举人,官至左副都御史。追溯其母系:七世外祖西第什哩(?—1706),喀尔喀蒙古土谢图汗部中右旗札萨克多罗贝勒。至外曾祖父蕴端多尔济(1766—1827),喀尔喀蒙古土谢图汗部中右旗札萨克多罗郡王,外祖父是多尔济旺楚克,喀尔喀蒙古土谢图汗部二等台吉,官二等侍卫。那逊兰保(1824—1873),字莲友,博尔济吉特氏,蒙古族,喀尔喀部落女史,多尔济旺楚克之女。十七岁嫁与恒恩,同治五年(1866),恒恩去世,时盛昱十七岁,之后一直由母亲抚养教育。盛昱秉承"母教","自谓诗学得之母教为多"。②

二是其为母亲整理《芸香馆遗诗》,延续"闺阁母教"传统。那逊兰保弃世而去,其子盛昱据其咸丰七年(1857)手抄本并搜辑遗诗计九十一首,于同治十三年甲戌刻印成《芸香馆遗诗》二卷。而在此前一年,那逊兰保又在病中搜辑刊刻外祖母完颜金墀的《绿芸轩诗集》,并作序,序谓:"余家世塞北……余以随侍京师,生长外家,外祖母完颜太夫人教之读书。其时外家贵盛,亲党娣姒每相晤,辄不及米盐事,多以诗角……每当月朗风和,命笔吟诗,黏帖墙壁几遍。"③道光七年,那逊兰保随父母进京,长居外祖母完颜

---

① 按:敬徵无子嗣,将其弟敬敦的第三子恒恩过继为嗣子,故敬敦为盛昱本生祖。据杨钟羲言:"宗室敬敦,伯熙前辈本生祖也。爵封不入八分辅国公,为肃恭亲王子,琴舫相国弟,工画,尝为周菊塍作《看山读画楼图》。见杨钟羲:《雪桥诗话三集》卷一一,《丛书集成续编》第204册,台湾新文丰出版公司1988年版,第181页。
② 杨钟羲:《雪桥诗话》卷一二,《丛书集成续编》第203册,第237页。
③ 那逊兰保:《绿芸轩诗集序》,完颜金墀:《绿芸轩诗集》卷首,光绪元年(1875)刻本,第1a—2a页,中国国家图书馆藏。

金墀（人称英太夫人）家，由外祖母教授读书。外祖母更是家族显贵，家中女子相聚时，不谈柴米油盐之事，终日以诗词唱和，这与林黛玉入大观园生活景致相仿。那逊兰保自幼聪颖好学，盛昱《芸香馆遗诗跋》谓："先母七岁入家塾，十二能诗，十五通五经。"①那逊兰保的家塾老师是归真道人，正黄汉军旗人陈廷芳之女，也是一位博学多才的女子，著有《冰雪堂诗稿》。那逊兰保《题冰雪堂诗稿》诗有云"国风周南冠四始，吟咏由来闺阁起。漫言女子贵无才，从古诗人属女子"②，不啻是一篇为闺阁女诗人鸣不平的宣言。那逊兰保颇有诗才，有蒙古族"易安居士"之称③，李慈铭《芸香馆遗诗序》赞其"蕙性夙成，苕华绝出"，称其诗"清而弥韵，丽而不佻。高格出于自然，深情托以遥旨。怀人送远之什，登山临水之吟，踵轨风骚，镕情陶谢，洵足抗美遥代，传示后来"④。由完颜金墀到那逊兰保所形成的"闺阁母教"传统，能延续书香，并授教于盛昱。

三是如何排解礼闱会试失意的忧愁。盛昱拥有贵族身世，又出自书香世家，《清史稿》称赞"盛昱少慧，十岁时作诗用'特勤'字，据唐阙特勤碑证《新唐书》突厥'纯特勒'为'特勤'之误，籀是显名"⑤。《意园事略》载其"十岁时赋《绿豆诗》，立成四句"⑥。十二岁赏戴花翎。十八岁时，由玉牒馆誊录以主事用。同治

---

① 盛昱：《芸香馆遗诗跋》，那逊兰保：《芸香馆遗诗》卷末，同治十三年刻本，第1a页，中国国家图书馆藏。
② 那逊兰保：《题冰雪堂诗稿》，那逊兰保：《芸香馆遗诗》卷上，第8a页。
③ 严程：《清代蒙古族女诗人那逊兰保的创作历程》，《民族文学研究》2017年第5期。
④ 李慈铭：《芸香馆遗诗序》，那逊兰保：《芸香馆遗诗》卷首，第1a—2b页。
⑤ 赵尔巽等：《清史稿》卷四四四，第12454页。
⑥ 杨钟羲：《意园事略》，《续修四库全书》第1567册，第261页上栏。

九年，时二十一岁，应庚午科顺天乡试，第一名举人，据奭良《伯羲先生小传》载，复试诗题为"云无心以出岫"，盛昱作"在山原比石，及物便成林"，刑部右侍郎袁文诚公保恒得之，曰"此大器也"，特置一等第一。① 可谓春风得意。徐珂《清稗类钞》谓："都门名流尝结绚秋盦诗社，时宗室盛伯羲祭酒昱，方中同治庚午解元，年少气盛，尤跳荡，尝摘唐人诗'炉烟添柳重'五字索对，同人属句者皆谓不称。"② 但接下来的同治十年辛未科、十三年甲戌科的会试均未得第，至光绪二年丙子恩科会试方中第一名会元。面对前次会试的失利与即将到来的会试压力，盛昱如何排解这种忧虑？这种情境与沈谦作《红楼梦赋》的境遇非常相似，沈谦《红楼梦赋自叙》谓："《红楼梦赋》二十首，嘉庆己巳年作。时则孩儿绷倒，纲官贡归；退鹢不飞，缩龙谁掇。破衫如叶，枯管无花。冯驩之歌，弹有三叠；董父之布，坠欲再登。……爰假《红楼梦》阅之，以消长日。""孩儿绷倒"，即"倒绷孩儿"，因一时疏忽而未能中选，典出宋魏泰《东轩笔录》卷七："苗振以第四人及第，既而召试馆职。一日，谒晏丞相，晏语之曰：'君久从吏事，必疏笔砚，今将就试，宜稍温习也。'振率然答曰：'岂有三十年为老娘，而倒绷孩儿者乎！'晏公俯而哂之。既而试……由是不中选。晏公闻而笑曰：'苗君竟倒绷孩儿矣。'"③ 嘉庆十四年（1809），沈谦会试失利，回乡简居，假《红楼梦》以消忧，作《红楼梦赋》；六十余年后，同样是会试失利的盛昱，假《红楼梦赋》以鉴赏，手抄绘制

---

① 参见奭良：《野棠轩文集》，沈云龙主编：《近代中国史料丛刊》一辑，台湾文海出版社1966年版，第35页。
② 徐珂：《清稗类钞》第29册，第180—181页。
③ 魏泰：《东轩笔录》，中华书局1983年版，第81页。

《红楼梦赋图册》。值得注意的是,盛昱在其编年诗集《郁华阁遗集》中,卷一编年为"同治癸酉至光绪乙未",即收录诗作起自同治十二年。第一首诗是《题消寒诗图》二首,其一曰:"往事轻尘一霎过,龙猪真幻果如何?挥泥汩水新生理,日日携犁和牧歌。"①巧合的是"龙猪"一名即见于《红楼梦》五十三回,乌进孝交租单上列出"龙猪二十个"②,而真幻之说也与《红楼梦》主旨契合。

更为有意思的是,据王汉章《盛意园先生年谱稿》,同治十二年癸酉初夏,盛昱招友人李慈铭于意园赏牡丹。次年五月,那逊兰保《芸香馆遗诗》二卷刻成,盛昱又延请李慈铭作序。③李慈铭是咸、同年间熟稔《红楼梦》的学者,他在咸丰十年八月十三日的日记中写道:

> 阅小说《红楼梦》,此书出于乾隆初,乃指康熙末一勋贵家事,善言儿女之情,甫出即名噪一时,至今百余年,风流不绝,裙屐少年,以不知此者为不韵。……予家素不蓄此。十四岁时,偶于外戚家见之,仅展阅一二本,即甚喜,顾不得借阅全部,亦不敢私买。十七岁后,洊更忧疢,又多病,虽时得见此书,不暇究其首尾,而中之一二事一二语,镂心铢肾,锢惑已深。……戊午夏常病,看书极眩瞀,乃取裨贩市书以寓倦目,因及此种……予因暇辄讲此书,多述其家事,及嬉游笑

---

① 盛昱:《郁华阁遗集》,《续修四库全书》第1567册,第218页下栏。
② 有关"龙猪"的文献记载极少,范宁先生曾指出:"《红楼梦》中乌进孝的那份交租单上'龙猪二十个',什么叫'龙猪',字典上是查不出来的,到现在红学家也大都搞不清楚,这真是读书不易。"见《范宁古典文学研究文集》,重庆出版社2006年版,第208页。
③ 参见王汉章编,成全辑补:《盛意园先生年谱稿》,第3a页。

骂，以博堂上一粲。今复因病阅此，危城一身，高堂万里，不觉对之呜咽。此书相传所称贾宝玉即纳兰成德容若，按之事迹，皆不相合，要为满洲贵介中人。①

据此推断，李慈铭早在1843年即阅读《红楼梦》，1848年后时常见此书，1858年夏因病又看此书，并给母亲及子妇辈讲读《红楼梦》故事，1860年又阅此书，而此时已是"高堂万里"。结合盛昱的满蒙贵族家世、由外祖母至母亲而引起的闺阁母教之思以及礼闱失意心境，并邀请李慈铭于意园赏牡丹、为其母诗集作序之举，于此，盛昱选择在同治十二年夏五手抄绘制《红楼梦赋图册》的情景境遇，得以还原重现。

第二节　闺阁昭传：从"大观园"到"意园"

《红楼梦》是一部"闺情"小说，开篇第一回"甄士隐梦幻识通灵，贾雨村风尘怀闺秀"中，阐明作者创作小说的本意时说："我之罪固不免，然闺阁中本自历历有人，万不可因我之不肖，自护己短，一并使其泯灭也。……虽我未学，下笔无文，又何妨用假语村言，敷演出一段故事来，亦可使闺阁昭传，复可悦世之目，破人愁闷，不亦宜乎？"《红楼梦》开卷即说"怀闺秀"，"记述当日闺友闺情"，有为"闺阁昭传"之意图，而演绎的场所是"大观园"。大观园是一座具有皇家威仪的青春女性之园林，是闺阁形态

---

① 李慈铭：《越缦堂读书记》（下），中华书局2006年第2版，第925—926页。

的一个理想家园，更是中国闺阁文学世界的一座圣地。缘此，发生在大观园里的典型事件，成为历代歌咏"闺情"的文学元库。沈谦《红楼梦赋》即是以此中的场景和典型事件为中心，题咏出《贾宝玉梦游太虚境赋》《滴翠亭扑蝶赋》《葬花赋》《海棠结社赋》《拢〔栊〕翠庵品茶赋》《秋夜制风雨词赋》《芦雪亭赏雪赋》《雪里折红梅赋》《病补孔雀裘赋》《邢岫烟典衣赋》《醉眠芍药茵赋》《怡红院开夜宴赋》《见土物思乡赋》《中秋夜品笛桂花阴赋》《凹晶馆月夜联句赋》《四美钓鱼赋》《潇湘馆听琴赋》《焚稿断痴情赋》《月夜感幽魂赋》《稻香村课子赋》二十首，这二十篇所涉及的事件发生地全在大观园，诚如何铺在《红楼梦赋叙》中评道：

> 于是描来仙境，比宋玉之寓言；话到闺游，写韩凭之变相。花魂葬送，红雨春归；诗社联吟，白棠秋老。品从鹿女，陆鸿渐之茶经；啼到猿公，张若虚之词格。赏雪则佳人割肉，兽炭云烘；乞梅则公子多情，雀裘霞映。侍儿妙手，灭针迹于无痕；贫女孤身，痛衣香之已尽。眠酣藉绿，衬合群芳；寿上怡红，邀来众艳。生怜薄命，怀故国以颦眉；事欲翻新，洗人间之俗耳。斗尖叉之险韵，鹤瘦寒塘；绘闺阁之闲情，鱼肥秋淑。①

刘勰《诠赋》谓"赋者，铺也。铺采摛文，体物写志也"，赋的笔法在于"写物图貌，蔚似雕画"。②《红楼梦赋》就是以"铺采摛文"

---

① 何铺：《红楼梦赋叙》，沈谦：《红楼梦赋》卷首，光绪二年何铺刻本，第1b页，宁波天一阁博物馆藏。
② 刘勰著，范文澜注：《文心雕龙注》，第134、136页。

第五章　闺阁与礼闹：盛昱《红楼梦赋图册》的两个批评视角

之笔"写物图貌"，择取《红楼梦》中的典型事件和主要场景，雕画出一个大观园里的闺情世界。如《怡红院开夜宴赋》有云：

> 金屋人闲，晶帘日暮。落花开筵，啼鸟宿树。令悬诗牌，筹错酒数。漏滴将残，曲终谁顾。……遂乃珠围翠合，云亘星联。签筹一握，骰彩三宣。桃垂溪畔，杏倚日边。送春花了，绕瑞枝连。红瘦绿肥，锦障锁佳人之梦；影疏香暗，孤山留处士之天。却宜春馆笙歌，羡他富贵；最好秋江风露，修到神仙。……乃有梨园舞女，名列煎茶，箫吹碧玉，板拍红牙。颦眉偃月，晕脸蒸霞。夜深则海棠欲睡，风高则燕子先斜。玛瑙枕边，梦断合欢之榻；芙蓉帐里，香飘并蒂之花。①

赋本事取自《红楼梦》第六十三回，宝玉生日，众女子在怡红院里开怀畅饮。赋中"桃垂溪畔"，指袭人；"杏倚日边"，指探春；"送春花了"，指麝月；"绕瑞枝连"，指香菱；"红瘦绿肥"，指湘云；"影疏香暗"，指李纨；"却宜春馆笙歌，羡他富贵"，指宝钗；"最好秋江风露，修到神仙"，指黛玉；"梨园舞女"，指芳官。众闺中女儿醉态毕现，赋中"夜深则海棠欲睡"句有夹评谓"醉态如画"，而陆晴帘赋末尾评更谓："柳軃花欹，莺娇燕嬾，是一幅《醉杨妃图》。"②《怡红院开夜宴赋》文本本身即具有"图像"特征，《红楼梦赋图册》因此绘制出"寿怡红群芳开夜宴图"，在男性住所"怡红院"中，除了迎春、惜春和妙玉，大观园里的女性悉数到场，沈谦赋中描写了9位女性，没有一句涉及贾宝玉；而《红楼梦赋图册》

---

① 沈谦：《红楼梦赋》，道光二年留香书塾刻本，第33a—34b页。
② 沈谦：《红楼梦赋》，道光二年留香书塾刻本，第34b页。

有 13 位女性，寿星宝玉虽坐在榻上，但仅占画面最右边角。在贾母、王夫人等皆不在家的背景下，大观园女性占据了赋文与画面的绝大部分篇幅，全是女儿世界的放肆狂欢。

盛昱在其母病中，为其整理诗集时，手抄绘制《红楼梦赋图册》，更深层次的原因是寄意"闺阁昭传"。在那逊兰保《芸香馆遗诗》卷下，有一组诗《小园落成自题》：《处泰堂》《漱芳榭》《知止斋》《得真观尚（斋名）》《芥舟（榭名，前为射圃）》《艳香馆（阶下有梨三株牡丹数十本）》《退思书屋》《快晴簃》《晴虹（桥名）》《蓼矼》《小池》《假山（夫子筑此山屡成屡易至是又将复毁余劝而止）》《旷观亭》《天光一碧楼》，共 14 首，这在总共 91 首诗的诗集中，占据了不小的篇幅。这个有堂有榭、有斋有馆、有楼有阁、有桥有池、有山有亭的"小园"，即其家族庭院"意园"，据震钧《天咫偶闻》卷二载："伯羲祭酒，为肃府敬文庄公之孙，世家三代，家擅园池之胜……春明人士皆艳称之。"[1] 最初有据可考的主人为清代宗室肃亲王豪格之子敬徵，之后宅园传其子左都副御史恒恩。恒恩能诗，与妻子那逊兰保志趣相投，"闺房唱和，觚翰无虚；策事相矜，赌书为乐。下至举业，亦播艺林"[2]，那逊兰保《假山（夫子筑此山屡成屡易至是又将复毁余劝而止）》一诗中的"夫子"，即是指恒恩，这首诗末二句有云"名园输半亩，犹擅笠翁名"，自注曰："半亩，完颜氏园名。"[3] 半亩园，原是清初陕西巡抚贾汉复的园子，由李渔设计，道光二十一年，为河道总督完颜麟庆买下，将此园更名"半亩园"。

---

[1] 震钧：《天咫偶闻》卷二，北京古籍出版社 1982 年版，第 42 页。
[2] 李慈铭：《芸香馆遗诗序》，那逊兰保：《芸香馆遗诗》卷首，第 1b 页。
[3] 那逊兰保：《芸香馆遗诗》卷下，第 5a 页。

第五章　闺阁与礼闱：盛昱《红楼梦赋图册》的两个批评视角 | 125

那逊兰保与完颜氏有通家之好。她自小生活在外祖母完颜金墀家，其为外祖母的《绿芸轩诗集》作序有云："太夫人讳金墀，字韵湘，完颜氏，满洲人。"① 那逊兰保作有《挽华香世媦》二首，其一曰："三生文字结因缘，小照留题已十年。……八秩重慈九龄子，翁姑俯仰倍凄然。"② 华香，即完颜佛芸保，是完颜麟庆与程孟梅次女、恽珠孙女。据沈善宝《名媛诗话》卷十一载：

> 汉军程孟梅，麟见亭河帅庆继室。有《红薇阁诗草》。夫人为恽珍浦夫人长妇……太夫人辑《兰闺宝录》《正始集》诸书，夫人率诸女劻勤雠校，搜罗无阙，盖风雅性成也。诗笔亦温厚和平……《题翁绣君女史〈群芳再会图〉》云：十尺轻绡绚彩霞，枝枝叶叶斗芳华。……披图犹记君姑说，此是南宗一大家。（原注：夫人曾以前画《百花图卷》就正先姑。）长女完颜锦香妙莲保……著有《赐绮阁诗草》，克传家学，能画工诗。……妹华香佛芸保……能写山水，工吟咏，善琴弈，著有《清韵轩诗稿》……丙午四月朔，恽岫云招余游半亩园看花，得与华香把晤。③

这段话有几点值得注意：一是"太夫人辑《兰闺宝录》《正始集》"，太夫人即恽珠（1771—1833），字星联，别字珍浦，江苏阳湖人，十八岁归于满族贵族完颜廷璐。她曾仿照《列女传》编有《兰闺宝录》六卷，又编清代女性诗歌总集《国朝闺秀正始集》，其中卷

---

① 那逊兰保：《绿芸轩诗集序》，完颜金墀：《绿芸轩诗集》卷首，第 1a 页。
② 那逊兰保：《芸香馆遗诗》卷下，第 6b 页。
③ 王英志主编：《清代闺秀诗话丛刊》，凤凰出版社 2010 年版，第 541 页。

二十收录高鹗之女高仪凤诗作,谓:"高仪凤,字秀芝,汉军人,给事中鹗女。按鹗字兰墅,别号红楼外史,乾隆乙卯进士,与大儿麟庆同官中书,为忘年交,……嘉庆甲戌大儿为余刻《红香馆集》,兰墅曾制序焉。"① 据此知完颜女儿们与《红楼梦》颇有渊源。② 二是"夫人率诸女劻勷雠校",即恽珠殁后,程孟梅率领女儿完颜妙莲保(锦香)、完颜佛芸保(华香)等校订诗稿,完成《国朝闺秀正始集续编》的任务。三是程孟梅作有《题翁绣君女史〈群芳再会图〉》诗③,那逊兰保也曾作有《题翁绣君女史〈群芳再会图〉》二首,从程孟梅诗自注来看,二人的诗当是闺中酬唱之作。四是《红楼梦影》的作者顾太清也作有《多丽·题翁秀君女史〈群芳再会图〉》词,而编订《名媛诗话》的沈善宝也曾前来半亩园诗社结盟。沈善宝非常喜爱《红楼梦》,曾作《题〈葬花图〉》(三首)及《观杂剧取其对偶者各成一绝·葬花》等题《红》诗④,并直接参与、促成顾太清完成《红楼梦影》,且以"西湖散人"之名为其作序,还对《红楼梦影》加以评点。据此,那逊兰保应该是生活在一个熟悉《红楼梦》的闺中朋友圈中,她经常与恽珠媳妇程孟梅、女孙完颜妙莲保(锦香)及完颜佛芸保(华香)等完颜女眷嬉游园中,以诗

---

① 恽珠辑:《国朝闺秀正始集》,道光十一年红香馆刻本,第3a页,中国国家图书馆藏。

② 按:据梁琨《〈红楼梦〉及其续书的"非小说形式"改编传播对原著经典化进程的影响》(《明清小说研究》2020年第1期)一文指出《红楼梦》"传播者亦较多闺秀,可谓是典型的'女性文学',这正符合《红楼梦》作品的一些艺术特征"。

③ 翁绣君女史,即翁瑛,女,字绣君,号朝霞、平江女史,吴县(今江苏苏州)人。金堤妻。道光年间人,工诗、善画,绘有一幅《群芳再会图》,藏于故宫博物院。据中国古代书画鉴定组《中国古代书画目录》(第2册)著录:"京1-6387,一卷,绢,设色,道光十年庚寅(1830)。"文物出版社1985年版,第151页。

④ 沈善宝著,珊丹校注:《鸿雪楼诗词集校注》,中国社会科学出版社2012年版,第39、274页。

词唱和相往来,大有《红楼梦》第三十七回"秋爽斋偶结海棠社"的意味。沈谦据此回本事所作的《海棠结社赋》即与那逊兰保《题翁绣君女史〈群芳再会图〉》有异曲同工之处。《题翁绣君女史〈群芳再会图〉》其二有云:

> 检点《群芳谱》,开时总不同。别离憾人世,缺陷补天工。漫说妍媸杂,谁言色相空。题诗惭点污,越女亦西东。①

有意思的是沈谦《海棠结社赋》也是在检点《群芳谱》,赋中语:"留八月之余春",《群芳谱》曰:"秋海棠,一名八月春,有二种:叶下有红根为常品,绿根者更有佳趣。""种分西府",《群芳谱》曰:"海棠有四种:贴梗:丛生,花如胭脂。垂丝:柔枝长蒂,色浅红。西府:枝梗略坚,花稍红。木瓜:海棠生子如木瓜,可食。西府中有一种名紫绵者,色重、瓣多,盛于蜀,而秦中次之。""植向南墙",《群芳谱》曰:"秋海棠性好阴而恶日,一见日即瘁;喜净而恶粪,宜盆栽置南墙下。""黄心绿叶",《群芳谱》曰:"秋海棠黄心绿叶,文似朱丝,婉媚好人,不独花也。"②诸如此类,简直似一幅群芳相会图。初秋季节,贾探春提议邀集大观园中有文采的人组成诗社,于风庭月榭"宴集诗人",于帘杏溪桃"醉飞吟盏",意在"或竖词坛,或开吟社,虽一时之偶兴,遂成千古之佳谈",作诗吟辞以显大观园众姊妹之文采不让桃李须眉。赋云"倩绣阁之佳人,作骚坛之盟主。逸同竹林,名联兰谱。胜揽芳园,句传乐

---

① 那逊兰保:《芸香馆遗诗》卷上,第 9a 页。
② 以上诸注,出自包圭山注释,见沈谦著,包圭山笺注:《注释红楼梦赋》,道光二十六年眠琴书屋藏板、芸香堂发兑刻本,第 12a—13b 页,杭州市图书馆藏。

府",众才女在这个"闺阁世界"里结社赋诗,好不热闹,诚如徐稚兰在赋末评曰:"女秀才,女博士,众篇并作,采丽益新,洵极一时园亭之胜。"① 在大观园里,通过小说叙述描写、到《海棠结社赋》的写物图貌,再到"海棠结社赋图"中庭、榭及人物的空间布局,共同构筑起一个理想的"闺阁世界"。

那逊兰保为恽珠的孙媳妇蒋重申的别集题词曰:"半亩园南是意园,花时来往酒盈樽。自从君作东征客,辜负春风屡到门。"② 从"大观园"到"半亩园",再到与之比邻的"意园",皆是一个令无数闺秀向往、怀念与追忆的圣地。那逊兰保在为外祖母完颜金墀的别集作序有云:"余有志辑《满洲闺阁诗钞》,搜罗虽富,终恐尚有遗珠,以故迟迟。"③ 这是对完颜女眷编纂《国朝闺秀正始集》"闺阁"情结的继承与延续。而此序作于同治十二年,那逊兰保离世前不久,在这一年,盛昱手抄绘制《红楼梦赋图册》,无疑寄寓着其为母亲、为完颜众女子、为天下众女才人"闺阁昭传"之深意。

第三节 礼闱移情:盛衰更迭与稻香村课子之思

前引徐珂《清稗类钞》有谓盛昱同治九年中举,出"炉烟添柳重"五字索对,众人皆不称,座中有"丹徒赵曾望对曰:'盅冻酒

---

① 沈谦:《红楼梦赋》,道光二年留香书塾刻本,第11a页。
② 那逊兰保:《环翠堂诗草题词》,蒋重申:《环翠堂诗草》卷首,光绪六年(1880)刻本,第4a页,中国国家图书馆藏。
③ 那逊兰保:《绿云轩诗集序》,完颜金墀:《绿芸轩诗集》卷首,第3a页。

第五章 闺阁与礼闹：盛昱《红楼梦赋图册》的两个批评视角

蓊虚。'伯羲叹为绝对。"① 赵曾望对《红楼梦》评价甚高，在《窀言》卷二中谓："《石头记》一书（俗谓之《红楼梦》，本书并无此名）其措词全仿语录，而又多加助词，绝非不学之人所得而妄作也。至于摹绘人情物理，靡不尽态极妍，信能于小说家中自树赤帜。……王雪香又为之《评赞》以辅翼之，亦文人游戏三昧也。可以并传矣。"② 沈谦《红楼梦赋》亦属文人游戏三昧之类，柴小梵有言"《红楼词》，予所见者都有十六种，俱皆藻思轶群，绮芬溢楮。其他如王雪香之《评赞》……无不借题发挥，情文交至。而尤以沈青士之《赋》二十篇，为独有见地"，沈谦《红楼梦赋》是"无不借题发挥，情文交至"的典范之作。这或许是盛昱关注并"移情"沈谦《红楼梦赋》的动机之一。③ 因父亲早逝，盛昱受母教尤多，少年多才，但同治九年乡试中举的豪情，被次年会试落第的失意取代。同治十二年，母亲病逝，盛昱所享有的出生贵族与书香世家的优越感，逐渐被惶恐、不安和悲伤代替。盛昱手抄《稻香村课子赋》在赋末钤有一方朱色阳文印曰"迻情"（见《红楼梦赋图册》）。"迻情"，即移情，唐吴竞《乐府古题要解·水仙操》曰："伯牙学琴于成连，三年而成。至于精神寂漠，情志专一，未能得也。成连曰：'吾之学，不能移人之情。吾师有方子春，在东海中。'乃赍粮从之，至蓬莱山，留伯牙曰：'吾将迎吾师。'刺船而去，旬时不返。伯牙心悲，延颈四望，但闻海水汩没，山林窅冥，群鸟悲号，

---

① 徐珂：《清稗类钞》第 29 册，第 181 页。
② 赵曾望：《窀言》卷二，光绪十八年丹徒赵氏石印本，第 7b 页。
③ 盛昱不是借《红楼梦赋》移情第一人，《红楼梦赋草》抄本有道光辛丑任廷旸序谓："果移我情，讵干卿事。"又吴江爱子庚元迪州甫《题识》曰："真解语之花，亦扫愁之帚也。"见沈谦：《红楼梦赋草》卷首，第 3a、4b 页。

仰天叹曰：'先生将移我情。'乃援琴而作歌。"①通达琴境的艺术具有转移、变更人的情志、性情的能力。明潘之恒《鸾啸小品》有云："吴音之微而婉，易以移情而动魄也。"②高超的艺术能够移易情感，使人如临其境，与创作者所表现的情感融合为一，产生情绪共鸣。

"移情"是中国本有的艺术批评话语。首先，移情的唤起成分：会试失利。创作于会试失利之时的《红楼梦赋》，寄寓着沈谦的失意心境，其中《焚稿断痴情赋》有云："何必诗播吟笺，句传乐府。手缚麒麟，舌调鹦鹉。抱来白璧，飞作青煤。珠玑十斛，锦绣一堆。烧瘢满地，火篆闻雷。秦燔烟卷，楚炬风催。看红烛之已炮，适青囊之被灾。收爨下之琴材，尾声应律；袅炉中之香炷，心字成灰。"寥寥数语，写尽林黛玉灰心落魄之态，孟砥斋在赋末评道："画就了这一幅惨惨悽悽、绝代佳人绝命图。"③青灯黄卷，古今一辙，盛昱见此多会是心有所感，援笔抄绘出一幅"焚稿断痴情赋图"。林黛玉在六岁时母亲病故，十一二岁便来到外祖母身边，不久父亲又撒手人寰，以致孤苦伶仃，寄居贾府，当宝玉、宝钗定婚的消息袭来时，她便万念俱灰。黛玉坎坷的命运、寄人篱下的苦楚、爱情的没有着落，色色空空，风云变幻，强烈的失意之痛、荣辱之思，共同唤起沈谦与盛昱的痛苦体验，并移情于黛玉的"焚稿断痴情"。

其次，移情的认知成分：盛衰之理。是什么促使沈谦从《红楼梦》移情创作了《红楼梦赋》？他在序中写道：

---

① 沈德潜选：《古诗源》卷一四，中华书局1963年版，第15—16页。
② 潘之恒著，汪效倚辑注：《潘之恒曲话》，中国戏剧出版社1988年版，第8页。
③ 沈谦：《红楼梦赋》，道光二年留香书塾刻本，第50b—51a页。

第五章　闺阁与礼闹：盛昱《红楼梦赋图册》的两个批评视角

披家庆之图，红裈锦髻；赴仙庭之会，檀板云璈。莲叶尝来，好添食谱；鹦哥唤起，都杂诗声。不料驹隙易过，萤光如烟。残花频落，僵柳难扶。子夜魂销，丁帘影寂。舞馆歌台之地，日月一瓢；脂奁粉碓之场，烟尘十斛。此又盛衰之理，古今同慨矣！①

一部《红楼梦》，道尽人生命运跌宕起伏、家族兴盛衰败的古今定理，其中《贾宝玉梦游太虚境赋》云："有缘皆幻，无色不空。风愁月恨，都是梦中。恨不照秦皇之镜，然温峤之犀；早离海苦，莫问津迷。……无何仙界难留，锦屏易晓。眼前好景俱空，梁上余音犹绕。人生行乐只如此，十二金钗都杳渺。不想红楼命名意，误煞少年又多少。"②盛昱的家世出身不逊于宝玉，读罢沈谦《贾宝玉梦游太虚境赋》，盛衰之理也成为他所要思考的内容。这幅"贾宝玉梦游太虚境赋图"（见《红楼梦赋图册》），画面中出现两个贾宝玉，卧榻上睡着的是现实中的宝玉，烟圈中作揖说话的是幻境里的宝玉，一真一幻，不知真幻，然后又一切皆是"好景俱空"。贾宝玉梦游太虚境，本事出自《红楼梦》第五回，而这一回这一梦是全书中一大关键之梦，交待全书纲领，预示人物命运结局。③梦醒即唤醒红楼噩梦，由此揭开人世沧桑、世态炎凉以及家族盛衰变迁的序幕，俞霞轩在这篇赋末评曰："吹大法螺，击大法鼓，然大法炬，

---

① 沈谦：《红楼梦赋》，道光二年留香书塾刻本，第 1b—2a 页。
② 沈谦：《红楼梦赋》，道光二年留香书塾刻本，第 1a—2b 页。
③ 王希廉："第五回自为一段，是宝玉初次幻梦，将'正册'十二金钗及'副册'、'又副册'二三妾婢点明，全部情事俱已笼罩在内，而宝玉之情窦亦从此而开，是一部书之大纲领。"见冯其庸：《重校八家评批红楼梦》，江西教育出版社 2000 年版，第 125 页。

如来说法,真要唤醒一切,救度一切。"①沈谦与盛昱皆选择此回作赋、抄赋并绘图,移情的认知抑或在于盛衰之理的体悟相通。

最后,移情的动机成分:借稻香村课子以回春姿。如何起衰振隳?在高雅、繁华的"大观园"里,"稻香村"是一个特殊的存在,就连宝玉也认为"此处置一田庄,分明见得人力穿凿扭捏而成。远无邻村,近不负郭,背山山无脉,临水水无源,高无隐寺之塔,下无通市之桥,峭然孤出,似非大观"。稻香村里住着的是"稻香老农"李纨,李氏系金陵名宦之女,父名李守中,"故生了李氏时,便不十分令其读书,只不过将些《女四书》《列女传》《贤媛集》等三四种书,使他认得几个字,记得前朝这几个贤女便罢了,却只以纺绩井臼为要,因取名为李纨,字宫裁。"甲戌侧批云:"妙!盖云人能以理自守,安得为情所陷哉!"②李纨在丈夫贾珠二十岁去世后,一个人养育并教习贾兰,一生辛勤课子,至第一百十九回贾兰考中举人,终得晚年富贵。李纨及早地认识到儒家文化"耕读传家"生存理念对于世家大族绵延兴盛的重要性,是秦可卿提醒王熙凤"常保永全"法子的实践者。她嫁入贾家豪门,却依然安守本分,不"为情所陷",终能教子成才,是妇德妇功的化身,堪称十二钗中的礼教典范。大观园里有个"稻香村",李纨在稻香村里课子,这是贾家得以重振的希望所在,喻示"耕读传家"传统是起振衰颓的良方。

沈谦写作《红楼梦赋》,最后一篇就是《稻香村课子赋》,写农家生活云:"漠漠平田,翠光接天。麦收黑穰,稻插红莲。守户

---

① 沈谦:《红楼梦赋》,道光二年留香书塾刻本,第 3a 页。
② 曹雪芹原著,程伟元、高鹗整理,张俊、沈治钧评批:《新批校注红楼梦》,第 91 页。

第五章 闺阁与礼闱：盛昱《红楼梦赋图册》的两个批评视角

龙吠，隔溪鹭眠。秧马分种，水轮引泉。一犁雨涨，十耜云连。"一派繁荣的耕作景象。写教子的李纨道："则有巴妇怀情，梁媛守寂。彤管成编，素帷挂壁。燕子丝缠，鲛人泪滴。填石衔冤，倚楹生感。歌有离鸾，服宜绣翟。伤破镜之孤分，傍残灯而独绩。望夫则首类飞蓬，训子则书传画荻。"列举巴蜀寡妇清、梁之寡妇高行、西道县龙怜、卫敬瑜妻王氏、炎帝之女精卫、欧阳修母等历代守贞洁而教子有方之女，以称赏李纨。李纨秉持"耕读传家"传统，勤于课子，结局是：

> 所以踏遍槐花，折来桂子。窟竟依蟾，门还登鲤。雕鹗荐秋，乌鹊占喜。摅夺锦之仙才，振鸣珂之戚里。回忆碧窗，伴读十年，挑风雨之灯；允宜紫诰，分荣五色，焕凤鸾之纸。[①]

贾府迎来"兰桂齐芳"，俞霞轩在赋末评曰："一部《红楼梦》，几于曲终人杳矣。读此作，乃觉溪壑为我回春姿。"[②]"回春姿"，这又何尝不是沈谦与盛昱的移情动机。沈谦《红楼梦赋自叙》谓"然而枯鱼穷鸟，寓旨遥深；翠羽明珰，选词绮丽。借神仙眷属，结文字因缘。气愧凌云，原不期乎杨意；门迎倒屣，敢相赏于李谿"[③]，期待自己能够像司马相如、王粲一样，得到杨得意、蔡邕的引荐和称赏，一朝腾达。

[①] 沈谦：《红楼梦赋》，道光二年留香书塾刻本，第 56a—58a 页。
[②] 沈谦：《红楼梦赋》，道光二年留香书塾刻本，第 58a 页。按：《红楼梦》木鱼书情节也以"宝玉读书"结束，参见李奎、胡鑫蓉《早稻田大学图书馆藏红楼梦木鱼书初探》(《明清小说研究》2020 年第 1 期) 相关论述。
[③] 沈谦：《红楼梦赋序》，《红楼梦赋》卷首，道光二年留香书塾刻本，第 3a 页。

盛昱在自己会试失利和即将奔赴来年礼闱之时、在一直教自己读书的母亲处在病危至病逝之际，手抄绘制《稻香村课子赋》及图，这种"移情"之举是对母亲、对自己最好的慰藉与鞭策。"闺阁"与"礼闱"情愫的渗入，让《红楼梦赋图册》与题咏的对象小说文本之间产生距离感，这已经不同于由小说而直接产生的"图像"之作。由《红楼梦》到沈谦《红楼梦赋》，再到盛昱的《红楼梦赋图册》，因文、图之间有中间介质——赋的渗入，这便在从"语象"到"图像"的衍变过程中实现由"我注红楼"到"红楼注我"的转化。

盛昱出生在一个满蒙勋贵世代联姻而成的文化世家，父系的辉煌成就给予他无上荣光，他参加科举，积极入世，有着强烈的民族意识和家国情怀；同时又受闺阁母教影响，在体悟《红楼梦》《红楼梦赋》《红楼梦赋图册》的过程中，逐渐认识到女性生命的价值和生存的意义。他曾在讨论英、法女人之别时说道："英京女人多在报馆执事，法京女人苟在报馆执事，则法人士必以为轻佻不俨。苦拉佛得女史以英国三种新报访事，又工绘画，尝言：'绘画之事未尝与创作小说（西人以小说为文学之粹美）之事相异，况美术（西人以绘画、雕刻、音乐、诗歌为美术）之与文学又本有至密至切之关系乎！'诚益人事也。"[①] 可以看出，盛昱对女性意识的初步觉醒有深切体会和认同，但同时在"闺阁绣户"的行迹突破与"耕读传家"的礼教约束方面，在束缚女性意识与迎迓女性自由方面，似乎都存在着矛盾。爱新觉罗·载淳幼年即位，母后垂帘，同治帝在位的十三年间，镇压太平天国起义，剿灭西、东捻的作乱，又兴

---

① 盛昱：《盛伯羲杂记》，《北京大学图书馆馆藏稿本丛书》第5册，天津古籍出版社1987年版，第172—173页。

办洋务新政，有"中兴"之征象，缪荃孙在给盛昱《意园文略》作序有云："国朝同治中兴，廊纮恢纲，中外一心，克歼大憝，海内翕然，群望又安，乃发捻之祸大定，而宫闱之蠥已萌。"① 同治十二年，是盛昱手抄绘制《红楼梦赋图册》之年，也是同治帝亲政之年，家国社会似乎还在"闺阁"与"礼闱"的矛盾中反思、演进。

---

① 缪荃孙：《意园文略序》，盛昱《意园文略》卷首，宣统二年（1910）杨钟羲金陵刻本，《续修四库全书》第1567册，第239页下栏。

第六章

从"红楼梦赋叙"到"曹雪芹赋序"
——端木蕻良先生改写何镛《红楼梦赋叙》考论

沈谦的《红楼梦赋》以一组二十篇的宏大篇幅来题咏《红楼梦》，可谓规模空前，影响深广，初步统计，自面世至民国间有二十余种版本流传。其中以道光二年留香书塾刻本为最早刻本，到光绪二年又有何镛刻本，为道光二年本重刻，卷首增加何镛《红楼梦赋叙》一篇。1946年12月15日武汉《大刚报》上，亦载有《红楼梦赋叙》一篇，署名"红楼内史"。比较两篇《红楼梦赋叙》文字，多有雷同，"红楼内史"与何镛是同一人否？"红楼内史"在哪些地方改写了何镛《红楼梦赋叙》？改写的意涵是什么？

第一节 何镛与《红楼梦赋叙》

宁波市天一阁博物馆藏有沈谦《红楼梦赋》，光绪二年何镛刻本。一卷，附评花，杂记，题词。线装，一册（一函），19.8厘米×12.2厘米，半页9行，行20字，白口，单黑鱼尾，四周双边。卷首有《红楼梦赋叙》，落款曰："光绪二年，太岁在柔兆困敦清和上澣，山阴何镛桂笙氏，书于申江旅次。"柔兆对应天干丙，困敦对应地支子，即丙子年；清和为农历四月别称，上澣为每月上旬，即1876年农历四月上旬。《红楼梦赋叙》何镛写于上海寓所，时年35岁。又据曾宗藻《红楼梦分咏绝句跋》谓："沈青士作《大观园即事赋》，高昌寒食生为之序刻。"①知沈谦《红楼梦赋》又名《大观园即事赋》。

何镛，即何之鼎，字桂笙，一字咏华，号丙楼，又号山阴悟痴生等，生卒不详，浙江绍兴山阴人。光绪七年曾为俞樾《荟萃编》作序。光绪十二年，为广百宋主人《聊斋志异图咏》作序，署"古越高昌寒食生撰"，文后有"山阴何镛""桂笙""高昌寒食生"三个印记，故知高昌寒食生为何镛的别号。他曾在龙门书院学习，师从刘熙载。1874年到上海任家庭教师三年。其后陆续在《申报》发表诗词，并被延为《申报》主笔。与李士棻私交甚好，李氏将其与钱昕伯、袁祖志并称为"黄浦三君子"②。工于诗文，"每一篇出，人无不骇其敏绝。誉留众口，纸贵一时。……外邦之文人学士航海而至者，如朝鲜，如日本，如越南，无不执贽请谒，而求其诗文"③。精音律，善鼓琴，著有《琴珏山房红楼梦词》、杂剧《乘龙佳话》一卷八出等。《乘龙佳话》原载《点石斋画报》，阿英编《晚清文学丛钞·传奇杂剧卷》（中华书局1962年版）收入。《琴珏山房红楼梦词》有光绪二十年（1894）刻本，上海图书馆藏，卷首有何镛光绪三年《自序》曰："去岁又得沈青士赋廿则，为之序而刊之。"可知何镛对《红楼梦》非常喜爱，也很钟爱沈谦的《红楼梦赋》，但

---

① 丘炜菱：《红楼梦分咏绝句》卷末，光绪二十六年（1900）粤东省城木板大字本。
② 李士棻：《天瘦阁诗半》卷二《简钱君昕伯袁君翔甫何君桂笙并乞和章》，光绪十一年（1885）刻本。
③ 高太痴：《何桂笙先生五十寿序》，《申报》1890年5月8日。

未见他给自己起"红楼内史"之名。

何镛《红楼梦赋叙》的流传情况如何？何镛的《红楼梦赋叙》首次出现在光绪二年何镛刻本《红楼梦赋》卷首。其后，王希廉撰写的《石头记评赞》在光绪二年重刻，改名《红楼梦评赞》（牛津大学图书馆藏），同时附刻了沈谦的《红楼梦赋》，即据光绪二年何镛刻本，卷首亦有何镛的《红楼梦赋叙》。至民国时，《红楼梦赋》的抄印本很多，其中有四种都是据光绪二年何镛刻本《红楼梦赋》：一是"香艳丛书"十四集（卷二）本，据光绪二年何镛刻本重印，卷首收录何镛《红楼梦赋叙》；二是石溪散人编《红楼梦名家题咏》本，上海广益书局1915年石印本，据光绪二年何镛刻本重印，卷首收录何镛《红楼梦赋叙》；三是黄钵隐编《赋学丛钞》本，第2编第3种，抄成于1930年，据光绪二年何镛刻本抄写，卷首沈谦《自叙》，次何镛《红楼梦赋叙》；四是徐复初编"红楼梦附集十二种"本，上海仿古书店1936年1月初版，据光绪二年何镛刻本重印，收录何镛《红楼梦赋叙》。

据此，何镛《红楼梦赋叙》至少有六个版本出现，而从民国初年到1936年，就有四个版本问世，更是流传甚广。

第二节　两篇《红楼梦赋叙》文字比对与分析

光绪二年何镛刻本《红楼梦赋》流传重印很多，但何镛的《红楼梦赋叙》除个别异体字外，文字差异不大，这里以宁波天一阁博物馆藏沈谦《红楼梦赋》光绪二年何镛刻本卷首的《红楼梦赋叙》为底本。署名"红楼内史"的《红楼梦赋叙》，原载武汉《大

第六章 从"红楼梦赋叙"到"曹雪芹赋序"

刚报》，1946年12月15日；后收录于端木蕻良著、徐学鹏编《端木蕻良细说红楼梦》中；又收录于《端木蕻良文集》（北京出版社2009年版，第6卷，第20页）中。这里以《端木蕻良文集》中收录的《红楼梦赋叙》为底本。两种文字比对列表如下：

何镛《红楼梦赋叙》	署名"红楼内史"《红楼梦赋叙》
除是虫鱼，不解相思红豆	除是虫鱼，不解相思红豆
倘非木石，都知写恨乌丝	倘非木石，都知写恨写丝
诵王建之宫词，未必终为情死	诵王建之宫词，才知秽生寝掖
效徐陵之艳体，何尝遽作浪游	效徐陵之艳体，便作话学鹦鹉
李学士之清狂，犹咏名花倾国	李学士之清狂，终羁玉环力士
屈大夫之孤愤，亦云香草美人	屈大夫之孤愤，落得怀沱沉江
而况假假真真，唤醒红楼噩梦	而况假假真真，唤醒红楼噩梦
空空色色，幻成碧落奇缘	空空色色，幻成碧落奇缘
何妨借题以发挥，藉吐才人之块垒	何防借题发挥，吐尽胸中之块垒
于是描来仙境，比宋玉之寓言	于是描来仙境，比做枕中之寓言
话到闺游，写韩凭之变相	话到闺媛，写韩凭之变相
花魂葬送，红雨春归；诗社联吟，白棠秋老	然花魂葬送，红雨春归，诗社联吟，金园香沁
品从鹿女，陆鸿渐之茶经	品从鹿女，陆鸿渐之茶经七碗
啼到猿公，张若虚之词格	吓倒猿公，张若虚之词格一家
赏雪则佳人割肉，兽炭云烘	赏雪则佳人割肉，兽炭云烘
乞梅则公子多情，雀裘霞映	乞梅则公子多情，雀裘霞映
侍儿妙手，灭针迹于无痕	侍儿妙手，灭针迹于无痕
贫女孤身，痛衣香之已尽	贫女孤身，痛衣香之已尽
眠酣藉绿，衬合群芳；寿上怡红，邀来众艳	
生怜薄命，怀故国以颦眉	生怜薄命，怀故国以颦眉

续表

何镛《红楼梦赋叙》	署名"红楼内史"《红楼梦赋叙》
事欲翻新，洗人间之俗耳	事欲翻新，洗人间之俗耳
斗尖义之险韵，**鹤瘦寒塘**	斗尖叉之险韵，**独异其趣**
绘闺阁之闲情，鱼肥秋潋	**传刻薄之酸音，自成一局**。鱼肥秋潋，
丹维白博，天上月共证素心	丹维白博，天上月共证素心
翠刷红韬，镜中**缘只余灰劫**	翠刷红韬，镜中绿只余飞灰
无花不幻，空**归环珮**之魂	无花不幻，空**留七尺**之魂
有子能诗，聊继缥缃之业	有子**如斯，断我千秋**之业
凡此**骈四俪六**，妆成七宝之楼	凡此**毕三粟六**，妆成七宝之楼
是真寡二少双，**种得三珠之树**	是真寡二少双，**空得一夕之梦**
而乃人口之脍炙**未遍**，贼氛之燔灼**旋来**	而乃人口之脍炙**木通**，旗帜之燔灼**簇来**
简汗方枯，不见标题之迹	青简方枯，天下共见斯儿之志
璧完犹在，亦关文字之缘	遗石为记，人间谁解水月之奇
爰付手民，重为寿世；凡诸心赏，莫笑痴人	《红楼梦》云乎哉，曹雪芹以为记

据此可以认定，署名"红楼内史"的《红楼梦赋叙》确实是改写何镛的《红楼梦赋叙》而成。何镛的《红楼梦赋叙》有450字，署名"红楼内史"的《红楼梦赋叙》有440字，二者相同的部分约有320字，改动之处约120字，用黑体字显示。署名"红楼内史"《红楼梦赋叙》相对于何镛《红楼梦赋叙》改动比较大的地方主要有五处。

一是将何镛《红楼梦赋叙》"诵王建之宫词，未必终为情死；效徐陵之艳体，何尝遽作浪游。李学士之清狂，犹咏名花倾国；屈大夫之孤愤，亦云香草美人"，改为"诵王建之宫词，才知秽生寝掖，效徐陵之艳体，便作话学鹦鹉。李学士之清狂，终罥玉环力士，屈大夫之孤愤，落得怀沙沉江"。这段话分别运用了唐代诗人王建、南朝文士徐陵、唐代诗人李白、先秦诗人屈原的典故,"红楼内史"主要是对这段话的二、四、六、八句进行了改动,这些改动让运用典故的着眼点发生变化。王建作有组诗《宫词一百首》,何镛谓"未必终为情死",是对宫女命运的同情,而"红楼内史"谓"才知秽生寝掖"则指向的是批判;南朝徐陵作宫体诗,何镛谓"何尝遽作浪游",表示进行效仿也未尝不可,而"红楼内史"谓"便作话学鹦鹉",认为效仿是鹦鹉学舌;唐代浪漫主义诗人李白以"清狂"名世,何镛称其"犹咏名花倾国",是指李白创作《清平调词》有"名花倾国两相欢,常得君王带笑看。解释春风无限恨,沉香亭北倚阑干"诗,饱含对杨贵妃的赞美;而"红楼内史"谓"终羁玉环力士",指向的是对杨贵妃和高力士的批判;楚国屈原以"孤愤"著称,何镛称其"亦云香草美人",也会写作《离骚》,以香草美人自比;而"红楼内史"谓"落得怀泪沉江",也是略有批判意味。总之,"红楼内史"对何镛《红楼梦赋叙》此段的改写,情感基调由对女子的同情与赞美,转向对这种写作方式的指责与批判,而其背后的意涵是对这些诗人文士的高度体认和关怀,是"借题发挥,吐尽胸中之块垒"。

二是删除了何镛《红楼梦赋叙》"眠酣藉绿,衬合群芳;寿上怡红,邀来众艳"一段。"红楼内史"删除此段,似乎是不合适的。因为何镛《红楼梦赋叙》中的内容是与沈谦《红楼梦赋》一一对应的:"描来仙境,比宋玉之寓言"句对应《贾宝玉梦游太虚境赋》;"话到闺游,写韩凭之变相"句对应《滴翠亭扑蝶赋》;"花魂葬送,红雨春归"句对应《葬花赋》;"诗社联吟,白棠秋老"句对应《海棠结社赋》;"品从鹿女,陆鸿渐之茶经"句对应《拢〔栊〕翠庵品茶赋》;"啼到猿公,张若虚之词格"句对应《秋夜制风雨词赋》;

"赏雪则佳人割肉，兽炭云烘"句对应《芦雪亭赏雪赋》；"乞梅则公子多情，雀裘霞映"句对应《雪里折红梅赋》；"侍儿妙手，灭针迹于无痕"句对应《病补孔雀裘赋》；"贫女孤身，痛衣香之已尽"句对应《邢岫烟典衣赋》；"眠酣藉绿，衬合群芳"句对应《醉眠芍药茵赋》；"寿上怡红，邀来众艳"句对应《怡红院开夜宴赋》；"生怜薄命，怀故国以颦眉"句对应《见土物思乡赋》；"事欲翻新，洗人间之俗耳"句对应《中秋夜品笛桂花阴赋》；"斗尖义之险韵，鹤瘦寒塘"句对应《凹晶馆月夜联句赋》；"绘闺阁之闲情，鱼肥秋潋"句对应《四美钓鱼赋》；"丹维白博，天上月共证素心"句对应《潇湘馆听琴赋》；"翠剧红韬，镜中缘只余灰劫"句对应《焚稿断痴情赋》；"无花不幻，空归环珮之魂"句对应《月夜感幽魂赋》；"有子能诗，聊继缥缃之业"句对应《稻香村课子赋》。"红楼内史"似乎是不太熟悉，或者没有见到沈谦的《红楼梦赋》，所以他也不知道这其中的一一对应关系，所以删除了"眠酣藉绿，衬合群芳；寿上怡红，邀来众艳"一段。

三是将何镛"斗尖义之险韵，鹤瘦寒塘"句改为"斗尖叉之险韵，独异其趣；传刻薄之酸音，自成一局"；将"有子能诗，聊继缥缃之业"改为"有子如斯，断我千秋之业"。凹晶馆月夜联句，史湘云出"寒塘渡鹤影"，林黛玉对"冷月葬花魂"，于此，"红楼内史"以"刻薄""酸音"形容林黛玉的个性。"有子能诗"中的"子"，何镛《红楼梦赋叙》是指李纨之子贾兰，李纨勤奋课子，贾兰最终中举，所以说是"继缥缃之业"；而"红楼内史"将"子"理解为贾宝玉，将"能诗"改为"如斯"，语气由赞美贾兰到批判贾宝玉，因为宝玉的不通庶务，所以"断我千秋之业"。在何镛笔下，这两处本是不关林黛玉、贾宝玉何事的，但经过"红楼内史"

改写，语意鲜明地指向黛玉和宝玉。

四是将何镛《红楼梦赋叙》"是真寡二少双，种得三珠之树"改为"是真寡二少双，空得一夕之梦"。"寡二少双"，即独一无二。"三珠之树"典出《新唐书·文艺传·王勃传》："勔、勮、勃皆著才名，故杜易简称'三珠树'。"[①] 何镛所言，是赞美沈谦的《红楼梦赋》构思流畅，文辞奇妙，天下无双，犹如唐代王勃与兄勔、勮"三珠树"；"红楼内史"将后一句改为"空得一夕之梦"却指向曹雪芹写作《红楼梦》的意义。

五是将何镛《红楼梦赋叙》末尾"简汗方枯，不见标题之迹；璧完犹在，亦关文字之缘。爰付手民，重为寿世；凡诸心赏，莫笑痴人"一段改为"青简方枯，天下共见斯儿之志，遗石为记，人间谁解水月之奇。《红楼梦》云乎哉，曹雪芹以为记"。可以看出，何镛的《红楼梦赋叙》是就《红楼梦赋》而写，"爰付手民，重为寿世"的是沈谦的《红楼梦赋》；而"红楼内史"的《红楼梦赋叙》专门点出曹雪芹与《红楼梦》的关系，是就《红楼梦》而写，就曹雪芹的创作动机而写。何镛追溯的是沈谦的情感体悟；而"红楼内史"关心的是曹雪芹的内心世界。

据上可知，"红楼内史"的改写也是别出心裁，他的写作出发点是基于对整部《红楼梦》的评价，是对曹雪芹的内心世界的一种体悟，而不是何镛仅基于沈谦的《红楼梦赋》的叙写，所以"红楼内史"的《红楼梦赋叙》未尝不可以叫作《红楼梦叙》，或者《曹雪芹赋序》。

---

① 欧阳修、宋祁：《新唐书》，中华书局 1975 年版，第 5741 页。

第三节 "红楼内史"是谁?

"红楼内史"是否就是端木蕻良先生？

据刘以鬯先生回忆，他曾经为此写信给端木蕻良，请端氏告诉他：《时代文学》刊登的《人海杂言》栏中哪几篇杂文是其执笔的。端木蕻良在复信中这样说：

> 《人海杂言》栏目，您举的各篇，可能都是我写的。但不敢每篇都肯定，因为手边没有原文可查。当时随便起个名字，就发出去了。红楼内史是我用的笔名，我还刻过一颗图章用此名呢！（端木蕻良答笔者问，1979年8月5日来信）①

1941年6月1日，由端木蕻良、周鲸文（挂名）主编的《时代文学》在香港创刊。因稿量不够，端木蕻良只好自己撰文补充版面，其中"人海杂言·荆天丛草"专栏里，有署名"红楼内史"的《调寄西江月》六首。8月1日，《时代文学》第三号出版，"人海杂言·荆天丛草"栏目有署名"红楼内史"的《孤愤诗》二首。端木蕻良特别喜爱《红楼梦》，曾自言在古今中外的一切小说里，最爱《红楼梦》；在1941年任《时代文学》主编时，与高鹗自号"红楼外史"相对，曾自号"红楼内史"；1947年在上海，诗人李白凤曾以此名刻图章相赠。②据此，知"红楼内史"是端木蕻良先生当无疑。

端木蕻良先生的《红楼梦赋叙》原载于武汉《大刚报》副刊

---

① 刘以鬯：《见虾集》，辽宁教育出版社1997年版，第59—60页。
② 赤飞：《红学补白》，新华出版社2011年版，第89页。

《大江》，时间是1946年12月15日。《大江》是汉口《大刚报》的文艺副刊，自1946年3月25日创刊到1949年6月15日终刊，共出版500期。《大江》最初由邵荃麟的夫人葛琴主持工作，后葛琴和邵荃麟亲自出面请端木蕻良、曾卓接手主编。其中端木蕻良于1946年10月至1947年7月任《大江》的主编及编辑。端木蕻良改写何镛的《红楼梦赋叙》，或也是因为《大江》与他主编的《时代文学》一样，面临稿量不足的问题，所以只好应补充版面而作。

端木蕻良先生是较早对"红楼梦赋"倾注心力研究的学者。① 除了这篇改写的《红楼梦赋叙》，他还写过《曹雪芹师楚》《从〈警幻仙姑赋〉说到〈洛神赋〉》两篇文章。《曹雪芹师楚》一文发表在1979年《红楼梦学刊》第1辑上，后收录于《端木蕻良文集》第6卷中。在这篇论文中，他指出曹雪芹所说的"师楚"是"以屈原这些人为师。公开宣称自己是师承楚辞的传统的"，认为曹雪芹和屈原的脚"都是踏在历史的浪尖上的"，他们"都要求改变旧社会"，都"定心广志"，宁愿"解体"还要干到底的事业，"同样都是艺术的语言来宣扬""参验考实"，并分析高鹗删除曹雪芹自言"师楚"的那两段话，"使通行本都失去《红楼梦》原书本来应有的重要的自我解说，也使人通常见不到曹雪芹描写宝玉被迫作《姽婳词》和自愿作《芙蓉诔》时内心里截然相反的两种内心活动来"。② 端木蕻良先生把《姽婳词》和《芙蓉女儿诔》看作是曹雪芹的"师楚"之

---

① "红楼梦赋"是指小说《红楼梦》及其续书中的辞赋文学作品，和以《红楼梦》故事、场景等为母题而由辞赋家创作的《红楼梦赋》作品。参见王思豪《"红楼梦赋"的文学形态及研究反思》，《理论月刊》2021年第1期。

② 端木蕻良：《端木蕻良文集》第6卷，第33—42页。拙文《骚·诔·赋：〈芙蓉女儿诔〉的文体学演进理路》（《红楼梦学刊》2021年第2期）中有进一步的申论，可参见。

作，是把它们当作辞赋来研究的。有趣的是，端木蕻良先生自己也仰慕屈原，曾因此改名"京平"。更有意思的是，端木蕻良先生本姓曹，原名曹汉文，他指出曹雪芹"师楚"，但也受到曹植辞赋的影响。他的《从〈警幻仙姑赋〉说到〈洛神赋〉》一文，1987年11月8日发表在《解放日报》上，后也收录于《端木蕻良文集》第6卷中。这篇文章再次申明"我一向认为曹雪芹'师楚'"，而且"我以为宋玉的'创作美学'，也被曹雪芹有所继承"，认为曹植的《洛神赋》中的"宓妃"就是"甄妃"，《洛神赋》就是《感甄赋》，在曹植心目中"甄妃、洛神、宓妃都是一个人"，曹雪芹也"惯会运用叠影法"，"曹雪芹对曹植的《洛神赋》，必然是很熟的，也许这是他触动灵感的契机"。① 端木蕻良先生对《红楼梦》中的赋论以及三篇辞赋作品《警幻仙姑赋》《姽婳词》《芙蓉女儿诔》都进行了讨论，是较早研究《红楼梦》中赋的专家；而对何镛《红楼梦赋叙》的改写，亦可看作是对《红楼梦赋》的研读，因此，他是很早就较为全面地研究"红楼梦赋"的学者，提出的真知灼见也值得我们借鉴。

第四节 杜撰"曹雪芹赋序"

从这篇被改写的《红楼梦赋叙》（或者说是《曹雪芹赋序》），到后来的《曹雪芹师楚》《从〈警幻仙姑赋〉说到〈洛神赋〉》两篇论文，前者关心的是曹雪芹的内心世界，后两篇论文关注的是曹雪

---

① 端木蕻良：《端木蕻良文集》第6卷，第198—199页。

第六章 从"红楼梦赋叙"到"曹雪芹赋序"

芹的文学观念以及与曹植的渊源关系,这些都是端木蕻良先生在构拟"曹雪芹",是另一种《曹雪芹》小说。

首先,前揭端木蕻良先生将何镛《红楼梦赋叙》"斗尖义之险韵,鹤瘦寒塘"句改为"斗尖叉之险韵,独异其趣;传刻薄之酸音,自成一局";将"有子能诗,聊继缥缃之业"改为"有子如斯,断我千秋之业";经过改写后,语意鲜明地转向指摘黛玉和宝玉,这与端木蕻良先生早年对《红楼梦》人物的认识是一致的。他在大约创作于1933年的小说《科尔沁旗草原》第八章《猪的喜剧》中借主人公丁宁之口评论宝玉和黛玉时,说道:"曹雪芹所描写的宝玉或是黛玉,都不是健全的性格,都是被批判的性格,当然,曹雪芹他自己,并没有表现出他自己批判的见地和批判的能力。"[①] 对宝玉、黛玉性格不健全的批评,也反映在了端木蕻良先生对何镛《红楼梦赋叙》的改写中。当然,宝玉的这种"不是健全的性格",在世俗社会中会被认为是"被批判的性格",但端木蕻良先生指出,"曹雪芹敢于为警幻仙姑称之为'天下第一淫人'贾宝玉立传,没有涵天盖地的胆量,能做到吗?没有为提高人性素质而争到底的勇气,能这样吗?关于'意淫',警幻仙姑认为只有宝玉作到了,但并没有作更多的说话。因为《红楼梦》会为之作注解","曹雪芹提出'情身',可见他是主张灵肉一致的,他不同于柏拉图式的恋爱观。从他笔下写出贾宝玉泛爱众而心劳,情专一而泪尽,心劳而无补于人,泪尽而自我毁灭。《红楼梦》是一幕惊心动魄的大悲剧,他揭示出作者一个迈古超今的大主张,也就是曹雪芹的'情欲观'","曹雪芹是任性、适情、认理的人,但人们反以他为性格乖

---

① 端木蕻良:《科尔沁旗草原》,开明书店1939年版,第213页。

张,不适世故。实在由于曹雪芹反对矫情"。① "不是健全的性格"反成为宝玉涵天盖地的胆量和为提高人性素质而争到底的勇气,更是曹雪芹"情欲观"的体现。

其次,1941年,身在香港的端木蕻良先生在自己主编的《时代文学》上以"苦芹亭诗抄"作补白,发表了《哀曹雪芹》一诗:"能哭黛玉哭到死,荒唐谁解作者痴。书未半卷身先死,流尽眼泪不成诗。"② 这也是端木蕻良先生将何镛《红楼梦赋叙》"是真寡二少双,种得三珠之树"改为"是真寡二少双,空得一夕之梦"的旨意所在。而结尾处的改写"青简方枯,天下共见斯儿之志,遗石为记,人间谁解水月之奇。《红楼梦》云乎哉,曹雪芹以为记",直接点出曹雪芹写作《红楼梦》的良苦用心。端木蕻良先生认同《红楼梦》是曹雪芹的"自传"之说,他认为:"曹雪芹的美学是发自内心的,是他自身内心的积极表现。所以曹雪芹和《红楼梦》才能成为一个统一体。这也是人们总要把《红楼梦》作为曹雪芹的自传的缘故。……无可否认,《红楼梦》有曹雪芹的自传成分,我们不应着重追求这其中自传成分的细微末节,而应研究他精神方面的广度和深度。我们面对《红楼梦》,不能仅仅按照只有细节才形成小说的观点来衡量他。曹雪芹不光是为我们写出人情风俗的历史,而且为我们写出最隐秘的矛盾。"③ 曹雪芹与《红楼梦》成为一个统一体,端木蕻良先生写作《曹雪芹》,又何尝不是将自己和曹雪芹融合成一个统一体呢?

再次,端木蕻良先生在改写何镛的《红楼梦赋叙》以前,就已

---

① 端木蕻良:《说不完的〈红楼梦〉》,上海书店出版社1993年版,第90页。
② 端木蕻良:《哀曹雪芹》,香港《时代文学》1941年创刊号。
③ 端木蕻良:《说不完的〈红楼梦〉》,第99页。

经非常关注《红楼梦》。在20世纪40年代就创作了三部关于《红楼梦》的话剧:《林黛玉》(熊佛西主编《文学创作》,1943年4月1日出版,第1卷第6期,此期为"戏剧专号")、《晴雯》(《文学创作》,1943年6月1日出版,第2卷第2期)、《红楼梦》(孙陵主编《文学杂志》创刊号,1943年7月1日出版)。这些话剧都反映了端木蕻良先生对宝、黛性格命运的思考,对曹雪芹精神世界的关照。端木蕻良先生尤为关注曹雪芹的文学与思想世界,如前面提到的《曹雪芹师楚》《从〈警幻仙姑赋〉说到〈洛神赋〉》二文外,他还写作了《浅谈曹雪芹的风貌》《曹雪芹的情欲观》《曹雪芹和孔夫子》《王夫之与曹雪芹》《曹雪芹和〈女才子书〉》《曹雪芹和戴震》《曹雪芹的朴素的唯物主义思想》等系列文章[1],这些文章"从本质上直达曹雪芹灵魂,抉发《红楼梦》真诠的,也因而实现了对曹与红真正到位的认识和评价。……之所以能达到如此境界,当然由于端木蕻良本人有和这些大思想家、大文学家可以会通的气质、思想、心性"[2]。其中在《浅谈曹雪芹的风貌》一文中,引用敦诚《挽曹雪芹诗》"牛鬼遗文悲李贺,鹿车荷锸葬刘伶,故人欲有生刍吊,何处招魂赋楚蘅",认为"从这里可知曹雪芹喜欢饮酒,诗作直追李贺的创新,更有屈原般的情思神采"[3],将曹雪芹的情思神采之来源直接指向屈原。端木蕻良先生对何镛《红楼梦赋叙》改写,也是他构思"曹雪芹"心路历程中的重要一环。

从端木蕻良先生改写《红楼梦赋叙》的文字,我们可以看出他

---

[1] 参见王慧《端木蕻良与〈红楼梦〉》(《红楼梦学刊》2020年第6辑)一文的相关论述。
[2] 梁归智:《〈红楼梦〉里的四大风波》,三晋出版社2018年版,第303—305页。
[3] 端木蕻良:《说不完的〈红楼梦〉》,第100页。

是在构拟一个不是历史人物传记的曹雪芹,而是一个《红楼梦》作者、文学化存在的"曹雪芹"。诚如端木蕻良先生在小说《曹雪芹》的《前言》所说:"我也不想做到无一字无来历。有的则是自我的杜撰。……而且,说老实话,曹雪芹就大胆宣言,他要杜撰。因此,写他的时候,杜撰也是会得到他的允许的。"① 曹雪芹在《红楼梦》中曾号称大胆"杜撰"出《芙蓉女儿诔》等赋体文,端木蕻良先生"杜撰"小说《曹雪芹》,而在小说《曹雪芹》之前,还有这么一篇改写杜撰的"曹雪芹赋序"。

总之,何镛的《红楼梦赋叙》是基于沈谦的《红楼梦赋》而写,追溯的是沈谦的情感世界;而端木蕻良先生关心的是曹雪芹的写作世界,他改写《红楼梦赋叙》写作出发点是基于对整部《红楼梦》的评价。何镛写作《琅玕山房红楼梦词》,刊刻沈谦《红楼梦赋》,并撰写《红楼梦赋叙》;端木蕻良先生研究《红楼梦》,续写《红楼梦》,改写何镛《红楼梦赋叙》,写作长篇小说《曹雪芹》,他们都是纯粹出于对同一部文学经典《红楼梦》的由衷热爱。

---

① 端木蕻良:《曹雪芹》上册,北京出版社1980年版,第18页。

第七章

诗赋与骚赋：《红楼梦》承载的两个文学传统[*]

《红楼梦》作为我国古代文学史上的巅峰之作，具有"文备众体"的特点，学者们对此进行了大量的研究，如《红楼梦》中的诗词曲赋研究、《红楼梦》与其他文体的互渗研究、《红楼梦》对前代经典作品的接受研究等。而《红楼梦》的"文备众体"不仅在于在小说中浑然地融汇各种文体，更在于承接这些文体时也同时承接其背后的文学传统。当学者们在对经典作品如何影响《红楼梦》进行考察时，会回溯到中国古代文学的开端：分析《红楼梦》如何受到《诗经》与《楚辞》的影响，而缺少对于由《诗经》和《楚辞》开创的文学传统对于《红楼梦》影响的梳理，尤其是在中国早期文体学史上具有前导性特征的"赋"体[①]，在其中所起到的桥梁作用，往往被学界忽视。在赋论的领域，诗赋传统和骚赋传统是两个重要的批评传统[②]，这两个传统分别来自《诗经》和《楚辞》，探讨的核心分别是"由诗而赋"和"由骚而赋"。《红楼梦》中有大量的辞赋

---

[*] 按：此章与澳门大学中国语言文学系研究生邓凯月合作完成。
① 参见拙文《中国早期文学文本的对话：〈诗〉赋互文关系诠解》，《文学评论》2018年第3期。
② 相关论述参见许结先生《从"诗赋"到"骚赋"——赋论传统之传法定祖新说》（《四川师范大学学报》2010年第6期）以及笔者与许结先生合撰《汉赋用〈诗〉的文学传统》（《中国社会科学》2011年第4期）二文。

文学的痕迹，诗赋传统和骚赋传统也同时出现在小说文本及其批评中，成为《红楼梦》"文备众体"的深刻体现。因此，本文将通过对《红楼梦》文本进行细读，梳理出《红楼梦》是如何承接诗赋传统和骚赋传统的，《红楼梦》是如何在两大传统中纠缠着行文的，试图从新的角度理解《红楼梦》"文备众体"在文体学上的意义。

第一节　赋法超越：复归六义之"赋"

《红楼梦》在行文书写中从赋法的角度接续诗赋传统，它吸收的赋法既有写作赋体文学之赋法，也有复归《诗》六义之"赋"。作者将作赋之法融汇为小说的"赋法"，使得行文既有赋体文学的神采，又符合小说的肌理。赋成为小说的有机组成部分，而非点缀与炫才的花边，在这种意义上《红楼梦》达到了"文备众体"的境界。

《红楼梦》对诗赋传统中的赋法有所吸收。刘勰在《文心雕龙·诠赋》篇中对赋的文体特点进行了总结道"赋者，铺也，铺采摛文，体物写志也"①，皇甫谧有言"然则赋也者，所以因物造端，敷弘体理，欲人不能加也"②，由此可见赋体的两个特点："体物写志"和"铺张扬厉"，铺陈与体物也成为诗赋传统中的赋法。与汉大赋相似，《红楼梦》在描写宁国府、荣国府两家的兴衰故事时，需要对事件和大场面进行铺陈、对食物、衣着、楼宇、花园等等进行描摹，以写出四大家族的泼天富贵和显赫权力，因此在《红楼

---

① 刘勰著，范文澜注：《文心雕龙注》，第134页。
② 萧统编，李善注：《文选》，第641页。

第七章 诗赋与骚赋:《红楼梦》承载的两个文学传统

梦》中有大量"赋笔"的运用。所谓"赋笔",即"类赋之笔",是用作赋的方法进行描摹、铺陈,但在形制和长度上并不似真正的赋,因此称为"赋笔",其在《红楼梦》中的运用主要有以下的两个特点。

一是丽词雅义,随物赋形。在《红楼梦》中,描摹人物形象,介绍人物背景,描写景物,描绘仪式场面多用赋笔。从第三回开始,许多章节都以华美的词采和形象的比喻,描摹人物衣着,刻画人物神态,直观地展示人物性格。最为精彩的莫过于第三回对于宝玉、黛玉、迎春、惜春、探春、凤姐等人初次登场的描写。最为突出的对于黛玉形貌神态的描写,十句定评对仗工整,奇思妙想,意象清丽,以赋笔写出了黛玉忧郁沉静的神态。脂砚斋甲戌本侧评曰:"此十句定评,直抵一赋。"[①] 对于人物背景的介绍,作者也以"赋笔"道出,如第二回林如海的家世背景、第四回李纨的背景、第六回刘姥姥与荣国府的关系等等。第四回,作者借门子之口叙述出香菱的悲惨身世,以一句"谁料天下竟有这等不如意事"点出香菱的不幸,脂砚斋甲戌本侧评曰:"一篇《薄命赋》,特出英莲。"在意象的选取与描写的展开方面,《红楼梦》还汲取了汉大赋"丽词雅义"[②]的特点,以"赋笔"描摹景物时运用多种修辞手法,语词华美,刻画生动。第五十回众人赏梅,作者对梅花的姿态进行描摹,"其间小枝分歧,或如蟠螭,或如僵蚓,或孤削如笔,或密聚如林","蟠螭"与"僵蚓"相对,"孤削如笔"与"密聚如林"相对,经过作者一番铺陈之后,梅花之貌跃然纸上,脂砚斋庚

[①] 朱一玄:《红楼梦资料汇编》,南开大学出版社1985年版,第145页。本章所引脂砚斋评语皆引自此书。

[②] 刘勰著,范文澜注:《文心雕龙注》,第136页。

辰本夹评曰："一篇《红梅赋》。"在风俗仪式方面，以元妃省亲为例，作者对于大观园内各处繁华景象进行了细微形象地描写，"园内各处，帐舞蟠龙，帘飞彩凤，金银焕彩，珠宝争辉，鼎焚百合之香，瓶插长春之蕊"，每两个短句之间互相对应，所用意象皆有富贵之气，这与汉大赋繁复华丽的意象排列相暗合，使得富丽堂皇之景跃然纸上，因而脂砚斋己卯本夹评曰："抵一篇大赋。"作者多次运用赋法，发挥了赋在体物绘貌上的长处，使得读者对于大观园各人之态、各处之景、各类事件都能有精准的把握和展开丰富的文学想象。

二是空间叙事，有序铺陈。汉大赋在广阔的空间中展开叙事，其铺陈的先后顺序也成为赋法的一部分。在《红楼梦》中，建筑群宏大复杂，作者巧用赋笔对建筑的布局进行描写，如第三回以林黛玉视角看荣宁二府、第五回描写秦可卿的房间、第四十回以刘姥姥视角写探春的房间。这几处不仅有描摹的"赋笔"痕迹，还受到了赋体文学描写空间的影响。《红楼梦》中描写人物穿梭于建筑之中时，多用移步换景的方法，介绍建筑的格局和细节，如黛玉进宁国府时，作者借林黛玉的动作进行场景转换，用她所见描写大观园的陈设："进了……两边是……当中是……转过……厅后就是……正面……两边。"以移步换景的方式排列景物，与魏晋南北朝时期的山水赋的叙述顺序有一定的联系。当人物进入室内，开始观察室内陈设时，作者又选用汉大赋居于其中、静观景物的方法进行描写，如同一回里黛玉看到王夫人的房间"临窗大炕上……正面设着……两边设……左边……右边……地下……底下"，对各个方向的事物展开铺陈。

除了精妙描摹与有序铺陈，《红楼梦》还吸收了赋体行文的

"叙列之法",在书写中把叙和列融为一体,铺陈中有叙述,叙述中包含着铺陈。赋作为一种"苞括宇宙"的文体,不仅通过铺叙呈现事物,更是把他们连缀起来,营造一个纵横交错的立体世界:"赋兼叙列二法:列者,一左一右,横义也;叙者,一先一后,竖义也。"[①]横义上的"列",属于描摹事物方面,有利于建构一个广阔的空间;而竖义上的"叙",罗列的是事物的发展变化,属于时间方面的排列。叙与列共同作用,因此能够有条理地"体物写志"。《红楼梦》中多处以叙述串起铺陈,叙述时多用白话,铺陈时多用文言,铺叙交错之间营造出层次分明的场面,记叙事件清晰生动,描摹出栩栩如生的人物形象。

第十七回至十八回"大观园试才题对额",是《红楼梦》巧用赋体叙列之法的例子。这一回主要写大观园竣工,贾政、宝玉和众清客一起游园,作者以清新典雅的语词有条不紊地描绘大观园的风景,在移步换景时接入众人的交谈和诗歌创作,让游园成为一个动态的行动而非静态的观赏。比如:"说着,进入石洞来。只见……再进数步……两边……俯而视之……。"大观园里的景物众多,作者以铺陈之笔极尽描摹景色,同时承接了魏晋山水赋的清丽语言和移步换景的视角来展开行文。如果把这一回中的人物行动描写去掉,俨然就是一篇对大观园景色进行描摹的山水赋,但《红楼梦》的书写并非为了作赋,而是为故事情节展开铺垫空间背景。作者把人物的行动穿插进了赋中,文本中呈现的是人物进入如诗如画的大观园中游玩题词,而在文法上来看却是小说的叙述语言穿插在清丽秀美的赋法铺陈之中,像大观园中的活水,把大观园的各处景色串

---

① 刘熙载:《艺概》,第 98 页。

联起来而不着痕迹。

如何将赋法变成小说行文之法，《红楼梦》在文本写作中实现了超越。如果仅仅学习赋法的形式，而忽略其产生文学效果的机制，对于赋法的继承无异于画虎类犬。刘熙载在《艺概·赋概》中有言："以精神代色相，以议论当铺排，赋之别格也。正格当以色相寄精神，以铺排藏议论耳。"[1] 优秀的赋应该兼具义理与辞章，两者结合才能发挥最大的效果，否则就是质木无文，或是让读者看完"反缥缥有陵云之志"[2]。作者深谙此道，每一处赋笔的使用，其背后的议论、寄托与情节、主题息息相关，因此赋笔的出现才成为小说的有机组成部分。以元妃省亲为例，此处情节有大量的赋笔，如"只见园中香烟缭绕，花彩缤纷，处处灯光相映，时时细乐声喧，说不尽这太平气象，富贵风流"，"但见庭燎烧空，香屑布地，火树琪花，金窗玉槛。说不尽帘卷虾须，毯铺鱼獭，鼎飘麝脑之香，屏列雉尾之扇"，等等。在此处，作者差点没有压抑住自己写赋的冲动，"本欲作一篇《灯月赋》《省亲颂》，以志今日之事，但又恐入了别书的俗套。按此时之景，即作一赋一赞，也不能形容得尽其妙；即不作赋赞，其豪华富丽，观者诸公亦可想而知矣。所以倒是省了这工夫纸墨，且说正经的为是"，但他知道描摹这个华丽富贵的场景并不是行文最重要的地方，一切繁华富贵之景都需要落在元妃的"默默叹息奢华过费"这一句上。元妃省亲与秦可卿的丧葬仪式是《红楼梦》前期最为铺张奢侈的两个场景，当作者极尽赋笔对场景进行奢侈华丽的描摹时，不仅展现出盛世风流，更是为后续贾府的衰败埋下了种子，这即是赋笔"以色相寄精神"的体现，也是

---

[1] 刘熙载：《艺概》，第 103 页。
[2] 班固：《汉书》，第 3575 页。

《红楼梦》对于诗赋传统继承的超越之处。

《红楼梦》所继承的诗赋传统可凝练成"赋法"二字,赋也从一种以铺陈为特点的文体,回归了六义之"赋",与其他曾在历史上熠熠生辉的文体一起,以一种潜在的形式,构成了《红楼梦》的血脉与骨骼,由此《红楼梦》真正实现了文备众体。

第二节 赋构新变:时时劝讽

除了赋法,诗赋中的讽喻传统也深深影响了《红楼梦》,显著地表现在小说内蕴的赋构之中。《红楼梦》是一个巨大的赋体,其中既有"曲终奏雅"的旧赋构痕迹,也有新的结构变化。

首先,无论是全文的宏观框架,还是重点回目内的结构安排,《红楼梦》都受到了汉赋"曲终奏雅"的影响。如何劝贾宝玉走上正途,是这一劝讽思路实践的路径,而科举正途又与贾家的命运相联系。全文经由赋法铺陈以作经义之劝,以兰桂齐芳作结,最后宝玉和贾兰都中了举人,家道复兴,达成曲终奏雅。从微观层面来看,《红楼梦》的第五回,可视作一篇嵌套在大赋之中的独立的赋作。其结构类似于《七发》,即太子得病——铺陈六件趣事——最后指出"奏方术之士"的妙处——太子病好,这一结构在第五回则是宝玉"无人规引入正"——警幻仙姑以声色之幻令其觉悟——最后对他进行"委身孔孟之道"的嘱托——宝玉梦醒。可见汉赋的赋构在《红楼梦》细微之处留下的痕迹。

从赋作的谋篇布局来看,"曲终奏雅"和"劝百讽一"能够"必推类而言,极丽靡之辞,闳侈钜衍,竞于使人不能加也,既乃归之于正"①，但这一结构在讽谏的效果上可能不够理想。班固首次在《汉书》中对汉赋的形制做了"劝百讽一"的概括："扬雄以为靡丽之赋，劝百而风一，犹骋郑卫之声，曲终而奏雅，不已戏乎！"扬雄认为铺排过多会对"讽"的效果产生影响，甚至无法达到"讽"的效果，因此否定了这一模式。以司马相如的《大人赋》为例，《大人赋》对于仙界的描述过于华美缥缈，司马相如本欲对汉武帝好修仙之道进行讽谏，汉武帝阅读之后却"反缥缥有陵云之志"。其根本原因在于两部分比例的不均衡使得"劝"多"讽"少，最终会产生"然览者已过矣"②的效果。

反观《红楼梦》的劝讽比例和行文安排，可以看到《红楼梦》的讽喻策略由"劝百讽一"变为"时时劝讽"。这一策略体现为，全书中有大量劝宝玉走上科举正途，振兴家业的劝讽之声，甚至有为此发声的代言人。以上文提到的第五回为例，虽然把它视为微观的赋作时，其蕴含着"曲终奏雅"的结构，但把它置于全文的架构中来看时，作者在小说前部就已经发出了警醒之音，即"今后万万解释，改悟前情，留意于孔孟之间，委身于经济之道"。除了时常劝说他立身扬名的贾家家长和薛宝钗，这样的经学意味的"劝"在文中比比皆是，比如第十六回秦钟临终前所说"以前你我见识自为高过世人，我今日才知自误了。以后还该立志功名，以荣耀显达为是"，第三十二回湘云开的玩笑之语"还是这个情性不改。如今大了，你就不愿读书去考举人进士的，也该常常的会会这些为官做宰的人们，谈谈讲讲些仕途经济的学问，也好将来应酬世务，日后也有个朋友"。作者埋下看似不经意的劝说之语，却体现出浓厚的诗

---

① 班固：《汉书》，第 3575 页。
② 班固：《汉书》，第 3575 页。

第七章　诗赋与骚赋：《红楼梦》承载的两个文学传统

赋传统的"经义"色彩。

　　与此同时，我们可以看到，《红楼梦》呈现出了思想的复杂性，作者的劝讽之意不仅落在"孔孟之道"，也落在色空观上。一方面是强调文学之功用的"经义之劝"，具体可表现为贾家复兴，宝玉等人走上科举正途。另一方面关于色空观的劝诫，即是到头来万事终将成空。两条线索相互交织，可视为一个问题的两个方面。与大赋作品在篇首安排序曲类似，第一回作者交代了故事的背景，同时在多处预告了故事的走向，"此回中凡用'梦'用'幻'等字，是提醒阅者眼目，亦是此书立意本旨"，两位仙师对劝诫想要下凡的石头，"到头一梦"和"万境归空"两个词已然暗示了故事的结局。跛足道人的《好了歌》，甄士隐"陋室空堂"的解，无一不在提醒读者一切繁华富贵都是过眼烟云。

　　除了讽喻策略的变化，《红楼梦》在文势转折上也有其创新之处。与汉大赋"劝百讽一"的结构有所不同，《红楼梦》的文势转折置于行文的前段，即第十七至十八回元妃省亲这一部分。在转折之前，作者极尽罗列写尽繁华奢靡的长处，营造了一个"昌明隆盛之邦，诗礼簪缨之族，花柳繁华地，温柔富贵乡"的美梦，而转折后的赋笔数量变少。这样的设计使得《红楼梦》既吸收了汉大赋描摹繁华富贵的优势，又避开了因讽劝之语不够深刻而让人产生"修仙之意"的缺点。元妃省亲这一章节是家族繁盛的最高点，从此之后贾家就开始走下坡路，为了避免读者沉浸在一片太平气象和富贵风流之中，作者有意让元妃"默默叹息奢华过费"来点醒读者。接着是元妃点戏，这四出戏暗示了贾府和重要人物的命运，好像给读者浇了一盆冷水，因此脂砚斋庚辰本夹评道："所点之戏剧伏四事，乃通部书之大过节、大关键。"

这样一个"转折点"的提前，使得《红楼梦》在结构上改变了"劝讽"两部分的比例，增加了"讽"所占的篇幅。省亲之后贾家逐渐走下坡路，家族败落、子孙凋零持续了很长的时间。当写到败时，作者并没有写出突然的衰落，而是一件一件事慢慢铺陈开来，正如冷子兴所言"百足之虫，死而不僵"，这样的安排既符合事情发展的规律，也能加深读者对于衰败的感受。在叙述整个故事时，作者首先借旁观人之口说出贾府逐渐陷入了困境。如第五十三回贾珍贾蓉父子聊天，两人对于省亲的巨大花费有清楚的认识；第六十四回贾珍操办葬礼时，管家俞禄说出库房亏空的窘境；以及第七十三回贾琏向鸳鸯借银钱，道出了给老太太办寿后无法周转的情况。紧接着作者把笔锋转向了内部的问题，第七十四回抄家一事，作者借探春之口发感慨："可知这样大族人家，若从外头杀来，一时是杀不死的，这是古人曾说的'百足之虫，死而不僵'，必须先从家里自杀自灭起来，才能一败涂地！"这里呼应了小说开头冷子兴的判断，贾府里的人也逐渐笼罩在衰败的阴影之下。第七十五回贾母发现尤氏吃粳米饭，同时感叹人丁衰微；第七十七回府内竟拿不出一条像样的人参；第一百零五回贾政直接感叹自家的"一败涂地"；第一百零七回他查出不光旧库银子用光了，还有外债。这些细节直接指出了荣国府逐渐衰败的残酷现实。

元妃省亲既是盛衰的转折点，也是劝讽数量变化的转折点。在这回之前，铺陈为主，讽的数量不多，比如第二回贾雨村与冷子兴对谈，谈到宁、荣二府虽然外面的架子还没有倒，内囊却已经翻上来了；第五回贾宝玉梦游警幻仙境看到的诗句与所见的判词；第十三回秦可卿在梦中对王熙凤的提醒。元妃省亲之后，讽的数量多了起来，如第二十二回贾政猜灯谜暗示各人命运，第二十九回贾母点的《白蛇记》《满床笏》《南柯梦》三出戏,第五十回"溪壑分离,红尘游戏"的灯谜,第八十三回周瑞家说的以"算来总是一场空"结尾的儿歌,第八十五回的《冥升》《吃糠》和达摩过江这几出戏,都是暗中提醒读者盛筵必散,留心各人命运。除了戏曲谜语,作者还以异象来暗示结局,如第七十五回贾珍听到墙下似有人叹息的异象,异象都是凶兆,结合宁、荣二府衣带相连的关系,作者要写荣国府衰败,先写宁国府衰败。果然到了第八十八回,一个荣国府的丫头听到了异响,第九十四回又开妖花,都是不祥之兆。

因此我们可以看到,《红楼梦》既有汉大赋"曲终奏雅"的痕迹,又把讽喻方从"劝百讽一"变成了时时讽劝,还把讽劝的文势转折点提前。作者取汉大赋谋篇布局之广阔恢弘的特点,又多处设计提醒,"梦幻"二字中有谈不尽的言外之意,所劝讽的一面是孔孟之道,一面是关于色与空、得到与失去的问题。

第三节 化用名物：承接骚赋传统的物质载体

除了"由经而文"的文学理路,《红楼梦》还承接了由《离骚》开启的、汉代抒情小赋为承接的抒发自我感情之路,即"由骚而文"的传统。其中化用《楚辞》名物,是《红楼梦》承继骚赋传统的物质载体。

《红楼梦》蕴含着浓郁的师楚倾向,行文中多处化用《楚辞》之典故,而诗词曲赋更是多处有《楚辞》痕迹。宝玉所作的《芙蓉女儿诔》可视作师楚的集中典型,这一点笔者曾在《骚·诔·赋：〈芙蓉女儿诔〉的文体学演进理路》一文中,有过详细讨论。这里再从"名物"——《红楼梦》师楚的一个重要物质载体——层面来谈一谈。《红楼梦》大量采用《楚辞》中的名物,尤其集中在一些植物名词上,如第十七至十八回大观园内的奇花异草,"藤萝薜荔""杜若蘅芜",等等,这都是师楚的象征物,而在这些象征物中,最为突出的就是"芙蓉"。

荷花是《楚辞》中出现频率最高的"香花",如《离骚》"制芰荷以为衣兮,集芙蓉以为裳。不吾知其亦已兮,苟余情其信芳",《湘夫人》"筑室兮水中,葺之兮荷盖。……芷葺兮荷屋,缭之兮杜衡",等等。芙蓉是《红楼梦》作者尤为用心构思的一个名物。比如《警幻仙姑赋》中的"荷衣","荷衣欲动兮,听环佩之铿锵","荷衣"出自屈原《离骚》"制芰荷以为衣兮,集芙蓉以为裳";藕香榭对联中的"兰浆","芙蓉影破归兰浆,林藕香深写竹桥";等等。又比如第六十三回群芳夜宴怡红院时,林黛玉抽得一枝芙蓉花签,黛玉抽到此签时,众人笑道:"这个好极。除了他,他人不配作芙蓉。"[1] 花签上有诗句"莫怨春风当自嗟",诗句出自欧阳修《和王介甫明妃曲二首》。第七十八回,晴雯殁后,贾宝玉写《芙蓉女儿诔》祭奠晴雯,实际也是在祭奠黛玉。《红楼梦》作者用"芙蓉花神"同时象征林黛玉和晴雯,寄托曹雪芹本人的师楚倾向和屈骚情怀。

从屈原到曹雪芹,这中间有一个很重要的过渡人物,值得关注。这个人物就是曹植。曹植在他的文学创作过程中,频繁使用

---

[1] 张庆善先生《说芙蓉》一文认为此指水芙蓉,即荷花之说:以林黛玉《葬花吟》"质本洁来还洁去"和周敦颐《爱莲说》"出淤泥而不染"参证,并且引用了清代无名氏之语:"莲乃花中君子,唯君子能爱之。芙蓉,即莲也,为黛玉所主。"见《红楼梦学刊》1984年第4辑。

"香草美人"意象。其中,芙蓉是曹植诗赋中的一个核心语汇,如他的《洛神赋》《芙蓉赋》《九咏赋》,处处都有芙蓉的影子。更值得注意的是,芙蓉是曹植与甄妃恋情的媒介物,是"甄后的代名词""甄后的象征"[1]。其中,曹植的《洛神赋》即有"感甄"之说,较权威的资料来源是《文选》李善注:"《记》曰:魏东阿王汉末求甄逸女既不遂,太祖回与五官中郎将,植殊不平,昼思夜想,废寝与食,黄初中入朝,帝示植甄后玉镂金带枕,植见之,不觉泣。时已为郭后谗死,帝意亦寻悟,因令太子留宴饮,仍以枕赉植。植还度轘辕,少许时,将息洛水上。思甄后,忽见女来自云:'我本托心君王,其心不遂,此枕是在我家时从嫁前与五官中郎将,今与君王,遂用荐枕席,欢情交集,岂常辞能具?为郭后以糠塞口,今被发,羞将此形貌重睹君王尔。'言讫遂不复见所在,遣人献珠于珠玉,答以玉佩,悲喜不能自胜,遂作《感甄赋》。后明帝见之,改为《洛神赋》。"《洛神赋》是否即为《感甄赋》,后代学者有争论,但多被小说家接受,胡克家即说此注出于小说《感甄记》,姚宽说裴铏《传奇》载有《感甄赋》,《太平广记》卷三一一"萧旷"条引《传记》一篇,说:"旷因舍琴而揖之曰:'彼何人斯?'女曰:'洛浦神女也。昔陈思王有赋,子不忆耶?'旷曰:'然。'旷又问曰:'或闻洛神即甄皇后,谢世,陈思王遇其魄于洛滨,遂为《感甄赋》,后觉事之不正,改为《洛神赋》,托意于宓妃,有之乎?'女曰:'妾即甄后也,为慕陈思王之才调,文帝怒而幽死。后精魄遇王洛水之上,叙其冤抑,因感而赋之。觉事不典,易其题,乃不谬矣。'"[2] 由李善注中的未名何《记》到胡克家所说的《感甄记》,

---

[1] 木斋:《曹植甄后传》,香港世界汉学书局2019年版,第16页。
[2] 李昉等编:《太平广记》,中华书局1961年版,第2459—2461页。

再到曹雪芹的《石头记》；从《洛神赋》到《感甄赋》，再到《红楼梦》中的《警幻仙赋》，其中的摹拟痕迹确实昭然若揭。

无怪乎"红学"索隐派直谓《警幻仙赋》"通篇套《洛神》，大有陈思感甄之意"①。《红楼梦》也有这样的过渡之辞作为暗示语，第四十三回"闲取乐偶攒金庆寿　不了情暂撮土为香"："宝玉进去，也不拜洛神之像，却只管赏鉴。虽是泥塑的，却真有'翩若惊鸿，婉若游龙'之态，'荷出绿波，日映朝霞'之姿。""翩若惊鸿，婉若游龙"直接出自曹植《洛神赋》；"荷出绿波"亦出自《洛神赋》"迫而察之，灼若芙蕖出渌波"。

芙蓉，是《楚辞》中非常突出的一个香草美人意象；是曹植文学创作中的核心语汇，是甄妃的象征；是曹雪芹塑造灵魂人物黛玉、晴雯的灵感化身；是《红楼梦》小说承接骚赋传统的一个重要物质载体。

第四节　书写情痴：承接骚赋传统的义理之源

《红楼梦》除了以化用《楚辞》名物来承接骚赋传统，还用《楚辞》之辞来塑造人物形象，暗示人物命运。史湘云是一个典型的例子。从她的名字和判词"展眼吊斜晖，湘江水逝楚云飞"中，我们可以看到宋玉《高唐赋》的影响，以娥皇女英在湘江哭舜的典故，暗示其婚变的命运。而《乐中悲》中高唐云雨的典故再次出现，"好一似，霁月光风耀玉堂……终久是云散高唐，水涸湘江"，

---

① 曹雪芹、高鹗著，王梦阮、沈瓶庵索隐：《红楼梦索隐》，北京大学出版社1989年版，第68页。

第七章　诗赋与骚赋：《红楼梦》承载的两个文学传统

再一次暗示了夫妻分离的结局。而"霁月光风"又有《离骚》的寄托写法，把玉堂宫殿、雨后日出的光和风与史湘云的光明磊落、胸怀开阔联系起来，形象地写出了人物的品行和性格。此外，在史湘云所作的诗歌之中，我们也可以看到《楚辞》抒情范式的影响。第三十八回，史湘云作《白海棠和韵二首》，其二中的"花因喜洁难寻偶，人为悲秋易断魂"，实在是个人的写照。宋玉《九辩》云："悲哉，秋之为气也！"由此开启了以秋抒悲情的吟咏母题。而赏花之人为所赏之花而悲秋，实则是"人为自爱所误"（庚辰本第二十二回脂批），再次暗示湘云的结局。

《红楼梦》取《楚辞》之辞、《楚辞》之物，也抒《楚辞》所抒之骚情。所谓"哀怨起骚人"[1]，《红楼梦》与《离骚》一样，都抒发了一种不被接受、不被认可的悲愤苦闷之情，这种情感通过宝、黛二人悲情的抒发得以表现。

《红楼梦》在第一回中谈到全文主旨是"大旨谈情"，其中的"情"，是对于万物本体瞬息生灭产生的情感，作者在"情痴"宝玉身上抒发了不被理解的孤独之情，以及理想在现实失落的无奈与彷徨之情。这与屈原所面临的"众女嫉余之蛾眉兮，谣诼谓余以善淫"处境非常相似。宝玉被称为"异样孩子"，"说起孩子话来也奇怪"，而《红楼梦》中他的至诚之语，往往被旁人称为"呆话""胡说"。"忽驰骛以追逐兮，非余心之所急"，写出他所追求的并不是功名利禄，而是高尚的品德，他与周围"竞进以贪婪"的小人是不一样的。宝玉本就不喜功名，他"历过一番梦幻"后，终于找到了通往精神逍遥之路，而他个人的醒悟无法拯救尘网中的所有人。于

---

[1]《全唐诗》第 5 册，中华书局 1960 年版，第 1670 页。

是他斩断尘缘与众人告别，作者评道："走求名利无双地，打出樊笼第一关。"宝玉和屈原均不得拯救之法，离开不理解他们的世界，虽然他们目睹了污浊却企图把洁净之心留下来，一个是"虽体解吾犹未变兮，岂余心之可惩"，另一个是不失之赤子之心。

而在这样不被理解的处境中，与之有相同的精神世界并完全理解他的，只有林黛玉一人。他们互为知己，所有人对于宝玉发出"经学之劝"时，只有"林姑娘不曾说这种混账话"。黛玉之悲情有二：首先，黛玉也在孤独的处境之中，父母早逝，寄人篱下，无依无靠，她常发孤独之慨，这是她第一层之悲情。其次，她完全理解、同情宝玉，精神世界的同构意味着深刻的共情，宝玉的痛苦对她而言是更加剧烈的痛苦，这是第二层悲情。这一点我们从"湘妃哭舜"这一典故在《红楼梦》中的运用为例进行分析。林黛玉极具骚赋气质，她多情、伤感又孤独。从她所住的遍植绿竹的潇湘馆，到潇湘妃子的由来，"当日娥皇女英洒泪在竹上成斑，故今斑竹又名湘妃竹。如今他住的是潇湘馆，他又爱哭，将来他想林姐夫，那些竹子也是要变成斑竹的。以后都叫他作'潇湘妃子'就完了"，无不与湘妃的典故紧密相关。第三十四回，宝、黛二人借手帕传情，黛玉作诗三首，其中第三首"彩线难收面上珠，湘江旧迹已模糊。窗前亦有千杆竹，不识香痕渍也无"，"湘江旧迹"即泪痕，又一次使用了湘妃哭舜的典故。黛玉身上的湘妃之影，一方面回应了绛珠仙子以眼泪报答神瑛侍者的灌溉之情；另一方面突出了黛玉理解宝玉，愿意为爱情献身之意。正如第三十四回的三首诗之一："眼空蓄泪泪空垂，暗洒闲抛却为谁？"答案不言而喻。

刘勰在《文心雕龙·知音》中谈道："夫缀文者情动而辞发，

观文者披文以入情,沿波讨源,虽幽必显。"① 写文章的人先有了情而通过文章进行抒发,读文章的人循着"情"的路子进入文本,就能跟作者产生共鸣。屈原之赋与《红楼梦》都是"为情造文"的文本,两者精神上的接近使得《红楼梦》接续了"骚赋"主情的传统,因而这不是一个依经立义或企图让自身纳入经典范畴的文本,即便它在书写的过程中已经触及了这些内容,但是它的出发点是私人的,它只为"书情",书"荒唐言"和"辛酸泪"。作者援引《楚辞》之辞,借《楚辞》之典抒发悲情,他在悼红轩中增删《红楼梦》,在一个由他营造的、私密且安全的世界里轻发感叹。

在文体学演进的道路上,大部分文体都承接"宗经"的传统,但还有一条往往被忽略的"由骚而文"的理路。《红楼梦》借由楚辞之典,抒楚辞之情,承接了骚赋主情的传统,走上了"由骚而文"之路,成为《离骚》的异代回响。

中国文学各种文体从先秦发展到清代,从战国时期"文体皆备"发展到《红楼梦》"文备众体",这是一个值得关注的现象。对于文体互渗问题的研究不仅仅需要关注取辞、取义等方面的问题,也需要关注对于某一文学传统的继承与发扬。通过梳理《红楼梦》对于"诗赋传统"在笔法、结构行文的承接,对于"骚赋"主情传统的继承,我们可以看到《红楼梦》融汇辞赋传统各家之所长,既"由诗而文",同时也走上"由骚而文"之路。境遍佛声在《读红楼札记》中说"《红楼》之书,得《国风》《小雅》《离骚》遗意",又说"长沙吊屈,吾读《红楼》,为古今人才痛哭而不能已"②,《红楼梦》就是在"诗赋传统"与"骚赋传统"的"法"与"意"、"结

---

① 刘勰著,范文澜注:《文心雕龙注》,第715页。
② 一粟编:《古典文学研究资料汇编·红楼梦卷》,中华书局1963年版,第209页。

构"与"骚情"中反复纠葛而书写成篇。因此，探究《红楼梦》所承接的辞赋传统有更深层的价值，我们可以从赋及其在发展演变过程中所形成的文学传统来分析《红楼梦》"文备众体"在文学血脉上的组成，可以促进我们更加深刻地思考中国文学发展演变之路。

下编 "红楼梦赋"文献整理

凡 例

一、版本选择。此编共五章，分别对《红楼梦》中赋、《红楼梦》续书中赋、沈谦《红楼梦赋》、《红楼梦回目赋》、其他"咏《红》赋"等进行汇校会评。因每一章所需整理的文献各有不同，所依版本也各有差异，故在每一章前另作"整理说明"，以为交代。

二、"赋"作的界定与选取。此编以广义"辞赋"为限，包括以赋名篇者、类赋之文者（或称赋体文），但并非漫无边际，类赋之文的选取，须有古人判定，或今人约定为"赋"者。

三、每篇赋先列出题目，再作题解。题解需交代判定为"赋"的缘由，以及作赋的小说本事，其后列出正文。因有些赋仅有题目及作赋本事，无正文，故仅列出"赋本事"，如《红楼梦》中的《薄命赋》等。

四、校勘记以页下注"[ ]"标示，先校勘，在正文后列出会评。为保持正文简省，正文中夹批、侧批、眉批、尾评统一移至篇末会评；但因沈谦《红楼梦赋》有圈点，评语内涵的针对性明确，故夹批、侧批、眉批置于正文中，以小正文一号的楷体字标出，尾评置于篇末会评中。

五、校记之目的为揭示各种版本之间正文的关系，明其源流，故凡与底本正文有异者，底本不改，出校勘记。底本避讳字、异体字、古体字等予以保留，与校本有异者则出校勘记，但常见避讳字如"宏"与"弘"、"玄"与"元"等则不出校。

六、文字采用简体横排，标点根据现行通用标点符号用法，并结合古籍整理标点的通例，进行统一规范的标点。

七、若底本明显错字，以"〔〕"内之字改正之；明显脱字，以"（）"内之字补之；明显衍字以"〈〉"表示；缺字或无法识别者以"□"表示。

八、底本中有加圆圈语句，为便于排版，改用加着重号"·"标示。

第一章

《红楼梦》中赋汇校会评

整理说明

在版本选择方面，此章《红楼梦》中的赋作皆以《脂砚斋重评石头记》庚辰秋月定本（北京大学图书馆藏，简称"庚辰本"）为底本，校以《脂砚斋重评石头记》己卯冬月定本（中国国家图书馆藏，简称"己卯本"）、《脂砚斋重评石头记》甲戌抄阅再评本（上海博物馆藏胡适原藏抄本，简称"甲戌本"）、蒙古王府旧藏抄本《石头记》（中国国家图书馆藏，简称"蒙府本"）、有正书局石印戚蓼生序本《石头记》（简称"戚序本"）、戚蓼生序本《石头记》（南京图书馆藏，简称"戚宁本"）、抄本《石头记》（俄罗斯科学院东方学研究所圣彼得堡分所藏，简称"列藏本"）、抄本《乾隆抄本百廿回红楼梦稿》（中国社会科学院文学研究所藏，简称"杨藏本"）、舒元炜序抄本《红楼梦》（首都图书馆藏吴晓铃原藏，简称"舒序本"）、梦觉主人序抄本《红楼梦》（中国国家图书馆藏，简称"甲辰本"）、乾隆五十六年辛亥萃文书屋木活字本《新镌绣像红楼梦》（中国国家图书馆藏，简称"程甲本"）、残抄本《红楼梦》（卞亦文藏，简称"卞藏本"）。

好了歌解

【题解】 此赋出现在《红楼梦》的第一回,是一篇赋体文。郭维森、许结著《中国辞赋发展史》谓:"《红楼梦》中尚有多篇赋体文。如第一回甄士隐对《好了歌》的解说之词……或骈或散,实为短篇哲理小赋。"小说第一回写道,甄士隐经历家破人亡后,急忿怨痛已伤,暮年之人,贫病交攻,渐渐的露出那下世的光景来。可巧这日拄了拐杖挣挫到街前散散心时,忽见那边来了一个跛足道人,疯癫落拓,麻鞋鹑衣,口内念着几句言词道:"世人都晓神仙好,惟有功名忘不了!古今将相在何方?荒冢一堆草没了。世人都晓神仙好,只有金银忘不了!终朝只恨聚无多,及到多时眼闭了。世人都晓神仙好,只有娇妻忘不了!君生日日说恩情,君死又随人去了。世人都晓神仙好,只有儿孙忘不了!痴心父母古来多,孝顺儿孙谁见了?"这便是《好了歌》。甄士隐听见些"好了""好了",是有宿慧的,一闻此言,心中早已彻悟,因笑道:"且住!待我将你这《好了歌》注解出来何如?"道人笑道:"你就请解。"此赋是将通俗、浅显的《好了歌》雅化、文言化,并哲理化、含蓄化,是与韩愈《进学解》一类的文字。

【正文】

陋室空空[1]当年笏满床[2];衰艹枯杨,曾为歌舞场[3]。蛛丝儿结

---

[1] 空空,己卯本、甲戌本、蒙府本、戚序本、戚宁本、舒序本、甲辰本、程甲本、卞藏本作"空堂"。

[2] 笏满床,杨藏本作"满笏床"。

[3] 歌舞场,蒙府本、戚宁本作"歌场"。

满雕梁[1],绿纱今又糊在蓬窗上[2]。说什么脂正浓、粉正香,如何两鬓又成霜?昨日黄土陇头送白骨[3],今宵红灯帐底卧鸳鸯[4]。金满箱,银满箱,展眼乞丐人皆谤[5]。正叹他人命不长,那知自己归来丧[6]!训有方[7],保不定日后作强梁[8]。择膏粱,谁承望流落在烟花巷[9]!因嫌纱帽小,致使锁枷损[10];昨怜破袄寒[11],今嫌紫蟒长[12]。乱烘烘[13],你方唱罢我登场,反认他乡是故乡。甚荒唐,到头来都是为他人作嫁衣裳!

【会评】

当年　甲戌本夹批曰:"宁、荣未有之先。"

曾为　甲戌本夹批曰:"宁、荣既败之后。"

歌舞场　甲戌本眉批曰:"先说场面忽新忽败,忽丽忽朽,已见得反覆不了。"

蛛丝　甲戌本夹批曰:"潇湘馆紫芸轩等处。"

---

[1] 蛛丝,甲辰本作"珠丝"。
[2] 绿纱,蒙府本、戚序本、戚宁本、杨藏本作"绿纱儿"。
[3] 陇头,列藏本作"岗头"。送,程甲本作"埋"。
[4] 红灯,程甲本作"红绡"。帐底,杨藏本作"帐里"。鸳鸯,己卯本、杨藏本作"夗央",蒙府本作"央夗"。
[5] 展眼,戚序本、戚宁本、舒序本、程甲本作"转眼"。
[6] 归来丧,列藏本作"又来丧"。
[7] 训有方,己卯本、列藏本、杨藏本、卞藏本无此三字。
[8] 日后,蒙府本作"后日"。
[9] 谁承望,卞藏本作"谁知"。
[10] 损,己卯本、甲戌本、蒙府本、戚序本、戚宁本、列藏本、杨藏本、舒序本、甲辰本、程甲本、卞藏本作"扛"。
[11] 寒,己卯本作"冷"。
[12] 紫蟒,蒙府本、戚序本、戚宁本作"紫袍"。
[13] 乱烘烘,戚序本、戚宁本、列藏本作"乱哄哄"。

绿纱　甲戌本夹批曰："雨村等一干新荣暴发之家。"
　　什么　甲戌本夹批曰："宝钗、湘云一干人。"　甲戌本眉批曰："一段妻妾迎新送死，倏恩倏爱、倏痛倏悲，缠绵不了。"
　　两鬓　甲戌本夹批曰："黛玉、晴雯一干人。"
　　今宵　甲戌本夹批曰："熙凤一干人。"
　　金满　甲戌本夹批曰："甄玉宝玉一干人。"
　　归来丧　甲戌本眉批曰："一段石火光阴悲喜不了，风露草霜、富贵嗜欲，贪婪不了。"
　　训有方　甲戌本夹批曰："言父母死后之日。"
　　作强梁　甲戌本夹批曰："柳湘莲一干人。"
　　谁承望　甲戌本眉批曰："一段儿女死后无凭，生前空为筹划计算，痴心不了。"
　　致使锁枷损　甲戌本眉批曰："一段功名升黜无时，强夺苦争，喜惧不了。"
　　昨怜破袄寒　甲戌本夹批曰："贾兰、贾菌一干人。"
　　你方唱罢我登场　甲戌本夹批曰："总收。"　甲戌本眉批曰："总收古今亿兆痴人，共历幻场。此幻事，扰扰纷纷，无日可了。"
　　反认他乡是故乡　甲戌本夹批曰："太虚幻境青埂峰，一并结住。"　甲戌本夹批曰："语虽旧句，用于此妥极是极。"
　　作嫁衣裳　甲戌本夹批曰："苟能如此，便能了得。"　蒙府本夹批曰："谁不解得，世事如此，有龙象力者，方能放得下。"
　　甲戌本眉批曰："此等歌谣，原不宜太雅，恐其不能通俗，故只此便妙极。其说得痛切处，又非一味俗语可到。"

王熙凤赋

【题解】此赋出自《红楼梦》第三回。列宁格勒藏抄本《石头记》页39a第五行至"丹唇未启笑先闻",有眉批云:"半篇《美人赋》,妙妙。"此段运用赋法,故定为赋篇。此回是"林黛玉初进贾府"时,初见王熙凤,从黛玉视角赋写王熙凤形象。

【正文】

这个人打扮与众姑娘不同[1],彩袖辉煌[2],恍若神妃仙子[3]:头上戴着金丝八宝攒珠髻,绾着朝阳五凤挂珠钗[4];项上代着赤金盘螭璎珞圈[5];裙边系着绿色宫绦,双衡比目玫瑰佩;身上穿着缕金百蝶串花大红萍缎窄裉袄[6],外罩五彩刻丝石青银鼠褂;下著翡翠撒花洋绉裙[7]。一双丹凤三角眼[8],两湾柳叶掉梢眉[9],身量苗条[10],体格风骚[11],

---

[1] 姑娘,甲戌本作"姊妹",甲辰本、程甲本作"姑娘们"。
[2] 彩袖,己卯本、甲戌本、蒙府本、戚序本、戚宁本、列藏本、舒序本、甲辰本、程甲本、卞藏本作"彩绣"。
[3] 神妃仙子,舒序本作"神仙妃子"。
[4] 挂,己卯本、甲戌本、蒙府本、戚序本、戚宁本、列藏本、舒序本、甲辰本、程甲本、卞藏本作"挂"。
[5] 顶上,己卯本、甲戌本、蒙府本、戚序本、戚宁本、列藏本、舒序本、甲辰本、程甲本作"项上"。
[6] 串,己卯本、甲戌本、蒙府本、戚序本、戚宁本、列藏本、杨藏本、舒序本、甲辰本、程甲本、卞藏本作"穿"。萍,甲戌本、蒙府本、戚序本、戚宁本作"洋",程甲本作"云"。裉,甲戌本作"褙",蒙府本、戚序本作"褔",舒序本作"衬"。
[7] 著,蒙府本、戚序本、戚宁本、杨藏本、卞藏本作"罩"。翡翠撒花,杨藏本作"撒花翡翠"。
[8] 丹凤三角眼,己卯本作"丹凤眼"。
[9] 柳叶掉梢眉,己卯本作"柳叶眉"。稍,戚序本、戚宁本、舒序本作"梢"。
[10] 身量苗条,列藏本作"身材窈窕"。
[11] 体格,舒序本、卞藏本作"体态"。

粉面含春威不露，丹唇未启笑先闻[1]。

【会评】

裙边系着绿色宫绦　列藏本侧批："句法：一句长一句，兴尽而字不续。"

身上穿着缕金百蝶串花大红萍缎窄褃袄　蒙府本侧批曰："大凡能事者，多是尚奇好异，不肯泛泛同流。"

一双丹凤三角眼　列藏本夹批云"艳丽之极。"

两湾柳叶掉稍眉　蒙府本侧批曰："非如此眼，非如此眉，不得为熙凤，作者读过麻衣相法。"

体格风骚　列藏本夹批曰："精触流露于动止之中，性情隐显于言语之外。以声写色，以色写神，无一不尽。"

粉面含春威不露　蒙府本夹批曰："英豪本等。"

丹唇未启笑先闻　甲戌本、蒙府本、戚序本、甲辰本夹批曰："为阿凤写照。"　列藏本眉批云："半篇《美人赋》，妙妙。"

贾宝玉赋

【题解】此赋出自《红楼梦》第三回。小说第二回"冷子兴演说荣国府"时，称宝玉年"七八岁"，此回则又是青年公子模样，故疑此段赋体文出自《风月宝鉴》旧稿。张爱玲《红楼梦魇》谓："早本白日梦的成份较多，所以能容许一二十岁的宝玉住在大观园里，万红丛中一点绿。越写下去越觉不妥，惟有将宝、黛的年龄一

---

[1] 未启，下藏本作"微起"。

次次减低。中国人的伊甸园是儿童乐园。个人唯一抵制的方法是早熟。因此宝、黛初见面的时候一个才六七岁，一个五六岁，而在赋体描写中都是十几岁的人的状貌——早本遗迹。"（上海古籍出版社1995年版，第148页）此回"宝黛初见"时，一语未了，只听外面一阵脚步响，丫鬟进来笑道："宝玉来了！"黛玉心中正疑惑着："这个宝玉，不知是怎生个惫懒人物，懵懂顽童？"——倒不见那蠢物也罢了。心中想着，忽见丫鬟话未报完，已进来了一位年轻的公子。由此引出此赋，从黛玉视角赋写宝玉形象。

【正文】

头上带着束发嵌宝紫金冠[1]，齐眉勒着二龙抢珠金抹额，穿一件二色金百蝶穿花大红箭袖[2]，束着五彩系攒花结长穗宫绦[3]，外罩石青起花八团倭缎排穗褂[4]，登着青缎粉底小朝靴[5]。面若中秋之月，色如春晓之花[6]，鬓若刀裁[7]，眉如墨画，面如桃瓣[8]，目若秋波[9]。虽

---

[1] 带，己卯本、列藏本作"代"，戚序本、戚宁本、舒序本、甲辰本、程甲本、卞藏本作"戴"。蒙府本无"嵌宝"二字。卞藏本无"嵌宝紫"三字。

[2] 甲辰本、程甲本无第一个"穿"字。二，卞藏本作"三"。己卯本、列藏本、杨藏本、舒序本、卞藏本"袖"字后均有"袍"字。

[3] 系，己卯本、甲戌本、蒙府本、戚序本、戚宁本、列藏本、舒序本、甲辰本、程甲本、卞藏本均作"丝"。甲戌本无"宫绦"二字。

[4] 卞藏本无"石青"二字。杨藏本、卞藏本无"八团"二字。倭，卞藏本作"綾"。褂，己卯本、杨藏本作"挂"，列藏本作"挂金"。

[5] 登着，列藏本作"穿着双"，卞藏本作"登一双"。

[6] 如，蒙府本、戚序本、戚宁本作"若"。晓，舒序本作"时"。

[7] 若，甲戌本作"如"，甲辰本作"刀"。

[8] 面如桃瓣，己卯本、杨藏本、舒序本、卞藏本作"眼若桃瓣"，甲戌本作"眼似桃瓣"，蒙府本、戚序本、戚宁本、列藏本作"脸若桃瓣"，甲辰本、程甲本作"鼻如悬胆"。

[9] 目，己卯本、蒙府本、戚序本、戚宁本、列藏本、舒序本、甲辰本、程甲本、卞藏本作"睛"，甲戌本、杨藏本作"晴"。

怒时而若笑[1],即瞋视而有情[2]。项上金螭璎珞[3],又有一根五色系绦,系着一块美玉。

【会评】

面若中秋之月　甲戌本眉批曰:"此非套满月,盖人生有面扁而青白色者,则可谓之秋月也,用满月者不知此意。"

色如春晓之花　甲戌本眉批曰:"少年色嫩不坚劳,以及非夭即贫之语,余犹在心,今阅至此,放声一哭。"

面如桃瓣　戚序本眉批曰:"脸如桃瓣,今本改为鼻如悬胆,写别种美男子则可,写宝玉媚态袭目,似仍用脸如桃瓣为当。吾欲证之普天下读此书之女子,以为当否?"

即瞋视而有情　甲戌本有夹批:"真真写杀。"列藏本眉批曰:"美中有一股痴藏。"

林黛玉赋

【题解】此赋出自《红楼梦》第三回。赋文共有十句,甲戌本末句夹批曰:"此十句定评,直抵一赋。"小说中写宝玉摔玉后,贾母急的搂了宝玉道:"孽障!你生气,要打骂人容易,何苦摔那命根子!"宝玉满面泪痕泣道:"家里姐姐妹妹都没有,单我有,我说没趣,如今来了这们一个神仙似的妹妹也没有,可知这不是个好

---

[1] 若,杨藏本作"如",甲辰本、程甲本作"似"。
[2] 瞋,杨藏本作"嗔"。视,卞藏本作"时"。
[3] 璎珞,杨藏本作"璎络",甲辰本、程甲本作"缨络",卞藏本作"蠳蛒"。

东西。"姚燮有侧批曰:"可包括《洛神》《丽情》诸赋语。"此回写"宝黛初见"时:宝玉早已看见多了一个姊妹,便料定是林姑妈之女,忙来作揖。厮见毕归坐,细看形容,与众各别,由此引出此赋。从宝玉视角赋写黛玉形象。

【正文】

两湾半蹙鹅眉[1],一对多情杏眼[2]。态生两靥之愁[3],娇袭一身之病[4]。泪光点点,娇喘微微[5]。闲静时如姣光照水[6],行动时似弱柳扶风[7]。心较比干多一窍,病如西子胜三分。

【会评】

一对多情杏眼　甲戌本、蒙府本、戚序本有夹批曰:"奇眉妙眉,奇想妙想。奇目妙目,奇想妙想。" 列藏本夹批曰:"艳极矣。虽《西厢》《还魂》未能如此描画,艳极矣。"

[1] 此句己卯本、列藏本、卞藏本作"两湾似蹙非蹙冒烟眉",甲戌本、杨藏本作"两湾似蹙非蹙冒烟眉",蒙府本、戚序本、戚宁本作"两湾似蹙非蹙罩烟眉",舒序本作"眉湾似蹙而非蹙",甲辰本、程甲本作"两湾似蹙非蹙笼烟眉"。
[2] 此句己卯本、杨藏本作"一双似目",甲戌本作"一双似虚非虚目",蒙府本、戚序本、戚宁本作"一双俊目",列藏本作"一双似泣非泣含露目",舒序本作"目彩欲动而仍留",甲辰本、程甲本作"一双似喜非喜含情目",卞藏本作"一双似飘非飘含露目"。
[3] 此句杨藏本作"态生愁之俊眼"。
[4] 娇,列藏本作"姣"。
[5] 娇,列藏本、杨藏本作"姣"。微微,杨藏本作"唯唯"。
[6] 时,甲辰本、程甲本作"似"。卞藏本无"如"字。姣光,己卯本、甲戌本、甲辰本、程甲本作"娇花",蒙府本、戚序本、戚宁本、杨藏本、舒序本作"姣花",列藏本作"名花",卞藏本作"娇衣"。
[7] 蒙府本无"动时"二字。甲辰本、程甲本无"时"字。戚序本、戚宁本"时"作"处"。

行动时似弱柳扶风　甲戌本有夹批曰:"至此八句是宝玉眼中。"

心较比干多一窍　甲戌本夹批曰:"此一句是宝玉心中。"甲戌本眉批:"更奇妙之至,多一窍固是好事,然未免偏辟了所谓过犹不及也。"

病如西子胜三分　甲戌本夹批曰:"此十句定评,直抵一赋。"

蒙府本夹批:"写黛玉,也是为下文留地步。此十句定评,不写衣裙妆饰,正是宝玉眼中不屑之物,故不曾看见。黛玉居止容貌,亦是宝玉眼中看、心中评,若不是宝玉断不知黛玉终是何等品貌。"

甲戌本眉批:"又从宝玉目中细写一黛玉,直画一美人图。"

列藏本眉批:"黛玉亦在宝玉目中看出细腻来,两心方对。"

列藏本眉批:"《洛神赋》之翩若惊鸿,宛若游龙者,较此不及。此岂不怪而实不为怪。"

甲戌本眉批:"不写衣裙妆饰,正是宝玉眼中不屑之物,故不曾看见。黛玉之居止容貌,亦是宝玉眼中看、心中评,若不是宝玉断不能知黛玉终是何等品貌。黛玉见宝玉写一惊字,宝玉见黛玉写一叹字,一存于中,一发乎外,可见文字下笔必推敲的准稳,方才用字。"

张俊、沈治钧评批《新批校注红楼梦》:"此段赞语,诸本歧异甚多。""黛玉赞语,略去衣饰,径写品貌,与前写凤姐、写宝玉不同。而写其品貌,又从'愁''病''泪''心'四字着笔,极言其一生工愁善感、体弱多病、一身孤寄。心思灵巧也,多为后文伏案。陈其泰评曰:此回写黛玉,分作三层,第一、二层众人看黛玉与凤姐看黛玉,'只是陪衬',第三层宝玉看黛玉,方是'正笔',

故命笔畅写之也。"（商务印书馆2013年版，第77页）

薄命赋

【题解】此赋无赋文，只以赋法写小说耳，甲戌本侧批曰："可怜真可怜！一篇《薄命赋》，特出英莲。"故将此段描写语附下。《红楼梦》中所述的一众女子，同在太虚幻境、警幻仙子帐下，皆难逃薄命一司。"薄命"之作，清代以前少有人作，唐人杜审言曾作乐府古题《赋得妾薄命》，至清人则有顾季繁（1650—1670）《薄命赋》、张芝庭《红颜薄命赋》、王晫（1696—1745？）《红颜薄命赋》、朱锦琮（1780—？）《妾薄命赋》等。

【赋本事】
《红楼梦》第四回"薄命女偏逢薄命郎"，写英莲的悲惨遭遇：

门子道："这一种拐子单管偷拐五六岁的儿女，养在一个僻静之处，到十一二岁，度其容貌，带至他乡转卖。当日这英莲，我们天天哄他顽耍；虽隔了七八年，如今十二三岁的光景，其模样虽然出脱得齐整好些，然大概相貌，自是不改，熟人易认。况且他眉心中原有米粒大小的一点胭脂痣，从胎里带来的，所以我却认得。偏生这拐子又租了我的房舍居住，那日拐子不在家，我也曾问他。他是被拐子打怕了的，万不敢说，只说拐子系他亲爹，因无钱偿债，故卖他。我又哄之再四，他又哭了，只说：'我不记得小时之事！'这可无疑了。那日冯公子相看了，兑了银子，拐子醉了，他自叹道：'我今日罪孽可满了！'后又听见冯公子令三日之后过门，他又转有忧愁之态。我又不忍其形景,等拐子出去,又命内人去解释他:'这冯公子必待好日期来接,可知必不以丫鬟相看。况他是个绝风流人品,家里颇过得,素习又最厌恶堂客,今竟破价买你,后事不言可知。只耐得三两日,何必忧闷!'他听如此说,方才略解忧闷,自为从此得所。谁料天下竟有这等不如意事,第二日,他偏又卖与薛家。若卖与第二个人还好,这薛公子的混名人称'呆霸王',最是天下第一个弄性尚气的,而且使钱如土,遂打了个落花流水,生拖死拽,把个英莲拖去,如今也不知死活。这冯公子空喜一场,一念未遂,反花了钱,送了命,岂不可叹!"

【会评】

甲戌本侧批曰:"可怜真可怜!一篇《薄命赋》,特出英莲。"

太虚幻境赋

【题解】 此赋乃是以赋法写小说耳。《红楼梦》第五回贾母一众人来宁府会芳园游玩,宝玉中午困倦,来到秦可卿的房间睡觉。那宝玉刚合上眼,便惚惚睡去,犹似秦氏在前,遂悠悠荡荡,随了秦氏,至一所在,唯批书人知之。"但见朱栏白石,绿树清溪,真是人迹希逢,飞尘不到。"甲戌本、蒙府本、戚序本、戚宁本侧批曰:"一篇《蓬莱赋》。"故将此四句视为赋语,旨在铺写太虚幻境的景象。

【正文】

但见朱栏白石[1]，绿树清溪，真是人迹希逢[2]，飞尘不到[3]。

【会评】

甲戌本、蒙府本、戚序本、戚宁本侧批曰："一篇《蓬莱赋》。"

警幻仙赋

【题解】此赋出自《红楼梦》第五回"游幻境指迷十二钗"，宝玉欲睡中觉，在秦可卿的房中睡去，梦中由一女子引导，进入太虚幻境，见到警幻仙子，引出赋文。这是《红楼梦》中唯一以"赋"名篇的赋作。关于此赋之名，大某山人姚梅伯（姚燮）遗著《红楼梦类纂》"艺文"类题名作"警幻宫丽人赋"，蔡义江先生《红楼梦诗词曲赋鉴赏》题名作"警幻仙姑赋"。《增评补图石头记》护花主人回合总评有"警幻仙一赋"语，故这里定名为"警幻仙赋"。

【正文】

歌音未息，早见那边走出个美人来，翩跹袅娜，与凡人大不相同。有赋为证：

方离柳坞，乍出花房[4]。但行处，鸟惊庭树[5]；将到时，影度回

---

[1] 白石，甲辰本、程甲本作"玉砌"。
[2] 希，戚序本、戚宁本作"罕"，甲辰本、程甲本作"不"。
[3] 不到，己卯本、杨藏本作"不到之处"，甲辰本、程甲本作"罕到"。
[4] 桃，己卯本、甲戌本、蒙府本、戚序本、戚宁本、杨藏本、舒序本、甲辰本、程甲本、卞藏本均作"花"。
[5] 庭，舒序本作"匝"，卞藏本作"栖"。

廊[1]。仙袂乍飘兮，闻麝兰之馥郁[2]；荷衣欲动兮，听环珮之铿锵[3]。靥笑春桃兮，云堆翠髻[4]；唇绽樱颗兮[5]，榴齿含香[6]。纤腰之楚楚兮[7]，回风舞云[8]；珠翠之辉辉兮[9]，满额鹅黄[10]。出没花间兮，宜嗔宜喜[11]；徘徊池上兮[12]，若飞若扬。蛾眉频笑兮[13]，将言而未语；莲步乍移兮，待止而欲行[14]。美彼之良质兮，冰清玉润[15]；慕彼之华服兮[16]，烟灼文章[17]。爱彼之貌容兮[18]，香培玉琢[19]；美彼之态度兮[20]，凤翥龙翔[21]。其素若何？春梅绽雪[22]；其洁若何？秋兰被霜[23]；其静若何？松

- [1] 影，舒序本作"月"。
- [2] 麝兰，蒙府本、杨藏本、卞藏本作"兰麝"。
- [3] 珮，蒙府本作"佩"。
- [4] 堆，卞藏本作"环"。
- [5] 绽，舒序本作"含"。樱，杨藏本作"楔"。颗，卞藏本作"桃"。
- [6] 榴齿含香，杨藏本作"描齿含香"，舒序本作"榴吐娇香"，卞藏本作"新齿潄香"。
- [7] 程甲本"纤"字前有一"盼"字。
- [8] 回风舞云，己卯本、甲戌本、蒙府本、戚序本、戚宁本、杨藏本、舒序本、甲辰本作"若回风舞雪"，程甲本作"风回香舞"，卞藏本作"回风舞雪"。
- [9] 此句程甲本作"耀珠翠辉煌兮"。
- [10] 满额，甲辰本作"满头"，程甲本作"鸭绿"。
- [11] 喜，蒙府本作"笑"。
- [12] 徘，己卯本作"排"。
- [13] 频，己卯本、甲戌本、蒙府本、戚序本、戚宁本、甲辰本、程甲本作"颦"。
- [14] 待，己卯本、甲戌本、蒙府本、戚序本、戚宁本、杨藏本、舒序本、甲辰本、程甲本作"欲"。欲，戚序本、戚宁本作"仍"。
- [15] 润，卞藏本作"肌"。
- [16] 华，卞藏本作"翠"。
- [17] 烟灼，己卯本、杨藏本作"爛灼"，戚序本、戚宁本作"闪烁"，程甲本作"烟烁"，卞藏本作"璨焕"。
- [18] 貌容，杨藏本、程甲本、卞藏本作"容貌"。
- [19] 培，卞藏本作"温"。琢，甲辰本、程甲本作"篆"。
- [20] 美，杨藏本、舒序本作"羡"。
- [21] 凤，杨藏本作"风"。
- [22] 绽，卞藏本作"凝"。
- [23] 兰，甲戌本作"菊"，程甲本作"蕙"。

生空谷；其艳若何[1]？霞映池塘[2]；其文若何？龙游曲沿[3]；其神若何[4]？月射寒江[5]。应惭西子[6]，实愧王嫱。奇矣哉[7]！生于孰地[8]，来自何方？信矣乎[9]！瑶池不二，紫府无双，果何人哉，如斯之美也[10]。

【会评】

甲戌本眉批曰："按此书凡例，本无赞赋闲文，前有宝玉二词，今复见此一赋，何也？盖此二人乃通部大纲，不得不用此套。前词却是作者别有深意，故见其妙；此赋则不见长，然亦不可无者也。"

王府本眉批曰："按此书凡例，本无赞赋，前有宝玉二词，今复见此一赋，何也？盖二人乃通部大纲，不得不用此套。"

张新之《妙复轩评石头记》赋尾评曰："窃洛灵巫女，写乌有子虚，警幻之赋也，而无一警幻意思。山后走出一人，曰'坞'，曰'房'，曰'庭树'，曰'回廊'，作者狡狯至此，笨伯又曰惜欠精确。"（北京图书馆出版社2002年版，第217页）

王伯沆批《警幻仙赋》："意格在六朝、初唐之间。"批"莲步"

---

[1] 艳，舒序本作"丽"。
[2] 池，己卯本、甲戌本、蒙府本、戚序本、戚宁本、杨藏本、甲辰本、程甲本、卞藏本作"澄"，舒序本作"锦"。
[3] 游，卞藏本作"盘"。沿，己卯本、蒙府本、戚序本、戚宁本、甲辰本、程甲本、卞藏本作"沼"，杨藏本作"治"。
[4] 神，舒序本作"静"。
[5] 月，卞藏本作"目"。射，甲戌本作"色"。
[6] 惭，蒙府本、杨藏本作"渐"。
[7] 甲戌本"奇"字前有"吁"字。
[8] 孰，己卯本、蒙府本、戚序本、戚宁本作"熟"，杨藏本作"热"，舒序本作"何"。
[9] 信，蒙府本作"几"。乎，舒序本作"哉"。
[10] 如，甲辰本、程甲本作"若"。斯，杨藏本作"此"。

二字曰:"人谓本书无言汉妆缠足者,此二字仅见。"批赋末"果何人哉?若斯之美!"曰:"可卿幻像无疑。"(《王伯沆〈红楼梦〉批语汇录》,江苏古籍出版社1985年版,第66页)

护花主人评曰:"警幻仙一赋,不亚于巫女、洛神。"

《红楼梦索隐》评曰:"警幻亦小琬影子。""通篇套《洛神》,大有陈思感甄之意。作者好以古来宫闱秽事作衬,全为启悟后人。赋中曰'鸭绿',指地也;曰'鹅黄',指衣也;曰'西子'、曰'王嫱',指人与位也;曰'羡'、曰'慕'、曰'爱'、曰'美',指相春之深情也;曰'生于孰地'、曰'来自何方',指其来无端,兵间所得也。皆有用意,并非空摹警幻之美。"(北京大学出版社1989年版,第68页)

会芳园秋景赋

【题解】此赋出自《红楼梦》第十一回。俞平伯《红楼梦辨》谓:"《红楼梦》有些特异的写法:如第五回赞警幻有一小赋,第十回(按:当是第十一回)写会芳园景物,亦有一节小赋;但第十一回以后便绝不见有此种写法。(此圣陶所说)"此"第十回"当是"第十一回"之误。张爱玲《红楼梦魇》说:"第十一回贾敬生日,……可见贾敬寿辰凤姐遇贾瑞,是此回原有的,包括那篇秋景赋,不过添写席上问秦氏病情与凤姐宝玉探病。"此回"庆寿辰宁府排家宴",王熙凤来到宁府会芳园,观赏园中景致,一步步行来一阵阵赞赏,引出此赋。

【正文】

　　黄花满地，白柳横坡[1]。小桥通若耶之溪，曲径接天台之路。石中清流激湍[2]，篱落飘香；树头红叶翩翩[3]，疎林如画。西风乍紧，初云夜啼[4]；煖日当暄，又添蛩语。遥望东南，建几处依山之榭[5]；纵观西北[6]，结三间临水之轩[7]。笙簧盈耳[8]，则有幽情[9]；罗绮传林[10]，倍添韵致。

【会评】

　　曲径接天台之路　蒙府本夹批曰："点名题目。"

　　张俊、沈治钧评批《新批校注红楼梦》："白柳"夹批曰："或谓'白'字疑误，当作'绿'。核之诸本，唯戚本作'绿柳'，其余各本均作'白柳'。《山海经》第十六'大荒西经'云：'沃之野……爰有甘华……白柳……白木。'《红楼》或取典于此，'白'字不误。""煖日当暄"夹批曰："诸本皆作'当暄'，'常'与繁体'当'形近易误。当，正值。句意谓温和之阳光晒得正暖。"赋末评曰："铺叙会芳园景色，凄美绚丽，姚燮称为'唐人小赋语'，以之

---

[1]　白，戚序本、戚宁本作"绿"。
[2]　激湍，甲辰本、程甲本作"滴滴"。
[3]　树，舒序本作"枝"。翩翩，己卯本、蒙府本、戚序本、戚宁本、列藏本、杨藏本、舒序本作"翩翻"。
[4]　初云，己卯本、蒙府本、戚序本、戚宁本、列藏本、杨藏本、舒序本作"初罢"，甲辰本、程甲本作"犹听"。
[5]　建，列藏本、舒序本作"见"。榭，杨藏本作"树"。
[6]　纵，甲辰本、程甲本作"近"。
[7]　三，蒙府本、戚序本、戚宁本作"数"。
[8]　耳，甲辰本、程甲本作"座"。
[9]　则，蒙府本、戚序本、戚宁本、列藏本、杨藏本、舒序本作"别"。
[10]　绮，蒙府本作"倚"。

为后文'贾瑞起淫心'、'毒设相思局'淫荡丑事作反衬。"(商务印书馆 2013 年版,第 228 页)

大观园赋

【题解】此赋乃是以赋法写小说耳。周汝昌先生《亦真亦幻梦红楼》云:"元春只是一个出色的才女,她从幼年即教弟弟宝玉识字读书,归省游园,唯一的乐趣是命弟妹们一起题诗咏句,而且自己还作了一篇《大观园赋》。"(江苏人民出版社 2010 年版,第 23 页)但《红楼梦》各版本中,元春皆未曾撰写《大观园赋》,仅说:"异日少暇,必补撰《大观园记》并《省亲颂》等文,以记今日之事。"《大观园赋》当是《大观园记》之讹。但《红楼梦》描写大观园确实运用了赋法,庚辰本第十七至十八回"大观园试才题对额 荣国府归省庆元宵",至十五日五鼓,自贾母等有爵者,俱各按品服大妆,恭候贾妃归省,此段即是赋写大观园情景。

【正文】
园内各处,帐舞龙蟠,帘飞彩凤,金银焕彩,珠宝争辉,鼎焚百合之香,瓶插长春之蕊。

【会评】
己卯本、庚辰本、蒙府本夹批曰:"是元宵之夕,不写灯月而灯光月色满纸矣。抵一篇大赋。"

灯月赋

【题解】 存目赋作。赋名出自《红楼梦》第十七至十八回"大观园试才题对额　荣国府归省庆元宵"。贾元春上舆进园："只见园中香烟缭绕，花影缤纷，处处灯光相映，时时细乐声喧，说不尽这太平气象，富贵风流。——此时自己回想当初在大荒山中，青埂峰下，那等凄凉寂寞；若不亏癞僧、跛道二人携来到此，又安能得见这般世面！本欲作一篇《灯月赋》《省亲颂》以志今日之事，但又恐入了别书的俗套。按此时之景，即作一赋一赞，也不能形容得尽其妙；即不作赋赞，其豪华富丽，观者亦可想而知矣。所以倒是省了这工夫纸墨，且说正经的为是。"此段可看作小说作者对赋入《红楼梦》的一种批评，脂砚斋评曰："自'此时'以下，皆石头之语，真是千奇百怪之文。"

又据阿英先生介绍，怀邑五贺成校刊曲本《新著观灯全曲》中曾提到白检作《灯月赋》："怀邑五贺成校刊曲本，有《新著观灯全曲》一种，写永乐皇帝观灯事，说永乐问：'唱的什么？'内答：'当今天子有道，我们唱太平歌。'问：'打的什么？'答：'永乐天子有道，我们打的得胜鼓。'皇帝高兴的了不得，跑到酒店里吃酒，遇到那洛阳白检，检这时正写了几篇《灯月赋》，永乐看得满意便出对子给他对，说'灯明月明，大明一统。'检对云：'君乐臣乐，永乐万年。'这么一来，白检当然是第二天就登龙，而永乐也就得意了，自己的统治不会动摇。打得胜鼓，唱太平歌，都是'灯市'的事，那么，官府方面的奖励'灯市'的玄机，是给这一本戏说得更明白了。与'灯会'时的'县官出示，沿街鸣锣'正可遥遥相

对。"（阿英：《阿英全集》第 5 卷，安徽教育出版社 2003 年版，第 354—355 页）

续《庄子·胠箧》

【题解】这是一篇赋体文，出自《红楼梦》第二十一回"贤袭人娇嗔箴宝玉"。袭人反对宝玉与黛玉接近，她一边拉拢宝钗，叹苦说："姐妹们和气，也有个分寸儿，也没个黑家白日闹的！凭人怎么劝，都是耳边风。"一边对宝玉弄性使气撒娇，故意不加理睬，冷淡他。宝玉恼恨，思来"说不得横心只当他们死了，横竖自然也要过的。便权当他们死了，毫无牵挂，反能怡然自悦"，饮酒，读《南华经》，有所感触，趁着酒兴，提笔续《胠箧》而成此赋。郭维森、许结《中国辞赋发展史》谓："《红楼梦》中尚有多篇赋体文。如第一回甄士隐对《好了歌》的解说之词；第二十一回贾宝玉续写《南华经》外篇《胠箧》一段文字，或骈或散，实为短篇哲理小赋。"

【正文】

（原作）故绝圣弃知，大盗乃止；摘玉毁珠[1]，小盗不起。焚符破玺，而民朴鄙；刻斗折衡[2]，而民不争；殚残天下之圣法，而民始可与论议。擢乱六律，铄绝竽瑟，塞瞽旷之耳，而天下始人含其聪矣；灭文章，散五彩，胶离朱之目，而天下始人含其明矣；毁绝钩

---

[1] 摘，舒序本、甲辰本、程甲本作"擿"。
[2] 刻，列藏本、杨藏本、舒序本、甲辰本、程甲本作"剖"。

绳,而弃规矩,攦工倕之指,而天下始人含其巧矣。

(续作)焚花散麝,而闺阁始人含其劝矣[1];戕宝钗之仙姿[2],灰黛玉之灵窍,丧减情意,而闺阁之美恶始相类矣。彼含其劝,则无参商之虞矣;戕其仙姿,无恋爱之心矣;反其灵窍[3],无才思之情矣[4]。彼钗、玉、花、麝者,皆张其罗而穴其队[5],所以迷眩缠陷天下者也。

【会评】

皆张其罗而穴其队　蒙府本夹批曰:"见得透测,恨不守此,人人同病。"

庚辰本眉批曰:"趁着酒兴,不禁而续,是作者自站地步处。谓余何人耶,敢续《庄子》?然奇极怪极之笔,从何设想,怎不令人叫绝!己卯冬夜。""这亦暗露玉兄闲窗净几、不寂不离之工业。壬午孟夏。"　夹批曰:"直似庄老,奇甚怪甚。"

《红楼梦》中黛玉评:"黛玉走来,见宝玉不在房中,因翻弄案上书看,可巧翻出昨儿的《庄子》来。看到所续之处,不觉又气又笑,不禁也提笔续书一绝云:无端弄笔是何人?作践南华庄子因。不悔自己无见识,却将丑语怪他人。"

---

[1]　劝,蒙府本、戚序本、列藏本、杨藏本、程甲本作"劝"。
[2]　戕,甲辰本作"毁"。
[3]　反,蒙府本、戚序本、戚宁本、列藏本、杨藏本、舒序本、甲辰本、程甲本作"灰"。
[4]　才思,舒序本作"不息"。
[5]　队,蒙府本、戚序本、列藏本、杨藏本、舒序本、甲辰本、程甲本作"隧"。

红梅赋

【题解】此赋乃是以赋法写小说耳,出自《红楼梦》第五十回"芦雪庵争联即景诗　暖香坞雅制春灯谜"。因宝玉在芦雪庵即景联诗中落了第,众姐妹就罚宝玉到栊翠庵妙玉处折一支梅花来。宝玉将乞来的梅花插入瓶内,大家一起来看梅花,引出此赋。

【正文】
原来这枝梅花只有二尺来高,旁有一横枝纵横而出,约有五六尺长,其间小枝分歧,或如蟠螭,或如僵蚓,或孤削如笔,或密聚如林,花吐胭脂,香欺兰蕙,各各称赏。

【会评】
庚辰本夹批曰:"一篇《红梅赋》。"

芙蓉女儿诔

【题解】此赋出自《红楼梦》第七十八回"老学士闲征姽婳词　痴公子杜撰芙蓉诔"。小说主人公贾宝玉祭奠丫鬟晴雯时所撰写的一篇祭文,是《红楼梦》所有诗文词赋中最长的一篇。关于这篇诔文的写作,小说中原有一段文字,在程高本中,却被删去,其文为:"……(宝玉)想了一想:'如今若学那世俗之奠礼,断然不可;竟也还要别开生面,另立排场,风流奇异,于世无涉,方不负我二人之为人。况且古人有云："潢污行潦、蘋蘩蕴藻之贱，可以羞王公，荐鬼神。"原不在物之贵贱，全在心之诚敬而已。此其一也。二则诔文挽词也须另出己见，自放手眼，亦不可蹈袭前人的套头，填写几字搪塞耳目之文，亦必须洒泪泣血，一字一咽，一句一啼，宁使文不足悲有余，万不可尚文藻而反失悲戚。况且古人多有微词，非自我今作俑也。奈今人全惑于功名二字，尚古之风一洗皆尽，恐不合时宜，于功名有碍之故。我又不希罕那功名，不为世人观阅称赞，何必不远师楚人之《大言》《招魂》《离骚》《九辩》《枯树》《问难》《秋水》《大人先生传》等法，或杂参单句，或偶成短联，或用实典，或设譬喻，随意所之，信笔而去，喜则以文为戏，悲则以言志痛，辞达意尽为止，何必若世俗之拘拘于方寸之间哉。'宝玉本是个不读书之人，再心中有了这篇歪意，怎得有好诗好文作出来。他自己却任意纂著，并不为人知慕，所以大肆妄诞，竟杜撰成一篇长文。"张俊、沈治钧评批《新批校注红楼梦》谓此文："黄小田批云：'词极哀艳，情极缠绵，可称作赋才。'《芙蓉女儿诔》是全书诗词歌赋之冠冕。"

【正文】

维太平不易之元，蓉桂竞芳之月[1]，无可奈何之日，怡红院浊玉，谨以群花之蕊[2]，冰鲛之縠，沁芳之泉[3]，枫露之茗，四者虽微，聊以达诚申信，乃致祭于白帝宫中抚司秋艳芙蓉女儿之前[4]，曰：

---

[1] 竞，蒙府本作"竟"。
[2] 花，甲辰本作"芳"。
[3] 泉，杨藏本作"奠"。
[4] 于，蒙府本作"与"。司，甲辰本作"思"。

窃思女儿自临浊世[1]，迄今几十有六载[2]。其先之乡籍姓氏，湮论而莫能考者久矣[3]。而玉得于衾枕栉沐之间，栖息宴游之夕[4]，亲躯狎亵[5]，相与共处者，仅五年八月有畸[6]。

噫女儿曩生之昔[7]，其为质则金玉不足喻其贵，其为性则冰雪不足喻其洁[8]，其为明则星日不足喻其精[9]，其为貌则花月不足喻其色。姊妹悉慕媖娴[10]，妪媪咸沾惠德[11]。

孰料鸠鸩恶其高[12]，鹰鸷翻遭罝罦[13]；赟葹妒其嗅[14]，茝兰竟被芟租[15]！花原自怯[16]，岂奈狂飙[17]；柳本多愁，何禁骤雨！偶遭蛊蛊之

---

[1] 世，甲辰本作"人世"。
[2] 几，蒙府本、戚序本、戚宁本、列藏本、杨藏本、甲辰本、程甲本作"凡"。
[3] 论，蒙府本、列藏本、杨藏本、甲辰本、程甲本作"沦"，戚序本、戚宁本作"没"。
[4] 宴，蒙府本、戚序本、戚宁本、杨藏本、甲辰本、程甲本作"晏"。
[5] 躯，蒙府本、戚序本、戚宁本、列藏本、杨藏本、甲辰本、程甲本作"暱"。
[6] 畸，戚序本、戚宁本、杨藏本、甲辰本、程甲本作"奇"。
[7] 噫，戚序本、戚宁本、甲辰本、程甲本作"忆"。昔，戚序本、戚宁本、甲辰本作"初"。
[8] 性，甲辰本、程甲本作"体"。
[9] 明，蒙府本、戚序本、戚宁本、列藏本、杨藏本、甲辰本、程甲本作"神"。日，列藏本作"月"。
[10] 妹，列藏本、甲辰本、程甲本作"娣"。媖娴，戚序本、戚宁本作"幽闲"，杨藏本作"幽娴"。
[11] 沾，蒙府本、戚序本、戚宁本、列藏本、杨藏本、甲辰本、程甲本作"仰"。惠，程甲本作"慧"。
[12] 鸠，蒙府本作"鸠"。
[13] 鹰，蒙府本作"应"，杨藏本作"莺"。罦，蒙府本、戚序本、戚宁本、列藏本、杨藏本、甲辰本、程甲本作"罭"。
[14] 嗅，蒙府本、戚序本、戚宁本、列藏本、甲辰本、程甲本作"臭"。
[15] 租，蒙府本、甲辰本、程甲本作"菹"，戚序本、戚宁本作"葅"，列藏本作"耡"，杨藏本作"植"。
[16] 怯，杨藏本作"倚"。
[17] 奈，戚序本、戚宁本作"耐"。

第一章 《红楼梦》中赋汇校会评

199

谗[1]，遂抱膏肓之疚[2]。故尔樱唇红褪[3]，韵吐呻吟；杏脸香枯，色陈颇颔。诼谣謑诟[4]，荆棘榛榛[5]，蔓延户牖。岂照尤贝替[6]，实攘词而络[7]。既怛幽沉手不尽[8]，复含罔屈于无穷。高标见嫉，闺帏恨比长沙[9]；直列遭危[10]，巾帼惨于羽野[11]。自蓄辛酸，谁怜夭折？仙云既散[12]，芳趾难寻。洲迷聚窟[13]，何来却死之香[14]？海失灵槎，不护回生之药[15]。

眉黛烟青[16]，昨犹我画；指环玉冷，今倩谁温？鼎炉之剩药犹存，襟泪之余痕尚渍。镜分鸾别[17]，愁开麝月之奁；流化龙飞[18]，哀

---

[1] 谗，杨藏本作"逢"。疚，杨藏本作"惑"。
[2] 疚，杨藏本、程甲本作"疾"。
[3] 唇，杨藏本作"桃"。
[4] 诼，甲辰本作"咏"。此句后，蒙府本、戚序本、戚宁本、列藏本、杨藏本、甲辰本、程甲本有"出自屏帏"四字。
[5] 棒，蒙府本、戚序本、戚宁本、列藏本、杨藏本、甲辰本、程甲本作"蓬"。
[6] 照，蒙府本、戚序本、戚宁本、列藏本作"招"，杨藏本作"昭"。贝，戚序本、戚宁本作"则"，列藏本、杨藏本作"见"。
[7] 词，蒙府本、杨藏本作"询"，列藏本作"洵"，戚序本、戚宁本作"诟"。络，蒙府本、戚序本、戚宁本、列藏本、杨藏本作"终"。
[8] 怛，戚序本、戚宁本作"屯"，杨藏本作"枕"，甲辰本、程甲本作"怀"。手，蒙府本、戚序本、戚宁本、列藏本、杨藏本、甲辰本、程甲本作"于"。
[9] 帏，甲辰本作"闱"。
[10] 直，程甲本作"贞"。列，蒙府本、戚序本、戚宁本、列藏本、杨藏本、甲辰本、程甲本作"烈"。危，蒙府本作"穷"。
[11] 羽野，甲辰本、程甲本作"雁塞"。
[12] 云，杨藏本作"灵"。
[13] 聚，戚序本、戚宁本作"橐"。
[14] 香，蒙府本、戚序本、戚宁本作"乡"。
[15] 护，蒙府本、戚序本、戚宁本、列藏本、杨藏本、甲辰本、程甲本作"获"。
[16] 烟，杨藏本作"眼"。犹，杨藏本作"由"。
[17] 别，杨藏本作"外"，甲辰本、程甲本作"影"。
[18] 流，蒙府本、戚序本、戚宁本、列藏本、杨藏本、甲辰本、程甲本作"梳"。

折檀云之齿。委金钿于草莽[1]，拾翠于尘埃[2]。楼空鹡鸰，徒悬七夕之针[3]；带断夗央[4]，谁续五丝之缕？

况乃金天属郎[5]，白帝司晨[6]，孤衾有梦，空室无人[7]。桐阶月暗，芳魂与倩影同消[8]；蓉帐香残，娇喘共细言皆绝[9]。连天衰草，岂独兼葭；匝地悲声[10]，无非蟋蟀[11]。露苔晚砌[12]，穿帘不度寒砧；雨荔秋垣[13]，隔院希闻怨笛[14]。芳名未泯，檐前鹦鹉犹呼[15]；艳质将亡，槛外海棠预老[16]。捉迷屏后[17]，莲瓣无声；斗草庭前，兰芽妄待[18]。抛残绣线，银笺彩缮谁裁[19]？褶断冰丝，金斗御香未熨[20]。

---

[1] 委，蒙府本、戚序本、戚宁本、杨藏本作"萎"。钿，杨藏本作"钢"。

[2] 拾，蒙府本、戚序本、戚宁本作"鬆"，甲辰本作"捨"。匈，甲辰本、程甲本作"盒"。

[3] 徒，杨藏本作"柱"。

[4] 夗央，戚序本、戚宁本、甲辰本、程甲本作"鸳鸯"。

[5] 属，戚序本、戚宁本作"届"，杨藏本作"厉"。郎，杨藏本、甲辰本作"节"。

[6] 晨，蒙府本、列藏本、杨藏本、甲辰本、程甲本作"时"，戚序本、戚宁本作"权"。

[7] 空室无人，杨藏本作"空空望人"。

[8] 倩，戚序本、戚宁本作"清"。

[9] 娇，甲辰本作"姣"。绝，戚序本、戚宁本作"息"，杨藏本作"艳"。细言皆绝，程甲本作"细腰俱绝"。

[10] 悲声，杨藏本作"愁教"。

[11] 无，杨藏本作"望"。

[12] 苔，杨藏本作"台"，甲辰本、程甲本作"阶"。

[13] 荔，蒙府本、戚序本、戚宁本作"洒"。

[14] 希，蒙府本、戚序本、戚宁本、杨藏本作"悉"，列藏本作"稀"。

[15] 檐，甲辰本作"帘"。

[16] 老，甲辰本、程甲本作"萎"。

[17] 捉迷，戚序本、戚宁本作"埋香"。

[18] 芽，甲辰本、程甲本作"芳"。妄待，蒙府本作"罔待"，戚序本、戚宁本作"罔苴"，列藏本、杨藏本、甲辰本、程甲本作"枉待"。

[19] 缮，戚序本、戚宁本作"缕"，甲辰本、程甲本作"袖"。

[20] 未，甲辰本作"孰"。熨，杨藏本作"璧"。

第一章 《红楼梦》中赋汇校会评

昨承严命，既趋车而远涉芳园[1]；今犯慈威[2]，复泣杖而近抛孤柩[3]。及问槥棺被燹[4]，惭违共穴之盟[5]；石椁成灾[6]，愧迨同灰之悄[7]。尔乃西风古寺，淹滞青燐，落日荒坵[8]，零星白骨。楸榆飒飒[9]，蓬艾萧萧。隔雾圹以啼猿，绕烟塍而泣鬼。自为红绡帐里[10]，公子情深[11]；始信黄土陇中，女儿命薄[12]！汝南泪血[13]，班班洒向西风[14]；梓泽余衷，点诉凭冷月[15]。

呜呼！固鬼蜮之为焚[16]，岂神灵而亦妒[17]？箝诐奴之吕[18]，讨岂

---

[1] 趋，蒙府本、戚序本、戚宁本作"驱"，杨藏本作"赵"。远，蒙府本作"罔"。涉，甲辰本、程甲本作"陟"。

[2] 慈，杨藏本作"教"。

[3] 泣，甲辰本、程甲本作"拄"。"而"字后，蒙府本、戚序本、戚宁本有"遽"字，列藏本有"忍"字，杨藏本有"近"字，甲辰本、程甲本有"遣"字。

[4] 问，蒙府本、戚序本、戚宁本、列藏本、杨藏本、甲辰本、程甲本作"闻"。槥，甲辰本、程甲本作"慧"。燹，蒙府本、戚序本、戚宁本作"焚"，列藏本、杨藏本、甲辰本、程甲本作"爇"。

[5] 惭，蒙府本、戚序本、戚宁本、甲辰本作"渐"，程甲本作"顿"。盟，甲辰本、程甲本作"情"。

[6] 椁，杨藏本作"柳"。

[7] 愧，杨藏本作"恍"。迨，蒙府本、戚序本、戚宁本、甲辰本、程甲本作"逮"。悄，蒙府本、戚序本、戚宁本、列藏本、杨藏本、甲辰本、程甲本作"诮"。

[8] 坵，蒙府本、戚序本、戚宁本作"墟"。

[9] 楸，蒙府本、戚序本、戚宁本、杨藏本作"秋"。

[10] 自为，戚序本、戚宁本作"自分"，甲辰本、程甲本作"岂道"。帐，程甲本作"幛"。

[11] 情深，戚序本、戚宁本、杨藏本作"多情"。

[12] 命薄，蒙府本、戚序本、戚宁本作"薄命"。

[13] 泪，蒙府本、戚序本、戚宁本作"泣"。

[14] 班班，蒙府本、戚序本、戚宁本、甲辰本、程甲本作"斑斑"。

[15] 点，蒙府本、戚序本、戚宁本、甲辰本、程甲本作"默默"。

[16] 蜮，列藏本作"域"，甲辰本作"嘁"。焚，蒙府本、戚序本、戚宁本、列藏本、甲辰本、程甲本作"灾"。

[17] 而亦，甲辰本、程甲本作"之有"。妒，蒙府本、戚宁本、戚序本作"嫉"。

[18] 箝，甲辰本、程甲本作"毁"。吕，蒙府本、戚序本、戚宁本、甲辰本、程甲本作"口"。

从宽[1]？剖悍妇之心，忿犹未释！在君子尘缘虽浅[2]，而玉之鄙意岂终[3]。因蓄惓惓之思[4]，不禁谆谆之问[5]。

始知上帝垂旌，花宫待诏[6]，生侪兰蕙，死辖芙蓉。听小婢之言，似步无稽[7]；据浊玉之思[8]，则深为有据[9]。何也：昔业法善摄魂以撰碑[10]，李长吉被诏而为记[11]，事虽殊其理则一也[12]。故相物以配才，为非其人[13]，恶乃滥于洽信上帝委托权衡[14]，可谓至洽协[15]，庶不负所秉赋也[16]。因希其不昧之灵[17]，或涉降于兹[18]，特不揣鄙俗之词[19]，有污慧听。乃歌而招之曰：

[1] 讨，蒙府本、戚序本、戚宁本作"罚"。
[2] 君子，蒙府本、戚序本、戚宁本、甲辰本、程甲本作"卿之"，列藏本作"君之"。
[3] 岂终，甲戌本、程甲本作"尤深"。
[4] 思，列藏本作"心"。
[5] 问，列藏本作"润"。
[6] 诏，杨藏本作"治"。
[7] 步，蒙府本、戚序本、戚宁本、杨藏本、甲辰本、程甲本作"涉"，列藏本作"渺"。
[8] 据，戚序本、戚宁本作"以"。
[9] 戚序本、戚宁本、甲辰本、程甲本无"则"字。据，列藏本作"证"。
[10] 昔，杨藏本作"若"。业，蒙府本、戚序本、戚宁本、列藏本、杨藏本、甲辰本、程甲本作"叶"。
[11] 甲辰本"记"字后有"其"字。
[12] 虽殊，蒙府本、戚序本、戚宁本"虽相殊"。
[13] 为，蒙府本、戚序本、戚宁本、列藏本、杨藏本、甲辰本、程甲本作"苟"。
[14] 滥于洽，蒙府本、戚序本、戚宁本、杨藏本作"滥乎其位始"，列藏本、甲辰本、程甲本作"滥乎始"。
[15] 至洽协，蒙府本作"至恰至协"，戚序本、戚宁本作"至确至协"，列藏本作"至洽至切"，杨藏本作"至协"，甲辰本、程甲本作"至洽至协"。
[16] 蒙府本、戚序本、戚宁本、杨藏本、甲辰本、程甲本"负"字后有"其"字。蒙府本、杨藏本无"所"字。
[17] 因，蒙府本、戚序本、戚宁本、杨藏本作"自"。
[18] 涉，戚序本、戚宁本、列藏本、甲辰本、程甲本作"陟"。兹，蒙府本、戚序本、戚宁本、列藏本作"花"。
[19] 杨藏本无"特"字。

天何如是之苍苍兮[1]，乘玉虬以游乎穹窿耶[2]？地何如是之忙忙兮[3]，驾瑶象以降乎泉壤耶？望徹盖之陆离兮[4]，抑箕尾之光耶？列羽葆而为前导兮，卫危虚于傍耶[5]？驱丰隆以为比从兮[6]，望舒月以离耶[7]？听车轨而伊轧兮[8]，御鸾鹥以征耶[9]？问馥郁而蒦然兮[10]，纫蘅杜以为纕耶[11]？眩裙裾之烁烁兮[12]，镂明月以回珰耶[13]？籍葳蕤而成坛畤兮[14]，檠莲焰以烛银膏耶[15]？文瓟匏以为觯斝兮[16]，漉醽醁以浮桂醑耶[17]？瞻云气而凝盼兮[18]，仿佛有所觇耶[19]？俯窈

[1] 杨藏本无"是"字。
[2] 虬，杨藏本作"虯"。
[3] 忙忙，蒙府本、戚序本、戚宁本、列藏本、杨藏本、甲辰本、程甲本作"茫茫"。
[4] 徹，蒙府本作"撒"，戚序本、戚宁本、甲辰本、程甲本作"繳"。
[5] 傍，蒙府本、戚序本、戚宁本、杨藏本作"旁"。
[6] 以，蒙府本、杨藏本作"而"。比，蒙府本、戚序本、戚宁本、列藏本、杨藏本、甲辰本、程甲本作"庇"。
[7] 月，列藏本作"目"。离，蒙府本、戚序本、戚宁本、列藏本、杨藏本、甲辰本、程甲本作"临"。
[8] 轨，戚序本、戚宁本作"轴"。
[9] 鹥，列藏本作"凤"。
[10] 问，蒙府本、戚序本、戚宁本、列藏本、杨藏本、甲辰本、程甲本作"闻"。蒦，杨藏本作"梦"，甲辰本、程甲本作"飘"。
[11] 纫，杨藏本作"细"，甲辰本作"纳"。杨藏本无"为"字。纕，甲辰本、程甲本作"佩"。
[12] 眩，戚序本、戚宁本、列藏本作"炫"，程甲本作"斓"。烁烁，蒙府本、戚序本、戚宁本作"烁灿"。
[13] 回，蒙府本、戚序本、戚宁本、列藏本、甲辰本、程甲本作"为"，杨藏本无"回"字。珰，甲辰本作"铛"。
[14] 籍，蒙府本、戚序本、戚宁本、列藏本、杨藏本、甲辰本、程甲本作"藉"。葳蕤，甲辰本作"蕤宾"。
[15] 檠，戚序本、戚宁本作"擎"。银，戚序本、戚宁本、甲辰本、程甲本作"兰"。
[16] 文，列藏本作"闻"。瓟匏，蒙府本、戚序本、戚宁本作"瓟瓠"，列藏本作"瓠匏"，杨藏本、程甲本作"匏瓟"。觯，杨藏本作"婵"。
[17] 漉，程甲本作"洒"。
[18] 盼，蒙府本、戚序本、戚宁本、列藏本、杨藏本作"睇"，甲辰本、程甲本作"眸"。
[19] 觇，蒙府本、戚序本、戚宁本、杨藏本作"观"。

窈窕而属耳兮[1]，恍惚有所闻耶？期汗漫而无夭阏兮[2]，忍捐弃余于尘埃耶[3]？倩风廉之为余驱车兮[4]，冀联辔而携归耶[5]？余中心为之慨然兮[6]，徒嗷嗷而何为耶[7]？君偃善而长寝兮[8]，岂天运之变于斯耶？既奄冉且安稳兮，反其真而复奚花耶[9]？余犹桎梏而悬附兮[10]，灵格余以嗟来耶？来兮止兮，君其来耶[11]？

若夫鸿蒙而居，寂静以处，虽临于兹[12]，余亦莫睹[13]。搴烟萝而为步幛[14]，列菖蒲而森行五[15]。警柳眼之贪眼[16]，释莲心之味

---

[1] 窈窕，列藏本作"穹窿"，杨藏本作"穹窿"，甲辰本、程甲本作"波痕"。

[2] 无，戚序本、戚宁本作"为"。夭阏，列藏本作"天阏"，甲辰本作"天际"，程甲本作"际"。

[3] 甲辰本、程甲本无"忍"字。余，甲辰本、程甲本作"予"，杨藏本无"余"字。埃，蒙府本、戚序本、戚宁本、列藏本、杨藏本、甲辰本、程甲本作"埃"。

[4] 风，戚序本、戚宁本作"飞"。杨藏本无"余"字。驱，列藏本作"驱"。

[5] 联辔，列藏本作"辔联"。

[6] 中心为之，杨藏本作"心中之为"。慨，戚序本、戚宁本、列藏本、杨藏本、甲辰本、程甲本作"慨"。

[7] 嗷嗷，蒙府本、戚序本、戚宁本、甲辰本、程甲本作"嗷嗷"，杨藏本作"徹徹"。

[8] 君偃善而长寝，蒙府本、戚序本、戚宁本作"卿偃然长寝"，列藏本、杨藏本、甲辰本、程甲本作"卿偃然而长寝"。

[9] 复，杨藏本、甲辰本、程甲本作"又"。花，蒙府本、戚序本、戚宁本、列藏本、杨藏本、甲辰本、程甲本作"化"。

[10] 犹，蒙府本、戚序本、戚宁本、杨藏本作"从"。

[11] 君，蒙府本、戚序本、戚宁本、列藏本、杨藏本、甲辰本、程甲本作"卿"。

[12] 杨藏本无"于兹"二字。

[13] 睹，杨藏本作"都"。

[14] 幛，蒙府本、戚序本、戚宁本、列藏本、甲辰本、程甲本作"障"。

[15] 菖，程甲本作"苍"。五，蒙府本、戚序本、戚宁本、列藏本、杨藏本、甲辰本、程甲本作"伍"。

[16] 柳眼，杨藏本作"柳服"，甲辰本作"柳眠"。"贪眼"，蒙府本、戚序本、戚宁本、列藏本、杨藏本、甲辰本、程甲本作"贪眠"。

苦[1]。素女约于桂岩，宓妃迎于兰渚[2]。弄玉吹笙[3]，寒簧击敔[4]。征嵩岳之妃，启骊山之姥。龟呈洛浦之灵，兽作咸池之舞。潜赤水兮龙吟[5]，集珠林兮凤翥。爰诚匪簠筥[6]。发轫乎霞城[7]，返旌乎去圃[8]。阮显微而若通[9]，复氤氲而倏阻。离合兮烟云，空蒙兮雾雨。尘霾敛兮星高[10]，溪山丽兮月午。何心意之忡忡[11]，若寤寐之棡棡？余乃教嫠怅望[12]，泣涕徬徨[13]。人语兮寂历[14]，天籁兮篔筜[15]。鸟惊散而飞[16]，鱼唼喋以响志兮是祷成礼兮期祥[17]。呜呼哀哉[18]！尚飨[19]！

[1] 莲，蒙府本作"违"。味苦，戚序本、戚宁本作"苦味"。
[2] 宓，列藏本作"泌"。
[3] 杨藏本无"吹"字。
[4] 寒，列藏本作"零"，杨藏本、甲辰本、程甲本作"搴"。
[5] 蒙府本无"兮"字。
[6] 爰诚匪簠筥，蒙府本作"爰格爰诚，匪蒲匪莒"，戚序本、戚宁本作"爰格爰诚，匪蒲匪筥"，列藏本作"爰恪爰诚，匪簠爰筥"，杨藏本作"爰格爰诚，匪蒲匪筥"，甲辰本作"爰格爰诚，匪簠匪筥"，程甲本作"爰格爰诚，匪筥匪簠"。
[7] 杨藏本无"发"字。
[8] 返，列藏本作"反"，杨藏本、甲辰本、程甲本作"还"。去，蒙府本、戚序本、戚宁本作"玄"，列藏本、甲辰本、程甲本作"元"。
[9] 阮，蒙府本、戚序本、戚宁本、列藏本、杨藏本、甲辰本、程甲本作"既"。
[10] 敛，蒙府本、戚序本、戚宁本、列藏本、杨藏本、甲辰本、程甲本作"敛"。
[11] 忡忡，蒙府本、戚序本、戚宁本作"冲冲"，甲辰本、程甲本作"怦怦"。
[12] 教，蒙府本、戚序本、戚宁本、列藏本、甲辰本、程甲本作"歆"。望，甲辰本、程甲本作"怏"。
[13] 泣涕，蒙府本、戚序本、戚宁本、列藏本、杨藏本作"涕泣"。
[14] 杨藏本无"历"字。
[15] 天籁，杨藏本作"籁天"。筜，蒙府本作"贫"。
[16] 戚序本、戚宁本作"鸟啁啾而欲下"。
[17] 响，戚序本、戚宁本作"空昂"，杨藏本作"向"。蒙府本、戚序本、戚宁本、列藏本、杨藏本、甲辰本、程甲本"志"字后有"哀"字。是，蒙府本、戚序本、戚宁本作"足"。
[18] 呜，杨藏本作"乌"。
[19] 飨，杨藏本作"向"。

【会评】

维太平不易之元　庚辰本夹批曰："年便奇。"

蓉桂竞芳之月　庚辰本夹批曰："是八月。"

无可奈何之日　庚辰本夹批曰："日更奇。细思月何难于说真某某，今偏用如此说，可则知矣。"

怡红院浊玉　庚辰本夹批曰："自谦的更奇。盖常以'浊'字许天下之男子，竟自谓，所谓'以责人之心责己'矣。"

谨以群花之蕊　庚辰本夹批曰："奇香。"

冰鲛之縠　庚辰本夹批曰："奇帛。"

沁芳之泉　庚辰本夹批曰："奇奠。"

枫露之茗　庚辰本夹批曰："奇名。"

乃致祭于白帝宫中抚司秋艳芙蓉女儿之前　庚辰本夹批曰："奇称。"

窃思女儿自临浊世　庚辰本夹批曰："世不浊，内物所混而浊也，前后便有照应。'女儿'称妙！盖思普天下之称断不能有如此二字之清洁者。亦是宝玉之真心。"

迄今几十有六载　庚辰本夹批曰："方十六岁而夭，亦伤矣。"

湮沦而莫能考者久矣　庚辰本夹批曰："忽又有此文不可，后来亦可伤矣。"

仅五年八月有畸　庚辰本夹批曰："相共不足六载，一旦夭别，岂不可伤？"

鹰鸷翻遭罦罬　庚辰本夹批曰："《离骚》：'鸷鸟之不群兮。'又：'吾令鸩为媒兮，鸩告余以不好。雄鸠之鸣逝兮，余恶直轻佻巧。'注：鸷特立不群，故不群，故不豫。鸩，羽毒杀人。鸠多声有如人之多言不实。罦罬，音罘拙。翻车网。《诗经》：'雉罹于罝。'《尔雅》：'罬，谓之罦。'"

芭兰竟被芟狙　庚辰本夹批曰："《离骚》：资、葹皆恶草，以辩邪佞。芭兰、芳草，以别君子。

色陈颜颔　庚辰本夹批曰："《离骚》：'长顑颔亦何伤。'面黄色。"

实攘诟而络　庚辰本夹批曰："《离骚》：'朝谇而夕替。'替，废也。'忍尤而攘诟。'诟，同诟。攘，取也。

闺帏恨比长沙　庚辰本夹批曰："汲黯辈嫉贾谊之才，谪贬长沙。"

巾帼惨于羽野　庚辰本夹批曰："鲧刚直自命，舜殛于羽山。《离骚》曰：鲧婞直以亡身兮，终然殀乎羽之野。"

槛外海棠预老　庚辰本夹批曰："恰极。"

莲瓣无声　庚辰本夹批曰："元微之诗：小楼深迷藏。"

愧迨同灰之诮　庚辰本夹批曰："唐诗云：先开石棺，木可为棺。晋杨公回诗云：生为并身物，死作同棺灰。"

忿犹未释　庚辰本夹批曰："《庄子》：箝杨墨之口。《孟子》谓：诐辞知其所蔽。"

乘玉虬以游乎穹窿耶　庚辰本夹批曰："《楚辞》：驷玉虬以乘翳兮。"

驾瑶象以降乎泉壤耶　庚辰本夹批曰："《楚辞》：杂瑶象以为车。"

望舒月以离耶　庚辰本夹批曰："危、虚二星为卫护星。丰隆，电师。望舒，月御也。"

忍捐弃余于尘埃耶　庚辰本夹批曰："《逍遥游》：夭阏，上也。"

余中心为之慨然兮　庚辰本夹批曰："《庄子·至乐》篇：我独何能无慨然？"

徒嗷嗷而何为耶　庚辰本夹批曰："《庄子》：嗷嗷然随而哭之。"

岂天运之变于斯耶　庚辰本夹批曰："《庄子》：'偃然寝于巨室。'谓人死也。〇又：'变而有气，气变而有形，形变而有生，今又变而之死，是相与为春秋冬夏四时行也。'〇《天道》篇：其死也物化。"

反其真而复奚花耶　庚辰本夹批曰："窀，音肫。《左传》：窀穸之事，墓穴幽室也。左贵嫔《杨后诔》：早即窀穸。《庄子·大宗师》：而已反其真。注：以死为真。"

灵格余以嗟来耶　庚辰本夹批曰："《庄子·大宗师》：桎梏之名。〇彼以生为附赘悬疣，以死为决疽溃痈。〇'嗟！来！桑户乎！嗟！来！桑户乎！'注：桑户，人名。孟子反、子琴张二人招其魂而语之也。〇'方将不化，恶知已化哉！'言人死犹如化去。《法华经》云：法华道师多殊方便，于险道中化一城，疲极之众人城，皆生已度想，安稳想。"

庚辰本眉批曰："非诔晴雯，诔风流也。"

庚辰本第七十九回在"卿何薄命"后批曰："如此我亦为妥极，但试问当面用尔我是样，究竟不知是为谁之谶，一笑一叹。一篇诔问总因此两句而有，又当知虽来〔诔〕晴雯，而又实诔黛玉也，奇幻之此。"

靖藏本第七十九回眉批："观此知虽诔晴雯，实乃诔黛玉也。试观'证前缘'回黛玉逝后诸文便知。"

王希廉《红楼梦回评》第七十九回："于一篇诔词中摘出'红

绡帐里'四句,再三改易,忽然映到黛玉身上,一是无心,一偏有意,真有宜僚弄丸之妙。"

陈其泰《红楼梦回评》第七十八回:"《芙蓉诔》是黛玉祭文。恐人不觉,故于落下处小婢大呼'有鬼'。以黛玉当晴雯,其意尤明。……下回再改我本无缘,卿何薄命,尤为醒目。"

第二章

《红楼梦》续书中赋汇校会评

整理说明

首先,关于《红楼梦》续书的遴选。《红楼梦》续书研究,以张云先生《谁能炼石补苍天——清代〈红楼梦〉续书研究》、赵建忠先生《红楼梦续书考辨》创获最多,本章《红楼梦》续书的遴选以二书为依据。

其次,关于底本及参校本的选择。白云外史散花居士撰《后红楼梦》以乾嘉间刊本(简称"乾嘉本")为底本,中国国家图书馆藏;参校宣统二年上海章福记石印本(简称"章福记本")、民国十九年上海大通书局铅印本(简称"大通书局本")和浙江省图书馆藏抄本(简称"浙图抄本")。兰皋居士撰《绮楼重梦》以嘉庆十年(1805)瑞凝堂刊本(简称"瑞凝堂本")为底本,北京大学图书馆藏;参校光绪二十四年上海书局石印本(简称"上海书局本")、民国三年(1914)上海广益书局本(简称"广益书局本")。海圃主人撰《续红楼梦新编》以文秀堂刊本(简称"文秀堂本")为底本,天津师范大学图书馆藏;参校光绪十九年成德堂本(简称"成德堂本")。陈少海撰《红楼复梦》以嘉庆七年娜嬛斋刊本(简称"娜嬛斋本")为底本,辽宁省图书馆藏;参校光绪二年上海申报馆仿聚珍版铅印本（简称"申报馆本"）、民国六年（1917）上海荣华书局石印本（简称"荣华书局本"）。归锄子著《红楼梦补》以道光十三年癸巳（1833）藤花榭刊本（简称"藤花榭本"）为底本，浙江省图书馆藏；参校光绪二年上海申报馆仿聚珍版铅印本（简称"申报馆本"）、光绪二十五年上海熔经阁石印本（简称"熔经阁本"）。梦梦先生撰《红楼圆梦》以嘉庆十九年红蔷阁写刻本（简称"红蔷阁本"）为底本，大连市图书馆藏；参校光绪二十三年上海书局石印本（简称"上海书局本"）。郭则沄《红楼真梦》以民国二十九年（1940）家铅印本为底本，辽宁省图书馆藏，参校民国二十八年（1939）至二十九年《中和月刊》连载版（简称"《中和月刊》本"）。

祭柳五儿诔

【题解】此赋仿《红楼梦》中《芙蓉女儿诔》而作，出自清白云外史散花居士撰《后红楼梦》第十八回"拾翠女巧思庆元夕 踏青人洒泪祭前生"。《后红楼梦》约作于嘉庆元年（1796）前后，为已知最早的《红楼梦》续书，共30回，接续《红楼梦》第一百二十回而作。这部小说初刊本为乾嘉间白纸本，内封题"全像后红楼梦"，藏于中国国家图书馆。书前依次为原序（《假托曹太夫人寄曹雪芹书》），逍遥子序，白云外史散花居士题词，五则凡例，摘叙前《红楼梦》简明事略，贾氏世系表和世表、目录、绣像（六十页），绛珠仙草和炼容金鱼图一页，图像前皆有赞语。正文半页9行，每行20字。又有宣统二年上海章福记石印本，有绣像五页，绘图七页；

民国十九年上海大通书局铅印本；浙江省图书馆藏抄本等。《红楼梦》中贾宝玉为祭奠晴雯撰写《芙蓉女儿诔》，《后红楼梦》中晴雯借柳五儿之尸还魂，因此宝玉又为柳五儿撰写了这么一篇诔文，以"借躯""附体"之说，抒发前世无缘之悲情。

【正文】

盖闻生也如寄，假焉必归。桃根梅干，犹开同活之花[1]；鸠距鹰拳，仅变化生之性。他人入室，哀莫甚于借躯；招我由房，幸孰深于附体。虽凌波洛浦，不留影于江皋，而陨涕岘山，必正名于陵谷。此芙蓉神晴雯女子之必还身于佳人柳五姐也。

昔者张宏义借躯李简，不返汝阳；朱进马附体苏宗，顿醒鄀郡。他若桐城殇女，东西门俱认双亲；晋元遗人，新旧族曾添两子。爰及淮阳月夜，惊视持灯；上蔡风晨，欣观解竹。宁少见而多怪，可近信而远征。当夫玉烟化尽，珠泪抛残。积长恨于泉台[2]，杳难遘觏；叩传音于蓬阆[3]，祇益荒迷。就使玉箫再世，韦郎则鬓发丝丝；倘教奉倩终鳏，倩女则离魂黯黯。今乃死如小别，珊珊真见其来；可知生是重逢，栩栩如醒于梦。又且眉梢眼角，具肖平生；即与刻范模形，无差阿堵。以此先天之巧合，完彼后世之良缘[4]。

彼无怎也，双遇故人[5]。子慕余兮，一如凤愿。古无似者，斯足奇焉[6]。兹者节届禁烟，人来醧酒。酬卿何处，自借枯骨以代生身；

---

[1] 活，章福记本、浙图抄本作"蒂"。

[2] 积，浙图抄本作"资"。

[3] 音，浙图抄本作"闻"。

[4] 完，章福记本、浙图抄本作"宗"。

[5] 遇，章福记本、浙图抄本作"适"。

[6] 焉，浙图抄本作"耳"。

偿尔有期，手表白杨以营生圹。贞娘墓里，不必以一美而掩二难；苏小坟前，自当以三尺而分两兆。此日独留青冢，魂归即依我前身；他年相见黄泉，尸解共归全造化。等逆旅之同还，奚索逋之抱憾。誓言返璧，莫怆遗珠。原期同穴，难分一体之形；爰泐双碑，共志千秋之感。

某年月日怡红院主人贾宝玉题并书。

到鼓一中赋
以题为韵

【题解】此赋有目无文。出自白云外史散花居士《后红楼梦》第二十回"曹雪芹红楼记双梦　贾宝玉青云满后尘"。这是贾宝玉的一篇应制赋，小说中仅叙说了贾宝玉写赋的经过，以及皇帝对这篇赋的评价，赋文没有出现。题目出自《三国志·魏书·管辂传》："时天旱，倪问辂雨期，辂曰：'今夕当雨。'是日旸燥，昼无形似，府丞及令在坐，咸谓不然。到鼓一中，星月皆没，风云并起，竟成快雨。于是倪盛修主人礼，共为欢乐。"论赋文字采用黑体字。

【赋本事】
原来天子爱民望雨，因为三时天旱，得了喜雨，圣情十分欣悦，御制了一首《喜雨》古风，就将翰林单子，点了些知名的，及现在京的四五位状元、十几位榜、探，又点了翰林院衙门及别衙门的名士，共有三十六人，宣到内殿，和这一首御制诗，又加一首《到鼓一中赋》，以题为韵，限香交卷，赐上方珍馔，圣上亲自御殿面定甲乙。宝玉走得急忙,未带镇纸,只得将通灵玉解下来压纸,倒底神玉通灵,思如泉涌,文不加点,挥洒立成,第一个交卷。一面交卷,一面挂上通灵玉,在考桌上候旨。天子一见,先是这首诗,全说的敬天勤民,诚动神格,便就合了圣意。**到这一篇赋,双管齐下,巧夺天孙。**那字法全学二王,真个飞鸟依人,翩翩可爱。一时间各卷都完了,一总进呈,没有一卷可以比得上这一卷。天子就将宝玉这一卷定了个一等第一名。……宝玉和的诗便记得,赋却记不全,却默了些出来,叫黛玉、宝钗补足了,送与贾政。

偃伯灵台赋
以"三能色齐六幽允洽"为韵

【题解】此赋有目无文,出自清兰皋居士《绮楼重梦》。《绮楼重梦》当写成于嘉庆二年(1797)后,共48回,接续《红楼梦》第一百二十回而作,描写贾宝玉转世,成为自己的遗腹子小钰。小钰文武双全,出将入相,最后与转世为湘云之女的黛玉联姻。据一粟《红楼梦书录》:这部小说初刊本有嘉庆四年(1799)刊本,缺扉页,首嘉庆四年七月十六日西泠园漫士序,次目录,题"西泠兰皋居士戏编",今未见。又有嘉庆十年(1805)瑞凝堂刊本,北京大学图书馆藏。据扉页识语,知其原名《红楼续梦》,因坊间已有《续红楼梦》及《后红楼梦》,遂改名《绮楼重梦》,但书的目录又题《蜃楼情梦》。书前有叙,末署"嘉庆乙丑孟夏重编",未署名。此赋出自《绮楼重梦》第二十三回"身居事外款款论题 情切局中皇皇待报",皇上凝香殿慎选贤媛,命题的第九题是《偃伯灵台赋》,以"三能色齐六幽允洽"为韵。赋题出自司马穰苴《司马法》卷上《天子之义》:"古者戍军,三年不兴,睹民之劳也;上下相报,若此和之至也。得意则恺歌,示喜也;偃伯灵台,答民之劳,示休也。""偃伯灵台",意即在灵台宣布休战。唐代宗大历年间,褚实(一作"寔")应进士科,曾作《偃伯灵台赋》,赋首云:"偃伯,师节也。国家武成止戈,文致皇极,小宗伯乐之广有命赋。"小说中主要写诸贤媛讨论作赋用韵的规则,有赋学批评价值。

【赋本事】

第九题是《偃伯灵台赋》,以"三能色齐六幽允洽"为韵。舜华(编者按:史湘云之女,林黛玉投生)道:"这是必有的,只是拟的韵不对。"彤霞(编者按:邢岫烟之女)说:"可惜妹妹拟了,我不曾做得。"妙香(编者按:李纹之女)说:"我虽做了,却不曾送舜姐姐改过。如今想伯怎样偃得来的?"舜华道:"《诗经》:'既伯既祷',注:伯,马祖也。大凡有军事则绘之于旗。既葳事,则偃之灵台,示弗复用也。"淡如(编者按:香菱之女)说:"这个谁不知道?"舜华道:"这'能'字,诸位押的那一韵?"瑞香(编者按:李绮之女)说:"'能'字在十蒸,自然押十蒸韵了。"淡如道:"何消说得!"文鸳说:"我也用蒸韵的。"优、曼(编者按:鸳鸯之魂携名花两朵,投生贾兰之妻甄氏,一胎三女:优昙、曼殊、文鸳)同说:"幸亏姑娘出过'三能色齐'的诗题,我们才知道用十灰的。"彤霞和妙淑俱说:"我们也用十灰韵。只不知八个字出在那里的?"舜华道:"《史记·天官书》:魁下六星,两两相比,名曰三能。注作三台。《汉书》:三能色齐,君臣和。苏林曰:能音台。任彦升《萧公行状》云:上穆三能,下敷五典。那'六幽允洽'出在沈休文《安陆王碑》。是两处拉拢来的。"

怡红院赋

【题解】此赋出自清兰皋居士撰《绮楼重梦》第二十八回"逗春情淡如入学　膺赦诏蓉儿还乡"。贾小钰（贾宝玉投生贾家，薛宝钗之子）作《怡红即事》诗一首，众才女合作《怡红院赋》，故这篇赋成于诸贤媛之手，主要讨论作赋之规则，有赋学批评价值。以下黑色字体部分为赋文。

【正文】

蔼如说："有了好诗，须添篇好赋。我仿着《阿房宫赋》成了几句，说：'**彼美三，所欢一，怡红厄，秽墟出。收藏三个妖娆，不分宵日。**'"碧箫说："好，我帮你押'也'字韵罢。三人三面镜子，须说：'**三星荧荧，开妆镜也；千丝琼林**[1]**，梳晓鬟也。**'"妙香说："太文，太文。与题不称。我来做一韵罢：'**夫其为状也，张大侯，举赤棒；其直如矢，其深似盎。半就半推，一俯一仰。既再接以再厉，亦若还而若往。擎藕股以双弯，挺莲钩而直上。**'"彤霞拍手叫道："好极，这两句是神来之笔。"众人笑得口疼，舜华只叫："该打，该打。别再做了。"妙香又念道："**联樱颗以成双，弄鸡头而有两。盾翕翕以箕张，矛翘翘而木强。腰款款以摆摇，腹便便其摩荡。环夹谷以合围，透垓心而搔痒。直探幽壑之源，深入不**

---

[1] 琼林，上海书局本作"孃孃"。

毛之壤。似抚臼以赁舂，若临流而鼓桨。象交察之鸢鱼，俨相持于鹬蚌。淫娃甘辱于胯间，狡童旋玩诸股掌。恃颜面之老苍，放形骸而跌宕。迨云雨之既做，觉心神之俱爽。呈丑态于万端，羌不可以寓目而涉想。"瑞香道："好极，我也来做一韵：若其为声也，喽喽呃呃，乒乒乓乓，咭咭咕咕，鞺鞺鞳鞳。震绳床而戛戛，漱湍濑以汤汤；气吁吁其欲断，语嚅嚅而不扬。撼鸳衾以绰绺，摇金钩之叮当。俨渴牛之饮涧，类饿狸之舔铛。窸窣兮，若穿墉之鼠；劈拍兮，似触藩之羊。乘天籁之方寂，和夜漏以偏长。老妪遥闻而歆羡，小鬟窃听而彷徨。"

【会评】

《绮楼重梦》第二十八回：众人听了，笑得把小脚儿在地下乱跌。琼蕤不狠懂文理，倒不在意；小翠涨红了脸，躲进内房去了；淡如气得脸青。那盈盈丫头是狠通文理的，便嚷道："好姑娘，你怎么把我们婆子、丫环都取笑起来？"舜华站起身，说："实在难听。"招了淑贞走出去了。小钰道："待我大主考来加个批语罢：'如绘其形，如闻其声，非于此事中三折肱者，不能道其只字。'"蔼如笑道："人必自侮，而后人侮之。反叫小钰骂了去了。"

前后窍合一辞

【题解】此是一篇骚体赋，出自清兰皋居士撰《绮楼重梦》第三十九回"花袭人因贫卖女　贾佩荃联谱认兄"。花袭人之女出现前后窍合一的怪现象，传灯说："这是母亲造下的孽，才有这恶报。

当年袭人姐在太太跟前耸了许多闲话,害黛姑娘气病死了。如今生这样形体不全的女儿,叫人三三两两的笑话。"瑞香仿着骚体作了这一首《前后窍合一辞》。

【正文】

彼婵媛兮,邯郸倡。采葑菲兮,聿乖常。窍孤生兮,淆溷阴阳。父风母气兮,二而一。前涂垅兮,后遥仄[1]。荃荒芴其安适从兮,歧路徘徊。雨翻云覆兮,巫之台。骋北辔兮,俄南猿。形劳劳兮,中烦冤。既干进而务入兮,羌错趾于中道。姣将愉兮天君[2],夫告余以不好。体不备兮,恩易绝。敛余股兮,曳余裸。屏闲房兮,赠余玦。蹇谁留兮彷徨,怨公子兮泪浪浪。

【会评】

《绮楼重梦》第三十九回:金荃、盈盈本狠通文理的,瞧了笑道:"题目本新,这歌儿恰做得离奇光怪得狠。"小钰也笑道:"瑞妹妹,你病刚好了些,又来造这些口头孽。恐怕太乖巧了,养不大呢!"

戴敛赋
以"汉书律历志"为韵

【题解】此赋有目无文,出自清兰皋居士撰《绮楼重梦》第四十二回"四女将出征东粤 五学士被黜西清",皇上派贾小钰做

---

[1] 遥,上海书局本作"径"。
[2] 姣,上海书局本作"蛟"。

大总裁考试翰林科道，因朝中难于关防，命在贾王府里封门考较，派贾兰为监临官，防闲弊窦。皇上亲自命题，第二题是《欈敛赋》以"汉书律历志"为韵。小说中主要讨论律赋以书名为韵问题，有赋学批评价值。

【赋本事】

至期，皇上亲自命题，交小钰带回开发。……第二题是《欈敛赋》以"汉书律历志"为韵。……小钰道："有烦，有烦。其中两卷就像炼《三都赋》的一般，不知怎样倒要细瞧瞧的。"说罢就回怡红院去了。舜、优、曼三人灯下逐细核阅，遇有错处，都用黄签标出。看完了送舜华通瞧了一遍，才分个等第。……舜华又道："《汉书·律历志》云：'秋，欈也。物欈敛乃成熟。'注：'欈字子由反。'圣上就把书名限韵，也是提醒各人的意思。"

泽下尺生上尺赋
以题为韵

【题解】此赋有目无文，出自清兰皋居士撰《绮楼重梦》第四十三回"五美同膺宠命　四艳各配才郎"。贾小钰给李绮之女瑞香、香菱之女淡如挑选佳婿，遍请在京王公大人子弟未曾联姻的，自十四岁以上，十八岁以下，以文选婿。信息传开，人人知道是为选婿起见，又人人闻知贾王园里的姐妹通是才貌双全，又通是小钰的至亲，都想来高攀，到了三月初一日，齐到贾府，共有八十四个人。贾小钰以科考应试之法考核前来应招者，其中赋题为《泽下尺生上尺赋》(以题为韵)。赋题出自《管子》"如天雨然,泽下尺,生上尺"。小说中并没有出现赋文,仅是论题目出处和旨意,有赋学批评价值。

【赋本事】

小钰想道:"他们通要应试取科甲的,自然制艺为要,策论次之,诗赋又次之。就出了五个题目,头题是《南容三复白圭全章》;二题是问《十三经疑义》的策;三题是《三生万》的论。这日恰值潇潇下雨,就出了个赋题是《泽下尺生上尺赋》,以题为韵;五是《赋得山者父母》得衡字,五言十二韵的诗题。"众人各照卷面坐号坐定,构思落笔。小钰坐在上面监场,不许交头接耳说话。停不一会,贾兰也来了,同坐着监试,十分严肃,一字不能传递,直交三更才得收齐试卷。……兰哥说:"实也难为他们,这几个题目我还不能全解。那论题,虽不知出处,尚属明白。那赋题谅来是说雨,也不知出处,这诗题更是茫然莫解。"小钰说:"……赋题出在《管子》,谓泽从上降有一尺,则苗从下生,上引一尺。泽下降,苗上引,犹君恩下流,人心上就。须在起处或末段点明颂圣才好。"

大观园赋

【题解】此赋出自清海圃主人《续红楼梦新编》第三十八回"晋齐吴楚话行踪 雪月风花联旧社"。这部小说有嘉庆十年(1805)刊本,扉页题"续红楼梦新编",但《自序》称"续红楼梦",书口处也写作"续红楼梦"。书前署有"嘉庆十年岁在旃蒙赤奋若阳月上浣海圃主人漫题"的"弁言"。小说共 40 回,写薛宝钗生的一子、宝琴生的一女,是上界金童、玉女转世,取名贾茂、月娥。贾茂十八中举,十九中状元,与月娥成亲。贾府贾政、贾兰、贾环都升官。贾茂入翰林后,先后降服妖怪、猛虎、白猿精,最后入阁拜相,荣华终身。小说第三十八回,写贾茂修竣大观园,又值牡丹初放,禀了贾政,便和王夫人说了,定下三月十二日遍请各家当日在园结社的姊妹来玩笑几天,以消春昼。小说回溯大观园历史,谓"再说大观园本为元妃归省修造,后来奉元妃命,诸姊妹在内居住,培植的十分齐备。春花秋月,饮酒赋诗,真个是四时有不断之香,八节具长春之景",便引出这篇赋语,有补《红楼梦》元妃未作《大观园赋》之憾。小说虽称是"有长短句备载这园中的好处",此"长短句"即是赋语。最后"真个是:海中仙树玉为林,天上明河银作水"语,出自晚唐胡宿《雪》诗:"屏翳驱云结夜阴,素花飘坠恶氛沈。色欺曹国麻衣浅,寒入荆王翠被深。天上明河银作水,海中仙树玉为林。日高独拥鹴裘卧,谁乞长安取酒金。"

【正文】

寒随腊去,暖逐春归。晚色拖金,晓容缀玉。漠漠香浮,艳覆文君之市;迟迟日丽,红欹宋玉之墙。兴高而画阁敲棋,春困而绿窗倦绣。墙儿外,金勒马嘶,徒留歌管;院里边,玉楼人醉,谁戏秋千?迫至蕤宾应律,节届天中。映阶榴火,笑倩烹茶;贴水荷钱,愁将沽酒。浮李沉瓜,小阁未知暑退;调冰雪藕,画船转觉秋来。露凝十里之香,雷送千峰之雨。槐午未移日影,竹簟一枕羲皇。若夫天香飘于云外,桂子落自月中。秋水净而寒潭清,远烟凝而暮山紫。花阴露重,群瞻香满水轮;竹影风凉,忽听声飞玉笛。

元亮酾巾而醉菊，龙山落帽以登高。而乃道行南陆，水始凝澌；爱日烘窗，朔风布野。刺绣五纹，骤添弱线；吹葭六棺，爰动飞灰。冲寒山意舒梅，待腊岸容催柳。宝鼎烟浓，党太尉开樽兴远；坝桥花发，陶处士跨蹇情高。真个是：海中仙树玉为林，天上明河银作水。

江涛赋

【题解】此赋出自清陈少海撰《红楼复梦》第六十四回"白云僧踏波救难　珍珠女舞剑联欢"。《红楼复梦》一百回，娜嬛斋刊本，北京大学图书馆藏。卷前题"红香阁小和山樵南阳氏编辑，款月楼武陵女史月文氏校订"。书前有"嘉庆己未（四年，1799）秋九重阳日书于羊城之读画楼，武陵女史月文陈诗雯拜读"的序，及署"嘉庆四年岁次己未中秋月书于春州之蓉竹山房，红楼复梦人少海氏识"的自序。从二序及自序后所钤章，作者姓陈，字少海、南阳，别号小和山樵、香月、红羽、品华仙史，广东肇庆阳春人。校订者为其妹陈诗雯，字月文，号武陵女史。这部小说接续《红楼梦》一百二十回，叙宝玉转世祝家，名梦玉，专爱与女子接近。由于他是三房合一子，每房为他娶四个妻室，计十二人，合十二钗之数。这十二人为：黛玉后身松彩芝、香菱后身鞠秋瑞、袭人后身贾珍珠、可卿后身郑汝湘、湘云后身竺九如、晴雯后身梅海珠、宝琴后身梅掌珠、金钏后身芳芸、五儿后身紫箫、贾府狐仙后身韩友梅、麝月后身芙蓉、紫娟后身桂蟾珠。小说第六十四回，写梦玉带领家眷正到坐船渡江时候，"浓云如墨，江面上陡起大风，耳内只听见一片叫喊之声，不知方向。登时间，洪浪接天，乌云拔木，那江面上看不出东西南北。后人有篇《江涛赋》，单讲这风波的利害"，引出这篇《江涛赋》。

【正文】
　　稽禹迹于千年，得长江之万里。溯岷沱以发源，历荆扬而未已。礼隆望祀，河作配于北条；诗咏朝宗，汉共维夫南纪。九江三澨，流或合而或分；北汇东陆，势忽潜而忽起。逝渺渺以何穷？沔汤汤其未止。隔江喜闻歌吹，回鹤驾于扬州；渡江愁向潇湘，认笛声于扬子。水连天以纡青，澜回海而漾紫。集阴晴之万端，匪言词之可拟。

　　若夫秋澄天宇，风扫云阴，轻霏乍豁，风雾无侵。托沿洄于桂楫，恣潇洒于兰襟。素月圆灵，疑夜光之沉璧；落霞照耀，恍丽水之生金。两点金焦，耸鳌峰于水底；七层宝塔，骞鹏味于江心。青舫峨峨，拥楫进越人之曲；红船叶叶，扣舷和吴榜之音。莫不抚晴光之不偶，临流水以沉吟。

　　至于阴飚夜回，飞尘昼塕，时匪怀襄，人忧颍洞。无垠无畔，迷地轴与天枢；有象有形，讶云蒸而雾潝。等瞿塘之八月，南船北船不敢行；疑弱水之三千，吴山楚山为之动。斯时也，浑浑浩浩，汩汩滔滔。迅流电激，断岸风高。疑大块之噫气，杂雷师以怒嗥〔号〕。岂神鲲之南徙，抑灵犀之东逃。既圜潫以作势，忽欹薄其相遭。其始也，如白鹭千寻扬雪翻。其盛也，若素旟万骑连旌旄。其色则惨惨以惊心，无数雪车冰柱；其声则洋洋而盈耳，何来湘瑟云璈？有客为予告曰：此枚叔《七发》所谓广陵之涛也。

　　尔其呼吸百川，吞吐万壑；重渊沸腾，怒潮回薄。乌钦汩没，如闻水仙之操琴；丝竹云英，岂梦洞庭之张乐。萃观听之奇离，状情形之险恶。固神灵之所栖，亦怪异之爱托。射蛟台远，汉武帝以何年？燃犀渚深，温太真胡不作？但见夫鼍鼓相闻，鲨帆交错。黄鯈奋而上腾，赪蟞倏而旁跃。宁水豹之可黐，岂长鲸之易缚！前冰夷以驱驰，后江妃之绰约。慑伍相之余威，挟阳侯而肆虐。极其渺茫，不可测度。斯幻象之纷纭，与冲波而起落。其间一纵一横，满谷满坑。云海旁溢，银山倒倾。以切齿夫瓜步，而憾夫石城。贾其余勇，鸣其不平。

于是乎，临万顷之浩荡，想千载之精英。其铁锁回环，则王龙骧之取吴京也；旌旗亏蔽，则韩擒虎之度金陵也。杀气隐现，则孙刘之伏兵也；钲鼓不绝，则韩梁之军声也。神光离合，倏忽变更，则郑交甫之解佩投琼，郭景纯之出幽入明也。

盖斯江水之长，实分天下之半。固荡南山，亦夷西畔。注五湖于曾潭，灌三江夫赤岸。刺船而去，若成连渡海以移情；顺（流）而东，比河伯望洋而兴叹。旋雨止而风收，仍星辉以云烂。知造化之晦明，随舒卷而聚散。

祭黛玉文

【题解】此篇祭文出自清归锄子著《红楼梦补》第四十二回"还原璧疑破金锁案　嘲颦卿戏编竹枝词"。《红楼梦补》共四十八回，道光十三年癸巳藤花榭刊本，浙江省图书馆藏。书前有署"时嘉庆己卯重阳前三日归锄子序于三晋定羌幕斋"的《红楼梦补序》，有犀脊山樵《序》，还有《叙略》七则。《叙略》称《红楼梦补》

"直接前书九十七回，自黛玉离魂之后写起。凡九十七回以前之事，处处照应，以后则各写各事"。小说写黛玉魂归幻境，警幻仙子与女娲相商，暂借三生石以补离恨天，让黛玉返魂，并返扬州故里。宝玉与宝钗成亲后，夫妇不和。宝玉得知黛玉返魂，即去扬州寻找。宝钗自宝玉走后，郁郁而亡。贾母等找回宝玉，并为其聘定黛玉为妻。宝玉应试获隽，授翰林，奉旨完婚。黛玉主持家政，贾府复兴。宝钗又借体还生，于是宝、黛将宝钗、晴雯、袭人等接回大观园，和睦度日，又广做善事，在家中建太虚幻境。最后，宝玉在梦中与众女同观已经修改过的《金陵十二钗图册》，顿悟世情。小说第四十二回，写宝玉与宝钗斗嘴，宝钗说："你做祭林妹妹祭文给我瞧，我说题目不切文章，明明对你说：人还活着，何为祭文？你自己解不透。"宝玉想了一想道："果然有这句话的。这时候我心思瞀乱，哪里想得到呢？"黛玉道："你做的祭文在那里？给我瞧瞧。"并说："古人如陶靖节之自祭，司空表圣自著墓铭，最为旷达。今及身而见祭我之文，更为千古美谈。"这篇祭文承《红楼梦》中《祭芙蓉女儿诔》而来。

【正文】

呜呼！三更雨夜，鹃啼泪以无声；二月花朝，蝶销魂而有梦。追忆仙游旧境，恨三生债自难酬；朗吟庄子遗编，悟一点灵应早毁。维我潇湘馆子[1]，髫年失恃，内宾依舅氏之门；凤慧能文，进士竞关家之号。妆台弄粉，向无同栉之嫌；绣榻横经，不异联床之友。蕉窗剪烛[2]，共写龙华；苔径牵衣，同扶鸠杖。戏解连环九九，

---

[1] 馆，申报馆本作"妃"。
[2] 蕉，申报馆本作"茜"。

消长日以怡情；闲寻曲径三三，饯残春而觅句。词勒螭蟠碑上，兰室增荣；才传凤藻宫中，椒房志喜。绮阁悟参禅之谛，直胜谈经；绣闱拜问字之师，无须载酒。贾勇续金笺一五律，杏帘独冠群芳；补荒临玉版十三行，松墨真贻至宝。

吟诗结社，字疑香圃搜来；集艳成图，室贮水仙作伴。敲枰落子，饶有余闲，击钵留音，何须索句？落红冢畔，埋香窈步芳踪；拢翠庵中，试茗叩陪韵事。折绛梅于雪里，温酒宜寒；抒彩线于风前，慧心格物。剪通灵之穗，规过增惭；收拭泪之巾，邀怜知感。诓意变声忽兆，惊听绿绮之音；无端谶语先成，谬改茜纱之句。鹧鸪春老，絮欲沾泥；鹦鹉诗传，花谁埋冢。

似曾相识，乍逢讶有前因；毕竟非凡，永诀难凭后果。聆歌榭霓裳雅韵，已传小像于登场；拈花枝晓露清愁，早逗玄机于宣令。试认粉筠，个个泪点常斑；空余香屑，重重吐绒尚艳。蓼风轩里，堪摹入画之容；芦雪亭前，难觅联吟之侣。篱畔如来问菊，孰意悲秋？池边留得残荷，阿谁听雨？绿窗明月，尚留垂露之笺；青史古人，已渺骈云之驾。斗寒图在，寻踪许问霜娥；焦尾琴亡，遗响空悲月姊。乞借仙荃之粒，化丈六金身；拟浮宿海之槎，渡三千弱水。昔聆侍嬛戏语，惊魂早渡江乡；今嗟仙佩遐升，浊魄难追碧落。看摄影花飞随去，问尽头天在何方？记前言于漏尽灯残，早惊尘梦；泐寸臆于天荒地老，聊慰泉台。云尔。

【会评】

逸梅氏回末评曰："《祭黛玉文》，可与《诔芙神辞》并传，皆极哀感玩艳之致。"

竹醉赋

【题解】此赋出自梦梦先生（临鹤山人）《红楼圆梦》第十六回"呆霸王稠桑遭惨报 小学士醉竹荷殊恩"。《红楼圆梦》共31回，有嘉庆十九年（1814）红薔阁写刻本，内封题："嘉庆甲戌（十九年）孟冬新镌"。首有《楔子》，自称"梦梦先生"，本号"了了"。光绪二十三年（1897）上海书局石印本，增加了六如裔孙序及图像七页。序称作者为"长白临鹤山人"。光绪二十四年上海书局本序末改署"江左好游客"，书名改题为《绘图金陵十二钗后传》。小说接《红楼梦》一百二十回续起，黛玉还魂复生，宝玉还家，最终结为夫妇，天下有情人终成眷属，贾府兴旺。这篇赋是贾兰殿试之作，仅录得两段。赋文以黑体字显示。

【赋本事】

到申牌，宝玉枢密回来，方知是考。及至贾兰回时，已及一更，目厅上宝玉陪两长史酒席，忙即上去向两长史致谢道歉。长史亦连忙道喜。宝玉道："没吃夜饭，这里吃罢。"伺候的忙添杯筷。宝玉因问考得怎样？贾兰道："今日目早晨下了阵雨，皇上高兴，做了一篇《竹醉赋》，做了两首《探荷》七律：随召内廷供奉、大小翰林三十六员在文渊阁下面试。侄儿去得迟了，赶紧做完进呈，已札末一个。那知倒合了圣意，大加夸奖，说合场不及，就将赋里**'种来君子，合红友以同招；对此贤人，恰青奴之作伴'**，以及**'此君潇洒，何妨曲部之加；稚子风流，也合醉侯之唤'**都夹圈了，批了'组织工丽'；至七律差不多圈了大半，有稿子带在这里。"

黛玉松风操

【题解】此赋出自郭则沄《红楼真梦》第七回"陷情魔荒山坏丹鼎　感幽怨幻境泣冰弦"。《红楼真梦》凡64回，连载于民国二十八年至二十九年《中和月刊》。又有民国二十九年家铅印本，辽宁省图书馆藏，扉页作者自题书名署"孑厂"，印纹"水东花隐"，背面有"庚辰（1940）长夏雪苹校印"，卷首有许璐序、自序，自序署"云淙花隐"。这部小说接《红楼梦》一百二十回续起，分太虚幻境和人间贾府两条线叙事：太虚幻境是贾宝玉拜别父亲贾政后，跟随茫茫大士和渺渺真人来至大荒山无稽崖洞府，与早至的柳湘莲一同修道，道成心遂，来至太虚幻境，住进赤霞宫。黛玉死后回到太虚幻境，住在绛珠宫，同秦可卿、元妃、迎春及晴雯、金钏、香菱、鸳鸯、尤二姐、尤三姐、司琪等一众亡故的群钗会聚在太虚幻境，贾母、凤姐也归入太虚幻境。宝玉和黛玉成婚，并双双参加九天高处的含元殿集试，得玉帝赏识；人间贾府，经济渐渐复苏，贾珍、贾蓉、贾琏等纷纷入仕。天上人间，贾府上下各得其所，既富且贵，以贾府阖家齐聚太虚真境大团圆为结。小说第七回，黛玉弹琴，警幻仙子评论。赋文以黑体字显示。

【正文】

黛玉送至庭外，见月色如银，对着那几颗古松，盘桓了一会。心想："古来高人逸士，都爱松树，原来一棵都有一棵的姿态，越是疏瘦，越有画意。又听得松梢上一阵风过，发出涛声，真像在江船上听那风涛澎湃！不知古人怎么捉摸出来的？等到大家睡下，他歪在锦枕上又谱了琴曲四章，取名曰《松风操》。……那琴曲是：

临清宇之窈窕兮，素月如流；感年芳之易逝兮，触我离忧。堂下有松兮，风舞苍虬。怀彼君子兮，匪春非秋！

弹到处处，琴声稍歇。警幻道："这头一段是表明大意的，弹得何其安雅。"少时，琴声又作，听他弹的是：

云曨曨兮清夜寒；步瑶阶兮霜蕙残。虽有琼瑶兮岂若故纳？瞻望徘徊兮心自叹！

警幻道："这是第二段了。他近来尘虑渐清，何以又有此幽怨？"迎春道："这都是我们来了，谈起旧事，引出来的。前儿还做了一首《落花行》呢！"又听弹的第三段，是：

搴桂为旗兮，纫蕙为缨；孤性不改兮，悯兹众芳。涛倏下兮，苍茫；长风飒纚兮，状余怀之永伤！

警幻叹道："潇湘妃子所感深矣！好在怨而不怒，哀而不伤，可见他近日养心之效。咱们且听结段如何？"又听是：

遥空浩浩兮凉籁沉；寒碧濛濛兮珠馆深。衷肠耿耿兮寄我清琴！山复山兮念我知音！

清虚殿记

【题解】此赋出自《红楼真梦》第二十三回"长安宫同日拜丹纶　清虚殿双飞簪彩笔"。此回写宝玉与黛玉夫妇同参加玉帝的含元殿殿试，同作《清虚殿记》，试卷由玉帝亲自批阅，最终宝、黛二人和佩兰中选，宝玉授为碧落侍郎司文院待制，黛玉授为绛珠宫真妃，而款接宝玉的都是：才辩纵横的是班、扬、枚、马，丰神潇洒的是庾、鲍、沈、谢，又有王、杨、李、杜、韩、柳、欧、苏，还有同姓的贾谊，皆是赋家。宝玉的这篇《清虚殿记》亦是一篇赋体文。

【正文】

冲乎廓乎，大圜之运也；漠乎闵乎，大昭之神也。宅一元于太虚，总六极以成始。隆施无际，至微不名。溯赤明之斡造，是握道枢；冒黄灵以苞涵，用宣物化。盖惟清靡翳，洞乎雾霭之微；亦惟虚乃神，周乎窈冥之表。九鸿所括，宗于一尊；八极之维，斯为上质。玉衡穆穆，出阳衍生气之源；珠斗辉辉，居显肇文明之祖。是则建紫宫以临下，象甑盖荃；规青宇以致崇，绩乎旭卉。诚百神之景城，上昊之元观也。

若乃三阶既平，九累重拓。揆乾灵之正位，垂泰紫之茂型。承虹接纬之观，抗辉东曲；揆日考星之制，俪景中宵。玉砌金铺，神光表瑞；电窗云栋，赫象昭模。合万宇以监观，廓乎无外；浑四游以布矩，炳矣至元。固宜取则极枢，示规诋荡。仰穹隆而俯旁泊，纳气象而出神明。汇众有于玉台，积精集丽；著五常于丹地，受道敛华。十香芬郁而朝薰，五音鞞訇而昼绕。曳红扬翠，讵妨宸路之严；霞彩流金，亦表天闾之壮。

然而熙熙旷旷者，苍縡之所隆也；渺渺芒芒者，紫皇之所苾也。致简致刚，则凝德于清粹；无容无则，乃导化于虚灵。云波不滓于青衢，阳华胥涵于藻府。大哉万物之郭，节厥章光；澄乎大圜之渊，资其蚓矩。霞埔九色，深浅成文；火藻六层，是非疑幻。总众枝于一本，觇百派之真源。揭诸璇榜，与桂府而齐辉；惟此金题，若嵩宫之恒拱。珠巾玉案，就瞻即霄度之台；员井方渊，才能胜输寥之馆。玉也虚参丹诀，及拜彤晖，仰止霄穹，抱惭流壤。顾昈九天之上，叨许抠衣；趋呛五佐之间，谬承授简。范懿文于大赤，形以无形；阐冲蕴于正青，极乎太极。附题字于烟霄之列，拟上梁于月殿之文。张弓取喻，知有涤瑕荡垢之期；炼璞输功，徒托说有谈空之目。不辞佝陋，辄效掞揄。颂曰：

恢恢乾德，如矩如轮。无为而胜，立极惟真。旋枢斡纽，道在天人。孰云倚杵，视此嶙岣。浩浩怀襄，匪天斯纵。庶萌云浦，闵嘿滋痛。懿纲不颓，实系德栋。庶几重闻，一廓氛雺。清以铲垢，虚以循机。票障宙合，灵光巍危陶甄万汇，复睹雍熙。无分无际，元漠与期。紫场亭亭，丹廷肃肃。穿运星回，神威霆伏。含清为锋，抱虚为鹄。玉棱璧门，俯临万族。尊纡霓彩，宇照霜文。圆青缥缈，太素氤氲。上灵允穆，浑元不纷。亿万斯载，神化所根。

【会评】

小说《红楼真梦》评曰："他们二人平日都写的是钟王小楷，那文章也做得堂皇典丽，真是行行锦绣，字字珠玑。"

南巡赋

【题解】此赋有目无文，出自郭则沄撰《红楼真梦》第四十八回"镜漪园泛舟从御赏　栊翠庵草表却恩纶"。贾兰随驾同游镜漪园，在月地云居殿的东壁看见"先朝尚书沈文昭"所作《南巡赋》。

【赋本事】

圣驾进殿升坐，又传旨赐诸臣坐，又指东西两壁字画，命他们瞻览。东壁是先朝尚书沈文昭写的《南巡赋》，贾兰等从头略看一遍，奏道："前辈书法，工美中别见拙厚，犹见盛世矩矱之遗。"皇上降旨道："先朝屡次南巡，都为的治河勤民，亲临勘度。所至蠲租免赋，又严诏不许扰累民间。究竟万乘巡行，岂能一无烦费？圣心颇以为悔。上年淮河决口，朕也想亲去看看，念及民生凋敝，正该休养生息，因此就搁下了。"贾兰等奏道："皇上视民如伤，无微不至，真是社稷苍生之福。"

宝钗琴操

【题解】此赋出自清郭则沄撰《红楼真梦》第五十回"凌缥缈神瑛驾鹏舟　报绸缪宝钗调凤轸"，宝钗操琴弹唱，共有四叠，并有黛玉与宝玉品评。赋文采用黑体字。

【正文】
　　宝钗推托不掉，只可就案试抚。他是弹惯了的，虽然搁下多时，到底与生手不同。渐渐弦和指协，黛玉细听，他弹的是：
　　山遥遥兮海水深，美人天末兮思同心。感所思兮何许？佩幽兰兮盟素襟。
　　歇了一会又弹道：
　　望太虚兮为乡，驾飞鸾兮从子翔。之子所居兮云阿桂堂，银河渺渺兮风露凉。
　　黛玉一面听着，悄悄的说与宝玉。宝玉字字领略，微笑道："这第二叠意味更深，'太虚为乡'不就指的咱们这里么？我虽不大懂琴理，也觉得他做得好。"黛玉道："别尽着说话，且听他怎么接的。"一会儿又弹道：

昔之遇兮何郁骚，今之遇兮心陶陶。惠而好我兮招我由敖，情耿耿兮天月高！

宝玉听黛玉说了，笑道："这词意分明指的是你，就看出你们俩的情分了。"黛玉道："这里头也有你呢。"宝玉道："我听着真有趣。就是骂我，我也爱听。"黛玉微笑道："你这话就是外行，琴曲里那有骂人的？"又听他弹道：

生生死死兮双缠绵，天上人间兮永相怜。永相怜兮共怀抱，寸衷如环千万绕！

黛玉听完了，忙向宝钗道："此情相喻，惟我两人。等我闲了，也谱一曲奉酬，以志永好。"宝钗站起来说道："这是前儿晚上独坐无聊随意自写的，今儿还是头一次试弹呢。"

黛玉同心琴操

【题解】此赋出自清郭则沄撰《红楼真梦》第五十七回"司文郎学谙琴上字　乘槎客归赋画中游"。一日，宝玉与钗、黛闲谈，宝钗要看黛玉填的琴谱，黛玉拿出来与宝玉、宝钗一同欣赏，谱的正文就是《同心琴操》，有宝玉、宝钗的品评。赋文采用黑体字。

【正文】
宝玉看那谱中正文，是黛玉新填的《同心琴操》。那琴操是：
搴芳丛之旖旎兮，佩以同心；倚光风而独伫兮，若溯离襟。凤

盟靡渝兮，山远湘深，怀彼美人兮，匪今斯芬！

香披披兮冰轸横，梦迢迢兮窗月明。微子华予兮孰觊幽，磐寸肠如回兮恻旧情！

宝玉看到此，笑道："他那天晚上，睡到床上还哼哼唧唧的，又像念词，又像唱曲，敢则就念得是这个！"黛玉笑道："上回见了姐姐的新曲，就想和的，一直没有工夫。前儿在家里见着姐姐，才又想起来，勉强凑成了，到底不大熨贴。"宝钗道："这两段就好，一往深情都写出来了。"

……这里宝玉和宝钗接续着看那琴操，是：

维江有蒹兮维泽有荪，芳郁为性兮静言相敦，风露下兮氤氲，葳蕤在抱兮若予怀之靡谖。

霓裳冉冉兮秋镜寒，迟暮相怜兮永素欢。都房缱绻兮一唱再弹，弹复弹兮惹袖汍澜！

宝玉道："怎么末段又发此伤感？"宝钗道："言为心声，这也是不期而然的。妹妹，你近来的琴学比我又深了。"黛玉道："那里说得到'琴学'，不过我闲着没事时常弄着玩，姐姐事情忙就生疏了。"

画中游赋
以"诗中有画画中有诗"为韵

【题解】此赋有目无文，出自清郭则沄撰《红楼真梦》第五十七回"司文郎学谙琴上字　乘槎客归赋画中游"。贾蕙从越裳册封事竣，由海程进京复命，皇帝考核词臣，钦命赋题《画中游赋》，以"诗中有画、画中有诗"为韵。赋题出处：画中游，颐和园楼阁名，位于万寿山前西部，登阁眺望湖光山色，犹如置身画中。相传乾隆梦中见一老者持一画轴来观，画中楼台亭阁美妙绝伦，老者邀乾隆去画中一游，乾隆吟诗云："金山竹影几千秋，云锁高飞水自流。万里长江飘玉带，一轮明月滚金球。远至湖北三千里，近到江南十六州。美景一时观不尽，天缘有份画中游。"乾隆据梦中所见设计"画中游"。

【赋本事】

不料考差未到，皇上因考核词臣，先下了一道大考的旨意。贾政贾兰因贾蕙远道初归，精神未复，这半年又不免荒废，都很替他担心。那天钦命赋题是《画中游赋》，以诗中有画、画中有诗为韵。诗题是《五音司日》，得音字七言八韵。贾蕙素来敏捷，只交申末酉初便已交卷出常回到家中，贾政要那稿子来看，一赋一诗都不背题旨，也还做得清新藻丽。

【会评】

小说第五十七回："只赋中'巘'字写作'颜'字，是贴体，要算小小毛病。贾蕙功名心重，究竟放心不下。"

小说第五十八回："原来此次试题，出的是《画中游赋》，以诗中有画、画中有诗为韵。场中应考翰詹都不知此题出处，只从韵脚揣摩，按着王右丞做去，全做错了。贾蕙便宜的是世家子弟，平时听贾兰说过，御园中有一处坐落，在半山腰里，楼阁玲珑、风景如画，题名叫做'画中游'，因此独得题旨。……阅卷大臣见那卷题旨不差，写作又十分精美，本拟列在第一，只因有破体小疵，改列一等第四进呈。皇上亲加披览，通场合题的只此一本，又看那诗、赋、韵和藻密，足冠全场，便拔置一等第一，其余统列二三等。还有老翰林精力不及，列在四等，因此降官的。当下即降旨，将贾蕙升授翰林院侍读学士。"

新石头记赋

【题解】此赋出自清吴沃尧著《新石头记》第四十回"入梦境文明先兆　新石头演义告成"。《新石头记》共40回，光绪三十一年（1905）八月载《南方报》，后报馆关闭而未连载完。光绪三十四年改良小说印行"说部丛书"单行本。这部小说接续《红楼梦》一百二十回，写贾宝玉出考场后被送回大荒山青埂峰下结茅庵苦修，历经几世几劫，来到金陵，见荣、宁两府已经不复存在，便取道上海，乘轮船经天津回北京，一路遇到焙茗、薛蟠，不涉及儿女私情，多叙晚清社会万象，描写作者想象中的理想王国。小说第四十回写宝玉将"通灵宝玉"赠送给一老少年，老少年坐在飞车上，不慎将通灵宝玉跌落车窗外，只见宝玉在下跌过程中越变越大，直跌到山凹里，形成一座山"灵台方寸山"。山中有个洞"斜月三星洞"，洞口有一块峨嵯怪石，石面是一篇绝世奇文，即《新石头记》，奇文后面是这一篇赋，亦是全书的总结之辞。

【正文】

方寸之间兮有台曰灵，方寸之形兮斜月三星。中有物兮通灵，通灵兮蕴日月之精英。戴发兮含齿，蒿目时艰兮触发其热诚。悲复悲兮世事，哀复哀兮后生。补天乏术兮岁不我与，群鼠满目兮恣其纵横。吾欲吾耳之无闻兮，吾耳其能听！吾欲吾目之无睹兮，吾目其不瞑！气郁郁而不得抒兮吾宁暗以死，付稗史兮以鸣其不平。

附 录

竹 赋

【题解】此赋出自《红楼梦》仿书之作《水石缘》第十四段。《水石缘》，清代白话长篇才子佳人小说，六卷三十段，题"稽山李春荣芳普氏编辑，云间慕空子鉴订"。李春荣，字芳普，浙江会稽人。此书成于清乾隆三十九年（1774）前，清李春荣撰，以朗砖和尚为线索，写水、石两家的姻缘。现存主要版本有：清刻本，南京图书馆藏；清乾隆三十九年经纶堂刻本，中国国家图书馆藏；自得轩刻本，中国国家图书馆藏；明德堂刻本，日本天理图书馆藏；清道光二十一年攻玉山庄刻本，日本东京大学东洋文化研究所双红堂文库藏；清光绪二十一年（1895）上海书局石印本，天津图书馆藏；1912年上海书局石印本，南京图书馆藏；1990年北京大学出版社"《红楼梦》资料丛书·仿作"薛潮点校本。本赋录自北京大学出版社点校本。小说第十四段"闻琴声隔院觑佳人 和题红投笺考诗赋"，男主人公石莲锋因路遇大风，来到绣岭，住到水家，与水家千金水盈盈隔院对门而居，盈盈出诗赋题让丫环采苹试探石生文采。待石生诗写成后,采苹旁坐默视,暗自吐舌,指题向生云:"如今要请教《竹赋》了。"生戏曰:"赋者,敷陈其事而直言之者也。胸中已有成竹,更易易耳。"随后写出一篇《竹赋》。

【正文】

睹修篁兮葱郁,喜翠条兮玲珑。既深根兮劲节,复圆体兮虚中。质化龙兮披雾,实待凤兮凌风。一披襟兮相对,俨高士兮余同。

若夫睢园万个,渭川千亩,淇澳青迷,兰亭绿剖。霞散彩于黔阳,火分红于鱼口;白惊慈姥之山,黑诧澄川之阜。龙孙并胤以封钱,稚子齐眉而妒母。雄雌晨徙,合欢夜偶,又何羡乎千户之封,而能忘情于此君之安否?

尔乃数竿新植,三径初开,晚风欲动,明月忽来,是宜幽客顾影徘徊;其或返景入林,寒色照水,稍笼烟薄,叶密乌止,是宜佳人翠袖暮倚;亦有涩勒蛮来,观音紫湿,两岐天亲,沙摩如揖,是宜高僧谈经对立。至若萧萧走响,冉冉垂阴,疏可容夫共奕,密不碍乎开琴。洗俗尘之三斗,发天籁之八音,黄冈之遗韵非远,柯亭之相映独深。思淇竿之翟翟,忆桓弄之愔愔,此其既适于用也,而复流连于文士之赏心。

吾闻之和靖私梅,渊明嬖菊,荆重田真莲,珍茂叔何竹也?爰汎汎兮如林,竟离离兮莫属,岂知遇之维艰,而嗜遗于余所独耶!

【会评】

小说第十四段"闻琴声隔院觑佳人　和题红投笺考诗赋"之《竹赋》后曰:"生赋毕曰:'笔兴方酣,可惜为题所限。'采苹曰:'挥洒不停,骅骝失骤,真不徒夸大口!'生曰:'喜也!喜也!本房既已取中,何愁不当提衡之意!'"

小说第十五段"妙婢灯前双遣候　纤蛾月底乍相逢"曰:"采苹入户,盈盈曰:'其来速,得毋曳白乎?'采苹曰:'怪不得他夸口,见了题目,提起笔如白波卷帅,顷刻终篇,竟同夙构。我当真点了炷香儿,还留着一二寸。'盈盈在灯下从头看毕,喜曰:'诗同谢朓之清,赋敌相如之丽,真仙才也!'采苹曰:'自古才人未必子都,美士难同曹植。不知怎样爷娘,生得这般全美。'盈盈反复吟咏,赞不绝口。"

第三章

沈谦《红楼梦赋》汇校集注会评

整理说明

　　首先，版本的选择。《红楼梦赋》作于嘉庆十四年，首次刊刻于道光二年，流传甚广，版本较多，本次校对以道光二年留香书塾刻本（浙江省图书馆藏，简称"留香书塾本"）为底本，参校以道光二年绿香红影书巢刻本（哈佛大学燕京学社图书馆藏，简称"绿香红影书巢本"）、道光二十六年眠琴书屋刻本（安徽师范大学图书馆有藏，简称"眠琴书屋本"）、道光二十六年何书丹重刻本（复旦大学图书馆有藏，简称"何书丹本"）、道光二十六年包圭山笺注《注释红楼梦赋》刻本（杭州市图书馆藏，简称"包圭山笺注本"）、咸丰二年芍药山庄刻本（日本东京大学东洋文化研究所藏，简称"芍药山庄本"）、同治十二年盛昱抄写彩绘"红楼梦赋图册"本（爱尔兰 Chester Beatty 博物馆藏，简称"盛昱抄绘本"）、光绪二年何镛刻本（宁波天一阁博物馆藏，简称"何镛本"）、光绪二年《红楼梦评赞》附刻本（牛津大学图书馆藏，简称"《评赞》附刻本"）、光绪五年春月羊城翰苑楼刻本（南京图书馆藏，简称"羊城翰苑楼本"）、浙江省图书馆抄本（简称"浙图抄本"）、杭州图书馆藏抄本（简称"杭图抄本"）、开封市图书馆藏抄本（简称"开封市图抄本")、北京大学图书馆藏余姚冯氏萍实庵抄本（简称"冯氏抄本"）、道光三十年吴江爰氏蝶园乌丝栏抄本题名"红楼梦赋草"（中国国家图书馆藏，简称"爰氏抄本"）、光绪九年（1883）云石山人手抄本（简称"云石山人手抄本"）、黄钵隐编《红学丛钞》本（简称"《红学丛钞》本"）等。

其次，本章顺序为先列出沈谦《红楼梦赋》题目，然后作总解题、总会评。总解题交代沈谦生平事迹和《红楼梦赋》总体内容，总会评汇集评论家对《红楼梦赋》的整体批评语。次列沈谦《自序》、目录、正文。最后附录任廷旸《红楼梦赋草序》、吴江爰子庚元迪州甫《识语》、何镛《红楼梦赋叙》、沈谦《金陵十二钗诗》（有序）。

最后，底本中的加圈语句，改用加着重号"·"显示。镇江包圭山笺注《红楼梦赋》，列在"会评"之后。正文中夹批、侧批、眉批，在相应位置以比正文小一号的楷体字标出；尾评置于篇末。又浙图藏留香书塾刻本中有后加的无名氏手迹墨笔夹批七处，朱笔夹批一处，一并置于正文中，以"墨笔""朱笔"标示。又何书丹本增加有侧批，亦并入正文中。

沈谦《红楼梦赋》

【总解题】 沈谦(1783—1832),字青士,后改名锡庚,祖籍浙江萧山,后入籍顺天府。嘉庆十三年举顺天乡试。据光绪十九年《萧山长巷沈氏宗谱》载,沈谦"嘉庆戊辰恩科举人,拣选知县,考取国子监学正,钦派仓场监督,俸满截取同知。敕授文林郎、晋封中议大夫。著有古今体诗、骈体文待刊"。又据《金陵十二钗诗》李炳奎识语知:沈谦除著有《金陵十二钗诗》《红楼梦赋》外,还"著有《留香书塾骈体试帖》《易义讲余》及《古今体诗》诸集"。《红楼梦赋》二十篇,依次是《贾宝玉梦游太虚境赋》《滴翠亭扑蝶赋》《葬花赋》《海棠结社赋》《拢〔栊〕翠庵品茶赋》《秋夜制风雨词赋》《芦雪亭赏雪赋》《雪里折红梅赋》《病补孔雀裘赋》《邢岫烟典衣赋》《醉眠芍药茵赋》《怡红院开夜宴赋》《见土物思乡赋》《中秋夜品笛桂花阴赋》《凹晶馆月夜联句赋》《四美钓鱼赋》《潇湘馆听琴赋》《焚稿断痴情赋》《月夜感幽魂赋》《稻香村课子赋》,以律赋题咏《红楼梦》情节,以赋体重写整部小说。

【总会评】

何镛《瑶玎山房红楼梦词自序》:"王雪香之《评赞》,卢半溪之《竹枝词》,绿君女史之七律,愿为明镜室主人之《杂记》,无不借题发挥,情文交至。去岁又得沈青士赋廿则,为之序而刊之,而独于诗余不少概见。"(一粟编著:《红楼梦书录》[增订本],第315页)

华阳仙裔《重刊金玉缘序》:"似色似空,疑假疑真。如曹雪芹

《石头记》原编，继以沈青士《红楼梦》诸赋。"（曹雪芹、高鹗：《增评补像全图金玉缘》，北京图书馆出版社2002年版，第1卷，第17—18页）

《石头记集评》卷下："通州丁二斋大令嘉琳亦著有《红楼百美吟》五言排律五十韵，仅取美者百人，如贾母、邢、王诸人概置勿论，真如百琲明珠，七襄云锦，堪与萧山沈青士所作《红楼梦赋》三十首、俞潜山思谦集古七古一篇并传。"

西园主人《红楼梦本事诗》同治六年《自序》："盖青士之赋，妙在不即不离，蹈实于虚，而余诗则句句征实，编集全身，似觉异曲同工。"

《读红楼梦纲领》："词笔平妥而已。"（一粟编著：《红楼梦书录》，第288页）

柴小梵《梵天庐丛录》："王雪香之《评赞》，卢半溪之《竹枝词》，绿君女史之七律，冯庚堂之律赋，杨梅村之时文，封吉生之南曲，愿为明镜室主人之《杂记》，无不借题发挥，情文交至。而尤以沈青士之《赋》二十篇，为独有见地。"

吴克岐《忏玉楼丛书提要》之《红楼梦赋》提要："胎息六朝，炉冶唐宋，久已脍炙人口，无待赘言。"

序

《红楼梦赋》二十首，嘉庆己巳年作。时则孩儿绷倒，纲官贡归；退鹢不飞，缩龙谁掇。破衫如叶，枯管无花。冯骥之歌，弹有三叠；董父之布，坠欲再登。遂乃依砚为田，迁书就榻。屋梁落月,山顶望云。感友朋之萍逢,负妻子之鹤望。锺仪君子,犹操土音;庄舄鄙人,不忘乡语。荒凉徒伫,块独寡偕。悁结弥深,郁伊未释。爰假《红楼梦》阅之,以消长日。夫其莺花丛里,螺黛天边。星晚露初,晴朝雨夕。平台茗约,小院棋谈。披家庆之图,红裩锦髻;赴仙庭之会,檀板云璈。莲叶尝来,好添食谱;鹦哥唤起,都杂诗声。不料驹隙易过,萤光如烟。残花频落,僵柳难扶。子夜魂销,丁帘影寂。舞馆歌台之地,日月一瓢;脂奁粉碓之场,烟尘十斛。此又盛衰之理,古今同慨矣!于焉沁愁入纸,择雅闱题。乡写温柔,文成游戏。仿冬郎之体,伸秋士之悲;颦效西施,记同北里。浑忘绮忏,聊慰蓬栖。未尝不坦然自怡,悠然自解也。顾或谓琵琶曲苦,托恨事于赵家;蝴蝶梦酣,契寓言于庄叟。自来稗官小说,半皆佛门泡电,海市楼台,必欲铺藻摘文,寻声察影,毋乃作胶柱之鼓,契船之求也乎?况复侧艳不庄,牢愁益固。仲宣体弱,元子声雌。既唐突之可嫌,亦轻俗之见诮。窃恐侍郎试罢,未必降阶;伧父成时,适以覆瓿耳。然而枯鱼穷鸟,寓旨遥深;翠羽明珰,选词绮丽。借神仙眷属,结文字因缘。气愧凌云,原不期乎杨意;门迎倒屣,敢相赏于李谿。弄到偏弦,握余惭笔。因风屈体,难堪竹叶笑人;破梦吹香,却被梅花恼我。

　　道光壬午中秋前十日,青士沈谦自叙于京寓之留香书塾(改名锡庚)。[1]

---

[1] 何书丹本序文后,增署曰"道光丙午大庆之月后学晋熙何书丹君锡氏重镌"。云石山人手抄本序文后署曰"道光戊申中秋前一日青士沈谦自叙于京寓之留香书塾","道光二十九年大庆之月后学何书丹君锡氏重镌","光绪九年癸未嘉平月云石山人手录"。

红楼梦赋目录
萧山青士沈谦著[1]

贾宝玉梦游太虚境赋

滴翠亭扑蝶赋

葬花赋

海棠结社赋

拢〔栊〕翠庵品茶赋

秋夜制风雨词赋

芦雪亭赏雪赋

雪里折红梅赋

病补孔雀裘赋

邢岫烟典衣赋

醉眠芍药茵赋

怡红院开夜宴赋

见土物思乡赋

中秋夜品笛桂花阴赋

凹晶馆月夜联句赋

四美钓鱼赋

潇湘馆听琴赋

焚稿断痴情赋

月夜感幽魂赋

稻香村课子赋

---

[1] 何书丹本"目录"下有"晋熙杨锡璋仲圭、何书丹君锡同校"语。

贾宝玉梦游太虚境赋

【题解】此赋本事出自《红楼梦》第五回"贾宝玉神游太虚境 警幻仙曲演红楼梦"。贾宝玉在可卿房里睡觉,梦中随其神游了太虚幻境,翻阅了金陵十二钗"正册"的全部画页判词,以及"副册""又副册"的部分画页判词,随后又听了仙女们演唱的新制《红楼梦十二支曲》,警幻仙子授宝玉云雨之事,并许其妹可卿于宝玉,宝玉于梦中初试云雨。梦中次日,宝玉与可卿同游至"迷津"被夜叉海鬼拖拉,受惊而醒。小说第五回展现的是《红楼梦》安排人物、结构、情节的总体设计和构思,具有提示全书内容的重要作用,而这一回在写作上又巧妙借鉴了"七体"赋法的结构方式,以"七层渐悟"的形式启迪宝玉。此赋也是运用赋法,反过来重写小说第五回的情节,彰显出"赋—说同构"的文学现象,同时又以"发端警策"之笔开启《红楼梦赋》的鸿篇巨制。

【正文】
有缘皆幻,无色不空。风愁月恨,都是梦中。已销《红楼梦》一部全案。[1] 墨笔:老干无枝。

恨不照秦皇之镜,然温峤之犀。甘露入顶,慧水灌心。早离海苦,莫问津迷。墨笔:翻足。何须春怨秋怨,朝啼夜啼。泪弹珠落,眉锁山低。云石山人手抄本侧批:雅能烹词炼句。

则有警幻仙姑,身寄清都,职司姻箓。薄命谁怜,钟情必录。

---

[1] 云石山人手抄本批语作"开口已断结《红楼梦》一部全案"。

国号众香，峰依群玉。会饮琼浆，界分金粟。登碧落兮千重，傍红墙兮一曲。笑此地情天孽海，墨笔：抑扬尽致。岂有神仙；愿世间才子佳人，都成眷属。合令他长作人间风月司。

遂令云母屏前，入梦。水晶枕上。壳破蝉飞，写梦字警。[1]香迷蝶放。境黑仍甜[2]，云青无障[3]。炯引双光，灵开十相。琼花瑶草，翻添妩媚之容；参差宫殿彩云寒[4]。绿树红亭，别构玲珑之样。

于是手披旧册，看册。[5]目注新图。细摹诗谶，历访仙姝[6]。玉容惨澹，墨迹模糊[7]。石竟顽而不转，花未老而先瘅。慧剑凭挥，好破城中烦恼；多则是就里难言藏谶语。呆灯空对，终疑画里葫芦。

尔乃烹羊脯，与宴。剖麟脂，调赤蓙，劈斑螭。酒酿群芳，万艳同杯之胜；茶煎宿露，千红一窟之奇。本色语，天然对偶。固宜觞飞鹦鹉，厄献玻璃；神移玉阙，心醉珠帷。

况复飞琼鼓瑟，演曲。弄玉吹笙。江妃拊石，毛女弹筝。神仙本是多情种[8]。绛节记竿头之舞，霓裳流花底之声。灵香王妙想，雅奏董双成。朝云暮雨之期，行来一度；柳色春藏苏小家。红粉青娥之局，话了三生。

无何仙界难留，愿此生终老，温柔未免痴话[9]。云石山人手抄本侧批：去路。锦屏易晓。眼前好景俱空[10]，梁上余音犹绕。人生行乐只如此，

---

[1] 写梦字警，羊城翰苑楼本作"写梦字"，爱氏抄本作"写梦字警新"。
[2] 仍，云石山人手抄本作"人"。甜，羊城翰苑楼本作"酣"。
[3] 无，云石山人手抄本作"雾"。
[4] 寒，爱氏抄本作"端"。
[5] 看册，羊城翰苑楼本作"有册"。
[6] 姝，杭图抄本作"妹"。
[7] 模糊，羊城翰苑楼本作"模翖"，盛昱抄绘本、浙图抄本作"模糊"。
[8] 仙，绿香红影书巢本作"曲"。
[9] 话，爱氏抄本作"语"。
[10] 景，云石山人手抄本作"境"。

十二金钗都杳渺。不想红楼命名意,误煞少年又多少[1]。愿问天下之看《红楼梦》者。

【会评】

俞霞轩曰:"吹大法螺,击大法鼓,然大法炬,如来说法,真要唤醒一切,救度一切。"

君锡曰:"以裁云补月之手,写剪红刻翠之词。"

【包圭山笺注】

秦王镜 《西京杂记》:咸阳宫有方镜,高五尺九寸,表里有明,人直来照之,影则倒见;以手扪心而来,则见肠胃五脏,历然无硋;人有疾病在内,则掩而照之,则知病之所在。又女子有邪心,则胆张心动。秦皇常以照宫人,胆张心动者即杀之。

温峤犀 《晋书》:温峤过牛渚矶,深不可测,遂燃犀角而照之。须臾,见水族奇形异状,或乘车马、着赤衣者。峤至夜梦人谓曰:"与君幽明道别,何意相照?"意甚恶之。未几,峤卒。

群玉 李白《清平调》:若非群玉山头见,会向瑶台月下逢。

碧落 武三思《瑞鹤篇》:经随羽客步丹邱,曾逐仙人游碧落。

红墙 李商隐诗:本来银汉是红墙。元稹《连昌宫词》:李謩擪笛傍宫墙,偷得新翻数般曲。

云母屏 《西京杂记》:赵飞燕为皇后,女弟昭仪献云母屏风。李商隐《嫦娥》诗:云母屏风烛影深,长河渐落晓星沉。

水精枕 《妮古录》:蔡君谟水精枕中有桃花一枝,如新折。

蝉破壳 《格物论》:蜀中有蝉一种,未脱壳,头上有一角,如

---

[1] 煞,杭图抄本作"杀"。

花冠状，谓之"蝉花"，乃蝉在壳中不得出而化为花，自顶中出者。

琼花　曹唐《小游仙诗》：烂煮琼花劝君喫，恐君毛发变成霜。

瑶草　曹唐《仙子洞中有怀刘阮》诗：玉沙瑶草连溪碧，流水桃花满涧香。

慧剑　《金光明经》：以智慧剑，破烦恼城。

羊脯　《续齐谐记》：汉明帝时，刘晨、阮肇入山采药，溪边二女子邀至家，服饰精华，床帐帷幔，七宝缨珞，胡麻饭、山羊脯、设甘酒，行夫妇之礼。刘、阮求归，还乡。验得七代，子孙传闻上祖入山不出。二子欲还女家，不知所在。

麟脂　桓麟《七说》：三牲之切，鲤鲵之脍，美如麟脂，叠似蚋羽。

赤薤　《酉阳杂俎》：仙药有黑河蔡瑚、青津碧荻、入天赤薤、元都绮葱。

斑螭　《神仙传》：谢元卿遇仙，设食有素麟脂、斑螭髓。

玉阙　《西王母传》：所谓玉阙，暨天绿台承霄。

飞琼　《逸史》：许瀍梦到瑶台有仙女三百余，内一人云是许飞琼。《众香国维摩经》：佛土有国名众香。

弄玉　《列仙传》：萧史者，秦穆公时人也，善吹箫，能致孔雀白鹤于庭。穆公有女，字弄玉，好之。公遂以女妻焉。教弄玉作凤鸣，居数年，吹似凤声，凤凰来止其屋，公为作凤台，夫妇止其上，不数年。一旦，皆随凤凰飞去。故秦人作凤女祠于雍宫中，时有箫声而已。

江妃　《列仙传》：郑交甫常游汉江，见二女，皆丽服美妆，佩两明珠，大如鸡卵。交甫见而悦之，不知其神人也，欲下请其佩，因与之言，二女子解佩以与交甫。交甫受而怀之，既趋而去，行数十步，视怀空无珠。二女忽不见。

　　毛女　《列仙传》：毛女，字玉姜，在华阴山中，山客猎师世世见之。形体生毛，自言秦始皇宫人也，秦亡，流亡入山，道士教食松叶，遂不饥寒，身轻如此，至西汉时已百七十余年矣。

　　绛节舞　《潜确类书》：唐明皇时，教坊有王大娘，善戴竿舞，头戴长竿施木山，状如瀛洲方丈，令小儿持绛节立其上而舞。

　　霓裳　李玫《异闻录》：明皇游月中，见素娥十余人，皓衣，乘白鸾，舞桂树下，乐音清丽。明皇归，编律制《霓裳羽衣曲》。

　　王妙想　《集仙录》：王妙想，苍梧女道士也。辟谷服气，住黄庭观边之水傍。朝谒精诚，想念丹府，岁余，忽有音乐，遥在半空，虚徐不下，稍久散去。又岁余，忽有灵香郁烈，祥云满庭，天乐之音，震动林壑，光烛坛殿，空中作金碧之色，千乘万骑，悬空而下，有一羽衣宝冠，佩剑升殿而坐，群仙拥从妙想。大仙谓之曰："吾乃帝舜耳。"因教以修道之要，授《道德》二经及驻景灵丸，后妙想白日升天。

　　董双成　《汉武内传》：坐上酒觞数遍，王母乃命诸侍女王子登弹八琅之璈，又命侍女董双成吹云和之笙，许飞琼鼓震灵之簧。曹唐《小游仙》诗：笑擎云液紫瑶觥，共试云和碧玉笙。花下偶然吹一曲，人间因识董双成。

　　朝云暮雨　宋玉《高唐赋》：昔者先王尝游高唐，怠而昼寝，梦见一妇人曰："妾在巫山之阳，高唐之阴，旦为行云，暮为行雨。朝朝暮暮，阳台之下。"

　　绕梁　《洞冥记》：汉武帝使董谒乘云霞之辇以升坛，候西王母。三更，王母至，驾玄鸾，歌《春归》乐。歌声绕梁三日，草树枝叶皆动。

滴翠亭扑蝶赋

【题解】本事出自《红楼梦》第二十七回"滴翠亭杨妃戏彩蝶 埋香冢飞燕泣残红"。此回描写四月二十六日芒种节,闺阁兴祭饯花神,众女孩在园中玩耍,那宝钗一路逶迤来至潇湘馆,想找黛玉一起来玩,看着宝玉进了潇湘馆,一怕宝玉不便,二怕黛玉猜忌,便要回来,"刚要寻别的姊妹去,忽见前面一双玉色蝴蝶,大如团扇,一上一下迎风翩跹,十分有趣。宝钗意欲扑了来玩耍,遂向袖中取出扇子来,向草地下来扑",路遇蝴蝶,只见那一双蝴蝶穿花度柳,引得宝钗蹑手蹑脚,一直跟到池中滴翠亭上,香汗淋漓,娇喘细细。此赋通过对宝钗的性格刻画及行动描绘,生动逼真地再现了小说中宝钗扑蝶的场景,为我们展现了一幅美妙的丽人图。

【正文】

杨柳阴中春色稀,向春风解释春愁。[1]饯春今日送春归。惟有痴情蝶不知,双双犹傍花间飞。

昔之韩凭夫妇,谢逸诗篇。藤峡一枝之翠,云峰五色之烟。轻盈善舞,缥渺俱仙。墙高粉落,帘细须穿。字字如珠。[2]莫不罗扇暗拂,彩衣频牵。认尔前生,鹤子花头之叶;添谁好样,宫人鬓上之钿。粉板花衣胜剪裁。

---

[1] 向,云石山人手抄本作"借"。风,爱氏抄本作"中"。

[2] 字字如珠,云石山人手抄本作"字字有味"。

爰有淑女，小名宝钗。香闺旧伴，错落入古[1]。有约忘怀。欲访不果，相思无涯。寻春玉槛，转步苔阶。飞絮和烟光欲活，春去苦多时[2]。落花与云影俱埋。青描螺子黛，绿衬凤头鞋。

则见栩栩玉腰[3]，此从对面着笔，以起欲扑之意。[4]翩翩粉翅。顾影自怜，侧身偏媚。何书丹本侧批：工于体物。饱呷额红，斜撩眉翠。穿香径而仍回，拂锦茵而若坠。君何轻薄，梦迷庄叟之痴；侬也颠狂，一点幽情动早[5]。会结唐宫之戏。

遂乃绕雕甍，穿绣阁，卷珠帏[6]，披晶箔[7]。袖短罗香，千般嬝娜，万般旖旎。何书丹本侧批：俯拾即是，不取诸怜。鬓松云薄。势怯莺捎，魂防燕掠。云石山人手抄本侧批：妙极天开。径虽仄而草肥，心未惼而腕弱。路转峰回之处，架掩荼蘼；水流花谢之时，栏遮芍药。

雁齿桥横，此从扑后着想。鱼鳞浪隔。香汗淋淋，春波脉脉。杏子衫轻，桃花扇窄。绿树阴浓，苍苔路僻。空盼仙衣，徒敲粉拍。步不稳兮难支，脸不羞兮亦赤[8]。我见犹怜[9]。相逢遗帕之人，去路。遁去窃香之客。结穴。

歌曰："南园草绿任飞回，定在山隈与水隈。空阔胸襟侬本色，梦魂不唱祝英台。"又曰："滴翠亭边四望空，花枝冉冉隐墙东。春风无意透消息，惊煞推窗林小红。"

---

[1] 古，何书丹本作"微"，羊城翰苑楼本作"占"。
[2] 苦，何书丹本作"几"。
[3] 玉，何书丹本作"折"。
[4] 欲扑，爰氏抄本作"下章"。
[5] 动早，浙图抄本作"早动"。
[6] 帏，盛昱抄绘本作"帘"。
[7] 箔，盛昱抄绘本作"珀"。
[8] 不，云石山人手抄本作"非"。
[9] 我，爰氏抄本作"吾"。

【会评】

周文泉曰:"翩旋轩虚,飏曳粉拂,索纸剪来,未必有此栩栩欲活。"

君锡曰:"雅致翩翩,质之韩凭、庄叟,应亦首肯。"

【包圭山笺注】

韩凭 《寰宇记》:宋大夫韩凭娶妻美,宋康王夺之。凭怨王,自杀。妻阴腐其衣,与王登台,自投台下,左右揽之,着手化为蝴蝶。李商隐《青陵台》诗:"莫夸韩凭为蛱蝶,等闲飞上别枝花。"

谢逸 《诗话》:谢逸有蝶诗三百首,极佳,时呼为谢蝴蝶。

藤峡 《北户录》:段公路南行,历悬藤峡,见一木五彩,初谓丹青之树,命仆采一枝,尚缀软蝶二十余个。有翠绀缕者、金眼者、紫丁香眼者、紫斑眼者、黑花者、黄白者、绯脉者、大如蝙蝠小如榆荚者。因登峰视,乃知木叶化焉。

鹤子花 《北窗录》:岭表有鹤子草,花蔓上春生双虫,食叶,收入粉奁,以叶饲之,老则蜕而为蝶,赤黄色,女子收佩之,令人爱悦,号为媚蝶。

宫人 《杜阳杂编》:穆宗时,殿前牡丹盛开,有黄白蛱蝶万数,飞集花间,宫人竞以罗巾扑之,无有获者。上令张网,遂得数百。迟明视之,皆金玉也。其状工巧无比,内人争用绛缕绊其脚以为首饰,夜则光起妆奁中。其后开宝厨视,金钱玉屑之内有蠕蠕者,有将化为蝶者。

螺子黛 唐冯贽《南部烟花记》:炀帝宫中争画长眉,司宫吏日给螺子黛五斛,出波斯国。

玉腰 《清异录》:温筠尝得一句曰"密宫金翼使",遍于知识,无人可属。久之,自联其下曰"花贼玉腰收"。

粉翅　李商隐《蝶》诗:孤蝶小徘徊,翩翩粉翅开。

轻薄　卢同《客答蛱蝶》诗:君是轻薄子,莫窥君子肠。

庄叟　《庄子》:昔者,庄周梦为蝴蝶,栩栩然蝴蝶也。自喻适志与?不知周也。俄而觉,则蘧蘧然周也。不知周之梦为蝴蝶与?蝴蝶之梦为周与?周与蝴蝶则必有分矣。此之谓物化。

唐宫　《开元遗事》:明皇春宴宫中,使妃嫔各插艳花,帝亲捉粉蝶放之,随蝶所至幸之,谓之蝶幸。后杨妃专宠,不复作此戏。

莺捎　杜甫诗:花妥莺捎蝶,溪喧獭趁鱼。

雁齿　白居易诗:鸭头新绿水,雁齿小红桥。

杏子衫　晋《杂曲歌辞》:西洲单衫杏子红。

绿树阴浓　高骈《山居夏日》诗:绿树阴浓夏日长。

仙衣　《岭南杂记·罗浮记》载:仙蝶为仙人彩衣所化,大如盘而五色。人得其茧,蝶亦化去,数日即有一蝶自来引之而去,虽数千里外藏之箱箧,亦能化去也。

窃香　司空图诗:傅粉何郎全缟素,窃香韩寿自轻狂。

南园草绿　张景阳诗:蝴蝶飞南园。李白诗:南园草绿飞蝴蝶。

葬花赋

【题解】此赋本事出自《红楼梦》第二十七回"滴翠亭杨妃戏彩蝶　埋香冢飞燕泣残红"。此回写黛玉访宝玉吃了闭门羹,又眼看着宝玉送宝钗出来,产生误会而独自悲泣。至次日,又恰遇饯花之期,众姐妹在花园内玩耍,唯独黛玉却因满地落花,勾起无限伤春愁思，因把那些残花落瓣去掩埋。这是黛玉第二次葬花，她以落花自况，伤感地苦吟了那首《葬花吟》，借葬花抒发自己对命运的哀叹。沈谦由诗而赋，重写葬花情节，借黛玉葬花之举渲染伤感氛围，表达对黛玉前途命运的忧虑与绝望之情，并寄寓作者自己内心的孤独落寞之感。

【正文】

春雨春风，此际愁多少。梦醒楼中。凭栏小立[1]，满地残红。莫不芳心若醉，痴想俱空。依徊亭榭，惆怅帘栊。

颦卿乃翻花谱，曳花裾，随花担，荷花锄。蔷薇露下，杨柳风初。愁谁似我，恨却关渠[2]。柔情脉脉，孤影蓬蓬。红雨春归之后，绿阴午倦之余。

与其影落芳尘，怎忍见风雨摧残、断送天涯。声随流水。幻类萍踪，香粘屐齿。高飞滴翠亭边，低逐怡红院里。何如贮以金囊，筑为玉垒。黄土云封，白杨烟起。美人句妙，断肠枉泣红颜命。都谙鹦鹉之啼；公子情痴，定撰芙蓉之诔。何书丹本侧批：好句，不可多得。

艳骨长埋，何书丹本侧批：不堪回首。愁肠空绕。墓拜王嫱，坟邻苏小。鸳鸯冢成，酴醾事了。眼迷阶畔之苔，声断枝头之鸟。倩徐生而写影，胸有慧珠。红瘦绿肥；仿屈子以招魂，月残风晓。

徒令梅兄失侣，菊婢垂头。蝶媒抱恨，蜂使含愁。荒凉三径，似这般都付与断井颓垣。冷落一抔。草虽生而不宿，何书丹本侧批：六朝名句。叶先病而如秋。落日杜鹃，长啼血泪；何书丹本侧批：何忍再

---

[1] 栏，羊城翰苑楼本作"阑"。
[2] 却，云石山人手抄本作"怯"。

读。[1] 空梁燕子，徒吊画楼。

吁嗟乎，葬花即葬颦卿，一往情深，不忍卒读。柳絮填词之日，海棠结社之年。生涯诗酒，风致神仙。而乃洒相思之泪，完太虚之缘。波皆有恨，何书丹本侧批：可贮锦囊。月不常圆。芳情缭绕，苦味缠绵。花容判雨，怪煞鹦哥不住向人提。[2] 花骨埋烟。茜窗露冷，湘馆云眠。人生到此，能不凄然。何书丹本侧批：古色古香。

诗曰：剩粉零香亦可怜，焚巾难补有情天。不知三尺孤坟影，葬得姑苏何处边。

【会评】

陈石卿曰："红颜一春树，流年一掷梭，如闻蓝采和《踏踏歌》。"

君锡曰："婉转凄凉，令人一击一叹。"

海棠结社赋

【题解】此赋本事出自《红楼梦》第三十七回"秋爽斋偶结海棠社 蘅芜苑夜拟菊花题"。由探春倡议，宝玉和众姐妹响应，在大观园里创建诗社。适值贾芸送来海棠花两盆，遂起名"海棠社"。李纨自荐掌坛，自号稻香老农。众人纷纷自起别号，探春号秋爽居士、蕉下客，黛玉号潇湘妃子，薛宝钗号蘅芜君，宝玉号富贵闲人，绛洞花主。次咏海棠：李纨出题，题目是各作《咏白海棠》七律一首，宝钗以"含蓄浑厚"夺冠，黛玉以"风流别致"居次。再

---

[1] 何忍，云石山人手抄本作"不忍"。
[2] 煞，杭图抄本作"杀"。提，爰氏抄本、杭图抄本作"啼"。

第三章 沈谦《红楼梦赋》汇校集注会评

咏菊花和螃蟹：宝钗邀湘云到蘅芜苑安歇，给湘云出主意请老太太吃螃蟹赏桂花，二人夜拟菊花题十二个。大观园呈现出一片诗意盎然的世界。此赋描绘这个女儿国的诗社活动，写出了大观园女儿们的卓越才情和无限生机，展示出贾府盛时的光景。

【正文】

我闻衔土避燕，导源社字，大珠小珠落玉盘。烧钱噪鸦。王子评镜，墨笔：如入宝山。鲁公斗茶。陶令招饮，白傅放衙。枌榆路古，桑柘阴斜。晚风杨叶，清月莲花。寻洛下之衣冠，图留僧舍；题雪溪之名字，歌起渔家。

则有刘家小妹，行列第三。荔枝虽侧，亦甫峭亦的切。[1] 杏花太憨。寄闲情于笔墨，穷真趣于林岚。槛下低徊，在幽闺自怜。清光夜惜；墨笔：为结社作势。斋中寂寞[2]，爽气秋含。留八月之余春，屋当金贮；送一函之小启，词拟珠谈。会有香山之胜，酒有玉井之甜。

夺锦裁诗，把幽怀同散。扫花拥帚。斜卷晴帘，洞开妆蠲。韵随钵成，心为囊呕。觉风雅之淋漓，喜精神之抖擞。甜惊入梦之香[3]，妙借生春之手。莫呼姊妹，雅人雅态。赠别号于诗翁；惯慕神仙，拾余芳于名友。

渺渺秋光，开徧海棠[4]。种分西府，是秋海棠。植向南墙。宜和梨酒，好聘梅妆。淡抹半帘之月，是秋白海棠。[5] 寒期五夜之霜[6]。

---

[1] 亦甫峭亦的切，爱氏抄本作"峻峭的切"，何书丹本作"亦奇峭，亦的切"。

[2] 寞，杭图抄本作"莫"。

[3] 甜，羊城翰苑楼本作"酣"。

[4] 徧，羊城翰苑楼本作"偏"。开徧，云石山人手抄本作"徧开"。

[5] 是秋白海棠，羊城翰苑楼本作"是秋海棠"。

[6] 期，杭图抄本作"欺"。

结一巢而堪卧，入三径而非荒。此日题词，拟借书生之柱；当年洒泪，空回思妇之肠。

倩绣阁之佳人，作骚坛之盟主。逸同竹林，名联兰谱。胜揽芳园，句传乐府。花有价而能评，茧无丝而不吐。遂令杨柳平堤，拓开一层，笔可扛鼎。鸳鸯别浦。销夏深湾[1]，藏春小坞。莫不十样笺题，一枝笔补。凭分甲乙之公，讵惜推敲之苦。律兼收乎叠韵双声，期不爽乎五风十雨。

所以时逢落帽，节届湔裙。华筵酒半，小窗睡余。柳絮新填之日，桃花再建之初。赋江梅于梵院，吟篱菊于吾庐。纵教春卉秋蒲，关锁谨严[2]。别开结构；为数黄心绿叶，墨笔：神龙掉尾。实记权舆[3]。

【会评】

徐稚兰曰："女秀才，女博士，众篇并作，采丽益新，洵极一时园亭之胜。而清思健笔，写得逼真。"

君锡曰："有句皆工，无词不丽。"

【包圭山笺注】

烧钱　范成大诗：社下烧钱鼓似雷，日斜扶得醉人回。青枝满地花狼藉，知是儿孙斗草来。

陶令　《高僧传》：晋义熙间，法师慧远居庐山东林寺，与刘遗民等十八贤同修净土寺，中有白莲池，因号莲社。以书招陶渊明，渊明曰："若许饮酒，即往。"师许之，遂造焉。既而无酒，陶攒眉

---

[1] 销，云石山人手抄本作"消"。

[2] 谨严，云石山人手抄本作"严谨"。

[3] 权舆，云石山人手抄本作"权衡"。

而去。谢灵运求入社,远师谓其心杂,止之。故有诗云:"陶令醉多招不得,谢公心乱去还来。"

白傅 《唐书》:白居易晚节惑于浮屠,经月不食荤,及致仕,与香山僧如满结香火社,每肩舆往来,白衣鸠杖,自称香山居士。白居易诗:暖阁谋宵宴,寒庭放晚衙。

枌榆 《西京杂记》:高帝少时常祭枌榆之社,后徙新丰,并移旧社,鸡犬皆识故主。

桑柘 张蠙诗:桑柘影斜春社散,家家扶得醉人归。

清月 皮日休《新秋即事》诗:凉后每谋清月社。

莲花 《莲社高贤传》:远公居庐山东林寺,凿池植白莲花,与陶靖节、谢灵运等十八人同修净土,号为白莲社。潘从哲《海棠》诗:孤根自结白莲社,媚姿不贮黄金屋。

雪溪 《唐书》:张志和,字子同,号元真子,居江湖,自称烟波钓徒,浮家泛宅,往来苕雪间,作《渔歌》以志乐。肃宗时,赐奴婢二人,元真配为夫妇,名奴曰"渔童",婢曰"樵青",奴捧钓收纶,芦中鼓枻,婢苏兰薪桂,竹里烹茶。陆游诗:深林闻社鼓,落日照渔家。

刘家小妹 《南史》:刘孝绰三妹并有才学,第三妹适徐悱,文光清拔,所谓刘家三娘也。悱卒,妻为祭文,词甚哀切,悱父勉欲为哀词,见此文乃阁笔。

八月春 《群芳谱》:秋海棠,一名八月春,有二种:叶下有红根者为常品,绿根者更有佳趣。

金屋贮 王偶称〔禹偁〕《诗话》:石崇见海棠叹曰:"汝若能香,当以金屋贮汝。"

夺锦 《隋唐嘉话》:武后游龙门,命群臣赋诗,先成者赐锦袍。左史东方虬先成，拜赐坐未安，宋之问诗成，文理兼美，乃夺袍赐之。

钵成　《南史》：萧文琰、邱令楷、江（洪），并以才称，竟陵王夜集赋诗，约四韵，刻烛一寸。文琰曰："何难之有？"乃与江拱〔洪〕等击铜钵，立韵响绝而诗成。

囊呕　《李贺集序》：贺未尝题然后为诗，每日一出，骑款叚马，从小奚奴背古锦囊，遇有所得，即书投囊中。暮归，足成之。其母见之曰："是儿要当呕出心肝乃已耳。"

神仙　《花谱》：以海棠为花中神仙。

名友　《阅耕录》：曾端伯以海棠为名友。

西府　《群芳谱》：海棠有四种。贴梗：丛生，花如胭脂。垂丝：柔枝长蒂，色浅红。西府：枝梗略坚，花稍红。木瓜：海棠生子如木瓜，可食。西府中有一种名紫绵者，色重、瓣多，盛于蜀，而秦中次之。

南墙　《群芳谱》：秋海棠性好阴而恶日，一见日即瘁；喜净而恶粪，宜盆栽，置南墙下。

梅妆　《金城记》：黎举尝欲以梅聘海棠，但恨不同时耳。

结巢　《绀珠集》：徐俭隐于药肆中，家植海棠，结巢其上，引客登木而饮。

题词　《冷斋夜话》：少游在黄州，饮于海桥老书生家，海棠丛开，少游醉卧宿于此。明日，题其柱曰：唤起一声人悄，衾暖梦寒窗晓，瘴雨（过），海棠开，春色又添多少。社瓮酿成微笑，半破瘫瓢共咎，觉健倒，急投床，醉乡广大人间小。东坡甚爱之。

杨柳堤　杜佺诗：杨柳依依水拍题〔堤〕，春晴茅屋燕争泥。海棠正好东风急，狼藉残红衬马蹄。堤在都县北七里。大业初开邘沟入江渠，广四十步，旁筑御道，树以杨柳。

鸳鸯浦　李商隐诗：浦冷鸳鸯去，园空蛱蝶寻。李益《长干行》：鸳鸯绿水上，翡翠锦屏中。

消夏湾　皮日休《消夏湾》诗：太湖有曲处，其间为两崖。当中数十顷，别如一天池。号（为）销夏湾，此名无所私。湾在吴县西南，相传吴王避暑处。

藏春坞　藏春坞在丹徒县清风桥，本林仁肇故宅，宋郡人刁约因筑此。《异闻录》：刁景纯挂冠而归，名流皆仰之，作藏春坞。《广舆记》：藏春坞在镇江府城内，南唐节度使林仁肇故宅也。

甲乙　《集异记》：王昌龄、高适、王焕之齐名，一日，天寒微雪，三人共诣旗亭，贳酒小饮。有梨园伶官十数人，妙妓四辈，相继登楼会宴，奢华艳冶。旋即奏乐，三人私约曰："我辈各有诗名，每不自定甲乙。可密观诸伶所讴，以诗人歌辞多者为优。"

推敲　《诗话》：贾岛初为僧，游于京师，于驴上得"鸟宿池边树，僧敲月下门"之句，始欲著推字，又欲下敲字。拣之未定，引手作推敲势。时韩愈权京兆尹，车骑方出，岛不觉冲至第三节，左右拥至尹前，具道所以，愈曰："敲字佳。"遂与并辔归，为布衣交，教之为文，令弃浮屠，举进士。

叠韵双声　《南史》：王元谟问谢庄曰："何者为双声？何者为叠韵？"答曰："元获为双声，碳碣为叠韵。"《诗话》：王融《双声》云："园蘅眩红蘤，湖荇煜黄华。"杜甫《叠韵》诗：卑枝低结子，接叶暗巢莺。白居易诗云：量大嫌甜酒，才高笑小诗。

湔裙　《玉宝典》：自元日以至晦日，悉湔裳醉酒于小湄以为度厄。梁简文帝诗：婉娩新上头，湔裙出乐游。王季友诗：湔裙移旧俗。

春卉秋蒲　韩愈诗：齐梁及陈隋，众作等蝉噪。搜春摘花卉，沿袭伤瓢盗。齐己诗：李白李贺遗机杼，散在人间不知处。闻君收在芙蓉江，日斗鲛人织秋浦。

黄心绿叶 《群芳谱》：秋海棠黄心绿叶，文似朱丝，婉媚好人，不独花也。

拢〔栊〕翠庵品茶赋

【题解】此赋本事出自《红楼梦》第四十一回"栊翠庵茶品梅花雪　怡红院劫遇母蝗虫"。此回上半段写贾母带刘姥姥到花木繁盛的栊翠庵品茶。妙玉品茶极有讲究，用成窑五彩小盖钟招待贾母喝老君眉茶，那满布毫毛的嫩芽，像银针一样，形如长眉，象征多寿。水，是旧年蠲的雨水，从天而降，加以密封，味道清淳。妙玉又私下招待宝玉、黛玉、宝钗喝茶，水是从梅花上收下来的雪，藏在鬼脸青的花瓮里，埋在地下，经过五年之久再启封食用。黛玉尝不出这种水的味道，被妙玉讥为"大俗人"，妙玉狷介如此，可又"仍将前番自己常日吃茶的那只绿玉斗来斟与宝玉"，妙龄女尼对尘世还是存有一些非分之想。此赋铺写此回上半段情节，详写妙玉制茶的精微所在，层层敷陈，最后归于水月之悟，全赋充满禅家旨趣。

【正文】

问前身于宝珞，寻觉路于金绳。鱼山梵呗，鹿女禅灯。三空竟辟，万虑俱澄[1]。座则莲花朵朵，塔则螺影层层。细草长松，扑地香

---

[1]　虑，羊城翰苑楼本作"应"。

腾,归天磬响。早结真如之谛;晨钟暮鼓,咸参最上之乘。

当其相近庄严,城开烦恼。经倩马驮,钵和云抱。锡飞则虎豹皆惊,尘断则烟霞同老。台非镜而都空,洗凡心,冰壶月朗。何书丹本侧批:唐人名句。径有花而不扫。固已缘分香火,慧证菩提;何妨渴解旗鎗,癖呼甘草。

尔乃金炉细拨,石鼎新煎。银丝缕缕,玉液涓涓。添总须乎活火,汲不赖乎深泉。听来松下之涛,党家应不识此。清风入韵;收得梅梢之雪,凡骨都仙。经分十二门,陆羽则采传旧谱;文有五千卷,卢仝则谢赋新笺。

骨碾凤团,一篇茗战,当醉真香,报君谋于地下。根蟠龙脊。小岘雨酣,春池雷坼。鹤岭膏流,鸠坑翠积。八饼素尘,一瓯灵液。云脚偏红,乳头俱碧[1]。姓则封以甘侯,名则颂以森伯。莫不味辨六班,风生两腋。烹来北苑之香,供尔西园之客。

人如菊淡,气似兰馨。尘想胥涤,醉魂渐醒。筒倾岩白,盌配瓷青。顶灌醍醐,双管齐下。合抚仙人之掌;墨笔:心花四开,意蕊八菊。香焚苍葡,疑偷大士之瓶。笑已类于拈花,真堪疗渴;顽总同于点石,不藉谈经。

况复漆盘烟护,陆鸿渐二十四具尚多疏漏。花瓮云消。灵犀堪点,斑竹谁雕。涤红螺兮九曲,悬绿玉兮一瓢[2]。篆纹题苏子之名,形分蝌蚪[3];秘府重王郎之玩,宝胜琼瑶。何必背歆铜鹤,叶卷金蕉。盌夺琉璃之彩,盃争鹦鹉之娇。

歌曰:危坐金身丈六前,修行何处脱尘缘。几声睡后煎来熟,

---

[1] 碧,盛昱抄绘本作"白"。

[2] 玉,云石山人手抄本作"菓"。

[3] 蚪,盛昱抄绘本作"斗"。

悟后语。参透观音水月禅。

【会评】

锺小珊曰:"陆鸿渐《茶经》[1]、毛文胜《茶谱》、蔡襄《试茶录》、周昉《烹茶图》,一时并集腕下。"

施鹤浦曰:"余性嗜茶。丙子南归,读书航坞山寺,尝携一炉一鍑,采日铸雪芽,汲山泉烹之,清馥隽永,虽建溪、顾渚不过也。今读此作,益令我绠短衔渴。"

君锡曰:"碧玉瓯中素涛起,黄金碾畔雪尘飞。"

杨仲圭曰:"活火清泉,直类吴人茗斗。"

【包圭山笺注】

宝珞 《光明经》:如来之身,金色微妙,其明照耀,光明炽盛,犹如数珍宝,聚任华。《陀罗尼经》序:颈边璎珞,衣中宝珠。宋本诗:宝幢璎珞瞿昙寺。

金绳 《法华经》:佛告华光,国名离垢。琉璃为地,有八交(道)。黄金为绳,以界其侧。李白诗:金绳开觉路,宝筏渡迷津。

鱼山 《合璧》:曹子建游鱼山,忽闻空中梵天之音,清响哀惋,独听良久,乃摹其节,为梵呗。按:呗,赞咏之声也。

鹿女 《珠林》:上古有二金仙,修道东西山石室间,母鹿生鹿女,形极美,金仙养之。后鹿女生佛母,因名鹿苑,乃佛成道初转法轮处也。《华严经》:为彼昏暗痴迷者,然大智灯。《释典》:释迦以灯喻法,谓能破暗也。六祖相传法,故云传灯,今有《传灯录》。

---

[1] 鸿,何镛本作"渐"。

莲座 《楞〔楞〕严经》：世尊顶放百宝，无畏光明，光中生出千叶宝莲，有佛化身，结跏趺坐，宣说神咒。

细草长松 王维诗："细草承趺坐，长松响梵音。"

真如谛 《传灯录》：马祖道一禅师曰："真如有变易，岂不闻善知识能回三毒为三昧，静戒能回六贼为六神，回烦恼作菩提，回无明为大智。若真如无变易，是外道也。"刘禹锡诗：心会真如不读经。《五灯会元》：波斯匿王问："胜义谛中有世俗谛否？"佛言："大王！汝于过去龙光佛法中曾问此义，我今无说，汝今无听。无说无听，是名为一义二义。"《心经注》：苦集灭道，是谓四谛。昭明《解义》：二谛者，一是真谛，一是俗谛。

最上乘 《传灯录》：无住，性好疏野，多泊山间。自贺兰、五台周游胜境，闻先师居贵封大慈寺，说最上乘，遂远来抠衣，参预函丈。

庄严 《法华经》：诸佛身金色，百宝庄严相。

马驮 《续文献通考》：汉明帝梦金人，以问群臣，傅毅以佛对。帝于是遣蔡愔等往天竺访佛，写攀佛经四十二章，以白马驮经，及沙门摩腾、竺法兰以还。帝令藏经兰台石室，起白马寺于雒邑西门外以处之。所得西域经，多二僧所翻译，中国有僧自此始。

虎豹惊 许浑《送灵聪上人》诗：杯浮野渡鱼龙远，锡响空山虎豹惊。

证菩提 《传灯录》：五祖弘忽大师，欲求法嗣，令寺僧各述一偈。时会下甚众，有上座神秀者，众所宗仰，于廊壁书偈曰："身是菩提树，心如明镜台。时时勤拂拭，莫使惹尘埃。"六祖慧能时为行者，在碓坊杵臼之间，闻之乃曰："美则美矣，可则未可。"至夜潜书一偈于秀偈傍曰："菩提本无树，明镜亦非台。本来无一物，何处惹尘埃。"五祖见之，法嗣遂定。

旗鎗 《北苑茶录》：次曰拣芽，乃一芽带一叶者，号一鎗一旗。次曰中芽，乃一芽带两叶者，号一鎗两旗。

甘草癖 《清异录》：宣城何子华，邀客于剖金堂庆新橙，酒半，出嘉阳严峻画陆鸿渐像，笔意简古。子华因言："前世惑骏逸者为马癖，泥贯索者为钱癖，耽于子息者为誉儿癖，耽于褒贬者为《左传》癖，若此叟者溺于茗事，性命犹轻，将何以名其癖？"乡老先生杨粹仲曰："茶至珍，盖未离乎草也。草中之甘，无出茶上者，宜目陆氏为甘草癖。"坐客辗首欢呼曰："允矣休哉！杨先生之命名也。"

石鼎 戴昺诗：自汲香泉带落花，漫煎石鼎试新茶。

银丝 《潜确类书》：宣和庚子，漕臣郑可简始创为银丝冰芽，盖将已拣熟芽剔去，只取其心一缕，用清泉渍之，光如银丝，方寸新胯，小龙蜿蜒其上，号龙团胜雪。

玉液 田艺衡《留青日札》：茶有宣和之玉液长春、龙苑春、万春银叶。

活火 赵璘《因话录》：李约性嗜茶，尝曰："茶须暖火炙，活火煎。"活火，谓炭火之有焰者。

松涛 《茶疏》：水一入铫，便须急煮。候有松声，即去盖，以消息其老嫩。蟹眼之后，水有微涛，是为当时。大涛鼎沸，沸猛至无声，是为过时。过则汤老而香散，决不堪用。

文有五千卷二句 卢同〔仝〕《谢孟谏议寄新茶》诗：一碗喉吻润，二碗破孤闷。三碗搜枯肠，惟有文字五千卷，四碗发汗轻。

凤团 欧阳永叔《归田录》：茶之品，莫贵于龙凤团，凡八饼，重一斤。

龙脊　《清异录》：开宝中，宝仪以新茶饮予，味极爽美，窃视奁面有斜标云"龙坡山子"，因询，仪云："龙脊是顾渚之别境。"

小岘　《杨升庵外集》：小岘山，在六安州。出在〔茶〕，名小岘春，即六安茶也。

春池　李肇《国史补》：东川、兽目、阳羡、春池，皆茶之极品也。

鹤岭鸠阮〔坑〕《茶谱》：福州之柏岩，洪州之鹤岭，陆州之鸠阮〔坑〕，其名皆著。

乳碧　《茶谱》：婺州有举岩茶，其片甚细，所出虽少，味极甘芳，煎如碧乳。

甘侯　孙樵《与焦刑部书》：晚甘侯十五人，遣侍斋阁。此徒皆请雷而折，拜水而和，盖建阳丹山碧水之乡，月涧云龛之品，慎勿贱用之。

森伯　《清异录》：汤悦有《森伯颂》，盖茶也。方饮而森然严于齿牙，既久四肢森然二义。

六班　《采茶录》：白乐天方斋，刘禹锡正病酒，禹锡乃馈菊苗䪥、芦菔鲊，换取乐天六班茶二囊，以自醒酒。

两腋　平不平事，尽向毛孔散，五碗脱首清，六碗通仙，七碗吃不得也，但觉两腋习习如清风生。

北苑　《茶疏》：古人制茶，尚龙团凤饼，若漕司所进第一纲，名北苑试新者，乃雀舌、冰芽。苏轼《和蒋夔寄茶》诗：沙溪北苑虽分别，水脚一线谁争先。注：沙溪、北苑俱出名茶。

西园　《江氏家传》：统，迁愍怀太子洗马，上疏谏曰：今西园卖酰、面、蓝子、茶、菜之属，亏败国体。

仙人掌　李白《答族侄僧中孚赠玉泉仙人掌茶》诗序：余闻荆

州玉泉寺近清溪诸山，山洞往往有乳窟，窟中多玉泉交流。其水边处处有茗草罗生，枝叶如碧玉。惟玉泉真公常采而饮之，年八十余岁，颜色如桃花。而此茗清香滑熟，异于他者，所以还童振枯，扶人寿也。余游金陵，见宗僧中孚，示余茶数十片，拳然重叠如手，号为"仙人掌茶"。盖新出乎玉泉之山，旷古未睹。因持之见遗，兼赠诗，要余答之，遂有此作。后之高僧知仙人掌茶发乎中孚禅子及青莲居士李白也。

蒼蔔香　《维摩经》：如入蒼蔔林中，不闻他香，惟闻蒼蔔香。王维《六祖碑》：林是旃檀，更无杂树，花惟蒼蔔，不嗅余香。陆龟蒙诗：蒼蔔冠诸香。

拈花　《传灯录》：释迦佛在灵山会上，手拈一花，以示于众，迦叶见之，破颜微笑，世尊遂付以正法眼藏。

疗渴　《国史补》：常鲁公使西番〔蕃〕，烹茶帐中，赞普问："何物？"鲁公曰："涤烦疗渴，所谓茶也。"《茶录》：建门茶以小〔水〕痕先后者为负，俟久者为胜，故较胜负之说，曰相去一水两水。

谈经　《纪闻》：梁商〔高〕僧笠首〔竺道〕生游虎邱，泠然有会心处，遂栖迹焉。尝独坐长松之下，竖石为徒，与谈讲诵《涅盘〔槃〕》"阐提亦有佛性"处曰："如我所说，果契佛性否？"石皆点头。

九曲螺　《清异录》：以螺为杯，岩穴湾曲，则可以藏酒，有一螺能贮三盏许者，名九曲螺杯。

铜鹤背　《朝野金载》：唐韩王元嘉有一铜鹤尊〔樽〕，背上注酒，则一足倚，满则正，不满则危侧。

金蕉叶　《逢原记》：李适之有酒器九品：蓬莱盏、海州螺、舞仙盏、瓠子卮、幔卷荷、金蕉叶、玉蟾儿、醉刘伶、东溟样。

鹦鹉杯　《南州异物志》：鹦鹉螺状似霞〔覆〕杯，形如鸟头向其腹视，似鹦鹉，故名。

金身丈六　《后汉书》：明帝梦见金人，长大，顶有光明，以问群臣。或曰：西方国有神，名曰佛，其形长丈六尺而金黄色。

秋夜制风雨词赋

【题解】此赋本事出自《红楼梦》第四十五回"金兰契互剖金兰语　风雨夕闷制风雨词"。此回写秋气渐凉，黛玉又犯嗽疾。宝钗常来看望，二人相互交心，黛玉感念宝钗把自己当知己，道出肺腑之言，二人遂成金兰之契。一日，宝钗本答应晚上还来，但至晚秋雨霏霏，黛玉知宝钗不能来，心血来潮，拟《春江花月夜》之格，作《秋窗风雨夕词》。肃杀秋风，穿帘透幕，竹梢滴雨，淅沥凄凉，面对此风此雨，此情此境，依人篱下的黛玉倍觉感伤。沈谦由词而赋，以十二秋发端，描摹惨淡秋景，借黛玉之秋悲，吟尽自己"天涯行客"般愀怆幽深的心曲。

【正文】

仆尝惊秋梦，万事感激徒悲歌。拥秋衾，悲秋笛，感秋碪。对秋灯之黯黯[1]，数秋点之沈沈。即令秋河彻晓，秋月满林。秋高入画，秋爽披襟。犹然动我以秋怨[2]，撼我以秋吟。

---

[1] 黯黯，盛昱抄绘本、浙图抄本作"暗暗"。
[2] 怨，云石山人手抄本作"思"。

况复细雨斜风，算只有愁泪千行，作珍珠乱滚。秋声四起。湿落簪花，寒逼窗纸。旅馆萧条，弥嗟客子。衣无人寄，冷雨幽窗灯不红[1]。故乡云树之间；何书丹本侧批：浪子贾商早还乡井。被有谁温，小榻尘烟之里[2]。独坐听之，情焉能已？

何怪乎金闺淑媛，绣阁名姝，花怜骨瘦[3]，月吊身孤。何书丹本侧批：刻羽引商。寄还类燕，啼竟如乌[4]。愁从笔诉，病倩人扶。读江令之别离[5]，情牵团露；笑潘郎之吟咏[6]，兴扫催租。

当其寂寂昏黄，倦倚牙床。杨柳凝翠，一点一滴又一声，阁道闻铃，有此凄况。梧桐送凉。石细苔润，林摇竹香。窗破蕉展，径寒菊荒。猿啼暗峡，鹤唳横塘。蛩吟也苦，叶落如狂。灯不挑兮檠短，梦不稳兮漏长。何书丹本侧批：食古而化。

尔乃墨染金花，砚调青石。银管毫抽，锦笺手劈。何余绪之缠绵，写离情之睽隔。张衡之怨难消，宋玉之悲莫释。凄凉团扇，脱手如桐丸柘弹。姬人汉殿之歌；仿佛春江，学士陈宫之格。

多情公子，风致翩翩。携灯相访，笠雨蓑烟。斜凭玉几，小坐花毡[7]。当亦数行泪下，心坎里别是一般疼痛。一脉愁牵。对此不堪卒读之句，归于无可奈何之天。

彼夫桃花春雨，柳絮春风。影飘楹外[8]，香满帘中。固宜词伤头白，冢泣颜红。传情命薄，寄恨途穷者矣！

[1] 爱氏抄本无"冷雨"二字。
[2] 尘烟，盛昱抄绘本作"烟尘"。
[3] 骨，盛昱抄绘本作"影"。
[4] 竟，云石山人手抄本作"觉"。
[5] 江，云石山人手抄本作"秋"。
[6] 潘，羊城翰苑楼本作"滞"。
[7] 毡，羊城翰苑楼本作"氊"。
[8] 楹，浙图抄本作"帘"，云石山人手抄本作"槛"。

乃知人影萧疏，天光黤默。雾锁烟迷，红愁绿惨。三更寂寥，到萧条客馆，兀自意踌躇。四壁澄淡。蓴羹鲈脍，每萦旅客之情；断雁湿云，尤触骚人之感。

【会评】

施瘦琴曰："多管是阁着笔儿，未写先泪流[1]。"

己巳九月二日素园朱襄附笔[2]："昨宵秋雨滴阶[3]，孤灯如豆。同青士坐西窗下，共话旅况[4]。寒蛩落叶，枨触愁怀，因谓君宜赋秋窗风雨夜矣。次日，即手携此赋，出示读之，幽香冷艳，真教我一想一泪零。"

己卯七月九日自记："检初稿，得故人之评跋数语。奈十年来，一领青衫，而灯影虫声，犹是天涯作客。素园已于甲戌捐馆，归葬西湖之滨矣。重抚手迹，倍觉黯然。"

君锡曰："苦雨酸风，谁续丁帘之梦。猿啼鹤唳，难当午夜之闻。"

【包圭山笺注】

江令　江淹《别赋》：至乃秋露如珠，秋月如珪。

潘郎　《溪堂集》：谢无逸问潘大临："近作新诗否？"曰："昨清卧，闻搅林风雨声，遂起，题壁曰：满城风雨近重阳。忽催租人至，败兴意，止此一句。"

---

[1] 泪流，羊城翰苑楼本作"流泪"。
[2] 朱，何书丹本作"米"。
[3] 宵，何书丹本作"夜"。
[4] 话，羊城翰苑楼本作"语"。

金花　《国史补》：纸之妙者，则有越之剡藤、苔笺，蜀之麻面、藤首、金花、玉屑等，咸阳之六合笺，韵之竹笺。

青石　《江州记》：与平县蔡子池南有石穴，深二百丈，石色青，堪为书砚。

宋玉悲　宋玉《九辨》：悲哉！秋之为气也。

团扇　班婕妤《怨歌行》：新制齐纨扇〔素〕，皎洁如霜雪。裁〔裁〕作合欢扇，团团似明月。

尊羹鲈脍　《晋书》：张翰因见秋风起，乃思吴中菰菜莼羹、鲈鱼脍，曰：人生贵适志，何能羁宦数千里，以要行（名）爵乎？遂命驾而归云。

芦雪亭赏雪赋

【题解】此赋本事出自《红楼梦》第四十九回"琉璃世界白雪红梅　脂粉香娃割腥啖膻"，第五十回"芦雪庵争联即景诗　暖香坞雅制春灯谜"。宝玉一早起来，"掀开帐子一看，虽门窗尚掩，只见窗上光辉夺目，心内早踌躇起来，埋怨定是晴了，日光已出"，原来竟是一夜大雪下得一尺多厚，雪色皎洁。大观园群芳见到今冬的第一场大雪，决定在芦雪庵赏雪作诗。参加吟咏联句者有凤姐、宝玉、黛玉、宝钗、湘云、探春、李纨、香菱、宝琴、岫烟、李纹、李绮十二人，盛况空前。此赋即铺写此次红楼女儿的赏雪盛会，是一幅大观园的"艳雪图"。

【正文】

　　大地敛昏，隐括谢赋一篇。群山含冻。掩日韬霞，缘甍冒栋。峰头之吟榻高眠，江面之钓船斜送。火则翡翠一炉，酒则葡萄半瓮[1]。影随柳絮，仙骨珊珊[2]。春风谢女之魂；寒到梅花，明月逋仙之梦。

　　花帚分携，来扫旧蹊。重重玉戏，颗颗珠啼。鱼鳞屋厚，雁齿桥低。鹤何为而守树，鸿何事而印泥。遂乃筵开玳瑁，窗展玻璨[3]。一帘垂地，玉楼起粟，银海生花，写景绝似髯苏。四壁环溪。碧峰石隐，银浦波迷。烟埋葭岸[4]，水涨蓼堤。唤晴无鹊，辟寒有犀。路自藏乎曲折，天不辨乎东西。

　　则见杯浮大白，火拥层红。覆非蕉叶，熏有瓠笼[5]。胎还胜兔[6]，掌亦如熊。毛真雪聚，炭类云烘。分玉署之三牲，雅称你仙肌玉骨美人餐。仙家上品；剖金刀之一脔，名士高风。

　　况复蓉粉衔笺，松烟泼墨。炉好同围，烛何须刻。天连惨澹之容，字费推敲之力。寒香则秋水闲吟，佳句则灞桥独得。添谁诗债，雅事以雅笔写之。[7]罚依金谷之条；助我春情，供借铜瓶之色。

　　公子乃扶筇独往，著屐频探。蘼芜幽径，薜荔小庵。影欹竹外，香逗枝南[8]。深山霞落，老树烟含。一痕春盎，半面酒酣。疏梦到罗浮之界，南枝外有鹊炉香。夙缘登弥勒之龛。笑无檐而不索，禅有壁而同参。

---

[1] 葡萄，盛昱抄绘本作"蒲桃"。
[2] 仙骨珊珊，浙图抄本作"珊珊仙骨"。
[3] 璨，羊城翰苑楼本作"璃"。
[4] 埋，盛昱抄绘本作"迷"，羊城翰苑楼本作"理"。
[5] 熏，羊城翰苑楼本作"薰"。
[6] 兔，盛昱抄绘本作"鹿"。
[7] 雅事以雅笔写之，爱氏抄本作"雅事以雅笔写之，亦须得雅人读之"。
[8] 枝，云石山人手抄本作"梅"。

腊酿重浇，北风飘萧。声催铜钵，暖护银貂。诗真香沁，图岂寒消。壶贮冰而了了，山颓玉而迢迢。数阕歌来，妆想美人之淡；一枝赠后，情怜驿使之遥。赓白雪之新腔，莫翻下里；谱红罗之艳曲[1]，绝胜南朝[2]。

【会评】

何拙斋先生曰："侔色揣称[3]，抽秘骋妍，可夺梁园一席。"

君锡曰："不见红尘，惟看白地可想邵公高卧之时。"

【包圭山笺注】

缘囊　谢惠连《雪赋》：始缘囊而冒栋，终开帘而入隙。

钓船　柳宗元诗：孤舟蓑笠翁，独钓寒江雪。

翡翠炉　马（祖）常《画海棠图》诗：浣时应贮芙蓉水，香处重熏翡翠炉。

葡萄酒　陶宗仪《元氏掖庭记》：酒翠涛饮、露囊饮、琼华汁、玉壶春、石凉春、葡萄春、凤子脑、蔷薇露。

谢女　《晋书》：太傅谢安因雪骤降，欣然曰："白雪纷纷何所似？"兄子客儿曰："撒盐空中差可拟。"兄女道蕴曰："未若柳絮因风起。"

逋仙　《宋隐逸传》：林逋居西湖孤山，不娶，无子，多植梅畜鹤，因谓梅妻鹤子。《群芳谱》：林逋居孤山，构巢居阁，绕植梅花，吟咏自适，徜徉湖上，或连宵不返。

---

[1] 谱，盛昱抄绘本作"数"。

[2] 胜，云石山人手抄本作"似"。

[3] 侔色揣称，何书丹本作"捒藻摛华"。揣，包圭山笺注本作"抢"。

玉戏　《清异录》：北丘清传，与一客入湖，客曰：凡雪，仙人亦重重（之），号天公玉戏。

颗颗　欧阳原功《葡萄》诗：骊珠颗颗露凝光。

鱼鳞　李商隐《咏残雪》诗：檐水滴鹅管，屋瓦镂鱼鳞。

唤晴鹊　《埤雅》：鹁鸪，阴则屏逐其匹，晴则呼之。

辟寒犀　王仁裕《开元遗事》：开元二年，交趾进犀角一株，色如金，使者请以金盘置于殿中，温然暖气袭人。人间其故，使者对曰："此辟寒犀也。"

瓠笼　《南史》：卞彬以大瓠为火笼，什物多诸诡异。

兔胎　陶宗仪《元氏掖庭记》：宫中以玉版笋及白兔胎作羹，极佳，故名曰"换舌羹"。

熊掌　《埤雅》：熊冬蛰不食，饥则自舐其掌，故其美在掌。

玉署三牲　《清异录》：道家言麕、鹿、麂，是玉署三牲，乃仙家所享，故奉道者不忌。

惨淡　张安国《忆秦娥》词咏雪：云垂幕，阴风惨淡，天花花落。天花落。千林琼玖，满空鸾鹤。

秋水　《花史》：铁脚道人尝赤脚走雪中，兴发则朗诵南华《秋水篇》，嚼梅花满口，和雪啮之，曰："吾欲寒香沁入肺腑。"

灞桥　《湘〔缃〕素杂记》：或问郑綮诗思，曰："诗思在灞桥风雪中，驴子背上。"

金谷　《广志》：石崇别业，名金谷园。崇尝宴客，各赋诗，或不成者，罚酒三斗。李白《春夜宴桃李序》：诗如不成，罚依金谷酒之数。

铜瓶　张功甫列梅花，宜称二十六条：淡云、晓日、薄寒、细雨、轻烟、佳月、夕阳、微雪、晚霞、珍禽、孤鹤、清溪、小桥、竹边、松下、明窗、疏篱、苍崖、绿苔、铜瓶、纸帐、林间吹笛、膝上横琴、石枰下棋、扫雪烹茶、美人淡妆簪戴。

枝南　东坡诗注：庾岭梅花，南枝已落，北枝方开，寒暖之异也。

罗浮　《龙城录》：隋开皇中，赵师雄游罗浮，日暮于林间酒肆旁舍见美人，淡妆素服出迎。师雄与语，言极清丽，芳香袭人。与之叩酒家共饮，一绿衣童子，歌舞于侧。师雄醉卧，久之，东方既白，起视，乃在梅花树下，上有翠羽啾嘈：月落参横，但惆怅而已。

弥勒龛　东坡诗：老僧下山惊我至，笑迎喜作巴人谈。自言久客忘乡月，只有弥勒为同龛。

索笑　杜诗：巡檐共索梅花笑，冷蕊疏枝半不禁。

消寒图　杨元孚《滦京杂咏》诗第六十九首：试数窗间九九图，余寒消尽暖回初。梅花点遍无余白，看到今朝是杏花〔株〕。自注：冬至后，贴梅花一枝于窗间，佳人晓妆，日以臙脂图一圈，八十一圈既是〔足〕，变作杏花，即回暖矣。刘侗《帝京景物略》青场门曰：冬至，画素梅一枝，为瓣八十有一，同〔日〕染一瓣，瓣尽而九九出，则春深矣，曰九九消寒图。

一枝　《荆州记》：陆凯与范晔相善，自江南寄梅花一枝，请（诣）长安与晔，并赠诗曰"折梅逢驿使，寄与岭头人。江南无所有，聊赠一枝春"句。

白雪　《楚词》：宋玉对楚王曰："客有歌于郢中者，其始曰《下里》《巴人》，国中属而和者数千人。其为《阳阿》《薤露》，国中属而和者数百人。其为《阳春》《白雪》，国中属而和者，不过数十人而已。"

红罗曲 《古今诗话》：李后主于宫中作红罗亭，四面栽红梅，作艳曲以歌之。

雪里折红梅赋

【题解】此赋本事出自《红楼梦》第五十回"芦雪庵争联即景诗 暖香坞雅制春灯谜"。红楼众芳在大观园芦雪庵即景联诗，贾宝玉因写诗"落了第"，众人罚他往栊翠庵去访妙玉乞红梅。"妙玉门前栊翠庵中有十数株红梅，如胭脂一般，映着雪色，分外显得精神，好不有趣"，折得红梅的宝玉做一首《访妙玉乞红梅》诗。沈谦由诗而赋，铺写踏雪折梅的公子、心性高洁的妙玉，以及梅间白雪的风姿，是一幅由宝玉与妙玉构成的"乞梅图"。

【正文】

红粉修来香国坐，百样娉婷难画描，名花美人同此韵致。青鬟拥向玉山行。五出梅花六出雪，云石山人手抄本侧批：双管齐下，融成一片。美人林下立无声。

方其联盟入社，下笔惊人。天公戏玉，世界成银。裘因貂暖，园类兔驯。株株屋绕，步步簪巡。柳有絮而皆软，松无皮而不皱。白羽飞时，贝阙琼楼之地；红霞落处，空山流水之春。

则见锦被风裁，根从云托。影瘦枝疏，妆慵粉薄。分种蒲龛，开花兰若。非孤岭之黄香，异仙家之绿萼。钵常咒而生莲，小阁中梅花磬响。[1] 门自关而守鹤。灌须甘露，倾大士之银瓶；沁借寒香，

---

[1] 中，爱氏抄本作"下"。

学道人之铁脚。

来追禅步，迷茫无路。积霰未融，斜风如故。图披九九之寒，径觅三三之趣。磴不扫兮全封，山虽藏兮半露。吟成东阁之诗，分得西冈之树。类墙头之红杏，拖出一枝；同天上之碧桃，窃来三度。

竹影交加，笼水笼沙。寒压眉月，教你肌骨凉，魂魄香。晕蒸脸霞。枝高手冷，云石山人手抄本侧批：此语未经人道。步缓腰斜。小桥树隔，老屋烟遮。横琴何处，烹茗谁家。斗歌于皓齿青娥，却原来春山有谱在眉尖上。[1]亭边顾曲；索笑于竹床纸帐，座下拈花。点额则寿阳妆罢，举盃则罗浮梦赊。

闲依石槛，小立苔垣。句留屋角，踯躅篱根。玉皆换骨，花欲销魂。罨画三面，胭脂一痕。铁笛与铜瓶俱抱，出落得精神别样的风流[2]。翠裘随缟袂同温[3]。淡云晓日之余，谁夸白战；疏影暗香之里，又到黄昏。

歌曰：姊妹江东大小乔，怜卿丰韵十分饶。前生夫壻林和靖[4]，会意尚巧。合住段家湖上桥。

【会评】

周文泉曰："冷香冷韵，绘影绘声，觉人面桃花之句，未免多买胭脂。"

君锡曰："色混芙蓉帐，香浮琥珀杯。"

---

[1] 却原来春山有谱在眉尖上，羊城翰苑楼本作"春山有谱在周尖"，爰氏抄本作"都原来春山有谱眉尖上"。

[2] 羊城翰苑楼本无"的"字。

[3] 缟袂，云石山人手抄本作"素缟"。

[4] 壻，羊城翰苑楼本作"婿"。

【包圭山笺注】

六出五出 《诗传》：凡草木花，多五出，雪花独六出。杨炯《梅花落乐府》：窗外一枝梅，寒花五出开。

兔园 何逊《咏梅》诗：兔园标物序，惊时最是梅。

屋绕 《梅谱》：王冕隐九里山，树梅千株，结茅庐三间，自题为"梅花屋"。

黄香 杨万里诗：来从真腊国，自号小黄香。

绿萼 《石湖梅谱》：梅花纯绿者，好事比之九疑仙人绿萼华云。

甘露 释道原《传灯录》：慧可事达摩，夜雪，侍立不动，迟明曰："愿开甘露门，以济度群生。"

道人铁脚 见上《赏雪赋》"寒香"注。

三三径 杨万里《三三径》诗序：东园新开九径，江梅、海棠、桃、李、桥〔橘〕、杏、红梅、碧桃、芙蓉九种花木，各植一径，命曰"三三径"云。

东阁 《梁书》：何逊作扬州法曹，廨舍有梅一株，常吟咏其下。后居洛，思之，请再往，从之，抵扬州，花方盛开，逊对树彷徨终日。杜甫诗：东阁观梅动诗兴，还如何逊在扬州。

西冈 《梅谱》：晏元献移红梅植西冈圃中，一日，贵游赂园吏，得一枝分接，由是都下有二本。

寿阳额 《宋书》：武帝，寿阳公主卧含章殿檐下，梅花落额上，成五出花，拂之不去。皇后留之，自后有梅花妆。

臙脂 罗隐《咏红梅》诗：天赐臙脂一抹腮。

缟袂 苏轼《梅花》诗：月黑林间逢缟袂。高启诗：缟袂人间半是仙。

白战 《苏集》：欧阳文忠公雪中约客赋诗，禁体物语，于艰难中特出新丽，辄举前人之赋一篇，末句云："白战不许持寸铁。"

大小乔 《吴志》：周瑜从孙策破皖城，得乔公两女，皆国色也。策自纳大乔，瑜纳小乔。

和靖 《宋逸民林逋传》：逋，字君复，钱塘人。遨游江淮，久乃归杭，结庐西湖之孤山，多种梅以自娱，几二十年，足不及城市，即庐侧为墓。临终作诗，有"茂陵他日求遗稿，犹喜曾无《封禅书》"之句。后仁宗闻之，嗟悼不已，赐谥"和靖先生"。

段家桥 张雨诗：不嫌泥泞极，一舸段家桥。黄性之《梅花扇》诗云：路经苏小墓，船舶段家桥。

病补孔雀裘赋

【题解】此赋本事出自《红楼梦》第五十二回"俏平儿情掩虾须镯 勇晴雯病补雀金裘"。晴雯因上夜时偶感风寒，身上烧的烫人。宝玉为舅舅祝寿，穿着贾母给他的俄罗斯国孔雀毛做的氅衣，不防后襟上竟烧了个洞。明天又是正日子，老太太、太太都让宝玉穿这件衣服去。麝月忙悄悄的拿出去叫人织补，谁知道东西太名贵，没有裁缝敢揽活。晴雯心灵手巧，重病中连夜补好。晴雯有出众的美貌和才能，与宝玉间有互相爱悦的特殊情感，但又任情任性，心比天高，身为下贱，不免悲剧结局。此赋首先铺陈孔雀裘的华贵，再详细描写病补孔雀裘的过程，最后展露宝玉与晴雯间的情愫，揭示宝玉会为晴雯而撰《芙蓉女儿诔》的因果关系。

第三章 沈谦《红楼梦赋》汇校集注会评

【正文】

斯罗之国，罽宾之路。有文禽焉，曰孔都护。尾张锦轮，屏依红树。耸翠角而高骞，服绣衣而先妒。

压以金线，编以彩罿。集而为裘，适合腰围。雉头失色，鹤氅争辉。刷翎则翠落[1]，振翼则鸾飞。劫奈成灰，抱此难完之璧；巧谁乞样，补来无缝之衣。

纵令访天孙于河源，欲合先离。寻龙女于洛水[2]。苏若兰之慧心，薛灵芸之神技。针借辟尘，丝穿连理。终难价重千金，春生十指。类佳人之茅屋，工费牵萝[3]；同太守之布绸，俭能糊纸。

然而添香小婢，煎茶侍儿。灵机独运，病骨难支。鸳鸯嬾后[4]，这少口气儿，呵，画工怎能到此。蝴蝶慵时。眉何事而不黛，鬓何为而如丝。讵作娇羞，学夫人之举动；好将熨贴，消公子之狂痴。

斜偎锦枕，小启香奁。珠毛暗剔，翠缕轻拈。声摇玉钏，缝似俺情儿般密，性子般柔，心儿样细。绒唾晶帘。眼昏针细，灯晃毫尖。绷来新月之弓，半钩忽满；送出春风之剪，一线频添。

是经是纬，或横或纵。云霞烟烟，锦绣重重。黑貂青凤之名，徒夸焜耀；翠尾金花之样，绝妙弥缝。岂不疲而乐此，却无取乎怜侬。

寂寂寒宵，银灯嬾挑。莲漏音急，茗炉篆消。妆慵素粉，越显得庞儿风流煞。靥晕红潮。影比梅而更瘦，声如燕而尤娇。能不悄然心醉，这温存怎不占了风流高座。黯然魂销。枕以玉骨，覆以金貂。

---

[1] 翠，盛昱抄绘本作"羽"。
[2] 龙，盛昱抄绘本作"神"。
[3] 工，云石山人手抄本作"功"。
[4] 后，云石山人手抄本作"候"。

他年委怀琴书，怡情笔砚。小窗卷风，幽径积霰。见此故物，曷胜眷恋。霜高露冷，物在人亡，叠向空箱里。神伤翡翠之裘；玉葬香埋，肠断芙蓉之面。

【会评】

熊芋香先生曰："美人细意熨贴平，裁缝灭尽针线迹。"

君锡曰："天孙为织云锦裳。"

杨仲圭曰："目大于箕，心细于发。"

【包圭山笺注】

斯罗国　贞元中，斯罗国献孔雀解舞。

罽宾　《西域传》：罽宾国出孔雀。

文禽孔都护　李昉名孔雀曰"南客"，一名"孔都护"，一名"孔文禽"。《纪闻》：孔雀鸣若都护。李商隐诗：都护矜罗幕。

锦轮　《虞衡志》：孔雀，雄者尾长数尺，金碧晃耀，时自张其尾，圆如锦轮。

红树　皮日休《病孔雀》诗：因眠红树似依屏，强听紫箫时欲舞。

翠角　韩愈《奉和武相公镇蜀时咏使宅韦太尉所养孔雀》诗：翠角高独耸，金花焕相差。

绣衣　《埤雅》：孔雀性妒忌，自矜其尾，虽训养已久，遇妇女童子服锦彩者，必逐而啄之。

雉头　《齐书》：文惠太子织孔雀羽为裘，光彩金翠，过于雉头远矣。《晋书》：武帝时，太医司马程据献雉头裘，帝以奇技异服，典礼所禁，焚之殿前。

鹤氅　《世说》：王恭常乘高舆，披鹤氅裘。

无缝衣　《白飞〔孔〕六帖》：敬宗时，闽东贡舞女二人，衣耕罗之衣，无缝而成。

天孙　宗懔《荆楚岁时记》：汉武帝令张骞寻河源，乘槎经月而至，见室内有一女织，又见一丈夫牵牛饮河。骞问曰："此是何处？"答曰："可问严君平。"织女遂取支机石与骞。骞还，问君平，君平卜之曰："某年某月客星犯女斗。"其支机石为东方朔所识。苏轼诗：天孙为织锦云裳。

龙女　《唐传》：萧旷遇一女，自称织绡娘子，盖洛浦龙王之处女，善织绡于水府，出轻绡一匹以赠旷，旷甚宝贵之。

苏若兰　《晋书·列女传》：窦滔妻苏氏，始平人也，名蕙，字若兰。滔被徙流沙，苏氏思之，织锦为回文旋图诗以赠，滔宛转循环读之，凡八百四十字焉。

薛灵芸　《拾遗记》：魏文帝所爱美人薛灵芸，妙于针工，深帷之内，不用灯烛，裁制立成，宫中呼为神针。

辟尘针　临〔段〕柯古《酉阳杂俎》：高瑀在蔡州，处士皇甫元真晨谒曰："某于新罗获一巾子，辟尘，乃于怀探出授高。"翌日，宴郭外，时久旱，尘埃且甚。高顾视马尾及左右骖卒，并无纤尘。临〔监〕军使问高，高不敢隐。监军求见处士，曰："更有何宝？"皇甫言药出海东，今余一针，可令身无尘，既而于巾上抽与之。其针金色，大如布针。监军乃札在巾，骤于尘中，尘惟及马鬃与尾焉。

茅屋　杜甫诗：侍婢卖珠回，牵萝补茅屋。

布绹　谢承《后汉书》：羊续为南阳太守，以清率下，唯卧一幅布绹，败，糊纸补之。

添香　刘禹锡《诮失婢》诗：把镜朝犹在，添香夜不归。

煎茶　白居易诗：椁遣秃头奴子拨，茶教纤手侍儿煎。

夫人　《翰墨志》：羊欣书为大家婢作夫人，虽处其任而举止羞涩，终不似真。

熨贴　杜甫《白丝行》：美人细意熨贴平，裁缝灭尽针线迹。

黑貂　《国策》：苏季子黑貂之裘敝。

青凤　《拾遗记》：周昭王以青凤毛为二裘：一名燠质，二名暄肌，以御寒。

翠尾金花　白居易《和武相公感韦令公旧池孔雀》诗：顶毳落残碧，尾花销暗金。左九嫔《孔雀赋》：戴绿碧之秀毛，擢翠尾之修茎。杜甫诗云：赤香元圃须往来，翠尾金花不辞辱。

邢岫烟典衣赋

【题解】本事出自《红楼梦》第五十七回："慧紫鹃情辞试忙玉　慈姨妈爱语慰痴颦"。邢岫烟是邢忠夫妇的女儿，邢夫人的侄女。她家道贫寒，一家人前来投奔邢夫人，但邢夫人对邢岫烟并不真心疼爱，甚至要求邢岫烟把每月二两银子的月钱省下一两来给她自己的父母，这让邢岫烟只得典卖冬衣来维持开支。邢岫烟在大观园里的生活捉襟见肘，处境艰难。幸得宝钗（未来的小姑）在得知岫烟典衣之后，经常暗中相助。此赋铺写邢岫烟的清贫生活，赞美她安守清苦、不慕虚荣的超然风骨，沈谦是在借他人酒杯浇自己心中块垒，书写寒儒生活窘态。

【正文】

仆之穷猿长啸，怖鸽难安。萧条家巷，何书丹本侧批：题前作势。落拓征鞍。骨向谁傲，眉徒自攒。锥无地而可卓，剑有铗而常弹。[1] 何书丹本侧批：满腹牢骚，尽行吐出。葛帔相逢，儒冠误人双鬓丝。[2] 要广刘郎之论；绨袍莫赠，何书丹本侧批：身无俏骨非关傲。徒怜范叔之寒。

亦尝遍觅云箱[3]，频倾竹笥。裳解芙蓉，裘抛翡翠。豪类阮孚，敝同苏季。[4] 爱虽割而难忘，纯是心花结撰。何书丹本侧批：个中人语。赢已操而多累。取中府而藏外府，负他一领青衫；感去年以待来年[5]，消此数行绿字。

愁添酒债，何书丹本侧批：雅人雅致。代满瓜期。寒催雁阵，赎少羊皮。[6] 叹有室中之妇，何书丹本侧批：如此撩人。号有床上之儿。犹复计同补网，须眉毕现[7]，令人喷饭。形似奕棋。任涂抹于东西，拙嫌鬼笑[8]；费周章于昏暮[9]，非阅历人不能道。何书丹本侧批：雅韵欲流。清畏人知。

如此生涯，寒儒故态。不意金闺，亦同感慨[10]。

当其失路依人，居贫寄食，生有仙姿，容无靓饰。簪金带玉，何书丹本侧批：为典字作反语[11]。曾游绫绮之场；裙布钗荆，别具烟霞之

---

[1]　"骨向谁傲"至"剑有铗而常弹"，爱氏抄本加圈。
[2]　羊城翰苑楼本无"儒"字。
[3]　云，爱氏抄本作"霜"。
[4]　"亦尝遍觅云箱"至"敝同苏季"，爱氏抄本不加圈。
[5]　来，盛昱抄绘本作"今"。
[6]　"愁添酒债"至"赎少羊皮"，爱氏抄本不加圈。
[7]　羊城翰苑楼本无"须"字。
[8]　嫌，云石山人手抄本作"欺"。
[9]　暮，盛昱抄绘本作"夜"。
[10]　"如此生涯"至"亦同感慨"，爱氏抄本加圈。
[11]　语，云石山人手抄本作"笔"。

色。妆疏淡，天然无赛。身如萍靡，移本无根；心与莲同，劈谁见薏。启箧兮尘尚封，挑灯兮泪徒拭。

尔乃晕绿蒸黄，石细路古。圈红窄素。镂金贯珠，裁云织雾。襁褓并垂，单复咸具。莫不解忘貂寒，藏兔蟊蠹。菊耐霜欺，兰遭风妒。鸟篆虫书之迹，字问元亭；皂衫角带之形，人司质库。

适逢小姑，谈及心曲。羞带颜红，冷侵鬓绿。[1]情切葭莩，利权蜥蜴。辟寒无恙[2]，还伊合浦之珠；何书丹本侧批：去路。抱璞来归，完尔荆山之玉。自然持券以偿，应藉倾囊而赎。

吁嗟乎，一腔块垒怎生消？鹤销寒骨[3]，莺绕愁肠。末谙压线，莫赋催妆[4]。无处得送穷之笔，何人传疗贫之方。旧恨孰迁乎阿姊，余情堪寄乎小郎。尔时碧玉投来，深感佳人之赠。他日红绫遗去，难禁老妪之狂。

【会评】

俞霞轩曰："借别人酒杯，浇胸中垒块。读竟，我又当浮一大白。"

君锡曰："前幅慷慨悲歌，后幅凄凉惨淡，读毕令人砍石作狠语。"

【包圭山笺注】

怖鸽　梁简文帝《谢敕赐钱殿〔启〕》：方使怖鸽获安，穷鱼永乐。

卓锥　释道《传灯录》：仰山香严曰："去年贫，未是贫，今年贫，始是贫。去年无卓锥之地，今年连锥也亦无。"

---

[1] 鬓，杭图抄本作"髻"。
[2] 无，盛昱抄绘本作"小"。
[3] 销，云石山人手抄本作"消"。
[4] "鹤销寒骨"至"莫赋催妆"，爰氏抄本加圈。

葛帔　《世说》：任昉家贫，卒后，子西华兄弟流离不能自振，生平旧交，莫有收恤。西华冬月着葛帔练裙，道逢刘孝标，泫然矜之，谓："我当为卿作计。"乃著《广绝交论》以讥其旧交。

刘郎　《南史·刘侨传》：侨素贫，一朝无食，其子启欲以班《史》质钱，曰："宁饿死，岂可以此充食乎？"

绨袍　《史记》：魏使须贾使于秦。范雎闻之，为微行，敝衣闲步之邸，见须贾。须贾见之而惊曰："范叔一寒至此哉！"乃取其一绨袍以赠之。

范叔　《史记》：范雎谓须贾曰："所以得无死者，以绨袍恋恋，有故人之意也。"

芙蓉裳　《楚词》：制芰荷以为衣兮，集芙蓉以为裳。

鬼笑　《南史·刘粹传》：刘伯龙者，少而贫，及长，历任尚书左丞、少府、武陵太守，贫窭尤甚。常在家慨然，召左右将营什一之方，忽见一鬼在旁抚掌大笑。伯龙叹曰："贫家固有命，乃复为鬼所笑也。"乃止。

窄素　周密词：窄素宫罗寒尚峭，闲倚薰笼。

织雾　高启《凤台曲》：飞裙织雾秋痕薄，星汉低宫花漠漠。

单复具　《左传》：祭服五称。注：衣单复具曰称。

蠿蠹　刘向《九叹》：蒄芎弃于泽洲兮，飑蠿蠹于筐簏。注：一作匏蠡。

风炉　杜甫《舟前落花》诗：影遭碧水潜勾引，风炉红花却倒吹。

皂衫　《东京梦华录》：诸行百户衣装，各有本色，如香铺裹香人，即顶帽披背；质库掌事，即皂衫角带不顶。

压线　秦韬玉《贫女》诗：最恨年年压金线，为他人作嫁衣裳。

醉眠芍药茵赋

【题解】本事出自《红楼梦》第六十二回"憨湘云醉眠芍药裀　呆香菱情解石榴裙"。宝玉过生日，恰巧宝琴、平儿、岫烟也是这天生日，探春提议凑份子，在芍药栏中红香圃三间小敞厅内，摆下宴席，给宝玉等人祝寿。众人射覆、行令、划拳，"呼三喝四，喊七叫八"，满厅中"红飞翠舞，玉动珠摇"，紧接着就引出一段充满诗情画意的妙文："果见湘云卧于山石僻处一个石凳子上，业经香梦沉酣，四面芍药花飞了一身，满头脸衣襟上皆是红香散乱，手中的扇子在地下，也半被落花埋了，一群蜂蝶闹穰穰的围着她，又用鲛帕包了一包芍药花瓣枕着。……湘云口内犹作睡语说酒令，唧唧嘟嘟说：泉香而酒冽，玉盏盛来琥珀光，直饮到梅梢月上，醉扶归，却为宜会亲友。"这是《红楼梦》里描绘的最美画面之一。此赋以赋法的敷张扬丽之笔，重新摹写这一具有天道自然之美的画面，塑造出湘云天真浪漫、豪放直率、憨态可掬的少女形象。

【正文】

　　簇簇金线，重重绛绡[1]。花市含烟舞，苔阶带露飘。十二阑干红香圃，错认垂杨廿四桥[2]。

　　彼之相卜广陵[3]，佛供东武。玉带频拖，金囊如缕[4]。鲙紫登盘，

---

[1] 重重，盛昱抄绘本作"垂垂"。
[2] "十二阑干红香圃，错认垂杨廿四桥"，爰氏抄本不加圈。
[3] 广陵，爰氏抄本作"金陵"。
[4] 金，羊城翰苑楼本作"含"。

鹅黄曳组。白斗莲塘，红摇柳浦[1]。婪尾春归，平头香聚[2]。本翠缬之争抽，亦绣繻之可抚。仙颜醉倒，是花是人，捏作一团[3]。李学士见而呼名；宝相迷来，刘舍人因而订谱。

尔乃绕薇轩，披蕙阁，浥蓴羹[4]，调杏酪。莲子新杯，兰花故幕。薙簟风疏，蓉屏烟薄。酒浓律严，欢笑隔花阴树影。觥累筹错。量何如窄，不胜大白之浮；情有所钟，翻受小红之谑。

瑴然佩环，颓然笑颜。眼迷秋水，眉晕春山。粉融素颊，丝颤青鬟。[5]钗斜影弹，袖湿痕斑。痴立花下，你看他点眉峰，螺黛匀，立苍苔，莲步稳。巧离席间。

路缘树迷，尘倩风扫[6]。栏回鸟惊，径僻苔老。石磴苍凉，春色更好[7]。梦随鹤而俱酣，不由我对你爱你，扶你，觑你，怜你。眠何云而不抱。捧出玉盘之样，叶认琉璃；裹来罗帕之香，枕同玛瑙。

燕妒莺惭，珠围翠叠。狂或引蜂[8]，畅好是酣眠处，粉腻黄黏。慵真化蝶。醒合遗钿，羞如晕靥。[9]非关血染，轻飘杏子之衫；绝似香埋，半露桐皮之箑。黑正甜而愈浓，红竟软而难捻。

似此风流，千古独绝。昔有二美，比卿最切。

诗曰：鬓乱钗横倚玉床，侍儿扶起理残妆[10]。沉香亭畔承恩日，夜夜春风醉海棠。又曰：小卧檐前梦不成，暗香疏影向人迎。寿阳

[1] 摇，盛昱抄绘本作"搴"。
[2] "婪尾春归，平头香聚"，爱氏抄本不加圈。
[3] 作，云石山人手抄本作"成"。
[4] 蓴，盛昱抄绘本作"莼"。
[5] "眼迷秋水"至"丝颤青鬟"，爱氏抄本不加圈。
[6] "路缘树迷，尘倩风扫"，爱氏抄本不加圈。
[7] "石磴苍凉，春色更好"，爱氏抄本作"露渍阶明，霞拖春好"，并加圈。
[8] 引，云石山人手抄本作"呼"。
[9] "燕妒莺惭"至"羞如晕靥"，爱氏抄本不加圈。
[10] 残，爱氏抄本作"红"。

公主梅花额，修到今生定几生。

【会评】

周文泉云："余友梁花农有《金陵十二钗词》，最爱其咏湘云阕，云：'是佳人，是名士。才调如卿，洗尽铅华气。'读此作，乃觉一时瑜亮。"

蔡笛椽曰："草藉花眠，红松翠偏，《牡丹亭》是梦境，此乃真境。"

君锡曰："赵飞燕之舞时、杨太真之醉后，未必有如此态。"

【包圭山笺注】

绛绡　陈济翁《蓦〔暮〕山溪》：黄金撚线，色与红芳斗。谁把绛绡衣，误将他、胭脂渍透。

花市　王观《芍药谱》序：扬州人无贵贱，皆喜戴花，故开明桥之间，方春之月，拂旦有花市焉。

苔阶　谢朓诗：红叶当阶翻，青苔依砌上。

廿四桥　韩元事〔吉〕词：风叶万枝繁。犹记牛山。五云楼映玉成盘。二十四桥明月下，谁凭朱阑。

广陵　《后山丛诗》：芍药红瓣黄腰，号金带围，本无常种，见则城内出宰相。韩魏公守广陵，时郡圃开四枝，公选客具妥以责〔赏〕之。时玉珪〔岐〕为郡倅，王安石为幕友，皆在选中，尚缺其一。公谓今日有过客，即使当之，及暮，报陈太傅升之来。明日，遂开宴，折花插赏，后四人果为首相。

东武　崔豹《古今注》：东武旧俗，每岁四月大会于角禅、资福两寺，芍药供佛最盛，凡七千余朵，皆重跗累萼，中有白花正圆如覆盂，其下十余叶承之如盘。东坡名之曰"玉盘盂"，苏轼《玉盘盂》诗："两寺妆成宝缨修，一枝争看玉盘盂。"

玉带　《举〔学〕圃余疏》：宣宗幸文渊阁，右筑石台，植淡红芍药一本。景泰初增置二本，左纯白，右深红，后学士李贤奏毁之。

金囊　《群芳谱》：缕金囊，金线冠子也。稍似细条深红者，于大叶中、细叶下，抽金线，细细相杂，条、叶并同深红冠子。

鹅黄　《群芳谱》：妒鹅黄，黄丝头也。于大叶中一簇细叶，杂以金线。

婪尾春　《合璧》：胡嵩诗曰："瓶里数枝婪尾春。"时人莫喻。桑维翰曰："文人谓芍药为婪尾春者，婪尾乃最后之杯。芍药殿春，故有是名。"《群芳谱》：芍药，一名婪尾春。

绣繻　《群芳谱》：拟绣繻，繻子也。两边垂下如所乘鞍子状。

仙颜　喻之曰"醉仙颜"，淡红也。曰"玉带白"，纯白也。曰"宫锦红"，深红也。与众赋诗，名曰《玉堂赏花集》。

宝相　《群芳谱》：妒娇红，红宝相冠子也。红楼子心中细叶上不堆大叶者也。

刘舍人　刘邠《芍药谱》序：芍药，古人无记录，世莫知其详，因次序为谱三十一种，皆使画工图写，以示未尝见者，使知之。

莲子杯　窦子野《酒谱》：唐人有莲子杯，白公诗中称之。

蕹簟　韩翊诗：蕹叶照人呈夏簟。

璆然　《史记·孔子世家》：环珮玉声璆然。

琉璃叶　元稹诗：烟（轻）琉璃叶，风亚珊瑚朵。

桐皮簟　《十国春秋》：通文三年，闽遣弟继恭于晋，进五色桐皮扇子。

鬓乱钗横　明皇登沉香亭，召太真，时宿酒未醒，命高力士及侍儿扶掖而出。醉颜残妆，钗横鬓乱，不能再拜。明皇笑曰："海棠春睡未足耶？"

梅花额　见上《雪里折红梅赋》注。

怡红院开夜宴赋

【题解】本事出自《红楼梦》第六十三回"寿怡红群芳开夜宴　死金丹独艳理亲丧"。宝玉过生日，恰巧宝琴、平儿、岫烟也是这天生日，白天在红香圃小敞厅内饮宴，意犹未足，乃继之以夜宴。"正因为贾母、王夫人不在家，没了管束，便任意取乐"，席上歌喉婉转，杯盏交错，谈笑风生，又有酒令"占花名"，以花名签上的题词预示人物的命运。这次夜宴在《红楼梦》所有的宴席场面中颇具特色，是小说前八十回的欢乐顶峰。此赋铺采摛文，勾画渲染怡红院生辰夜宴，大笔勾勒场景，细处刻画人物，描摹出一幅生动形象的"群芳夜宴图"。

【正文】
　　金屋人闲[1]，晶帘日暮。落花开筵，啼鸟宿树。令悬诗牌，筹错酒数。漏滴将残，曲终谁顾。阳春召我，天成语[2]，妙手得之。同太白之夜游；皇览揆予，适灵均之初度。

　　香浮银瓮，锦簇珠盘。猿真献果，鹤不分餐。梨正开而早酿，桃非窃而如蟠。奉觞劝祝，倚榻盘桓。无须白凤青鸾，王母长生之

---
[1] 闲，盛昱抄绘本作"间"。
[2] 成，爱氏抄本作"然"。

药；元霜绛雪，麻姑不老之丹。

则见春草娇婢，香云片片多。朝云小鬟。歌喉珠贯，舞袖弓弯。帐因雾锁，门倩风关。银屏烛冷，翠幛钩闲。深情若揭[1]，俗例都删。不劳你玉纤纤高捧礼仪繁。碧笼鸦髻，红褪凤环。香淋额角[2]，黛扫眉间。酒泛鹅儿色，曲吟雉子斑。

遂乃珠围翠合，云亘星联。签筹一握，骰彩三宣。桃垂溪畔，袭人。杏倚日边。探春。送春花了，麝月。绕瑞枝连。[3] 香菱。红瘦绿肥，湘云。锦障锁佳人之梦；影疏香暗[4]，李纨。孤山留处士之天。却宜春馆笙歌，宝钗。羡他富贵；最好秋江风露，黛玉。修到神仙。[5]

彼夫器陈握槊，物取藏弶。鹤形箭饰，豹尾壶投。格五致险[6]，象六谁优。呼枭得枭，彩非雉犊；打马刻马，图有骅骝。洵闺房之游戏，为饮博之风流。何如抛红豆之玲珑，相思入骨；诵碧云之清丽，不尽飞筹。

乃有梨园舞女，芳官另写。名列煎茶。箫吹碧玉，板拍红牙。颦眉偃月，晕脸蒸霞[7]。夜深则海棠欲睡，醉态如画。风高则燕子先斜[8]。玛瑙枕边，偏背了春风独近。梦断合欢之榻；芙蓉帐里，香飘并蒂之花。

---

[1] 深情，云石山人手抄本作"情深"。
[2] 淋，云石山人手抄本作"侵"。
[3] "遂乃珠围翠合"至"绕瑞枝连"，爱氏抄本不加圈。
[4] 暗，盛昱抄绘本作"淡"。
[5] "孤山留处士之天"至"修到神仙"，爱氏抄本不加圈。
[6] 险，云石山人手抄本作"俭"。
[7] "颦眉偃月，晕脸蒸霞"，爱氏抄本不加圈。
[8] "夜深则海棠欲睡，风高则燕子先斜"，爱氏抄本加圈。

【会评】

陆晴帘[1]曰:"柳軃花欹[2],莺娇燕嫩,是一幅《醉杨妃图》。"

君锡曰:"丝丝抽乙[3],蕉剥层层,至于取材宏富,又其次也。"

【包圭山笺注】

白凤青鸾 《汉武内传》:西王母谓武帝:王太公之药,乃有凤实云子、玉津金浆、宜邻麟胆、炎山日夜,东掇扶桑之舟褆,俯采长沙之文藻,太真红芝,九色凤脑,有得食之,后天而老此,太上之所服,非众仙之所宝也。次药有班龙黑胎、阆凤石髓、蒙山白凤之肺、灵丘苍鸾之血,有得服之,后天而游此,天帝之所服,非下仙之所逮也。其次药有丸丹金液、紫华红芝、五云之浆、元霜绛雪,若得食也,白日升天,此天仙之所服,非地仙之所见也。云翘夫人诗:一饮琼浆百感生,元霜〈绛雪〉(捣)尽见云英。

握槊 后魏李劭序:魏时,浮阳高光宗善挎蒱、赵国季幼序、洛阳邱何奴并王〔工〕握槊,此盖胡戏。

藏弧 《荆楚岁时记》:岁前又为藏弧之戏。《酉阳杂俎》:山人石旻尤善打弧,与张又新兄弟善。暇夜会客,因试其意弧,注之必中。张遂置弧于巾襆中,旻曰:"尽张空拳。"弧在张君幞头左翅中,其妙如此。

鹤形 皇甫松《醉乡日月》:古者交权多为搏。《列子》曰:虞氏设乐饮酒,击博楼上。其齿以牙,饰以箭,长五寸,其数六,刻一头作鹤形。《仙经》云"六鹤齐飞",盖其名也。

---

[1] 帘,绿香红影书巢本作"廉"。

[2] 軃,何书丹本、羊城翰苑楼本作"鹈"。

[3] 丝丝抽乙,云石山人手抄本作"丝抽乙乙"。

豹尾 《颜氏家训》：投壶之礼，古者实以小豆，为其矢之跃也。今则惟欲其骁，益多益喜，乃有倚竿、带剑、狼壶、豹尾、龙首之名。

格五 《前汉》：吾丘寿王侍，以善格五，召待诏。注：苏林曰："博之类，不用箭，但行枭散。"刘德曰："格五，棋行。簺法曰塞白乘五，至五格不得行，故云格五。"师古曰："即今戏之簺也。"

呼枭 《国史补》：贞元中，董叔儒进博局并经一卷，洛阳令崔师本又好为古文摴蒱。其法：三分其子三百六十，限以二关，人执六马，其骰五枚。分上为黑，下为白。黑者刻二为犊，白者刻二为雉。掷之，全黑乃为卢，其彩十六；二雉三黑为雉，其彩十四；二犊三白为犊，其彩十；全白为白，其彩八；四者贵彩也。开为十二；塞为十一；塔为五；秃为四；枭为二；撅为三。贵彩得连掷，得打马，得过关，余彩则新加进六两彩。又李易安《打马赋》：打马爱兴，摴蒱遂废。实小道之上流，乃深闺之雅战。

打马 《事物如〔绀〕珠》：打马用铜或牙角为钱样，共五十四枚，上刻良马，各布图四面，以投子掷打之。

红豆 温庭筠《添声杨柳枝》词：井底点灯深烛伊，共郎长行莫围棋。玲珑骰子安红豆，入首相思则不知。

碧玉箫　温庭筠诗：凉月殷勤碧玉箫。

红牙板 《研北杂志》：宋赵子固清放不羁，好饮酒，醉则以酒濡须，歌古乐府，执红牙以节曲，其风流如此。按：红牙，拍板也。陆游诗：凭教后苑红牙板，引上西州绿锦茵。

见土物思乡赋

【题解】本事出自《红楼梦》第六十七回"见土仪颦卿思故里　闻秘事凤姐讯家童"。薛宝钗将薛蟠从南方带来的土物分送各人,只有黛玉的比别人不同,且又加厚一倍。黛玉见了家乡土物反自伤心,"惟有林黛玉看见他家乡之物,反自触物伤情,想起父母双亡,又无兄弟,寄居亲戚家中,那里有人也给我带些土物?想到这里,不觉的又伤起心来了"。此赋铺写黛玉见到来自家乡的物事,思念父母,感怀旧事,唏嘘慨叹,伤心落泪,最后触景伤情,引起沈谦的情感共鸣,"仆亦羁人,自伤征鞅",抒发自己的羁旅行役之苦和对家乡亲人的想念。

【正文】

客有自吴门来者,吞云梦者八九。遗以石鼠之笔,金花之笺。砚则雪浪,墨则松烟。粉有龙消之美,黛有螺子之鲜。傀儡则抟以黄土[1],胭脂则和以丹铅。感姊妹之多情,总有万语千言,只在心上忖。频劳投赠;伤耶娘之永诀[2],莫诉迤逦[3]。

当其寄食母家,栖身旅境。乡关路遥,孤馆日永。听翠竹兮声清,望白云兮气冷。虽曰我之自出,此际愁肠一片。脉脉关心;其如穷无所归[4],茕茕吊影。愁绪乱兮秋漏长[5],客梦醒兮春院静。

---

[1]　抟,盛昱抄绘本作"团"。
[2]　耶,云石山人手抄本作"爷"。
[3]　迤,云石山人手抄本作"连"。
[4]　如,盛昱抄绘本作"奈"。
[5]　漏,盛昱抄绘本作"夜"。

犹忆夫鲈乡风透，远望可以当归。鹤涧云栖。寒山钟断，乐圃花迷。桥边虹卧，台上鸱啼。夕阳乌巷，芳草白隄。墩飞彩凤[1]，陂畜仙鸡。点头石古，响屧廊低。一带玉山，桐树护仲瑛之宅；半弯香水，莲花通西子之溪。

似此风光，不堪暌隔。放眼兮山断烟横，偏吾生海角天涯。举头兮天空月白[2]。有三千云外之程，无十二风前之翩。路迢迢兮界弥宽，魂恍恍兮心倍窄[3]。

倘令客中遇旧，缭而曲。情益相亲；何书丹本侧批：似此旅况，惨何如也。即教梦里还家，愁犹莫释。

况复故乡珍物，弥深怆怀。荔同贡蜀，橘类逾淮。能不悄然肠断，潸然泪揩[4]。心比莲而尤苦，境非蔗而何佳。愁惟眠而可对，闷无酒而堪排[5]。侬有谁怜，敢蘸破你一床幽梦。烦侍儿之慰藉；命如斯薄，劳公子之诙谐。

仆亦羁人，自伤征鞅[6]。捧他千佛之经，遗你三春之榜[7]。名场则鱼竟曝腮，生涯则蛛聊补网。计拙兮客难归，家贫兮亲谁养[8]。所冀塞鸿江鲤，青山家在梦中。凭传尺素之书；何当鲈脍蓴羹[9]，殊结秋风之想。

[1] 飞，云石山人手抄本作"非"。
[2] "放眼兮山断烟横，举头兮天空月白"，爱氏抄本不加圈。
[3] "路迢迢兮界弥宽，魂恍恍兮心倍窄"，爱氏抄本加圈。
[4] 潸，杭图抄本作"潜"。
[5] "愁惟眠而可对，闷无酒而堪排"，爱氏抄本加圈。
[6] 征，盛昱抄绘本作"旅"。
[7] 你，爱氏抄本、盛昱抄绘本、云石山人手抄本作"我"。
[8] 谁，云石山人手抄本作"难"。
[9] 蓴，盛昱抄绘本、杭图抄本作"纯"。

【会评】

何拙斋先生曰："一万声长吁短叹，五千遍捣枕搥床，心事俱活活写出。"

君锡曰："一唱三叹，俯仰凄凉，非羁旅远人不能道出离怀别绪之语。"

【包圭山笺注】

雪浪砚　《一统志》：砚石，蓬莱县海中鼍矶岛下，出名罗纹金星，又名雪浪砚。

松烟墨　《晁氏墨经》：古用松烟、石墨二种。石墨，自晋魏以后无闻，而松烟之制尚矣。卫夫人云：墨取庐山松烟。

螺子黛　唐冯贽《南部烟花记》：炀帝宫中争画长眉，司宫吏日给螺子黛五斛，出波斯国。

鲈乡　鲈乡亭，在吴江县东长桥上，始陈尧佐《题松陵》诗有"秋风斜日钓鲈鱼"之句。绍兴中，林肇为令，作江上以鲈乡名亭之。

鹤涧　虎阜有清远道士，养鹤涧。

寒山　唐张继《枫桥夜泊》诗：姑苏城外寒山寺，夜半钟声到客船。寒山寺，在吴县西十里枫桥。

乐圃　乐圃，在吴县北，本钱氏废圃，广轮逾之十亩，高冈清池，粗有胜致。朱长文栖隐于此，号曰"乐圃"。《吴郡志》：钱氏时，号为"金谷"。

虹桥　乘虹桥，在吴江东门外，一名长虹。

白堤　白公堤，在长洲县西北虎邱山塘。

凤墩　鸡笼山，在长洲县西北。相传晋司空陆玩葬此山，掘地得石凤飞去，今凤凰墩是也。

鸡陂　鸡陂墟，在元和县东畜鸡之处，去县城二千里。

点头石　生公说法台，在虎邱十道。《西番志·僧志》：僧筑台，道生讲法于此，聚石为徒，与谈至理，石皆点头。

响屧廊　响屧廊，在吴县，以梗梓藉其地，西施步屧绕之，则有声，故名。

玉山　杨维桢《玉山草堂记》：昆隐君顾仲瑛氏，其世家在昆之西界溪上，稍为园池别墅，治屋庐其中，名其前之轩曰"桃源"，申〔中〕之室田〔曰〕"芝云"，东曰"可诗斋"，西目〔曰〕"读书舍"，后之馆曰"碧梧""翠竹""亭田""种玉"，合而称之，则曰"玉山佳处"也。时与名人韵士日相优游于山西之墅，以琴樽文赋为吾弗迁之乐。

香水　香水溪，在吴县西南，相传西施浴处。

梦里还家　许浑诗：病中送客难为别，梦里还价〔家〕不当归。

千佛经　《摭言》：张倬，束之之孙，数举进士，不第，捧登科记顶上戴之曰："此《千佛名经》也。"

三春榜　三春省壁莺迁榜，一字天津马渡桥。

曝腮　辛氏《之〔三〕秦记》：河津，一名龙门，大鱼集龙门下数千，不得上，上者为龙，故曰"曝腮龙门"。许浑诗：风云有路皆烧尾，波浪无程尽曝腮。张九龄诗：作骥君垂耳，为鱼我曝腮。《南史》：谢郁《与何敬书》云："曝腮之鱼，石〔不〕念杯勺之水；云霄之翼，岂顾樊笼之粮。"

塞鸿江鲤　《古乐府》：客从远方来，遗我双鲤鱼，中有尺素书。杜甫诗：天上多鸿雁，池中足鲤鱼。相看过半百，不寄一行书。王安石诗：寄声欲问塞南事，只有年年鸿雁飞。

鲈脍莼羹　张翰，字季鹰，吴人。少有隽才，娴词赋，狂达不羁，号"江东步兵"。齐王冏辟为东曹掾，因秋风初起，思江上莼羹、鲈鱼脍，遂命驾归。

中秋夜品笛桂花阴赋

【题解】本事出自《红楼梦》第七十六回"凸碧堂品笛感凄清　凹晶馆联诗悲寂寞"。在"悲凉之雾遍布华林"之际的一个中秋之夜，贾母与大观园众芳齐上主山峰脊的凸碧山庄赏月，二更以后，贾母把众媳妇姑娘留下，击鼓传花，讲笑话，赏桂饮酒，复命人月下吹笛，"如此好月，不可不闻笛"，笛声远远地从桂花树下传来，"趁着这明月清风，天空地净，真令人烦心顿解，万虑齐除，都素然危坐，默默相赏"。随后，笛声再次响起，"呜呜咽咽，袅袅悠悠"，悲怨凄凉，贾母垂泪，众人不禁有凄凉寂寞之意。此赋铺写贾母率家人桂花阴下赏月闻笛之景，明月清冷，笛韵凄凉，心境感伤，"吹出不平之调"。

【正文】

木落秋高，天空夕朗。星浮客槎，露裛仙掌。四壁虫声，万户碪响。寒影月来，孤情云上。梯非石而贯绳，桥如银而掷杖。玉楼遍倚，恰称广寒宫仙乐声声。遂成骚客之名；金粟斜飘，殊结蟾宫之想。

维时仙友联盟，艻林竞秀。花开成毯[1]，子落如豆。霄放彩鹏，

---

[1] 成，云石山人手抄本作"若"。毯，羊城翰苑楼本作"逑"。

路分灵鹫。八公依刘,五枝赠窦。四出办圆[1],重台香透。莫不越层岩,登远岫,采琼英,探璇宿。攀喜天高,培惊山瘦。[2]白好盈簪,风过处,衣香细生。碧还唾袖。

桂魄团栾,萱堂纵欢。篆袅香灺,风摇烛残。杏子衫薄,莲花漏干。关山欲晓,星斗自寒。红牙未按,银甲休弹。恍登黄鹤之楼,江城如旧;宜奏紫云之曲,世界都宽。

折柳成腔,落梅应拍。流水飞鸿,穿云裂石。紫玉声偷,除却了清虚洞府,只有那沉香亭院。绿珠影隔。鱼龙跳喷,霄汉轩辟。蟾冷兔寒,烟空露白。猿啸峰青,鸟啼树碧。[3]三更潮反,携来玳瑁之枝[4];十斛香飞,惊落嫦娥之魄。

献疑东海,奏[5]叶西凉。钿裁江左,竿取衡阳。韵皆合管,音犹绕梁。隔深林兮缥缈,穿曲径兮悠扬。逢被谪之仙人,面面俱到。响连月斧;感同游之道士,调制[6]霓裳。郭超吹而流涕,阮咸闻而断肠。[7]

急管凄怆,幽情悲咽。弥深旧怀,莫翻新阕。故园无金谷之游,客子有玉关之别。鹧鸪啼后,霜露俱晞。乌鹊飞来,风烟顿绝。夜凉兮酒醒,梦断兮愁结。不独李生镜水,湖中之奁影平分;老父君山[8],江上之岚光尽裂。

---

[1] 办,爱氏抄本、羊城翰苑楼本、云石山人手抄本作"瓣"。
[2] "莫不越层岩"至"培惊山瘦",爱氏抄本不加圈。
[3] "折柳成腔"至"鸟啼树碧",爱氏抄本不加圈。
[4] 枝,盛昱抄绘本作"簪"。
[5] 奏,云石山人手抄本作"奉"。
[6] 制,云石山人手抄本作"裂"。
[7] "郭超吹而流涕,阮咸闻而断肠",爱氏抄本加圈。
[8] 老父君山,盛昱抄绘本作"渔父舟中"。

【会评】

熊芋香先生[1]曰:"回隔断红尘茌苒,直写出瑶台清艳[2]。"

君锡曰:"磊落胸襟,吹出不平之调。"

【包圭山笺注】

客槎　王嘉《拾遗记》:尧登位三十年,有巨槎浮于西海,槎上有光,夜明昼灭,常浮绕四海,十二年一周天,周而复始,名曰"贯月槎",羽人栖其上。

仙掌　《山堂肆考·汉武帝故事》:建章宫作承露盘,高二十丈,六七围,以铜为之,上有仙人掌擎玉杯以承云表之露,和玉屑饮之,云可以长生。《庐山记》:山有三石梁,广不盈尺,俯眄杳然无底。吴猛将弟子过此梁,见老翁坐于桂树下,以玉杯承甘露与猛。

绳梯　《宣室志》:周生有道术,中秋会客,取绳数百条,驾之曰:"我梯此取月。"俄而,出月于怀,一室尽明,寒入肤首焉。

银桥　《唐逸史》:玄宗玩月,罗公远取杖掷之,化为大桥,色如银。至月宫,仙女数百,皆素练宽衣,舞于广庭。玄宗问曰:"此何曲也?"曰:"《霓裳羽衣曲》也。"因记其声调次,召伶官谱之。

玉楼　赵嘏诗:长笛一声人依楼。

金粟　向子諲词:琉璃翦叶,金粟缀花繁。柳咏〔永〕词:一粒粟中香万斛,君看梢头几金粟。

蟾宫　赵蕃赋:愿逍遥于蟾宫。

仙友　《三余赘》:其子曾端伯以岩桂为仙友,张叔敏以桂为仙客。

---

[1] 爱氏抄本无"先生"二字。

[2] 清,羊城翰苑楼本作"青",何镛本作"情"。

芗林　宋《向子諲集》：子諲卜筑清江，绕屋种岩桂，颜其堂曰"芗林"，自号"芗林居士"。

成毬　《学圃余疏》：木犀，吾地为盛，天香无比，然须种早。黄球子二种，不惟早黄，七月中开球子，花密为胜，即香亦馥郁异常。丹桂香减矣，以色稍全之，余皆勿植。

如豆　《西湖志》：天竺寺每岁中秋月夜，尝有桂子飘落，寺僧尝拾得之，故宋之问《灵隐寺》诗曰：桂子月中落，天香云外飘。宋仁宗天圣中，灵隐寺月桂子降，繁如雨，大如豆。

彩鹏　刘禹锡诗：旦晚阴成比梧竹，九霄还放彩鹏来。

灵鹫　《名山记》：昔有梵僧从天竺灵鹫峰飞来，云："八月十五夜，常有桂子落。"

八公　《楚词》注：《淮南王刘安传》：博雅好古，八公之徒咸慕其德而归其仁，其登山攀桂树，安作诗曰："攀桂树兮各淹留。"

五枝　《五代史》：燕山窦禹钧生五子，俱登第，冯道赠诗曰："灵椿一株老，丹桂五枝芳。"

四出　《学斋沾〔占〕毕》：花中惟岩桂四出，余谓土之生物，其成数五，故草木花皆五，惟桂乃月中之木，居西方地，乃西方金之成数，故花四出而金色，且开于秋云。

天高　杜甫诗：攀桂仰天高。

白盈簪　王路《花史》：无瑕常着素裳折桂，明年开花，洁白如玉，女伴取簪髻，号"无瑕玉花"。

碧唾袖　《中州集》：郦权《咏木犀》诗："琉璃蔚芳葆，蛾黄拂仙裾。唾袖花点碧，漱金粟生肤。好风一披拂，九里香萦纡。"

桂魄　蒋防赋：将摇桂魄。

团栾　杨万里《昨日访子上不过〔遇〕徘徊庭砌观木犀而归再

以七言乞数枝》诗：小朵出丛须折却，莫教冲破碧团栾。曾几《岩桂》诗：团栾岩下桂，表表木犀中。

银甲　杜诗：银甲弹筝用。

黄鹤楼　李白诗：黄鹤楼中吹玉笛，江城五月落梅花。

紫云曲　《神仙感遇传》：玄宗梦仙子十余辈，御卿云而下，列于庭，执乐器奏之，仙府之章也。乐阕，一仙人前曰："此神仙紫云曲。"玄宗寤，命以玉笛吹而习之，尽得其节奏。

世界宽　陆游诗：室中恰受一蒲团，也抵三千世界宽。

折柳落梅　张乔笛诗：剪雨裁烟一节收，落梅杨柳曲中愁。《甘泽谣·许云封》曰：《落梅》流韵，感金谷之游人；《折柳》传情，怨玉关之戍客。

流水飞鸿　马融赋：听声类形，状似流水，又若飞鸿。

穿云裂石　朱文《铁笛亭》诗序：侍郎胡明仲，尝与武夷隐者刘君兼道游，刘善吹笛，有穿云裂石之奇。

紫玉　乐史《太真外传》：明皇置五玉帐，长枕大被，共处其间。妃子无何窃宁王紫玉笛吹之。张祜诗：梨花院落无人处，偷把宁王玉笛吹。

绿珠　《志奇》：绿珠为梁伯女，生而好音乐。伯至山中，闻吹笛异于常声，忽空中语云："汝女好音，欲传一曲。汝即归，芟取西北方草，结一人形，被以华服珠翠，翠杯酒盂饭，命女呼我名曰茵于，至三更，我当至。"伯归，如法，至期果至，空中吹笛，绿珠听之，得十五曲，因名笛曰茵于。

鱼龙跳喷　郑还古《传异》：吕筠卿夜泊舟君山侧，命酒吹笛，忽见老父系舟而来，袖出笛三管：其一大如合拱，次如常，其一绝小如细笔管。筠卿请老父一吹。老父曰："大者，上天之乐；次者，合众仙；其小者，是老汉与朋友所乐也。庶类集而听之，未知可终曲否？"言毕，果吹三声，潮上风动，波涛汹漾，鱼龙跳喷，五声六声，君山上忽鸟兽叫噪，日色昏暗。舟人大恐，老父遂止，棹舟而去，见隐隐于波而没。

反潮 《潜居录》：崔文子能吹反潮之笛，吹已横广下，险于广陵之涛。

玳瑁枝 《天中记》：宋嘉祐中，王畴欲定大乐，尝就成都，房庶取玳瑁古笛以较金石。

东海 《朝鲜志》：有玉笛长尺有九寸，其声清哓，云东海龙王所献。

西凉 《山堂考索》：义嘴笛，如横笛而加嘴，西凉乐器也。

江左钿 《南史·齐纪》：东昏侯潘妃玉寿殿中，橡用〔桷〕之端悉垂铃佩，江左旧物，有古玉律数枚，悉裁以钿笛。

衡阳籦 马端临《文献通考》：古者，论笛之良，不过衡阳之籦也。

绕梁 傅淬绰《笛赋》：曲凝高殿，声出洞房。既逐舞而回袖，亦声高而绕梁。

被谪 《酉阳杂俎》：月中有丹桂树，高五百丈，下有人恒斫之，树创复合，其人姓吴名刚，西河人。学仙有过，谪令伐桂。苏轼诗：借君月斧斗朦胧。

霓裳曲 《爰弦记》：霓裳，一名法曲献仙音。明皇入月宫，记其曲，遂于笛中写之。

鹧鸪 唐许浑有《听吹鹧鸪》诗，鹧鸪，笛曲名。

霜露 王绩《古意》诗：桂树何苍苍，秋来花更芳。自言岁寒性，不知露与霜。

乌鹊　魏武帝诗：月明星稀，乌鹊南飞，绕树三匝，无枝可依。

李生　蒋帝《逸史》：李謩者，开元中吹笛为第一部。至越州，时州中客会同镜湖，邀李生推之。李生捧笛，声发，坐客皆叹赏。会中有独孤生者，但微笑而已。李曰："公如轻薄，必是好手。"乃拂一笛以进，独孤曰："此入破必裂。"遂吹之，及入破，笛果裂，不能终曲。李生再拜，众皆悚息。

老父　见本赋"鱼龙跳喷"注款。

凹晶馆月夜联句赋

【题解】此赋本事出自《红楼梦》第七十六回"凸碧堂品笛感凄清　凹晶馆联诗悲寂寞"。凹晶馆月夜联句，是继"凸碧堂品笛"之后《红楼梦》中又一个清冷场面的描写，贾府合家赏月，曲终人散，林黛玉、史湘云二人又相约至凹晶馆。黛玉、湘云都是寄居贾府的孤女，才情出众，二人在这"团圆"之夜，念及身世凄苦，感伤联句，写下了"寒塘渡鹤影，冷月葬花魂"的诗句。看破红尘的妙玉也感到过于悲凉，自告奋勇将联句续完。此赋铺写林黛玉和史湘云的"凹晶联诗"，以及妙玉续补的情节，进一步渲染贾府走向没落的衰颓景象。

【正文】

横天河汉，近水楼台。一角青嶂[1]，半弓绿苔。[2] 风生木末，月

---

[1] 嶂，云石山人手抄本作"障"。
[2] "横天河汉"至"半弓绿苔"，爱氏抄本不加圈。

满池隈。浪翻纹起,帘卷影来。花浓香聚,石细路回。身皆仙骨,秋是愁媒。四字奇警[1]。梦如云懒,诗不雨催。[2]

西园侍宴,触景辛酸。迢迢夜永,落落形单。山不高而色净[3],月色溶溶,花阴寂寂,此中有酬韵人矣。树不老而声寒。桐何为而蘸碧,桂何事而流丹。露横水冷,云敛天宽。彩分贝阙,圆捧晶盘。

遂乃缓蹴凤鞋,轻携雀扇。罗袖拖红,练裙皱茜。步展弓弓,波开面面。风约萍根,雪堆荻片[4]。舫不鸾飞,喉疑莺啭[5]。囊提骨董,问阿谁能与竞雌雄。有句同探[6];鼎返消摩,无丹不炼。玉臂云鬟之饰,香雾迷来;红吟绿赋之声,石栏数遍。

绛仙雅调,白蜡新词。泥同落燕,珠必探骊[7]。才逾鲍妹,慧胜班姬。刻怜烛短,催怕钟迟。思抽来而乙乙,是联句,不是吟诗。语贯去而累累。敌遇勍而斗捷[8],韵因险而生奇。秋色平分,细吐我心上灵芽。明月三更之梦;偏师难破,长城五字之诗。

维时鹊绕枝头,陡觉的银汉秋生别样姿。猿啼峡里。笔点花魂,香喷石髓。云气铺青,岚光耸紫。槎贯如期,镜磨无滓。笛声嫋嫋,远飘秋树之影[9];鹤影珊珊,横渡寒塘之水。[10]南楼则逸兴遄飞,

---

[1] 字,何书丹本作"句"。
[2] "浪翻纹起"至"诗不雨催",爱氏抄本不加圈。
[3] 净,云石山人手抄本作"浮"。
[4] 雪,云石山人手抄本作"云"。
[5] 疑,云石山人手抄本作"宜"。
[6] 探,云石山人手抄本作"羡"。
[7] "泥同落燕,珠必探骊",爱氏抄本加圈。
[8] 勍,盛昱抄绘本、浙图抄本、云石山人手抄本作"劲"。
[9] 影,羊城翰苑楼本、云石山人手抄本作"阴"。
[10] 渡,浙图抄本作"度"。"维时鹊绕枝头"至"横渡寒塘之水",爱氏抄本不加圈。

北院则狂歌惊起。[1]

既而兰若同游，羽衣青鸟闲来往。松凳并坐。砚匣闲随，钗鬟斜弹。绿茗一瓯，青莲千朵。顶依簷蔔之香，灯拨琉璃之火。苦海不乏慈航，迷津岂无法舸。诗梦醒兮草生，禅关冷兮烟锁。直欲剪红刻翠，频敲铜钵之音；何妨扣寂探机，你是九品莲台座右身。共证蒲团之果。[2]

【会评】

徐稚兰曰："'睛斜盼[3]，手背抄，绕径寻诗莲步小。'笠翁乐府可谓描摹尽态矣。联青俪黄，洵堪配偶。"

君锡曰："喉娇语细，如闻莺燕之声；韵险诗奇，乃获珠玑之句。"

【包圭山笺注】

近水楼台　《清夜录》：范文正公镇钱塘，官兵皆被荐，独巡检苏允麟不见录，乃献诗云：近水楼台先得月，向阳花木早逢春。公即荐之。

骨董囊　陆游诗：诗成读罢仍无用，聊满山家骨董囊。

绛仙　《烟花记》：隋炀帝以合欢水果赐吴绛仙，绛仙以红笺进诗谢帝，帝曰："绛仙才调如相如也。"

落燕泥　《隋书》：炀帝杀薛道衡曰："复能作梁空落燕泥否？"

探骊珠　《诗话》：元稹与刘禹锡、韦应物在白傅第赋《金陵怀

---

[1] "南楼则逸兴遄飞，北院则狂歌惊起"，爱氏抄本加圈。
[2] "直欲剪红刻翠"至"共证蒲团之果"，爱氏抄本加圈。
[3] 睛，羊城翰苑楼本作"睛"。

古》诗，刘先成，白览之曰："四人探骊龙，子先获珠，所余鳞爪何用耶？"于是罢唱。

鲍妹　《诗品》：包〔鲍〕昭〔照〕，字令晖，尝答孝武云："臣妹才自亚于左芬，臣才不及太冲耳。"

班姬　《后汉书》：扶风曹世叔妻，同郡班彪之女也。名昭，字惠班，一名姬，博学高才，世叔早卒，有节行法度。兄名固，著《汉书》，未竟而卒，诏昭就东观藏书阁，踵而成之。帝数召入宫，令皇后、贵人师事焉，号曰"大家"。

思乙乙　陆士衡《文赋》：理翳翳而愈伏，思乙乙其若抽。

偏师　《诗话》：刘长卿与秦系为诗相赠答，权德舆曰："长卿自谓五言长城，系以偏师攻之。"

砚匣　徐陵《玉台新咏》序：琉璃砚匣终日随身，翡翠笔床无时离手。

斜挦　卢氏词：凤钗斜挦乌云腻。

簷卜香　何兆诗：芙蓉十二池心漏，簷卜三千灌顶香。

苦海慈航　清凉禅师曰：夫般若者，苦海之慈航，昏衢之巨烛。

迷津法舸　张文成《沧洲弓高县实性寺释迦像碑》：持惠灯而耀长夜，扬法舸而救迷津。

草生　《南史》：谢灵运尝于永嘉西堂诗思，竟日不就，忽梦惠连，即得"池塘生春草"之句，乃云此诗有神助。

剪红刻翠　《玉壶清话》：长沙徐东野诗，浮脆轻艳，皆铅华歌妩媚，一时樽俎。其句不过"牡丹宿醉，兰蕙春悲。霞宫日城，剪红刻翠"而已。

蒲团　《传灯录》：龙牙山居道证空禅师，问翠微："如何是祖师意？"翠微曰："与我过禅板来。"师遂过禅板，翠微接得便打。

又问临济:"如何是祖师意?"临济曰:"与过蒲团来。"师乃过蒲团,临济接得蒲便打。

四美钓鱼赋

【题解】此赋本事出自《红楼梦》第八十一回"占旺相四美钓游鱼 奉严词两番入家塾"。四美钓游鱼,是《红楼梦》续书中的一绝,同黛玉葬花、宝钗扑蝶一样,是一幅唯美的画作。参加垂钓者为探春、李纹、李绮、邢岫烟四人。这时的贾府众姐妹或离去、或出嫁,大观园已非当日结海棠社时的热闹景象。贾宝玉无事,因伤感迎春嫁错人,到园中走走,看到的却是一片萧疏景象,藕香榭人去楼空,蘅芜苑门窗掩闭,见四美垂钓,便扔石水中,吓跑鱼儿。宝玉提议"咱们大家今儿钓鱼占占谁的运气好,看谁钓得着就是他今年的运气好,钓不着就是他今年运气不好"。结果,探春、李纹、李绮、邢岫烟四人皆有收获,宝玉则钓竿折断,毫无作为。赋作详尽铺陈四美钓游鱼的场景,以及怡红公子扔石之举,最后议论占旺相,预示宝玉后来糟糕的命运。

【正文】

红飞岸蓼,绿卷汀蘋。水清石露,浪小珠匀。鸳鸯浴浦,翡翠投纶。镜有霜而皆晓,雪水松江,尽属侬家风月。壶无玉而不春。[1]何须莲叶溪边,放来短艇;却好桃花潭上,寄此闲身。

---

[1] "镜有霜而皆晓,壶无玉而不春",爱氏抄本不加圈。

闺中仙队，翠绕珠围。勾留石磴，拂拭苔矶。雨平水满，秋老鱼肥。远岸鸥宿，芳田鹭飞。草香裛袖，岚气侵衣[1]。照面盈盈，春山翠拖，春烟淡和。艳比浣纱之女；凌波冉冉，娇同解佩之妃。

尔乃斜放芒钩，轻抛琼粒。眼彻波澄，心随流急。云弥镜而鬓寒，宛身从画里游行。浪泼花而腮湿。联蝉绣合[2]，声疑杨柳之藏；独茧丝垂，影许蜻蜓之立。不羡乎海上罾罟，江干蓑笠。[3]

绿渚烟横，便自有濠濮间想。碧澜风荡。香沫徐喷，锦鳞直上。鹦鹉惊飞，蒹葭激响。饱咂萍根，潜通藕荡。穴向丙探，头如丁仰。织簃编篱，掣三牵两。[4]腰折神疲，睛回目晃[5]。喃喃呐呐，流花下之娇音[6]；策策堂堂，结濠间之遐想。

怡红公子，缘溪前行。身藏路僻，步展衣轻。携来片石，冲破澄泓。空山鹤啸，老树猿惊。相与临曲涧，坐疏林，投翠竹，锻黄金。直本如绳，才想鲈鱼坠钓肥[7]。借得美人之线；沉原有羽，敲残稚子之针。宜收万匠之箑，鸬鹚港浅；漫引百囊之网[8]，芦荻洲深。

用以参珞琭之书，此段占旺相。究波罗之术，探景纯之囊，入君平之室。李虚中空演支干，桑道茂徒推月日。瓦虽击而无灵，棋果排而莫悉。不必蓍耆龟久，细课虚元；便教饵重缗隆，预征安吉。

---

[1] 侵，盛昱抄绘本作"薰"。
[2] 绣，羊城翰苑楼本作"啸"。
[3] "不羡乎海上罾罟，江干蓑笠"，爰氏抄本加圈。
[4] "鹦鹉惊飞"至"掣三牵两"，爰氏抄本不加圈。
[5] 睛，盛昱抄绘本、羊城翰苑楼本作"晴"。
[6] 下，盛昱抄绘本作"底"。
[7] 鲈，羊城翰苑楼本作"鱸"。
[8] 囊，羊城翰苑楼本作"乂"。

【会评】

俞霞轩曰:"皮袭美云:'吟陆鲁望诗,江风海雨,撼撼生齿牙间。'此则如披王齐翰《垂纶图》,潭月溪烟,令人临渊起羡。"

君锡曰:"尽态极妍,佳人嬝娜之形,无不一一写出。"

【包圭山笺注】

翡翠纶 《阙子》:鲁人之钓,以桂为饵,锻黄金之钩,错以银碧,垂翡翠之纶。

浣纱女 《青田志》:谢康乐游石门洞,入沐鹤池,旁见二女浣纱,以诗嘲之曰:"浣纱谁是女,香汗湿新雨。对人默无言,何自甘良苦。"二女曰:"我是潭中鲗,暂出溪头食。食罢自还潭,云中何处觅?"吟罢不见。

凌波 《洛神赋》:凌波微步,罗袜生尘。黄庭坚诗:凌波仙子生尘袜。

解佩妃 《楚词》:吾令丰隆乘云兮,求宓妃之所在。解佩纕以结言兮,吾令蹇修以为理。

芒钩 《列子》:詹何,楚人也。学钓五年,然后尽其道,以独茧为纶,芒针为钩,剖粒为饵,于百仞之渊,引盈车之鱼。

联蝉 《留史》:王蕴为会稽内史,王悦来拜墓,蕴子恭省之留十余日方还,蕴问之,曰:"与阿太语,蝉连不得归耳。"

独茧 见上"芒钩"注。

罾罶 《词林海错》:郭赋"罾罶比松",皆网名也。

丙穴丁头 《水经注》:丙穴出嘉鱼,常以二月出穴,十月入穴,谓鱼自穴下透入水,穴口向丙,故曰丙穴。《尔雅》:鱼枕谓之丁,鱼肠谓之乙,鱼尾谓之丙。

织箴　《三才图会》：箴者，断也。织竹如曲薄，屈曲围水中，以断鱼蟹之逸，名曰蟹箴，不专取鱼也。

掣三牵两　潘尼《西征赋》：纤经连白，鸣榔厉响。贯鳃勺尾，掣三牵两。注：掣三牵两，言三度掣钓，两度得鱼之谓也。

喃喃　《北史·隋文帝四王房陵王勇传》：乃向西北奋头喃喃细语。

策策堂堂　谭峭《化书》：庚氏穴池，构竹为凭槛，登之者其声"策策"。辛氏穴池，构木为凭（槛），登之者其"堂堂"。二氏俱牧鱼池中，每凭槛投饵，鱼必踊跃而出。他日但闻"堂堂""策策"之声，不投饵亦出，则是庚氏之鱼可名"策策"，辛氏之鱼可名"堂堂"，食之化也。

濠间　庄子与惠子游于濠梁之上，庄子曰："鯈鱼出游从容，是鱼之乐也。"惠子曰："子非鱼，安知鱼之乐？"庄子曰："子非我，安知我不知鱼之乐？"

稚子针　杜甫《江村》诗：老妻画纸为棋局，稚子敲针作钓钩。

万匠箪　《酉阳杂俎》：晋时，钱塘有人作箪，年取鱼亿计，号为万匠箪。

百囊　《尔雅》：緵罟谓之九罭。注：今之百囊罟，亦谓之䍡，江东谓之緵。

珞琭　《通考》：《珞琭子三命》一卷，推人生休咎、否泰之法。著《消息赋》云："臣出自兰野，幼慕真风，入肆无悬壶之妙，游街无化杖之神。息一气以凝神，消五行而通道。乾坤立其牝牡，金木定其刚柔。昼夜分为君臣，时节分为父子。不可一途而取，不可一理而推。"

波罗术　《王应麟集》：十一星行历，推人命贵贱，始于唐贞元初都利术士李弼乾,传有《聿斯经》,本梵书。吴莱云:都利,盖都赖也。西域康居域当都赖水上,今所谓《聿斯经》者,波罗门之术也。

景纯囊 《晋书》:郭璞,字景纯,河东闻喜人也。好经术,博学有高才。有郭公者,客居河东,精于卜筮,璞从之受业。公以《青囊中书》九卷与之,由是洞悉五行天文卜筮之术。

君平 《高士传》:严遵,字君平,卖卜于城市,以为卜筮贱业而何以惠人,有邪恶乌能正之,至若人问,则依龟筮中利害断之。与子言孝,与臣言忠,各导之以善,日得百钱,日给仅足,则闭肆下帘而读《易》与《老子》焉。

李虚中 《韩昌黎集》:李虚中最深于五行,以人之始生年月日时所值日辰支干,相生胜衰死枉相,斟酌推人寿夭贵贱,百不失一。《吴莱集》:唐僧一行、桑道茂、刘孝恭三人咸精其术焉。

桑道茂 见上"李虚中"注。

棋瓦 《方术记》:有十二棋子,黄石公用之行师,万不失一。又巫俗击瓦,观其纹理分拆,以定吉凶,谓之瓦卜。《南部新书》:西京寿安县有墨石山神祠,颇灵。前有两瓦子,过客投之,以卜休咎,仰为吉,覆为凶,即今之杯卜也。

蓍者 《白虎通》:蓍之为言耆也,如阳之老者也。

潇湘馆听琴赋

【题解】此赋本事出自《红楼梦》第八十七回"感秋深抚琴悲往事 坐禅寂走火入邪魔"。妙玉来到惜春这里,恰好宝玉也来了，说了几句话之后，妙玉便要告辞，宝玉送妙玉，在路过潇湘馆时听到琴声，不觉听得入了迷，琴曲是："风萧萧兮秋气深，美人千里独沉吟。望故乡兮何处，倚栏杆兮涕沾襟。山迢迢兮水长，照轩窗兮明月光。耿耿不寐兮银河渺茫，罗衫怯怯兮风露凉。子之遭兮不自由，予之遇兮多烦忧。之子与我兮心焉相投，思古人兮俾无尤。人生斯世兮如轻尘，天上人间兮感凤因。感凤因兮不可惙，素心如何天上月。"黛玉在潇湘馆内抚琴、吟唱，宝玉和妙玉在潇湘馆外山子石上坐着，一边听琴一边评论，却未料弦断，妙玉心中大感不妙，说黛玉"恐不能持久"，竟自走了。宝玉满腹疑团不得其解，只得回怡红院。此赋写竹下美人因知音难觅，落寞悲伤，深秋抚琴，悲叹往事，绘就出一幅"美人抚琴图"。

【正文】

梅花三叠，无限感慨。月满阑干。幽径声寂，小窗影单。新愁谁诉，朱笔：大处落笔，包孕无数。古调独弹。落落尘世，我闻此语心骨悲。知音最难。

维时竹下美人，横琴小坐。叶叶泪斑，笔尖儿乱点得潇湘翠。枝枝烟妥。影倩魂移，香和梦锁[1]，碧槛萦纡，青帷潭沱。桌磨郭公之砖，炉拨谢仙之火。感花前之姊妹，社结当年；披箧里之篇章，愁深似我。

尔乃细按玉徽[2]，轻调珠柱。白博音清，丹维制古。弦拂鸳鸯，语传鹦鹉。桐尾先焦，莲心最苦。索来妙句[3]，多半是相思泪。凄风冷

---

[1] 锁，包圭山笺注本作"琐"。
[2] 玉，盛昱抄绘本作"金"。
[3] 索，羊城翰苑楼本作"素"。

雨之情；翻入新腔，流水高山之谱。

则有洛阳阿潘，路归兰若。同公子之缠绵，得仙人之潇洒。引我津迷，问谁心写。赏音怪石之间，击节高梧之下。[1]

或断或续，这数声恍然心领。[2]若抑若扬。曲填凤啸，声绕莺肠[3]。何书丹本侧批：无限悲怨。鹤归露冷，猿啸云荒。雉飞秋陇，蝉咽寒塘。石上松老，谷口兰香。[4]调翻积雪，操奇履霜。韵带愁而倍窄，丝牵恨而弥长。

宜其流泉皱碧，晓岫含青。凫鹄迭奏，鱼龙暗听。幽思嫋嫋，逸韵泠泠。鸾胶欲续，花梦都醒。吁嗟蒲柳，望秋忽零。弦绝先知，聪明人自参解。慧似中郎之女；曲终不见，忧同帝子之灵。

美人有言，知己者少。顾曲不逢，因心自了。[5]曷若对草木之芬芳，透极之语，愤极之笔。[6]感禽鱼之缥缈。怀风月之凄清，触云烟之缭绕。移情指间，结想尘表。[7]

何期逍遥大觉[8]，嗟叹余音，顿消俗虑，别悟禅心。他年玉碎与珠沉，个里仙机渐渐深[9]。秋汉闲云归去也，水流无限月明多。一声清磬满丛林。

---

[1] "同公子之缠绵"至"击节高梧之下"，爱氏抄本加圈。
[2] 恍，羊城翰苑楼本作"日"。
[3] 莺，盛昱抄绘本作"羊"。
[4] "鹤归露冷"至"谷口兰香"，爱氏抄本不加圈。
[5] "顾曲不逢，因心自了"，爱氏抄本加圈。
[6] "透极之语，愤极之笔"，爱氏抄本作"透极之笔，悲极之语"。
[7] "曷若对草木之芬芳"至"结想尘表"，爱氏抄本不加圈。
[8] 大，羊城翰苑楼本作"太"。
[9] 渐渐，盛昱抄绘本作"旋旋"。

第三章　沈谦《红楼梦赋》汇校集注会评

【会评】

蔡笛椽曰:"'归家且觅千斛水,洗净从前筝笛耳[1]',为之诵大苏诗不置。"

君锡曰:"玉磬声声彻,金铃个个圆。"

【包圭山笺注】

横琴坐　朱余庆诗:石面横琴坐,松阴采药行。

和梦琐　韩琦诗:寂寞画楼和梦琐,依微芳树过人昏。

潭沱　梁简文帝《阳云楼檐柳》诗:潭沱青帷闭,玲珑朱扇开。

谢仙火　欧阳修《跋谢仙火字》:右谢仙火字,左〔在〕今岳州华容县玉真宫柱上,倒书而刻之,不知何人书也,好事者遂摹于石。庆历中,衡山女子号何仙姑者,绝粒轻身,人皆以为仙也。有以此字问之者,辄曰:"谢火者,雷部中鬼也。夫妇皆长三尺,其色如玉,常行火于世间。"

珠柱　虞信《小园赋》:琴号珠柱。

白博　颜之推《家训》:桓公琴名曰"博",有五皓之称。

丹维　《琴苑》:伏羲四琴,名:丹维、祖床、委文、衡华。

鸳鸯弦　李白诗:蜀琴欲奏鸳鸯弦。

焦桐　《后汉书》:吴人有烧桐以爨者,蔡邕闻火烈声,知其良木,因请而裁为琴,果有美音,而其尾犹如焦,故时人名曰"焦尾琴"焉。

高山流水　《列子》:伯牙鼓琴,锺子期善听。伯牙琴志在登高山,锺子期曰:"善哉,巍巍兮若泰山!"志在流水,锺子期曰:

---

[1] 洗净,爱氏抄本、云石山人手抄本作"净洗"。笛,何书丹本作"琶"。

"善哉，洋洋兮若江河！"

赏音　《宋书》：萧思话领左卫将军。尝从太祖登锺山北岭，道有磐石清泉，上使于石上弹琴，因赐银钟酒，曰："相赏有松石间意。"

凤嗉　《琴谱》：凤嗉琴，卫师曹作，顶上缀两圆蝉。陈氏《乐书·琴制》：凤额下有凤嗉一，所以接喉舌而申令者也。

猿啸　《琴苑》：古渡春涛、元猿啸月，陈益祥二古琴名。

雉飞　《乐府题解》：《雉朝飞噪〔操〕》者，齐宣王时处士牧犊子所作也。年五十无妻，出薪于野，见雉雄雌相随，乃仰天叹曰："圣王在上，恩及草木鸟兽尚尔，我独不获！"援琴而歌以自伤。

积雪　洪惠《冷斋夜话》：世传琴曲十小调，一《不换金》，二《不换玉》，三《峡泛吟》，四《越溪吟》，五《越江吟》，六《孤猿吟》，七《清夜吟》，八《叶下闻蝉》，九《三清》，十《异名》，皆隋贺若弼所制，琴家但名贺若而已。宋太宗尤爱之，改《不换金》曰《楚泽涵秋》，《不换玉》曰《塞门积雪》。

履霜　《琴操》：尹吉甫之子伯奇，为后母谮而见逐，乃晨朝履霜，自伤见放，于是援琴鼓之而作此操。《琴操》十二操：一曰《将归操》，二曰《猗兰操》，三曰《龟山操》，四曰《越裳操》，五曰《拘幽操》，六曰《岐山操》，七曰《履霜操》，八曰《朝飞操》，九曰《别鹤操》，十曰《残形操》，十一曰《水仙操》，十二曰《襄陵操》。

凫鹄　《西京杂记》：齐人刘道强，善琴，作《单鹄寡凫》之弄。

鱼龙听　《韩诗外传》曰：若伯牙鼓琴而潜鱼出听。

中郎女　《蔡琰别传》：琰，字文姬，汉中郎将蔡邕之女，聪惠秀异，年六岁，邕夜鼓琴，弦绝。琰曰："第二弦。"邕故断一弦问琰，曰："第四弦。"邕曰："偶得之耳。"琰曰："吴札观风，知兴旺之国，师旷吹律，识南风不竞，由此言之，何云不知也？"

曲终不见 《南部新书》：钱起宿驿舍，有人咏曰："曲终人不见，江上数峰青。"起识之。及殿试"湘灵鼓瑟"，落句以此联足之，乃得中选。起句云："善鼓云和瑟，尝闻帝子灵。"

焚稿断痴情赋

【题解】此赋本事出自《红楼梦》第九十七回"林黛玉焚稿断痴情　薛宝钗出闺成大礼"。王熙凤设奇谋，定下宝玉和宝钗的婚事后，黛玉无意中从傻大姐处得知了消息，心中又急又气，竟一口血吐在地上，从此一病不起，自料万无生理，一时陷入彻底的绝望之中。在临死前，她挣扎着在卧榻边，狠命撕碎宝玉送她的写有诗文的旧帕，又叫雪雁点上火盆，拿出自己平时的诗稿，扔进火盆。紫鹃和雪雁急忙上前去抢诗稿，可是已经来不及了，眼看着都烧成灰烬。没几天，就在宝玉成亲的时候，黛玉满含着悲恨，离开人世。此赋铺写小说黛玉"焚稿"的情节，塑造了一个"质本洁来还洁去"，踽踽兮独行、茕茕兮孑立的悲剧人物形象，绘就了一幅凄凄惨惨戚戚的绝代佳人"绝命图"。

【正文】

呜呼，海溢情波，这病知他是怎生。穴缠鬼市。居在膏肓，攻非腠理[1]。医谁换心，方无续髓。宜其药灶空支，妆台懒起。翠剧灵

---

[1] 腠，盛昱抄绘本作"凑"，云石山人手抄本作"胜"。

根，红韬瘦蘦。水自清而萍枯，香不改而兰死。苍鹇语滑，病有根芽，怕药怎攻？倍添春女之悲；扁鹊经残，莫试秋夫之技[1]。

况复根代桃僵，把婚姻簿上名儿硬勾。味尝荼苦。理镜有台，伐柯无斧。漠漠愁云，纷纷覆雨。影怯蛇杯，名销鸳谱。声断啼鹃，衅成谗虎。海可冤填，天须恨补[2]。何必诗播吟笺，句传乐府。手缚麒麟[3]，舌调鹦鹉。

抱来白璧，飞作青煤。珠玑十斛，锦绣一堆。烧瘢满地，火篆闻雷。秦燔烟卷，楚炬风催。看红烛之已烬，适青囊之被灾。收爨下之琴材，叹世上知音有几。[4] 尾声应律；裊炉中之香炷[5]，心字成灰。

尔乃桃纹炭炽，莲朵灯昏。香罗谁赠，枯墨犹存。劈采笺于学士，裂玉玺于天孙。多少相思，都藏韵句[6]；缠绵此恨，请验啼痕。点点则湘妃洒泪，倩样子等闲抛送。亭亭则谢女离魂。

时则阶静月移[7]，东家有泪洒不到西家院[8]。窗虚风颤。斑竹数竿，昙花一现。丝尽春蚕，梁归秋燕。惨结幽房，欢腾隔院。人间之色相俱空，天上之炎凉已变[9]。无多离别，不由人不肝肠碎。伤心听蒿里之歌；如脱尘凡，携手赴蓬山之宴。断粉零脂之迹[10]，枉泣红颜；香兰醉草之章，谁题黄绢。

侬本情深，郎何缘薄。镜破团圞，扇悲零落。迎或乘鸾，去还

---

[1] 技，浙图抄本作"扶"。
[2] 须，浙图抄本作"难"。
[3] 缚，盛昱抄绘本作"搏"。
[4] 此句云石山人手抄本作"叹世无知音者"。世上，爰氏抄本作"尘世"。
[5] 炷，盛昱抄绘本作"篆"。
[6] 都藏韵句，盛昱抄绘本作"都缠怨句"。
[7] 阶静月移，盛昱抄绘本作"月静月明"。
[8] 洒，羊城翰苑楼本作"泪"。
[9] "惨结幽房"至"天上之炎凉已变"，爰氏抄本加圈。
[10] 脂，盛昱抄绘本作"香"。

化鹤。金不贮娇，铁能铸错[1]。渺渺兮莫慰愁怀，忽忽乎未知生乐。忆昔诗坛赓唱，云石山人手抄本侧批：不堪回首。曾编一卷光阴。从今仙界分离，神仙本是多情种。休问五云楼阁。

【会评】

孟砥斋曰："画就了这一幅惨惨悽悽、绝代佳人绝命图。"

辛巳七月五日自记："砥斋孝廉，余旧居停也[2]。三千小令，四十大曲，无不成诵在胸。初见时，即向余索观赋稿，此篇其所最击节者。今孝廉已归道山，而六转货郎儿便成谶语。锺期千古，当为之破绝琴弦。"

君锡曰："菩提本无树，明镜亦非台。"

【包圭山笺注】

手缚麒麟　陈师道诗：黄生学诗用力新，急手疾口为翻盆。尔来结字稳丘勾，径须赤手缚麒麟。

锦绣堆　《摭言》：谢廷浩诗词赋著名，号"锦绣堆"。

黄娟　魏武尝过曹娥碑下，杨修从。见碑上蔡邕题"黄娟幼妇，外孙齑臼"八字，魏武谓修曰："解否？"修曰："解矣。"魏武曰："卿且慢言，待我思之。"行至三十里，乃曰："我已解。"令修暗记所知。修曰："黄绢为色丝，绝字也；幼妇为少女，妙字也；外孙乃女之子，是好字也；齑臼为受辛之物，是辞字也。合而言之，乃绝妙好辞也。"魏武之记与修适同，叹曰："我才不及卿，晚学三十里。"

---

[1] 能，盛昱抄绘本作"还"。
[2] 停，何书丹本作"亭"。

月夜感幽魂赋

【题解】此赋本事出自《红楼梦》第一百一回"大观园月夜感幽魂 散花寺神签惊异兆"。王熙凤在去秋爽斋的路上,遇见一只恶狗相随,再往前走竟遇见贾蓉先妻秦氏。秦氏相问:"婶娘只管享荣华受富贵的心盛,把我那年说的立万年永远之基都付于东洋大海了。"凤姐吓得浑身汗如雨下,毛骨悚然。赋文铺写王熙凤月夜遇见秦可卿幽魂情景,预示王熙凤的悲剧将至,以及即将到来的"忽喇喇似大厦倾,昏惨惨似灯将尽",大厦将倾、家族败亡的末世景象。

【正文】

昔闻崔博陵之女子,只落得伴冥途,野鬼多。眷恋荒坟;贾秋壑之侍儿,裹裹故宅。江陵伤红袖之歌,古馆记青枫之迹。魂依沙内,李村埋骨之人;冤诉渠中,洛浦弹琴之客。兹皆鬼箓名登,莫信夜台路隔。

况夫寂寞园亭,景物飘零。云影封路,此时大观园非复花月世界矣,断井颓垣,不堪回首。风声扫庭。芙蓉花冷,蘼芜草腥。荼蘼欹架,芍药锁厅。犀文卷簟,猩色收屏。帘不垂而字绿,屐不到而苔青[1]。

为访小姑,来寻暝途。心同鸧怖,身似鸾臞。锦里将返,爱河已枯。当头几见,失脚谁扶?[2] 海清镜满,天阔轮孤。

则见光射阑干,彩分霄汉。千竿竹疏,万里烟断。枝枝鹊飞,

---

[1] 苔,羊城翰苑楼本作"笞"。
[2] "当头几见,失脚谁扶",爱氏抄本不加圈。

点点萤乱。蛩鸣菊篱，霜落枫岸。佛庵闭而灯寒，个人无伴怎游园？湘馆啼而梦散。烛何须秉，闲行白石之间；衣倩谁添，何书丹本侧批：不知生乐，焉知死悲。小立红墙之畔。

转步山椒，玉人远邀。芳踪寂寂，孤影飘飘。[1] 媚同柳弹，是鬼不是人。轻类松摇。玲珑素佩，绰约仙标。非孙娘而亦笑，比卢女而尤娇。[2] 岂徒半面之缘，阴森之气，毛发欲竖。似曾相识；忽忆九泉之路，益复无聊。

将疑将信，若梦若痴。柔情欲断，病骨难支。红晕桃花之脸，绿颦桂叶之眉[3]。心虚乃尔，命薄如斯。[4] 寒逼三更，阴风几阵残灯晕。环珮归魂之夜；醒持半偈，醍醐灌顶之时。流果急而难退，昔日繁华今日恨。石虽转而已迟。

嗟乎！巾帼英雄，为才所累。钱则权蝍蟟之飞，虎则触胭脂之忌。妒传临济，津欲生波；悍似延平，鬼偏作祟。[5] 纵令云翻雨覆，回首处，愁难禁。徒惊夜幕之声；可怜月悴花憔，同洒秋风之泪。

【会评】

周文泉曰："裂带留题，解囊赠别，情之所钟，死犹不泯。安得千手千眼菩萨，普度九幽世界耶？"

君锡曰："苦海茫茫，恨不同登彼岸，共唱南无。"

---

[1] 飘飘，盛昱抄绘本作"迢迢"。"转步山椒"至"孤影飘飘"，爰氏抄本加圈。
[2] "玲珑素佩"至"比卢女而尤娇"，爰氏抄本加圈。
[3] 桂，盛昱抄绘本作"柳"。
[4] "心虚乃尔，命薄如斯"，爰氏抄本加圈。
[5] "妒传临济"至"鬼偏作祟"，爰氏抄本不加圈。

【包圭山笺注】

崔博陵　张读《宣室志》：李生归浔阳，日暮，见荆棘之深，殡宫在焉，止其中。时风月澄霁，见一女子，妆饰严丽，至殡宫南，入穴中。闻言曰："金华夫人奉白崔女郎：今夕风月好，可以肆目。"穴中应曰："贵客寄吾之舍，不忍去。"其人乃去，明日问之，是博陵崔氏女也。

贾秋壑　鼓〔彭〕大翼《山堂肆考》：元延祐间，赵原侨寓葛岭，其侧即贾似道故宅也。日晚，见一女子绿衣双鬟，注目久之，问曰："家何处？"答曰："与君为邻，君自不识尔。"留之宿。明日，辞去，夜则复来。女曰："儿本宋平章秋壑之侍女也，秋壑宴坐半闲堂，必召儿侍弈。是时君为苍头，因进茶得至后堂。君时年少，儿见而慕之，以绣罗钱篚投赠。后为所觉，同赐死于断桥下。君今再世为人，而儿犹在鬼录。"言讫泣下，源〔原〕曰："汝之精气能久存乎？"女曰："数至则散矣。"问："何时？"曰："三年尔。"及期，卧病而逝。

江陵红袖　《河东记》：上都安邑坊十字街东，有陆氏宅。进士臧夏㒨居其中，尝昼夜梦魇，见一女人，彩裾红袖，自东街下，叩泣而云："听妾一篇幽恨之句。"其辞曰："卜得上峡日，秋天风雨多。江陵一夜雨，肠断木兰歌。"

古馆青枫　郑还古《博异志》：刘方元夜宿古馆厅，西有篱隔之，又有一厅，常扃锁，二更后，闻篱西有妇人言笑声。俄有歌者，细若曳缕。明旦，开院视之，则没草没阶。启其厅东柱上有诗一首，墨色甚新，词曰："爹娘送我青枫根，不知青枫几回落。当时手刺衣上花，今日为灰不堪着。"乃鬼诗也。

李村埋骨　《传奇》：赵合游五原，寝于沙碛，闻有女子悲吟曰:"云鬟消尽转蓬稀,埋骨穷荒无所依。牧马不嘶沙月白,孤魂空逐雁南飞。"起而访焉,有一女子色绝代,语合曰:"某姓李氏,居奉天,有姊嫁洛源镇师,往省焉。道遭党羌所掳,挝杀劫首饰而去。掩于沙内,经今三年,君能归骨于奉天城南小李村,即某家枌榆也。"许之,遂收其骨,访李村葬之。明日,见昔女子来谢。

洛浦弹琴 《灵异志》:嵇中散尝西南游,去洛数十里,暮宿华阳驿。操琴先作诸弄,忽闻空中称善,中散呼之曰:"君何以不来此?"答云:"身是古人,幽没于此,数千年矣。闻君弹琴幽曲清和,故来听耳。而就中残毁,不宜接侍君子。"由是仿佛渐见,以手持其头,与中散共论音声。乃以琴授之,作众曲,亦不出常,唯《广陵散》调声绝伦,中散受之。半夕,悉得,誓不得教他人。

爱河 爱河干枯,令汝解脱。

孙娘卢女 元好问《杏花》诗:"画眉卢女娇无奈,龋齿孙娘笑不成。"崔豹《古今注》:魏武帝宫人有卢女者,故冠军将军之妹,年七岁,入汉宫,学鼓琴,琴时鸣异于诸姑,善为新声。

臙脂虎 《潜确类书》:陆慎言妻沈氏惨狡妒悍,吏民号曰"臙脂虎"。

临济津 《酉阳杂俎》:临济有妒妇津,相传言,晋太始中,刘伯玉妻段氏,字明光,性妒忌。伯玉尝于妻前诵《洛神赋》,语其妻曰:"娶妇得如此,吾无憾矣!"妻曰:"君何得以水神美而欲轻我。若吾死,何患不为水神耶?"其夜,果自沉而死。后七日,梦见语伯玉曰:"君本愿神,吾今得为神矣。"伯玉遂终身不复渡水。有妇人渡此津者,皆沉溺。若衣素妆,乃然后敢济。不尔,风波暴发。若丑妇,虽妆饰,而神亦不妒也。于是丑妇讳之,亦莫不自毁形容,以塞嗤笑。

延平鬼 《遯斋闲览》：延平吴氏姊妹六人，皆妒悍，时号"六虎"。其中五虎尤甚，尝夜分，闻堂庑间喧呼声，同室皆惧。五虎怒曰："狂鬼敢尔耶？"辟户移榻，中庭持刀独寝，彻旦寂然，人谓五虎之威，鬼犹畏之也。

稻香村课子赋

【题解】《红楼梦》里的稻香村是大观园中一处幽境，属园中偏僻罕至的田园农舍，别有一派郊野气色。"完美女人"李纨青春守寡，为了儿子贾兰能读书科第，孤儿寡母相依为命，偏居稻香村。李纨一生辛勤课子，《红楼梦》续书第一百十九回，贾兰考中举人，终得晚年富贵，被抄家之后的贾府又出现"兰桂齐芳"盛景。此赋描写稻香村田园之趣，详尽铺陈李纨在稻香村辛勤课子，终于折来桂子，家道复初的情节，为整部《红楼梦赋》做出"曲终奏雅"之篇，同时也寄寓沈谦对自己和普天下文人士子科举仕途的美好期待。

【正文】

紧藏春之芳圃，同负郭之农家。半亩蒲叶，一棚豆花。挂禾架满，亚树帘斜。贯绳小庌，如行沟塍原隰间。护药新笆。圆排槐担，尖压苗叉。[1]扫径则元卿趣逸，归田则太傅情赊。锦屏绣幄之中，别开天地；茅舍竹篱之外，闲话桑麻。

则有巴妇怀情，梁媛守寂。彤管成编，素帷挂壁。燕子丝缠，

---

[1] "挂禾架满"至"尖压苗叉"，爰氏抄本不加圈。

虽则是梅花冷淡，也甘守松柏寒盟。鲛人泪滴。填石衔冤，倚楹生憾。歌有离鸾，服宜绣翟。伤破镜之孤分，傍残灯而独绩。[1]望夫则首类飞蓬，训子则书传画荻。

膝下娇儿，风神可爱。毯能使浮，鞭何须佩。巧联鹦鹉之诗，新制杨梅之对。昔呱呱于枕畔，频伤背面之啼；今朗朗于怀中，犹作牵裾之态。

墨妙琴清，秋幌寒更。甲夜乙夜，长檠短檠。金题列轴[2]，<small>闭户遍读家藏书</small>。缥带分名。写罗四部，拥胜百城。检书有鹤，学语如莺。弗绝吾种，最佳此声。若问头衔，点去毛君之笔；尚存手泽，凿来晏子之楹。

时则漠漠平田，翠光接天。麦收黑穧，稻插红莲。守户龙吠，<small>水光竹色照琴书</small>。隔溪鹭眠。秧马分种，水轮引泉。[3]一犁雨涨，十耜云连。小桥淡月，芳陌晴烟。芸窗昼永，花屿春牵。犹复慈萱竟折，寸草心怎报的春光一二。秘简同传。纱幔垂授，藜床坐穿。欲对古人，香披黄卷。好呼小婢，寒展青毡[4]。秀骨则亭亭玉立，娇喉则颗颗珠圆。

所以踏遍槐花，折来桂子。窟竟依蟾，门还登鲤。雕鹗荐秋，乌鹊占喜。撼夺锦之仙才，振鸣珂之戚里。回忆碧窗，<small>曲尽欢终</small>。伴读十年，挑风雨之灯；允宜紫诰，分荣五色，焕凤鸾之纸。[5]

---

[1] "伤破镜之孤分，傍残灯而独绩"，爱氏抄本加圈。
[2] 金，羊城翰苑楼本作"全"。
[3] "守户龙吠"至"水轮引泉"，爱氏抄本不加圈。
[4] 毡，羊城翰苑楼本作"氊"。
[5] 焕，羊城翰苑楼本作"涣"。

【会评】

俞霞轩曰:"一部《红楼梦》,几于曲终人杳矣。读此作,乃觉溪壑为我回春姿。"

君锡曰:"句句翻新,笔笔浏亮,桃源仙境,隔断人间阡陌。"

【包圭山笺注】

新笆　柳宗元诗:引泉开故实,护药插新笆。

巴妇　《史记》:巴蜀寡妇清,其先得丹穴,而擅其利数世,家亦不訾。清,寡妇也。能守其业,用财自卫,不见侵犯。秦皇帝以为贞妇而客之,为筑女怀清台。

梁媛　《列女传》:高行者,梁之寡妇也。其为人荣于己而美于行。夫死早,寡不嫁。梁贵人争欲取之,不能得。梁王闻之,使相聘焉。高行乃援镜持刀以割其鼻,曰:"今刑余之人,殆可释矣。"于是王大其义,尊其号曰"高行"。

彤管　湛方生《贞女解》:伏见西道县治下里龙怜,年始弱笄,适皮氏,守节家居,居五十余年。师心率己,蹈兹四德,而彤管未辉,令闻不彰,非所以表贤崇善,激扬贞风也。

素帷　潘岳《寡妇赋》:易锦茵以苦席,代罗帱以素帷。

燕子　《南史》:卫敬瑜妻王氏,年十六,瑜亡,截其耳,誓不再嫁。户有燕巢,常双去来,后忽孤飞,女乃以红丝缕系其足为志。后岁燕来,犹带前缕。女因为诗曰:"昔年无偶去,今春又独归。故人恩义重,不忍复双飞。"

鲛人　《博物志》:南海有鲛人,水居,眼能泣珠。

填石　《述异志》:炎帝之女溺死东海,化为精卫,每衔西山木石以填东海,一名"冤禽"。

离鸾　李商隐诗：离鸾别凤知何在？

破镜　《书》逊何（按：何逊《书》）：镜想分鸾，瑟悲别凤。

画荻　《宋史》：欧阳修母尝以荻画地为字，以教其子。

毬浮　《说苑》：文彦博幼时与群儿击球，球落空木中，不能得出，彦博以水灌之，球即浮而出。

鹦鹉诗　《诗话》：王禹偁七岁能文，毕士安大奇之。一日于太守席上得句曰"鹦鹉能言曾似凤"，座客皆未能对。毕归，书于屏间，禹偁书其下句曰"蜘蛛虽巧不如蚕"。公惊异，叹为经纬之才，遂加以衣冠，呼为小友。一本作梁灏。

杨梅对　《世说》：杨修年九岁，孔融谒其父，设果，有杨梅。融示之曰："此君家禽也。"修应声曰："未闻孔雀是夫子家禽。"

黑穬　郭义恭《广志》：郑县有半夏小麦，香〔有〕秀芒大麦，又有黑穬麦。

红莲　龚明之《中吴纪闻》：红莲，早稻，从古有之。陆鲁望诗："遥为晓风吟白菊，近炊香稻识红莲。"

慈荾　扬雄《方言》：传曰："慈母之怒子也，虽折荾笞之，其惠存焉。"注：言教在中也。

紫诰　杜甫诗：紫诰鸾回纸，清朝燕贺人。

附　录

红楼梦赋草序
任廷旸

　　潇潇雨砌，迳则封红。寂寂风橹，室惟生白。十千未醉，无计浇愁。百五将阑，雅宜煮梦。吟残锦瑟之篇，情谁似我；传到洞箫之作，痴更有人。吉溪丁子以予有率尔之请，助我以悲者之欷，豆蔻一函，鱼笺乍劈，葡萄十幅，麝墨未干。苦造化于小儿，假文章于大块。春婆莫唤，秋士滋哀。击节长吟，呼灯卒读。盖青士沈先生《红楼梦赋草》也。则见其累累贯珠，霏霏屑玉。银钩画恨，字学夫人；玳管描愁，词成幼妇。翻补天之旧案，谱掷地之新声。挹此生香，惊其绝艳。嗟乎！死生大矣，欢感纷如。慕乐事于爽鸠，吊沉冤于精卫。果移我情，讵干卿事。而乃庾、徐之藻，施诸《南郡新书》；屈、宋之华，托彼《西京杂记》者，何也？今夫燥湿攸分，酸咸斯异，绿到子生风流安在，红迷人映星散何堪。逢故妓于荒江，相看同病；遇宫人于废殿，惯说前欢。靡不顿蹙颦峰，暗倾爱水。劳人缠刻骨之思，贞士促销魂之调。而况荣戟名门，钗钿胜队。恩怨尔汝，衰盛今曩。不无怜子之私，大有詈余之惧。联诗咏絮，各竞胜于吟坛；焚稿葬花，尤创奇于艺苑。尽缠绵之极致，穷放诞之大观者乎？所以借舒块垒，藉诉坎轲。妃青俪白，无非畸客之怀；俪绿偡红，尽入大夫之赋也。仆自怜情种，颇诩解人。尘梦难忘，怕读感甄之句；痴嗔莫懴，惯贻覆瓿之讥。怅触柔肠，沉吟艳体。袁推此事，诚输十倍之才；陵独何心，曷胜九回之感。却忆雄风，独擅快绝。行文将恐雌霓，未谐惭深步武。

道光辛丑闰三月任廷旸丽天序。

红楼梦赋草识语
爰庚元

庚戌夏五叚丁君庆庭手抄本校录一过。时则梅子雨浓，南囱寄傲，一香一茗，把卷低吟，真解语之花，亦扫愁之帚也。

六月初九日吴江爰子庚元迪州甫识。

红楼梦赋叙
何镛

除是虫鱼，不解相思红豆；倘非木石，都知写恨乌丝。诵王建之宫词，未必终为情死；效徐陵之艳体，何尝遽作浪游。李学士之清狂，犹咏名花倾国；屈大夫之孤愤，亦云香草美人。而况假假真真，唤醒红楼噩梦；空空色色，幻成碧落奇缘。何妨借题以发挥，藉吐才人之块垒。于是描来仙境，比宋玉之寓言；话到闺游，写韩凭之变相。花魂葬送，红雨春归；诗社联吟，白棠秋老。品从鹿女，陆鸿渐之《茶经》；啼到猿公，张若虚之词格。赏雪则佳人割肉，兽炭云烘；乞梅则公子多情，雀裘霞映。侍儿妙手，灭针迹于无痕；贫女孤身，痛衣香之已尽。眠酣藉绿，衬合群芳；寿上怡红，邀来众艳。生怜薄命，怀故国以颦眉；事欲翻新，洗人间之俗耳。斗尖义之险韵，鹤瘦寒塘；绘闺阁之闲情，鱼肥秋溆。丹维白博，天上月共证素心；翠劚红韬，镜中缘只余灰劫。无花不幻，空归环珮之魂；有子能诗，聊继缥缃之业。凡此骈四俪六，妆成七宝之楼；是真寡二少双，种得三珠之树。而乃人口之脍炙未遍，贼氛之燔灼旋来。简汗方枯，不见标题之迹；璧完犹在，亦关文字之缘。爰付手民，重为寿世；凡诸心赏，莫笑痴人。

光绪二年，太岁在柔兆困敦清和上澣，山阴何镛桂笙氏，书于申江旅次。

金陵十二钗诗　有序
沈谦

【题解】这组诗录自黄钵隐《红学丛钞》第二编，杭州图书馆1984年影印版，第2册，附于沈谦《红楼梦赋》之后。《金陵十二钗诗》十二首依次题咏林黛玉、薛宝钗、贾元春、贾迎春、贾探春、贾惜春、薛宝琴、史湘云、邢岫烟、李宫裁、王熙凤、秦可卿十二位红楼女子，其所咏金陵十二钗与《红楼梦》十二支曲、金陵十二钗判词所指的十二钗不尽相同，摒弃妙玉、巧姐，以薛宝琴、邢岫烟取而代之。又，末附季芝昌《读沈青士同年金陵十二钗遗诗怆成二律》。道光三年（1823）六月，沈谦与季芝昌一同考取国子监学正，故谓"同年"。此二首诗不见载季芝昌《丹魁堂诗集》，但《丹魁堂诗集》卷三有《三月七日沈青士同年锡庚招赏桃花赋谢》诗二首："小雨轻云尽复寒，园林花事拟迟看。忽逢照座惊狂客，桃为狂客，见《三柳轩杂识》。却诧藏春到冷官。锦障出檐香绕屋，霞标映酒艳蒸澜。果然初七嬉游好，同倚东风十二栏。主客共十二人。"偶登茵席感平生，弹劾抛泥事未成。幽怨漫吟和露种，绮怀空说渡江迎。且拌轰饮红香地，绝胜同年紫陌情。一样浣花笺纸色，休文才笔定纵横。"（见《续修四库全书》第1517册，第641页下）《青士复为觞桃之集醉后放歌》："去年醉饮桃花下，绮怀曾对桃花写。余有句云："绮怀空说渡江迎。"桃花有神笑颔之，若许渔人问津者。今年重举花前斝，桃花见我颜如赭。不应相约访天台，刘郎双双阮郎寡。青士新纳姬。岂伊度索山，仙人方可攀。或者元都观，道士不容看。得毋不第进士之崔生，春风羞遣城南行。我无弥子瑕分甘，唉我爱我又非阮。宣武家有妒妇斫汝苦，胡为华林园内七百三十有八株，欲折一枝花也无。魏风之桃，我歌且谣。绥山之桃，亦足以豪。门来纵少夫人咒，簪处须添妃子姣。不然河阳令宰种一县，孤拥黄绅有谁羡。春官门生夸满城，后堂不闻丝竹声。人生漂漂若桃梗，手不系桃都山头日月影，身不住桃源记里桑麻境。徒乃腰束桃花绶，腕脱桃花纸，足曳桃丝履，口衔桃核杯，西池阿母独自捧桃献，平阳姣女折桃倚树无人陪。吁嗟乎！桓家好桃珍楛矢，德之休明乃能尔。既不为东方朔三度偷，何敢与王献之一姓齿。是日，王著林同年引大令自喻。我谢桃花且休矣。"（同上，第646页下）《十二月七日，研培移樽伴薇榭，为消寒四集，会者七人，各系一绝》其二曰："赤玉胸怀无宿物，隐之诗句在清泉。沈丰桥青士何耕畲王憩亭著林李石筠当时会，曩宜成均，瑕辄举同堂之会，迭为主客。不及今朝野性便。子方。"（同上，第676页）

序

金陵十二钗者，《红楼梦》中之闺秀也。闺秀何以传，以才传也。才何以传，以情传也。然十二钗俱萃于贾氏，则无才之非假，无情之非假矣。昔人以梦传假，余何妨以诗传梦？

林黛玉

大观园里竹修修，分得潇湘一段愁。
顽石有缘都是梦，菊花无泪不经秋。
骚坛赤炽惊先夺，鲛客明珠惜暗投。
肠断江南旧游路，白云千里望扬州。

薛宝钗

笼络何心密运筹，羡他风格最温柔。
一生大度深于海，千种离怀波似秋。
调药每当承露饮，赋诗曾不替花愁。
可怜金玉无端谶，直误因缘到白头。

贾元春

三十六宫选女年，蛾眉淡扫去朝天。
宠专温室嫔嫱上，名列昭阳姊妹先。
试问禁中春不老，能如花下月常圆。
省亲又洒思亲泪，望到家园眼欲穿。

贾迎春

纵然对镜画难真，不向濠梁说苦辛。
爱婢甘为窥宋女，痴郎竟作负崔人。
可怜煮鹤烧琴日，长断朝云暮雨春。

叹息紫菱洲畔树，花随藩溷结前因。

贾探春

秋窗闲倚晓妆成，爽气西来透骨清。
忝附侧枝称俊果，亲缄小启订诗盟。
不教莱妪留狂态，翻受风姨恨薄情。
一自红丝传信息，长随夫婿客边城。

贾惜春

生长侯门绣阁中，托身端在梵王宫。
独将图画嗤村老，酷好神仙学阿翁。
棋局放开双眼阔，佛庵挑尽一镫红。
比丘同伴遭尘劫，万里烟波恨不穷。

薛宝琴

潇洒丰神波宕情，便教西府一群惊。
翠裘气暖妆宜薄，红雪香寒骨亦情。
江左小乔真国色，天台仙阮有前盟。
不知青鸟传书日，修到梅花又几生。

史湘云

落花阵阵襞身轻，芍药栏边醉梦成。
天地阴阳参妙偈，蕙兰摧折坠愁城。
蓝桥相会无多日，黄鹄孤飞了此生。
记得中秋明月夜，一声长笛品凹晶。

邢岫烟

囊中留得岁钱无，典尽秋衣语小姑。
自信钗裙真本色，居然闺阁一寒儒。
访人青埂难猜字，偿我红绫旧系襦。
不道逢场皆富贵，此身鹤瘦与梅癯。

李宫裁

野舍疏篱半入租，稻香村里不荒芜。
谱来春雨催耕曲，绘出秋窗课子图。
湘竹泪痕悲地下，海棠诗社品诸姑。
娇儿本是芝兰种，身到蟾宫事了无。

王熙凤

英雄巾帼太垂芒，性格天然一智囊。
夜幕奇声惊霹雳，秋江恶梦破鸳鸯。
翻云覆雨多权谲，蜗角蝇头细较量。
回首锦衣人不见，故乡归去即仙乡。

秦可卿

东府萧条忆旧居，结褵半载驾仙车。
独将痴梦惊公子，先引香魂返太虚。
势到急流宜勇退，病同蔓草竟难除。
三更人静重相见，杨柳梢头月上初。

季芝昌《读沈青士同年金陵十二钗遗诗怆成二律》

可有园林署大观，更无人倚曲阑干。
亦知色戒成空易，其奈情天欲补难。
绮语定留身后谶，笔花原作梦中看。
剧怜咳唾生珠玉，瘦损腰围为呕肝。

丝竹中年易感伤，生平回首几沧桑。
本来块儡真如铁，何处温柔尚有乡。
空谷幽居等迟暮，秋坟妍唱益凄凉。
玉楼底事催书急，新话应除沈侍郎。

青士天才俊拔，有经世成物之能，非文人也，著有《留香书塾骈体试帖》《易义讲余》及《古今体诗》诸集，此特余事耳，乃不获展而仅以文传，不大可悲耶。今秋下世，其哲嗣检少时所作《金陵十二钗诗》附刊于《红楼梦赋》之后，所谓游戏三昧，亦具神通也，子敬人琴，可胜感叹。道光壬辰孟冬月愚弟李炳奎谨识。

第四章

《红楼梦回目赋》汇校会评

整理说明

版本选择。以新加坡《振南日报》1914年刊载系列《红楼梦回目赋》，即《林黛玉焚稿断痴情赋》《候芳魂五儿承错爱赋》《悄〔俏〕丫鬟抱屈夭风流赋》为底本。其中《林黛玉焚稿断痴情赋》以竹西顾影生《林黛玉焚稿断痴情赋》（黄钵隐《红楼梦拾遗》，《红学丛钞》本）做参校。附录《红楼梦回目文》之《贾二舍偷娶尤二姨》（八股文体）。

林黛玉焚稿断痴情赋

以题字为韵

【题解】此赋连载于1914年《振南日报》"谐著"栏目，从"千秋恨事"到"五内如焚"，载9月5日，星期六，第11页；从"则见其焚之也"到"多情笔竟总无情"，载9月7日，星期一，第11页。无署名。查黄钵隐《红楼梦拾遗》（《红学丛钞》本）载有《林黛玉焚稿断痴情赋》（以题字为韵），署名"竹西顾影生"。竹西是扬州的别称，顾影生盖为江苏扬州人，竹西顾影生曾与一剑横秋客辑有《竹西谜语采新》。此赋本事出自《红楼梦》第九十七回"林黛玉焚稿断痴情　薛宝钗出闺成大礼"。黛玉无意中从傻大姐处得知宝玉和宝钗的婚事消息后，心灵受到极大的震颤，万念俱灰。木石缘断，金玉缘成。在临终之前，悲愤、绝望的黛玉烧掉和贾宝玉的旧日念想，了却对这个世界的牵挂。这是一篇律赋，以"林黛玉焚稿断痴情"依次为韵，叙写黛玉身世，宝黛之间的恩爱情缘和婚姻错配，黛玉从傻大姐处得知消息后的绝望心境以及焚烧手帕、诗稿的经过，饱含对黛玉的同情和怜悯。

【正文】

千秋恨事，五夜惊心。叹尘缘兮已了，恨噩梦之相侵。生也不辰，觉此日吟经艰苦[1]。付之于丙，悔从前枉事讴吟。虽然是有限姻缘，如鱼得水；抵不了无常性命，似鸟投林。

---

[1] 觉此日吟经艰苦，《红学丛钞》本作"觉此生备尝艰苦"。

昔颦儿之与宝玉也，万种缠绵，两相恩爱。当外氏以相依，痛慈亲之见背。设使巧中生巧，佳耦唱随；定怜亲上加亲，良缘匹配。交枝密密，作成月下之心期。比翼双双[1]，画就镜中之眉黛。

无那有愿未偿[2]，此心谁属。讵同除夕之祭诗，迥异深宵之刻烛。画虎不成，似蛇添足[3]。纸灰飞作白蝴蝶，定教一字一珠[4]。泪血染成红杜鹃，枉说如金如玉[5]。

当夫胸怀抑郁，意绪缤纷[6]。瞻望弗及[7]，亦莫我闻。等蜉蝣之在世，若鸿雁之离群[8]。傻大姐泄漏机关[9]，两端而竭。林姑娘失离本性[10]，五内如焚。

则见其焚之也，非焚蕙之芬芳，非焚香之祈祷，非焚笔砚之情形，非焚膏油之研讨。身世茫茫，劳人草草[11]。惟怜命苦[12]，俨如出寒〔塞〕之王嫱；郎果情深，亦若书空之殷浩。镇日拈毫[13]，点写一卷心经[14]；昔时得句[15]，吟哦数篇腹稿。

---

[1] 双双，《红学丛钞》本作"鹣鹣"。
[2] 那，《红学丛钞》本作"奈"。偿，《红学丛钞》本作"酬"。
[3] 似，《红学丛钞》本作"如"。
[4] 一字一珠，《红学丛钞》本作"或抑或扬"。
[5] 说，《红学丛钞》本作"谈"。
[6] 缤纷，《红学丛钞》本作"纷纭"。
[7] 弗，《红学丛钞》本作"勿"。
[8] 鸿，《红学丛钞》本作"鸣"。
[9] 泄漏，《红学丛钞》本作"漏泄"。
[10] 失离，《红学丛钞》本作"迷失"。
[11] 劳，《红学丛钞》本作"梦"。
[12] 惟，《红学丛钞》本作"我"。
[13] 镇日拈毫，《红学丛钞》本作"记镇日拈毫"。
[14] 点，《红学丛钞》本作"默"。
[15] 昔时得句，《红学丛钞》本作"思昔时得句"。

维是炉内光腾[1]，床头烟爨。依病入膏肓，人情如冰炭[2]。顾我则倚枕而悲，想彼当盈门其烂。绛珠苦矣，不能联结发之盟；浊玉忍哉，竟别举齐眉之案。早知有今日，何必当初；负却此芳年，定难续断。

夫何情非炙手，势等燃眉。炭原似兽[3]，珠岂探骊。多情惟有女子，薄倖总是男儿。接木移花，哥哥（你）之错了[4]；偷梁换柱，妹妹我思之。生也何为，依命亦如花命薄；死难瞑目，君心未必我心痴。

爰为歌之曰：双眸红血滚[5]，一炬紫烟横。此日成灰烬，频年费经营。又歌曰：神仙指点路前程，撒手尘寰返九京[6]。寄认神瑛休后悔，多情笔竟总无情[7]。

候芳魂五儿承错爱赋
以题字为韵

【题解】此赋连载于1914年《振南日报》"谐著"栏目，从"才子多情"到"真个销魂"，载9月9日，星期三，第11页；从"维时气吐如虹"到"误公子之钟忱"，载9月10日，星期四，第11页。报上署"红楼梦回目赋（二）"，知为《红楼梦回目赋》第

---

[1] 是，《红学丛钞》本作"时"。
[2] 如，《红学丛钞》本作"若"。
[3] 似，《红学丛钞》本作"如"。
[4] 之，《红学丛钞》本作"你"。
[5] 滚，《红学丛钞》本作"进"。
[6] 九，《红学丛钞》本作"玉"。
[7] 笔，《红学丛钞》本作"毕"。

二篇，无署名。此赋本事出自《红楼梦》第一百九回"候芳魂五儿承错爱　还孽债迎女返真元"。宝玉思念黛玉，"我知道林妹妹死了，那一日不想几遍，怎么从没梦过。想是他到天上去了，瞧我这凡夫俗子不能交通神明，所以梦都没有一个儿。我就在外间睡着，或者我从园里回来，他知道我的实心，肯与我梦里一见。我必要问他实在那里去了，我也时常祭奠。若是果然不理我这浊物，竟无一梦，我便不想他了"，从大观园回来后，想着黛玉成仙，或可做梦一见，因此要往外间睡觉，宝钗便让麝月、五儿服侍。因凤姐说五儿貌似晴雯，宝玉便"想晴雯的心肠移在五儿身上"，所以故意用话百般撩拨五儿，但被五儿拒绝。这是一篇律赋，以"候芳魂五儿承错爱"依次为韵，铺写黛玉去世，宝玉对黛玉的思念情深，以及错认五儿为晴雯等情节，完整展现这一回目的内容。

【正文】

才子多情，美人无寿。蝶梦难寻，蟾辉初透。误碧作朱，怜新念旧。怪底垂青，心情巧逗。红豆相思，黄昏昨候。

伤哉黛玉，顿返仙乡。人间天上，渺渺茫茫。无那身归瑶岛，迹滞潇湘。四园绛竹，一顷黄粱。芳卿安在，兰麝遗芳。

则有五儿者，姓同柳下，奴等崑苍。音容宛似，笑语温存。宝哥于是闲穷究、探本原。与尔言胸臆事，为卿论骨肉恩。移花接木，意马心猿。谁能遣此，真个销魂。

维时气吐如虹，泪下如雨。愧煞须眉，情通肺腑。往事难追，空言何补。愿渺渺兮别经年，夜迢迢兮交四鼓。谁入黄泉，孰登天府。月缺□圆，时过三五。

絮谈浓际，莲漏沈时。貌既相仿，爱亦能移。来明月于林下，洒甘露于柳枝。此日欲寻故好，斯时如对旧知。无端感触，顿起猜疑。将错就错，可儿可儿。

然彼也心殊落落，意甚兢兢。不甘同梦，独对孤灯。合欢安望，比翼羞称。决绝迥非奴婢，矜严宛若师承。

至今消瘦潘郎，多怜沈约。地老天荒，人亡花落。思深数寺之灰，铸就九州之错。

已焉哉。一弹指兮时不再，一回首兮情难耐。一抔黄土兮，珠沈玉碎。一夜无眠兮，慷当以慨。有一人之相伴兮，误公子之钟忧〔爱〕。

悄〔俏〕丫鬟抱屈夭风流赋

以"早知今日悔不当初"为韵

【题解】此赋连载于1914年《振南日报》"谐著"栏目，从"世道难论"到"遑问海棠开日"，载9月14日，星期一，第11页；从"于斯时也"到"那堪回忆夫当初"，载9月15日，星期二，第11页。报上署"红楼梦回目赋（三续）"，知为《红楼梦回目赋》第三篇，无署名。此赋本事出自《红楼梦》第七十七回"俏丫鬟抱屈夭风流　美优伶斩情归水月"。王夫人听信了王善保家的谗言，在贾宝玉那里见到长得美丽而伶俐的晴雯，深怕她带坏了宝玉，便怒气冲冲地将晴雯赶出贾府。晴雯被王夫人认定与宝玉有私情，是个狐狸精。实际上晴雯与宝玉是清清白白的关系，所以在宝玉私下去看望她时，她说出了大有深意的一段话："不是我说一句后悔的话，早知如此，当日也另有个道理……"且剪指甲、送贴身红绫袄给宝玉，又穿了宝玉的小袄子，"既耽了虚名，索性如此，也不过这样了"。晴雯是枉担了虚名，含冤而死，是"抱屈夭风流"。这是一篇律赋，以"早知今日悔不当初"依次为韵，铺写晴雯美貌、性格以及和宝玉在大观园的美好时光，是为晴雯鸣不平之作。

【正文】

世道难论，人情可恼。嗟厥命之不长，慨此身之难保。冤深海底，徒伤万古沉埋。志比天高，空说半生潦倒。想从前承恩在貌，美貌如何。叹此时大难临头，回头岂早。

当夫前车可鉴，后悔何迟。顿起风波于平地，更生病患于片时。偏遭二竖之欺，身犹似玉；未订三生之约，命已如丝。众口嚣嚣，洵属人言可畏；小心翼翼，堪嗟此恨之谁知。

及其抱膏肓而愈疾，幸宝哥之辱临。情同解珮，意等抱衾。李代桃僵，维口亦能起衅；涂脂抹粉，冶容并未诲淫。若教同咏《小星》，也许妇随夫唱。无那兴悲零雨，遂教返昔抚今。

谓即此履蹈无亏，防闲甚密。平昔最持强，今朝遭谗嫉。小鬟绝少瑕疵，主妇何因屏黜。鹊巢鸠占，花大姐弄搬是非；兔死狐悲，柳五儿殷勤怜恤。叹未能如人意，空辜豆蔻梢头；怅不阅于我躬，遑问海棠开日。

于斯时也，无家可归，其人安在。何患无辞，欲加之罪。老天瞆瞆，女娲未补情天；孽海茫茫，精卫难填恨海。合眼去深情忍割，予取予求；到头来痴愿未偿，自伤自悔。

夫其百感丛生，寸衷抑郁。恼他特进谀词，累尔受兹委屈。见死不救，贾宝玉真是忍人；造孽无因，史太君枉云好佛。即此红愁绿惨，我见犹怜；况当玉碎珠沉，尔思岂不。

然而斯人虽故，后世流芳。生负虚名，身犹洁白；死沿实惠，口没雌黄。思昔时金钏云亡，徒博井台一奠；及他日颦卿物故，空抛泪血双行。曷若此口染茶腥，衣裳颠倒；深羡尔指环玉冷，衫袖郎当。

迄于今返思淑德，满志踌躇。叹坚贞兮奚似，问节烈兮何如。想公子多情，芙蓉诔而见志；痛佳人薄命，苴兰芰而长戏。端阳箑扇频撕，只自关情于昔日；半夜轻裘细补，那堪回忆夫当初。

附　录

贾二舍偷娶尤二姨（八股文体）

【题解】此文连载于1914年《振南日报》"谐著"栏目，从"娶而曰偷"到"当亦自恨其设计之徒工矣"，载11月23日，星期一，第11页；从"今夫二姨"到"非死于湘莲也"，载11月24日，星期二，第11页。报上署"《红楼梦回目文》"，无署名。

【正文】

娶而曰偷，难乎其为贾与尤矣。夫欲娶则娶，何必以偷为也。乃贾之与尤，不敢明娶者，能不以偷为乎？尝读诗有曰："娶妻如之何？必告父母。"此特言必告而娶，而非言不告而娶也。乃宜室更咏宜家，定向严亲以禀命。而嘉耦翻成怨耦，惟虞悍妇之难容。

妾御其莫敢当夕乎？则即此纳宠情深。不但堂上亲未详始末，即房中人亦不解端倪也。

如九龙佩之遗，浪荡矣。子既有情矣，斯时也。殆蓄一欲娶之念，而未敢明言；抑有一偷娶之心，而徐图其事也。虽然，吾试即贾与尤而思之也。

今夫二舍家有美貌之妻，夫唱妇随。琴瑟何难专一，况乎平儿解意。后房收作如君，何必舍近以图。抛却娇妻而不顾，乃至玉台新咏，怕闻牝鸡之鸣。金屋藏娇，聊避怒狮之吼；分门别户，竟恃为百年偕老之谋。苟非失口有庸奴，何以兴悲零雨哉？且二舍之偷娶，亦有可恃者在也。贾蓉力为斡旋，殷勤相待。即此缘深繁线，频来数往。无妨撇旧人而念新人，而乃谗言可畏。一朝漏泄，鹊巢岂许夫鸠居？将深幸者此娶，深幸而复深虑者，亦此娶也。彼悔之于后，当亦自恨其设计之徒工矣。

今夫二姨，身倚同胞之姊。望衡对宇，亲戚亦可相依。况乎阿母主张，东床岂无快婿。何必私情相订，甘为贱媵而不辞。乃至待字闺中，俨等小乔之未嫁。依人檐下，竟同红拂之私奔。意许心盟，遂弄成千古伤情之事。苟非失身于浪子，何以致咏《小星》哉？且二姨之偷嫁，亦有可望者存也。凤姐身多疾病，设使云亡，即此重续弦，正位专房，无妨以小妇而为大妇。而乃胜会不常，一旦传闻，家鸡岂容夫野鹜？将甚安者此娶，甚安而复甚危者亦此娶也。彼弃之于终者，当亦自叹其用心之太左矣。

呜呼！二舍之荒淫无度，罪岂胜诛。二姨则淫荡不才，死无足惜。然而若三姐者，鉴衡不爽。其为终身计，固高出于二姨一等矣。而孰知实命不犹，维口起衅。说者谓二姨之死，死于贾蓉，非死于熙凤。三姐之死，死于宝玉，非死于湘莲也。

第五章

其他"咏《红》赋"汇校会评

整理说明

底本及参校本选择。程芙亭《贾宝玉祭芙蓉女儿赋》《林黛玉葬花赋》以道光二十六年潇湘吟馆刻本《绿云馆赋钞》(简称"潇湘吟馆本")为底本,参校光绪十三年留余堂刻《寄青斋遗稿》附录本(简称"留余堂本")、黄钵隐《红楼梦拾遗》抄本(简称"《红学丛钞》本")。《秋海棠赋》非题《红》赋,故附录于后。

冯庚堂《红楼梦律赋》、林起贞《红楼梦赋》仅存目。

朱作霖题《红》赋二篇,即《贾宝玉神游太虚境赋》《为贾宝玉祭林黛玉文》,以《小说新报》(1915年第7至12期"香囊"栏刊载朱雨苍《红楼文库》(简称"《小说新报》本")为底本,参校黄钵隐《红学丛钞》(第十一编)本(简称"《红学丛钞》本")、《游戏文章》(李定夷编,上海国华书局1934年6版)附刊本(简称"《游戏文章》本")。

许憩亭《吊潇湘妃子文》以黄钵隐《红学丛钞》(第十编)本(简称"《红学丛钞》本")为底本。

佚名《拟〈石头记〉怡红公子祭潇湘妃子文并序》以李庆辰文言小说集《醉茶志怪》中的《说梦》本(简称"李庆辰本")为底

本，参校以新加坡《叻报》1894 年 11 月 6 日第 3893 号刊载本（简称"《叻报》本"）、新加坡《星报》1894 年 11 月 6 日、7 日连载本为底本（简称"《星报》本"）、黄钵隐《红学丛钞》（第十编）本（简称"《红学丛钞》本"）。

世仲《拟贾宝玉祭林黛玉文骈体另序》以 1902 年 9 月 18 日《天南新报》载文为底本。

署名署芸《拟贾宝玉祭潇湘妃子文并序》以新加坡《石叻总汇新报》1916 年 10 月 9 日第九版为底本。

《林黛玉赋》是"苏剧后滩"中的一篇，描写上海一名叫林黛玉的时髦倌人，不属于题《红》赋，故作附录，以 1961 年 7 月苏州市戏曲研究室编印《苏剧后滩》为底本。

贾宝玉祭芙蓉女儿赋

程芙亭

【题解】 此赋本事参见《红楼梦》中赋之《芙蓉女儿诔》。《芙蓉女儿诔》被称为《红楼梦》"全书诗词歌赋之冠冕",虽以赋体写就,然究竟是以"诔"为名。此赋即本《芙蓉女儿诔》而作赋,以八韵律赋形式敷陈贾宝玉祭祀芙蓉女儿的全过程,感叹青春易逝,情天难补,苦海难填,眷属难成,空留余恨,空怀幽怨,读来哀婉凄怆,令人泪目。程芙亭,名不详,字芙亭,约生于清道光初年,卒于道光二十六年。上虞贡生徐虔复之妻。生长京师官宦之家,道光二十年归于徐。以举子不育早逝。徐虔复悲悼之余,将程芙亭之作结为《绿云馆遗集》,有道光二十六年潇湘吟馆刻本,凡《吟草》一卷、《赋钞》一卷,集中有余承普序、会稽孙念祖题词。《绿云馆赋钞》存赋三篇,即《贾宝玉祭芙蓉女儿赋》《林黛玉葬花赋》《秋海棠赋》,其中前两篇为题咏《红楼梦》赋,是清代闺秀中罕见的以赋咏《红楼梦》的作品。

【正文】

顽石通灵,花神小遣。泪洒冰绡,诔传秋练。烧残鸳瓦,灰寒黄土千年;吊罢凤山,岭隔仙云一片。笑昔日爱缘愁绪,空缠杨柳之丝;叹今朝恨海情天,谁识芙蓉之面。

当夫渡传桃叶,棹鼓兰桡。字频锦寄,心向琴挑。聚策策之游鱼,比目绣成文绮;听同同之谷鸟,双声啼到花朝。五百欢喜丸,练就长圆之象;三千氤氲使,删除离恨之条。最怜公子多情,青衫酒染；赢得佳人新宠，红袖香烧。

无何子夜悲歌，懊侬谱曲[1]。樊鼓蝇谗，媒求鸩毒。帘押则阻同千里，闺怨缠绵；刀环则望断三生，离愁枨触。西施石冷，眉晕苔青。潘妃市空，灯沉酒绿。半夜秋坟之鬼，怨粉啼珠；一场春梦之婆，埋香葬玉。飞琼花于天上，约来生定作神仙；埋金盌于人间[2]，悲今世难成眷属。

宝玉乃涕洒重泉，情牵梦寐。洛水衾遗，湘妃佩坠。晓风残月，甘倾吊柳之钱；香雾云鬟，实下溅花之泪。廿四番风催春信，绿惨红愁；十八拍调合胡笳，纸迷金醉。

幻想初开，痴情无主。疑绝世之芳姿，司诸天之花部。料得生前智慧，难填苦海狂澜。顿教果证慈悲，小住香坛净土。泣别离于鲛客，月与珠沉；嗟缺陷于娲皇，天难石补。

时值房栊人悄，帘幔风轻[3]。银釭焰小，瑶砌虫鸣。本来是色是空，谁招好梦；省识即花即面，欲问前生。蜡炬成灰，侬有难灰之愿；春蚕到死，卿无可死之情。未逢红叶题词，负汝青丝旧约；欲倩绿蘋寄语，订余白水新盟[4]。

于是辞篇怨寄，瓜果庭陈。彩云作幔，芳草成茵。弹劫外之枯棋，伤心此曲；补焚余之乐府，咽泪何人。飘来蝴蝶纸灰，白杨寒食埋芳冢；斫罢蟾蜍桂影，梨花烟雨哭青春。

迄今把玩云章，重披锦轴。幽怨盈篇，深情满目。袜沉湘浦，记感旧之陈王；箫弄扬州，类探春之杜牧。酬尽三春红雨，埋愁偏

---

[1] 谱，《红学丛钞》本作"补"。
[2] 盌，《红学丛钞》本作"椀"。
[3] 幔，《红学丛钞》本作"幙"。
[4] 订余白水新盟，《红学丛钞》本作"订予白水心盟"。

近妆楼；散来十二金钗，买恨都归诗屋。

【会评】

黄钵隐《红楼梦拾遗》抄本赋末尾曰："可恨娲皇徒炼石，情天不补补青天。"

林黛玉葬花赋
程芙亭

【题解】此赋本事参见沈谦《红楼梦赋》之《葬花赋》。此赋亦由《红楼梦》中黛玉葬花情节而敷衍成赋，是由《葬花吟》诗而成一篇律赋。与沈谦《葬花赋》不同的是，这篇赋以女性视角写女性葬花，用词更柔婉，情感更深沉细腻，把黛玉葬花的神态与心境描摹地细致入微。

【正文】

黄土埋香，红妆抱恨。有限风光，无穷闺怨。花面人面，眉妩三分；新愁旧愁，春心一寸。生成薄命，谁怜艳骨苔蘸；无数深情，盼断芳邛烟蔓[1]。

则有潇湘仙子，袖倚茜窗，帘垂春昼。泪落珠弹，眉低山皱。别离滋味，酸比梅多；冷淡容颜，身和菊瘦。恨煞无情赤陇，丽质长埋；遂教有例苍天，美人难寿。

---

[1] 邛，《红学丛钞》本作"邱"。

时值闲庭日永，三径春深。黄鹂唤别，绿叶成阴。无可奈何，吊花神之薄倖；未能遣此[1]，倚花榭以沉吟。飘残香冢梨云，叹金屋难留真色；愁绝白杨青草，念泉台谁是知音？

补恨无天，埋忧有地[2]。结想多端，钟情独至。鳞塍三尺，坏来花史之坟[3]；杜宇一声，洒遍花魂之泪。莫待西风古寺，青冢萧条；休教落日飞燐，红颜播弃。

爰乃花锄倚月，花径迎凉。花谱则缕添长命，花奴则辞唱断肠。花雨初晴，拜奠胡麻之饭；花铃低护，代赓薤露之章。诵来鹦鹉心经，忏留般若；挂得梅花纸帐，国冷众香。

语竟情伤，篇终泣下。碧萝邨栋雨催归，红香地海棠劝嫁。半窗冷雨，凤子含愁；几桁疏帘，鹦哥善骂[4]。招魂有句，谱白云黄竹之谣；埋玉何方，吊寒食梨花之夜。一抔净土，掩尽风流；十丈红尘，消磨兰麝。咒杀氤氲使者[5]，莺花散尽六朝风；怨含兜率宫中，春宵不住千金价。

迨至光黯镜鸾，声敲钗凤。甲帐云凝，丁帘香冻。霜高露冷，风侵翡翠之裘；绿惨红啼，云护芙蓉之洞。钩影空留月一弯，琴声不谱梅三弄[6]。此后夕阳万岭，想生前罗绮成尘；当年春雨孤楼，忆夙昔繁华似梦。

---

[1] 未，《红学丛钞》本作"谁"。
[2] 忧，《红学丛钞》本作"愁"。
[3] 坏，《红学丛钞》本作"埋"。
[4] 鹦哥，《红学丛钞》本作"燕儿"。
[5] 杀，《红学丛钞》本作"煞"。
[6] 三，《红学丛钞》本作"花"。

【会评】

黄钵隐《红楼梦拾遗》抄本赋末尾曰:"如怨如慕,若泣若歌,不啻为林颦卿写照。"

附录 秋海棠赋
程芙亭

红绡掷下天孙练,惺忪钗朵花光颤。玉人烧烛照新妆,秋风顿改春风面。靥粉未消,泪珠如溅。幽怨年年,脂痕片片。金井银床茜叶飘,雨淋铃夜香魂变。怯日偎烟,篱边砌边。躯身薄媚,晕脸含妍。思欲诉而无语,意如憨而谁传。洛浦朝辉落环佩,汉宫秋冷堕钗钿。

羌乃卢龙罢戍,河北分驰。郎居塞外,妾恋金闺。看薇帐之情人,都无颜色;验襜裙之泪点,惊染胭脂。斯则对晶帘而沾臆,拾瑶草而相思。

若夫陈后辞恩,班姬失偶。恨抱齐纨,思牵碧藕。滕清泪之盈杯,待明月之窥牖。绿阴半角,渺焉寡俦;红豆一枝,凄凉怨妇。

至于蔡炎无家,王嫱作客。恨寄琵琶,情流筚拍。流玉筯之纵横,怨红颜之弃掷。作望夫石,婀娜形容;过妒妇津,消磨风格。

是盖蕙心纬繣,纨质飘轻。疏红浮影,密紫织茎。粘粉则太真浴罢,晕脂则飞燕妆成。洵宜配何郎之丽色,同秦国之佳名。

秋阴生轻暖,佳人晓妆缓。思妇泪彷徨,泪断思不断。幽姿湛露浥琼芳,素影风摇玉砌旁。最是玉魂销不尽,淡妆无语断肠。

红楼梦律赋
冯庚堂

【题解】此赋今未见,存目。柴小梵《梵天庐丛录》谓:"《红楼词》,予所见者,都有十六种,俱皆藻思轶群,绮芬溢楮。其他如王雪香之《评赞》,卢半溪之《竹枝词》,绿君女史之七律,冯庚堂之律赋,杨梅村之时文,封吉士之南曲,愿为明镜室主人之杂记,无不借题发挥,情文交至。而尤以沈青士之《赋》二十篇,为独有见地。"据此,一粟编著《红楼梦书录》著录云:"《红楼梦律赋》,冯庚堂撰,见《梵天庐丛录》卷二十六。"

红楼梦赋
林起贞

【题解】此赋今未见,存目。林起贞,字峙屏,福建闽县人。据一粟编著《红楼梦书录》载:"《红楼梦偶题》,林起贞撰。载《红楼梦诗借弁首》。赋一篇。"又郑丽生《闽人〈红楼梦〉书录》著录:"《红楼梦偶题》。闽县林起贞撰。清光绪间福州刊本。载《红楼梦诗借弁首》,及《红楼梦赋》一篇,作于咸丰十年。起贞别有《一茎草堂诗钞》四卷,民国初福州铅印本。"《红楼诗借》,林孝箕等四人合撰,有清光绪十五年刊本,二集四卷。林起贞于咸丰十年撰写《红楼梦赋》一篇,载林孝箕等合辑《红楼诗借》弁首。

贾宝玉神游太虚境赋
朱作霖

【题解】此赋本事参见沈谦《红楼梦赋》之《贾宝玉梦游太虚境赋》。赋作开篇发端警策,点出"太虚"和"幻境",指出"无"与"有"、"假"与"真"主旨;接着分写其地之玄幻、其居之豪华、其人之貌美、其物产之丰富;然后再写贾宝玉的形貌和神态;接着用四个"神兮来游"铺陈宝玉神游太虚幻境的经历;最后辞别幻境,迷途知返,"叹津迷于是古",曲终奏雅。朱作霖,字雨苍,一作雨窗,江苏南汇县(今属上海市)周浦镇人,诸生,工诗词。著有《怡云仙馆集》《刻眉别集》传世,后人又编有《朱雨苍先生遗稿辑存》四卷。《小说新报》于1915年第7至12期"香囊"一栏刊载了朱雨苍的《红楼文库》,题"维摩旧色身雨苍朱作霖外编",内容有《题词》《自序》《贾宝玉神游太虚境赋》《册立贾元春为凤藻宫贵妃诏》《王熙凤妒杀尤二姐判》《潇湘妃子林嫒墓志铭》《为贾宝玉祭林黛玉文》等。其中《贾宝玉神游太虚境赋》《为贾宝玉祭林黛玉文》,分载第7、第8期。

【正文】

太虚辽阔而无际,幻境积想而可循。合色香以成界,结清净之诸因。无而为有,假欲浑真[1]。

其地盖在离恨天上,灌愁海中。遗香洞左,放春山东。介乎大

---

[1] 浑,《游戏文章》本"混"。

荒之麓，负乎青埂之峰。

其居则前桂苑，后兰堂。拱以金阙，缭以银墙。楼耸琼楣而夺采，殿围晶槛而生光。七宝之饰，五云之装。煌煌炜炜，乍阴乍阳。别若重屋隐敞，飞阁绵长。燕闲婉娈达璇室，婧娟窈窕入椒房。

其人则有种情大士[1]，度恨仙姑。引愁之金女时至，卖痴之菩提与居。是皆黄金为窟，白玉为肤。姿环态玮，环肥燕臞。问尘想其何有，觉春痕之欲无。

其物产则有瑶草琪花，珍禽瑞兽。黛石凭研[2]，胡香易购[3]。相思有竹而成斑，比目多鱼而可呪。榆则分种罗天，桂则远栽灵鹫。至于千红一窟之茶，万艳同杯之酎。麟脯登笾，凤髓佐豆。火枣流甘[4]，肉芝饫秀。元梨引年，碧藕益寿者，皆此中之饮馔也。凡厥所称，未能弹究[5]。要为群真之别宫[6]，众仙之外囿。非夫荡魄驰神，笃情暱志，如怡红公子者，孰得问其津而窥其富耶？

一梦兮迢遥，入仙乡兮意消。若有人兮前导曰来，吾将警汝之顽佻。盖其秉性乖僻，积习痴娇。第见面圆兮如月，色丽兮如桃。目疑漆点，眉似墨描。束金冠兮发尚覆，抹珠额兮鬓薄挵[7]。丁香兮攒结，芙蓉兮勒绦。敞八团之穗褂，衬十锦之宫袍。飘焉何喜，愁焉何骚？漫焉受怒，忽焉受嘲。情想胶结，痴愿丝缫。诚不虚为纨袴，聊借醒以梦泡。

---

[1] 种，《红学丛钞》本作"钟"。
[2] 凭研，《红学丛钞》本作"颊妍"。
[3] 香，《红学丛钞》本作"椒"。
[4] 甘，《红学丛钞》本作"丹"。
[5] 弹，《红学丛钞》本作"殚"。
[6] 真，《红学丛钞》本作"仙"。
[7] 挵，《游戏文章》本作"梢"。

神兮来游，先示以孽海之元机兮，呈情司之秘册。既图绘之分明兮，复判词之显刻。极朝啼暮泣之缠绵兮，括春怨秋悲之事迹。惜尘网之久撄兮，曾不解此疑癖。姑舍是而来前兮，更穷之以声色。

神兮来游，瑶席张兮愿少酬，君不游兮徒烦忧。于是诏伎师，酌芳醑。溜珠喉，搦玉指。奏天上之云璈，羞人间之罗绮。韵嘹婉兮珊珊，音凄缛兮靡靡。幽兮如念家山，促兮似安公子[1]。盖非紫云之回，实括红楼之旨。第觉如怨如慕，忽悲忽喜。醒凡念于一尊，慰遥思于千里。何犹郁结无聊，沉酣未已。觞乃命停，乐亦告止。风吹情海而澜回兮，试更与之泛爱河之水。

神兮来游，有美人兮相求。其貌则颦眉月妒，素面风愁。靥姣融杏，齿洁含榴。其体则行云细起，回雪轻留。纤腰折兮盈一束，罗袜凌兮艳双钩。

神兮来游，嗤小姑之独处，乐君子之好逑。羌吾法传夫秘密兮，愿尔乡觅此温柔。尔乃缓结束，拂轻裯。薄妆徐卸，银釭转幽。将迎复距[2]，乍喜还羞。斯际神脾内动，倩影旁流。四体融洽，百骸和揉。如洪炉之雪化兮，如沸水之珠浮。飘乎如羽衣之客兮，泛乎如不系之舟。心之荡兮弥转侧，肺肠悦兮中绸缪。

公子于此，不禁精移魄丧[3]，摄衣起谢，曰："冶哉！游也。有气皆化，无意不投。吾复奚羡兮，而不终老乎是邱。岂其忽欲兴辞，遽离故处。觉胶漆之徒黏，愈颠倒而失据。恍兮惚兮，几涉罗刹之江兮；战兮栗兮，忽观夜叉之舞兮。既色靡而气夺兮，亦神摇而志沮。洵幻化而无凭兮，问红颜其在何许。恨梦觉其何迟兮，叹

---

[1] 似，《红学丛钞》本作"如"。
[2] 距，《红学丛钞》本作"拒"。
[3] 精，《红学丛钞》本作"情"。

津迷于是古。愿晨鸡之一唱兮，任悲与欢之纠结而纷缠者，忽熟视焉而皆无所睹。"

【会评】

蒐乎艺圃，弋其精英，亦徐亦庚，亦都亦京。钟镛巨响，易而匏笙。岂曰藻绘，文生乎情。（弟南识）

慧珠掌上明秋月，照见璇宫五色丝，天风冷冷，令人辄唤仙乎。（借华庵主识）

黄钵隐《红学丛钞》（第十一编）本尾评："洞箫三千诵，锦瑟十五弦，令人莫名其妙。（味菜生钧识）"[1]

为贾宝玉祭林黛玉文
朱作霖

【题解】此为赋体文，是替贾宝玉撰写《祭林黛玉文》，系仿《红楼梦》第七十八回《芙蓉女儿诔》而作。晴雯病亡，宝玉为她写了长篇悼词《芙蓉女儿诔》，而八十回之后黛玉魂归离恨天，与她心心相印的宝玉却没有为黛玉写一句悼念的话，难道"如今林姑娘死了，莫非倒不如晴雯么"？这是读《红》人引以为憾之事，此文即为弥补憾事而作。全赋三处"呜呼哀哉"，两处"呜呼噫嘻"，写尽宝玉对黛玉一往之情深。

---

[1]《游戏文章》本尾评作："洞箫三千诵，锦瑟十五弦，令人莫名其妙。甲寅七月二十又三日。（味菜生钧识）"

第五章 其他"咏《红》赋"汇校会评

【正文】

维恨始元年,月旁死魄,日属往亡。悼红轩浊玉特以胡香四两,灵草一株,火枣盈盘,琼酥三爵,佐以碧藕、玄梨,惟虔惟称。玉谨蒸蕙藉茅,沐兰佩杜,哭祭于潇湘妃子颦卿林妹之灵,曰:

呜呼哀哉!妹竟洒然舍玉而去耶。玉何昏昧失志不醒事由[1],而致吾妹于死耶。恨玉之生,不异于死;痛妹之死,不能再生。悠悠苍天,玉固无以为情,妹又何以为情也。惟是病未服其劳,殓不视其晗。玉棺虽设,仙挂如生。妹之死其真也耶?抑假也耶?玉能释然已于怀耶?玉尝询妹婢紫鹃,欲得妹仙时事,乃又似深怨于玉,卒不少通其意,是又何为而然耶?其真也耶?念妹气体虽弱,然元质碧鲜,灵苗玉茁,非甚摧挫,亦当不至斯也,其假也耶?湘馆依然,玉人果安在耶?抑更有不可解者。彼其之子,何邈在吾侧耶?然则妹之死,殆信然矣,妹真舍玉而去矣,其有不仙仙乎远耶?其尚能珊珊乎来耶?

呜呼哀哉!玉之生也何为?鹃之怨也何疑哉?念妹于玉父为舅甥,玉于妹母为姑侄。是妹实我之自出也。惜失怙恃,伶仃孤苦。惟我太君,斯恩斯勤。妹才清婉,言近指远。妹质幽闲,气馥如兰。妹仪雅丽,人来天际。妹性孤高,厌说金貂。凡厥品评,聊志生平,而今已矣,雾合云冥。至我二人之相得也,忆妹初至,便同凤契,两小无猜,双烟一气。饮之食之,起居共之。体之恤之,爱护综之。拳拳之雅,惓惓之私。相与积诚而竭慕者,固无间一十二时,特以妹实守礼,抑情崇体,虽极缠绵,转多悟牴,然而妹有拂意,玉岂不喻。玉之素心,妹亦能觑。玉或无状,偶逢妹怒,曾不

---

[1] 醒,《游戏文章》本作"省"。

苛绳，终能强恕。若其埋香一窟，变声三叠。风雨秋悲，关河泪湿。亦由赋性愁多，抚躬恨集，妹固不尽怨夫玉，玉亦知妹之怨不因玉而及也。而今则不能不及矣。夫痛玉自幼执迷，病魔易集，兼之痴念萦迂，寸衷焦急，遂尔失志，孰意颠之倒之，吾二人之变故，竟至斯耶。玉固不足惜，而在妹之怨慕，其有穷期耶。自妹升于天表，玉无依而洋洋，忽颓然其若梦，通肸响于元堂。谓人讳此芬洁，犹物忌夫清刚。惟艾萧之当户，痛申椒其不香。孰为媒孽，孰为主张，乃幽明之互隔，山无车兮水无杭。信金玉之有天合，何木石之徒伤。

呜呼噫嘻，察情词之种种，极遐想之皇皇。思本末之如是，愈摧断我肺肠。恨事涉乎儿女，曾未可以表章。抑慈命之有在，又子道之当详。然而妹实为玉而死，玉俨致妹于亡。始则感以情起，终则情以孽偿。妹死而于玉无所负，玉生而于妹弥慷慨已。

呜呼噫嘻，人之相知，贵相知心，心不可见，障乃日深，恨不早剖以相示，今空抱憾夫人琴。诔曰：

筼镌九节弥苦辛，生理日淡悟较真，玉虽未死厌凡尘，会当排云叩帝阍，手把芙蓉朝玉真，天高地厚不可极，此恨此情日日新。

呜呼噫嘻，词犹未毕，泪已盈巾，聊布情素，愧无次伦，三熏表洁，九顿延宾。芹私哀献，寸心永扪，灵其鉴谅，来格来禋。

呜呼哀哉，尚飨。

【会评】

前半使笔墨痕迹化作云烟中，后绸缪长言，恰能道出怡红所欲言而不能自言，与能自言而未及言者，渊乎妙哉！（弟南醉识）

量取海棠花下泪，化为红豆与人看。（香国司花隶识）

君岂怡红化身耶？一何言之入情如是也。使黛玉有知，当更泣不成声矣。（梅甫注）

吊潇湘妃子文
许憩亭

【题解】 此赋古越曼陀罗馆主钵隐辑《红楼梦拾遗》（《红学丛钞》第十编本）收录，署名"许憩亭"。许憩亭即许树棠，字思召，号憩亭，又号澹圃，浙江海宁人。冲之子。嘉庆十四年己巳恩科进士。年二十八卒。《海昌艺文志》卷十五载，著《澹圃诗文集》二卷、《憩亭杂俎》一卷。此赋体文系仿《红楼梦》第七十八回《芙蓉女儿诔》之作，写多情郎哀悼薄命女，以四个"呜呼"发端，谱成一曲感叹黛玉身世遭遇和悲剧命运的哀音。

【正文】

今使有情眷属，同开含笑之花；未了因缘，并结合欢之果。是则一谱鸳鸯之牒，行当证到私盟；双挑鸾凤之弦，不且掀翻公案也哉？乃绣阁每多怨魄，而芳闺不乏幽魂。大抵华月难圆，彩云易散。一朝璧碎，千古珠沉。莫谐解脱之鞿，永闭葳蕤之锁。未有发才覆额，手尚扶床。便作聚头，长依比目。梨花春雨，闭户谈禅；桐叶秋风，搴帷读画。亦复乖生五角，受起三心。郎自多情，病到死还呼妹妹；妾原薄命，生来行不得哥哥。海经返乎灌愁之百端而莫灌，天即归乎离恨之万劫而宁离。

呜呼，渺渺紫烟，茫茫碧宇。谁云傻甚，红片欲冰；我竟痴多，青衫几湿。事何妨假，请从空外谈空；人讵必真，试向梦中说梦。妃子杜兰再世，郭芍重生。写经而格亚簪花〈赋〉，咏絮则才高赋茗。柳移隋苑，别抱风流；梅近孤山，自随雪皎。黛红滴翠，顾在伊眉；玉曳明珰，解要余佩。然而莲为仙子意，如苦而常含；蕉是美人心，似多而恒卷。当夫草唤离娘，药名贝母。旅巢甫定，乾影恒移。千里乡关，望断苏台之月；几年宦阁，思回瓜步之潮。加以雏语磬嫣，啼痕怯怯；龙飞骨瘦，弱质珊珊。

呜呼，伤已所幸，荣国府开，省亲墅启。太君爱重，公子情深。方其窈窕碧桃，周遮红院。帘推雁户，枕并鲛绡。菊入梦而抡元，桃始华兮建社。缯池边之曲，口角生香；味苑里之花，耳中唤醒。有时薄怒，意愈没而愈浓；无教嫣嗔，神弥疏而弥密。无何风姨掩玉，月姊偕来。宝字憎闻，钗磬怕触。人以三而成聚，女有二则为眯。摘项上之金圈，金将木克；松质间之香本，香到林空。迨玉恶梦惊回，通灵失去。线移月下，簪压云中。

呜呼，抑又悲已，更可痛者，雪雁呼来，紫鹃哭倒。桂汤莫咽，梨汁难消。气经断而尚连，魂已飞而复绕。帕经爇后，丝丝飞蝴蝶之灰；诗到焚余，句句留杜鹃之血。比贞狮子，凄其告婢之言；垂毙鹦哥，惨兮诘郎之语。竹窗寂寂，当年泪竹人亡；花冢巍巍，今日葬花谁是。盖公子刚错，认红鸾之照；而妃子已蹇，遭白鹤之迎也。

呜呼，蚕虽到死，犹含不尽之丝；蜡纵成灰，尚滴未干之泪。峰横青埂，不逢一笑之人；宫掩绛珠，莫到五氤之使。孰致同心之鸟，打作分飞；谁教连理之枝，折为独活。三万块炼余之石，漏瑛而不补情天，卿其衔彼女娲帝子；十二支劫后之钗，促带而先埋孽海，我且叩诸警幻仙姑。

拟《石头记》怡红公子祭潇湘妃子文并序

佚名

【题解】《拟〈石头记〉怡红公子祭潇湘妃子文并序》一文，目前所见有四个版本：李庆辰本、《叻报》本、《星报》本、《红学丛钞》本。经过比对发现李庆辰本最精良，故以此本为底本，参校其他三个版本。其中《星报》1894 年 11 月 6 日 1432 号载从"人之精神通于梦寐"到"垂髫即耳鬓厮磨"部分；7 日 1433 号载从"维时玉甫十龄"到"默伺鄙意之虔恭云尔"部分。此赋摘录自晚清李庆辰的志怪传奇集《醉茶志怪》（齐鲁书社 2004 年版，第 38—42 页）卷一《说梦》。此吊文或即李庆辰所作。此赋系仿《红楼梦》第七十八回中《芙蓉女儿诔》而作，全文凄咽婉转，如泣如诉。

【正文】

人之梦境，古人曾详辩之，而终无确解。至梦中得句，乃一时灵悟，予昔尝为之。[1] 若梦中读他人之诗文，则为不可解者。

昔予在京邸，秋闱，出二场后，倦惫非常，梦阅一书，恍惚如长吉诗集[2]，有句云："扁舟载酒迎波月，桃花艳滴胭脂血。"句颇相类[3]。

---

[1] "人之梦境"至"予昔尝为之"，《叻报》本、《星报》本作"人之精神通于梦寐，梦中得句往往有之"。

[2] "昔予在京邸"至"恍惚如长吉诗集"，《叻报》本、《星报》本作"曩在吴门，秋宵醉卧，梦阅书稿一帙，笔意雅近长吉"。

[3] 句颇相类，《叻报》本、《星报》本"醒后只忆此二语"。

又近年，梦读老友于阿璞诗稿[1]，有句云："红叶落时征雁返，黄花开后故人来。"惜仓洲路隔[2]，阿璞云亡[3]，终不得而询之也。

昔又梦至一处，书籍颇繁。有诗集一卷，阅之，佳句甚夥，有句云："仙人东去乘黄鹤，霸主西来访碧鸡。"是果谁之作欤？设无是集，何以令吾见？设有是集，又何以为吾梦耶？

夫古人载记，言梦者不可胜举[4]。如文达公记弋孝廉梦人屏上诗[5]，后遇景州李生，言是其族弟屏上人题梅花之句。然则我所梦者，或亦如彼，未之奇也。

独壬辰春之梦[6]，则奇矣。时天气尚寒冷[7]，拥衾假寐。梦至一处，竹木萧森，庭院宽阔[8]。有游廊一带[9]，弯环甚远[10]。廊尽，露广厦五楹。俄见粉白黛绿者数辈，皆妆梳古雅，浓淡合度，杂沓其中[11]。

一丈夫[12]，年约四旬[13]，降阶笑迎，情甚殷洽[14]。予揖问姓字[15]，答

---

[1] 梦读老友于阿璞诗稿，《叩报》本、《星报》本作"梦读故友姚寿侯诗稿"。

[2] 惜仓洲路隔，《叩报》本、《星报》本作"惜幽明路隔"。

[3] 阿璞云亡，《叩报》本、《星报》本无此四字。

[4] "夫古人载记，言梦者不可胜举"，《叩报》本、《星报》本作"古人载记，述梦者不胜枚举"。

[5] 文达公，《叩报》本、《星报》本作"纪文达公"。

[6] 独壬辰春之梦，《叩报》本、《星报》本作"至今春三月望后一夕之梦"。

[7] 时天气尚寒冷，《叩报》本、《星报》本作"时天气尚寒"。

[8] 庭院宽阔，《叩报》本、《星报》本作"院宇宽敞"。

[9] 有游廊一带，《叩报》本、《星报》本作"游廊一带"。

[10] 弯环甚远，《叩报》本、《星报》本作"逶迤曲折"。

[11] 杂沓其中，《叩报》本、《星报》本无此四字。

[12] 一丈夫，《叩报》本、《星报》本作"中一丈夫"。

[13] 年约四旬，《叩报》本、《星报》本作"年约三旬"。

[14] "降阶笑迎，情甚殷洽"，《叩报》本、《星报》本作"以来服白袷曳朱履，降阶迎人"。

[15] 予揖问姓字，《叩报》本、《星报》本作"一揖逊座，展问姓字"。

云:"《红楼》一书,君读已久[1]。其事略有影响,而姓名殊非。某与中表,嫌忘瓜李,而情重恩深,有不能自已之势。彼以是故,竟至捐躯。心实悼之,欲祭以文,非可以浮泛之文塞责[2]。昔拟作[3],未能恰意[4],遂改易,用为芙蓉之诔[5]。若祭潇湘无文[6],终属阙如。拙作业已草创,敬烦先生,椽笔为修润之。"

予闻命之下,不胜惶惧,逊谢不能[7]。而主人再三奉恳,使侍婢设座中堂,并陈水陆,螺杯象箸,罗列颇繁,劝酬甚切[8]。予饮一杯,便觉香流齿颊,即辞勿饮[9]。

主人笑命撤席。乃拭净几案,贴以红毡,设鸲眼之砚,鼠须之笔,麝烟之墨,鱼网之纸。群姬注水磨墨,置予前。视其原作,似未尽善。一时文思涌泉,不数刻脱稿。众姬呈示,主人颇称善。再拜,送予出,遣婢导之。

予问曰:"所谓'大观园',其即是乎?何与载籍悬殊也?[10]"婢笑曰:"此非天上,亦异人间,乃主人习静之所也。先生可以归矣。"方欲究主人为谁,霍然遂醒[11]。

---

[1] 君读已久,《叻报》本、《星报》本作"君所熟习"。
[2] 非可以浮泛之文塞责,《叻报》本、《星报》本作"非可以浮泛之词塞责"。
[3] 昔拟作,《叻报》本、《星报》本作"昔尝拟作"。
[4] 未能恰意,《叻报》本、《星报》本作"未能称意"。
[5] "遂改易,用为芙蓉之诔",《叻报》本、《星报》本作"遂托为芙蓉神之诔,其实晴雯云者,言情文相生也"。
[6] 若祭潇湘无文,《叻报》本、《星报》本作"然潇湘无祭文"。
[7] "予闻命之下,不胜惶惧,逊谢不能",《叻报》本、《星报》本作"予闻言惶悚,逊谢不遑"。
[8] 劝酬甚切,《叻报》本、《星报》本作"劝酬一切"。
[9] 即辞勿饮,《叻报》本、《星报》本作"即辞弗饮"。
[10] 何与载籍悬殊也,《叻报》本、《星报》本作"何所见不同所闻也"。
[11] 霍然遂醒,《叻报》本、《星报》本作"霍然遂醒。醒而忆之,历历在目"。

然则主人即怡红公子耶？[1]抑曹君雪芹耶？[2]吾不得而知之矣。得毋好事多磨[3]，予编《志怪》，而前辈稗官喜与同好[4]，将书有不尽之意，属予为之貂续耶？夫马当不遇，谁惊滕阁之文；狗监未逢，畴买《长门》之赋？亦惟梦想徒劳而已[5]。

不意晓起忽于书簏中检得故纸[6]，乃代宝玉吊黛玉之作[7]，因删润存之。其文曰：

维猴山鹤去之年，庾岭鸿归之月，日逢秋老，时值更阑，怡红院宝玉谨以龙女名香，鲛人残泪，金茎仙液，玉洞清泉，致祭于潇湘妃子之灵曰：

呜呼！琪花萎秀，竟凋玉女之容；绛草敷荣，莫挽金仙之驾。惟见阶前湘竹，鹃泪斓斑；堪悲窗上茜纱，蛛丝剥落。锦绣丛中过隙，遽成蝶化蚕僵；钗珰队里先鞭，拼得珠沉玉碎。魂归何处，色即是空；肠断今宵，情殊难已。爰念仙灵之缥缈，曷禁涕泗之滂沱。

妃子生阀阅之名家，处簪缨之望族。孤标冷艳，堪追姑射仙人；弱质温柔，独冠金陵女史。保厥躬，则冰霜比洁；窥其性，则金石同坚。薛氏多男，弗若扫眉才子；关家有妹，居然不栉书生。哀毁痛亲丧，早代皋鱼而饮血[8]；伶仃辞故里，聊投渭馆以栖身。祖

---

[1] 然则主人即怡红公子耶，《叻报》本、《星报》本作"主人即怡红公子耶"。
[2] 抑曹君雪芹耶，《叻报》本、《星报》本作"抑曹雪芹先生耶"。
[3] 得毋好事多磨，《叻报》本、《星报》本作"得毋红学专精"。
[4] "予编《志怪》，而前辈稗官喜与同好"，《叻报》本、《星报》本作"古今同好"。
[5] 亦惟梦想徒劳而已，《叻报》本、《星报》本作"亦惟付之梦想而已"。
[6] 不意晓起忽于书簏中检得故纸，《叻报》本、《星报》本作"不意某日晓起忽于枕畔捡得一纸"。
[7] 乃代宝玉吊黛玉之作，《叻报》本、《星报》本作"乃代宝玉祭黛玉文也"。
[8] 早代皋鱼而饮血，《叻报》本、《星报》本作"早代皋鱼而饮泣"。

母婆娑,觏面则心肝俱痛;寡兄痴癖,垂髫即耳鬓厮磨。

维时玉甫十龄,卿方九岁。一堂会食,让枣推梨;两小无猜,联床合榻。容瘦虑予减饭,身寒劝我添衣。频劳织女之针[1],萸囊巧制;偶被伯俞之杖,玉箸偷弹[2]。翠袖形单,怯秋风而羞立;红绡痕湿,对夜月而伤神。悲欢谁测其由,宜喜宜嗔,无非惜玉;离合讵能预卜[3],或歌或泣,总是怜香。

至若淡雅羞花,温香拟玉。天然缟素,轻沾雪后梅魂;屏却铅华,恒带春深梨梦。偶离深苑[4],每嫌过院之蜂忙[5];小立回廊,又怕隔墙之燕语。伤繁英之凋谢,一抔净土,锄成舍北花坟;悲秋景之萧条,半夜孤檠,照冷篱东菊圃。诗题罗帕,墨痕和泪渖齐干;曲奏瑶琴,子线与愁肠俱断。砧敲何处,朦胧而睡不安床;笛弄谁家,催促而病侵入骨。洎夫药炉火烈,二竖潜逃;锦帐春融,千愁暂释。

结海棠之社[6],齐放浪于七言四韵之间;填柳絮之词,共游戏于减字偷声之下[7]。观梅赏雪,闺帏擅名士风流;把酒持螯,粉黛极高人雅致。栊翠庵中试茗,偕妙玉以参禅;凹晶馆里联吟,续湘云而成谶。

形如松鹤,自去自来;意若孤鸿[8],不离不即。每到欲言不语,个中之微意,许我同知;几番变喜为愁,局内之幽怀,有谁共晓。

---

[1] 频劳织女之针,《红学丛钞》本作"频劳娥女之针"。
[2] 玉箸偷弹,《叻报》本、《星报》本作"玉筋偷弹"。
[3] 离合讵能预卜,《红学丛钞》本作"离合那能预卜"。
[4] 偶离深苑,《叻报》本、《星报》本、《红学丛钞》本作"偶离深院"。
[5] 每嫌过院之蜂忙,《叻报》本、《星报》本作"每嫌过苑之蜂"。
[6] 结海棠之社,《叻报》本作"海棠之社",《星报》本作"开海棠之社"。
[7] 共游戏于减字偷声之下,《红学丛钞》本作"遂游戏于减字偷声之下"。
[8] 意若孤鸿,《红学丛钞》本作"意若芦鸿"。

闻妙音于南院，卿胡为入耳而悲伤；摘艳句于《西厢》，我深悔无心而唐突。

从此两心共印，转难一语相通。我抒至性之肝肠，卿少体情之骨肉。恹恹成疾，卿缘何而骨瘦肌消；事事乖违，予因是而神凋气丧。

厥后侍儿起诳，报道还乡；斯时浊玉闻言，痛几殒命。恍惚帆樯归送[1]，妒煞纸舟；依稀仆婢来迎，讳题林字。凡此阽危之甚，皆由惓恋之深[2]。此上苍可以鉴其诚，非愚昧所能窥其奥也。

不料妖花放后，顿起狂波；美玉捐时，遽膺厉疾。

因相思而抱恙，无知语偶露真情；奉严命以成婚，多病身勉为弱婿。方幸蓝桥有路，谁知白璧无缘。擎兰炬以照芳容，惊非佳耦；入桃源而沉孽海，误作新郎。当兹恨满之时，即是登仙之候。

呜呼！元机乍破，已无续命之汤；素愿莫偿，竟乏再生之药。慨素幛之阒寂[3]，音沉少雪雁之传；睹丹旐之飘零，花落任紫鹃之泣。帘前鹦鹉，仍歌旧主之诗；穴底鸳鸯，畴作佳人之伴。壁悬遗挂，窗剩残绒。期系臂于他生[4]，此生已尽；订画眉于再世，隔世难逢。末偕秦凤之箫，先返彩鸾之斾。逾时闻讣[5]，哭往泉台；几处寻踪，未登鬼箓。地下搜求莫遇，乍疑名列仙班；人间号恸难闻，俄复身还尘世。

既而残躯小健，凭吊蕙棺；往事须追，长枯血泪。惨矣床头回首，犹呼浊玉之名；悲哉炉面飞灰，尽毁香奁之稿。怅仙踪之西

---

[1] 恍惚帆樯归送，《红学丛钞》本作"恍睹帆樯归送"。
[2] 皆由惓恋之深，《红学丛钞》本作"皆因惓念之深"。
[3] 阒寂，《朐报》本、《星报》本、《红学丛钞》本作"阒寂"。
[4] 期系臂于他生，《朐报》本作"图系臂于他生"，《星报》本作"系砂臂于他生"。
[5] 逾时闻讣，《红学丛钞》本作"于时闻讣"。

去，视含仅有小鬟；嘱旅榇之南归，到死不忘故土。

嗟乎！灵根拂剑，果绝长生；药圃经霜，花无独活。听斯传语，誓不苟延，因存忉怛之思，弗惜殷谆之问。始知瑶台促驾，鸾笙凤管齐迎；贝阙垂旌[1]，月姊星娥曲引。特非目睹，毕竟心疑。昨因幻梦之灵，重瞻环珮；恍入太虚之境，复望钗钿。白玉雕栏，护灵苗之摇曳；碧纱绣帐，笼瑞草之纷披。顿悟金绳，愿登宝筏。在妃子欲报沾濡之露，偶戏爱河；而浊玉难补离恨之天，终成顽石。自此熔开慧眼，悟今是而昨非；割断痴情，证前因而后果。

兹值梦觉之期，用述曩时之概。妄冀香魂之陟降，默伺鄙意之虔恭云尔[2]。

拟贾宝玉祭林黛玉文骈体另序
世仲

【题解】此文出自新加坡《天南新报》1902年9月18日星期四，新闻第1252号"本馆论说"栏，署名"世仲"。世仲，即黄世仲（1872—1913），广东番禺大桥乡（今属广州芳村区）人，别名黄小配。1893年秋冬间，与兄长黄伯耀等一起赴南洋吉隆坡、新加坡等地谋生。1899年，为侨商邱菽园所办维新派报纸《天南新报》撰文，并在1902年7月正式受聘为该报主笔，1903年4月回到香港。初步统计黄世仲在《天南新报》发表文章127篇。此文为一篇骈体文赋，赋前有一长序，交代写作之由；赋文描写宝、黛身

---

[1] 贝阙垂旌，《叻报》本、《星报》本作"乍阙垂旌"。
[2] 默伺鄙意之虔恭云尔，《红学丛钞》本作"默伸鄙意之虔恭云尔"。

世经历以及六年相处的点滴时光,最终香消玉损,前盟难续,读来令人断肠。

【正文】

夫人世之精神,固有通诸梦寐者,情之所感,目不及睹,梦或得而遇之。仆尝梦一阕云:"离恨天,相思地雪,三生石,此恨谁知?胭脂血染桃花醉,总是愁人泪。"又尝梦唐玄宗哭杨妃词曰:"巫山一朵云,闻苑一轮月,上林一枝花,北岭一团雪。今如何?竟是云散消,花残月缺。"是耶非耶?既有是事,何以不为吾见?既无是事,又何以得为吾梦见耶?乃□昔之夜,携酒赏月,戏成一歌曰:"陆将沉兮势将倾,我所悲兮无断绝,破万里兮怀长风,隔千里兮共明月。"

既而渐醉,掷笔假寐,梦一美少年,年十六许,冠玄冠,服紫服,珠履貂裘,仪度甚饰。仆起揖逊坐,展问邦族,自言南京贾氏,曾居太虚之间,依稀道至一处。但见叠阁重楼,万椽相接,曲折二行,则万户千门,迥非人世。由是步沁芳亭,过梨香院,俄见粉白黛绿数辈,候揖者,侍游者,捉坐者,寒暄者,皆官装长袖,面不脂而桃花飞,腰不弯而杨柳舞。清风一习,则百鸟争鸣;凉露三更,则群花乱落。少年乃告吾曰:"此非天上,亦异人间,即玉生平所居大观园也。忆昔潇湘逝世,玉不及为文以祭之。君之诗文,足以传人,倘能代此,则光递九泉矣。"

已而不见,梦亦寻醒,凡所游览,似历历在目前者,是殆怡红公子为潇湘妃子来也。余读《石头记》一书,观《芙蓉诔》,想见其为人,曾不遗情于一婢。至死生不异,形影不违如潇湘者,独淹没而不彰也,其故何哉?意者通灵既失,文字无灵,泯泯者阙有间矣。彼豪杰寥落于世，与妃子之不遇于人，又何以异焉？同病者多相怜，固未可知也。且夫英雄以事业留名，风月藉文章生色。昔人往矣，绛珠之一谪仍仙；今我来斯，金粉之四围不俗，人何者也。文以祭之曰：

维侯山鹤去之年，庾岭鸿归之月，怡红浊玉，谨祭于潇湘妃子之前曰：呜呼！离合者天也，悲歌者情也，死生者命也。如玉不能言哉？以卿生阀阅之名家，长诗书之华胄。犹忆夫扬州命驾，荣府停车。时则玉甫十龄，卿方九岁。略葭莩之谊，两小无猜；订兰蕙之盟，三生有幸。卿原仙骨，何解多愁；我是禅心，不须还泪。聪明一世，空留五美之吟；兄妹两人，各有百年之愿。独惜孤高善怨，癖性成痴。任气而不回，恃才而复傲。此固多情之误，亦促寿之缘也。

厥后尊堂惊讣，报道南旋。斯时浊玉哀思，更难上达。卿真不幸，同堂无三尺之男；亲复无灵，视舍仅孤寄之女。尔日椿萱先谢，痛弱草以何依；今兹乔梓谁观，拭名花而有泪。于是心灰成烛，恨织如丝。在卿则怨海难填，在玉则情关未破。有如佛地，誓却尘缘。除是卿家，讳题林字。斯则卿之念可知，即玉之情可见矣。然或卿本招愁，花原见嫉。彩云易散，朝露无多。偶因一念之微，遂抱终身之疾。栊翠庵中试茗，方偕妙玉以参禅；凹晶馆里联诗，竟绘湘云而成谶。洞无仙草，何来却死之丹；海失神槎，更乏长生之药。芙蓉自主，生成姊妹之花；鸿雁来宾，叫断夫妻之蕙。遂乃桃腮艳削，杏脸香枯。雁信未回，蚕丝先尽。病榻惊闻恶耗，早知鬼蜮为灾；高堂逼洽新欢，偏使我怀莫白。闻通天宫召去，音乐犹喧；曾从地府追寻，形魂俱杳。落花留冢，□棺独嘱南归；仙草□元，正册已跻上界。今者妆楼月冷，锦槛风寒。鼎炉之剩药善温,诗稿之余灰尚在。生生世世,未有穷期;妹妹哥哥,竟成永诀。言念及此,亦足悲矣。

噫!六年相聚,一旦晨辞。悟到空花,叹当年之孽障;痴谈因果,问来世之姻缘。葭苍露白,海碧天青。一点丹心,两行血泪。仪虽不腆,略表微忱;文杂芜词,有污□听。哀哉!尚飨!

拟贾宝玉祭潇湘妃子文并序

署芸

【题解】此文出自1916年10月9日《石叺总汇新报》第9版"游戏文章"栏载署名"署芸"。此文为一篇骈体文赋,赋前有一长序,亦是骈体,叙述宝、黛相识、相知、相欢、相爱、相恨、相别的相处时光,说明作赋之由;赋文纯是一曲叹逝挽歌,凄恻哀婉。

【正文】

嗟乎!天能补恨,几时开娲氏之炉;地可埋忧,何处觅刘伶之钟。怕听凄凉莲漏,滴碎愁心;懒挑黯淡兰缸,烧残绮梦。怅坠饮其难拾,郁孤愤而不消。惟是香蘸返魂,欲乞少君幻术;汤煎续命,重呼倩女回生。不图往事成尘,灵修易证。春花含笑,蓦遭猛雨横摧;秋月扬辉,苦被痴云遍断。此天下伤心人,所以读《石头之记》,为怡红公子而叹其多情,为潇湘妃子而怜其薄命也。回思两小无猜,数年聚处。为问佳人出处,本来明月二分;猥蒙舅氏矜怜,托庇慈云一片。是孤山之后裔,品高绿萼寒梅;叩香国之前生,种擅绛珠仙草。何况生成慧质,媲谢家柳絮之吟;巧运灵心,分刘氏椒花之颂。是以入海棠吟社,高才压倒裙钗;赋赏菊瑶章,隽语独张旗鼓。痴情难忏,葬花慨身世之飘零;冷态谁窥,咏雪表心情之孤洁。玉温润而比德,兰无言而自芳。抱天涯沦落之伤,每吞声而饮泣;有咸畹相依之雅,尚着意而关情。于焉静待寒修,默联良偶。鸳鸯谱牒,定应姓氏双镌;鹦鹉帘拢,翻怕誓言轻泄。此则证三生之石,方期真个通灵;盼百两之车,共信欢迎不远矣。无如好事多磨,前盟难践。人非碧玉,奚容偷嫁汝南;客不黄衫,谁复追寻李益。望斟红鸾喜信,别缔良缘;恨无青鸟传书,曲抒幽怨。血泪洒窗前之竹,点点成斑;愁容看镜里之花,恹恹陨采。一则联百年美眷,合卺交杯;一则积万斛牢愁,断肠焚稿。此生已矣,不死何为?慧剑一挥,情丝顿断。从此天荒地老,与离恨以俱长;石烂海枯,禁情根之复活。太息一双侍女,鹍雁分飞;愿教亿万情人,鲽鹣同命。谨撼补亡之义,代陈叹逝之文。

惟年月日,怡红院主贾宝玉谨以清酌庶羞之仪,致祭于潇湘妃子林颦卿表妹之灵曰:繄扶舆清淑之气兮,往往不钟于须眉之肮脏,而发泄于粉黛之红妆。岂造物之矜奇诡吊兮,乃托生于逋仙华胄,由吴门而随宦维扬。画双蛾而淡似春山兮,仰对康山之苍苍。翦青瞳而湛如秋水兮,俯聆邗水之汤汤。胡昊天之不吊兮,陟岵屺而悲伤。与寒门世为旧姻兮,匪眷恋此乐土,而轻去其桑梓。自芳躅之贲临此园兮,执骚坛之牛耳,主吟社于海棠。自古伤心人别有怀抱兮,赋《葬花》之篇什,独哀艳而苍凉。爱琅玕一碧其如睡兮,对于此萧萧修竹,而榜其所居之馆曰潇湘。与予既目成而心许兮,坚盟词以矢誓,申礼义以自防。天日共鉴此精诚兮,冀他年齐眉举案,如梁鸿之匹孟光。何娥眉之顿生谣诼兮,乃不谅人只,而竟出高堂。奈强委禽于河东兮,弃迦陵同命之鸟,而于飞苦效乎凤凰。已矣哉！余情本非薄倖兮，掬诚可告上苍。倩女惨致离魂兮，骖鸾游乎帝阊。进一勺之椒浆兮，期幽明之不隔，历地久而天长。融一瓣之心香兮，愿永脱此大千之尘网，而徜徉于白云之乡。呜呼哀哉，尚飨！

附　录

林黛玉赋

【题解】赋见载1961年7月苏州市戏曲研究室编印《苏剧后滩》第八集"赋类一"，第二十一篇。此赋是"苏剧后滩"中的一篇，描写上海一名叫林黛玉的时髦倌人，赋作内容与《红楼梦》关系不紧密，故作附录。

【正文】

清朝世界一团花，让还上海夷场最繁华，书寓门口牌子挂，顶时髦倌人就叫林黛玉。梳仔一个时式头，横撬压发白如意，一只翡翠莲蓬簪，洋钿倒要二千八；耳朵浪一副珠环两边挂，身浪着件熟罗衫，外罩马甲铁线纱，时式花样大劈竹，赛过着仔枪篱笆；臂膊浪格金钏臂，称称足有半斤把；着起元色纺绸裙，里衬裤子细春纱；一双金莲三寸足，高底一填尺半把。时式大姐前头走，烧汤乌龟掮琵琶，书场倒上余香阁，姘头跟仔念七、八，看见仔恩相好，迷眼做脱仔百七八。乌师先生做俫住,自家还要弹琵琶,唱只京调"回龙阁",喉咙实在"添咀洛"("宿"——缩脚韵),叫声大少爷,搭俫天仙园里坐正桌。梦生看夜戏,道情又作乐,立起身来叫案目,戏钱阿好明朝拿?案目回头搭俫少爷勿相熟,府浪住勒啥场化?要末跟俫转去拿?探下黄铜表,押勒俫搭明朝拿。梦生出戏馆,马上坐马车,牛皮吹得野野足,搭连里向召租霍。一走走到四马路,对面来仔一个表阿叔,开口叫声老贤姪,俫末外势坐马车,俉笃家主婆昨日吃格饭泡粥,叫俫转去带个一块甜酱瓜。

参考文献

著作类

阿英:《小说闲谈四种》,上海古籍出版社 1985 年版。

艾略特著,王恩衷编译:《艾略特诗学文集》,国际文化出版公司 1989 年版。

白居易:《白居易集》,中华书局 1979 年版。

班固:《汉书》,中华书局 1962 年版。

蔡义江:《红楼梦诗词曲赋鉴赏》,中华书局 2001 年版。

蔡义江:《红楼梦诗词曲赋全解》,复旦大学出版社 2008 年版。

蔡毅编:《中国古典戏曲序跋汇编》,齐鲁书社 1989 年版。

曹雪芹、高鹗著,王梦阮、沈瓶庵索隐:《红楼梦索隐》,北京大学出版社 1989 年版。

曹雪芹:《脂砚斋重评石头记庚辰校本》,作家出版社 2006 年版。

曹雪芹著,黄霖校点:《脂砚斋评批红楼梦》,齐鲁书社 1994 年版。

曹雪芹著,无名氏续,程伟元、高鹗整理,中国艺术研究院红楼梦研究所校注:《红楼梦》,人民文学出版社 2008 年第 3 版。

曹雪芹著,俞平伯、王惜时校订:《红楼梦》,香港中华书局 2006 年版。

柴小梵:《梵天庐丛录》,故宫出版社 2013 年版。

陈启源:《毛诗稽古编》,中国诗经学会编:《诗经要籍集成》第 23 册,学苑出版社 2002 年版。

陈寿撰,裴松之注:《三国志》,中华书局 1959 年版。

陈骁:《清代〈红楼梦〉的图像世界》,浙江工商大学出版社 2005 年版。

程芙亭:《绿云馆赋钞》,道光二十六年潇湘吟馆刻本。

程毅中:《神怪情侠的艺术世界》,中共中央党校出版社 1994 年版。

赤飞:《红学补白》,新华出版社 2011 年版。

储家藻修,徐致靖纂:《上虞县志校续》,光绪二十四年至二十五年刻本。

邓之诚:《骨董续记》,上海书店 1996 年版。

端木蕻良:《端木蕻良文集》,北京出版社 2009 年版。

端木蕻良著,徐学鹏编:《端木蕻良细说红楼梦》,作家出版社 2006 年版。

端木蕻良:《曹雪芹》上册,北京出版社 1980 年版。

端木蕻良:《科尔沁旗草原》,开明书店 1939 年版。

段玉裁注:《说文解字注》,上海古籍出版社 1988 年版。

范宁:《范宁古典文学研究文集》,重庆出版社 2006 年版。

范烟桥:《中国小说史》,苏州秋叶社 1927 年版。

范晔等:《后汉书》,中华书局 1965 年版。

费黑主编,萧山县志编纂委员会编:《萧山县志》,浙江人民出版社 1987 年版。

费振刚、仇仲谦、刘南平校注:《全汉赋校注》,广东教育出版社 2005 年版。

冯其庸重校评批：《瓜饭楼重校评批红楼梦》，辽宁人民出版社 2005 年版。

伏俊琏：《敦煌赋校注》，甘肃人民出版社 1994 年版。

归锄子：《续红楼梦》，中国国际广播出版社 1988 年版。

郭维森、许结：《中国辞赋发展史》，江苏教育出版社 1996 年版。

郭则沄：《红楼真梦》，黑龙江美术出版社 2017 年版。

何镛：《琼珲山房红楼梦词》，光绪二十年刻本。

侯敏主编：《现代新儒家文论点评》，暨南大学出版社 2016 年版。

胡晓明、彭国忠编：《江南女性别集》（四编），黄山书社 2014 年版。

胡之骥注：《江文通集汇注》，中华书局 1984 年版。

护花主人、大某山民、太平闲人评：《红楼梦》（三家评本），上海古籍出版社 1998 年版。

皇侃：《论语义疏》，清知不足斋丛书本。

黄钵隐：《红楼梦拾遗》，《红学丛钞》本，第十编。

黄爵滋：《仙屏书屋初集》，道光二十六年活字印本。

黄明金：《汉魏晋南北朝碑诔文研究》，人民文学出版社 2005 年版。

来裕恂：《萧山县志》，天津古籍出版社 1991 年版。

李慈铭：《越缦堂读书记》，中华书局 2006 年第 2 版。

李定夷编：《游戏文章》，上海国华书局 1934 年 6 版。

李昉等编：《太平广记》，中华书局 1961 年版。

李庆辰：《醉茶志怪》，齐鲁书社 2004 年版。

李士棻：《天瘦阁诗半》，光绪十一年刻本。

李希凡：《〈红楼梦〉人物论》，文化艺术出版社 2006 年版。

李兆洛编：《骈体文钞》，上海古籍出版社 2001 年版。

梁绍壬：《两般秋雨盦随笔》，上海古籍出版社 1982 年版。

林联桂撰，何新文等校证：《见星庐赋话校证》，上海古籍出版社 2013 年版。

刘洪仁主编：《海外藏中国珍稀书系》，中国戏剧出版社 2000 年版。

刘基著，林家骊点校：《刘基集》，浙江古籍出版社 1999 年版。

刘绍唐主编：《民国人物小传》，上海三联书店 2016 年版。

刘师培：《中国中古文学史讲义》，凤凰出版社 2011 年版。

刘熙载：《艺概》，上海古籍出版社 1978 年版。

刘向：《古烈女传》，上海三联书店 2014 年版。

刘勰著，范文澜注：《文心雕龙注》，人民文学出版社 1958 年版。

刘以鬯：《见虾集》，辽宁教育出版社 1997 年版。

路宝生编：《中国黑幕大观》，中华图书集成公司 1918 年印本。

苗怀明：《风起红楼》，中华书局 2006 年版。

缪艮编：《文章游戏初编》，道光四年一厂山房重刊本。

木斋：《曹植甄后传》，香港世界汉学书局 2019 年版。

那逊兰保：《芸香馆遗诗》，同治十三年刻本。

欧阳修、宋祁：《新唐书》，中华书局 1975 年版。

欧阳询：《艺文类聚》，中华书局 1965 年版。

潘衍桐辑：《两浙輶轩续录》，光绪十七年浙江书局刻本。

潘之恒著，汪效倚辑注：《潘之恒曲话》，中国戏剧出版社 1988 年版。

彭定求编：《全唐诗》，中华书局 1960 年版。

皮锡瑞著，周予同注释：《经学历史》，中华书局 2004 年版。

钱锺书：《管锥编》，生活·读书·新知三联书店 2007 年第 2 版。

秦子忱：《续红楼梦》，内蒙古人民出版社 2016 年版。

丘炜菱：《红楼梦分咏绝句》，光绪二十六年粤东省城木板大字本。

上海书店出版社编：《民国沧县志》，《中国地方志集成》（河北府县志辑 42），上海书店出版社 2006 年版。

沈德潜选：《古诗源》，中华书局 1963 年版。

沈谦：《红楼梦赋》，道光二年留香书塾刻本。

沈谦：《红楼梦赋》，光绪二年何镛刻本。

沈谦：《红楼梦赋草》，道光三十年吴江爱氏蝶园乌丝栏抄本。

沈谦著，包圭山笺注：《注释红楼梦赋》，道光二十六年眠琴书屋藏板、芸香堂发兑刻本。

沈善宝著，珊丹校注：《鸿雪楼诗词集校注》，中国社会科学出版社 2012 年版。

沈荇修：《萧山长巷沈氏宗谱》，光绪十九年刻本。

盛昱：《盛伯羲杂记》，《北京大学图书馆馆藏稿本丛书》第 5 册，天津古籍出版社 1987 年版。

盛昱：《郁华阁遗集》，光绪三十四年武昌刻本，《续修四库全书》第 1567 册，上海古籍出版社 2011 年版。

奭良：《野棠轩文集》，沈云龙主编：《近代中国史料丛刊》一辑，台湾文海出版社 1966 年版。

司马迁：《史记》，中华书局 1982 年版。

孙伟科：《〈红楼梦〉与诗性智慧》，时代华文书局 2015 年版。

陶澍：《陶澍全集》，岳麓书社 2010 年版。

田晓菲：《秋水堂论金瓶梅》，广西师范大学出版社 2019 年版。

完颜金墀：《绿芸轩诗集》，光绪元年刻本。

汪超宏：《沈谦二题》，《明清浙籍曲家考》，浙江大学出版社 2009 年版。

王伯沆批：《王伯沆〈红楼梦〉批语汇录》，江苏古籍出版社 1985 年版。

王观国：《学林》，中华书局 1988 年版。

王冠辑：《赋话广聚》，北京图书馆出版社 2006 年版。

王汉章编，成全辑补：《盛意园先生年谱稿》，清抄本，天津图书馆藏。

王怀义：《〈红楼梦〉文本图像渊源考证》，中华书局 2022 年版。

王怀义：《诗艺情缘：〈红楼梦〉导引》，商务印书馆 2024 年版。

王利器：《颜氏家训集解》（增补本），中华书局 1996 年版。

王英志主编：《清代闺秀诗话丛刊》，凤凰出版社 2010 年版。

魏泰：《东轩笔录》，中华书局 1983 年版。

吴江区档案局、吴江区方志办编：《垂虹识小录》，广陵书社 2014 年版。

吴坤修等修，何绍基、杨沂孙等纂：《（光绪）重修安徽通志》，清光绪四年刻本。

吴讷、徐师曾：《文章辨体序说　文体明辨序说》，人民文学出版社 1962 年版。

逍遥子：《后红楼梦》，内蒙古人民出版社 2016 年版。

萧统编，李善等注：《六臣注文选》，中华书局 1987 年版。

徐珂：《清稗类钞》，商务印书馆 1918 年版。

徐虔复：《寄青斋遗集》，光绪十三年刻本。

徐世昌编：《晚晴簃诗汇》，中华书局1990年版。

徐征、张月中、张圣洁、奚海主编：《全元曲》，河北教育出版社1998年版。

许结主编：《历代赋汇》（校订本），凤凰出版社2018年版。

严可均校辑：《全上古三代秦汉三国六朝文》，中华书局1958年版。

严伟、刘芷芬修，秦锡田等纂：《（民国）南汇县续志》，民国十八年刻本。

杨光仪著，王振良、赵键整理：《碧琅玕馆诗钞》，天津古籍出版社2017年版。

杨慎著，王文才、张锡厚辑：《升庵著述序跋》，云南人民出版社1985年版。

杨钟羲：《雪桥诗话三集》，《丛书集成续编》第204册，台湾新文丰出版公司1988年版。

杨钟羲：《意园事略》，《续修四库全书》第1567册，上海古籍出版社2011年版。

姚永朴著，许结讲评：《文学研究法》，凤凰出版社2009年版。

一粟编著：《红楼梦书录》（增订本），上海古籍出版社1981年版。

俞平伯：《红楼梦辨》，人民文学出版社2006年版。

俞平伯：《俞平伯全集》，花山文艺出版社1997年版。

恽珠辑：《国朝闺秀正始集》，道光十一年红香馆刻本。

张爱玲：《红楼梦魇》，上海古籍出版社1995年版。

张伯伟编：《全唐五代诗格汇考》，凤凰出版社2002年版。

张翰仪编：《湘雅摭残》，岳麓书社2010年版。

张新之评：《妙复轩评石头记》，北京图书馆出版社2002年版。

张寅彭主编:《清诗话三编》,上海古籍出版社 2014 年版。

张云:《谁能炼石补苍天——清代〈红楼梦〉续书研究》,中华书局 2013 年版。

章学诚著、叶瑛校注:《文史通义校注》,中华书局 1985 年版。

赵曾望:《寱言》,光绪十八年丹徒赵氏石印本。

赵尔巽等:《清史稿》,中华书局 1998 年版。

赵彦卫:《云麓漫钞》,中华书局 1998 年版。

震钧:《天咫偶闻》,北京古籍出版社 1982 年版。

郑丽生撰著,福建省文史研究馆编:《郑丽生文史丛稿》,海风出版社 2009 年版,第 198 页。

郑玄注,贾公彦疏:《周礼注疏》,阮元校刻:《十三经注疏》,中华书局 1980 年版。

郑玄注,孔颖达疏:《毛诗正义》,阮元校刻:《十三经注疏》,中华书局 1980 年版。

脂砚斋评:《脂砚斋重评石头记》(甲戌校本),作家出版社 2008 年版。

中国古代书画鉴定组编:《中国古代书画目录》,文物出版社 1985 年版。

周汝昌:《红楼夺目红》,作家出版社 2003 年版。

朱传誉主编:《明清善本小说丛刊》,台湾天一出版社 1985—1990 年版。

朱熹:《诗集传》,中华书局 1958 年版。

朱一玄编:《红楼梦脂评校录》,齐鲁书社 1986 年版。

朱一玄等编:《中国古代小说总目提要》,人民文学出版社 2005 年版。

朱作霖：《红楼文库》，见黄钵隐《红学丛钞》第十一编。

踪凡、郭英德主编：《历代赋学文献辑刊》（全二百册），国家图书馆出版社2017年版。

〔俄〕李福清著，李明滨编选：《古典小说与传说》，中华书局2003年版。

〔日〕内田道夫编，李庆译：《中国小说世界》，上海古籍出版社1992年版。

〔日〕田仲一成著，钱杭、任余白译：《中国的宗教与戏剧》，上海古籍出版社1992年版。

〔日〕盐谷温著，孙俍工译：《中国文学概论讲话》，开明书店1930年第3版。

Knechtges, David R. "From the Eastern Han through the Western Jin (25-317)." in *The Cambridge History of Chinese Literature*, edited by Kang-i Sun Chang and Stephen Owen. Cambridge: Cambridge University Press, 2010.

Knechtges, David R. *Wen xuan or Selections of Refined Literature*, volumes 1-3. Princeton: Princeton University Press, 1982, 1987, 1996.

Knechtges, David R., and Taiping Chang. *Ancient and Early Medieval Chinese Literature: A Reference Guide Part Three*. Leiden: Brill, 2014.

Nicholas Morrow Williams. *The Fu Genre of Imperial China: Studies in the Rhapsodic Imagination*. Leeds, U.K.: Arc-Humanities/Amsterdam University Press, 2019.

Plaks, Andrwe. *Archetype and Allegory in the Dream of the Red Chamber*. Princeton: Princeton University Press,1976.

论文类

方弘毅、王丹：《观图释义：〈红楼梦赋〉与〈红楼梦赋图册〉的生产性传播》，《红楼梦学刊》2020年第3辑。

胡筱颖：《计算机辅助下的〈警幻仙姑赋〉英译研究》，《四川师范大学学报》2013年第3期。

姜维枫：《〈警幻仙姑赋〉：曹雪芹审美理想的诗意传达——兼论曹雪芹理想世界的建构与毁灭》，《红楼梦学刊》2011年第2辑。

姜子龙：《论〈警幻仙姑赋〉的赋学涵义——兼论曹雪芹的赋体创作倾向》，《沈阳师范大学学报》2008年第2期。

蒋寅：《中国古代文体互参中"以高行卑"的体位定势》，《中国社会科学》2008年第5期。

冷卫国、许洪波：《〈警幻仙姑赋〉的深层意蕴及曹雪芹的"师楚"情结》，《东方论坛》2012年第2期。

李光先：《〈警幻仙姑赋〉文体特征研究》，《曹雪芹研究》2017年第2期。

李桂奎：《论中国古典小说写人中的诗赋笔韵及其画境美》，《红楼梦学刊》2021年第5辑．

李奎、胡鑫蓉：《早稻田大学图书馆藏红楼梦木鱼书初探》，《明清小说研究》2020年第1期。

李奎：《〈叻报〉所载〈拟《石头记》怡红公子祭潇湘妃子文并序〉述略》，《红楼梦学刊》2009年第6辑。

刘婧：《〈警幻仙姑赋〉英译的社会符号学阐释》，《外国语文》2018年第1期。

马凤程：《〈芙蓉女儿诔〉和〈离骚〉》，《红楼梦学刊》1986年第1期。

潘务正：《沈谦〈红楼梦赋〉考论》，《厦门教育学院学报》2011年第4期。

陶白：《曹雪芹与庄子》，《红楼梦学刊》1981年第2辑。

王丹：《晚清两种〈红楼梦〉衍生艺术形态释论》，《明清小说研究》2019年第3期。

王辉民：《〈红楼梦〉诗词曲赋暗示手法蠡测》，《海南大学学报》1989年第3期。

王慧：《端木蕻良与〈红楼梦〉》，《红楼梦学刊》2020年第6辑。

王人恩：《〈离骚〉未尽灵均恨，更有情痴抱恨长——试论〈红楼梦〉与屈原赋》，《红楼梦学刊》2000年第3辑。

王思豪：《"赋—说同构"的文学传统》，《光明日报》2018年5月14日《文学遗产》版。

王思豪：《〈三国演义〉中的赋学史料及其与小说之关联问题》，《中山大学学报》2017年第3期。

王思豪：《赋法：〈诗经〉学视域下的〈金瓶梅〉批评观》，《文学研究》2017年第1期。

王思豪：《小说文本视阈中的赋学形态与批评》，《安徽大学学报》2015年第1期。

王思豪：《中国早期文学文本的对话：〈诗〉赋互文关系诠解》，《文学评论》2018年第3期。

王雨容：《沈谦〈红楼梦赋〉之寄托论》，《凯里学院学报》2017年第1期。

徐国荣：《先唐诔文的职能变迁》，《文学遗产》2000年第5期。

徐永斌：《治生视域下〈红楼梦〉中的文人生态》，《南开学报》2021年第3期。

许结、王思豪：《汉赋用〈诗〉的文学传统》，《中国社会科学》2011年第4期。

许结：《从"诗赋"到"骚赋"——赋论传统之传法定祖新说》，《四川师范大学学报》2010年第6期。

严程：《清代蒙古族女诗人那逊兰保的创作历程》，《民族文学研究》2017年第5期。

严苡丹：《赋体文学英译探微——从〈警幻仙姑赋〉的两种英译比较谈起》，《河南师范大学学报》2011年第2期。

俞晓红：《问渠哪得清如许——漫谈曹雪芹的审美观念兼及〈警幻仙姑赋〉的审美意蕴》，《红楼梦学刊》1992年第2辑。

张庆善：《说芙蓉》，《红楼梦学刊》1984年第4辑。

张云：《〈芙蓉女儿诔〉的文章学解读》，《红楼梦学刊》2008年第1辑。

赵春辉：《〈红楼梦赋〉作者沈谦新考》，《红楼梦学刊》2014年第6期。

甄洪永：《〈红楼梦〉的赋学叙事》，《红楼梦学刊》2013年第4辑。

朱天发：《〈芙蓉女儿诔〉英译本比较研究》，《海外英语》2019年第5期。

〔美〕康达维：《论赋体的源流》，《文史哲》1988年第1期。

Hsia, C. T. Love and Compassion in "Dream of the Red Chamber", *Criticism*,1963, 5(3): 261-271.

Wang Sihao, The Creation of a "Magnificent Literary Style":

Stylistic Innovation in Borrowings in Han Rhapsodies from *The Classic of Poetry*. *Frontiers of Literary Studies in China*, 2021,15(1):109-135.

Wang Sihao, Citation of Han *Fu* in *Shijing* Exegetical Works. *Journal of Chinese Humanities*, 2022,8(1):116-142.

后　记

　　近来遍搜"红楼梦赋",其中酸苦甘辛,冷暖自知。时因偶获一赋,欣喜至极,至夜不眠;时又苦于无迹可寻,彻夜难眠。辛丑重阳夜,于濠上斋中搜集闽县林起贞《红楼梦赋》相关材料,竟夜无获,疲困至极,不觉伏案睡去。梦至叠石塘山处,月夜清幽,一翩翩仙子飘然而出,年约二十,面如凝脂,眼若点漆,巧笑倩兮,绰约多姿。自言湄洲林氏女,名默者,镜海天妃也。引我自小径盘曲而行,一路无语,至濠江之上乃曰:"吾妹黛玉者,乃西方灵河岸、绛珠仙草转世身魂,寄居金陵大观园中,与大荒山顽石化身而来通灵宝玉,木石前缘,演绎出一曲怀金悼玉'红楼梦'。君自金陵来,多晓金陵事,今有一文愿与君共赏。"

　　晓起,窗外天妃宫梵音袅袅,清乐飘飘,抬望眼,电脑屏幕上多出数行文字,细辨认,乃一篇《红楼梦赋》也。赋曰:

　　夫红楼大道,乃无稽可考,佳人痴梦,英雄恨史也。始以情天胡诌,幻出太虚之境;终于顽石无知,归入大荒之涘。缠绵悱恻之情堪忆,涕泣离合之曲未拟。谱成新声,待寄情月夜矣;生带愁根,奈吟词往事耳?

　　维时元妃省亲,佳园天成。草莽公子,怡红命名。潇湘别院,女儿未惊。别有长栏连曲径,稻香关风情。恰是娇娥弄巧，无端祸生。小鬟遗帕，一解相思；有女怀春，三叠倾城。滴翠亭里扑蝶，花荫寻侍女；埋香冢边葬花，诗魂归颦卿。

至若结社闺中，海棠经雨胭脂透；制迷香坞，红梅映雪暗香流。或艳压群芳蘅芜苑，或赋诗居首潇湘楼。泪痕无尽，残玉正愁。帘栊悄悄，金钩何由。小红独坐，笑教梳头。拔取金钗，博得一杯酒筹；醉倚公子，痴等千转回眸。一夜梦魂，红罗束纤腰；晓起自惊，相看笑不休。

当夫慰语重阳，谁为花怜无期；空篱旧圃，原来霜梦有知。蕉下客秋风问残菊，林中人寒雪挂孤枝。桂霭举觞，螃蟹咏诗。对酌佳品，清风来迟。秋花淡，秋草离。秋夜长，秋灯熄。秋风催动秋雨夕，秋窗惊破秋梦眠，残漏声里只伴是离人泣。

尔乃芍药茵上，睡艳三春；孔雀裘边，补病五夜。或憨情可掬，或病况愈下。凹晶馆里联吟，一夜赏月悲了清寂；凸碧堂上品笛，顿时临风生了惊怕。四美垂纶，游鱼薄了旺相；七弦诉怨，抚琴感了秋化。都是情种，无私风雅。

且夫黛玉焚了诗稿，痴情未了；宝玉诔了晴雯，芙蓉曾来。则见绛珠魂归，离恨天岂有知音；神瑛洒泪，相思地恨无良媒。千红一窟，哭尽佳人，孤灯烟雨相别后；万艳同杯，悲叹英雄，一生襟抱未曾开。

嗟哉，红楼是惹乎，红楼是劫乎？奈何天，伤怀日，意难平，终身误。恨无常而乐中藏悲，世难容而虚花有悟。形形色色，万般花丛；渺渺茫茫，水月镜花，都不过是空空糊涂。君固多情，惜哉而歌；我亦同癖，怨哉而赋。每构一句，空有情梦；似订三生，了无所图。

爰为之歌曰：我立叠石山兮，视君一年有余；君处南国兮，久来百事无闻。何不摒经弃史兮，流连稗文。随我阐痴憨态兮，殊叹一世逍遥生；伴君成哀艳辞兮，聊慰千秋曹雪芹。

此赋缘何入我梦境？是纪文达公记戈孝廉梦屏上人题梅花诗句欤？盖人之心灵通于梦寐者，日有所思，夜梦或得而遇之。忆起李庆辰《醉茶志怪》"说梦"记载梦有《代宝玉吊黛玉文》之事，彼文，贾氏作欤？此赋，又林氏作欤？或然也。然林默作欤？林起贞作欤？抑或林黛玉作欤？吾未知也，且海怀霞想，作濠上逍遥游也。

辛丑重阳后一日记于澳门濠上斋

图书在版编目（CIP）数据

蔚为大观："红楼梦赋"的文学图景 / 王思豪著. — 北京：商务印书馆，2024. —ISBN 978-7-100-24117-5

Ⅰ. I207.411

中国国家版本馆CIP数据核字第2024YX4661号

权利保留，侵权必究。

蔚为大观："红楼梦赋"的文学图景

王思豪　著

商　务　印　书　馆　出　版
（北京王府井大街36号　邮政编码100710）
商　务　印　书　馆　发　行
北京富诚彩色印刷有限公司印刷
ISBN 978-7-100-24117-5

2024年9月第1版	开本 880×1260	1/32
2024年9月第1次印刷	印张 12	1/2

定价：98.00元

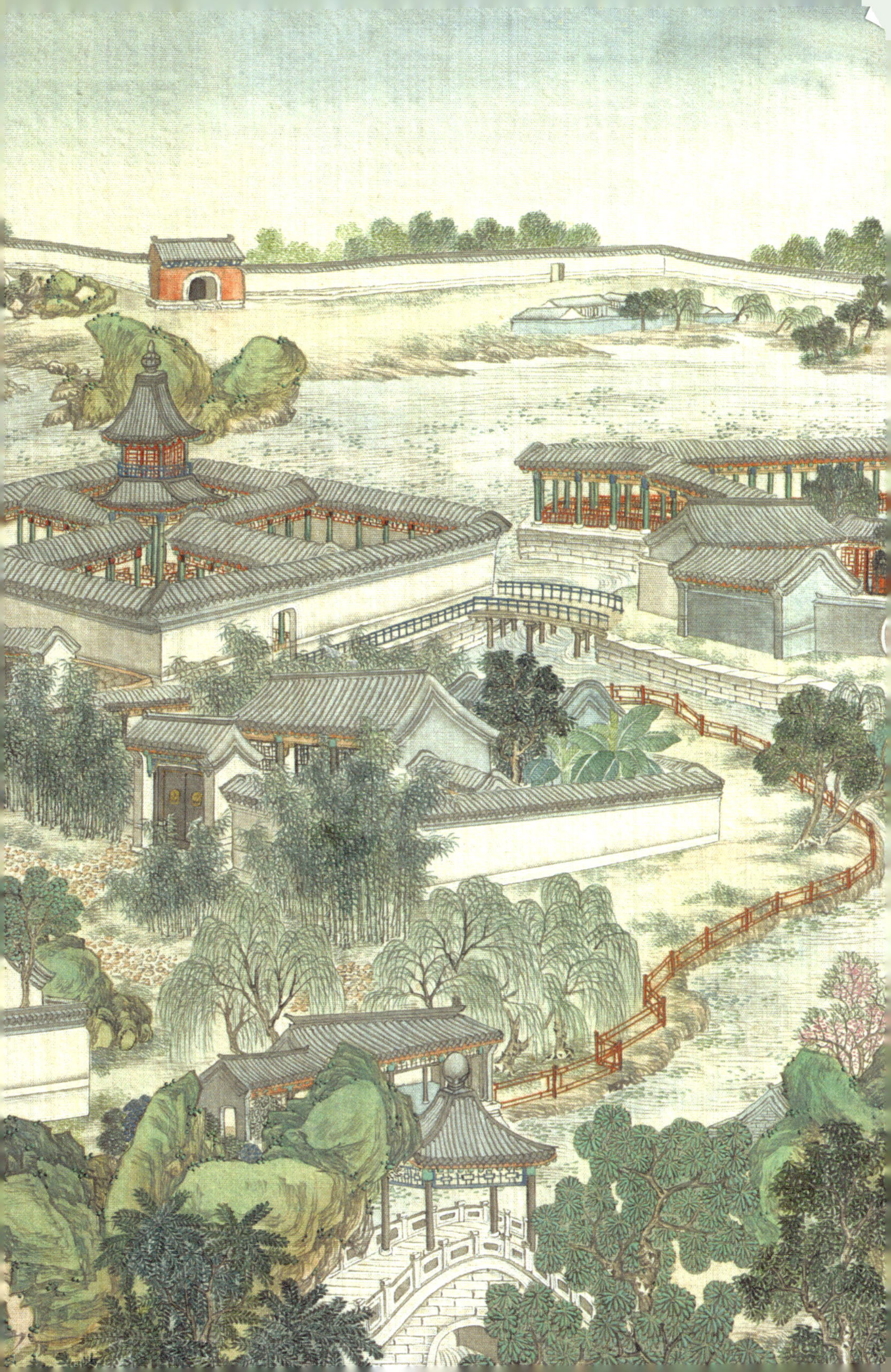